スクランブル

要撃の妖精《フエアリ》

夏見正隆

徳間書店

目次

PYLON

CG／漆沢貴之

プロローグ

日本海・某所

「――――」

男は立ち止まり、岩盤《がんばん》を粗《あら》く削り取ったシェルターの底で、その機体を見上げた。岩山を穿《うが》ったトンネルのようなこの地下空洞に、それは収められている。

全長二四・五メートル。可変翼を後方にたたみこんだ翼幅は一〇・三メートル。仮設された裸電球の列の下、針のような機首をややもたげ、主翼を胴体の脇《わき》につけて佇《たたず》む鋭いシルエット。その姿は夜明け前の崖《がけ》の巣穴で翼をたたみ休眠する、一羽の猛禽《もうきん》を想わせた。

灰色の猛禽の垂直尾翼は高さ六メートル余り。トンネル式シェルターの岩肌剝《む》き出しの天井に、尖《とが》った上端がつかえそうになっている。左右の翼端と、両側の岩肌との間隙《かんげき》もわずかだ。この地下空洞は、可変翼をたたんだこの機体を収容する目的で掘られ、断面の口径は機体の前面寸法ギリギリに合わせて絞り込むような蒲鉾《かまぼこ》型に切られていた。床面には鉄板製の簡易舗装が敷かれ、不整地用の頑丈なサスペンションを備えた前脚と主脚が、爪《つめ》で岩場に踏ん張るように双発エンジンの機体を支えている。

巣穴で眠る猛禽――狭い岩の空洞にたった一羽、番《つが》いでもなく、仲間の姿もない。もっと洞内が明るければ、歴戦の傷跡も機体のそこここにほの見えただろうが、今は狭い暗がりにシルエットだけが浮かぶ。そして傍《かたわ》らに立つ男の姿からも、共通する何かが漂っている。

トンネル式のシェルター内には、ものも言わずに動き続ける整備員たちの影があったが、誰一人男に声をかける者はない。男の周囲だけが、音を消されたようだった。一人寡黙《かもく》な横顔で見上げる男と、機体自重二二・五トンのアルミとチタニウム合金製の猛禽――スホーイ24。

いや、この機体の重量は今やそれだけではない。この空洞内の空気を満たす揮発臭は、すでにケロシン・ジェット燃料が整備員たちの手で胴体と主翼のメインタンク一杯に注入され、左右の増槽タンク二本にも満たされ終わったことを示している。三メートルの高さにあるコクピットを覗《のぞ》くことが出来れば、外部電源によって慣性航法装置が起動され、自分の位置と〈標的〉の位置とを記憶したコンピュータが、緑のランプを灯《とも》しているのが分かるだろう。満載のケロシン燃料は、この猛禽に最大一二〇〇キロメートルの戦闘行動半径をもたらす。そして両主翼下二か所と胴体下三か所のハード・ポイントに葡萄《ぶどう》の房のように吊《つ》り下げられた、黒光りする無数の細長い流線型の物体は――

「――――」

男の顔が、それを見て微《かす》かに笑った。

浅黒い肌の男は、一八〇センチを超す長身に濃い焦茶の飛行服を着け、右手には灰白色の球状型ヘルメットを下げていた。一切の贅肉《ぜいにく》を排除したその体軀《たいく》は、風の吹く丘に立つ枯木のようで、片手に下げたヘルメットがまるで枯木の枝にぶら下げられた生首のように見えた。整備員たちが男に近寄らないのは、この風貌《ふうぼう》に〈ある種の危険〉を感じるからなのか、それとも何か他に理由があるのか……。

「クク……」

瘦《や》せた喉《のど》を微かに鳴らし、男は確かに笑いに似た音を出した。

かすれた声音だ。

男の歳《とし》の頃は、二十代の終わりだろうか――しかし、喉から漏《も》れる声だけを聞けば、もっと年齢を重ねているように感じるだろう。ほっそりした腰から下を覆《おお》うGスーツの装具は、使い込んだ旧ソ連空軍仕様。深い黒のサングラスは米国製のレイバンで、男の顔の一部をなしている。

「――〈牙〉」

シェルターの出口の方から呼ぶ声に、男はゆっくりと視線を向けた。

裸電球の濁った明かりの下で、男の風貌がさらに露《あら》わになる。東洋人――それも南方系であることは確かだが、一見して国籍が知れるような顔ではない。尖った顎《あご》、深い黒のグラスと肉のそげおちた頰《ほお》、鋭い鉤《かぎ》のような鼻梁《びりょう》が男の顔を猛禽の分身のように見せている。実際彼は、目の前で翼を休めているこの超音速の〈死の猛禽〉を、自らの肉体のように操ることが出来る。

カン、カンと小さく反響する足音がして、猛禽の機首に突き出すピトー管の向こうから、二つの人影が近づいて来る。大きな影と、やや小柄な影だ。ブーツの踵《かかと》の音は大柄な影のもので、つき従う小柄な影は全く音を立てない。壁面から浸み出す水蒸気でスモークが焚《た》かれたような地下の空間を、二つのシルエットは天井からの濁った光を横切り、床にのたくる蛇のような外部電源ケーブルの束を踏み越えて、男の前に立った。

男は、黙って黒いサングラスを向けている。

大柄な人影は男と並ぶような長身で、濃い緑色の軍服らしきものの上に、紫の大振りなマントを羽織っていた。階級章や従軍徽章《きしょう》もちらりと見え隠れはするが、それ以上に目を引くのは黒い眼帯と、鋭い吊り上がった左目だった。広い肩幅に、磨かれた黒革のブーツ。枯木のように立つ男とは対照的に、精気を発散する姿だ。年齢は男よりやや上に見えたが、この人物が微かに覗く階級章の通りに『その国』の上級将校だとしたら、年齢に比して大層な出世頭――いや、大層な家柄と言うべきか。

「〈牙〉。出撃を見送りに来た」

眼帯の人物の声が岩肌に響くと、さっきまで男を無視するように働いていた整備員たちがびくびくっと反応し、整列する黒子のように壁際にざざっと並び、威儀をただしてこちらを注視する。

男は、ただ黙って見返す。

「〈牙〉よ。昨夜とは違って、今回は白昼の作戦となる。だがこれまでも指示して来た通り、万が一敵の追尾が振り切れない場合、この基地に帰還することは許されない。分かっているな」

「――――」

男は、微かに苦笑したように唇を歪《ゆが》める。分かり切っている、とでも言うような表情だが、声は出さない。所作にも何の動揺も見せない。

「自信があるのは承知している。昨夜の戦いも見事だった。しかし〈牙〉、お前は我々の準同志として迎えられてはいるが、仲間と認められたわけではない。監視は、まだ外すわけにはいかぬ」

眼帯の人物は、一歩下がって控えているもう一つの人影を顎で指した。眼帯の人物が連れて来たほっそりと小柄な人影は、電球の黄色い光を避けるように暗がりに佇《たたず》んでいる。

もしも完全な闇の中に潜んでいたら、気配を感じなかったかも知れない。男と同じ飛行服と装具を身につけ、ヘルメットを被《かぶ》っている。顔は見えない。

「これを今回も同行させる」

眼帯の人物の声に、人影はヘルメットの顔を上げ、暗がりの中から無言のまま男を見た。

「――かまわんが」

男は初めて口を開くと、かすれた声で静かに、

「かまわんが……命の保証はない」

「異なことを言う。〈牙〉、お前はつい先程、今回の作戦も『百パーセント遂行可能』だと自信を見せたのではなかったか？」

「いや」

男は、フッと下を向いて笑った。楽しんでいるのか、皮肉っているのか分からない声音だ。

「俺は、必ず生還する。この機体も使命を果たして還《かえ》るだろう。だが同乗者まで生きて還れる保証はしていない。なぜなら俺の行く手には――」

瘦せた猛禽のような男は、クックッと喉を鳴らした。

「俺の行く手には、いつも〈死〉が転がっているからだ。俺と共に生還出来るのは、〈死〉と仲良く遊べる者だけだ。これまでもそうだった……。多分、これからも」

男は、唇を歪めてクックックックと笑った。

「この世を、あらゆる理不尽な〈死〉が満たしている。俺が触れるものは、たいていが死ぬ」

「〈牙〉。我々には、日的のために供する命は腐るほどある。お前に心配されるいわれはない」

「ならば言うことはない、大佐。クックックッ」

男は喉を鳴らし、顔を上げる。枯木のような腕を頭上にさし上げ、指を鳴らした。骨と骨がかち合うようなカキッという乾いた音。

「――出撃しよう」

ゴロン、と空洞を震わす響きがして、二つの人影の背後で金属の扉が開き始めた。笑う男の黒いサングラスに、左右に開く装甲シャッターが映り込む。冷たい空気と共に、潮の匂いが流れ込んで来る。

「クックック……」

男のサングラスに映る、シェルターの開口部。それは夜明け前の洋上の空だ。

濃いインクブルーの水平線が、男の黒いグラスの艶やかな表面で、ゆっくりと幅を広げて行く。

第一章　何であたしが……!?

石川県・小松

「あ」

漆沢美砂生《うるしざわみさお》は、初出勤の前に早起きをした。

独身幹部宿舎の窓の外は、まだ暗い。

あの大事件――美砂生が着任の挨拶《あいさつ》に小松基地へ出頭した直後、日本海に正体不明のスホーイ24が突如出現し、日本の領空を侵犯して我が物顔に飛び回ったあげく、関西空港からソウルへ向かう途中の韓国籍の旅客機に襲いかかって撃墜してしまった、あの「やめてよもう」と言いたくなる出来事――それからまだ半日と経《た》たない翌朝だ。

あてがわれた独身幹部宿舎女子棟の個室は、寒かった。暦で春とはいえ、ここは日本海に面しただだっぴろい飛行場の、吹きっさらしの草地の隅だ。個室はもらえても、建物は昭和四十年代の造り。

冷えるのをこらえて無理やり早起きした美砂生は、初出勤の前に病院に収容された風谷《かぜたに》修《おさむ》を見舞おうと、急いで身支度をした。部屋に付属のユニットバスでシャワーを浴び、タオルで髪をごしごし拭《ふ》きながら『化粧はしたものかどうか』と考えていると、素足の脛《すね》で床にひしめく段ボールの一つを引っかけてしまった。

「あ。しまった」

段ボールの上に積み上がっていたF15Jのマニュアル、バインダーノートやファイルの類《たぐい》がどさどさっと崩れ、タイルの床に散らかった。

昨夜は、撃墜された旅客機の救難活動の手伝いで、遅くなってしまった。入居する予定のこの部屋へ入れたのも、深夜になってから。届けられていた私物の引越し荷物も手つかずのまま。

「参ったな。今朝も片づけている暇はないし」

美砂生は、床に散乱したマニュアルやバインダーにかがみ込んで舌打ちした。数日前、宮崎県の新田原《にゅうたばる》基地でF15戦闘機の操縦課程を卒業したばかり。教材もノートも、まだま だ勉強し続けなくてはならない。それ以上に、イーグルを飛ばすためのイメージ・トレーニング――『イメージ・フライト』と呼ばれる想念練習は、ほぼ目が覚めて生活している間は四六時中やり続けなくてはならない。

た。

「訓練漬け、まだ当分続くものなぁ——あ」

とりあえず拾い集めようと手を伸ばしたバインダーの隙間《すきま》から、何か白いものがこぼれた。

パサッ、と床におちた淡い色の束を見て、美砂生は眉《まゆ》を曇らせる。

「……………」

封筒の束だった。十通以上ある。淡いブルーや若草色もある。かっちりと糊付《のりづ》けされ、切手まで貼《は》られているが消印はなく、輪ゴムで留められひとまとめにされている。

「そうか……。ここに挟んでおいたんだっけ」

美砂生は、十通余りの封書の束を手に取ると、表に返して眺めた。自分で書いた青いインクのあて名は、すべて『風谷修様』だった。

「三年ぶん、か……。たまっちゃったな」

一通、一通をしたためた時のことを、美砂生は思わず順に呼び起こす。

航空自衛隊に入ることになったきっかけから始まって、戦闘機パイロットになるための訓練コースでの苦労まで、浮かぶのは三年ぶんの記憶だ。

美砂生はため息をつく。

シャンプーしたばかりの髪の先から、しずくが一滴、封筒の表にぽつんとこぼれた。

「あ、いけない」

　ハッとして、水滴のこぼれた封筒の表をあわててタオルでこすると、美砂生はインクの滲《にじ》んだ封筒の束を衣装ケースのカラーボックスの隅にしまい直した。蓋《ふた》を閉め、もう一度ため息をつくと、立ち上がった。マニュアル類は積み上げ直しただけで、それ以上整理するのはやめにした。

「整理は明日でいいわ。風谷君と喧嘩《けんか》したままで、気持ちよく仕事に入れないもの。気持ちの整理のほうが、物の整理より先だわ」

　自分に言い聞かせるようにつぶやくと、美砂生は壁に掛けた制服を手に取った。

「着替えよう。急がなくっちゃ」


　でも、制服に着替えながら頭に浮かぶのは、これまでの数年間のことだ。

　九州の地方都市出身の漆沢美砂生は、今年で二十七歳になる。二十七で航空自衛隊の新人パイロットという身上は、ストレートにこの道へ進んだ訳ではないことを意味している。美砂生はいわゆる〈転職ＯＬ〉だ。実際、三年前まで証券会社で営業職のＯＬをしていた美砂生の頭には、初めのうち『飛行機』の『ひ』の字もなかった。

　氷河期と呼ばれる中で大学を出て、やっとのことで就職した大手の証券会社が不良債権隠しで突如自主廃業したのが三年前。ＴＶで社長が泣いて謝った、あの〈自主廃業騒ぎ〉が思えば美砂生の災難の始まりだった。「お前のせいで大損した」と包丁を持った客に襲いかかられ、美砂生は目黒の支店の前の歩道で殺されかけたのだ。たまたま通り掛かった、風谷修という年下の青年によって命は救われたものの、何のコネもない地方出身の女子社員だった美砂生は『客に損をさせた責任』をかぶせられ、一方的に会社を追い出されてしまう。泣きたいのをこらえて抗議しても、一度『この人間を切る』と決めた組織の冷たさは、美砂生の想像を絶していた。あんなに滅私奉公してやったのに！　課の売り上げにも貢献して、上司の成績も上げさせてやったのに——！　でも味方になってくれる人は社内に一人もいなかった。再就職活動で回った銀行でも、人事担当者たちから痴漢や強姦《ごうかん》寸前のひどいセクハラを受けた。

「お前のような根無し草の野良猫が、うちの銀行の正社員になれるなんて本気で思ってたのか!?　馬鹿馬鹿しい」銀行の人事課の中年男は、押し入ったマンションの部屋で美砂生を押し倒しながら、鼻息も荒くあざ笑った。あの時、実家からの電話が運よくかからなければ、あのまま辱《はずかし》められ食いものにされていたかも知れない。中年男が逃げ帰った後も美砂生はしばらく立ち上がれなかった。あたしは……美砂生は思った。あたしという存在は、この東京ではちっぽけな宿無しの野良猫に過ぎないのだろうか——？　食いものにされるだけの卑小な生きものでしかないのだろうか……？　暗いままのワンルームマンションの一室で、美砂生は仰向《あおむ》けに倒れたまま泣き続けた。結局、東京での金融機関への再就職は、諦《あきら》めざるをえなかった。

失意の美砂生を、キャビンアテンダントをしている女の子の友達が「南の島へ行こうよ」と励ますつもりで誘ってくれたのは良かった。しかし今度は沖縄の離島路線の小型旅客機アイランダーが美砂生を乗せたまま海鳥の群れと衝突、海面へ向かって真っ逆さまの錐揉《スピン》みに陥ってしまった。あわや墜落か!? というところで、たまたま満席で副操縦席に座っていた美砂生は、乗客として同乗していた空自パイロット・月刀慧《がとうけい》の助けを借りて機体を立て直した。アイランダーは間一髪で難を逃れたが、危ないところであった。機体の旋転《せんてん》を止めるのがあと一秒遅かったら、今頃乗っていた人たちは全員沖縄の海底で魚の餌《えさ》になっていたかも知れない。

その後、美砂生が一般幹部候補生として航空自衛隊に入ったのは、戦闘機乗りだという月刀が冗談まじりに「素人にしちゃ、君の操縦はなかなかだ。失業したら空自へ来い」と言ってくれたせいか、それとも証券会社の客に斬りつけられた時助けてくれた風谷修が、やはり空自のパイロット訓練生だったからか……。自分でもはっきりはしない。ただ、あの沖縄での災難の時――墜落は免れたものの電気系統が全てダウンし、空で迷子になりかけたアイランダーを、エスコートして那覇《なは》まで連れて行ってくれた二機のF15Jイーグル――その流れるようなシルエットを見上げて胸が高鳴った体験は、今も忘れない。自分は、上京した大学のキャンパスでも就職した証券会社の支店でも、東京の街の雑踏でも、あんなにきれいなものを――空に浮かぶF15の機体ほどにきれいなものを、目にしたことはなかった。胸があのように高鳴ったこともなかった。あれに比べたら、外資系の気取ったサラリーマンに夜のパーティーで口説《くど》かれる時の気分の良さなんて、なんてちっぽけでくだらないんだろう……。気がついたら美砂生は、防衛省の採用試験の会場に座っていた。

それが三年前のこと。合格して、空自のパイロット訓練生となった美砂生は、降りかかって来たすべての災難は自分を〈空への道〉へ導いてくれるために起きたのだと――結局は幸運だったのだと、考えてもいいような気さえしていた。

だが三年間に及ぶ長い訓練生活をようやく卒業し、念願のF15Jイーグルの新人パイロットとしてここ小松基地に赴任できたと思えば、その当日にあの領空侵犯の大事件だ。

「風谷君――助かって良かった……」

鏡の中で、制服のネクタイと胸の航空徽章を整えながら美砂生はつぶやく。しかし、風谷と共に謎のスホーイに対処するため飛び立った僚機の川西三尉は、風谷と同じように撃墜され、助からず殉職してしまっている。川西機の残骸《ざんがい》が夜の海面に浮かんでいるのを、美砂生は昨夜、U125A救難指揮機の窓から見ている。

――『それでも君は、自衛隊で闘うか』

頭をよぎる言葉がある。

――『世界最強のイーグル。連日の命がけの訓練……。でも現実には、どこかからやって来た国籍不明機にバルカン砲の一発も撃てず、俺たちは負けてしまった。世界のどんな空軍でも、今夜のような馬鹿げたことは起きないだろう。しかし日本の自衛隊では、こういうことが起きるんだ』

昨夜、深夜を回った人気のない格納庫で、飛行班長の月刀がつぶやいた言葉。

――『いつか君に言っただろう。俺たちのしている訓練は、すべて無駄になるかも知れない。必死で努力しても、何も報われないかも知れない……。俺たちの闘いは、そういう闘いなんだ。漆沢、それでも君は、自衛隊で闘うか』

「闘うっていうことが――どんな怖いことか、わからないけど……」

――『川西、逃げろっ！　そいつに手を出すんじゃない、回避して全速で逃げろっ』

『う、うわぁあああっ』

『かっ、川西ーっ！』

美砂生は、きつく目を閉じる。

すると、夜の海面で燃えるエアバスの機体、黒い海の中に漂う分解した川西機の残骸などが、フラッシュバックのようにまぶたの裏に映った。

「どんな怖いことなのか、まだあたしにはわからないけれど……」

——『似合わないことするなよ美砂生さん。自分らしくないことを、無理してすることないじゃないか』

閉じた目の奥に、さらに蘇《よみがえ》る言葉。

三年前、目黒の路上で助けてくれた夜に、風谷修がかけてくれた言葉だ。

——『あなたは変だよ。真面目《まじめ》なお嬢さんが、無理して肩ひじ張って歩いて、はすっぱな口きいて、遊び人の女のように振る舞って見せてるの、変だよ。似合わないよ。少しは自分のこと大事にしろよ』

「あたしは——」

美砂生は目を開くと、鏡の中の自分を見た。航空自衛隊三等空尉の制服の胸には、翼を広げた鷲《わし》をかたどった、真新しい航空徽章《ウイングマーク》が光っている。

「あたしは――決めたんだ。あたしは、向いてないOLで無理するのはやめて、男や会社の組織に頼ってぶら下がるのもやめて、自分の力で生きて行くんだって決めて、この道を選んだんだ。やっとやりたいことも見つかって……」

航空自衛隊の、戦闘機パイロット。

自分がまさか、風谷と同じ職業に就《つ》くことになるとは、想像もしていなかった。採用試験に受かったことも、入隊したことも風谷には知らせていなかった。昨日、三年ぶりに再会した格納庫で、風谷はこの制服を見て絶句した。別に驚かせたくて、黙っていたわけではないのだが――

「風谷君……」

美砂生は、鋭いがどこか優しい目をした年下の男のことを想った。三年たっても、路上で自分を助けてくれ、ついでに忠告までしてくれた彼の目は、変わっていなかった。

僚機をなくした風谷修は、今ごろ悲しみに沈んでいるかも知れない。行ってやろう。短い時間でもいい、今度こそ風谷とちゃんと話そう。

美砂生はコートを手に取ると、自分のミニバイクのキーを握って部屋を出た。結局、化粧はしないことにした。初出勤でも、今日からTR訓練に入れと言われる可能性がある。フライトのある日は、顔には何もつけられない。

でも、階段を降りる途中で思い直し、部屋に取って返すと口紅を一本だけ上着のポケットに入れた。そしてもう一度、急いで階段を降りた。

小松基地・敷地内

「整備員に合図、JFSレバーを引く、グリーンライト確認、スロットル・レバーを持つ」

部屋を出て、独身幹部宿舎の階段を早足で降りながら、美砂生は頭の中でF15Jのエンジンスタート手順を反芻《はんすう》した。

『イメージ・フライト』と呼ばれる想念練習だ。実際に戦闘機のコクピットに座ると、パイロットは凄《すさ》まじい緊張にさらされる。美砂生のような新米にとって、操作の手順が考えなくても出て来るようにするためには、このイメージ・フライトを四六時中やり続けなくてはならなかった。歩きながらでも、はしたの時間ができると手順をくり返すのが習慣になっていた。

「スロットル・レバーを持つ、もう一度整備員に『点火』の合図、返事を確認し中指でフインガーリフト・レバーを引く――

　ぶつぶつぶやきながら、暗い宿舎の玄関を出て、美砂生は自転車置き場へ向かった。プリフライト・チェックからエンジンスタート、地上滑走、離陸、上昇、訓練空域での機動、帰投のための降下、滑走路への進入、着陸、そしてパーキング――頭の中で実際のフライトをイメージして、くり返しくり返し練習しなくてはならない項目は山はどある。訓練課程を修了したからといって、実戦部隊ですぐにアラート任務に就けるわけではない。実戦のための訓練は、これから飛行隊において教官役の先輩から叩《たた》き込まれるのだ。

「――右エンジン点火。回転計チェック。スロットルを一センチ前へ。回転が上がる。排気温度計六八〇℃以下をチェック。電圧警告灯が消える、油圧警告灯が消える。アイドリングに安定――右エンジン始動ＯＫ。よいしょっと」

　自転車置き場につくまでにエンジン始動手順を頭の中で一回練習した美砂生は、裸電球の下から届けられていた自分のミニバイクを見つけて、引っ張り出した。白い息を吐きながら跨《また》がって、小さなモーターをキックして回す。簡単な造りのヘルメットを被り、風が冷たそうなのでマフラーを首に巻いた。

(車の免許も、いずれ取らなきゃなぁ……。超音速戦闘機に乗れるのに自動車に乗れないなんて、何だか冗談みたいだわ)

　そんなことを思いながら、美砂生は息を吹き返したバイクを小松基地の場周道路へ乗り入れた。

この赤い小さなバイクは、美砂生がF15戦闘機操縦課程で新田原基地にいた頃、買物用に手に入れた唯一の近代的交通手段だ。美砂生の免許は原付で、普通免許もまだ持っていない（自衛隊員は隊内の施設で免許を取れるのだが、パイロット訓練生には暇がなく、一日で済む原付がやっとだ）。東京でOLをしていた頃も、教習所へ通う余裕などなかったし、免許を取ったところで自分の車を持つことは不可能だった。ローン以上に駐車場代がマンションの家賃と同じくらいして、とても維持できるものではない。それにあの頃の美砂生にとっては、車というものは男に運転させて助手席に座るものであった。コネはなかったが容姿には恵まれていた美砂生は、都会できれいな若い女の子だけが享受《きょうじゅ》できる贅沢を、当然のように楽しんでいた。羽振りのいい外資系のサラリーマンや商社マンたちが、競って美砂生を夜のドライブに誘ってくれた。車はドイツ製かイタリア製の外車が多く、悪くても国産のソアラだった。自動車というものはそういうものだと思っていた。たまに女の子の友達と旅行に行って、レンタカーでヴィッツやマーチを借りると、友達の運転だったせいもあるが、まるでブリキ細工の車にでも乗っているような感じがして不安だった。

（たとえ安い車だって、屋根があるといいだろうなぁ……。吹きつける風が冷たいわ）

でも、と美砂生は思う。BMWやアルファ・ロメオの助手席に澄まして乗せてもらうより、こうして自分で走るほうが、あたしはいい。OLとして——都会の企業社会の従属物

――サラリーマン世界の飾り物として、男たちに頼って暮らすのより、技術を持ったパイロットとしてここにこうして存在出来るほうが、あたしにはずっといい……。

三月の小松は、海から吹きつける風が冷たかった。積雲系の、ボリュームのある円い雲の塊が、日本海から風に運ばれ蒼黒《あおぐろ》い空を押し寄せて来る。その下を、制服姿の美砂生はバイクを走らせた。年中晴れていた南九州の新田原と違い、天候の変動が激しいのが小松の特徴と聞いていた。新田原基地でF15の操縦課程を卒業する時、小松基地に勤務した経験のある教官から、「気がつくとあっと言う間に周りが雲だらけになって、雷が来るから気をつけろ」と注意された。

(晴れるといいけど……。今日の天気は、どうなるんだろう)

基地の場周道路は、海岸に面した草っ原の中を、滑走路と並行にベース・オペレーションの方へ続く。東側の山岳地帯の上空が、朝焼けで赤く染まり出している。日本海から運ばれた雲の塊は、小松市の背後にそびえる日本アルプスの山岳にぶつかって上昇し、急激に発達して積乱雲となり、激しい雪や雨を降らせるのだという。三月ともなれば、もう雪はないだろうが――

独身幹部宿舎は飛行場の敷地の一番外れにあって、司令部や基地のゲートは遠かった。バイクを持って来て良かったと美砂生は思った。管制塔や格納庫などのシルエットが近づくにつれ、風に乗って聞こえて来るのはタービン・エンジンの爆音だ。胴体を黄色と白に塗り分けた、UH60J救難ヘリコプターが一機、救難飛行隊のランプから離陸すると赤い衝突防止灯を点滅させて美砂生の頭上を飛び越えて行った。回転翼のダウンウォッシュで草が一面になびく。洋上での救難捜索活動は、夜を徹して続けられているのだろう。

「あら……？」

滑走路脇の草っ原の真ん中で、美砂生はバイクを止めた。ヘリの飛び去った風の中、草地の向こうからジョギングの人影が近づいて来る。

「……鏡《かがみ》さん？」

美砂生は、スウェットの上下に、首にタオルを巻いて走る人影に声をかけた。女の子だ。ほっそりとしなやかなシルエットは、体重を感じさせない跳ぶような走り方で近づいて来る。すぐに顔がはっきりする。浅黒い肌に、猫科の野生動物を想わせる黒目がちのきつい眼――鏡黒羽《くろは》だ。

「お、おはよう」

「――――」

だがきつい眼の女の子は、手を上げる美砂生を無視して、ハァッハァッと息を鳴らして通り過ぎた。美砂生など眼中にないように、道の行く手だけを見てすれ違って行く。脚の運びは、かなりのハイペースだ。

（な……何よあいつ）

美砂生は、走り去って行くグレーのスウェット姿を振り返った。リズムを崩さずに地面を蹴《け》って行く後ろ姿は、スピードを緩《ゆる》めもしない。何だか愛想よく手を上げた自分が馬鹿みたいで、美砂生は頬をぷっとふくらませた。

「何よ、挨拶くらいしてよ」

あいつ——第一印象から感じ悪かったな。

鏡黒羽。確か二十三歳。第三〇七飛行隊で美砂生の同僚となるパイロットだ。

だが昨日、飛行班長の月刀に初めて引き合わされ対面しても、ろくに挨拶もしてくれず、「ふん、甘ちゃん」だの「自衛隊が日本を護《まも》れる——？　ちゃんちゃらおかしいわ」だの、いちいち美砂生につっかかるような台詞《せりふ》ばかりを吐く。黒羽は美砂生と同じ女性ファイター・パイロットだし、階級も同じ三尉だし、年齢は黒羽が下だが、航空学生出身のため飛行経験はあっちが一年先輩になるので、今後のためにも仲良くしようと思っていたのだが……。だがあっちは美砂生の気の遣い方なんて、まるでお構いなしだ。ぶっきらぼうの挙げ句に「民間へ転職するなら早いほうがいいわよ」とか言って寄越す。

（でも——斜に構えて皮肉ばっかり言ってるかと思えば、こんなに早く起きてトレーニングしてるなんて……。分からないなぁ、あいつ……）

美砂生はたちまち小さくなるシルエットに、首をかしげた。朝起きて走るパイロットは、珍しくはない。美砂生も訓練生時代は毎日走っていたし、今朝も〈用事〉がなければそうしただろう。でもこんなに誰よりも早く起きて、あんなにハイペースで走るなんて——

鏡黒羽——いったいどんなやつなんだろう。

あの浅黒い顔にきつい猫のような眼も、どこかで見たような気がする……。どこでだったかは、思い出せないのだが——

「ま、いいか……。行こう」

考えている時間もない。風谷を見舞って、出勤時刻までに基地へ戻らなくては。

マフラーをかけ直し、美砂生はバイクを基地の通用門へと向けた。

日本海中央病院

風谷修は、病室へ戻っても眠れずに過ごしていた。

ただ、ベッドに仰向けになったまま天井を見ていた。自分がひどく疲れていることは分かった。昨夜は上空で国籍不明の電子戦偵察機《スホーイ》とチェイスをくり返し、旅客機の撃墜を食い止めようとして果たせず、逆にみずからが撃墜されてしまった。後方から二三ミリ機関砲を直撃された時の、あの嫌な衝撃は忘れようがない。射出座席の背を、ばかでかい金属ハンマーでぶっ叩かれるような——

「う――」

風谷は唇を噛《か》み、背中を襲った衝撃のリフレインをこらえた。命中した二三ミリ砲弾はF15の機体の外板を切り裂き、構造を破砕しながら何十センチかめりこんで止まったはずだ。自分の背中を貫通しなかったのは、ただ運が良かっただけの話だ。咄嗟《とっさ》に脱出レバーを引いてベイルアウトした後は、機体がどのように破壊されたのか想像もつかない。気がつくと自分は、闇夜の中で冷たい海水に揉《も》まれていた。着水してからも数回気を失ったような気がする。頭上からの風圧にハッとすると、いつの間にか赤い衝突防止灯を点滅したUH60J救難ヘリコプターが一機、夜空を覆うようにホヴァリングしていたのだ。

「俺は――」

風谷は、自分が護り切れなかった旅客機の、最期の姿を思い起こした。四発のエアバスA340の後ろ姿が、緑と赤の翼端灯を灯した姿ですぐ前方に浮かんでいる。自分は必死に何か叫んでいるが、何を叫んでいるのか分からない。誰も聞いてくれない。耳元で冷たい声がする。無線を通した声。『いい腕だ、自衛隊』日本語か――!?　驚く風谷に、声は宣告する。『ククク――死ね』

「うっ」

風谷は目を閉じ、頭を振った。

「畜生、何度思い出したら気が済むんだ」

銃撃され海面に着水した旅客機の生存者は、ほとんどがこの病院に収容されているらしかった。報道陣の中継車のライトが窓の外にうるさかったが、明け方の今はさすがにそれもない。運び込まれた生存者の応急処置も一段落したらしい。個室のドアをそっと開けると、病棟の廊下はしんとしていた。廊下の奥の両開き扉が、蒼白い蛍光灯に照らされている。反対側を見やると、ナースステーションに灯《あか》りがついているだけだ。

風谷は廊下に立つと、閉じられた奥の扉を見た。あの向こうに無菌室があって、一人の女性が収容され寝かされている。一命は取り止めたというが、意識は戻っていない。

「――――」

風谷は、前髪の下で目をしばたいた。

俺は――護り切れなかった。

護れなかった。

(瞳《ひとみ》……)

――『風谷君』

この数年間というもの、記憶の中に消えない声が、風谷を呼んだ。

――『風谷君。わたしを見ていて』

懐かしさは、容易に辛《つら》さに変わってしまうのだと、風谷は思い知った。彼女のことは、ちゃんとあきらめていたはずだ。

でも心の中のどこかで、自分は『もう一度逢《あ》いたい』と願っていたのではないか。ひょっとしたら、自分の無意識の願いが、あの空域に彼女を引き寄せてしまったのではないか……。いや待て、何を考えている。そんなことがあるわけが――でも、世の中にこんな偶然ってあるのか？

「君が――あれに乗っていたなんて……」

つぶやきかけて唇を噛み、目を閉じると、

――『風谷君』

十七歳の頃の月夜野《つきよの》瞳が、風谷に話しかけて来た。

「風谷君」

「え」

「風谷君、いつもここね」

目の前に蘇るのは、記憶の中の景色――七年前の光景だった。

風谷はその頃、神奈川県の海沿いにある私立の高校に通っていた。目立たない男子生徒だった。高校生の男の子らしく徒党を組んで騒いだりはせず、単独行動が多かった。

学校の帰り、通学路の国道沿いに自転車を止め、しばらく風に吹かれる場所がある。国道から壊れたガードレールを乗り越えて降りると、使われていない岸壁に出るのだ。八景島の向こうに夕暮れの海と三菱造船所のドック、そして羽田へアプローチして行く飛行機のシルエットが鷗《かもめ》に混じって見えている。風谷は国道のガードレールに自転車を立て掛け、そのさびれた埋立地の突堤《とってい》に一人で座るのが好きだった。

海の匂《にお》いの風は、一日教室に座って固くなった神経を癒《いや》してくれたが、その日はちょっと勝手が違った。水平線を眺めていると、ふいに違う匂いの何かが――どきりとするような甘酸っぱい匂いの何かが、自分の横に立って話しかけて来たのだ。

「風谷君。ここ座ってもいい？」

何だろうと見上げると、風に吹かれる長い髪が、不思議な香りを振りまいていた。

「ここ、座ってもいい？」

制服姿の少女が、こちらを見て微笑した。

「――？」

同級生だった月夜野瞳が、初めて自分の横に座った時。高校二年の風谷は、極彩色の鳥が気まぐれに舞い降りて横に留まったような感じがした。自分には不似合いな気がして、初めのうちは正直あまり居心地が良くなかった。

「風谷君、いつもここね」

「――うん」

「気持ちいいね、ここ」

「ああ……」

何しに来たんだ、この子……？

「ね、風谷君。中学の時さ」

「え」

「中学の時、風谷君、山手《やまて》の進学教室に通ってたでしょ。森林公園のそばの」

「え？」

驚く風谷にかまいもせず、きれいな造りの横顔を風の方へ向けて、少女は話した。

「わたしも、通っていたの。あなたは知らなかったでしょう？」

「あ、あぁ……」

「わたし中学は横須賀で、電車であの塾に通っていたの。あなたのこと、見ていたわ。一緒の高校になれたらいいなぁ、なんて密《ひそ》かに思ってた」

「えっ」

学校帰りの一人の時間に、いきなり隣に座って来て、そんなことを言う。

月夜野瞳と二人きりで話すのは、四月に同じクラスになってから初めてのことだった。

二年に上がって、評判の美少女と同じクラスになり、クラスの男子生徒たちは色めき立っていた。でも自分には縁のないことだと、十七歳の風谷は覚めた気持ちでいた。それよりも、航空学生の採用試験が次の年の九月に迫っていた。防衛大よりも試験日程は早いのだ。

「どういうこと?」

「だから。わたし、塾の教室でね、あなたのことずうっと横のほうで見ながら、『あの人と同じ高校へ行けたらいいなぁ』って、そう思っていたの」

「…………」

風谷は絶句していた。

「わたしのこと、覚えてた? 高校入った時」

「いや。全然」

風谷は頭を振った。

中学時代に、女の子のほうから一方的に噂《うわさ》を立てられたことはあった。でも面と向かって女の子とつき合ったことはない。風谷には女の子よりも、中二の時に百里《ひゃくり》基地で見たF

15の姿が頭に焼きついて離れなかった。進学教室では数学を真剣にやって、休み時間には航空雑誌を見ていた。

「わたしね」

そんな風谷に、瞳は笑う。

「わたしね、二年のクラス替えが発表になった時、『やったー』って思ったんだよ。今まできっかけがなくて、あなたと話せなかったもの」

誰かに、知らないところで想われているのは、嫌なことではない。でも年じゅう男子生徒の噂にのぼって、友達も多くて、注目されて騒がれているアイドルのような美少女がそんなことを言う。

風谷は、いつも豪勢な食事をしている歌手か女優がたまにサンマを食べたくなって、気まぐれを起こしてここに座ったのではないかと思った。

「からかうの、やめてくれないか」

「からかってないよ」

「どこか、陰で俺が喜んだりするのを見て、笑ってるんじゃないのか」

「考えすぎよ。これでも、わたし勇気出してここまで来たのよ」

航空学生の試験まで一年ちょっとなのに、わがままな美少女の気まぐれに振り回されてはたまらない、と思った。しかし、物陰でクラスメートが笑って見ているようなことはなくて、月夜野瞳は本当に一人で来たのだった。そしてろくに話に相づちも打たない風谷の横で、瞳はずっと楽しそうに座っていた。

次の日も、次の日も、待ち合わせているわけでもないのに瞳は「気持ちいいね、ここ」と笑顔でやって来た。風谷の隣に座り、「ああ疲れた」とか伸びをした。大雨でも降らない限り、突堤に二人で座るのが夕方の日課になってしまった。風谷にとっては、降って湧いたような事態だった。

「あのさ、月夜野」

「何？」

聞いても聞いていなくても、瞳は風谷の横でぽつぽつと話をした。学校のことや趣味のこと。友達のこと。はやっていることや、それについて自分が考えていること。

風谷が航空適性検査の対策問題集を見つけて来て、夢中になって見ている時でも、その雰囲気が変わることはなかった。女の子たちのはやりの話に興味はもてなかったが、いつもみんなの輪の中で笑っている瞳が時折、「でもさ。そつがなくて誰とでも明るくつきあえる子に限って、親友いないのよ」とか、意外に感心するようなことを口にすると、思わず本を置いて横顔を見てしまったりもした。

でも風谷は、いずれこんな無口で女の子に受け答えも出来ない自分の横から、この子は離れて行くだろうと思った。下手に瞳を好きになったりしたら、離れて行かれた時に辛いだろうと思った。だからなるべく瞳には素っ気なく接した。素っ気なくしながら、でも一方では『この子の気まぐれな熱意は、いつ冷めるのだろう』と試して窺《うかが》っているところもあった。

「月夜野。つまんなくないか」

風谷はある日、訊《き》いてみた。

「どうして?」

「俺とさ、ここにいて――退屈じゃないか?」

「べつに」

美少女は、社会に注目されるだけ、たくさんの人間を見ている。月夜野瞳は上目遣いに、少年の底を試すようなまっすぐな視線を向けて来た。

「風谷君、疑ってるでしょ。わたしのこと」

「疑ってるって――」

「わがまま娘が気まぐれ起こして、毛色の違った男に入れあげてるけど、いつまでもつか……」

「そうじゃなくて、信じられないだけさ。俺は、面白い男じゃないし」

「わたし、ここにいるのが好きよ」

でも、そんなことを言っていても、瞳がテニス部の上級生と噂になったりすると風谷は『やっぱりな』と思ってしまう。夕方の突堤に瞳が来なくなって、また一人になって問題集をめくりながら『元に戻っただけさ』と風谷は思った。

ところが、あきらめているといつの間にか隣に座っている。

「どうしたんだ。テニス部の山崎さんと、デート行かないのか？」

「いいの」

少女は、脚をぶらぶらさせながら水平線を見やる。長い髪が風に吹かれ、夕闇に舞っている。

「あの人と横浜行くのも楽しいけれど……。でもここにいると、ほっとするから」

「？」

「ほっとするから」

「ほっと──って……」

「あなた、自分があるもの。どこか〈芯《しん》〉があるもの。中学の塾の頃から、そう思ってた。一緒にいると護ってくれそうで、ほっと出来るの」

髪をかき上げる少女の横顔を、風谷はその時、きれいだと思った。美少女は不思議に照れた顔で「ほっとする」と口にしたのだ。俺は、こいつを──人気者だというだけで変に祭り上げていたな、と十七歳の風谷は反省した。瞳が、ここがよくて「いる」と言うなら、自分も格好をつける必要はない。ありのままで普通にしていればいい。

風谷はその時初めて、まともに少女の顔を見て「月夜野」と呼んだ。

「な。月夜野」

「うん」

「俺、君のこと好きだけど——あんまり噂されたり騒がれたりするのは、嫌なんだ」

「じゃ、内証にしよう」

「？」

「風谷君とわたしが、ここにこうしていること、わたしは言わない。みんなには内証にしよう」

「いいけど——なんかさ」

二人だけの秘密をつくろう、という相談には、何故だかむず痒《がゆ》いような嬉《うれ》しさがあった。

風谷は照れ隠しに笑っていた。

「なんかさ、よくあるじゃないか。有名な女優と平凡な男が恋におちたりして——世間には内証にしててさ。そんな気分だ」

「なに言ってるの？　おかしい」

「おかしいって——君は、学校のアイドルなんだぞ。君が自分で思っている以上に。俺にはもったいない話さ」

そう言うと、瞳は「風谷君」と真剣な目で見返して来た。

「風谷君」

「ん」

「わたしを見て」

「――？」

「どんなふうに見える？」

「どんなふうって――可愛《かわい》い」

「じゃ、ずっと見てて。わたしを見ていて」

少女の真剣な眼差《まなざ》し、というものを生まれて初めて突きつけられ、風谷はただうなずくしかなかった。

「あ、あぁ……」

「しわくちゃのおばあちゃんになっても、ずっと見ていてね」


「――――」

風谷は、声もなく立ち尽くしていた。

病棟の廊下に立つ風谷の前には、閉じられた無菌室の扉があるだけだった。

少女の真剣な眼差しは、どこにも見えなかった。ただスチール製の扉に〈立ち入り禁止〉の赤いプレートが貼られているだけだ。

――『一緒にいると護ってくれそうで、ほっと出来るの』

人気のない明け方の廊下で、風谷はただ、唇を噛んで込み上げて来るものに耐えた。

七年後に、こんな形で再会しようとは……。

俺は……あいつの結婚を止めるべきだったんじゃないのか。三年前無理にでも「結婚するな」と止めていれば――瞳はあの飛行機に乗らずに済んだんじゃないのか。俺は瞳の幸せを考えてやったつもりで、実は瞳を護るために何も……。

風谷は、ベイルアウトする時に擦り傷を負った右手を、胸の前で握り締めた。

背中から誰かに「風谷」と呼ばれても、一度では気づくことが出来なかった。

「風谷。おい、風谷？」

ようやく声に気がつき、振り向くと、エレベーターホールから歩いて来た人影が廊下の背後に立ってこちらを見ていた。

「大丈夫か。風谷」

その長身が誰なのかを思い出し、やっと記憶の世界から現実に戻ることが出来た。風谷は眼をしばたくと、かすれた声で返事をした。

「が、月刀さん……」

風谷の個室

「そのドアの向こうは、収容された生存者か」

月刀慧は、閉じられた無菌室の扉を、日焼けした顎で指した。

「は、はい」

「そうか」

折り目のついた制服とは正反対の疲れた顔で、月刀はカツカツと風谷の横に立った。

「あまり、思い詰めるな。お前、死にそうな顔をしていたぞ」

月刀慧一尉。航空学生で五年先輩。小松基地第三〇七飛行隊では日頃飛行班長として風谷を鍛《きた》えてくれている。だがこちらの内面の葛藤《かっとう》など知ってくれるはずもない。風谷の肩に手を掛け「部屋で話そう」と言う。

個室に戻ると、窓の外はさらに明るくなっていた。しばらくすれば、見舞客と報道関係者でまた騒々しくなるかも知れない。

「先輩」

「ん」

「俺、何も出来ませんでした」

「いいから、横になれ」

月刀はベッドに戻るよう促《うなが》した。

「風谷、お前な」

月刀は、風谷をベッドに座らせると、自分は見舞客用の円椅子《まるいす》を引き寄せて腰を下ろした。制帽を窓際のテーブルに置き、制服の上着のボタンを外し、息をつく。二十九歳のベテラン・パイロットは野性味ある彫りの深い顔だが、眼は赤く血走っていた。

「お前がな、責任を感じることはないんだ。お前は上層部の——総隊司令部の指示に従って飛んだに過ぎない。今回の事態の、すべての結果責任は上層部にある。お前は歯車なんだ」

「はぁ……」

風谷はシーツの上でうなずきながら、月刀さんも寝ていないんだ——と思った。

今ごろ小松基地の人たちは、どんな混乱の中で働いているのだろう。救難飛行隊は全員招集されて洋上の捜索だろう。戦闘機の飛行隊は火浦《ひうら》二佐が統括しているから、必要のない人員にむやみな徹夜などはさせていないだろうが……。

「歯車、歯車なんて俺たちのプライドを逆なでにする言い方だが、あえて言うぞ。自分で採るべき処置を決められない状態に置かれた歯車が、必要以上に悩む必要はない。お前はよく働いた」

「は、はい」

「それよりも、ゆっくり休んで戦列に復帰出来るよう体調を回復させろ。怪我の具合はどうだ」

「擦り傷程度です。大したことはありません」

レントゲンなどの精密検査の結果が出るまでは、まだ数日はかかるだろう。パラシュート降下したパイロットが、腰骨を痛めることは多いらしい。自覚症状はないが、検査結果がはっきりするまでは病院を出ることは出来ないだろう……。いやそれよりも、と風谷は思った。

俺は――また戦闘機に乗るのか？　果たして、乗れるのか――？　初めてスクランブルの編隊長として敵に対峙《たいじ》した体験は、『戦闘機に乗って日本を護る』という仕事がどういうものなのかを、風谷に思い知らせていた。

「そうか」

月刀は、風谷の顔色を見てうなずく。

「風谷。お前は初めての編隊長という状況の中で、精一杯の働きをした。韓国の旅客機がやられないように、体を張って行動してくれた。やっとのことで攻撃ポジションを取っても撃つことを許されず、さぞ歯がゆかっただろう。だが現行の憲法の下では、俺たちにはあのくらいしか、出来ることがない。たとえ世界最強のイーグルを持っていても、攻撃許可が出なくては不埒《ふらち》な侵入者に対しバルカン砲の一発も撃つことは出来ないんだ。

それじゃ日頃の訓練は何なんだと、俺も火浦さんも、先輩たちも後輩たちも、みんなそう思っている。だが昨夜お前が経験した闘いが、悔しいが俺たちに出来る精一杯の行動なんだ。航空自衛隊の戦闘機パイロットには――特に編隊を率いる編隊長には、いざとなれば目の前の困っている人を見捨てられる非情な心と、理不尽な命令にも従えるしたたかに鈍い神経が要求される。基地で防衛部長をやっている日比野《ひびの》のあんちゃんは、気に食わない嫌なやつだが、一つだけ正しいことを言っている。俺たち自衛隊幹部の一番大切な仕事は、嘗《な》められても馬鹿にされても、責められても非難されても、じっと我慢することだってな」

「――――」

月刀の話に、風谷はふと、浜松基地のＴ４課程で担当教官が言ってくれた言葉を思い出す。

――『風谷。お前は優しい。戦闘機パイロットになるには、少し優し過ぎる』

「先輩」

「ん」

「旅客機の生存者は、あれからどうなりましたか。さらに発見されているのですか?」

「ん。ああ。夜を徹して捜索活動は続けられている。海上保安庁も協力してくれている。だが、三月の日本海だし、情報も錯綜《さくそう》していてな」

「川西は? 川西は無事ですか」

「ん。ああ」

急にたたみかけて訊《き》いて来た風谷を、月刀はいさめるように言った。

「風谷。とにかく、今はお前の顔を見るために寄ったんだ。俺はこれからまた基地に戻って、火浦さんと今後の対策を練らなくてはいけない。日本があの勢力――侵略行為を仕掛けて来た〈勢力〉に対し今後どう対処するのかは政府に任すとしても、俺たち第三〇七飛行隊として、やつらがまた襲って来た時の対策を考えなくてはならない」

「はい……」

「お前は当分、寝ていればいいが、ひとつだけ教えてくれないか」

「?」

「お前を撃ったあのスホーイな。あれ、いったいお前に何と言ったんだ? 交信テープをチェックさせているんだが、弱い電波だったから内容がはっきりしない。やつが『日本語』で話しかけて来たらしいことは、分かっているんだが――」

「〈亜細亜のあけぼの〉と……」

「亜細亜の――?」

「たしか、『我々は〈亜細亜のあけぼの〉』だと――俺にそう名乗りました。日本語でした」

「外国人のしゃべっているような日本語か?」

「そこまでは……」

「ううむ」

「詳しいことは、川西にも訊いてください。あいつもすぐそばで傍受《ぼうじゅ》していたはずです。

川西は、小松に帰還しているのですか」

「ん。ああ。分かった」

月刀は帽子に手を伸ばしながらうなずくと、がたっと円椅子を鳴らして立ち上がった。

「やつが国籍マークを付けていなかったのも、確かなんだな?」

「はい」

「よし、じゃ俺は戻る。基地の司令部には『当分安静が必要、事情聴取も不可能』と報告しておくから、お前は何も気にせずに休め」

「は、はい」

「これは飛行班長からの命令だ。お前は休むんだ。本当に神経が疲弊《ひへい》してやられている時は、自覚症状がないらしい。昔の変な幻を見たり、そういうこともあるそうだ。もしひどく不安になったりしたら、それは疲労のせいだから、とにかく寝るんだ。何も考えずに寝ているんだぞ。いいな」

いつもの月刀にしては、変に言葉数の多い指示をすると、風谷の直属上司である飛行班長は早足で病室のドアを出て行った。

「――――」

ドアが閉じると、風谷は静かになった個室のベッドでまた仰向けになった。天井を眺めた。

――『風谷。戦闘機操縦課程に進める前に、お前の覚悟を聞いておきたい』

浜松基地時代の教官の言葉が、また蘇った。

――『いざという時、お前は覚悟が出来るか。非情になれる覚悟が出来ると思うか

――？』

（俺は……）

風谷は目をつむり、唇を嚙んだ。

日本海上空

「疲れているだろうが、みんな聞け」

小松基地を離陸した救難飛行隊所属のＵＨ60Ｊ救難ヘリコプターは、一四〇ノットの最大速度で日本海公海上の捜索区域に到達すると、五〇〇フィートの低空で拡大方形捜索《スクェア・サーチ》パターンに入った。基地には給油と補給のために戻っただけで、乗員の交代は行われていなかった。

「いいか。Ｕ１２５捜索機の全周レーダーと赤外線センサーで見つけられるものは、すでに残らず拾い上げた。これから日が昇る。あとは俺たちの、眼だけが頼りだ」

小松の救難飛行隊は、創設から四十周年を迎える。警察や消防で手に負えなくなった悪天候下での救難出動を要請され、民間向けに出動した記録は過去に計三百五十余回。これまでに四百数十の国民の生命を死の淵《ふち》から奪還して来た、栄誉ある飛行隊だ。今回の国籍不明機による旅客機撃墜事件でも、夜を徹して三回にわたる全力出動をこなし、深夜にＮ

HKが報じた以後にもさらに十三名の生存者を冷たい海面から拾い上げている。

「いいか。レーダーやセンサーなんてしょせんは機械、経験を積んだ救難員の眼にはかなわない。『救助能力世界有数』と言われたお前たちの能力を、見せてくれ」

コクピットの機長席でみずから操縦桿を握る副隊長の有守《ありもり》三佐が檄《げき》を飛ばすと、機内放送を聞いていた後部キャビンの救難員《メディック》たちが、疲労しきったどす黒い顔からぎょろりと光る目だけを上げて「おう」「おう」と応《こた》えた。小松の救難員チームは高い技量を持つベテランぞろいだ。隊員には、世界の最高峰を征服したアマチュアの登山家もいる。徹夜の連続出動でも、文句を言う者は一人もいなかった。同じ空自でも、戦闘機隊のパイロットには『俺たちは何をしているんだ?』と悩んでいる者もいたが、救難隊だけは人命を助けて直接国民に感謝されるので、使命感に燃えている隊員が多かった。

「でもなぁ」

しかし機内放送のマイクを切った後、機長席で三十七歳の有守三佐はため息をつく。有守は戦闘機から転出させられて、救難ヘリの操縦をするようになった〈F転組〉と呼ばれるパイロットだ。最初から救難を志望したパイロットとは違って、脱落者の悲哀を一度味わっている。

「エアバスの着水から、そろそろ十二時間になる……。これから見つかるのは、残骸と仏さんだけかも知れないなぁ……」

「弱音を吐くのはよしましょう、副隊長」

横から、副操縦士の雪見佳子《ゆきみけいこ》二尉がヘルメットの顔を向けて言う。雪見は一般幹部候補生出身の女性パイロットで、二十七歳。武骨なヘルメットに白い小作りな顔がミスマッチだ。航空学生出身で戦闘機コースを脱落した有守よりも、昇進スピードは速い。

「君だから言うんだ、雪見」

有守は、機体をバンクに入れて捜索パターンの直角旋回を行いながら言う。この海域には、他に小松の二機のUH60Jと、上空に二機のU125A双発ジェット救難指揮機。それに千歳と芦屋から応援に駆けつけた救難ヘリ、海上自衛隊の艦載ヘリ、海上保安庁のヘリと捜索機もそれぞれ海面を分担して捜索にかかっているはずだ。

「指揮官というものは、隊員たちの前では絶対に弱音を吐けない。士気にかかわるからな。しかし自分だけで悩んでいると、重圧で潰《つぶ》れてしまう。弱音を吐ける腹心の部下を、そばに一人用意しておくんだ。君もすぐに、指揮官の立場になるんだからな」

「は、はい」

「ため息をつきたくなっても、決してつくな。自分の気力がもたなくなって来たら、隊員を激励して紛らわせろ。俺はそうしている」

タービン・エンジンの爆音に隠れ、有守が小声で打ち明けると、初めから救難コースが志望だったという雪見二尉はけげんな顔でうなずいた。

「は、はぁ」

「後ろの連中には言うなよ」

そこへ、後部キャビンの左舷で海面をウォッチしていた救難員が報告してきた。

「機長。漂流物」

「サバイバーか？」

「いえ。物件。機体の一部の模様」

有守は操縦桿を引いてフレアーをかけ、UH60Jの行き足を止めると、機体をひるがえして救難員の指定する場所に引き返した。

「エアバスの主翼フラップか、動翼の一部のようです。着水時に脱落したんでしょう」

副操縦席の窓から海面を見下ろして、雪見佳子が言う。ようやく明るくなって来た紺色の波間に揺れているのは、細長い金属製の物体だ。

「この辺りは、機体本体の沈んだポイントから遠くありません。流されて来たのでしょうか」

確かに、波が洗っているのは旅客機のフラップの一部のようだった。スホーイの二三ミリ機関砲に直撃されたらしく、表面にいくつかの円い大穴が開いている。

「うん、そのようだな。被弾している」

機体の破片――航空機のアルミ合金の外板に、機関砲が直撃するとどうなるのか……。

操縦士としての興味から引き上げて見たい気もしたが、有守はすぐに頭を振る。

「今は、生存者の捜索が最優先だ。物件は放っておく。行くぞ」

漂流している生存者がいるとすれば、今が生死の境のタイムリミットだろう。エアバスの機体の一部の発見を、一応上空のＵ１２５Ａに報じてから、有守のＵＨ60Ｊはさらに進んだ。


ところが、数分と経たないうちに上空を監視するＵ１２５Ａが呼び返して来た。

「副隊長。Ｕ１２５から、『フラップを回収し持ち帰れ』という指示です」

無線を受けた雪見佳子が、けげんな顔で有守を見る。

「どうしますか」

「冗談じゃない。今は生存者の捜索が最優先だ。物件にかまっている暇などないと伝えろ」

有守のＵＨ60Ｊは、フラップの回収を断ってさらに海面をなめながら捜索を続けようとしたが、今度は上空のＵ１２５を介して、小松基地の第六航空団司令・楽縁台《らくえんだい》空将補が直接呼んで来た。

『有守三佐、ご苦労だ。私だ、楽縁台だ』

有守は露骨に顔をしかめながら、ヘルメット・マイクの無線スイッチを押して「はい」

と応答する。部下にカマを掛けては、後でばっさり処分するので有名な楽縁台だ。有守は、あまり話をしたくなかった。

「司令、本機はただいま旅客機着水ポイントより発動し、西側二マイル付近を捜索中です」

タヌキじじいめ、この忙しい時に邪魔してくれるな、という意味を込めて有守は「今のところ生存者の姿なし。さらに捜索を続けます」と報告した。ところが、

『それでなぁ、有守君。実は相談なんだが』

無線の向こうの楽縁台は、若山弦蔵の吹き替えみたいな艶のあるバリトンでたたみかけて来た。奈良の大仏みたいな大きな耳と同様に、声にも邪魔でしょうがないような存在感がある。

『被弾したエアバスのフラップをな、拾い上げて持ち帰ってはくれんかな。貴重な資料になるんだがなぁ』

「団司令。現在旅客機の着水から十二時間、漂流する生存者がいるとすれば、今が生と死の境目です。生存者の捜索を続けさせてください」

有守は「とんでもない」という口調で拒絶したのだが、楽縁台は『でもなぁ』と続ける。

『でも生存者ってなぁ、君。春先の日本海に、着のみ着のまま放り出されたら、せいぜいもって数時間だろう。もう生存者なんていているはずない』

その言葉に、有守は「うっ」と顔をしかめた。基地の団司令がみずから『生存者なんているはずない』とは――とても後部キャビンの救難員たちには、聞かせられない物言いだ。

「わ、わずかでも可能性があれば、最後まで捜索してやるのが我々救難隊の使命です」

『でもなぁ。貴重な資料なんだよな。それに国民の「知りたい」という要請もあってなぁ』

「お断りさせていただきます。だいたい――」だいたい、貴重な資料とか言ったって、被弾した旅客機のパーツを無理やり手に入れる必要はない。撃墜されたF15の機体を引き上げれば、機関砲直撃の損傷データは取れるじゃないか――そう考えかけて、有守は思い当たった。『国民の「知りたい」という要請』だと――？　あのおっさん、マスコミに何か吹き込まれたな……。

第六航空団司令の楽縁台空将補は、防大をトップクラスで卒業し出世コースを突っ走る、空自のトップエリートだ。現在の白久些《しらくさ》航空幕僚長と江守《えもり》航空総隊司令官がそろって勇退する一年後には、次期幕僚長との呼び声もある。勢いにあやかろうとつき従う幹部もいたが、有守たち現場の指揮官には、やり手の企業経営者みたいな楽縁台を嫌う者は多かった。

あのタヌキじじいめ……。被弾したF15の機体は国防機密でマスコミには見せられないから、代わりに何か『絵になる素材』を提供して、TV局や新聞社に恩を売るつもりか？　冗談じゃない。俺たちは忙しいんだぞ。

「――とにかく、人命が最優先です。捜索を続けます。以上」

だが無線を切ろうとすると、楽縁台はまだねっとりと絡みついて来た。

『まぁ、待ってくれよ有守君』

「時間が惜しいので」

『まぁ待ちたまえ。あのな、先月酒場で喧嘩してつかまった、君のところの若い隊員だけどなぁ。私の人脈で県警本部長に頼み込んで、不問にしてもらったんだよなぁ。あれは大変だったよな』

うっ、と有守は絶句する。

何を言う気だ？　このタヌキ――

『今度は君が、私に協力してくれんかなぁ？　そうすれば、また問題が起きた時、助け合えるんだがなぁ。救難隊は大変だよなぁ。血の気の多い若い隊員が、一杯いるんだからな。そのうちきっとまた何か起きるよなぁ』

絶句している有守の横顔を、雪見佳子がまたけげんな表情で覗く。楽縁台との通話はチャンネルを別にしてあるので、副操縦士のヘルメット・イアフォンには入らない。

「ううう」

有守は、操縦桿を握る手をわなわなさせた。

確かに、連日命がけの任務をこなす救難隊には血の気の多い若者が多く、街の酒場で呑んでいる時に自衛隊をばかにされたりすると、つい挑発に乗って手を出してしまうことがある。地元の街には、自衛隊と見ると目の敵にしてちょっかいをかけて来る徒輩《やから》がいるのだ。年配の下士官クラスは我慢を知っているが、若い連中はそうもいかない。腕っ節が強いからただでは済まず、呼び出されて警察署までもらい受けに行くのはいつも有守の仕事だった。警察と自衛隊は伝統的に仲が悪い、という事実を知ったのも副隊長職についてからだった。何とか謝って問題を大きくせず収めようとしても、土下座で済まないこともあった。

(だけど、しょっちゅう地元財界のパーティーに出ているあんたが県警本部長に電話してくれたのも、自分の在任中に基地内で問題を起こさせないためなんだろう。今さら恩着せがましく――)

だが楽縁台の声は続く。

『どうなんだね、有守三佐？　それともこの次は、隊員と一緒に泊まるかね』

「う、うううう――」

結局、戻ることになった。

漂流物のあった海面まで引き返し、救難員二名をホイストで海面に下ろしてフラップを拾い上げる作業に、貴重な十五分を費やしてしまった。長さ三メートル余りの金属の板はキャビンには納まらず、ヘリの胴体下面にワイヤーで吊り下げるしかなかった。それでまた手間を食った。

有守は部下たちに「上からの命令だ、すまん」と謝って作業してもらったが、疲れた救難員たちの「何でこんなことをさせるんだ」という非難の眼差しは消せなかった。「上から言われたって、『人命最優先』と跳ね返してくれるのが副隊長じゃないのか」――有守は、そう言われているのが痛いほど分かった。みんな人命を助けたくて、徹夜の連続出動に耐えているのだ。

「あのな、雪見」

捜索パターンに機体を戻しながら、有守はぶすっと言った。

「自衛隊の指揮官なんて、サラリーマンだぞ。中間管理職だぞ。君は一流大を出て、希望に燃えて幹部パイロット・コースを進んで来たのかも知れないが、上からは理不尽で馬鹿な命令、下からは部下の非難と軽蔑《けいべつ》の眼差しだ。指揮官なんて――自衛隊の幹部なんて、なってみていいことなんか一つもありゃしないぞ」

「でも――」

秋田出身だという色白の雪見佳子は、ヘルメットの目庇《まびさし》の下で海面を追いながら応える。

「――この仕事、人を助けられますし……」

その時、また後部デッキで救難員が叫んだ。

「十時方向。漂流者。人です！」

府中航空総隊司令部中央指揮所

総隊司令官の江守空将補は、ここ地下四階の中央指揮所《CCP》で、結局徹夜をした。
薄暗い映画館のようなひな壇状の地下空間には、数十名の要撃管制スタッフが、夜を徹して動き続けている。日本海における捜索救難オペレーションの、指揮調整に当っているのだ。

中央指揮所の前面ホリゾント・スクリーンには、日本海の島根県沖、公海上のポイントを中心に無数の緑の三角形がＣＧで描かれ、ゆっくりと動いている。沿岸の各基地から発進した、空海自衛隊の捜索・救難機だ。警戒航空隊のＥ２Ｃホークアイ早期警戒管制機を日本海上空に飛ばしているので、朝鮮半島沿岸から手前の洋上は、全てレーダーに入る勘定だ。

「司令」

ざわめく管制席の階段を上り、報告書を持って来る振りをして、先任指令官の和響《わきょう》二佐がトップダイアスの司令官席に歩み寄った。昨夜、領空侵犯事件で防衛省内局の雑上掛《ぞうがみがけ》参事官に口答えし、保安要員に拘束されてしまった葵《あおい》一彦に代わり、急きょ呼び出された若手の先任要撃指令官だ。

「葵が奥尻島に飛ばされると聞いたのですが、本当ですか？」

ん？　と江守は疲れた顔を上げて、和響の顔を見返す。

「そうか——君と葵二佐は、同期だったな」

「葵のやつ」

和響は江守の席にかがみ込むと、書類を渡す振りをして小声で訊く。

「いったい雑上掛参事官に、あいつ何と言ったのです？　いつもは冷静なやつなんです」

「うむ」

江守は、小さくうなずく。トップダイアスには、江守の総隊司令官席を中心に、左右にずらりと高級幕僚たちが並んでいる。総隊司令部防衛部長、監理部長、運用課長、いずれも出世コースの腰掛けポストで、在任期間も短い幕僚たちだ。若い要撃管制官が信頼してものを言えるのは、みんなが『親父』と呼ぶ江守空将補ただ一人だった。

「今ここでは、ちょっとな……。わたしも抵抗はしたのだが——すまない」

そこへ、横から防衛部長の一佐が「司令」と武骨な黒い受話器を差し出して来た。

「司令、外務省アジア局から直通回線です」

江守はうなずくと、和響に「また後で話そう」と席に戻るよううながした。

江守幸士郎は五十九歳。来年定年を迎える最古参の自衛隊幕僚だが、それでも大東亜戦争終結後の生まれで、戦争の経験は無かった。自衛隊には戦後、防衛大学校生として入ったのである。

海軍の戦闘機乗りで、南方で任務に従事した父親の影響もあったのかも知れない。江守も防大を出ると、航空自衛隊で戦闘機パイロットとなった。米軍から供与されたノースアメリカンF86F昼間戦闘機が彼の最初の乗機である。その後『最後の有人戦闘機』とうたわれたF104Jスターファイターに乗り継いだが、人材の不足していた空自が江守の人格識見を見逃すはずもなく、現場にいたいと言う江守を幕僚コースに引きずり込んでしまった。飛行隊長を外《はず》されて六本木の地下に入ったのが三十九歳の時だ。出世欲など毛頭なく、自衛隊を早く一人前の組織にしようと汗をかき、手柄もみんな人にあげていたのが、いつの間にか下から押し上げられるように組織の頂点近くまで来てしまった。

以来、現場の感覚を失わないように、時々総隊司令部飛行隊が連絡用に保有するT4練習機に搭乗してはパイロット資格を維持して来たが、総隊司令になった最近では、半年に一度飛べればいいほうだ。そしてこの忙しい生活も、あと一年たらずで終わってしまう。

江守は、最近仕事をしていてハッとすることがある。もうすぐ定年を迎える、自衛隊で最古参の自分が戦争を知らないということは――現在自分の下にいる全自衛隊員が、実戦を知らないということになる。昔は先輩から『実戦を知らない防大出の若造』と言われて来たのに、いつの間にか周り全部が自分と同じ戦後育ちだ。朝鮮半島がどうして分断されてしまったのかとか、そんな歴史さえ知らない者もいる。自分がやめてしまった後は、自衛隊は完全に『戦争を知らない軍隊』となるのだ。

「はい。総隊司令官です」

外務省からの直通電話か……。いったいどんな用件だろう――？　江守はいつもの低く抑えた声で受話器を取る。

江守に対して部下の信頼が厚いのは、無用に威張らず我慢づよく腰が低く、小さなことでも無視せず大事にする日頃の行いによるところが大きい。これは江守が築城《ついき》基地の飛行隊長時代から変えずに実行している、自分への戒《いまし》めだ。体格に恵まれた江守は腕っ節が強かったが、昔若い頃に喧嘩して相手をひどく傷つけてからは、どんなに頭に来ることがあってもグッと我慢して対処するようになった。それが指揮官として、一番大事なことだとも信ずるようになっていた。

だが、

『ああ君が自衛隊の総司令官かね？　こちらは外務省アジア局長の高天神だがね』

黒い直通電話を通して聞こえて来る声は、えらく尊大であった。

ごほん、と江守は咳払《せきばら》いして答える。

「自衛隊の総司令官ではありません。わたしは航空自衛隊の総隊司令官・江守空将補です」

『ああ、そう』

しかし電話をかけて来た外務省の官僚らしき人物は、ぞんざいに答えるだけだった。自衛隊の組織のことになど興味もないし知りたくもない、という感じだ。

『まぁいい。君があれか、今日本海でやっている自衛隊の捜索救難活動の実行責任者だというわけだな、一応』

「はい。わたくしが――」

こいつは、何者だ……？　江守は小さく眉をひそめる。『君』呼ばわりされたくらいで腹は立たない。だがキャリア官僚とのつき合いに慣れているつもりの江守にも、その声は尊大に聞こえた。防衛省の内局のキャリアの場合は、威張ってはいてもどこかに『どうせ俺たちゃ防衛省だし』という日陰者の悲哀みたいなものがある。しかし、電話の声にはそのようなかげりは一切なかった。

「――わたしが日本海における旅客機捜索救難オペレーションの、指揮を取っておりますが」

『ああそう、はいはい』

真面目に答える江守を鼻で笑うような声で、外務省の人物は言った。外務省の、アジア局長とか言ったか――？　いったい俺に何の用なのだ。

「失礼ですが、多忙中につき手短に願います」

『ああそう。それじゃね。君に要請するけど、日本海での自衛隊の捜索救難活動をね、ただちに中止しなさい』

「――は？」

『捜索救難活動を中止しなさい。すぐにだ』

「いったいどういう……」

『こっちは要請――指示とか命令とか言うと権限がどうだの角が立つから、要請にしといてやる。つまり要請してるわけだよ。君は救難機をね、今すぐ全機引き揚げさせるんだ』

「な……」

『分かったか？　日本語分かるか、君は？』

外務省の人物がいきなり突きつけた言葉が理解出来ず、江守がウッと口ごもると、タイミングを合わせたかのように先任指令席から和響二佐が振り向き「司令！」と叫んだ。

「司令、北西より捜索海域に侵入機多数。我が方の捜索・救難機の間に、割り込んで来ます！」

日本海上空

「こちらは航空自衛隊の警戒管制機エクセル1。現場海域に侵入中のヘリコプター編隊に告ぐ。ただちに所属を申告し、当方の管制下に入りなさい。くり返す――」

日本海・島根県沖洋上三二〇〇〇フィートに滞空する、警戒航空隊第六〇一飛行隊所属のE2Cホークアイ早期警戒管制機。その後部キャビン管制席のレーダー画面には、北西方向の公海上から突如割り込むように侵入して来た、所属不明の低速飛行ターゲットが多数映っていた。

「――UH60？　S62？　何だこいつら……」

ホークアイの装備するALR59P識別システムがただちにターゲットの発する電波を捉え、米国製のヘリコプターUH60シリーズとS62シリーズの混成であるらしいと画面に表示した。しかし敵性の機体でないからといって、放っておくわけにはいかない。

「くり返す。ただちに当方の指示に従い、機首方位を一八〇へ向けなさい。このままでは、日本の救難機と衝突する恐れがある。機首方位を一八〇へ向けなさい」

先任機上要撃管制官はヘッドセットのマイクに呼びかける。しかし接近するヘリ編隊は軍用国際緊急周波数二四三メガヘルツを聞いていないのか、全く応答がない。

「聞いてるのか、こらっ」

「先任。いったいこいつらは何者ですか?」

双発ターボプロップのE2Cには、与圧された後部キャビンに三名の機上要撃管制員が乗り組んで、レーダー画面に向かっている。中央の管制席に着くのが先任要撃管制幹部で、地上の指揮所で先任指令官も経験したベテランの一尉がこれに当っている。

「おそらく、韓国軍のヘリだろう」

「韓国の?」

「初動に手間取って、今ごろ現場海域に押しかけて来たんだ」

島根県沖の事件現場は、公海上といっても日本のアウターADIZ——すなわち外側防空識別圏の中にあり、日本の領海に近い。撃墜されたエアバスが着水したポイントも、日本側は自衛隊機がその場にいたので正確に把握できている。エアバス機の所属が韓国だからといって、手をこまねくはずもなく、空海自衛隊の救難部隊はただちに全力出動している。韓国軍の救難部隊が現場到着に手間取ったのは、情報を得て位置を特定するのに時間がかかったためだろう。日頃の日韓の連絡の悪さというやつだ。

「先任、連中は針路を変えません。現場海域に突っ込んで来ます。まるで殴りこみです」

「ううむ——」

しかし、遅くなったからといって、発見出来る生存者はほぼ拾いつくした海面に、断り

もなく割り込んで来るとはどういうわけだ――？　先任管制官がいぶかっていると、

「あっ、スピードおとしやがった」

管制員の一人が、画面を見て舌打ちした。接近するヘリ編隊十七機を表す白い菱形のシンボルが、画面上からフッと消えてしまったのだ。

Ｅ２Ｃが背中に背負って回転させているＡＰＳ１２５パルスドップラー・レーダーシステムは、空中を飛ぶ目標があまりに低速になると、探知できなくなってしまうのである。

「高度走査モードに切り替えろ」

「駄目です。映りません」

先任の指示で、管制員がパルスドップラー・レーダーのモードを探知範囲の広い〈非高度走査〉から精度の高い〈高度走査〉モードに切り替える。捜索範囲は狭くなるが、自分たちよりも下方を飛んでいる目標の高度までを精密計測して表示できるモードだ。しかしさっきまで映っていた菱形のシンボルマークは、画面から消えたままだ。

「くそっ」

韓国の所属らしい軍用ヘリ編隊は、事件現場に近づいたところで急激に速度をおとしたらしい。Ｅ２Ｃ早期警戒管制機にも、盲点があるのだ。

「駄目です、五〇ノット以下におとした模様」

通常、高々度から海面に向かってレーダー電波を発射すると、海面からの反射波がどっと戻って来るため画面は一面真っ赤になってしまう。その中に空中目標が混じっていても分からない。レーダーはルックダウン（下を見る）が難しい、と言われるのはこのことである。だがE2Cのパルスドップラー・レーダーシステムは、一面真っ赤の海面反射の中から『動くもの』だけをドップラー効果を利用し拾い出すという処理で、海面を背にした低高度目標の探知を可能にしている。もしも低空で侵攻して来る敵機が現れ、地上のレーダーサイトで探知出来なくても、パルスドップラー・レーダーを装備したE2Cが空中で見張っていれば、早期に発見して警報を発令出来る。『早期警戒機』と呼ばれるのはこのためである。

ところが、E2Cの誇るハイテクの『眼』には、『動くもの』しか映らないという欠点がある。ある瞬間に発射したパルスのリターンと次の瞬間に発射したパルスのリターンを比較して、位置の変わっているものだけをコンピュータ処理し画面に表示する仕組みだからだ。だからE2Cのシステムにとって、一番困るのがヘリコプターであった。固定翼機なら、どんなに遅いプロペラ機でも一〇〇ノットを切って飛ぶのは難しいが、回転翼機のヘリは空中で停止出来るのだ。空自のE2Cが装備するAPS125レーダーは、自機に対する目標の接近／離脱速度が五〇ノットを切ると、完全に『見えなく』なってしまう。

「マリタイム・モードにしろ」

「了解」

ＡＰＳ１２５にも、一般のレーダーと同じく、海面上の目標を普通に走査できるモードがある。海面からの突起物を、『動いている・いない』にかかわらず拾い出し、海面反射のバックグラウンドを出来る限り取り除いて画面に映し出す〈マリタイム〉モードだ。精度は低いが、艦船を探知したい時はこれでも役に立つ。しかしこのモードを使うと、空中の航空機も海面上の船舶も岩礁も、小島もホヴァリング中のヘリコプターも、いっしょくたに輝点として表示してしまう。

「うわ、駄目だ」

モードを切り替えた瞬間、画面は砂嵐のような無数の輝点で埋め尽くされた。海上を捜索中のヘリ、航空機、海自・海保の艦船からボランティアで捜索に出ている民間の漁船までが、同じ画面にいっしょくたに映し出されたのだ。一面の輝点のどれが何なのか、さっぱり分からない。

「駄目です。判別できません」

「仕方がない、元に戻せ」

レーダーのモードが〈非高度走査〉に戻ると、画面は現場海域で捜索活動中の日本の救難機だけになった。空海自衛隊と海保のヘリも低速で捜索しているが、これらのヘリにはＥ２Ｃからの質問波に応じて自機の位置を返信する敵味方識別装置《ＩＦＦ》（海保の場合はとはなかった。

航空交通管制用自動応答装置《ATCトランスポンダー》が働いており、たとえ空中で停止しても画面から消えるこ

「現場海域に侵入したヘリ編隊。貴編隊の敵味方識別装置のコードをモードD・六〇一一にセットしなさい。くり返す。敵味方識別装置のコードをこちらの指示するものにセットしなさい。聞こえますか？　聞こえたら応答しなさい」

呼びかけている間に、ＡＬＲ59Ｐ識別システムがヘリ編隊の出しているレーダー電波の特性・種別をさらに分析したらしい。画面の隅に『韓国空海軍所属機』という表示が現れる。やはり韓国の連中なのか。

「韓国のヘリ編隊。応答しなさい」

先任管制官はマイクに指示するが、依然として応答の気配はなく、「畜生」と舌打ちする。

「こいつら、どういうつもりか知らないが——とにかく総隊司令部に報告だ。現場海域で勝手に飛び回られたら、こちらの救難機と衝突するぞ」

「総隊司令部でも、この動きはモニターしているのでは」

「司令部から政府の外交ルートを通じて、連中にこちらと連絡を取るよう指示してもらうんだ。このままでは二次災害が起きかねない」

「外交ルートですか」

「時間はかかるが、それしかない」

だが無線のチャンネルを切り替えようとした時、

『日本の救難機に告ぐ』

ふいに全員のヘッドセットに、独特の訛《なま》りのある〈東洋人英語〉が飛び込んできた。イアフォンがひび割れるような大声に、先任管制官は「うっ」と顔をしかめる。

『日本の全救難機に告ぐ。我々は韓国空軍だ』

大声で怒鳴るような口調に、管制員たちも「何だ!?」と顔を見合わせる。先任管制官はマイクに呼びかける。

「韓国空軍の編隊。こちらは航空自衛隊の警戒管制機エクセル1。聞こえますか」

だが相手は聞こえているのか、呼びかけを無視して怒鳴り続ける。

『韓国空軍は命令する。日本の全救難機はただいまより、速《すみ》やかにこの海域から出て行け！　くり返す。日本の救難機は海域を出ていけ』

「な、何だって？」

『くり返す。不法侵入の日本救難機は、ただちに出ていけ！』

日本海・海面上

「十時方向、漂流者。人です！」

「サバイバーかっ」

有守が振り向いて怒鳴ると、救難員も後部デッキから「サバイバーです！」と叫び返す。

小松救難隊では、漂流者を発見するとすべて『生存者《サバイバー》』と呼称する。海面に浮かんでいる人影がすでにこと切れているかも知れなくても、自分たちは生命を救うために飛んで来たのだ。最後まで可能性を信じるのが〈救難隊魂〉であった。

「よし、確認した」

左前方、半マイルの海面。上下する波の狭間《はざま》に見え隠れする赤いライフジャケットを有守は視認した。よく見つけた……！　手前の波が下がった時にしか分からない。今にも水面下に没しそうだ。

楽縁台空将補に無駄な作業を強要され腐っていた気分が、瞬時に吹き飛んだ。目が覚めるように頭がはっきりし、額の辺りが涼しくなる。他のみんなもそうだろう。俺たちは、このために耐えて飛んで来たのだ。

五〇〇フィートで捜索パターンを飛んでいたＵＨ60Ｊは、ただちに十時方向へ針路を変える。

「行くぞ、つかまれっ」

有守は叫ぶと同時に、操縦桿を斜め前方へ押し倒した。ＵＨ60Ｊは急降下に入った。水平から下方一五度に機首ががばっと下がって体がふわりと浮く。救難ヘリの海面目標へのダイブは、ジェットコースターが坂の頂点から逆おとしになる時のマイナスＧを上回る。ショルダー・ハーネスを締めていないと頭を天井にぶつけるだろう。眼で捉えた漂流者の位置から顔を動かさず、有守は勘だけで急降下をコントロールした。五〇〇フィートから一気に海面上五〇フィートへ。横で雪見佳子がシートの肘掛けをつかむのが分かる。視界全部が蒼黒い海面だけになり、今にも海に突っ込みそうだ。海面との距離感がつかみづらいから、経験の浅いパイロットは怖いだろう。電波高度計の指示だけが頼りだが、一度漂流者から視線を外すと見失う可能性があるので、有守の眼は左前方に釘づけのままでそれすらチェック出来ない。後部デッキでは三名の救難員たちが、機体の運動にも負けず空中を泳ぐようにしながら降下の準備にかかっているはずだ。機上整備士はホイストの用意をしているだろう。漂流者の引き揚げ方式は、状況に応じてやり方が色々ある。準備の数秒を無駄にせぬよう、早めに指示を出さなくては。

「ロー・アンド・スロー で行くぞ！　一〇フィート、一〇ノットにおとす。救難員《メディック》は飛び込む用意！」

「了解！」

「了解！」

漂流者の頭上にホヴァリングして位置を合わせ、救難員をホイストでゆっくり海面に降ろす通常のやり方では、時間がかかり過ぎる。漂流者は生死の境だ。一秒でも早く助けなければならない。そのために、有守は漂流者の真横直近を一〇フィートの超低空で通過しながら救難員を放り出して飛び込ませるという、ロー・アンド・スロー方式を選択した。スローというのは『遅い』という意味ではなく、文字どおり『投げおとす』という意味だ。救難員を降ろすのでなく投げおとし、漂流者のもとに一秒でも早く泳ぎつかせる。最高難度の技だが、救難員たちにも異存はないようだ。

「減速する。つかまれっ」

五〇フィートからさらにダイブし、波頭の上わずか一〇フィートで引き起こす。同時に大きくフレアーをかけて機首を上げ、八〇ノットの前進速度から一〇ノットへ一気に減速する。UH60Jはテールローターで波頭を擦りながらフライング・パイレーツのようにピッチングする。物凄いプラスG。胃袋に漬物石を載せられたみたいだ。

「うっ、げぼっ」

「馬鹿野郎、吐くやつがあるかっ」

副操縦席で雪見佳子が「す、すみません」と口を押さえて顔を背《そむ》ける。無理もない、俺も最初はそうだったと思いながら有守は機首を水平に下げ、エンジン出力を最大に上げながら波間の漂流者の真横を通過する。上下する蒼黒い波の谷底に赤いライフジャケットがちらっと見え、すぐ後方へ消え去る。同時に海面に飛び込んだ二名の救難員の立てる白いしぶきが、視野の片隅に映った。有守はそのままUH60Jを漂流者の真横から離脱させ、一〇〇メートルの間隔を取る。ヘリのローターの凄まじいダウンウォッシュが、かろうじて浮いている漂流者の頭を水面下に押し下げてしまうからだ。

「確保したかっ」

マイクに怒鳴る。飛び込んだ救難員のドライスーツには、防水の無線機が装備されている。

『か、確保っ』

『息がある。息があるぞっ。サバイバーは女性、若い。上げてくれ、早くっ』

一名の救難員が背後から漂流者を抱きかかえ、もう一名が顔をのぞき込んで生命状態を確認しているのだ。上下する大波の中を、これほどの短時間で泳ぎついて確保するとは……。有守は、毎回のことながら彼ら救難員の体力と技量に舌を巻く。救難隊ではメディックが主役で、パイロットは単なる運転手だと言われるのは本当だと思う。

機長席のサイドウインドーから、大きく振られる救難員の腕が見えた。『揚収』の合図だ。

「よし、揚収用意。急げ！」

怒鳴ると、後部デッキで機上整備士が「準備よし！」と叫び返す。

有守は、海面の漂流者にヘリの横腹を向けるようにして、ゆっくりと横滑りさせながら合図する救難員の頭上へ機体を近づけて行く。後部デッキでホイストを操作する機上整備士が、作業し易いように、これ以後はすべて機体を横方向に動かさなくてはいけない。真横を見っぱなしでの微妙な操縦が続く。慣れないうちは、帰投してから首が痛くなって眠れなくなる。

「六〇メートル」

機上整備士がインターフォンで、移動すべき距離をコールして来る。同時にデッキからホイストを降ろし始めているはずだ。ホイストの先端の拘束具が水面に着くのが手ごたえで分かれば、救難ヘリのパイロットは一人前だと言われている。

「五〇メートル」

もう少しだ。海面からの反響音が、ヘルメットをしていてもバタバタと耳に響く。機体の腹の下で、吊り下げた無用な物体が波を擦っているのが分かる。これは何だ——？

「ちっ、無駄な荷物を吊っているんだったな」

舌打ちする。先ほど引き揚げたエアバスのフラップだ。邪魔だ、いっそのこと捨ててしまおうかと有守は考える。団司令に強要されたからといって、なんて無駄な作業をしていたのだろう……。あと四〇メートル。生存者は女性と言ったか……？　体脂肪が厚くて体力のある若い女性だから、今までもったのだろう。冷たい海で夜通しの漂流は、どれほどの恐怖だったのだろう。意識はあるのだろうか。このヘリの爆音が、聞こえているだろうか。

「三〇メートル」

待っていろよ、今助けてやる。

だが、その時だった。

「副隊長、前を！」

雪見佳子が前方を見て叫んだ。

顔を向けられない有守は、それでも前方から何か黒っぽいものが急接近するのを視野の端に感じ取って、ヘリの機体を空中停止させた。

「――な、何だっ!?」

ぶわっ、と暗緑色の颶風《ぐふう》のようにもう一つの機体が前方から割り込むと、黄色と白のUH60Jを押しのけるようにして、たらまち漂流者頭上の空間を占拠してしまった。

迷彩色の軍用ヘリだ。

「な――」

凄まじいダウンウォッシュ。海面は暴風雨のようになった。ドライスーツの救難員が、やめてくれと頭上の機体に腕を振る。だが突如出現した暗緑色のヘリは、波間の三名を押さえ込むようにホヴァリングしながら機首をこちらへ向けて来る。

同じUH60——!?　迷彩色!?　どこのヘリだ。有守は横腹を向けて空中停止しながら、割り込んで来た無法者のコクピットを睨みつけた。

「何だ貴様!?　どけっ、そこをどけ」

だが、しぶきに濡れた風防ガラスのワイパーを動かしながら、ホヴァリングする暗緑色のUH60は平然と居座ってしまった。こちらとの間隔はわずか三〇メートル、メインローターとメインローターが接触しそうだ。

「どいてくれって言っているんだ!」

有守は無線に怒鳴る。暗いコクピットに二つの人影がある。こちらを見ている。米軍か——?　いや、違う。

『——日本の救難機に告ぐ』

暗緑色のUH60の横腹で、後部デッキのスライディング・ドアが開く。乗員の影が見える。

「副隊長、韓国軍です」

雪見佳子が、その横腹の標識を見て言う。

『日本の救難機に告ぐ』

確かに、米空軍マークの真ん中だけを付け替えたような標識は、見憶えがある。この尊大に演説するような口調は、彼らの民族独特のものか――?

「貴様ら、何のつもりだっ!?　邪魔するなっ」

だが有守の抗議も韓国ヘリは意に介さず、無線を通した人声で通告して来た。

『日本の救難機は、退去せよ。ただちに略奪と証拠隠滅行為を中止し、この海域から退去せよ』

わけの分からないことを言う。

「こいつら……」こいつらは、一秒を争う人命救助の現場に突然割り込んで来て、何の言いがかりをつけるつもりだ!?　有守は頭に来て叫んだ。

「貴様らは見えないのかっ、そこに生存者がいるんだぞ。早く引き揚げないと――」

だが、

『日本機に通告する。この海域に漂流するすべての物件は、韓国政府の資産である。手を出してはならない』

「し、資産!?」

暗緑色のヘリの真下で、風圧を受けた生存者の女性と救難員二名は、今にも沈みそうだ。

「ふ、ふざけるなっ、そこをどけっ」

『くり返す。不法な略奪行為を行う日本軍機は、ただちに海域から退去せよ。従わない場合は韓国政府への主権侵害とみなし、武力を行使する』

スライディング・ドアから現れた迷彩服の乗員が、海面の救難員に自動小銃を向けた。

『日本軍の救難員は、生存者から離れよ』

同時にもう一名の兵士らしい人影が、有守の座るコクピットに銃を向けて来た。

「きゃ」

雪見佳子が小さく悲鳴を上げる。

「ふ、副隊長——」

「く、くそっ」

総隊司令部

「救難機を全機撤収させろとは、いったいどういうことです?」

受話器を握る江守は、直通回線で高天神アジア局長と名乗った人物に抗議した。

中央指揮所の前面スクリーンでは、空海自衛隊と海上保安庁所属の十数機の救難機がゆっくりと動き続けている。すべてこの中央指揮所の統括下に入っている機体だ。固定翼の捜索機は中高度を飛び、あらゆるセンサーを駆使して遭難者を捜す。回転翼の救難ヘリは海面を嘗《な》めるような低空で這い廻り、救難員の目視による捜索を続けているだろう。現場で飛行隊長をした経験のある江守には、疲労と油でどす黒くなった救難員たちの顔、顔が浮かぶようだ。

前面スクリーンを見上げる幾列もの管制卓では、若い要撃管制官たちが叫び合いながら動き回っている。突如現場海域に割り込んで来た、外国のヘリ編隊に対処しているのだ。

「韓国軍らしきヘリ編隊、レーダーから消えました。位置特定できません」「どうなっているんだ。エクセル1を呼び出せ」「E2Cも探知できないそうです」「陸上レーダーサイトは」「水平線下になります。駄目です」「駄目です?」先任指令官席で、和響二佐が珍しく怒鳴り声を上げる。「馬鹿野郎っ、あきらめるな。付近に海自の護衛艦がいるはずだ。レーダー情報をリンクしてもらえ!」

『韓国政府からね、強い抗議が来てるんだよ』

「抗議?」

電話の向こうで、江守よりも年下らしい外務官僚はいらついたようにうなずく。

『そうだ。だから君ね、自衛隊による捜索・救難活動をただちにやめてくれ』

「どうして、生存者の救難活動をして韓国から抗議されねばならないのです?」

『君に説明している暇などない。深刻な日韓の外交問題に発展しつつあるんだ。君はとっとと撤収の指示を出せばいいんだ』

「納得がいきません」

『うるさい』

外務省のキャリア外交官らしい男は、我慢を知らない神経質な声でまくしたてた。

『いいか、韓国政府が大使館を通じて強く抗議して来ている。「日本の自衛隊は、自分たちが韓国旅客機を撃墜した証拠を隠滅するため事件海域の漂流物を残らず漁《あさ》っている」「まだ浮いている機体に爆弾を仕掛けて無理やり沈めた」「拾い上げた生存者が韓国人と分かると、わざと放置して死亡させている」』

「ちょっ、ちょっと待ってください！」

『それだけではないぞ。「日本の自衛隊は、現場海域を封鎖して、韓国の救難機が駆けつけるのを阻止している。これは何か都合の悪いことを隠しているに違いない」』

「我々自衛隊は、人道的見地から国籍不明機に撃墜された旅客機が自国籍であるなしにかかわらず、全救難部隊を出動させているのです。韓国政府には事件の情報をすべて通報しているはずだ」

『あっちは疑っているんだよ。君だって知っているだろう。韓国では「豊臣秀吉の朝鮮出兵以来、日本と日本人は朝鮮半島に対してこんなに悪いことをして来た」と学校の教科書に書いて教えている。しかし、我が国が戦後〈戦争放棄〉の平和憲法を制定したことなんか一行も書いてない。一般の韓国国民は日本軍と自衛隊の違いも知らない。内閣法制局の判断によって集団的自衛権が憲法違反となるから、昨夜のようなシチュエーションでは自衛隊機は韓国機を護るため発砲することは出来ないなんて事情は、日本に赴任して来ている韓国の外交官でも分かっている者がいるかどうか疑問だ。常識で考えりゃ、旅客機が目の前で国籍不明機に撃たれようとしたら、世界のどんな軍隊の戦闘機だってそれを防ぐために武器を使用するだろう。「自衛隊機は憲法解釈上の都合で、目の前でやられている民間機がいても一切発砲出来ませんでした」なんて連中に説明したって、「わけの分からん非常識をぬかすな!」と言われるだけだ』

「――――」

『疑われてもしようがないんだ。自衛隊機は国籍不明機と交戦した。F15がやられて墜とされたのだから、それは事実だ。なら日本軍の――空自の戦闘機は、発砲しているはずだ。ところが日本軍の連中は、生存者を救出した後も旅客機が着水した現場海面に居座り、夜通し何かやっている』

「――――」

『これはおかしい。ひょっとしたら韓国旅客機が撃墜された原因は、国籍不明機に撃たれたのではなく、国籍不明機を狙った日本の戦闘機が誤って銃撃し当てたせいではないのか……?　連中は疑い始めている。コリアン・パシフィック航空機を撃墜したのは、実は日本軍ではないのか。だから日本の連中は、現場海域を封鎖して証拠の隠滅をしているのだ。

日本人は悪いやつらだから、日本空軍機が撃墜した事実を隠すために、まだ浮いている機体に爆弾を仕掛けて沈めるくらいのことはやるかも知れないぞ。証人の口封じのため、せっかく助けた韓国人の生存者をわざと放置して死なせるようなことをするかも知れないぞ。悪い日本人ならそのくらいしても不思議はない。そうだそうだ、きっとそうに違いないぞ、いやもう、そうに決まった』

「ちょっと待ってください」

江守は、腹に力を入れて込み上げて来るものをグッと我慢しながら、外務官僚に言い返した。

「我が航空自衛隊機は、憲法の定めるところを厳格に順守し、武器を使用しておりません。昨夜は一発も発砲していない。お疑いになるならエアバス機の残骸を引き揚げて調査してもらえばいい。国籍不明のスホーイが撃った弾は二三ミリ、自衛隊機の装備する機関砲は二〇ミリです。機体の弾痕を調べればすぐ分かるはずだ」

『IMFから大借金している韓国政府に、海底に沈んだ巨大な残骸を引き揚げる金なんかあるわけないだろう。我が国の財務省だって費用は出さないぞ。機体本体の残骸が上がらないなら、今海面に浮いている機体の破片で弾痕のついているものが残らず始末されてしまえば、事実上「証拠は隠滅された」と強弁することが出来るんだ』

「韓国軍のヘリは、なぜ遅れたのですか？　疑うなら自分たちでも捜索すればいい。我々は別に、現場の海域を封鎖していたわけではない。実際、今でも捜索の手は足りなくて、海保に追加の巡視船の応援を要請しているところです。さっさと日韓共同で捜索に当れば良かったのだ」

『あぁ――江守司令といったか。君は知らないのかね、昨夜のことを』

「何をです？」

『韓国大使館の事情だ』

「大使館？」

『連中は、宴会をしていたんだよ。知らんのか』

「知りません」

『いいか江守司令。昨夜、韓国大使館では新任大使が着任し、大宴会が行われていたのだ。外務省の情報ではこの新任大使というやつはえらい酒呑みで、杯を断る部下は片っぱしから僻地《へきち》へ飛ばしてしまうという噂だ。上下関係も出世志向も日本とは比較にならない韓国だ。大使館員たちは、当の大使や書記官から末端の事務官までが全員、乾杯乾杯で酔っ払いまくっていた。防衛庁内局から緊急通報しようとしても、三時間の間誰も出なかった。その情報は、聞いていないのか？』

「そ――そんなことは初耳です」

『ようやく連絡が繋《つな》がっても、こちらが通報した現場海域の座標を、酔っ払った一等書記官が間違えて本国に送り、緊急出動した韓国軍の救難ヘリ部隊は、何もない海面の上を数時間にわたってうろうろし続けた。でも韓国の高級外務官僚は自分の間違いは絶対に認めないから、日本がわざと違う座標を教えて来たのだと言い張る。事態はさらにこじれる。何も知らないで引き回された韓国軍の救難部隊は、今ごろ相当頭に来ているだろう』

「ううむ……」

しかし——大使館と三時間もの間連絡が取れなかったなら、どうして外務省が別の外交ルートで韓国政府に緊急通報してくれなかったのだ？　事態をこじらせたのは外務省の責任ではないのか。だが江守は『自分の間違いは絶対に認めないというのは、あなたのことではないか』という台詞をかみ殺して我慢した。今は官僚と言い合いをしている時ではない。

『韓国政府は、自国の救難部隊の到着が遅れたことを国民に言い訳するため、日本軍の——自衛隊の証拠隠滅疑惑をマスコミにリークして騒ぎ立てようとしている。もちろん、日本のマスコミにもだ。流せば中央新聞あたりが大喜びするネタだ。さらに韓国大使館は自分たちの失点を取り戻そうと、今朝から日本政府に対し何か要求して来るだろう。だいたい想像出来るが、謝罪と無償円借款《しゃっかん》と——またぞろ外務省の仕事が増えることばっかりだがね。そうなると私は困るんだよ』

要するに、外務省はこのままでは自分たちの仕事が増えそうになって来たので、ようや

く動く気になったわけか——と江守は思ったが、それも口には出さず、

「お言葉ですがアジア局長、我々はあなたが言われるような証拠隠滅作業のようなことは、一切しておりません。海面から揚収しているのも生存者だけで、残骸や破片に手を出す余裕もない。人間以外の物件を回収して帰れなどという指示も、一切しておりません。冗談ではない、事件発生から間もなく十二時間です。海面に漂っている者がまだいるとしたら、今が生死の境なのです」

江守は我慢して反論した。

しかし、

『私もね、江守司令。目の前でおぼれている生存者がおったら、行って助けるなとは言わないよ。しかしもう十二時間なのだろう。春先の日本海なのだろう。必要以上に居座っていると指摘されても仕方がないだろう』

「ですが……」

『もう生存者がいるとは思えんけどねぇ。とにかく、韓国側の激昂《げっこう》を抑えるため日本側救難機を現場から撤収してもらおうと、先ほど防衛省大臣官房に電話をしたら、救難隊の撤収時期については制服組に任せていると言う。それで統幕議長にかけたら今度は「統合幕僚会議は合議制だから、自分に命令権はない」とかわけの分からんことをぬかす。次に航空幕僚長にかけたら、撤収時期は現場に任せているから自分の一存では決められないとか

言う。はっきり言ってね、私は電話かけるの君で四本目なんだよ。いい加減にしてくれよ。こっちはね、韓国大使が九時から首相官邸に押しかけるとか主張していて、大変なんだよ。新任大使は名うての曲者《くせもの》なんだよ。だから君はさっさとあの目障りな日の丸のついた自衛隊機を、全機現場海域から呼び戻すんだ。分かったかっ⁉』

外交官のくせに目障りな日の丸とは何だ――と言いたいのをこらえながら、江守は答えた。

「分かりました、アジア局長。現場の全機に生存者の有無を確認し、もはや見当たらない場合には、全機撤収の指示を出します。韓国軍救難部隊が後を引き継いでくれるのなら、構わないでしょう」

『ああ、すぐにそうしてくれ。まったく手間がかかって仕方がない』これだから三流官庁は困るんだ、出来の悪いのばっかり集めたんだから無理もないが――！　と受話器の向こうで吐き捨てる声が聞こえ、直通回線はプツッと切られた。

「先任指令官」

和響一馬二佐は、昨夜ここで指揮を取った葵一彦とは防大の同期だった。同じくらい切れ者で、若く二枚目の先任指令官と評価されていたが、トップダイアスの江守から呼ばれた時は、ちょうど海上自衛隊の自衛艦隊司令部にアクセスする操作にかかり切っていた。

自分の情報画面もその作業用に切り替えていた。〈リンク17〉という海白護衛艦情報ネットワークを、空自のバッジシステムにリンクさせ、韓国軍ヘリ編隊に関する護衛艦からのレーダー情報をもらうためだった。

「先任指令官。聞いているか」

珍しくいらだった江守の声に、和響はハッと顔を上げ、あわてて立ち上がった。

「申し訳ありません、司令。何でしょうか?」

「現在、新しい生存者は発見されているか?」

直通電話を切った江守は、疲れた声で尋ねて来た。『親父』の声にため息が混じるなど、珍しいことだと普段の和響なら思っただろう。しかし和響も、今急いでいる作業が気にかかっていて、心に余裕が持てなかった。一刻も早くリンク作業を終え、韓国軍のヘリ編隊を前面スクリーンに出さなくてはならない。

「いえ——」

和響は、新たに生存者は見つかっているかという江守の問いに、自分のコンソール画面を元に戻して救難情報を確認しようかと思った。しかしそうすると、海自との情報リンク作業を始めからやり直さなければならなくなる。

「少々お待ちください」

周囲の部下たちを見回すが、みんな海自とのリンク作業か、通常の空域監視業務を続けている。現場のU125A救難指揮機から『生存者発見』の報が入れば、救難情報画面に電文メッセージとして表示される仕組みだが、一時的に全員が各自のコンソール画面を作業用に切り替えている。

リンク作業を中断させてしまうと、韓国機の位置確認に何分もよけいにかかってしまう。

困ったな――和響は一瞬悩んだ。

(また歌い出しからやり直させると、十分以上かかりそうだし、ミスも出易いぞ……)

和響は音楽が趣味で、防大出身者で結成しているアマチュア・オーケストラではチェロを弾いている。交代で、指揮者を務めることもある。オーケストラの指揮では思い切りが大切だった。たとえ小さな不都合が出ても、演奏を止めてはいけない。楽団員全員がリズムに乗って動き出したら、少し気になるところがあっても下手に止めないほうがよい。集団の演奏を一度止めてしまうと、再び仕切り直してリズムに乗せるまでに相当な時間と手間がかかるのだ。各自に思い切り最後まで演奏させたほうが、結果として練習効果はずっと高い。和響は、この中央指揮所で後輩たちに仕事をさせる時にも、同じことが言えるのではないかと考えていた。今ここで海自とのリンク作業を中断させた場合、もう一度やり直すのに思いのほか時間を食わないだろうか？　管制官の誰かが作業の遅れを焦って、いらないミスをするかも知れない。部下たちを焦らせるのは、一番よくない。

(ここは、韓国機の位置確認が最優先だろう。早く現場海域の管制を回復しないと、海上

で衝突事故が起きかねない）

　和響は、救難機同士の衝突防止を優先させる決断をし、情報画面の確認をせずに江守に答えた。

「司令、新規の生存者の発見報告は、現時点では確認できません」

「そうか」

　江守は「やはりそうか」と気おちしたようにうなずいた。『親父』には、上からの何か政治的なプレッシャーや、下の者には分からぬ悩みがあるのかな――と推察させる顔だった。

「では仕方がない。先任指令官、ただちに洋上におけるすべての救難活動を中止、日本側全救難機を現場海域から撤収させよ」

「て――撤収、ですか？」

「そうだ。ただちにだ」

「わ、分かりました」

　和響は、ちょっとまずいかなと思った。全機撤収なら、ちゃんと救難情報画面で最新の情況を確認してからにするべきか……。でも新たに生存者が発見されているとは、自分でも思えなかった。『親父』にも、軽い気持ちで「生存者はいません」と言ってしまった。今さら訂正するのも、格好が悪い。

（ま、いいか……）

和響は管制卓を振り向くと、後輩たちにただちにすべての救難活動を中止し、救難指揮機に対し〈即時撤収命令〉を出すよう指示した。

だがその時。中央指揮所のデジタル通信回線には、小松救難隊のＵ１２５Ａから『ヘリが海面上に生存者一名を発見、これより揚収にかかる』という一通のメッセージが入電していたのである。中央指揮所は、その電文を知ることがなかった。そして生存者救出に向かった有守副隊長のヘリが窮地に陥っていることも……。

日本海・海面上

「ふざけるのはいい加減にしてくれ！」

有守は、生存者の頭上を占拠している韓国軍ヘリの、曇った風防に怒鳴り返した。

「さっきから言っているように、我々航空自衛隊は、撃墜されたエアバスの生存者救出のために夜通し休まず飛んでいるのだ。君らの言う、略奪とか証拠隠滅とか、そういうわけの分からないことはしていない！」

いったいこいつら――韓国軍の連中は、突然現れて何の言いがかりをつけるつもりだ？

『副隊長、上のヘリを何とかしてくださいっ』

『風圧でサバイバーが沈んでしまいます！』

波間で生存者を抱きかかえている二名の救難員が、無線を通して訴えて来る。漂流していた若い女性遭難者が、まさに生死の境なのは有守にも分かっている。一秒でも早く引き揚げ、体を温め酸素を吸わせなくては。

「いいか。旅客機は君らの国の所属だったかも知れないが、人命に韓国も日本もない。我々は人道的救助のために飛んでいる。因縁をつけられるような覚えはない。さっさとそこをどいてくれっ」

だが、

『略奪と証拠隠滅をしていないと言い張るのか？　この厚かましい悪い日本人め』

迷彩色のＵＨ60は、波間の三名の頭上を動こうとせず、平然と罵《のの》り返して来る。

『この嘘つきめ！』

「我々は救難隊だ。人助けしかやらない。さっさとそこをどいてくれ、手遅れになっちまう！」

『では、胴体の下に吊している物件は何だ？』

「何だと――？」

『そちらが胴体の下に吊して運んでいるのは、被弾した旅客機のフラップではないのか？

それは韓国政府の資産ではないのか』

それを聞いて、有守は絶句した。

「────」

しまった……！

『答えられないのか、嘘つきの日本人』

「う──」

隣から雪見佳子が、「副隊長？」と顔を覗き込む。有守は、どう答えていいのか分からない。

「え、あ、う──こ、これはだな……」

『厚かましい悪い日本人め。大嘘つきめ。人命救助に見せかけて、証拠物件を持ち帰って隠滅するつもりか！　やはり旅客機を撃墜したのは日本軍だったのだな』

「い、いや、待ってくれっ」

しまった。何という間の悪さだ。楽縁台空将補に持ち帰りを強要された機体の破片が、こんなところで突っ込まれる原因になろうとは……！

「我々が旅客機を撃墜したとか、君たちの言うことはさっきから突飛すぎて分からん。とにかく、これにはちょっとわけがあって──」

『うるさい黙れ、この人殺しの大泥棒！』

「な、何だと……」

『副隊長！』

　救難員が無線で怒鳴って来る。

『副隊長っ、サバイバーの呼吸が止まってしまう！　早く上げて人工呼吸しないと危ない』

『副隊長、早く上げてくださいっ』

『人殺しの大泥棒の日本人め、貴様らの救難員を連れてさっさと帰れ。証拠物件は置いていけ』

「待ってくれ！　生存者が日本人である可能性もある。日本人なら、我々にも自国民を連れ帰る権利があるはずだ。フラップなら置いてってやる。こんなもの上からの命令で拾わされたんだ！」

『そらみろ、組織的に証拠隠滅をやっているではないか』

「そうじゃなくて──」

「副隊長、何を言っても無駄です」

　雪見佳子が、隣からさえぎった。

「早く、何とかして生存者を拾わないと」

「わ、分かってる──メディック、サバイバーの女性は日本人か、韓国人か？」

『そんなこと、見た目じゃ分かりません！』

はない。


『区別なんかつきませんよっ』

それはそうだ。何を悠長なことを聞くんだ、と救難員の応答の声には非難が混じっていた。あぁまた部下に軽蔑された、という思いが有守の胸を重くさせたが、悩んでいる余裕はない。

「やつらを説得するのに必要なんだ。服のポケットに、身分証になるものはないか。運転免許とか社員証とか」

『この子は未成年の少女です！　おそらく高校生だ。そんなもの持ってるとは思えない』

『馬鹿なこと言ってないで早く上げてくれっ』

生存者の顔を覗き込んでいる年かさの一曹が、切れたように怒鳴った。

『もう限界だ！　一分以内に上げないと死んでしまうぞっ』

「副隊長、ここはハッタリでも何でも、助けるのが先です」

「分かってる。機上整備士、吊しているフラップを投棄せよ。投棄次第、生存者揚収にかかる！」

後部デッキで若い機上整備士が「了解！」と叫び返す。畜生、上司の圧力に負けて救難隊の信念を曲げた俺がいけなかった。罰が当っても仕方がない。フラップを捨てるのに何秒かかる？　あと何十秒で水面から生存者の少女を拾い上げられる——？　有守は胸算用する。くそ、ギリギリだ。有守はヘルメットのマイクに怒鳴る。

「韓国救難機、今フラップを投棄する！　誤解を与えるような行動に関しては陳謝する。その代わり生存者を揚収させてくれ！　日本人である可能性も高い」

『謝ったな。貴様は今、謝ったな。ようし、証拠隠滅作業をしていたことを認めるわけだな!?』

「そうじゃなくて、誤解を与えるような行動に関して陳謝すると言っているんだ。とにかく、早くそこをどいてくれ！　すぐ助けないと――」

『早く、早くしてくれっ』

『副隊長、死んでしまいます！』

「聞いているか韓国機。下の救難員から、状況が逼迫《ひっぱく》していると言って来ている。そこをいったんどいてくれ。生存者を揚収させてくれっ！」

『駄目だ。この生存者は、我々が救助する』

「何だって!?」

　すると迷彩色の韓国のＵＨ60の横腹から、ホイストを使って迷彩服の救難員らしき乗員が海面へ降下し始めた。激しいダウンウォッシュで、嵐の中のミノムシのようにぶらぶらと揺れる。

「ちょっと待て。君たちが収容した場合、病院までいったい何時間かかるんだ!?　我々ならただちに応急処置の上、一時間以内に救急病院の集中処置室へ入れられる。我々にやらせてくれっ」

『駄目だ。韓国空軍救難隊の名誉にかけ、我々が連れて帰る。悪い日本人は、生存者からただちに離れよ』

迷彩のUH60のデッキから乗り出した兵士が、自動小銃をこちらの救難員二名に向けた。同時に着水した韓国の救難員が、「そこをどけ」と身ぶりで示しながら泳ぎ寄って来る。

「め、名誉ってお前ら――」

だが、有守が怒鳴り返そうとした時、

「副隊長、大変です」

「何だっ」

「上空のU125Aから〈即時撤収命令〉です」

雪見佳子がヘルメットの内蔵イアフォンを押さえるようにして、上空からの指示を確認する。

「全機、即時撤収せよ――間違いありません」

「何だとっ?」

「『全救難機はすべての救難活動をただちに中止し、基地へ帰投せよ』と言っています」

「貸せっ」

有守は、雪見佳子から救難指揮機との回線を繋ぐマイクをふんだくった。

「アスコット1、こちらヒーロー1。我々は今生存者を上げるところだ。収容次第帰投する！」

『駄目だ。有守三佐』

Ｕ１２５Ａに座乗して、上空から指揮を取っている小松救難隊長の釣牽《つりひき》二佐が指示して来た。

『総隊司令部命令だ。救難活動は即時中止。生存者は韓国ヘリに譲って、その場を引き揚げろ』

「連中に収容させたら、病院に着くまでに死んでしまいますよっ」

『有守三佐。気持ちは分かるが、駄目だ。韓国との国際問題になりつつあるらしい。君は救難員を引き揚げて撤収しろ。ただちにだ』

「そんな――」

上空を旋回するＵ１２５Ａから指示を出して来るのは、去年輸送航空団から転任して来た隊長の釣牽二佐であった。防大卒のエリートで、年齢は有守よりも下。輸送航空団ではＣ１のパイロットで飛行隊長だったらしいが、小松救難隊ではみずから救難ヘリに乗ることはない。快適なビジネスジェットのＵ１２５Ａからセンサーやスキャナーで捜索海面全体を把握し、散らばっているヘリ各機を統括して指示を出すのが仕事だった。ついでに言えば、酔っ払って喧嘩した若い隊員を警察署まで引き取りに行ってくれることもなかった。

航空支援集団で出世コースにあるらしい釣牽は、小松救難隊の隊長も出世の途中での体験ポストだと思っているらしく、面倒ごとに首を突っ込むつもりは一切ないようだった。

『聞こえたかね、有守――』

「くそっ」

有守はマイクをコクピットの床に叩き付けた。雪見佳子が「どうします？」と覗く。

「総隊司令部命令だと……？　畜生」

有守は肩を上下させる。そこへ、

『有守三佐、撤収命令は了解したのか？』

上空からの声がたたみかける。

「隊長、命令は、納得できません」

有守は言い返すが、

『有守三佐、韓国側に一人くらい生存者を持たして返すんだ。そうでないと連中の面子《メンツ》が立たん』

面子――？

「面子と人命と、どっちが――」

『有守三佐、そんなことを言っている場合ではない。いいか、よく考えろ。生存者が韓国本土まで移送される途中でこときれても、我々の責任ではない。韓国救難隊の責任だ。しかし君がそこをどかなければ、国際問題になる。我々にはどうしようもないのだ。早くそこを離れたまえ！』

「く――」

『分かるか。日韓の国際問題となれば、航空支援集団や小松基地だけの責任では終わらない。日本政府が自衛隊のせいで陳謝を迫られれば、全自衛隊が世間から非難を浴びるのだ。君のくだらん自己満足のせいで、全国二十万余りの全自衛隊員が、その家族みんなが、マスコミから非難を浴び国民から石を投げられ、迷惑を被《こうむ》るんだぞ。その責任を、君は考えてみたことがあるかっ！』

「――」

「副隊長……」

　青黒く上下する波濤《はとう》の中で、赤いライフジャケットとオレンジ色のドライスーツが二つ、今にも呑み込まれそうに揉まれている。必死に生存者の少女をかばう二名の救難員の頭上で、黄色と白のUH60Jと迷彩色のUH60は、わずか三〇メートルの間合いで鍔《つば》競り合いするかのように対峙《たいじ》したまま一歩も動かない。

　周囲の海面は、二機のヘリコプターのダウンウォッシュで暴風雨のように逆巻いている。真っ白いしぶきで、ライフジャケットに首を巻かれた黒い髪の少女の顔が見えなくなる。

少女を後ろから抱いた救難員が、自分の体で吹きつけるしぶきを防ぐ。口が叫びの形になるが、ローターの叩きつける爆音で何も聞こえない。そこへ迷彩スーツの韓国軍救難員が泳ぎ寄って行こうとする。だが激しい波しぶきで前へ進まない。

「くっ」

有守は、自分の機体のダウンウォッシュで嵐のようになった海面から顔を背けた。

「くそっ——仕方がない」

「……副隊長？」

「仕方ない。撤収しよう」

「副隊長」

「仕方がないよ」

有守は、ヘルメット・マイクに「メディック、こちらコクピット」と呼んだ。

「メディック、サバイバーを放せ。韓国軍の救難員に引き渡し、我々は撤収する」

『ど、どういうことですかっ!?』

『この子は手を放せば沈んじまう！　手を放すわけにはいかない！』

「ふ、副隊長っ」

機上整備士がコクピットに駆け込んで来た。

「いったいどういうことなんですかっ」

「即時撤収命令が出た。我々は生存者を韓国軍に引き渡し、ただちに帰投する」

「馬鹿なことを言わないでくださいっ。あいつらに渡したら、あの子死んじゃいますよっ！」

「やつらが、あそこをどくと思うかっ。我々まで居座れば、生存者を沈めてしまう」

「あいつらを説得してください！」

「我々には撤収命令が出た。仕方がないんだ」

「そんなこと言われたって、現場のこの状況を話して何とかしてくれるのが副隊長じゃないんですかっ。僕たち下士官では命令に口答えできない。副隊長、何とかしてくださいよっ」

『有守三佐、撤収命令を了解したか。早くその場を離れろ』

「副隊長っ」

眼下の海面では、ようやく泳ぎ着いた迷彩スーツの韓国救難員が、オレンジ色のドライスーツの小松救難隊員に「生存者を放してあっちへ行け」と手で命じている。小松救難員二名の顔はこちらからは見えなかったが、生存者の女の子を抱えるベテフンの一曹の肩が、悔しさでブルブル震えているのが分かる。

『副隊長、こいつらにこの子を渡すわけには行かない』

『そうです、人命救助の責任において、絶対に渡せません！』

「こらえてくれ。即時撤収命令だ」

『そんなの知るかっ』

『そうです。俺たちは救難隊です！』

『有守三佐、何をぐずぐずしている。早くその場を離れたまえ。これは命令だ！』


俺は、中間管理職だ――


結局、韓国軍に譲ることになった。

生存者の少女を韓国軍の迷彩スーツの救難員に引き渡し、小松の救難員二名は手ぶらのままホイストで機内に収容した。

有守は、生存者の少女が迷彩色の韓国ヘリに収容されるのを、半マイル離れた間近にとどまって見届けた。有守のシートの後ろにしがみついた若い機上整備士は、「あいつら下手くそで、見ていられません！」と顔をくしゃくしゃにして泣いた。韓国ヘリから降ろされたホイストの拘束具は、水面の救難員の手に届かず、何度も宙を泳ぐ。有守の眼から見ても、迷彩のヘリの揚収作業の技量は小松救難隊なら「この未熟者！」と先輩から殴られるようなレベルでしかなかった。

ようやく少女が収容されたのを確認し、有守はＵＨ60Ｊを反転させ、帰投コースに向けた。生存者を譲ってから、五分も経っていた。

小松基地を目指し、すっかり明るくなった洋上の空をＵＨ60Ｊは高度を上げ飛んだ。機上整備士はコクピットのＦＥ席でへたりこんでいたが、海面に降りた二名のベテラン救難員は、機内放送で有守が「ご苦労」とねぎらっても、後部デッキから返事もして来なかった。疲労の極で眠り込んだのか、有守を軽蔑するあまり、返事をする気にもならないのか……。

俺はしがない中間管理職だ……。

操縦桿を握りながら、有守はそう思った。

上の命令には結局逆らえない。部下にはそのたび軽蔑される。そしてそんな苦労を、誰も分かってはくれない……。

俺は——戦闘機パイロットになろうと、十八歳のとき希望に燃えて防府《ほうふ》基地の門をくぐったんだ。Ｔ３の銀色の翼を見て、胸を躍らせていたんだ。航空自衛隊は、夢と希望の世界だったんだ……。あれから十九年、いったいどこでどうなって、こうなってしまったんだ——？

（畜生、自衛隊なんか——）

心の中でつぶやいたつもりが、

「は。何かおっしゃいましたか？　副隊長」

「いや――何でもないよ」

有守は、問いかける雪見佳子に頭を振り、ため息をついて「操縦代わってくれ」と頼んだ。

日本海中央病院

月刀が帰ってしまうと、風谷は個室の中でまた一人になった。

早朝の病棟は静かだったが、廊下に看護師の早い足音が響き始めている。事件から一夜明けて、慌ただしい一日となるのだろうか。

昔は――

仰向けになりながら、風谷はふと思った。

(昔は――良かったな……)

七年前。月夜野瞳と出会った高校時代――あの頃は、良かった。

イーグルにただ憧れていれば良かった。飛行機に乗りたいという一心で、勉強だけしていれば良かった。自分には別に護るべきものもなかったし、誰かに対する責任もなかった。

だが、パイロットになって飛び込んだ現実の日本の防空の世界は、十七歳の頃の自分には想像もつかない場所だった。『お前は優しい。戦闘機パイロットになるには、少し優し過ぎる』という、浜松基地のＴ４課程の教官の言葉の意味が、風谷には今初めて分かるような気がした。

――『いいか風谷。もしも実戦部隊で、こらえ切れぬほど辛い思いをしたなら、今日俺が言ったことを思い出すんだ。非情になり切る覚悟ができないと思ったら、無理をするな』

「……無理をするな。できないなら自衛隊をやめて、普通の暮らしに戻るんだ……か」

俺のような人間には、務まらない仕事なのだろうか？　戦闘機パイロットという仕事は――

「――――」

風谷は、目を閉じたくなかった。

閉じれば、また夕暮れの光景が目の前に蘇って来そうだった。そして、少女の頃の瞳の笑顔と風に舞う髪に重なって、やつの――〈亜細亜のあけぼの〉と名乗った爬虫類のように冷たいパイロットの含み笑いが、耳に蘇って来そうだった。

「――くそっ」

唇を噛んで耐えていると、頭の上のほうでコン、コンとノックの音がした。

誰だろう。

起き上がって振り向くと、

「風谷さん、起きてた？」

「君か……」

風谷は上半身を起こし、ドアの隙間からこちらを覗く沢渡有里香《さわたりゆりか》を見やった。

「具合、どう？」

「別に、なんともないさ」

風谷は頭を振る。


すらりとした細身を、地元ＴＶ局の取材姿——ジーンズと革ジャンという服装に包んだ沢渡有里香は、病院内で徹夜をしたらしい。眼を赤くしていた。

風谷に「入っていいかな」と断ると、有里香は音を立てぬように入室して、さっき月刀が置いていった円椅子に腰掛けた。

「夜が、明けたね」

横顔を窓の外に向けて言う。有里香の白い人形のように整った顔の頬は、煤《すす》のようなもので黒く汚れていた。撮影機材を担ぐ時についた油だろうか。ＯＬ時代には滑らかに梳《と》かされて光っていたボブヘアも、ほつれてしまっている。

「ああ」

風谷は、そんな横顔を見ながらうなずく。

横顔のままで、有里香は言う。

「雲、多いみたい。雨は降りそうにないけど――こっちの土地の、いつもの天気なのかな」

「あ、あぁ……」

風谷はうなずきながら、いつもは「入るな」と言ったって飛び込んで来るような有里香が、変にかしこまっているのに違和感を持った。

「ね、風谷さん」

有里香は、去年の秋に商社勤めをやめて、小松基地のある石川県の地元TV局へ転職して来た。東京の、一部上場の大手商社のOLの身から、報道部員とはいえ地方のUHFローカル局の契約社員になったのだ。マスコミで自分の力を発揮してみたい、という意志があるのは、三年前に月夜野瞳の結婚パーティーで出会った時から聞かされてはいたが……。

「たまたま西日本海TVで募集があったの。わたし、短大卒だからどうしても在京のキー局では採ってくれなくって、わたしでも入れそうな募集、ここしかなかったの。だから、わたしが来たからって、あなたが負担に感じることはないわ」早速取材で基地を訪れた時、風谷の目の前で有里香はそう言って見せた。でも言葉とは裏腹に、自分を見上げて来るまっすぐな視線は『あなたを追いかけて、すべてを捨ててここまで来たのだから、この気持ちを受け止めてほしい』と訴えているようだった。三年前、初めて出会った時に風谷を好きになって、空港まで追いかけて告白した気持ちは、決して一時の熱ではなかったのだと言っているようだった。

だから風谷は、有里香に誘われれば食事にはつき合ったが、夜の車の助手席からこの整った顔にどんなに見つめられても、手を伸ばして抱き寄せる気持ちにはなれなかった。有里香はきれいな子だ――そう感じはしたが、不思議にそんな気持ちはわいて来なかった。

「風谷さん。月夜野さんの――容態だけど」

瞳の容態――？

意識が戻ったとでも言うのだろうか。風谷は思わず、ベッドに起こした上半身を有里香に向けて「瞳が？」と訊いた。

だが有里香は、風谷のその反応に視線を合わせず、窓の外を見たまま、

「月夜野さん――峠は越したって。もうすぐ意識も戻るだろうって、担当の山澄《やまずみ》先生が」

「そうか……」

「二歳の里恵ちゃんも、しばらくICUからは出られないけど、多分大丈夫だろうって」

「そうか……良かった」

風谷は前髪を手でかき上げて、息をついた。

「良かった……」

「ね、風谷さん？」

「ん」

ふいに居住まいを正してこちらを向いた有里香に、風谷は「？」と軽い驚きを感じる。

血走った二つの眼が、辛そうに自分を見ている。

ここ数か月間、ほとんど毎週のように誘われて形ばかりはデートしているのに、こうして眼と眼をしっかり見交わして会話をしたことはない。無意識のうちに避けていたのかも知れない。

「風谷さん」

「あ、うん」

「風谷さん。今まで何となく感じていて、言わなかったこと、言ってもいいかな」

有里香は、一つずつ自分の言葉を確かめて吐き出すように「言ってもいいかな」と問いかけた。

「あ――あぁ」

「じゃ、訊くけれど――あなたは月夜野さんのこと、どう思っているの？」

「瞳の――？」

「そうよ。どう思っているの？」

「ど、どうって」

「月夜野さん、もう名前変わって、誰かの奥さんなんだよ。まだご主人、行方不明らしいけど……でも人妻なのよ。子供もいるのよ。あっちの無菌室に寝ているあの子は——今の彼女は、もうあなたの夢の中に出て来る女の子じゃないのよ」

「そんなこと……」そんなこと分かっている、と答えるつもりが、有里香は「分かってないわ」と跳ねつけるように切り返して来た。

「分かってないわよ！」

有里香は風谷をきっと睨み返し、今まで我慢に我慢を重ねて来たのを示すかのように、震える声を胸から絞り出した。

「風谷さん、あなた全然分かってないわよっ」

日本海中央病院・正面

「ふん、自衛隊か。何の用だ」

早朝の風に吹かれてミニバイクを飛ばし、畑の真ん中に立っているようなこの病院の正面へようやくたどり着いたと思ったら、美砂生を待っていたのは機動隊員の壁だった。

青黒い戦闘服のいかつい警官たちが、あちこちへこんだアルミ合金の盾を地面にずらりと並べ、病院の正門前を関所のように固めていたのだ。

初出動の前に風谷修を見舞おうとやって来た美砂生は、機動隊の検問に止められてしまった。

確かに周囲を見れば、〈安保反対〉〈自衛隊をなくして平和な世界〉〈アジアの国々に謝ろう〉〈自衛隊廃止〉〈軍国主義反対〉〈教え子を戦場に送るな〉そして何故か〈原発反対・プルサーマル廃止〉まで、赤や黒のゴシック文字で殴り書きした横断幕が畑のカラス除けみたいに病院の前を埋めている。その向こうに、パラボラアンテナを早朝の空に向けた大型バスのような車両が幾台も並んでいる。全国放送のTV中継車が来ているから、北陸じゅうの政治団体や市民団体がどっと押し寄せたのかも知れない。石川県警が機動隊を出動させて、昨夜の事件の生存者を収容した病院を警護するのは当然だろう。警察が正門を固めていたこと自体には、驚かない。

しかし驚いたのは、航空自衛隊の制服を着た美砂生に対する、警備の機動隊員の態度だった。

「おいこら、おいこら」

仮にも美砂生は自衛隊の幹部――つまり士官である。制服に階級章をつけて自衛隊の基地のゲートを通る時には、下士官の門衛が威儀を正して敬礼してくれる。自衛隊も警察も似たようなものにしか見えない美砂生には、敬礼まではされなくても、機動隊には「ご苦労様です」くらい言われてすぐに検問を通されるものだと思っていた。

ところがである。「どうも」と会釈して通ろうとすると、「おいこらちょっと待て！　こらお前ちょっと待て」と美砂生は警棒を振られて止められたのである。

「こら。誰だお前」

「誰って――見れば分かるでしょう」

「何の用で来た？　身分証を見せろ」

「み、身分証って――」

制服と階級章を見れば分かるじゃないか、と思いながら美砂生は胸ポケットをごそごそ捜す。

青黒い戦闘服の機動隊員は、バイクに跨《また》がった美砂生からは、小学生の子供がデパートのショーで見上げるドラえもんの着ぐるみのように馬鹿でかく見えた。昨日の鷲頭《わしず》三佐といい勝負だわ、とちらりと思ったが、美砂生を止めた巨体の機動隊員には愛敬も愛想もひとかけらもなかった。格闘用ヘルメットの下で白い息を吐きつつ、航空自衛隊三尉の身分証と原付バイクの免許証とが見開きになった美砂生のパスケースを一瞥すると「ふん、自衛隊か。何の用だ」とぞんざいに訊いた。

「見舞いです」

「見舞い？　誰の」

「風谷三尉のです。決まってるでしょう」

「見舞いだと？　ふん」

ふふんと鼻息を鳴らし、巨体の機動隊員はパスケースを投げ返してよこした。

「用のない者は駄目だ。帰れ」

な、何だ!?　こいつの態度は――

美砂生はむっとした。

昨夜、洋上でたった一人命がけの戦いをして生還した風谷を見舞おうと、時間を作って駆けつけてみればこの扱いだ。いったい、門を塞《ふさ》いでいるこの巨木みたいな連中には、昨夜自衛隊がどれほど苦しい思いで領空侵犯に対したのか、分かっているのか――

だが、

「さぁ帰れ。用のない者は帰れ帰れ」

巨体男は野良猫でも追うように警棒を振る。

「ちょ、ちょっと待ってよっ」

失礼なやつ――！　美砂生は睨み返す。憲法の規定と人命との狭間で悩み苦しみ、命をおとした仲間がいる。風谷は九死に一生を得たが、僚機の川西三尉は殉職している。あの美砂生よりも若いパイロットは、日本の安全と、韓国の旅客機を護ろうとして死んだのだ。

「ふん、自衛隊か」とは何という言い方だ。見舞いに訪れたのに、「用のない者は帰れ」とは何だ。

「ちょっとひどいじゃない。あなたね、あなただって機動隊員で、仲間がいるんでしょう。あなたたち警官だって、自分の部隊の仲間が負傷したら見舞いに行くでしょう？　用がないとは何よっ」

「うるさい。警察官をお前ら自衛隊なんかと一緒にするな」

「自衛隊なんか、ですって!?」

「自衛隊は役立たずのクズみたいなのが就職するところだ。警察官と一緒にするな、馬鹿野郎」

「何ですってぇっ」

伸び上がって睨み返す美砂生を、青黒い巨体は「うるさい」と怒鳴りつけて来た。

「警察官は、重要な役目を背負って、社会のために毎日真剣に働いて忙しいんだ！　お前らのような、のらくら遊んでる掃きだめの税金泥棒とは違うんだっ」

「は、掃きだめの税金泥棒とは何よっ!?　謝りなさいよ、こらっ」

結局、大声で言い合い始めたところへ上司らしい年配の隊員がやって来て、美砂生の身分証と用件をもう一度確認した上で門を通してくれた。

「何よ、何よあいつら。ぷんっ」

美砂生はミニバイクを置いて、正面玄関前のコンクリートの階段を上る。玄関のひさしの下にまた検問所のような場所があって、今度は制服警官が腕組みして立っている。朝になって増え始めている見舞客などの来訪者は二列に並べられ、テーブルの上の台帳に氏名と来意を記入させられている。制服警官はまだ若かったが、記帳をする美砂生を遠慮のない視線でじろじろと見た。

いったいこの連中は何なのよ……！　美砂生は思った。警察の連中と来たら、あたしたち自衛隊を目の敵にでもしているって言うの——？

「柴田でございます」

美砂生の隣で、品のいい和服姿の老婦人がお辞儀して、記帳しながら警官に訊く。

「柴田里恵の付き添いに参ったのですが、病室はどちらでしょうか」

「中で訊いてください。ここは警備だから」

警官はぞんざいに答える。

「さようでございますか」

老婦人はノートにかがんで氏名を記入し始めたが、ボールペンを動かしながらつぶやいた。

「——まったく、息子は行方不明で、どうして嫁だけ助かるのよ。役立たずの自衛隊……！」

何か、隣にいる自分に当てつけるようにつぶやかれた気がして、美砂生は思わず横を見た。

だが老婦人は、制服姿の美砂生が立っているのを知っていたのかいないのか、記帳を済ませると警官に品よくお辞儀し、草履《ぞうり》をスタスタ鳴らしてロビーの中に消えてしまった。

病棟内

ロビーの中は、人で一杯になりつつあった。

柱の前に制服警官が立ち、待合室の空間を見張っているのが目につく。自衛隊の制服を着ている自分は、いやおうなしに目立つだろう。やはりじろじろ見られている気がする。落ち着かない思いで人混みのロビーを泳ぎ渡る。

受付で風谷の病室を聞くと、

「また制服で来られたんですかぁ。見舞いなら目立たない私服で頼みますよって、さっき来た上司の人にも頼んでおいたんですけどねぇ」

くたびれた感じの中年の事務員は、徹夜をしたのか迷惑そうな表情を隠さない。「まいったなぁもう」と頭を掻きながら六階の部屋番号を教えてくれる。

「す、すみません」

頭を下げ、美砂生は制帽を脇に挟んでエレベーターへと早足で向かう。

少し急がなくちゃ。理不尽な機動隊のせいで、時間を食ってしまった……。


「すみません、乗ります」

閉まりかけたエレベーターの一台に、美砂生は駆け込んだ。

病棟の上階へ向かって動き出した箱は、満杯だった。なぜかコートを着た中年の男たちが目立った。密閉された空気がポマード臭く、煙草《たばこ》臭かった。むさ苦しいなぁと我慢しながら隅に立っていると、本当に灰色の煙が目の前に流れて来て、美砂生は目を丸くした。

（――え？）

この公衆マナーの徹底された今の時代に、エレベーターの中でくわえ煙草で立っているおっさんがいる……？　まさか。しかし横を見ると、冗談ではなく本当にいる。煙草をくわえた中年男は、うざったそうにポケットに手を突っ込み、壁にもたれて階数表示を見上げていた。見回すと、他の中年男たちも似たような風体《ふうてい》だ。何なんだろう、このうざったそうな人たち？　生存者の見舞客にはとても見えないけれど……。

そう思ってふと視線を下げると、中年男たちはみんなコートの腕に〈報道〉の二文字がついた腕章を付けている。

（えっ？）

美砂生が驚いて声を出しかけた時、階数表示が6を指し、エレベーターのドアがチンと開いた。とたんに男たちはどっと出て行くが、その群れをエレベーターホールで誰かが押し止めた。

「パイロットへの直接取材は、駄目だ駄目だ」

今度はひなたで涸《か》れたようなだみ声が響く。

日に灼けた制服の中年自衛官が、大手を広げて人垣を押し止めている。先に着いていた報道関係者がいたらしい。「通せ」「通せ」と怒鳴り返す人垣は、みな腕に同じ腕章を付けていた。それに美砂生と一緒のエレベーターで上がって来た数人が加わり、ちょっとした騒ぎになる。

「カメラの持ち込みは駄目だって警察が言うから、譲歩して記者だけで来てやったんじゃないか」

「そうだそうだ」

「何の権限で通さないって言うんだ」

「そこをどけ自衛隊」

「駄目だ、直接取材は駄目だっ」

マスコミの記者らしい十名近くの群れを、両手を広げて通せんぼしているのは、小松基地の第六航空団広報係長——あの平泉三佐だった。

げぇ。まずいおじさんがいる。

（見つかったら、また何か言われるわ……）

美砂生はエレベーターの出口から横に移動して、人垣の後ろに隠れながら平泉三佐から見えない柱の陰に滑り込んだ。

「駄目だ駄目だ！　マスコミは、帰れ帰れ」

平泉は、小松基地の叩き上げ広報幹部だ。世間的に目立つ女性パイロットの身辺については、自分と広報課が責任を持って管理するとか宣言し、昨日は空港から基地まで西日本海ＴＶの沢渡有里香の車に同乗させてもらっただけで「勝手にマスコミと接触した」と頭から湯気を立てた。そればかりか、「うちの女性パイロットに勝手に接触したな」と沢渡有里香を怒鳴りつけ、「係長、すみません」と泣いて謝る有里香から、一度出していた基地の取材許可を取り上げようとした。有里香とは昨日が初対面だったのだが、美砂生はあまりに可哀相になって一緒に平身低頭し「有里香とは昔から友達だったんです。さっき空港で偶然会って、乗せてもらったんです」と取り繕《つくろ》って許可の取り消しを思い止まってもらったのだった。あの平泉三佐は、広報係長という職務には熱心なのだろうが、まるで久留米の田舎の中学校の生活指導教師みたいに融通の効かない中年男だった。

どうしよう、ここを通らずに風谷君の部屋へ行く方法はないかしら――周囲を見回すと、背後の壁に非常階段のドアがあった。そうだ、いったん下の階を通って、フロアの反対側から上がればいい……。美砂生はそろそろと後ろ手にドアを開け、階段室へ身を隠す。

「おい」

ドアを閉めながらエレベーターホールを振り返ると、さっきのくわえ煙草の中年男が、コートの内ポケットから身分証らしきものを取り出して平泉三佐に突き出すところだった。

「いい加減にしろ、この田舎自衛隊の広報部が。俺はこういうもんだ」

まるでTVドラマの柄の悪い刑事が、警察手帳を示すような動作だった。

何かしら……？　美砂生は閉め掛けたドアから、その様子を覗いた。するとあれだけ尊大だった平泉広報係長が、身分証を見るなり「げっ」と驚いたように表情を変えるではないか。

何だ――？　美砂生は思わずドアを止めた。

「こ、こ、これは……。え、NHK報道局様でいらっしゃいましたかっ」

まるでTVの時代劇みたいに、相手の身分を知った平泉係長はホールの床にひれ伏さんばかりに頭を下げた。

「こ、これはどうも、ご苦労様でございます」

するると、

「おい、こっちは大八洲新聞だ」

「中央新聞だ」

「帝国ＴＶだ」

「富士桜ＴＶだ」

「日本経産新聞だ」

中年の記者たちは、口々に東京の大マスコミの名を名乗ると、打って変わってぺこぺこし始めた平泉係長に向かって声を揃えた。

「分かったらここを通せ」

「さぁ通せっ」

「い、いえ。い、いえ！」

平泉係長は、背中からでも分かるような大粒の汗をだらだら流しながら、東京からやって来た記者たちに平身低頭した。

「皆様わざわざ東京からご苦労様でございますが、ぼ、防衛省大臣官房からの指示により、やっぱり昨夜撃墜されたパイロットへの直接取材は、駄目でございますぅっ」

頭を九〇度に下げながらも、平泉三佐は市ヶ谷の防衛省本省から『マスコミを病棟へ入れるな』と厳命されているらしい、両手を差し上げて大きく広げ、記者たちをその場に押し止める。

「どうか――どうか、お引き取りのほどをっ」

汗を飛び散らせながらぺこぺこする。

何だ、同じマスコミ相手でも、昨日の有里香への態度と全然違うじゃない——美砂生はちょっとむっとしたが、風谷があんな横柄なマスコミの記者たちに質問攻めにされるのではたまらない。

(とりあえず、頑張ってね——平泉係長)

美砂生は、広報係長の九〇度に下げられた五分刈りの頭にエールを送ると、そっとドアを閉じて非常階段を降りて行った。

病棟五階のフロアに降りると、美砂生は急いで廊下を反対側の突き当たりまで歩いた。再び非常階段を見つけ、ドアを開けようとしたところで、廊下の端の化粧室が目についた。

「——そうだ。髪の毛ぼさぼさ」

基地の宿舎からこの病院まで、ミニバイクで十五分も走っていた。美砂生は化粧室へ飛び込む。

鏡の前で、短い髪に櫛《くし》を入れた。埃《ほこり》のついた制服の上着を、ぱんぱんとはたく。と、ポケットに入れていた一本の口紅が指に触れた。

「あ」

キャップのついた、金色の短いペンのようなケースを美砂生は取り出す。

「どうしよう、これ……」

もう一度鏡を見た。

フライトのある日は、化粧は一切できない。酸素マスクにファンデーションが付くからだ。口紅も駄目だ。整備員に無用な手間をかけるから、という以上に『あいつはどういう心構えで戦闘機に乗るつもりなんだ』と周囲の人々に反感の視線を向けられる。それが嫌で、美砂生は化粧品自体もあまり持っていない。口紅なんか、三年前のＯＬ時代のやつがまだ残っている。鏡の前で手のひらに載せたのも、その残りの一本だった。

だけど――


――『帰れ馬鹿野郎！』


美砂生はふと想い出す。風谷修とは、三年前に暴漢に襲われたところを助けられ、初めて出会ったその晩に一緒に酒を呑んで話をした。当時、美砂生に交遊のある男は何人かいたが、会社の自主廃業が決まった途端にみんな逃げてしまった。広い東京で、体を張って美砂生を助けようとしてくれたのは、通りすがりの風谷一人だけだったのだ。振り回される刃物をかいくぐって、美砂生をかばってくれた美形の青年に、ボロボロになりかけていた美砂生は淡い感情を抱いた。

ところが、風谷は歳下のくせに、東京でＯＬ生活をしていた美砂生の背伸びや無理をたちまち見抜き、「似合わないことするなよ」と生意気な口をきく。本質を突かれた美砂生は思わず逆上してしまい、マンション前の路上で怒鳴って喧嘩し、心ならずも追い返してしまった。

それが三年前。

そして昨日の夕方も……。久しぶりに再会出来たというのに、突然闖入《ちんにゅう》して来た沢渡有里香のせいもあって、また喧嘩になってしまった。三年の時を経て再び逢えたことを――同じ道に入って、今度は同僚として一緒に飛べるようになったことを、素直に告げて喜ぶことが出来なかった。

「これ……」

美砂生は気づいた。

「これ、あの晩につけてた口紅だ――初めて逢った時の……」

ろくに見もしないで、ポーチから一本つまんで部屋を出たつもりだった。でも自分は、無意識にあの晩と――風谷に命を助けてもらったあの晩のものと、同じ口紅を選んでいたのか……。

三年間、全然使っていないシャネルの#17。

自分で『運命の晩だった』と勝手に思っているあの日以来つけていない、シャネルの#17。

（風谷君……）

美砂生は、手のひらの口紅を見下ろしながら、心の中でつぶやいた。

（風谷君。あたし、あなたに何度も手紙を出そうとしたんだよ。同じ航空自衛隊に入ったこと、パイロット訓練生になったこと、初ソロに出た時のこと、初めて編隊飛行ができた時のこと。Ｔ４で初めて四〇〇〇〇まで上がった時のこと、Ｆ15で音速を初体験した時のこと……。でも出せなかった。書いたけど、一通も出せなかったよ……）

ぐすっ、と美砂生はすすり上げる。

鏡の中の自分を見る。

あたし、意外と気が弱いからさ——美砂生は、小さく声に出してつぶやく。手紙を出して、あなたにもしふられたら次の日から訓練が続かないような気がして、怖くて出せなかったよ。『もう結婚しました』なんて返事が来たら、立ち直れないもん……。

「ぐすっ」

美砂生は、鏡の中の自分に言う。

「でも——でもよくやったよね？　あたし。彼氏もいないで三年間……。よく頑張ったよね。

こうして小松基地へ希望通りに来れたのは、風谷君と同じ飛行隊に来れたのは、我慢したご褒美だよね。これからはずっと一緒に居なさいって、そういうことなんだよね……」

美砂生は、手のひらの#17ピンク・ショックをぎゅっと握りしめた。

「————」

やっぱり、これをつけて行こう。

そして風谷君に会って、今度こそちゃんと「また逢えて嬉しい」って口に出して言おう……。

五分も一緒にいられないかも知れないけれど、ちゃんとやり直しをしよう。彼は、証券会社でひどい目に遭った時に心の支えになってくれたのだから、今度は出来るならあたしが彼の支えになろう……。口紅なんか、出勤してから基地のトイレでふきとればいい。

だが、化粧室で顔を直した美砂生が六階の指定された個室の前まで来ると、ドアの中から誰かの話し声がする。名札を入れるプレートを見ると、確かに〈自衛隊・第六航空団様〉とあるから、ここが風谷の部屋に間違いはないだろうが……。微かに聞こえるのは、女の声だ。

（先客かな……）

ちょっとためらったが、時間はない。美砂生はドアをノックしようとするが、その瞬間、

「——あなたは、覚悟ができていないのよ！」

部屋の中からの激しい声に、美砂生はハッと手を止める。

この声は、まさか……?

そっとドアに隙間を開けると、ベッドに起き上がった風谷の背中があって、横から眼を赤くした沢渡有里香が叱責《しっせき》するように話しかけていた。

「風谷さん、あなたは、大人になる覚悟ができていないのよ!」

風谷の個室

美砂生は、ノックするタイミングを失ってしまった。

ドアの隙間から覗いていると、ベッドに上半身を起こした風谷に、有里香は話し続けている。

「風谷さん。わたしだって、わたしだって、昔が懐かしい時があるわ」

有里香は自分の胸に手を当てて、訴える。

「この頃特に、そう感じるわ。昔に戻れたらって、思う時があるわ」

有里香――昨夜からこの病院にいたのか……。

美砂生は、しかしドアのこちら側で固まってしまう。有里香の赤い眼の鮮やかさは、病院の中で徹夜をして、寝ていないせいだけではない気がした。耐え切れぬものを吐き出すように、有里香は風谷に感情をぶつけていた。

（ま、まいったな……）

とても「こんにちは」と入って行ける雰囲気ではない。仕方なく美砂生は、覗き見し続ける形になってしまう。

部屋の中では、有里香がさらに話し続ける。

「わたしはぬるま湯が嫌で、やりたいことがしたくて去年商社を飛び出してTV局に入ったけど、実際やってみると仕事は凄くきついし、こんな地方のU局だから資本金なんか前の商社の百分の一もなくてそのうえ契約社員だから待遇凄く悪いし、商社はただ通うだけでお給料もらえたけれど今の局は風邪ひいても簡単には休めないし、二十四時間拘束されてるみたいなのに時間外手当てなんか何も出ないし、業績赤字続きでボーナスなんて無いし、カメラ担いで油まみれになって働いて、それでも自分の撮った番組がオンエアされると嬉しい時もあるけれど、疲れ果ててアパートの部屋で倒れて寝ている時なんか、わたしM物産の海外事業部を放り出してまで、どうして北陸の田舎でお惣菜の特集なんかやっているんだろうって——安月給で取材から運転手からお茶くみまでやっているんだろうって、悔しくなる時があるわ。マスコミだTVだって言っても、ひどい家内制手工業で肉体労働で、番組じゃ学歴社会も女性差別も糾弾《きゅうだん》するくせに当のTV局が学歴差別も男女格差もひどいじゃないかって、頭の中が不満で一杯になって爆発しそうになることもあるわ」

「——」

風谷の背中は、黙って聞いている。

「風谷さん。今だから言うけど、わたし、小松基地を扱った今度の企画が通らなかったら、あなたを追いかける取材が出来なかったら、不満で切れちゃってたかも知れない。この町に来てまだ半年だけど、どうしてこうなっちゃったんだろうって——布団《ふとん》の中で泣きながら、昔は良かったたって思うことがあるわ。マスコミが何となく面白そうで、アナウンサーやニュースキャスターにただ憧れていた高校生の頃が一番幸せだったんじゃないかしらって……。だから、もう一度あの頃に戻ってみたいって、わたしだって思う時があるわ」

「————」

「でも、引き返せないの分かってるから、お酒呑んで、寝て、次の日も仕事に行くわ。デスクに無理な残業言われても、基地の守衛のおじさんたちにからかわれても、はらわた煮えくり返っても、仕事のためだから、わたしは大人なんだからって、我慢して、はいそうですかって愛想を使うわ。仕事に絶望はしていないけれど、楽しいことばっかりじゃないって、自分を納得させているわ。それが『大人になる』っていうことだと思っているわ。なのに風谷さん、あなたは大人になろうとしていないじゃない。あなたはずっと、『昔の自分』にしがみついているわ」

「いや、俺は……」

「そうじゃない？」

有里香はたたみかける。

「みんな社会へ出れば、仕事をするようになれば、思っていたことと違うことなんてたくさん出て来るわ。『こんなはずじゃなかった』って、きっとみんな思うわ。でもみんなわたしみたいに、憧れと違う環境も受け止めて、我慢して納得して、仕事を続けて行くわ。それが大人になるっていうことなんじゃない？　誰でもみんな、そうするものなんじゃない？」

「――――」

「でもあなたは、現実を受け入れるのを凄く嫌がってる。あなたの空の世界が、昔憧れていた世界と違うから――わたしの想像だけど、あなたを見ていると、そんな気がする。

きっとイーグルで空へ上がって、こんなはずじゃなかったって嫌なことにたくさんぶつかって、あなたは昔の自分に逃げ込もうとしてる。月夜野さんのことをいつも考えてるのも、きっとそのせいよ。わたしと会っててもうわのそらで、彼女のことを考えてる。それも、あなたとつき合っていた少女時代のあの子のことを……。本人はとっくにお嫁に行って、別の女になっているのに、まだ幻を追いかけてる。はっきり言うけど、今だから、はっきり言うけれど、あなたは自分の少年時代しか愛せないのよ。大人になる覚悟ができていないのよ。あなたは彼女を愛しているんじゃない。十七歳の月夜野瞳を好きだった頃のあなたに、戻りたいだけなのよ」

「――――」

風谷は、また黙ってしまう。

「どうなのよ。風谷さん」

「俺は――」

風谷は言葉が出ず、下を向いてしまう。そんな風谷の肩に手を伸ばし、有里香は訴える。

「ねぇ、風谷さん前を見てよ。お願いよ。目の前にいるわたしを見てよ。今の生身のわたしを見てよ。後ろばっかり見ないでよ。遠くを見ないで、こっちを見てよっ！」

「――――」

だが視線を合わせず、うなだれてしまう風谷。「俺は……」とつぶやくだけだ。

「…………」

「か、風谷さんの馬鹿っ！」

有里香は突然立ち上がると、泣きながら病室を飛び出して来て、ドアのこちら側で聞いていた美砂生ともろにぶつかってしまった。

「きゃっ」

「あ、ご、ごめん――」

自分の胸に、まともに飛び込んで来られた形に、美砂生は弁解のしようがない。しまった！

ドアの隙間から聞いていたのが、ばれてしまったか――？　ぎくりとするが、有里香はぶつかった相手が美砂生と分かると、そのまま泣いてしがみついて来た。

「み、美砂生さぁん……う、うわぁあああっ」

「ど、どうしたの」

仕方なく今来たふりをして、「沢渡さん、あなた何泣いてるの」と美砂生は訊く。

「だって彼が、彼が、ちっともわたしのこと――うぁあああっ」

泣いてしがみつく有里香を抱き止めながら、どうしよう――？　と病室の中を見やると、額に包帯を巻いた風谷と眼が合ってしまう。

「――？」

「――――」

ちょっと待ってよ……。こんな形で、顔を合わせたくないよ。

美砂生は声が出ない。この部屋には、言いたいことを整理して、深呼吸して心の準備をしてから入るつもりだったのに。

風谷も言葉が出ない。驚いたのか、前髪の下の眼を見開いている。

「――――」

「――――」

双方声が出ない中、昨日と同じように、美砂生が口を開いた。

「な……何しけた面してるのよ」

「え」

「女の子泣かして、な、何よ。何よ人がせっかく、せっかく……」

泣きじゃくる有里香を抱き止めているので、美砂生はその後が続かなかった。せっかくこれまでのことを謝って、再会を喜ぼうと早起きして来たのに……。ここへ入るのに機動隊と喧嘩までしたのに。口紅までわざわざ塗ったのに……。

でも、何も言えなかった。

あたしはあなたが好き――今日こそは、そう言いたかったのに。

「何よっ。あ、あたしは、あたしは……」

「え？」

美砂生は肩を上下させた。

「……あ、あたしは――あたしは、あたしは寝不足で眠いのよっ！」

「何を言ってるんだ、美砂生さん？」

「うるさいわねっ」

美砂生は、すすり上げる有里香を脇にかばうようにして、パジャマ姿の風谷を詰問した。

「何よ。人がせっかく様子を見に来てやったら、朝っぱらから女の子泣かして、何やってるのよ。国防の一大事でみんなが忙しい時に、何やってるのよ、あなたっ」

「い、いやこれは――」

「有里香に何をしたのよっ」

「な、何もしてないよ」

「何もしてないって、当たり前よ、そんなこと」

美砂生はムカッと来た。

頬が熱くなった。でも感情の行き場はどこにもなくて、眼のあたりからあふれそうだった。

「当たり前よ。ここはね、生存者を収容した病院よ。外はぐるっと警察が囲んで、マスコミだって押し寄せてるのよ。女の子といちゃいちゃする場所じゃないのよっ」

「そんなこと、分かってるさ」

「じゃあどうして、有里香が泣いてるのよ」

「そ、それは――」

「どうせまた」

美砂生はこらえ切れず、風谷を責めた。

「どうせまたあなた、自分の世界に浸りきって、女の子の気持ちなんか何も考えないで、有里香が何を言っても何もしてやらなかったんでしょう!?　あなた昔っからそうじゃないの！」

「ちょっと待ってくれ、美砂生さん」

風谷は困った顔をするが、その前髪の下の当惑したような眼が『可愛い』と感じられたりして、美砂生はそういう自分にハッとする。そして、自分にそう感じさせてしまう風谷に腹が立つ。こんな健気《けなげ》なあたしを、早起きさせて、寒い中バイクで走らせて、やっとたどり着いてみれば有里香と痴話《ちわ》喧嘩の最中――？　いい加減にしろよ、こいつ。疲れて寝不足のせいか、一度カッとなると美砂生は止まらなかった。この風谷修というやつは……。

こいつは、こいつは――！

「あなたはね」

美砂生は、何か言おうとする風谷を遮って、包帯をした頭を指さして怒鳴る。

「あなたは昔っから、女の気持ちなんかちっとも分かろうとしない。自分の中で、ありもしないものに操を立てたり、勇気を出して告白した女をむげに追い返したり、馬鹿なことばっかりやってるじゃないのっ。この朴念仁《ぼくねんじん》のスカポンタン！」

自分の腕にしがみついた有里香が、眼をぱちくりさせるのにも気づかず、美砂生は言い倒す。

「この鈍感！　ええかっこしいの分からず屋」

「――」

風谷はあっけに取られて見ている。

「世間知らずの、自分だけ気持ちよければいい自己チュー男の、ええとそれから、それから」

だが美砂生の興奮した物言いも、不意の闖入者《ちんにゅうしゃ》によって中断させられてしまう。

「どけ、どけっ！」

突然、背後からいかつい腕にいきなり肩をつかまれ、美砂生は腕に抱きとめた有里香ごと横へ押しやられた。

「きゃ」

「きゃっ」

二人で転びそうになりながら振り向くと、むさ苦しいコートを着た中年男が三人、どかどかと靴を鳴らして病室へ押し入って来るところだった。ドアが壁にばたんと当って、跳ね返る。何だか、必要もないのにわざと足音を立てたり、ドアをぶつけたりしているような感じもした。

いったい――!?

「風谷修だな」

この連中は、何だ……？　美砂生は突然邪魔に入った中年男三人を睨みつけた。

　最初は、あのマスコミのうざったそうな記者たちが、平泉広報係長の制止を突破してなだれ込んで来たのかと思った。実際、三人の先頭の顔の黒い中年男は、あのくわえ煙草の記者に印象が似ていた。

　だが、男は記者とは思えない物言いだ。

「風谷修だな？　答えろ」

「——？」

　ベッドの風谷は眼を上げる。風谷にも、押しかけて来た男たちの素姓は分からないようだ。

「あなたは？」

「黙れっ。風谷修かと、聞いているんだ、この馬鹿野郎っ！」

　先頭の中年男は、静かな病室の中でいきなり壁に反響するような大声を発した。

「——」

「——」

　美砂生と有里香は、部屋の隅で固まって、抱き合ったまま中年男たちの背中を見た。

　こいつらは、何者だ——!?

　早朝から病室へ押しかけ、大声を出して見せる男。三人とも、うざったそうな顔で肩を怒らせている。何の権限があって、こいつらはこんな横暴ができるのだ——？

大マスコミの報道記者がいくら横柄だとしても、こんな堂に入った吠え声で怒鳴るだろうか。怒鳴る資格もあるのだろうか。並の神経の人間なら、思わずのけぞってしまっただろう。だが風谷は戦闘機パイロットらしく、一見線が細いように見える顔のおもてを少し上げ「あなたは、どなたですか」と訊いた。

風谷がひるまなかったのが気に食わないらしく、先頭の中年男は「ぐるるっ」と喉を鳴らすと四六時中機嫌の悪そうな暗い目つきの顔をぐるっと回し、風谷、美砂生、有里香を順に睨んだ。特に美砂生と有里香がこの場にいることが気に食わないらしく、まるで罪人でも咎《とが》めるように「何だ、お前たちは」と言った。

「し、失礼ね」

美砂生は言い返す。

「そっちこそ、誰よっ」

すると二番目の脂性みたいな髪の毛の長い男がずいと寄って来て、制服姿の美砂生を爪先から頭のてっぺんまで、痴漢が車内で品定めするみたいに嘗めるように見た。

「そんな口の利き方をしていいのかなぁ？　この税金泥棒の無駄飯食いが」

「な、何よ」

その男と睨み合いのようになって、美砂生と有里香は個室のドア付近の隅に押しやられる。先頭の男は三番目の角刈の男と共に、ベッドの風谷を取り囲むようにする。

「もう一度訊く。風谷修だな?」

中年男は、そう言いながらコートの内ポケットから黒い手帳を取り出すと、包帯を巻いた風谷の面前に突きつけた。

「?」

風谷は、何か芝居でも見せられたような表情をする。だが男の突きつけた手帳は本物だった。

「石川県警だ。風谷修、業務上過失致死傷の疑いで、お前の身柄を拘束する」

「えっ!?」

「業務上過失致死傷の疑いだ。身柄を拘束する。一緒に来い!」

「な――何だって!?」

「何ですって」

「何ですって」

「うるさいっ」

県警を名乗った中年男は、室内を一喝すると、「今のが聞こえたか? 支度するのに一分やる。ただちに同行しろ」とベッドの風谷に命じた。

日本海上空

「おや――」

遭難現場海面の上空から、日本側の救難機や艦船が撤収する状況を監視している警戒航空隊所属のE2C・エクセル1。その三二〇〇〇フィートの高空に浮かぶ早期警戒管制機の要撃管制席で、画面を見ていた管制員の一人が首をかしげた。

「おや。変だな……」

「どうした」

「は。先任」

総隊司令部から〈即時撤収命令〉が出され、このE2Cも現場海域からの撤収状況をある程度見届けた後、三沢基地への帰投が予定されていた。

乗員たちは疲労していた。

昨夜遅くに、スタンバイ勤務も終わろうとしたところを急きょ呼び出されての緊急出動である。最初は『国籍不明機が韓国の旅客機を撃墜したらしい』と聞かされ、機内には『第二次朝鮮戦争でも勃発するか』と緊張が走った。しかしその危険性はないと分かり、命じられた任務も遭難現場周辺の監視だけとなった。韓国軍のヘリ編隊が乱入した時には一時混乱したが、騒ぎが納まってしまうと、乗員たちにはほっとした空気が流れた。あとは韓国側が引き継ぐと言うのだから、これ以上ここに留まる理由はない。長時間にわたった徹夜の監視任務も終わりが近いと知ると、機内にはさらにほっとした雰囲気が漂い、眼をこする者が出始めた。副操縦士は早々と帰りのコースを計算し始め、機上整備士は帰投する時のいつもの仕事である差圧掃除機による機内清掃の準備に取りかかっていた。管制員の一人が不審げな声を上げたのは、その矢先のことであった。

「先任、これを見てください」

若い管制員は、APS125レーダーが解析したデータが表示されている、自分の円形スコープの左端を指さして先任管制官に示した。

「今、ここに何か映ったような気がしたんです。すぐに消えてしまいましたが……」

「どこだ?」

「この辺です。ほぼ真西、距離二五〇マイル」

管制員が指さしたのは、スコープの西南西の外縁付近――このホークアイが背負っているドップラー・レーダーシステムの、有効探知範囲ぎりぎりの遠方だった。

「二五〇マイルか――非高度表示モードでも、ぎりぎりの遠距離だな」

「はい」

「何か映ったのか」

「はい」

「地図を重ねてみろ」

先任管制官が指示すると、管制員のキーボード操作で、円形の画面上に陸地の海岸線を縁どった地形図がパッと現れ、レーダー表示に重ねられた。スコープの中心はこのE2Cで、中心付近では沿岸の基地へ撤収して行く空海自衛隊、それに海上保安庁のヘリと捜索機を示す緑色の三角形がひしめき合いながらゆっくりと下方へ移動している。表示範囲を最大に広げたので、救難機たちのターゲットはグシャッと一つの塊になってしまう。その他には、日本と韓国を結ぶ民間航空路上を便名を表示した旅客機が数機往来している。

「ここです。確かにこの辺りの洋上……」

管制員はボールペンでスコープの左端を叩く。民間航空路からもかなり外れた場所だ。

「一瞬現れて消えたので、あれっ？　と思ったんです」

「――？」

そのペンの先を覗き込み、先任管制官も眉をひそめた。重ねられた地形図によると、その空域は日本海西方の微妙なポイントだった。ちょうど山陰地方と朝鮮半島の中間――しかも隠岐諸島と対馬《つしま》の、ちょうど中間にも当る位置だ。

「確かか――？」

「はい、確かだと思います」

「そこは……」

先任もスコープのその場所を指さすと、「その辺りは確か……」とつぶやく。

「そうです。例の〈糸の死角〉です」

管制員は、やや息をはずませてうなずく。

「だから、『あれっ』と思ったんです」


日の丸をつけたライトグレーのE2Cホークアイは、べったりと雲に覆われた洋上の空を、バンクをつけない水平旋回でゆっくりと廻り続ける。双発のターボプロップ・エンジンは絶えず高圧空気を造り出し、密閉された全長一八メートルの機内空間を与圧している。このグラマン製艦載機は、ジェット機並みの高空巡航性能を持っている。

見下ろすと、海面を覆っている一面灰色の雲は、朝鮮半島から日本列島に向けて寒冷前線が移動しつつあることを示している。夜が明けてしばらくは雲の切れ目から白い波頭も見えていたが、現在では目視によって海面を見ることは出来なくなっている。もっとも、監視任務につくE2Cの機内から肉眼で下を見ている者は無い。早期警戒機の任務は、陸上のレーダーサイトで発見出来ない遠方・低空の飛行目標を、レーダーで探知することなのだ。

先任管制官は、画面を見下ろしながら腕組みをして、「ううむ……」と唸った。管制員が問題にしたその空域の微妙さは、空自の警戒航空隊に所属するレーダー員ならば誰でも知っている。ただし国防機密に属するため、隊外の人間に口外することは禁じられている。

「〈糸の死角〉――ここに何かが飛んでいても、五〇〇〇フィート以下の低空ならば、隠岐・対馬両島の対空レーダーサイトからは水平線死角の下に潜り込み、探知されません。我々早期警戒機が上空から監視していない限り……」

「ううむ……。確かに二曹の言う通り、そのあたりの空域は、我が国の防空網の盲点だ」

先任管制官はうなずくが、

「しかしこの〈死角〉は、ほぼ北東から南西へ、幅五マイルのS字形の糸状に伸びている。そこを低空で飛ぶどこかの国の航空機がいて、日本本土やこの遭難海面に接近しようとすれば、どうしても針路を東南へ変えなくてはならない。いずれ地上のレーダーが見つけるか、我々の探知に引っかかるだろう。今一瞬見えたものは、こちらへ近づくような飛行ベクトルだったのか？」

「いえ。そこまでは――」

管制員は頭を振る。

「先任。新手の韓国のヘリじゃないですか？」

もう一人の管制員が言った。

「それとも、竹島へ出入りする韓国の警察ヘリかも知れません。連中はよく、その辺を通ります」

「ううむ。もう少し進出して近づけば、そのターゲットの再探知が出来るかも知れんが——」

先任管制官は、手首の航空時計を見た。この機の滞空用燃料は、ホームベースの三沢基地へ帰るのだとしたら、もうあまり余裕がない。

「韓国の竹島便ヘリは、今日は飛ぶ予定か？」

「お待ちください。確かめます」

もう一人の管制員はキーボードに向かった。

韓国政府が領土権を主張し、自国の警察による守備隊を駐屯させている竹島は、島根県の隠岐諸島のずっと北方——日本海のほぼ真ん中にある。歴史的には日本の領土だが、『我々のものだ』と主張する韓国が岸壁とヘリポートを設営して守備隊を置き、実効支配を敷いてしまっている。この守備隊に物資を補給するヘリが、これ見よがしに空自のレーダーサイトの探知圏内を通過して行くことはたびたびある。ただし、通常はフライトプランが提出されているので識別は可能だ。所沢の国交省航空局とのダイレクト回線で照会すればすぐに判明する。

韓国側は、自国の領土の島へ行くのだから日本への通報は不要と主張しているが、国籍不明機とみなされて毎回スクランブルを掛けられるのはたまらないから、その辺は折れている。

だが、

「駄目です。竹島便のヘリが今朝飛ぶという情報は、ありません」

キーボードでフライトプランの検索をした管制員は、頭を振った。

「やっぱりおかしいぞ」

最初にその飛行物体を見たと言う管制員の二曹は、興奮を隠さない。

「やはりさっきのは、国籍不明機《アンノン》かも知れない。ひょっとしたら昨夜の事件と何か関係が――」

「ちょっと待て。お前が今見たっていうターゲットは、一瞬だけ映ってすぐ消えたんだろう」

もう一人の管制員がさしはさむ。

「一瞬映って、すぐに消えたということは、かなり低速で低空を飛ぶ航空機である可能性が高い。おそらくヘリコプターだろう。昨夜襲って来たアンノンは、スホーイ24だって言うじゃないか。今見えたものと、関連づけるのはどうかな」

「だけど、あの辺りはすでに寒冷前線に入っていて、雲中のはずだ。なのに気象レーダーの電波を出さずに飛んでいるのは、不自然じゃないか」

「レーダーを装備していないヘリもあるさ」

「とにかく、変に感じたんだ」

「夜中に緊急呼び出しで三沢を出て、もう八時間だぜ。俺もお前も、みんな疲れてる。もう――」

もう一人の管制員は、暗に「くたびれたからもう三沢へ帰りたい」という嘆息を漏らしたが、言い出した二曹は「変だ」と言って譲らない。二人の管制員は、曹候補の期が近いらしく、遠慮なく言い合った。

「お前だって、そろそろ頭フラフラだろ。俺だって疲れていりゃ、漁場監視のヘリが国籍不明機に見えることもあるさ」

「いや、気のせいじゃない」

「ちょっと待て、二人とも」

先任管制官は、二人の部下の肩を叩いた。

「俺はちょっと前へ行って、相談をして来る。監視を続けていてくれ。忘れるな、我々の今の第一の任務は、救難機同士の衝突防止だ」

「は、はい」

「はい」

「総隊司令部から何か連絡が入ったら、コクピットまで知らせてくれ」

先任管制官は、E2Cの狭い通路をかがむようにして、前部のコクピットへ移動した。確かに立ち上がって歩こうとすると、体が横へ持って行かれるような気がして、足がふらつく。つまずきかけて、「おっと」と体を支える。

「くっ、三沢を出て八時間か——確かにな」

このホークアイは、背中のロートドームを水平に保つため、監視任務中はバンクを取って旋回することをしない。通常の飛行機のように傾きをつけて旋回せず、尾部の四枚の強力な方向舵で無理やり機体を横滑りさせ、機首の方向を変えることによって旋回するのだ。だから乗っている乗員には、常に横Gがかかっている。その状態で何時間も席に着き、レーダー画面に向かうのだ。経験の長い乗員でも、飛行任務が長時間にわたると三半規管《さんはんきかん》がおかしくなり、足がふらふらになる。

「ううっ、えーいくそ」

悪態をつきながらコクピットのドアを開けると、まぶしい外界からの光がまともに目を射た。スキー場のような白い光だ。この機体は、一面の雲の上を飛んでいるらしい。

「やぁ、先任。おはよう」

左側操縦席から、機長の三佐が振り向いて笑った。E2Cの乗員はみんな同じ飛行服を着て搭乗するが、パイロットとレーダー要撃管制員は一目で区別が出来る。光のさす操縦席にいるパイロットだけが、日焼けをしているからだ。

「夜通しご苦労だな、先任」

「たまりませんよ。穴蔵は」

ターボプロップのエンジン計器が並んだセンター・コンソールの手前に小さな補助席があり、先任管制官は背もたれを起こして腰を下ろした。

「機長、燃料はどうですか」

「飛行可能時間はあと二時間半だな。撤収命令が出たそうだが、我々も帰れそうかい？　出来れば直行で三沢へ帰りたいぜ」

「下の撤収状況によりますが……帰投の最終指示は、総隊司令部にもらうことになっています」

「早く片づいて欲しいな。これ以上ここにいると、直行では帰れなくなる」

機長が言うのは、このまま監視任務が長引いて帰投に要する燃料を下回れば、小松か美保の基地へいったん着陸して燃料を補給しなくてはならなくなる、という意味だ。右側操縦席に座る副操縦士の二尉も、「そうですね」とうなずく。

「急な呼び出しだったし、徹夜勤務になっちゃったし、まっすぐ三沢へ帰りたいですね」

「下の撤収状況はどうだい先任？　俺は途中の燃料補給なんか無しで、早く家に帰って寝たいよ。夜中に三沢から出張って来て、水平旋回ばっかり八時間だぜ。もうクタクタだ」

「そうですね機長。僕も燃料補給でどこかに着陸なんて、まっぴら御免です」

「ええと――それがですね」

先任管制官は、言いにくそうにもじもじした。言いにくいのは、無理もなかった。航空機の乗員にとって、着陸して燃料を入れてまた出発するという一連の作業は、短時間といえどもかなりの負担を伴うのだ。パイロットも機上整備士も、後席のレーダー要員も、飛行機を地上に降ろしてまた上げるとなると、寄港地の気象を調べ計器進入方式を調べ、色々な計算をしたりチェックリストをやったり、マニュアルに決められた作業手順が膨大にあるのだ。直行で三沢へ帰れるなら、それを全然やらずに済むのであるが、遠回りすることになれば燃料不足は必至となる。

「いえ、あのちょっとですね。実は気になるエコーがちらっと見えたんですが……。それが我々の探知範囲の、ぎりぎり外側なんですよ」

「え」

「え」

「え」

機長、副操縦士、それにサイドパネルに向かっていた機上整備士までが、先任管制官を振り向いた。みんな疲れでヘルメットの下の顔は、目の下に隈《くま》が出来ていた。自分の顔もそうなのだろうな――と思いながら、先任管制官は続けた。

「いや。それでちょっと、帰投の前にですね、西側へ二〇〇マイルばかり進出して、確かめてから戻れないかな――なんて思ったりして」

「おい、先任」

「そりゃないですよ、先任」

「そうですよ、先任」

「いや、でもですね。うちの若いのが、一瞬だけ映ったターゲットが、どうも気になると……」

「一瞬映ったターゲット？　それは、昨夜のアンノンと関係あるのか。例のスホーイなのか？」

「いえ。それが……」

先任管制官は、頭をぼりぼりと掻いた。機長の三佐は防大の二年先輩で、横須賀の寮生活時代は酒を呑むと後輩に横須賀銀座の路上で芸をやらせるという、名うての酒乱であった。先任管制官はあまり機長の機嫌を損ねたくなかった。

「例の、隠岐と対馬の間の〈糸の死角〉を、どうも五〇ノット未満の低速でうろうろしている低空ターゲットがいるらしいのです。一見してジェットではありませんが――」

「そりゃ、韓国の追加支援部隊じゃないのか」

「いえ。こちらに接近する様子はないのです」

「じゃ、なおさら我々には関係ないんじゃないのか。どっちにせよ、領空に近づくわけでもなく、ただ地上レーダーサイトの死角をたまたまどこかのヘリが飛んでいるだけなんだろう？」

「照合出来るフライトプランも出て来ませんし、民間機だとしても——」

「先任。とにかく、西へあと二〇〇マイルも進出したら、それだけで往復一時間だぜ。どうしても必要だという理由があれば行くがね、一瞬ちらっと見えた幻みたいなもののために、八時間飛んで疲れ切ったクルーを引き連れて向かうのは、機長として出来ないな。行けば帰路は燃料補給だ。全クルーの疲労度が増大すれば、あと二回の着陸の時に、ミスが起こり易くなる」

「そ、それはそうなんですが……」

「とにかく、総隊司令部へ報告して、お伺いを立ててくれよ。俺の一存では行けないよ。もし江守空将補が必要と判断されて『行け』っておっしゃるなら、その時は行くさ。江守司令には、俺たちはさんざんお世話になっているからな」

総隊司令部

「先任指令官。E2Cから報告」

早期警戒管制機との連絡を受け持っていた担当管制官が、振り向いて和響に告げた。

「現場海域西側二五〇マイルの洋上に、正体不明の低速・低空ターゲットらしきものを発見」

「ん。どういうことだ」

先任指令官席で、和響は首をかしげた。すでに現場海域の海自護衛艦との情報リンクは成功し、中央指揮所の前面スクリーンには、引き続いて海面を這い廻る韓国軍のヘリ編隊もはっきりと映し出されている。多少の混乱はあったようだが、現場上空の救難指揮機からは、『撤収は順調』との報告を受けていた。

「E2Cが『らしきもの』とか、『確認』ではなく『発見』とか、ずいぶん不確かじゃないか」

「は。どうも探知能力ぎりぎりの遠方に、不審な飛行物体を見つけたらしいのです。すぐにロストコンタクトしたらしく、詳細は不明とのこと」

「地上のレーダーには、何も映っていないな」

前面スクリーンに、今のところ国籍不明機を現すオレンジ色の三角形は一つもない。空自のバッジ・システムは、どこかのレーダーサイトが何か不審な飛行物体を探知すれば、自動的にこのスクリーンに表示される仕組みになっている。

「ちょっと待て」

和響は担当管制官に待機を命じ、立ち上がってトップダイアスを振り仰いだ。

「総隊司令。Ｅ２Ｃが現場海域のはるか西方に、不審な飛行物体を発見した模様です」

報告すると、腕組みして考え事をしていたらしい江守は、目を開けた。江守はがっしりした胸板の姿勢を崩していないが、トップダイアスに居並ぶ高級幕僚たちの中には、徹夜がこたえたのか、席で舟をこいでいる者もいる。

「先任指令官。詳細は」

「Ｅ２Ｃでも探知圏外です。陸上レーダーサイトからは死角になっている模様。低空です」

「速度は」

「低速です。速ければ、パルスドップラー・レーダーの引っかかりも良いはずですから、一度発見してからすぐ見失うことはないと思われます」

「うむ」

「韓国のヘリの増援かも知れませんが。一応、Ｅ２Ｃを西方へ進出させ、確認させたいのですが」

「うむ」

江守はうなずいた。

「念のため、確認させせろ。現場の乗員たちの疲労も濃いだろうが、しっかりやれと伝えろ」

「はっ」

その時、トップダイアスの防衛部長の席の黒い電話が、またリンと鳴った。その音でびくっと目を覚ました防衛部長が、受話器を取る。

「――司令、また外務省から直通です」

防衛部長が嫌そうに、受話器を差し出す。江守はただうなずき、受け取る。

「総隊司令官です」

『高天神だがね、司令官！　日本側の救難機の撤収は、まだかね？　わざとぐずぐずさせておるんじゃないのかねっ』

外務省アジア局長は、江守が出ると挨拶も抜きに、早口でまくしたてて来た。

「どういうことでしょうか。現場の撤収は順調で、間もなく終了します。海自の護衛艦も間もなく引き揚げます。海上保安庁の巡視船だけは、国際法上も引き揚げる根拠がありませんから、現場に留まる予定ですが――」

『巡視船なんかはかまわんよ。軍艦じゃないからな。問題は君、ハイワックスだよ』

「は？」

『その、何と言ったか、ああ、エイワックスというやつか。それが何だ、上空の高いところから、韓国軍のヘリの活動を監視していると言うじゃないかっ』

「ああ。警戒航空隊のE2Cのことですか」

『ことですか、じゃない！　韓国政府からまた抗議が来ているんだよ。日本軍は、韓国軍の活動を上空から監視して、電子情報を収集するつもりか。日本は韓国との戦争準備をするつもりなのか。旅客機を撃墜した上に証拠まで隠滅し、これ以上挑発したら許さんぞと、連中はカンカンになって怒っている！』

「エアバスを撃墜したのは国籍不明機です。自衛隊ではない。ましてや証拠の隠滅など──」

我慢して反論する江守に、だがアジア局長はきんきんと言い返す。

『いいかね、真実はどうあれ、もう国際問題になっているんだ。向こうは主張を変えず、我が国から謝罪だの追加の経済支援だの、これを機会に取るだけ取るつもりでいるんだ。さっきからね、その対策で忙しいのに、また韓国からハローワックスが上から見下ろしてスパイしているとか文句を言われて、形勢は不利になるばっかりなんだ。君らはこれ以上、日本政府が不利になるような元凶をつくらないでくれっ』

「しかし──」

『いいからさっさとね君、その何とかワックスをだな、現場の上空からどけるんだ。連中はあんな高いおもちゃを持っていないから、頭の上で飛び回られると頭に来るんだよ！ちょっと考えりゃわかるだろっ』

「は、はぁ」

『いいね司令。これ以上韓国を挑発するような行動は絶対にするな。私はこれから急いで首相官邸での打ち合わせに入るが、これは官邸の指示と取ってくれて構わん。ただちにその目障りな河童みたいな飛行機を、基地へ帰投させたまえっ』

一方的に怒鳴りつけると、電話は切られた。

「――――」

江守は、ツーというだけの受話器を、唇を噛み締めて見下ろした。

「どうされます、司令」

防衛部長が、江守の表情を覗き込んだ。

「今E2Cを帰投させず、西へ向かわせれば、朝鮮半島に近づくことになります。韓国の抗議に反して、逆に我々が挑発行動を取ったと言われても、反論が出来ません」

「う、うぅむ……」

「先任指令官」

和響がE2Cを西方海面へ向かわせる指示を出そうとすると、背後から江守に止められた。

「先任指令官、ちょっと待て」

「は?」

「やむを得ない事情が生じた。E2Cは西へ向かわせるな。ただちに帰投させせよ」

「どういうことでしょうか?」

「E2Cを帰投させるのだ。やむを得ないが」

「は——しかし」

和響は、納得出来ない顔で、

「司令。私も現場でレーダーを見ていたことがあります。その経験から言えば、一瞬見えたエコーを不審に感じた管制員のカンは、信じるに足るものが——いえ、私は信じたいと思います。E2Cを向かわせて調べる価値は……」

「私も、そうは思う」

江守は、先程撤収命令を出した時以上に、この世の苦悩を全部背負い込んだような顔をした。

「だがな、高度な政治的判断が働いた。仕方がない。E2Cは、下げなくてはならなくなった」

「は、はぁ……」

「分かってくれ」

江守はそう言うと、頭痛でも起きたのか、痛みをこらえるように額に手を当てた。

そこへ、総隊司令部の運用課長が、ファイルを脇に抱えて歩み寄って来た。和響が見ていると、空自全部隊の作戦運用を担当する運用課長は、江守の前にファイルを置いて小声で言った。

「司令。小松の第六航空団からです」

「ん」

江守が辛そうな顔でファイルを手に取ると、運用課長はかがんで説明した。

「第六航空団の楽縁台空将補から、国籍不明機出現に対する今後の対策として、このような計画が提出されておるのですが。司令のご裁可を、お願いしたいと――」

「うん……」

江守は、預けられたファイルをパラパラとめくったが、お終いまで見ると「?」と眉をひそめ、頭痛がさらにひどくなったような顔をした。

「防衛部長――」

「は」

「しばらくな、ここを頼む。三十分ほどでいい。休憩をさせてくれ」

「分かりました。ごゆっくりどうぞ」

江守はうなずき、中央指揮所の指揮を防衛部長に任せると、ファイルを脇に抱えて顔をしかめながら席を立った。

保安係の下士官が敬礼する中、がっしりした背中が出口の気密ドアへ消えて行く。

（『親父』が、あんな顔をするなんて……？）

和響は、心の中でひとりごちた。

いったい、あのファイルは何だったのだろう。

日本海上空

総隊司令部から帰投命令を受け、結局帰ることになったE2C・エクセル1は、監視態勢を解いて機首を反転し、一路三沢基地への帰投針路に乗った。

監視態勢が終了すれば、バンクをつけたまともな旋回をしても構わない。コクピットの外で朝の陽光を浴びる雲の水平線が傾き、三〇度バンクの軽いGが、乗員の体を心地よくシートに押しつけていた。ホークアイは高度を二九〇〇〇フィートに下げ、国土交通省の東京航空交通管制部から計器飛行のクリアランスを受けて、美保のTACAN（航法無線局）へ機首を向けるところだった。

「やっぱり尻が座るっていうか、飛行機は傾いて回るもんですよねぇ」

まっすぐ帰れるのが嬉しいのか、副操縦士が航空路線図を取り出しながら言う。ここから先は、一般の民間機と同じ航空路を飛行して帰ることになる。巡航は自動操縦に任せることも出来る。

「ま、今回は何事もなくて良かったか……」

　左側操縦席で機長がため息をつき、コクピットの補助席で所在なげに時間を潰している先任管制官に話しかけた。総隊司令部が「帰投せよ」と言うのだから、仕方がない。確かめる手段が取れない以上、さっきの低空・低速のターゲットは、漁場監視のヘリか何かだったのだろう、と思うしかなかった。

「だけどなぁ、先任」

「は。何ですか」

　先任管制官は、部下に説明する文句でも考えていたのか、うつむいていた顔を上げた。

「今回は何事もなかったが……このままで行くと我々は、どうなるんだろうな」

「は――？」

　先任管制官は、「我々警戒航空隊のことですか？」と訊く。

「いや、それもあるが――我々自衛隊と、日本のことだよ」

　機長はヘルメットを脱ぐと、ヘッドセットを頭に掛け直して、ハンカチで顔の汗を拭いた。コクピットにも悪天候回避用に、簡単なレーダーがついている。機長は汗を拭いた手で、その画面を指さした。

「さっきからレーダーに映っている竹島な――あれは、韓国に占拠されたたままだろう」

「ええ……政府は日韓交渉の度に、『領土問題の棚上げ』を主張しているようですが……」

「出て行け、とまで言えないのが情けないな」

「情けないですね」

「我が国固有の領土が不法占拠されたのだから、内閣が安全保障会議を開いてこれを『侵略』と認定し、自衛隊の防衛出動を決定すれば実力行使で島は取り戻せるが、現実問題としてそんなことは出来ない。韓国と戦争をしたいなんて、誰も考えていないからな。しかし安全保障会議で防衛出動が決められなければ、自衛隊はたとえイージス艦があってもF15があっても、弾一発撃つことが出来ない。それを知っている韓国の警察隊は、平気で島に居座って、実効支配を続けている。

尖閣《せんかく》諸島だってそうさ。中国が領土権を主張して、海洋調査船を差し向けている。海上保安庁が監視してはいるが、このままではいずれ島に上陸されて、実効支配されてしまうのは明らかだ」

「そうですね」

先任管制官はうなずいた。

「我々自衛隊にはROE（交戦規定）がありませんから、たとえ我々が目の前で領土を不法占拠される行為を目撃しても、現場の指揮官の権限では、何も出来ませんからね。内閣が安全保障会議を開いて、国会が防衛出動を承認しない限り、目の前で領土が占拠されても、自分たちの正当防衛以外には、何も出来ることがないんですからね」

「なぁ先任。警戒航空隊にもE767が装備されて、我々の能力も格段にアップしたが、装備が拡充されたって、何になるんだろうな……。俺は、このままで行くと竹島も尖閣諸島も、指をくわえている前で全部獲られてしまうんじゃないか——そう考えて、空《むな》しくなる時があるよ」

「………」

「ま。我々だけで愚痴を言っても、始まらないことだ。忘れてくれ。帰ろう」

「そうですね……。帰りましょう」

対馬沖・洋上

男は、この時点までは幸運と言えた。

秘密基地の島を飛び立ってから現在まで、どこのレーダーサイトにも探知されていなかった。日本の防空網の死角を知り尽くした男には、地上レーダーにひっかからず日本海を飛ぶのは造作もないことだったが、肉眼で目撃されればこの奇異な飛行姿は隠しようがない。しかし、一隻の船舶にも出会わぬうち、日本海を東進する寒冷前線の雨雲を隠れ簑《みの》にすることが出来た。

自分はついている、ここまでは……と男——〈牙〉と呼ばれる男——は思った。つい数分前、前線の雲の中へ突っ込んだ時に風向・風速が急変し、追い風が強くなって一時的に対地速度が五〇ノットを超えた時があったが、それも事なきを得たようだ。

日本の航空自衛隊のE2Cのパルスドップラー・レーダーが、距離が遠くて微弱ではあるが探知パルスの触手を伸ばして来ており、島を出た直後からこの機体に触っては撫で回している。それはスホーイ24の装備するパッシブ電子戦システムによって、男に知らされていた。ただ、速度さえ遅ければ探知パルスはこちらを海面から突き出す岩礁か何かと勘違いし、何も言わずに去って行く。対地速度五〇ノット未満をキープする限り、E2Cのパルスドップラー・レーダーがこの機体を飛行物体と判断して、警報を発する恐れはない。隠岐と対馬の対空レーダーサイトからは、もとより水平線の下に隠れているので、探知される危険はない。

「——大丈夫だ」

男は、酸素マスクを顔から外していた。パッシブ電子戦システムの表示を確かめ、ヘルメット・マイクのチャンネルをインターフォンにして、頭上の機体の操縦士に告げた。

「レーダー・パルスが消える。E2Cは去って行く。我々は、探知されてはいない」

幸運にも、一度はレーダー画面に出現したはずのこちらに注意を向けられる気配はなく、E2Cの発するパルス波は次第に遠くなり、消えた。

『そうか。さっきは肝を冷やしたが……』

有線インターフォンの向こうで、上の操縦士が安堵《あんど》の声を漏らした。

だが、

「前線の雲に入れば、風は変動する。一人前になりたければ、覚えておくことだ」

『………』

男の遠慮のない物言いに、インターフォンの向こうの操縦士は沈黙してしまう。

男は、鉤《かぎ》のような鼻梁《びりょう》の下の唇を歪め、かすかに苦笑のような表情を作る。この組織に参加するようになって何年も経つが、組織に属する異国の士官たちがあまりに体面を重んじるので、男からは滑稽《こっけい》に見えるのだ。

民族の血、か――

そう考えかけて、男は唇をキュッと結ぶ。

民族としての、〈血〉。

自分の帰属出来る、確固とした〈血〉があるならば、それはそれでよいではないか……。

たとえ滑稽に見えようと。

俺の〈血〉は――何だ。

俺の帰属すべき民族は……?

俺にはいったい、帰る場所があるのか――?

「──フン」

男は息をつき、小さく頭を振った。あらゆる光を跳ね返すような、黒のサングラス。眼の表情は外からは読めなかった。ただ男は、ふと気づいたように飛行服の胸のファスナーに手を差し入れ、小さな銀色の鎖付き懐中時計を取り出すと、革手袋の手のひらに載せた。

「────」

蓋を開いてみようとして、右側の操縦席からの視線を感じ、やめた。

「何を見ている」

「…………」

スホーイ24は、並列複座だ。センター・コンソールを隔てた男の隣──右の航法電子席に座るほっそりした飛行服は、ヘルメットに酸素マスクをつけ、バイザーを下ろした顔で男を窺《うかが》っていた。男はその暗色のバイザーに向かって言う。

「マスクは、必要ない。今回のミッションでは、使わないかも知れない。外したほうが楽だ」

「…………」

小柄な飛行服のヘルメットは、無言のままバイザーの面《おもて》をこちらに向けている。その半透明のプラスチックの曲面に、頭上でせわしなく回転する何かの影が、映り込んでいる。

ボトボトボトボト
空気を叩く、直径三二メートルの八枚ローターが、灰白色の水蒸気の中で回転している。雲中の飛行となってから、海面上の艦船から目視で発見される危険性はなくなったが、上下する気流の乱れで、小刻みに揺れ始めていた。

淡いグレーのカワウソを想わせる、のっぺりした胴体の上で巨大ローターを回しているのは、確かにヘリコプターだが……初めて見る人間がいたら、その巨大さに目を奪われるだろう。

ミル26ハロE。

旧ソ連製、世界唯一最大と言われる、超大型の輸送ヘリコプターである。西側のC130輸送機に匹敵する搭載量を誇っている。『空中で停止出来る世界最大の』航空機だ。愛敬のある名前に似つかわしくない全長三四メートルの胴体には、所属を示すようなマークは一切書き込まれていない。そして、二五トンの重量物を吊り下げて一二〇〇〇フィートまで上昇したという世界記録を持つ機体の下には、今は八本の特殊なケーブルによって灰白色のスホーイ24フェンサーが一機、懸架されている。燃料を満載し、爆装した電子戦偵察機は、総重量三〇トンを超すのだが、強化された双発のZMKB・プログレスE136エンジンと、高度三〇〇〇フィート以上には上昇することがないという制限のお陰で、ハロEはかろうじて空中に浮力を得て前進しているのだった。

ボトボトボト

すでに基地の島を発進して三時間半。対地速度四八ノットという低速を保って、超大型ヘリは電子戦偵察機を吊し、水蒸気の中を進んで行く。三月半ばの気温なので、機体やエンジンへの着氷の危険はなさそうだった。

放射状に張られた八本のケーブルのうち、フェンサーの機体の重さを支えているのは七本で、残り一本は有線通信ケーブルと、外部電源供給ラインをより合わせたものだった。今その通信ケーブルを通じて、ミル26の見晴らしのよい操縦席から、スホーイ24のサイドバイサイドのコクピットへ連絡が入った。

『〈牙〉。揺れが強くなって来た。リリース・ポイントを早めに変更したい』

「まだだ」

男は、声の調子を変えずに答える。揺れが大きくなり懸架ケーブルの振れが増大すれば、吊された機体の遠心力がヘリの浮力を上回り、支え切れなくなる可能性があった。それに加えて、上の操縦席では外が真っ白になり、レーダーも使うことが出来ないから、不安が増すのだろう。

「雲中を飛ぶ度胸がないなら、大佐に申し出て組織をやめることだ」

男が言い捨てると、

『…………』

また上の操縦士は黙ってしまう。

男は、コンソールの時刻表示に眼をやる。秘密基地を発進して三時間三十一分……。すでに基地の島からは、一五〇マイル以上も進出している。もう姿を現しても出発地を気取られる心配はないだろうが、日本側の対応はなるべく遅らせたい。わずか一分の違いが、作戦の成功／失敗を分けるかも知れないのだ。

あと三十分は進出しよう――

男は慣性航法装置とGPSの位置表示を確認して、予定通りの行動を変えないと決めた。

「玲蜂」

男は右席に目を向けると、さっきから自分を見ているヘルメットのバイザーに、乾いた声を投げかけた。

「マスクを取れ。かけたままでは、疲労する」

すると、小柄な飛行服はほっそりした腕を上げ、ストラップをパチンと外して酸素マスクを顔から取った。同時にヘルメットも脱いでしまう。

「おい」

ファサッ、と広がった長い髪に、男はサングラスの顔をしかめる。

「ヘルメットまで脱ぐやつがあるか。髪が器材に引っかかったら、どうするつもりだ」

「うるさい」

長い黒髪に縁取られた白い顔——その中の切れ長の眼が、男をキッと睨んだ。

「脱げと言ったのは、お前だ」

低く抑えた、女の声だ。よく見れば旧ソ連製の飛行服の胸が、微かに膨らんでいる。

「玲蜂。髪を切れ、切れと、何度言わせるつもりだ。三年前の沖縄の強行偵察以来、お前は一度も切っていない」

「余計なお世話だ」

玲蜂と呼ばれた飛行服の女は、次の瞬間右の手のひらにチャッとスイッチナイフを出現させた。まるで何もない空気中から、ナイフが現れたような早業だ。切っ先が空気を切る気配と共に、男の喉元に突きつけられる。

「お前は、監視されている。わたしがお前を監視する役目だ。必要以上の命令は聞かない。それを忘れるな」

だが男は、喉元に冷たい刃を突きつけられても、表情を変えることはなかった。クク、と苦笑するように喉を鳴らす。

「訓練キャンプで、習った通りの技か——」

「何だと」

「お嬢さん芸だな」

「何っ」

「誓ってもいいが、玲蜂。お前は人を殺《あや》めたことがない。動作の軽さで、それと分かる」

「う、うるさい」

「いいか……。心の中に、自分はここまで来てしまったという『あきらめ』があると、刃の動きは重く、滑らかになる。瞬発力で相手を倒せると思っているうちは、まだ初心者だ」

「黙れ」

「刃を向けるのならば、本来の〈敵〉に向けたらどうだ？　俺も、お前たちも、今は共通の〈敵〉を攻め滅ぼすために協力している。心の中に憎悪があるなら、一滴残らずその〈敵〉に向けろ」

「――――」

「憎い日本民族を滅ぼすことが、俺とお前たちの共通の目的のはずだ――違うか……？」

チャッ
飛行服の女は、ナイフを手から消滅させた。どこにしまったのかも、あまりに疾《はや》くて見えない。濃く細い眉をきゅっと上げ、切れ長の眼の女は、男を睨みつける。

「わたしは、目的のためには協力するが――髪は切らない」

「では、せめてヘルメットを被れ」

女は、ふてくされたように球状のヘルメットに頭を入れた。顎のストラップを留め、航法電子席の背もたれに、どさりともたれた。

「――」

「それでいい」

男は、何事もなかったかのようにうなずいた。黒いサングラスの顔を、絶え間なく水蒸気が押し寄せて来る前面風防に向けた。

「これから、戦争になる……。忙しくなるぞ」

男は、自分が現時点で幸運に恵まれていることを知っていた。

そして、この幸運が尽きる瞬間に、自分は死ぬだろうと思った。それを後悔はしていなかった。せめて進むべき道があることに、男は誰にも見せないサングラスの下で、自分の宿命に感謝すらしていた。

男にとって、苦痛ですらも生きている証《あかし》であった。

それを理解する者は、この水平線の広がる広大な世界に、誰一人として存在しなかった。

日本海中央病院

「身柄を拘束するって、いったいどういうことですかっ？」

　警察手帳を見せられ、あっけにとられたような風谷に代わり、最初に抗議をしたのは有里香だった。まるで美砂生にしがみついて泣いていたのが嘘だったみたいに。有里香は三人の刑事たちに向き直ると、キッと睨みつけた。

「拘束って、逮捕するっていう意味ですか!?　なら逮捕状を見せなければいけないはずだわ。どこにあるんですかっ」

「うるさい」

　先頭の男は、一喝した。

「そんなものは、ない！　警察が必要と判断したから、来てもらう」

「では、任意じゃないの」

　有里香は怒鳴られても一歩も譲らず、食い下がる。

「これは、任意の出頭要請なんでしょう？　なのに身柄を拘束なんて、出来るはずないわっ」

「黙れ！」

顔色の悪い刑事は、また怒鳴った。

「警察がそう判断したのだから、出来る！　お前ら市民はおとなしく従えばいいんだ！」

「ちょっと待ってよ。それ、警察官としての正式な発言？　無茶だわ、横暴だわ、不法行為だわ」

「何よ、この理不尽なやり方は？　だいたい風谷さんの昨夜の行動に、どんな問題があったって言うの？　それに公海上で起きた事件に、どうして石川県警が関与出来るんですかっ。さぁ、答えてちょうだい！」

獰猛《どうもう》な野犬に噛み付くスピッツみたいに、有里香は抵抗した。

凄いな――

美砂生は思った。有里香の背中は、自衛隊で三年も鍛えた美砂生に比べれば遥かに華奢《きゃしゃ》だ。背も美砂生より小さい。でも有里香の迫力は、むさ苦しい中年男三人を向こうに回して、まったくひけを取らないのだ。

この子――そんなに、風谷君のことを……？

「偉そうな物言いしやがって。お前は誰だ？」

角刈の男が、ずいと有里香の前に進み出た。

「公務執行妨害で、逮捕されたいかっ」

「わたしは西日本海ＴＶの、報道記者です！　命がけで旅客機を救おうとした風谷さんを、犯罪者扱いするなんて、こんなひどいやり方は断固報道して問題にしてやるわっ」

「ＴＶ？」

「西日本海ＴＶ――だと!?」

次の瞬間、角刈の男の腕が伸びて、有里香の襟の後ろを容赦なくつかみ取った。「やめて、何するのよっ」と叫ぶ有里香を、そのままズルズルと病室のドアへ引きずって行く。

「このクソ田舎ＴＶが。どこから入り込んだ」

「放して、放してっ」

「薄汚く嗅ぎ廻るモグラ女め、出て失せろっ」

「ちょっ、ちょっと待ってください！」

美砂生はあわてて両手を広げ、病室の出口を体でふさいだ。

「やめてください、乱暴は」

「そこをどけ、自衛隊のアマ」

「乱暴はやめてくださいっ」

「証拠隠滅の相談に来たのか、このアマ。てめえもさっさと出て行くんだっ」

「証拠隠……ちょっと待ってください、さっきから聞いていれば、業務上の過失致死傷だとか――いったいどこをどうすれば、そんな嫌疑がかかるんですかっ？」

「かかるね」

顔色の悪い刑事が、こともなげに言った。

「どうして？　風谷君は、命がけで韓国の旅客機を護ろうとしたのよ！　それがどうして——」

「いいか自衛隊。役立たずのお前らには分からんだろうから、教えてやる。

　この世というのはな、責任を取らない悪いやつであふれ返っている。放っておけば、何が起きても誰も責任を取らない。だから事件が起きるたびに我々警察が出て行って誰のせいなのかを決定し、その悪いやつに裁きを受けさせるのだ。事件が起きたからには、必ず起こした悪いやつがいる。誰が悪いやつなのか決定するのが、警察の仕事だ！　旅客機が撃墜され死傷者が出た。ならばどこかに原因をつくった悪いやつがいるのだ。我々は、それはこいつだと決定した」

「そんなっ」

「特に今回の件では、県警本部長じきじきに『自衛隊当事者の責任を上げろ』と命じられている。それだけ自衛隊の責任が問われているのだ。石川県警は全力を挙げ、こいつをこの事件の責任者にする！　分かったらそこをどけ」

　ベッドの上の風谷は、無言で聞いている。『責任』という言葉が刑事の口から出ると、唇を噛み締めて下を向いてしまう。美砂生はその姿に『可哀相——!!』と胸が締め付けられそうになる。

「馬鹿なこと言わないでよっ。風谷君のどこに過失があったって言うの!?」

「ああいう結果になったということは、過失があったに違いないのだ。それをこれから調べる」

「違いないって――撃墜したのは国籍不明機です！　風谷君じゃないわっ」

「国籍不明機が撃墜したなら、そうなる過程で、きっとこいつに過失があったに違いないのだ」

「ふざけるのもいい加減にしてください！　どう見たって、昨夜の犯人は国籍不明機じゃないの。犯人はあっちじゃないの！」

「ほう」

両手を広げたままの美砂生を、顔色の悪い中年刑事は大げさに感心したような眼で見返す。

「では自衛隊の活《い》きのいい姉ちゃん、あんたがその国籍不明機を、捕まえて来てくれるかね？」

「えっ」

顔色の悪い刑事は、ケッケケッと笑った。追従するように他の二名もすぐケタケタと笑った。

「あんたが、昨夜旅客機を撃ったという国籍不明機とやらを捕まえて、乗っているやつを出頭させてくれよ。そうしたら、考慮してやる。ケケッ」

「く――」

美砂生が絶句すると、

「追い出せ」

顔色の悪い刑事の命令で、角刈と脂性が二人がかりで美砂生と有里香につかみかかり、ドアから押し出そうとした。

「出てけ」

「こら出てけ」

「な、何するのやめてよっ」

美砂生は脂性の刑事につかまれた腕を払いのける。有里香はドアをつかんでばたばた暴れる。

「きゃあ横暴、乱暴、報道してやる！」

「いい加減にしろ、この――」

そこへ、

「何をしているんですかっ！」

凜《りん》とした女の声が、廊下から響いた。

一瞬、二人の刑事の手が止まった。

有里香が顔を上げて「山澄先生……」と呼んだ。美砂生が振り向くと、白衣のシルエットが背後に立っている。長身、長い髪。女医だ。

「誰だ、お前は」

「私は風谷三尉の担当医です。絶対安静の患者の病室で、あなたがたは何をしているのですかっ」

「うるさい」

顔色の悪い刑事は、ずいと進み出た。

「この自衛隊員は、警察が連れて行く」

「正式な書類は？」

山澄と呼ばれた女医は、アルトの声で聞き返す。

「そんなものはない。警察が判断したんだから、いいんだ。そこをどけ」

「どきません」

女医は、有里香以上に一歩も引かなかった。

「聞こえませんでしたか？　風谷三尉は、絶対安静です。動かすことは、担当医として許可しません」

「うるさい黙れ」

「黙りません。あなたたちこそ、治療行為の邪魔です。出てお行きなさい」

すらりと長身の女医は、舞台のモデルのような身ぶりで白衣の袖を伸ばし、出口を指さした。

「さあ出て行きなさい！」

「こ――このやろう。女どもが徒党を組んで腐れ自衛隊員を護ろうとしやがって、目障りなんだよ、お前らは。畜生！」

顔色の悪い刑事は、手を伸ばして山澄医師の白衣の胸許をつかもうとした。だが、空中でその汚い手は、もう一つの手によって止められた。いつの間にか背後に現れた大柄な初老の男が、顔色の悪い刑事の腕をがっしと捕まえたのである。

「よすんだ、増沢」


不意の闖入者が続く日だ――と美砂生は思った。

女医の胸に届く寸前で刑事の腕を摑んだのは、がっしりした長身の初老の男だった。いつの間に来ていたのだろう。短く刈った髪にはかなり白いものが混じっているが、空中で刑事の腕を捕まえた手は大きく、万力のようにびくともしない。

「う――」

顔色の悪い刑事は、目を白黒させて男の胡麻塩頭を見上げ「さ、坂田さん……」とうめいた。

「よすんだ。ご婦人に手をかけるんじゃねえ」

「わ、分かった、分かった」

顔色の悪い刑事に坂田と呼ばれた男は、くたびれた茶色のトレンチコートの袖から伸びた手を放した。顔色の悪い刑事は、赤く指の跡がついた手首を痛そうに振った。

この人は、誰だ――？

美砂生は「放してよ」と角刈の腕を振りほどきながら、胡麻塩頭の初老の男を見上げた。

この人も、刑事なのだろうか……？

「増沢」

胡麻塩頭の男は、低く響く声で言った。

「正式な書類もなく、担当医が駄目だと言っているんだ。出頭を強要するのはまずかろうが」

「――ふん」

顔色の悪い刑事は、増沢という名らしい。ふてくされたようにポケットに手を入れ、横を向く。

「おい増沢」

坂田という名らしい初老の刑事は、まともに自分を見ようとしない増沢刑事に言う。その低い声には、我慢が混じっていた。

「いいか。定年退職する今年の五月までは、この俺が石川県警の刑事部長だ。県警本部長に取り入ったどこかの誰かが、次の部長に決まっていようといまいと、お前への命令権は今はこの俺にある。そのことを忘れるんじゃねえ」

「――――」

顔色の悪い増沢刑事は返事をせず、「ちっ」とだけ言った。

日本海中央病院・ロビー

結局、風谷は連れ出されはしなかったが、県警によって病室ごと身柄を押さえられ、軟禁されてしまうことになった。顔色の悪い刑事が「たった今からこの病室は石川県警が押さえる！　無用の者は出ろ」と叫ぶと、その号令を聞いていたのか廊下で待機していた制服警官たちがどっと乱入し、美砂生と有里香と山澄医師を風谷の個室から押し出してしまった。

「きゃあっ、風谷さん！」

有里香が、まるで濁流に運ばれるパニック映画の女優みたいに風谷に手を差し伸べる。が、そのまま廊下へ放り出される。山澄医師は激しく抗議したが、「治療行為はさせてやる」という捨て台詞を残し、顔色の悪い刑事の手によってドアはピシャリと閉ざされてしまう。

胡麻塩頭の初老の刑事は、まるで濁流の中に立つ一本の大木だった。制服警官たちは顔色の悪い刑事の指揮で動いていた。病室がたちまち占拠され、警官二名がドアの外に歩《ほ》哨《しょう》のように立つ。その様子を、刑事は廊下の真ん中に立ち、しわの刻まれた厳しい顔でただ黙って見ていた。彼にぶつからぬよう警官たちは避けて通ったが、彼に敬意を表して会釈《えしゃく》する者はいなかった。刑事部長と名乗っていたから、偉い人のはずだが――

何だか寂しそうだな……。だが、美砂生が初老の刑事のたたずまいに何かを感じている余裕はなく、手のあいた制服警官たちによって、有里香ともどもエレベーターに押し込まれてしまった。

「何をするっ、こら、こら、放さんかっ」

エレベーターホールでマスコミを防いでいた平泉三佐までが、「出ていけこの野郎」と警官たちに箱へ放り込まれ、「このフロアに自衛隊は一切立ち入り禁止だ!」という叫びと共に、ドアを閉められてしまった。

「何ということだ。警察どもめ、横暴極まるではないかっ」

「ひどいわ、ひどいわ」

エレベーターが動き出すと、有里香は床にしゃがみこみ、顔に手を当てて泣いた。

美砂生は、いったいどんな理由があって風谷がこんな日に遭わねばならないのか、分からなかった。警察がすることも言うことも、ひどいこじつけにしか見えなかった。

「いつも、あいつらはそうだ……。自衛隊と見れば、目の敵にする」

平泉三佐が、ため息をついた。

「あのう──平泉三佐。自衛隊と警察って、ひょっとして、仲が悪いんですか？」

美砂生は訊いた。

「仲が悪いなんてもんじゃぁない。伝統だ」

「だって、自衛隊も警察も、同じ日本の国民の安全を護る仕事じゃないですか。それがどうして」

「知らんのか。自衛隊の──防衛省の上層部には、『クーデターを防ぐため』と称して、大勢の警察官僚が出向という形で入り込んで重要職を押さえている。自衛隊機が、国籍不明機に遭遇してもなかなか発砲出来ないのは、警察から来た官僚が規定の改正を押さえているからだとも言われている。警察は、自衛隊がかつての軍部のように力を持つことが嫌なんだ。今さら軍国主義に戻ろうなんて考えている人間は誰もいないのに、自衛隊が少しでも実力を行使出来るように環境が変わろうとすると、内と外から押さえにかかって来るのだ。あいつら警察は自衛隊が注目されたり、評価されたり、力を持つことが、面白くないんだ」

「そんな──」

「今来たあいつらは、放っておいたら風谷三尉が英雄になってしまう可能性があるから、今のうちに無理やり被疑者にして、自衛隊が世間から少しでも評価されるのを邪魔しようとしているんだ」

「ひ、ひどいわ……」

「うん？　ところで君ら、どうしてここに」

平泉三佐がふと我に返ると同時に、エレベーターが一階に着き、チンとドアが開いた。

「し、失礼します」

「失礼します！」

美砂生と有里香は、ロビーの人混みに駆け込んでちりぢりに逃れた。

ごった返すロビーの隅まで走ると、美砂生は破れたソファに倒れ込んで息をついた。

（まったく——何て朝なの……）

待合室の大型ＴＶが、ちょうど早朝のニュースを映している。

『ですから、自衛隊機が過度に刺激したから、国籍不明機は旅客機を撃ったに違いないのです』

〈航空評論家・赤城賢一郎〉という名札を前にした三十歳くらいの男が、ぎょろりとした黒目を動かしてキャスターの質問に答えている。

『では赤城さん。今回の事件が起きたのは、自衛隊に責任があるわけですね？』

女性のキャスターが訊くと、

『そうです。昨夜のようなケースでは、〈国連海洋法条約〉という条約に基づいて、自衛隊機にも警察権を行使する権限があったはずです。つまり、旅客機を追い回し始めた時点で、国籍不明機の撃墜は可能だったはずです。それをしなかったのは、自衛隊上層部が命令を下す決断をしなかったか、現場のパイロットが躊躇《ちゅうちょ》したかのどちらかでしょう。結局、何も処置を取らずただ追い回しているうちに、過度に刺激された国籍不明機は旅客機を攻撃してしまったわけです』

『では、昨夜のような事態が起きた時、自衛隊機がもっと緊急措置を取りやすいように、自衛隊法などを改定すればいいのでしょうか？　この問題につきまして、中央新聞社会部記者の塩河原清美さんにお越しいただいています。塩河原さん、いかがでしょう』

『これはもう、完全に見えています。自衛隊が全部いけないのです！』

髪の毛の短い、美砂生よりも少し歳上の女性記者が、カメラを向けられると唾《つば》を飛ばすようにして発言し始めた。美砂生は知らなかったが、昨夜の首相官邸での記者会見で『自衛隊なんか持っているからいけないのよ！』と金切り声を張り上げていた新聞記者だ。

『自衛隊に発砲の自由を与えようなんて、もってのほか。憲法違反の自衛隊なんかがあるから、国籍不明機が来るのです。外国のテロ組織に狙われるのです。自衛隊はあったって役に立ちません』

　塩河原清美という記者は、前歯を剝《む》き出して主張した。

『自衛隊と日米安保条約がある限り平和は来ません。憲法違反の自衛隊はただちに解散し、日本はアジアの国々に対して、ひたすら謝るべきです。誠心誠意、謝るのです。そのためには国家予算の全てをなげうつ覚悟も必要でしょう。自衛隊を即刻解散して、米軍を追い出し、アジアの国々に対して許してもらえるまで謝るのです。そうすればきっと、昨夜の国籍不明機のようなものが襲って来ない、平和な世界が築けるでしょう』

『塩河原さんの見方では、自衛隊があるから昨夜のような事件が起きた、ということですね？』

『まさにその通りです！』

『ではその辺りにつき、今度は中央新聞編集主幹の鬼座輪《おにざわ》教介さんにお訊きします。鬼座輪さん、いかがでしょうか』

『まったくですね』

　眼の鋭い五十代の男が、うっそりと口を開いた。黒いジャケットにタートルネックのセーターを着て、顎にはわざと生やしたような不精髭。発言するのも慣れた感じだ。この番組のレギュラー・コメンテーターなのだろうか。

『日本は、いまだかつてアジアの国々に対し、正式に一度も謝っていない。その一方で、憲法違反の自衛隊を組織し、莫大な国防予算を使っている。まったく、自衛隊員に給料を払う金があるなら戦争で迷惑をかけたアジアの国々に対して使うべきです。南京大虐殺問題や、従軍慰安婦問題などで迷惑をかけたアジアの人々に補償をするべきです。とにかく昨夜のような事件が起きたのは、全て自衛隊が存在するせいで起きたとしか言いようがないでしょう。自衛隊が、全部悪いのです』

画面を見ていた美砂生は、開いた口を手でふさがなくてはならなかった。

「いったい――どこをどうひっくり返せば、あたしたちのせいに出来るのよっ！」

そこへ、美砂生の制服を見とがめた警官が走り寄って来た。

「こらっ、自衛隊は病院から出て行け！」

乱暴に腕をつかまれ、美砂生はロビーからも引きずり出されてしまう。

病院正門前

「あぁっ、自衛隊員がいます！」

機動隊の固める病院の正門から、制服警官によって無理やり追い出された美砂生は、しかしミニバイクに跨がる余裕もなく、次なる集団に取り囲まれてしまった。

「みなさん、ここに自衛隊員がいます！」

中年の女の、周囲の迷惑など何も考えていないような金切り声が背後でしたかと思うと、

「自衛隊がいる」

「間違った悪い自衛隊がいるぞ」

中年の男たちの叫び声が続き、美砂生はわけも分からぬうちに、赤い鉢巻きをつけた一群の人々に取り囲まれてしまった。

「な――何よ、いったい……!?」

有里香ともはぐれてしまい、基地の始業時刻も近づくし、ともかく隊へ出勤しようと思っていたのに、身動きが取れなくなってしまった。

「自衛隊だ」

「ここに自衛隊員がいるぞ」

ざざざっ、と土煙を上げるように殺到して制服姿の美砂生を包囲したのは、中年の男女十数名の集団だった。全員が額に鉢巻きをしている。鉢巻きには赤地に白く〈近山県教職員組合〉という文字が染め抜かれ、集団の背後の休耕田には『自衛隊をなくして平和な世界』『教え子を戦場へ送るな!』と大きく描いた横断幕がはためいていた。集団の幾人かは、肩掛け式の小型拡声器も携《たずさ》えている。

「あぁ、あなた、自衛隊に入っちゃったのね。可哀相に。何か心に迷いがあったのねっ」

金切り声を上げて駆け寄って来た中年の女が、度の強い眼鏡に涙を一杯にためて、美砂

生の肩をつかもうとした。

「ちょ、ちょっと待ってください」

美砂生はわけが分からず、自分を取り巻いた人々を見回した。

「あ、あなたたちは……」

「おい君」

だが美砂生を取り巻いた中年の男たちは、自己紹介もなく口々に言い始めた。

「君。誰にでも間違いというものはあるものだ。間違った悪い自衛隊に入ってしまった君のような人間でも、今考え直してやり直せば、真人間として更生できるかも知れないぞ」

「そうだ。欺瞞《ぎまん》に満ちたその制服を脱ぎ、あやまちを悔い改めて我々と一緒に祈ろう」

「そうだっ、アジアの人々に謝罪して、世界の平和のために祈ろうじゃないか」

「さぁ、君もひざまずくんだっ」

「ひざまずいて反省するんだ」

「さぁ遠慮するな」

「あ、あのう」

美砂生は、自衛隊の基地を取り巻いてデモをする人たちというのを遠目では見たことがあったが、このようにじかに接するのは初めてだった。

困った……。急がないと、〇八〇〇時からのモーニング・レポートに遅れてしまう。

いや待て。この人たちだって、仕事があるのは同じではないのか——？　今日は平日だ。

「あ、あのう——」

美砂生は眼をしばたきながら、〈近山県教職員組合〉という赤い鉢巻きの面々を見回した。教職員組合というからには、教師なのだろう。みんな顔つきだけを見れば、真面目そうな人たちだった。でも近山県は石川県にほど近い中部地方にあるものの、今から車を飛ばしたって、小中学校の始業時刻に間に合うとはとても思えなかった。

「あのう、みなさん——学校の授業は……？」

すると、

「きっ、君は、平和の尊さを知らないのかっ」

一緒に祈ろう、と哀れむような表情で美砂生に話しかけていた集団の態度に、一瞬にして殺気が走った。真面目そうな顔、顔、顔が、ひきつるように鋭くなって美砂生を睨んで来た。

「日本が過去に犯したあやまちを知り、アジアの人々に謝罪することのほうが、授業なんかよりも遥かに大事なことだっ」

男が唾を飛ばして怒鳴った。

「そうだっ。自衛隊をこの世からなくすことのほうが、ずっと大事な我々の仕事なのだっ」

何かに酔って興奮したかのように、隣の男もまくしたてた。

「我々は二度と、教え子を兵隊にしてはならないのだ！」

「君。君は、どうして自衛隊に入って、そんな制服を着ているんだ。女のくせに、日本を軍国主義にしたいのかっ！」

その隣の男が美砂生を指さして怒鳴った。

「またアジアの国々を侵略したいのかっ！」

「略奪をやりたいのかっ」

「どうなんだっ！」

「あ、あたしは――」

美砂生は、バイクごと後ずさりながら、酔ったような顔、顔の集団に向かって答えた。

冷静さがあとちょっとでも失われれば、つかみかかられて何をされるか分からない――そんな感じだ。

「あたしは――仕事として選んだのよ。いい仕事だと、思っているわ」

「どこがいい仕事なんだ」

「馬鹿なことを言うな」

「アジアを侵略するのがいい仕事かっ」

「じ、自衛隊は、そんなことしないわよっ」

「あぁ可哀相に。あなた洗脳されているのね」

今にもつかみかかるような様子で、じりじりと迫って来る集団に、美砂生は後ずさるしかない。身の危険を感じた。だがこういう時に限って、門を警備している機動隊は何もしてくれない。見て見ぬ振りをしているのだろうか――？

背後の道の舗装面がなくなり、バイクごと路肩から休耕田へおちそうになった。

だがその時。ふいに集団を背後から掻き分けて、ＴＶ放送用の黒いＶＴＲカメラがぐいとレンズを突き出した。

「はぁい、西日本海ＴＶです！　みなさん何をされているんですか？」

女の声がした。

すると美砂生に迫っていた面々は、ハッと我に返ったように普通の顔に戻り、

「い、いや」

「いい」

「いいんだ」

「行く」

たちまち集団を解いて、鉢巻きの教師たちは田んぼのあちこちへ走り散ってしまった。

美砂生は、バイクもろとも今にも田んぼにおちそうな姿勢でこらえていたが、ＶＴＲカメラを担いだ顔を確認して、ほっと息をついた。

「有里香……」

「危ないところでしたね」

さっきロビーではぐれて、姿の見えなくなっていた沢渡有里香が、カメラを肩から下ろして舌を出した。

「局に戻ろうと思ってたら、美砂生さんが厄介な集団に囲まれてるから——でもやっぱり、顔まで映されるのはまずいみたいね。あの連中」

田んぼを眺め渡しても、教職員組合の教師たちは、もう近寄って来る気配はなかった。

「助かったわ。ありがとう」

「こちらこそ」

有里香は手をパンパンとはたいた。

「さて。これで、お返しができました」

有里香は、何かせいせいとした声だ。

美砂生は、路肩からおちそうなバイクを引っ張り上げながら「え?」と訊いた。

「何のお返し?」

「昨日のよ」

「昨日のって——」

「基地の正門での」

「あんなの、いいのよ」

「よくないわ」

有里香は、バイクをスタンドに立てて「やれやれ」と制服の埃を払っている美砂生に
「こっちを向いてください、美砂生さん」と言った。

「美砂生さん。こっちを向いてください」

「何？」

見ると、有里香は先程の刑事に立ち向かった時のような、真剣な眼差しを美砂生に向けていた。さっき病室で美砂生にしがみついて泣いたのは、演技だったんじゃないか――そう思えるくらいの意志の強さを感じさせる目だった。

「借りを返せたから――これで気がねなく闘えます」

美砂生を見つめ、有里香はそう言った。

「怖い顔して……何のこと？」

「わたし、美砂生さんにこれで対等に勝負を挑めるんです」

「え？」

勝負――!?

何のことだ。

でも有里香はたたみかける。

「わたし、美砂生さんに闘いを挑《いど》みますから。そして、負けませんから！」

美砂生は、言われていることが分からない。

「ちょっと——有里香、どういうこと……？」

病棟六階フロア

「まったく」

風谷の個室のドアの左右に、制服警官が歩哨のように立っている。

山澄玲子は、朝の回診のための聴診器を首に掛け、その前を不快そうに通り過ぎた。

「まったく、あそこにつっ立ってる暇があるんなら、覚醒剤でも取り締まったらどうなのよ」

横でカルテを抱えた看護師が目を丸くする。

「聞こえますよ、先生」

「いいのよ」

そこへ、和服を着た品のいい老婦人が、何かを捜している風情《ふぜい》で廊下をやって来た。山澄の姿を認めると「あのう」と声をかけて来た。

「あのう。柴田里恵の病室はどこでしょうか」

「ああ、柴田瞳さんなら――」

無菌室で安静治療中の、柴田瞳の親族だろう。そう思って答えかけると、老婦人は「いえいえ」と頭を振る。

「そっちはいいんです。そっちは」

「は？」

「孫の――娘の里恵のほうが入っている集中治療室は、どちらでしょうか？」

瞳のことなど「どうでもいい」と言わんばかりに、老婦人は瞳と一緒に救助された二歳の娘の居場所を訊いた。答えると、一礼してぱたぱたと廊下を去って行く。どうやら義母らしい。

山澄は、その背中を見送って、

「ねぇ。柴田瞳さんの実家の方の家族は？」

「来ませんよ、先生」

看護師が答える。

「来ない？」

「ご実家の両親は病気でなくなられていて、ご主人の方の家族しかいらっしゃらないそうです」

「そう」

女医は、ため息をついた。

「助かったはいいけど……これからが大変ね」

通り掛かった喫煙コーナーのTVが、朝のニュースを流している。韓国の旅客機の写真が画面にアップになる。思わず足を止める。

『——エアバスを撃墜されたコリアン・パシフィック航空と韓国政府は、昨夜の事件の責任について日本政府を強く非難し、当該機は日本の自衛隊機が見殺しにしたために撃墜されたのであり、会社にも韓国政府にも「全く責任はない」と表明しました。遺族への補償も日本政府が行うべきであるとして、日本側の謝罪と被害を受けた遺族への対応を強く求めました。これに対して、鰻谷《うなぎだに》首相は間もなく首相官邸に韓国大使を招いて、日本側の正式な対応について伝える方針です。また、昨夜の事件につき「ひどい言いがかりだ」と抗議声明を出した北朝鮮・朝鮮民主主義人民共和国政府は、「謝罪のしるし」として日本政府にコメ一〇〇万トンを要求し——』

「大変だろうな——火浦のやつ……」

山澄玲子はつぶやいた。

「先生」

画面の前で立ち止まっている女医を、看護師が背中から呼んだ。

「先生、次の回診こっちです」

「ああ。ごめん、行くわ」

　風谷の病室では、カーテンを閉め切ってまるで取調室のようになった空間で、顔色の悪い刑事が詰問《きつもん》を始めていた。

「なぁ、自衛隊さんよ。いい気なもんじゃねえか？　自分のミスで旅客機を撃墜されたのに、一夜も明けないうち女を個室に二人もはべらせ、いちゃいちゃしやがって」

「いったい、何のことですか」

「とぼけるんじゃねぇよっ」

　顔色の悪い刑事は、ベッド脇のテーブルをどんと叩いて凄んだ。

「自分のせいで事件を起こして、同僚も死なせて、それでよく平気な顔で女といちゃいちゃ出来るもんだな、お前は、ええっ？」

　風谷は、身に覚えのない叱責には唇を噛んで耐えていたが、「同僚も死なせて」という言葉に、ハッと顔を上げた。

「同僚も死――って、どういうことですか？」

「しらばっくれるな。お前の部下の二番機は、巻き添えを食って撃墜されて、死んでるんだよっ。そんなことも知らねえのかっ」

「そ――」

風谷の顔から、血の気が引いた。

「まさか――川西が……」

その横で、刑事がまたテーブルを叩いた。

「びっくりしたような顔するんじゃねえっ」

「か、川西が殉職したって――本当ですかっ」

「しらばっくれるんじゃねぇって、言ってるんだよこの野郎！」

顔色の悪い刑事は、風谷のパジャマの襟をグイとつかんで揺さぶった。

「さあ、吐けっ！　昨夜の事件は全部私のせいです、私に過失があったからああなったんですと、吐いちまえっ」

「や、やめてくれ！」

「増沢さん、怪我人に暴力はまずいんじゃないすか」

脂性の刑事が横でとりなすが、

「うるせぇ。こいつを業務上過失致死傷にするのは、本部長のご意向だっ！」

そこへ、耳に入れた無線機を聞いていた角刈の刑事が「副部長」と口をはさんだ。

「増沢副部長、本部長から招集です。県警本部で捜査会議だそうです」

小松基地

「ご苦労」

正門の衛士に答礼して、月刀は幌を下ろしたホンダS２０００を小松基地の構内へ乗り入れた。昨夜は基地で事件の後処理に追われて徹夜をした。明け方にようやく時間を作り、基地を出て風谷の様子を見に行ったが、市内にある自分の部屋へは着替えを取りに寄れただけだった。今日も一日、忙しさが続くだろう。

「日本中が大騒ぎか──畜生め」

市街地の道路を走っている時も、ＦＭラジオは昨夜の事件の報道ばかりだった。それも、コメンテーターと称する好き勝手にしゃべる連中が出て来れば来るほど、放送の色調が微妙に『自衛隊が悪い』という雰囲気に染まって行くような気がした。命がけで国籍不明機に対処しながら、憲法の制約で機関砲一発撃てなかった風谷たちの苦しさを、理解しようとする報道は一つもなかった。

風谷──

月刀は、基地の構内道路にＳ２０００をゆっくりと走らせた。蒲鉾型の格納庫の上に、赤と白で塗り分けられた管制塔が見える。あの下が第六航空団の司令部だ。ハンドルを握りながら、月刀は先程病室で会話したばかりの、色白で繊細そうな後輩の顔を思い浮かべていた。

さっき、俺はなぜ風谷に、川西の殉職を伝えなかったのだろう……?

月刀は自問した。

昨夜のミッションで、風谷の二番機を務めていた川西三尉はあの謎のスホーイに撃墜され、海面に激突して殉職してしまった……。その事実を、月刀は何故か風谷に告げられなかったのだ。

(俺――まだあいつを、一人前だと信用していなかったのかな……。でも、せっかくここまで来て、あいつを潰したくないからなぁ……)

どんなショックを受けるか――そう考えると、風谷の前でそのことを言い出せなかったのだ。

風谷修という男は、月刀とは正反対のタイプで、野性味もなければ荒っぽさもない。ほっそりした色白の二枚目で、女の子のように優しくおとなしい。美少年とでもいうやつか……。正直、二年前自分の飛行班に風谷が配属されて来た時、月刀は『こいつとどうつき合えばいいんだ』と悩んだものだ。冗談を向ければ笑いはするが、自分から話すことはあまりなく、暇さえあれば空ばっかり見上げている。そんな寡黙な横顔には、『繊細』という表現がよく当てはまる。

繊細なやつかぁ……。参ったなぁ、と月刀は一人で頭を掻いたものだ。飛行班長は、新人パイロットの教育係だ。一人前にする責任がある。しかし月刀自身も飛行班長になったばかりで、こういう繊細なやつをどうやって一人前の編隊長に育てればいいのかと、考え込んだ。

もちろん、戦闘機パイロットには繊細さがなくてはいけない。あの鷲頭三佐だって、なりはああだが物凄く細かく飛行機を研究している。イーグルに乗れるレベルまで来る連中は、みんなどこかに必ず繊細さを持っているものだ。しかし、繊細なだけでは駄目なのだ。大胆さや、剛胆さ――正反対の気質も同時に要求されるのが、戦闘機パイロットという仕事の難しさなのだ。剛胆に敵に対しながらも、両手の指先は繊細に力まずに、戦闘機の機動を最上のコントロール状態に置かなくてはならない。味方がやられても、とらわれず闘い続けなくてはならない。闘志は燃やしながら、神経は冷えていなければいけない。航空学生として毎年入隊する八十名の訓練生のうち、F15Jまで上がって来れる者が三十名弱しかいない、という事実が要求される資質の高さを物語っている。

（俺は――自分一人で飛んでいた頃は、ヤワな神経の持ち主などみんな淘汰されて当然、と考えていた。適性の足りないやつは、戦闘機に乗れなくて当然と思っていた。でも、こうして人を教える立場になってみると、とてもそんなことは言えない。自分のところで預かった後輩は、みんな一人前になって欲しい。多少足りないところがあっても、這い上がって欲しい。潰したくはないんだ。何とかして育てたい……）

月刀は、運転しながら頭を振った。

その時、

『――自衛隊機の操縦士が拘束されました』

車のラジオのニュースの声に、月刀は思わず急ブレーキを踏んでいた。

「な――!?」

『――石川県警は、自衛隊機が間に割り込んだために国籍不明機が刺激され、エアバスを撃墜した可能性も高いとして、自衛隊機を操縦していた操縦士を業務上過失致死傷の疑いで取り調べる方針で、今朝から病院内で身柄を拘束しています』

「なっ、何だと――!?」

第六航空団司令部

「火浦さんっ」

第三〇七飛行隊のオペレーション・ルームに飛び込むなり、月刀は飛行隊長の火浦暁一郎の腕をつかまえて怒鳴った。

「火浦さん、いったい警察のあの対応は何なんですかっ。命がけで任務をまっとうしたパイロットを――冗談じゃない！」

「おちつけ」

口の上に髭を生やし、黒いサングラスを掛けた長身の火浦二佐は、いきりたつ月刀を「いいからそう吠えるな」となだめた。

「これがおちついていられますかっ」

「月刀、ちょっと来てくれ」

火浦は、日勤のパイロットたちが出勤して来る前のがらんとしたオペレーション・ルームから、自分の飛行隊長室へ月刀を招いた。

月刀と火浦のつき合いは、航空学生時代から数えてもう十年になる。火浦が月刀よりも三年ほど先輩となる。フライトの成績もリーダーシップも、仲間より頭一つ抜けていた火浦暁一郎は、昨年から第三〇七飛行隊の飛行隊長を任されていた。しかし、航空学生出身者としての組織内での出世はその辺りが限界で、火浦も間もなく後から来た防衛大卒の日比野二佐に抜かれる運命にあった。いや、航空団組織内での発言力で見れば、すでに防衛部長の日比野に抜かれていると言ってよい。「現場で飛行機にたくさん乗れるほうがいいさ」というのは、航空学生出身パイロットがよく口にする台詞だが、実際は歳を取れば取るほど、本気と強がりが半々になっていく。

「俺もニュースは見た。頭が痛いよ」

今年で三十三歳になる火浦は、ソファにどさりと腰をおろすと、煙草をつけた。

「これが頭が痛いどころの騒ぎですかっ」

「まぁ座れ」

いきりたつ月刀を「いいから座れ」といさめると、火浦は煙を吐きながら一冊のファイルを月刀に投げて寄越した。

「これを見ろ」

「何ですか」

「さっき団司令部から廻って来たんだ。県警による風谷の不当な拘束もだが、俺の頭痛の最大の原因は、それだ」

「何ですか、これ」

「いいから、見てみろ」

言われて、月刀はファイルの表紙を開く。

「〈特別飛行班〉――? 編成書? 何ですか、この〈特別飛行班〉って……」

「うちの団司令部が発案したんだ。例の国籍不明機に対処するため、第三〇七と第三〇八、つまり第六航空団の二つのF15飛行隊からパイロットを選抜し、特別チームを編成する」

「特別チーム?」

「そうだ。憲法と自衛隊法の制約で、俺たちは撃てない。だが指をくわえてばかりはいられない。俺たちの中から特に格闘戦に強い者を選抜して特別チームを作り、今度やつが出現した時にはスクランブルの連中に代わってただちに出動、火器を使用出来なくても格闘戦の押さえ技でやつを押さえ込み、こちらの基地へ強制着陸させる——というのが目的だそうだ」

「結構なことじゃないですか」

月刀は身を乗り出した。

「俺も入れてもらえるんですかっ？　俺と火浦さんのペアなら、必ずやつを——」

「せくな」

火浦は、困った顔で煙を吐いた。

「問題は、人選なんだ」

「人選？」

「団司令部の——つまり日比野二佐の説明では、司令部のコンピュータを使って所属する全パイロットの素質・適性をふるいに掛け、格闘戦であのスホーイに勝てる可能性のある〈最強の十名〉を選び出したとは言う。しかし……」

ファイルをめくっている月刀に、火浦は「最後のページ見てみろ」と指さす。

「え？」

「メンバー一覧表の、最後だ。最後」

「メンバー一覧の……？　班長が火浦さんの兼任で、俺と、鷲頭さんと、千銘に福士、狩場……。まぁ妥当なところじゃ――」

ぱっぱっとページをめくっていた月刀の手が、最後の見開きに来て「うぐっ？」と止まる。

「な――何だ？　こりゃ……」

月刀は、左右のページの名前と写真を見て絶句する。

「俺も最初は、冗談かと思った」

火浦はサングラスを指で押し上げ、ため息をついた。

「日比野二佐に言わせれば、まさかと思って五回やり直したという。それでもコンピュータが選抜した十名の中に、その二人がどうしても残るのだそうだ。仕方がないから団司令に判断を仰いだら、『そのメンバーで行け』と指示されたという」

「こりゃ……無茶苦茶だ」

「お前も、無茶苦茶だと思うか」

「当然ですよっ」

月刀は、ファイルの最後の見開きを火浦に向けると、左右のページに貼られた二枚の顔写真を手のひらでぴしゃっと叩いた。

「この二人――二人とも女の子じゃないですか!?　しかも新人だ。一人は二機編隊長資格を取って半年、もう一人にいたっては、まだTR訓練にも入っていない。空戦についてはは素人同然のど新人だ。どうしてこんな……」

「素質評価欄の、一番下の段を見てみろ」

「素質評価欄……？」

「その一番下の段の数値が、コンピュータがその二人を選んだ理由らしい。見てみろ」

火浦に言われ、月刀は手に持ったファイルを顔に近づけて覗き込む。

「一番下──潜在……何ですかこれ」

「〈潜在空中戦適性〉、だそうだ。俺もそんな評価項目があるなんて、今まで知らなかったよ」

火浦はため息と共に煙を吐き出し、煙草を灰皿に押しつけて消した。

月刀は、最後の見開きに並んで紹介されている二名のパイロットの写真と、評価データの最下段の数値を見比べて「うう」と唸った。

「この評価──いったい何なんです？」

「知らん。そこにある通りだ」

「──────」

月刀は、また絶句してしまう。

「参考までに言うと、その欄がCプラス以上なら、空自ではイーグルに乗れるんだそうだ」

「――――」

月刀は「ふう」とため息をつくと、ファイルをテーブルの上にどさりと置いた。徹夜で疲労した顔に両手を当て「参ったな……」とつぶやく。

「ともかく、〈特別飛行班〉の目的がその主旨の通りなら、空自で最も危険な実戦チームとなる。素質評価がどうだとしても、そんな場所に新人の女性パイロットを、二人も放り込むわけにはいかない」

「そりゃ、そうです」

「そのうえこの小松基地には、腕に覚えのパイロットが大勢いる。自分たちが選ばれずに、新人の女の子二人が選抜されたなんて聞いたら、感情的にも黙ってはいられまい。学校の部活で言えば、二、三年のレギュラーを差し置いて、新入生が代表選手に選ばれるようなものだからな。俺は飛行隊長として、隊のパイロットたちに亀裂を生じさせるような人選はさせたくない。風谷の件の対策も含めて、これから団司令にお願いに行こうと考えていたところだ。月刀、一緒に来るか？」

「当然です」

月刀は立ち上がった。

「しかし火浦さん。これはまだ選抜チームの編成〈案〉でしょう？　こんな無茶苦茶な人選で、総隊司令部が認可するわけありませんよ」

「俺もそう願いたい」

火浦も立ち上がってうなずいた。

「総隊司令の江守空将補は、現場の気持ちを大事にされる人だからな。うちのタヌキ親父が、いったい何をたくらんでこんな人選を認めたか知らないが、総隊司令部の裁可はおりないだろう」

月刀と火浦が連れだって出て行った隊長室のテーブルには、最後のページを開かれたままのファイルが残された。左右のページに、一枚ずつの顔写真が貼られている。左のページは、浅黒い肌に猫のような鋭い眼をした顔。右のページは博多人形のような色白の中に、切れ長の眼をした顔。二つの顔が、対称の位置に並んでいた。

九州・久留米

「おじいさん」

福岡県・久留米市のはずれにある美砂生の実家では、早い朝食を済ませた祖父の雄一郎が、日課の釣りに出るところだった。

この漆沢家の一人娘である美砂生は、今は小松へ赴任してしまって居ない。でも母親は

『お母さん』で父親は『お父さん』で、祖父は『おじいさん』と呼ばれている。子供が抜けてしまっても、いつしか定着したままの呼び方になっている。

おじいさんをお父さんと呼んだら、うちの人と区別がつかないじゃありませんか。そう言われてしまうと、雄一郎も自分をおじいさんと呼ぶな、とは言えない。それに、あたかも家の中に美砂生がいるように呼び合ったほうが、何となく寂しさも紛れる気がして、雄一郎は呼びたいままにさせておいた。

「おじいさん。電話ですよ」

「うん」

雄一郎は、縁側でゴム長を履く手を止めて、

「こんなに早くから——誰かな」

「さぁ。東京からですよ」

玄関で受話器を受け取ると、今年八十八になる雄一郎の切れ長の眼が、懐かしげな光を湛《たた》えた。

「おう……あんたか。久しぶりだな」

漆沢雄一郎は、若い頃は役者にもなれたともてはやされる日本的美男だ。しかしその眼の光には不思議な凄みがあって、ひょろりと痩せているのに声は重く、低い。もう十年も昔の話になるが、博多で知人と呑んでいる時に『引退されたどこぞの親分さんですか』と

その筋の人から挨拶されたことがある。怒らせると怖そうな老人だったが、怒ったところを家人は見たことがない。

「どうしたね」

早朝から電話して来たのは、旧知の人物らしかった。低い声で穏やかに聞く雄一郎に、電話の向こうの人物は、何か説明をしているようだ。

「ほう、美砂生が――?」

ひとしきり聞いて、雄一郎は目を細めた。

「――そんなところに、選ばれおったか」

老人はカッカッ、と小さく笑った。電話の相手は、さらに何か説明するようだが、雄一郎はことともなげに「そうか……。いや、構わんよ」と笑う。顔は笑っているが、眼の光は鋭いままだ。

「あいつも、遊びで自衛隊に入ったつもりはないだろう。上のほうから余計な手など、回してくれんで結構だ……。うん、そうだ。それに空の怖さを知るのなら、早いほうがいい」

簡潔に答えると、電話を切った。

美砂生の母が「どなたからです?」と尋ねるが、雄一郎は「ん。ああ」とだけうなずいて、また縁側に腰掛ける。

「――釣りに出る」

茶の間のほうから、朝のニュースの音楽が小さく聞こえて来る。

いつもの朝だ。

久留米の空は、前線が迫っているのか、白っぽい曇り空だった。午後からは雨になるかも知れない。空を見上げながら、雄一郎はゴム長を履こうとした。

「……？」

ふと、老人は誰かに呼ばれたように振り向いた。

美砂生の母は台所におり、これから起き出す夫のために立ち働いている。雄一郎の背中の仏間には、誰もいなかった。

雄一郎は、切れ長の目で仏間の仏壇を見やった。その上に、飾られた古い写真立てがある。色あせた白黒の長方形の中に、二人の男の姿があった。三枚翼プロペラの単発機を背に、飛行服姿で並んで不敵に笑う戦時中の雄一郎と、浅黒い野生の黒豹のような面差しの青年……。その青年の黒目がちの鋭い眼が、縁側の雄一郎を見据えているようだった。

「…………」

雄一郎はしばらく、浅黒い肌の青年の顔を見返していたが、やがてまた手を動かして、ゴム長を履いた。

小松基地

　ミニバイクで基地のゲートをくぐると、美砂生は芝生に囲まれた構内道路を、管制塔のある司令部の建物目指して飛ばした。

「やれやれ……。ギリギリ間に合ったわ」

　手首の時刻をちらりと見ると、七時五十分。

　戦闘機パイロットの通常の一日は、〇八〇〇時のモーニング・レポートで始まる。二十四時間態勢のアラート待機の日と、夜間飛行訓練の行われる日を除き、通常の訓練の日は地上職とほぼ同じ日勤である。ただしモーニング・レポートには飛行服で出席しなければならないので、ロッカールームで着替える時間を見なければならない。

(靴まで磨くのは無理だけど、着替えるだけなら何とかなりそうだわ……)

　初出勤から遅刻、という事態は避けられたようだ。しかし、美砂生の顔はすっきりしなかった。バイクで朝の田舎道を飛ばして来て、風になぶられたせいではない。

(……遅刻は避けられたけど——でも)

　でも、あたしは、どうすればいいんだ……。

――『わたし、負けませんから』

美砂生は、ヘルメットの中でため息をつく。

眼の前には、今朝突然に現れた二つの問題が、立ちふさがっていた。でも美砂生には、自分がどうしたらいいのか分からなかった。

二つの問題。

一つは、理不尽な警察に軟禁されてしまった風谷のこと。そしてもう一つは――

（有里香……）


――『美砂生さん。わたし負けませんから』

美砂生の頭には、つい十分ほど前、病院前の路上で交わした会話が蘇っていた。

沢渡有里香との会話。

「わたし、美砂生さんに闘いを挑みますから。そして、負けませんから！」

「ちょっと――有里香、どういうこと……？」

デモに来ていた教師たちの包囲から、美砂生を救ってくれたのも束の間。ＶＴＲカメラを担いだ女性報道記者は、いきなり美砂生に「闘いを挑みます」と宣言したのだ。

「あなたがあたしと闘うって――どういうことなの？」

　わけが分からず訊くと、

「美砂生さん」

　有里香は、撮影機材の油で少し汚れた頬を上げて、美砂生をまっすぐに見つめて来た。

「美砂生さん。あなたはそんなに、風谷さんのことが好きですか？」

「えっ」

　美砂生は思わずのけぞる。

　だが有里香は構わずにたたみかける。

「昔から、ずっと好きだったんですか？」

「ど、どうして」

「だってさっき病室で、美砂生さん自分から言ったじゃないですか」

「え――あたしが……？」

　美砂生は、自分の制服の胸に手を当てる。そんなこと、言ったか、あたし？

「しらばっくれるの、やめましょう。実を言うと、昨日の夕方格納庫で三人で会った時から、そんな気がしていたの。この漆沢美砂生という人は、ひょっとしたら風谷さんを凄く好きなんじゃないかって。風谷さんを追いかけて、この小松まで来たんじゃないのかって
――」

「そ、そんなこと……」

何という勘だろう。

「そうなんでしょう?　美砂生さん」

「あ、あたしは――」

美砂生は、こんなに言われっぱなしの状況を、何とかしなくてはと思った。

「あたしは……」

でも美砂生は、有里香から顔をそらしてしまう。有里香は、ふだんはか弱そうに見せていて、こういう時の視線の強さは美砂生より遥かに上だった。

「わたし、負けませんから」

「え」

「美砂生さん。わたし負けませんから。彼を追いかけて、こんな本州の外れまでやって来たのは、あなただけじゃない。わたしも同じですから」

「――」


参ったなぁ……。

美砂生はバイクを走らせながら、心の中でひとりごちた。

(あんな無茶苦茶な条件で、『勝負だ』とか言って来るんだもんな。あいつ――)

これまでの恋愛の経験は、有里香のほうがずっと多いのではないか、と美砂生は思った。誰かの歌にあったみたいに、他人に遠慮したり譲ったりしていては自分の幸せは獲得出来ない、と有里香は知っているんじゃないだろうか……。

　でもたとえそれが真実だとして、美砂生に同じことは出来そうにない。あんなふうに、同じ男を好きになった女に向かって、『彼を賭けてあたしと勝負だ』みたいなことはとても言えない。

　あの時。

　有里香は、二、三歩後ずさって気圧《けお》されたような美砂生をキッと睨みつけて、言ったのだ。

「美砂生さん。わたしとあなたとで、正々堂々と、勝負をしませんか」

「――勝負って?」

「どちらが彼の力になれるか。どちらが愛の力で、彼を救えるか……。勝負しませんか?」

「愛の力で――って……」

　だが有里香の視線は、怖いほど冗談ではなかった。徹夜をして少しハイになっているのかも知れなかったが、少なくとも冗談を言っている眼ではなかった。

「わたしは、わたしのカメラで、風谷さんの汚名を晴らして、理不尽な拘束を解いてみせます！　石川県警のやっていることは、明らかな違法捜査だわ。わたしはその事実を報道して、国民に明らかにして、世論に訴えてみせます」

「そ、そう……」

「彼を——風谷さんを、理不尽な拘束から救ったほうが、彼を獲る。救えなかったほうは、あきらめて引き下がる——わたしたちの勝負、これでどうです？」

　有里香は詰め寄って来た。

　美砂生は思わず、手で押さえる。

「ちょ、ちょっと待ってよ。『どう』って言われても、彼の気持ちがあることだし……」

　有里香は「いいえ」と頭を振る。

「彼の気持ちは、十七歳当時の月夜野瞳っていう、幻みたいな小娘に奪われたままだわ。このままでは、彼にとっても良くないわ。誰かが目を覚まさせて、現実の世界に引き戻して、生身の女を愛せるようにしてあげなきゃいけないの。それは彼を愛する者の、使命だわ。愛する者に与えられた試練だわ。だから、彼が今誰に心を奪われているかなんて、関係ないの。獲った者の勝ちなの」

「でもあたしには、風谷君を救える手段なんか——あなたには報道があるかも知れないけど」

「美砂生さん、イーグルに乗れるんでしょう」

「え？」

「美砂生さんなら、直接彼を救えるわ。あの国籍不明機がまた現れたら出動して、あなたのイーグルで捕まえて来ればいいじゃないですか！」

「捕まえればって――」

「強制着陸させて、犯人を日本の司法当局へ突き出せばいいでしょう？　そうすれば彼の疑いが晴れて、解放されるわ。そうなったらあなたの勝ち。その前にわたしが警察の不当性を報道で国民に訴えて、世論を動かせればわたしの勝ちよ」

「あんた本気で言ってるの？」

「とにかく。わたしはこれから、石川県警のやっていることの不合理さを、取材して明らかにします。寝てなんかいられる場合じゃないわっ」

「あ、あの」

「失礼します！　さよなら」

「何が『失礼します！　さよなら』だ、まったく」

美砂生はぶつぶつ言いながら、ミニバイクを司令部前の駐輪場へ停めると、ヘルメットを脱ぎながら〈第六航空団司令部〉と看板の出た入口へ駆け込んだ。

「急がなくちゃ。着替え、着替え――ロッカールームはどこだっけ……」

まったく、素人はあれだから困るんだ。美砂生は心の中で文句を言う。まだＴＲ訓練にも入っていない自分が、謎の国籍不明機に直接対処出来るような重要任務に、つけるわけがないではないか――！

スクランブル発進も空戦機動《ACM》もこれから習うというのに、あんな手だれのスホーイにかなうわけがないではないか――！

美砂生はぷりぷりしながら、廊下を急ぐ。

「あ。おはようございます」

途中ですれ違った先輩のパイロットに、会釈をする。飛行服を着た三十歳くらいの日焼けしたパイロットは、けげんそうな顔で美砂生を見たが、何故か挨拶を返してくれなかった。

気にする余裕はなく、美砂生は廊下を急ぐ。

「おはようございます」

またすれ違った先輩パイロットに挨拶するが、今度もけげんそうな顔でじろじろ見られ、返事をしてもらえなかった。

「――？」

何か変じゃないか……。

美砂生は早足で歩きながら、首をかしげる。

第三〇七飛行隊と第三〇八飛行隊、合わせて百名以上のイーグル・ドライバーが、この基地には在籍しているはずだ。例外なく全員が、美砂生よりも先輩である。航空自衛隊のパイロット・コースでF15まで上がって来る人たちは、みな自信家で、礼儀にもうるさい。これからのTR訓練で、戦闘機の飛ばし方の実際を先輩たちから学ばなければいけない美砂生は、とにかくすれ違う飛行服のパイロット全員に挨拶しなくてはならない。

ところが、

「お、おはようございます」

「――――」

また無視された。

「おはようございます」

「――――」

「おはようございます」

「――――」

無視されるどころか、不快そうな顔で美砂生を睨み、通り過ぎる人までいる。

(な――何なんだ……?)

女のパイロットがいくら珍しいからと言って、愛想ないなぁ、この基地の人たち……。

不審に思っていると、

「きゃっ」

美砂生はいきなり背後から制服の襟をつかまれ、オペレーション・ルームへ向かう廊下から脇道の女子トイレの前へ引きずり込まれた。

「な、何するのよっ——あ」

抗議しながら振り向くと、目の前にすらりとした影が立ちはだかっている。浅黒い肌の、猫のような面差しの娘——今朝すれ違ったばかりだ。

早朝の場周道路を人知れず走っていた女の子は、オリーブグリーンの飛行服の腰に両手を当て、黒目がちの鋭い眼で美砂生を睨みつけていた。

「か……鏡さん?」

美砂生は驚いて、歳下の女性パイロットの名を呼んだ。鏡黒羽は、だが愛想などひとかけらもない顔で、美砂生の顔を至近距離から指さした。

「ちょっとあんた」

「な、何」

「ただでさえあたしたち目立ってるのに、何て顔よ」

「え?」

「顔」

黒羽は飛行服の太腿のポケットから、ウェットティッシュを無造作に取り出して突き出す。

「拭いて」

「えっ？」

「くち。何考えてんのよ」

そこで、病院の化粧室で口紅を塗ったことをようやく思い出した。美砂生は「あ。ご、ごめん」とメイクおとし用ティッシュを受け取る。しまった。風谷と有里香の件で、口紅のことなどすっかり頭から吹っ飛んでいた──

だが唇を拭き終わりもしないうちに、

「ちょっと来て」

黒羽は美砂生の制服の腕をつかむと、第三〇七飛行隊のオペレーション・ルームとは反対のほうへ引っ張って行く。

「痛いわよ。どこへ連れてくの」

「いいから来る！」

なぜこの歳下の女の子は、こんなにぷりぷり怒っているのだろう……？　しかし美砂生の腕をつかんだ黒羽の力は、容赦がない。そのまま人の流れに逆らって、司令部の中央廊下を美砂生を引っ張りズルズル進んで行く。ついた先は、正面玄関前の司令部掲示板だった。

「見て」

「え――」

さっき駆け込んだ時には、掲示板など目をやりもしなかった。美砂生は黒羽の黒目がちの鋭い視線に促され、ガラスの中の貼り紙を見上げた。

それには、

〈特別飛行班編成表〉

国籍不明機に対処する特別班の選抜パイロット十名を、次の通り決定した。

「な――何よ、これ」

「最後の二人」

「え？」

「一番最後の、二人」

肘でうながされ、美砂生は掲示されたパイロットの氏名を、右から順に眼で追って行く。

特別飛行班

班長　火浦暁一郎二佐
副班長　鷲頭三郎三佐
主任　月刀慧一尉
班員　別所拓郎一尉
同　村雨龍馬一尉
同　狩場亮一尉
同　千銘一也二尉
同　福士正道二尉
同　鏡黒羽三尉
同　漆沢美砂生三尉
以上
右の十名は現所属を離れ、本日付をもって第六航空団司令部付を命ずる。
第六航空団司令・空将補　楽縁台義展

「と、特別飛行班――!?」

美砂生は、頭の中が真っ白になった。

「な――何よこれ」

「見た通りよ」

「何であたしが――!?」

「知らないわよ」

　黒羽はぶっきらぼうに言う。

「うちの隊長に、月刀班長。鷲頭は飛行教導隊あがり、別所、村雨は次の教導隊候補、狩場一尉は去年の戦技競技会準優勝、千銘と福士の二人は若手のホープと言われているわ。そんな中に、どういうわけかあたしとあんたよ」

「いったい、どういうこと……」

「知らないわよ。とにかく、これがさっき貼り出されてから、基地じゅうの眼があたしたちに集まってるのよ。それを、口紅なんか塗って、ヘラヘラ歩いてるんじゃないわよ！」

「へ――ヘラヘラとは何よ。ヘラヘラとは」

「とにかく」

　美砂生の抗議を遮るように、黒羽は廊下の奥を顎で指す。

「ロッカーあっち」

　着替えろ、と言うのだ。フン、と鼻息一つ残すと、黒羽は飛行服の背中を見せて行ってしまう。

「あ、待ってよ」

たった二人の女性パイロットだったから、美砂生はなるべく仲良くしたいと思った。どうして自分たちが〈特別飛行班〉なんて大それたものに選ばれたのか、黒羽の考えを訊きたかった。でも黒羽は振り向きもせず、

「早くして。着替えて奥の特別ブリーフィング・ルーム。〇八〇〇集合、モーニング・レポート」

背中で言う。

「鏡三尉――」

美砂生は呼ぶが、

「化粧したけりゃ、」

黒羽は立ち止まって振り向き、

「民間航空へ行けば?　漆沢三尉」

それだけ言うと、また行ってしまう。美砂生は立ったまま、仕方なくその背中を見送った。猫のような身のこなしで、スレンダーな後ろ姿が廊下の角に消えていく。

「…………」

美砂生は、ため息をついた。

でも、あの顔――

ふと、美砂生は思った。

（やっぱり、どこかで見たような気がするわ）

ずけずけ言われるのは悔しかったが、でも美砂生は今の黒羽のあの顔を、どこかで見ているような気がした。どこでだったかは覚えていない。でもずっと前から、自分はあの猫のような顔と鋭い眼を知っているような気がする……。既視感《きしかん》とでもいうのだろうか？

妙な感じだ。

美砂生の横で、通りかかった整備隊の女子隊員が三人、黒羽の後ろ姿を見て囁《ささや》き合った。

「ねぇ、やっぱり似てるわよねぇ……？」

「本当、鏡三尉ってば秋月玲於奈そっくりね」

「台詞なんか、決まってるよね」

第六航空団司令部

月刀が火浦について四階のフロアへ上がった時、ちょうど団司令室から、見慣れた巨体がドアを開けて出て来るところだった。

鷲頭だ。

（あの人か――）

月刀は、また面倒な会話になるのかな、と少し身構えた。喧嘩をふっかけられるのが、月刀が鷲頭に会った時の挨拶のようなものだった。

「おや。鷲頭三佐」

火浦が意外そうに、熊のようなベテラン・パイロットの巨体を見た。鷲頭は、団司令室のような場所には一番寄りつきそうにない人物だった。

「こんなところに用事ですか」

火浦は二佐で飛行隊長だが、航空学生の期では鷲頭のほうが先輩である。歳も上だ。鷲頭は火浦の下で第二飛行班長をしているので、必要に応じて火浦が指示や命令を出すことはあるが、日常会話では先輩に対する口のきき方になる。

「ふん」

鷲頭は、北海道の月の輪熊のように毛深い腕で、無精髭の顔をごしごしと擦った。デリカシーのかけらもないような風情だが、鷲頭のフライトを研究したバインダー・ノートを盗み見た者は驚くだろう。細かい作図と数式でびっしり埋まっているのだ。もって生まれた剛胆さに加え、細かい研究と努力がこの大男をかつて空自一のエリート部隊・飛行教導隊の副隊長にまで押し上げたのだ。色々と問題を起こして教導隊を外されるまでは、文字通り空自で五指に入る空戦の名手であった。いや、教導隊をやめた原因は腕前とは関係ないところにあったらしいから、現在でも空戦の技量にかけてはトップ中のトップと言えるだろう。

「団司令に呼ばれてな。教導隊出身の腕を生かして、〈特別飛行班〉をよろしく頼むと言われた」

「鷲頭さん」

月刀は、大男に尋ねた。

「〈特別飛行班〉の編成ですが、あなたはあれでいいと――」

「ま、司令には色々と考えがあるんだろうよ」

大男は、月刀の問いかけをうざったそうに遮ると、「じゃあ後でな」と口笛を吹きながら階段を降りて行く。

月刀は、いつも『世の中で一番割りを食っているのは自分だ』とでも言いたげな様子で、斜に構えては皮肉ばかり口にする鷲頭が、まともな物言いをするのに驚いた。ついでに、月刀に喧嘩を売ることも今朝はしない。

「鷲頭さん」

月刀は、階段を降りて行く背中に問うた。

「〈特別飛行班〉には、賛成されるんですか」

「当たり前だろう」

鷲頭は口笛を止めると、踊り場で月刀を見上げた。その熊のような両の眼が、急にギラッと真剣な光を帯びた。

「これから俺たちが相手にしなきゃならねえ敵は、もしかすると――いや」

言いかけて、鷲頭は何故か頭を振る。

「とにかく、ヒヨッ子どもには任せられねえ」

行ってしまう。

いつもとは違う様子の鷲頭の背中を、月刀は豆の調合を間違えたコーヒーでも口にしたような、不思議な面持ちで見送った。今朝は喧嘩売って来ないぞ、あのおっさん……。

「月刀、行こう」

火浦に促された。

「あ。はい」

月刀は、鷲頭が飛行教導隊をやめることになった一因は自分にもあったのだと思い出し、鷲頭と〈特別飛行班〉でまた一緒に飛ぶのかと思うと、何だか面倒な気持ちになった。

（面倒なことが、起きなければいいが……）

団司令室

団司令室では、第六航空団司令の楽縁台空将補が、デスクの上に一枚のファックスと十数枚の名刺を並べ、頬杖をついて眺めていた。

「いいことも悪いことも、半々か……」

バリトンの声で、楽縁台は「やれやれ」と小さくつぶやく。

畳一枚もあるようなマホガニー製デスクの真ん中に置かれたファックスの紙は、府中の総隊司令部から『〈特別飛行班〉の編成を申請通りに認可する』という内容の通達書だった。つい先程、秘書の女子隊員に辞令を模造紙に書かせ、司令部の掲示板に貼らせたばかりだ。

通達のファックスの向こう側に並べた名刺は、東京から取材にやって来た大手TV局の報道プロデューサーたちが楽縁台にくれたものだった。結局、『マスコミ対策は中央で一元化する』という防衛省からの指示で楽縁台のTV出演はかなわなかったのだが、取材に来たたくさんの東京のTV関係者と知り合いになれたのは収穫であった。

「――これで万一、猿ヶ京との航空幕僚長争いに敗れても、重工メーカーの顧問なんかに天下りしないで済むか……。幕僚長になれなかったら軍事評論家として売り出して、TVに出て、本でも書いてやるかな。『目指せ江畑謙介』か――いやいや、弱気になってはいかん……」

ぶつぶつつぶやいていると、隣り合った秘書室から「失礼します！」と眼の吊り上がった若手の佐官が歩いて来て、楽縁台にプリントアウトの束を差し出した。日比野克明二佐である。

「団司令、最新の動向調査が入りました」

日比野の眼は、徹夜のためか赤かったが、姿勢と動作は背中に定規でも入れたみたいにピシッとしている。肩に入った力も、いつものままだ。

「ああ。ご苦労」

楽縁台とは防衛大弁論部の先輩・後輩にあたり、その引き立てで第六航空団司令部の防衛部長に抜擢されていた日比野二佐は、報告の書類を渡しながら「司令」とさりげなく小声で訊いた。

「鷲頭三佐との例のお話は、済んだのですか」

「ああ。今帰したところだ」

楽縁台は、並べた名刺をトランプのカードのように集めて拾うと、トントンと整えて引き出しにしまった。そして日比野の差し出した書類の束を、眼から遠ざけて見にくそうに眺める。

「マスコミの最新動向調査か――?」

「はい」

日比野は背筋を伸ばして、今度は大きな声で報告する。

「東京の長官官房広報課から、たった今入りましたデータです。これによりますと〇七三〇時現在でTV・新聞などの世論動向は『自衛隊の責任だ』が八割、『どちらかよく分からない』が二割、『よくやった自衛隊』は、ゼロであります」

「ゼロだと？」

「は、はい」

「まずいじゃないか、そりゃ。しかし確か二時間前の調査では、『よくやった自衛隊』が三割くらいはあったはずだぞ？　私だってTVに出てコメントは出来ないものの、TV関係者に絵になる素材を提供しようと骨を折ったり、マスコミによく思われるよう色々努力はしたんだ」

救難隊のヘリに被弾したフラップを持ち帰るよう強要したのは、TV局のプロデューサーに自分を売り込むためだったのだが、楽縁台はさも全自衛隊のことを憂慮しているような顔で言った。

「司令のご努力は、この日比野、頭が下がる思いなのですが――」

日比野は頭を掻いた。

「しかし、つい先程から、自衛隊の評判が急速に悪くなって来ているのです」

「ううむ……」

楽縁台は唸った。

「やはり、石川県警がしゃしゃり出て来たのが効いているか……」

「その通りだと思います。風谷三尉の拘束のニュースが報じられてからは、『よくやった自衛隊』という論調だった帝国新聞・帝国TVも、黙ってしまいました」

「う、ううむ……」

「しかし司令。昨夜のレーダー航跡記録、無線の交信記録などの証拠資料をどうほじくり返しても風谷三尉の過失など見つかりません。だいたい事件が起きたのは、日本領空外の公海上ではないですか。石川県警がこの件に首を突っ込むのはおかしいです。こういう時こそ、いつものように県警本部長にお電話をされてはいかがでしょう?」

日比野は進言するが、

「実は、さっきした」

楽縁台は、よく動く表情を曇らせた。顔の造作が大きいので、まるで遊園地の巨大な機械仕掛けの人形が急にしょげこんだみたいに見えた。

「電話はしたんだがなぁ……」

「司令。県警の蛇沢《あぶさわ》本部長は、酔って暴れて捕まったうちの若い隊員を、よく放免してくれたではありませんか?　今度も力になって――」

「それがなぁ、日比野」

「は」

「面目ないことだがな……私はどうもあの蛇沢という男に、嵌《は》められたみたいなのだ」

「嵌められた――?　どういうことです」

楽縁台は面白くなさそうに、腕組みをした。

「やつが、こういう時の用意として私を嵌めるつもりだったとは——気がつかなかった」

「？」

日比野がけげんな顔をすると、楽縁台は、

「いいか。この小松基地の司令や、県警の本部長ともなると、この地方では名士だ。地元の財界のパーティーなどにはしょっちゅう招待される。私は県警本部長の虻沢とは、赴任してすぐにあるパーティーで同席し、顔を合わせた。警察官僚という連中は普通、我々自衛隊を目の敵にするものだから、私も最初は警戒していたんだが——虻沢というやつはこれが苦労してきたような顔の、腰の低い五十男でな。『困った時にはご遠慮なく』と、名刺を渡してくれたのだ。実際、酔っ払ったうちの隊員が喧嘩して捕まった時には、私が電話をするとすぐに放免してくれたりもした。警察庁のキャリアにしては、話の分かる男だと思っていた……。ところがだ」

「ところが？」

「うむ。ところがさっき県警本部の虻沢に電話をしたら、今まで助けてくれていたのは、こういう時のための『貸し』だったと言うのだ」

「貸し——？　何なんです、それは」

「それはだな」

そこへ、団司令室の秘書業務をしている女子隊員が、インターフォンで知らせて来た。

『団司令。第三〇七飛行隊長の、火浦二佐がお見えです』

資料室

小松基地の航空団資料室は、日勤の管理隊員が出勤して、鍵を開けたばかりだった。

係の初老の一曹が書類棚にハタキをかけようとしていると、ふいに熊のような巨体がのっそりと現れた。

「おや、鷲頭三佐」

「おう、邪魔するぞ」

初老の一曹は、常連の話し相手が来てくれたので、相好《そうごう》を崩した。資料を調べるためのテーブルにどっかと腰を下ろした巨体に、「お茶はどうかね」と訊いた。

「ああ。うん」

鷲頭は腕をまくり、棚から下ろして来た分厚い大型ファイルを、バサッバサッとめくり始めた。何かを捜しているような、鋭い視線だ。

「まったく、あんたのような勉強家を、世間の人は乱暴者のように言うが、人を見る眼がないね」

「ん――いいさ」

鷲頭は、出してくれた茶にも手をつけず、大型の記録バインダーをめくり続ける。

「この資料じゃないな――五年前の事故調査ファイルかも知れん」

大男はつぶやき、立ち上がると、また資料を棚からどさどさっと腕の中におとす。

「おやっさん、悪いけど新聞の縮刷マイクロフィルム、見たいから電源入れといてくれや」

「いいけどね。あんた、隊のモーニング・レポートは出なくていいのかい?」

「それどころの騒ぎじゃねえ」

鷲頭は、テーブルに資料をどさりと置くと、また脇目も振らずにめくり始める。

団司令室

「総隊司令部が認可した――!?　あのとんでもない人選をですかっ」

「口を慎め、月刀一尉」

火浦よりも先に驚いた声を出した月刀を、日比野がいさめた。

「とんでもない人選とは、何だ。司令部のコンピュータが選び、団司令が決定された、第六航空団最強のメンバーだぞ」

月刀と火浦が団司令室へ通されると、来意を予想されていたのか、すでに応接テーブルの上には総隊司令部からの通達ファックスがコピーされて置かれていた。待ち受けた楽縁台の言葉は、今日から〈特別飛行班〉と兼任になるが、謎の国籍不明機捕獲のためよろしく頑張ってくれという型通りのものだった。

「しかし――――！」

月刀は、同い歳で操縦も自分より下手なのに、防衛大卒というだけで偉そうにしている日比野を睨んだ。

「いくら何でも、あの謎のスホーイに対処する特別チームに、女の子なんかを――――」

「女の子なんか、とは何だ月刀一尉。セクハラで訴えられても文句は言えないぞ」

「だけど」

「第六航空団は、能力主義だ。男女差別をしないのだ。それは団司令のおこころざしでもある」

「しかし」

日比野に向かっていきりたつ月刀を、火浦が「よせ」と止める。

火浦は訊く。

「日比野二佐。〈特別飛行班〉の班長として確認したいが、鏡と漆沢の〈潜在空中戦適性〉の評価の数字、あれは間違いないのですな」

「五回も計算させたんだ。間違いはない」

日比野は胸を張った。その後ろで、執務デスクにふんぞり返った楽縁台が、司令室の壁の額縁のほうを向いてパタパタ扇子を使っている。

こいつら何かたくらんでるんじゃねぇか……？　月刀は、ピンと背筋を伸ばした日比野と、とぼけたような顔の楽縁台を交互に睨んだ。楽縁台は確か、女性のファイター・パイロットを航空団に迎えるのを嫌がっていたと聞いている。何か問題が起きた時に管理責任を問われると、自分の出世に影響するからだ。そんな楽縁台が、空自で最も危険な任務に、邪魔にしている女性パイロットを抜擢するとは思えなかった。

「では、一応データを信じてお預かりするが」

月刀の横で、火浦は冷静に言った。

「鏡は二機編隊長資格を取得してまだ半年、漆沢にいたっては、実戦配備につくためのTR訓練も済んでいない。この二人については当初訓練生扱いとし、アラート待機にはつかせない方針としたい。腕前を確認しながら、順次使って行きます。それでよろしいか？」

「当然だ」

日比野に代わって、楽縁台がうなずいた。

「火浦二佐の指摘する二名については、私も悩んだ。悩んだが、結局コンピュータの判定結果を尊重することにした。しかし空戦技量の完熟不足は否《いな》めまい。一日も早く一人前にするよう、よろしく鍛えてくれ」

「そうですか」

火浦もうなずいた。

「なら、その線でしばらく様子を見ます。〈特別飛行班〉については、今日これから初めての顔合わせをやりますから、おいおい運営の態勢も固まるでしょう。ですが司令、我々には現在もう一つ、謎の国籍不明機への対処以上に早急に対策をとらねばならない問題があります」

「風谷三尉のことかね」

「その通りです」

「そ、そうですよっ」

月刀も乗り出す。

「団司令っ、どうして警察に、あんな横暴をさせておくんですかっ」

「月刀の言う通りです。風谷三尉を、過失の疑いでしょっぴくなど、不可能なのは明らかです。それどころか石川県警にはこの問題に手を出す権限すら無いはずです。司令、県警に抗議の上、風谷の身柄を取り戻してください」

月刀と火浦に詰め寄られると、デスクの楽縁台は、せわしげに扇子を使いながら天井を見た。

「うーん。いや、実はなぁ……」

「──？」

「──？」

月刀と火浦、それに日比野も注目する中、楽縁台は嫌そうに顔をしかめて話し出した。

「確かに、風谷三尉を過失で責めるのは筋に合わない。むしろ風谷三尉の働きは、国民から賞賛されてもいいくらいのはずだ。県警に拘束する権限があるのかも疑わしい。しかし、県警のやつらはそれを全部分かっていて、わざとやっておるんだ」

「わざと？」

「わざと？」

「ど、どういうことでしょうか、司令」

楽縁台は「うむ」とうなずくと、「君ら若い幹部に、こんなことを話すのは心苦しいのだが」と前置きして続けた。

「防衛省の内局のトップに、雑上掛《ぞうがみがけ》参事官がおるだろう。知っているか」

月刀と火浦は内局の官僚の名など知らなかったが、日比野は「存じております。次期事務次官と言われている方ですね」とうなずいた。

「うむ。雑上掛参事官は、自由資本党主流派とのパイプも太いらしく、次期防衛事務次官の最有力候補とされている。実は私も最近知ったのだが、この雑上掛参事官と石川県警の蚯沢本部長とは警察庁のキャリアの同期で、しかもお互いひどく仲が悪いらしいのだ」

「え」

「え」

「雑上掛参事官と蚯沢本部長が、同期なのですか」

「そうだ。東大法学部からずっと一緒だったらしい。雑上掛参事官は、今は防衛省のトップだが、出身は警察官僚だ。君たちも知っている通り、防衛省内では『クーデターを防ぐため』と称して、要所要所のポストを警察庁からの出向者が押さえている。雑上掛参事官も初めは我々制服組の頭を押さえるために出向して来たわけだが、現在では防衛省内で出世して、防衛事務次官まであと一歩と言われている。一方の蚯沢本部長はと言うと、どうやら田舎の県警本部長で終わりそうだ。元々仲が悪かったから、蚯沢は雑上掛参事官の出世が面白くない。どうも蚯沢のやつは、今回の事件をチャンスとばかりに自衛隊に難癖をつけ、雑上掛参事官の足をすくおうとしているらしいのだ」

　月刀と火浦は、楽縁台の話す内容がよく嚙み砕けない表情で、顔を見合わせる。その横で、日比野が「なるほど」という顔をしてうなずく。

「今、防衛省自衛隊に『事件の責任を取れ』と国民の非難が向けば、トップは責任を取って辞任。当然次の人事も『既定の路線を許すな』というマスコミの論調で、最有力候補の雑上掛参事官は外され、脇で干されていた誰かがカムバックする可能性が高い。いつかの厚生労働省の不祥事の時も、そうだったからな。そうなれば虻沢の妨害工作は、成功するという段取りだ」

「――――」

「――――」

月刀と火浦は、絶句してしまう。

日比野だけが「そうか、なるほど」と納得したような顔をするが、その日比野を押しのけるようにして、月刀が身を乗り出した。

「つ、つまり今回の風谷の拘束は――あいつに過失なんか無いことを承知の上で、キャリア官僚同士が足の引っ張り合いのために利用していると言うのですかっ？」

「まぁ、そういうことになるか……」

「それを知ってて司令、どうして――！」

窓を背にしたデスクに詰め寄ろうとする月刀を、火浦が「待て。おちつけ」と止める。

「これがおちついて聞いていられますか、火浦さんっ。どこかのキャリア官僚同士が、仲の悪い同期の出世を邪魔するためだけに、何の罪もない若いパイロットに無理やり嫌疑をかけて拘束しているんですよっ！」

「俺だって気持ちは同じだ。しかしここでいきりたっても、始まらん」

「しかし、ひどい話ですねぇ」

日比野もさすがにため息をつく。

「うむ。この間地元有力者のパーティーで会った時、次期次官の人事に偶然話が及ぶと、蛇沢のやつが珍しく私に嫌みを言いおったのだ。防衛省は人材がないからサルでも出世出来るとかな」

「では、風谷三尉の処遇はどうなさるおつもりです?」

日比野が訊いた。

「そうです司令。航空団としての対策は、どうされるのですか。県警にただちに抗議を——」

火浦も言う。

「う〜ん」

しかし楽縁台は、何故か唸るだけだった。

「う〜ん。県警が組織ぐるみでやっておるなら、単に抗議をしただけではねぇ……」

「では、記者会見を開いて、マスコミにこの事実を公表されてはどうです?」

「いや。マスコミはまずいんだよ、火浦二佐。今回の事件に関連したことでは、航空団はマスコミに何も言うなと中央から指示されているし……」

「じゃあ対策はっ?」

月刀が叫ぶ。

「う〜ん。ううむ。それがなぁ……」

「はっきりしてください！　司令」

「ううむ」

月刀には、まさか楽縁台が、風谷の件に関して何もアクションを取らない気でいるとは、想像もつかなかった。

だが実際、楽縁台は、何もする気がなかったのである。

楽縁台は、つい十五分ほど前に県警本部へ電話をした時「自衛隊が不当拘束だとか抗議するならば、これまで傷害の疑いで多数の隊員が問題を起こしている事実を公表する！」と脅されていた。しかしそんなことがあったとは部下の前で口には出さず、楽縁台は「ううむ」と唸って一応は真剣に考えている振りをした。楽縁台にとっても、事態は深刻であった。蛇沢という県警本部長が、ふだん酔っ払って喧嘩した基地の隊員を放免してくれていたのは、こういうチャンスが到来した時に第六航空団が抗議出来ないようにするための深謀遠慮だったのだ。今楽縁台が県警をつっけば、「小松基地の隊員はふだんからこんなに問題を起こしている」と逆に攻撃され、せっかくの来年の航空幕僚長昇進の話は、ふいになってしまう。

警察という組織は、出世にかかわる蹴落とし合いでは自衛隊とは比較にならぬ厳しさだという。百戦錬磨の警察官僚に、楽縁台は文字通り嵌められていたのである。

「ううむ。まぁとりあえず、今はこのまま様子を見るしかないかなぁ……」

パタパタと扇子を使う楽縁台に、

「い、いい加減にしてくださいっ！」

月刀が怒鳴った。

「隊の若いパイロットが、官僚同士の下らない足の引っ張り合いなんかに巻き込まれ、不当な扱いを受けているのに、黙って様子を見ていろと言われるのですかっ！」

「そうです。司令」

火浦も、抑制した声で訴えた。しかし片方の拳を、握り締めている。

「不当拘束だと分かっていて、なぜ抗議なさらないのです!?　今すぐ県警に抗議を――」

「う、う～ん」

「司令は風谷を見捨てるつもりなんですかっ！」

だが、月刀がマホガニーのばかでかいデスクを拳で叩こうとした時、背後のドアをばたんと開いて中年の幹部が駆け込んで来た。

「司令、運用課長入ります！」

楽縁台が、ほっとしたようにそちらを見ると「おお運用課長、どうした」と立ち上がる。

第六航空団司令部・運用課長の小日向二佐は、昨夜からの現場海面での捜索救難活動の連絡調整を担当していた。団司令室の中央で敬礼すると、携えて来た電文を広げて報告した。

「司令、海上保安本部からの通報です。日本海の現場海面の捜索のため、自衛隊から応援の巡視船を要請され、派遣しかけていたが、急きょこれを出せなくなったとのことです」

「どういうことだ、運用課長？　ヘリ搭載の大型巡視船をもう何隻か、応援に出してくれるはずではなかったか」

韓国側の抗議により、自衛隊の捜索機は残らず引き揚げてしまったから、引き続き遺留品などの捜索に当れるのは、海上保安庁の巡視船だけなのである。

「はい。現在出てくれている第八管区の巡視船〈おじか〉、〈みうら〉だけでは手が足りませんから、第七・第十両管区から応援の船を回してもらう手はずだったのですが……。それが九州の基地からこちらへ向かう途中で、応援の巡視船がすべて行き先を変えてしまいました」

「行き先を変えた？」

「はい。尖閣諸島へ向かったとのことです」

尖閣諸島——？

その地名を聞いて、いきりたっていた月刀や火浦、日比野も運用課長に注目した。

「未確認ですが、たった今入った情報に『中国の海洋調査船が警告を無視して魚釣島《うおつりしま》に接近、上陸作業の準備に入った』との報告があります。海上保安庁はただちに緊急警戒態勢に入りました。海上自衛隊の第二護衛隊群も緊張しています」

「何だと?」

運用課長は、全員の注目を浴びたせいでもないだろうが、部屋の中央に立ったまま「いやー参りました」と汗を拭いた。

「昨夜に引き続いて、またひと騒動起きそうな雲行きですな」

石川県警本部

県警本部の会議室では、今年五十四歳になる虻沢県警本部長が、「自衛隊操縦士の過失責任を、何としてでも引きずり出せ」と唾を飛ばして部下たちに命じていた。

「いいかっ。今回の事件は、自衛隊が悪いに決まっている!　裁判所が逮捕状を出さないなら、自白させればいいんだ、自白」

虻沢は、見かけで言えば防衛省の雑上掛によく似ていた。即身仏のような痩せたしわくちゃの、茶色い顔だ。雑上掛を「サル」と馬鹿にする割りには、みずからもサルに似ている。〈怒りザル〉というのが虻沢のニックネームで、自分の利益になる外部の人間には恐ろしいほど愛想よく腰も低いが、身内の部下には不機嫌以外の顔を見せたことがない、と組織内では有名であった。しかし、県警本部長で終わる運命とはいえ東大卒のキャリア官僚である。組織内の人事権は実質的にこの男がすべて握っており、つき従う部下に不自由はしていなかった。

「おい増沢っ」

茶色い額から湯気を立てたような蛇沢が怒鳴りつけると、幹部だけを入れた会議室の最前列に陣取っていた顔色の悪い刑事が「ははっ。本部長」と立ち上がって威儀を正した。

「増沢。自衛隊操縦士の取り調べは、厳しくやっておるかっ」

「はっ、死なない程度に、やっておりますっ」

「手ぬるい。自衛隊員の一人や二人死んでも構わん！　絶対に過失責任を自白させるのだっ」

「ははあっ」

増沢刑事は、大げさに床にひれ伏すと、半分裏返った大声で、

「必ずや自衛隊員を自白させ、本部長のご期待に沿いましてございますっ」

県警の幹部全員が見ている前で、「命に代えても自白させます」と誓った。

「うむ。それでこそ次の刑事部長だ」

こんな情景はいつものことなのか、パイプ椅子に居並ぶ県警幹部たちは、姿勢を正したまま前を向いて座っている。増沢刑事副部長の土下座を眼にしても、珍しそうな顔すらし

ない。

だが一人だけ、後ろのほうの席から立ち上がる者がいた。ガタッ、と椅子の音がすると、それが誰だか分かっているのか、幹部の全員が息を呑むように静まった。

「あのう、本部長」

くたびれたコートを脱ぎもせず、最後列から立ち上がったのは胡麻塩頭の男だった。

「何だ、坂田」

「本部長。あたしはあの自衛隊員が悪いとは思えない。命がけで旅客機を護ろうとしたパイロットを、なぜ犯罪者にするのですか。あたしにはどうも、わけが分からねえ」

会議室が、さらにシンと静まった。

「ほう」

蛇沢は、手に持ったボールペンで、テーブルをトントンと叩いた。

「分からない？　君はもっと優秀だと思っておったがねえ、坂田刑事部長。君、出身は法学部だったかな？　経済学部だったかな？」

「――――」

坂田は、口を結んで黙った。

蛇沢の隣に座った警備部長が「あははは」と笑うと、それを合図に幹部の全員が汗をかきながら「あははは」「ははは」と笑った。

笑いの渦の中で、胡麻塩頭の初老の男は、我慢しながら言い返す。

「あたしは、現場の叩き上げですよ。大学になんか、行ってない。ずっと現場一筋に――」

「事件は現場で起きてるんだー」

列の中の誰かが、おかしそうに映画の台詞を真似て見せた。わははははっ、と全員が同調して大笑いした。ひきつった笑い声が、最後列に一人立つ男を包み込んでいく。

「坂田刑事部長」

蛇沢が、引っ込んだ眼で男を睨んだ。

「いいか。この日本で、我々警察以外の勢力が、力を誇示してはならないのだ。最近自衛隊のやつらは日本海の不審船事件で活躍したり、目立ち過ぎている。このままいい気にさせておくわけにはいかぬ。日本の社会を仕切るのは我々警察だ。断じて自衛隊のやつらではない。これを機会に、小生意気な自衛隊をこてんぱんに叩くのだっ！」

「そうだっ」

「その通りっ」

会議室にパチパチパチと拍手が沸き起こった。

「しかし本部長。あたしら警察も、自衛隊も、同じ国民を護る使命をもった同士が――」

「うるさい」

　蛇沢は、顎を上げると、

「前任の本部長が、どれだけ君を気に入って刑事部長などに据えたか知らんが、二言目には現場、現場で君の物言いは聞き飽きた。定年までずっと有給休暇でもいいんだろう？　こんなところで本部の足を引っ張っとらんで、さっさと温泉にでも行ったらどうだね」

　出て行け、とばかりに会議室の出口を指した。


　坂田刑事は、後ろ手にドアを閉めて廊下に出ると、県警本部ビルの窓から両白《りょうはく》山地の山々を見上げた。雲は多いが、ところどころ朝日がさして、雪の残る山肌を白く光らせている。

「――――」

　あと二か月で定年を迎える初老の男は、まぶしそうに眼を細めた。

「刑事部長、重要な会議なのですか？」

　通り掛かった若い婦警が、笑顔で会釈した。

「ん――ああ」

「深刻そうなお顔。大変な事件なんですか？」

　交通課の婦警は、会議室のドアを見やって言った。県警に勤務する大部分の一般警察官には、まさか本部の幹部会議の内容が、日常的にああいう状態だとは、想像もつかないだろう。

「世の中にはな——お嬢ちゃんの知らなくていい怖いことが、たくさんあるのさ」

坂田は、煙草をくわえながら言った。

「まぁ、怖い」

若い婦警は、笑った。

「あ、そうそう坂田部長。もうすぐお暇になられるのなら、うちの実家の温泉に来られませんか。山向こうで少し遠いんですけど、新築しましたからいい旅館ですよ。県警の幹部の皆さんも、よく接待や宴会に使われます」

「そうかい……。じゃ、暇になったら寄せてもらうとするかな」

「ええ、是非いらしてください。それから、喫煙所はあっちですから」

「あ、ああ——すまん」

坂田は胡麻塩頭を掻くと、廊下の突き当たりのソファを置いた一角に歩いて行った。

警察署内は、朝の忙しい時間だ。喫煙コーナーに置かれたTVが、誰も見ていないのにニュースを流していた。

『——たった今入ったニュースです。昨夜の撃墜事件に続き、今度は南西諸島方面で問題が起きました。沖縄県の西に位置する我が国の領土・尖閣諸島の魚釣島で、中国のものと思われる調査船が勝手に領海内に侵入し、海岸にヘリポートの仮設工事を始めた模様です。

このため海上保安庁では急きょ巡視船を派遣して、中国船に上陸工事をやめ、領海の外へ退去するよう勧告する方針です。外務省でも中国政府に抗議する方針です。昨夜の事件に続き、混乱する外務省前から中継でお伝えします――』

対馬沖・洋上

『――尖閣諸島・魚釣島付近の領海に不法侵入した中国の調査船は、島の海岸に仮設ヘリポートを設営する工事に入ったという情報です。これに対し、海上保安庁第十一管区の巡視船〈くだか〉がすでに現場に達し、中国船に対し不法な上陸工事をただちに中止するよう、警告を開始した模様です。海上保安本部の発表によりますと――』

日本の民間ラジオ放送の周波数にチューニングしたADF（自動方向探知機）の音声出力が、遠いニュースの声を拾っている。

『――以上、ニュースをお伝えしました。間もなく八時です』

男は、電子戦偵察機の機械の棺桶のようなコクピットで、ラジオの時報を聞きながらコンソールの時刻表示に視線をおとした。

すべては、計画通りに進んでいる……。

男は黒いサングラスの下で、目を閉じた。

「――」

意識の視野に、何かが見える。

灰色にぼやけた遠い水平線――時折、夢に出て来る、男にはいつもの光景だった。心の奥の視野一杯に広がる灰色の水平線が、自分を呼んでいるのが感じられた。

こっちへ来い。

宿命の水平線へ飛んで来い……。

「ク……」

男は、かすかに唇を歪めた。

顔を上げた。

幻など相手にしている場合ではない……。行動を起こす時が、ついに来たのだ。

「玲蜂」

かすれた声で、男は呼んだ。

「――何だ。〈牙〉」

「リリース・ポイントに到達した。だが離脱の機動に失敗すれば、我々は瞬時に死ぬ。怖ければ、ベイルアウトしても構わない」

「馬鹿にするな」

ヘルメットの中に長い黒髪をたくしこんだ女は、右の航法電子席で怒りを露わにする。

「これまでに、何度も経験した。怖いものか」

「なら、いい」

男はＡＤＦの音声出力を切ってスピーカーを黙らせると、方向探知用周波数のセットを、沖縄のラジオ局へ切り替えた。計器盤の磁方位コンパスの上に重ねて取りつけられた緑色の針が、ゆっくりと振れながら前方を指す。

ＡＤＦの針は、放送局の方位を教えてくれるのだ。作戦行動の航法にはＧＰＳと慣性航法装置を用いるが、原始的な無線方向探知機も、自分の位置を確認するのに有効な補助手段として使える。戦闘に向かうパイロットは、常にバックアップの補助手段を用意しておけ――男が最初に操縦を習った時の、それは教本の一ページ目に載っていた言葉だ。

あれから、十年か……。

ふと、過去の記憶がよぎりそうになり、男は黒いサングラスの顔を左右に振った。

記憶を振り切るように、指先でヘルメット・マイクのチャンネルをカチッと切り替え、有線のインターフォンに入れた。

「〈牙〉より〈獺〉《カワウソ》へ」

頭上の機体を呼ぶ。

『〈牙〉、揺れがひどい。そろそろ限界だ』

「たった今、リリース・ポイントに到達した。これより離脱する」

『りょ、了解だ』

ミル26の操縦士は、ほっとしたような声で答えた。

『そちらの合図で、切り離しの機動に入る』

「準備をする。三十秒待て」

マイクを切ると、男は風防ガラスの前方へ視線を上げた。

巨大なヘリに吊り下げられたフェンサーの機体は、雲の中を進んでいた。灰色の水蒸気が、ヘッドアップ・ディスプレーの向こうから際限なく押し寄せては、コクピットの視界をまだらな濃淡の灰色に埋めた。

揺れて、ぶれる視界。終わりのない霧の中を、かき分けて進んでいるようだった。

まるで、夢に出て来る景色のようだ——男は思った。

宿命の水平線へ飛んで来い……。

お前の未来へ、飛んで来い。

「俺に、未来など……」

男はつぶやいた。

「何か言ったか、〈牙〉」

女が顔を向けるが、男はそれには応えず、右手をコンソールに伸ばすと主翼展張用の補助システムに電源を入れた。

「……〈戦争〉を始める。行くぞ」

小松基地

「はぁっ、はぁっ」

真新しいオリーブグリーンの飛行服はまだ糊が効いていて、小走りに足を運ぶたび、ガサガサと音を立てた。

黒羽に言われた通りの道順で、廊下を曲がった突き当たりにたどり着くと、特別ブリーフィング・ルームのドアがあった。

「こ、ここか――」

美砂生は立ち止まり、息をついた。

人通りの多い中央通路から離れているので、前を見ても後ろを見ても、シンとして誰もいなかった。美砂生はまだ知らなかったが、ここは米軍との合同演習などが行われる時にしか使われない、基地内でも予備の区画なのだった。

「みんなもう、集合しているのかなぁ……」

ロッカールームで飛行服に着替えて来た美砂生は、細長い廊下の奥のドアの前に立つと、呼吸を整えて肩を上下させた。

〈第六航空団・特別飛行班〉という真新しい木製看板が、閉じられたドアの横にあった。

勢いよく墨で書かれた『特別』の二文字が、美砂生の胸をさらにどきどきさせた。

「なんか、緊張するなぁ……。でも何であたしが、〈特別飛行班〉なのかなぁ……?」

どう考えたって、変だった。

ど新人の自分が、国籍不明機を強制着陸させるための特別チームに入れられるなんて
——!? おかしい。不思議だ。不可解だ……。

でも手首の時刻を見ると、もう〇八〇〇時ジャストだった。新人が初日から、一分でも遅刻するわけにはいかない。美砂生には、考えたり悩んだりする余裕は与えられていなかった。とにかく今は、辞令で指定されたこの場所へ『出勤』するしかないのだ。

「なんか、嫌だなぁ」

美砂生は、怖いものに触れるような動作で、そうっとドアの把手に指をかけた。

第二章　防空識別圏は踊る

対馬沖洋上

その時が来た。

「――――」

スホーイ24の可変翼サブ展張システムが、左右の主翼を最大前進位置の一六度へと広げ終わり、小さな緑のランプを灯《とも》した。ポジション・インディケータの針が二本とも、一番上の［16］を指して止まっている。まだエンジンが始動していないので、可変翼を駆動するメインの油圧ドライブは使えない。両脇にたたんでいた主翼を広げるには、油圧ドライブが故障した時のために装備されている電気モーターを作動させねばならなかった。サブシステムの直流モーターは出力が小さいため、両の主翼を最前進位置まで広げるのに三十秒を要した。

基地の島を後にしてすでに二〇〇マイル。隠れて耐える時間は終わり、離脱の準備は整った。

コクピットの窓枠に、風を切る音がする。

今、巨大なヘリコプターに吊り下げられたこのフェンサーの機体は、鋭い剣のような主翼を水平に広げ、高地の断崖から飛び立つ直前の猛禽《もうきん》のような姿勢になっている。その主翼下と胴体下八か所のハード・ポイントには、合計三十発の二五〇キロ爆弾が葡萄の房のように装着されている。

「――行くぞ」

男は、黒いサングラスの下で計器類の指示を確認すると、自分に言い聞かせるように小さくつぶやいた。右側の航法電子席から、ヘルメットを被った女がちらりと見るのを無視し、インターフォンに告げる。

「こちら〈牙〉。出る」

『分かった。離脱機動に入る』

頭上の機体が、ローターの回転を上げた。周波数を上げるように高まる唸りと振動が、性能の限界を極める機動の開始を告げた。ここまで吊して運んで来たフェンサーの機体を、これから速度をつけ宙空へリリースするのだ。

三つ数えぬうち、遠心力を伴ったGが男と航法電子席の女をシートに押しつけ、同時にブランコが後ろ向きに上がっていく時のような姿勢にグイと持ち上げた。女――男が『玲蜂』と呼んだ飛行服姿の少年のような体型の娘は、声は出さないもののバイザーの下で息を呑んだ。

灰白色の水蒸気の中、巨大なヘリコプターは機首をやや下げて加速し、ローター回転面の揚力が前進速度によって増加すると、次に機首を引き起こして上昇に転じた。〈糸の死角〉と呼ばれる狭い空間は、五〇〇〇フィートがその上限だ。それを超えて昇ると、この電子戦偵察機を吊したミル26の姿は、日本の自衛隊のレーダーサイトに探知されてしまう。双発タービン・エンジンのキィイイインという排気音を響かせ、巨大な輸送ヘリは死角空域上限すれすれの四五〇〇フィートまで上昇する。そこで今度は緩やかなサインカーブの頂点を描くように、機首を下げて下降を開始する。加速しながら浅い降下角をキープし、動力緩降下に入って行く。

キィイイインッ

巨大ヘリは風を切りながらさらに加速し、雲の下の海面を目がけ下降軌道を描いて飛ぶ。ヘリの対気速度は、この機動に入ってから絶え間なく緩やかに増え続けている。吊した機体をリリースする一連の機動の間、母機のヘリは常に加速状態になければならなかった。

ビョォオオッ、風防が風を切る音が強まり、電子戦偵察機のコクピットを満たした。エンジンが始動していないので、男の周囲は風の音ばかりだ。機を吊している七本のワイヤーの共振する唸りがビョルンビョルンと、頭上から響いて来る。まるで不吉な何物かが歌っているみたいだ。

「――――」

男は、視線を上げて速度の表示を見た。頭上のヘリから有線で外部電源を得ているので、航法計器とヘッドアップ・ディスプレーは正常に機能している。

小刻みに、じりじりした加速が続いている。対気速度表示は一〇〇ノットを超えた。もしも日本の早期警戒管制機がどこかで見張っていたなら、探知されてしまう速度だ。しかしスホーイ24のパッシブ電子戦システムには何の表示も出ていない。先程のE2Cは、帰投してしまったのだ。

ここまでは――ついているな……。

男は、速度表示のスケールが、スホーイ24の最小失速速度目がけて上がっていくのを睨みながら心の中でひとりごちた。

俺は、ついている……。

その証拠に、まだ死んではいない。

だが、この機体が切り離されてから海面に到達するまでのわずかな間に、二基のエンジンのうち片方を始動させなければならない。もし始動に失敗するようなことがあれば、そのままこのフェンサーは海面に叩き付けられ、粉微塵《こなみじん》になってしまうだろう。もしもエンジンがかからなければ――この機体をグライダーのように引き起こすことは不可能だ。スホーイ24の操縦舵面は、可変翼の開度に連動したコンピュータ制御になっており、油圧がなければ一センチも動かない。人力ケーブルなど付いてはいない。エンジンが始動し、タービン回転軸が油圧ポンプを駆動してくれなければ、昇降舵《しょうこうだ》を動かして上げ舵を取ることすら出来ない。

ヘリに吊られたままの状態で、エンジンを始動出来ればよいのだが――吊られたままでの始動はシミュレーションを重ねた結果、危険が多過ぎると分かり、あきらめねばならなかった。問題は推力だった。スホーイ24の強力な双発エンジンを吊られたままで始動すると、たとえアイドリングに絞っていても機体は推力の働きで複雑な振り子運動に陥り、母機のヘリともつれ合い、制御不能の発散運動状態となる。下手をすれば母機を道連れに海面へ落下してしまう。したがってエンジンの始動は、機体が切り離された後、海面に激突するまでのわずかな滑空《かっくう》状態の間に成功させねばならないのだ。

ビョォオオオ――

風切り音は続く。

ふいに、灰色の水蒸気ばかりの視界がパッと開けた。鈍い鉛色に波立つ水面が、前面風防一杯に広がった。雲の下面を突き抜け、海面と雲の間の空間に出たのだ。

男は、N2回転計《エヌツー》に目をやった。左右のエンジンとも、一〇〇ノットを超える前進速度のラム圧を空気取入口《インテーク》に受け、コンプレッサーの回転が上がり始めている。高圧空気スタ
ーターなしでも、燃焼室内に燃料を噴射し着火させれば、エンジン始動は可能だろう。問題は、海面に激突するその前に推力が上がってくれるかどうかだ。

『〈牙〉。離脱十秒前だ』

「よし」

際どい試みを前に、空中ブランコのスタート台に立っているようなものだったが、男は表情を変えることもない。左手でコンソールのストップウォッチをスタートさせる。風防ガラスの手前に設置されたヘッドアップ・ディスプレーに眼を上げ、投影された飛行データを読み取る。対気速度、一一五ノット。可変翼を一杯に広げても、空中に浮いていられる最小失速速度まであと二〇ノット足りない。

じりじりとした加速が続く。一一八ノット。一一九ノット。急激な増速は期待出来ない。母機のヘリは一定した加速状態を保たなくてはならない。この機体を切り離すまで、加速をやめることは出来ないのだ。ヘリが加速状態にあるうちに切り離さないと、三〇トンの質量を持つ爆装したこの機体は、たちまちワイヤーの付け根を支点に斜め上方へつんのめり、ヘリのローター回転面に下から突っ込んでしまう。そうなればここにいる全員の命が

一瞬で終わりだ。

一二一ノット。

しかし――今日のヘリの操縦士は臆病者だ。最大速度に到達するのを怖がっている。

「加速がのろい」

男は注文をつけるが、

『こ、これで精一杯だ』

ヘリの操縦士は、うわずった声で答える。

臆病者め……！

心の中で舌打ちする。

だが、仕方ないかも知れない――男はちらりと思う。そうだ……自分のようなよそ者のために、命を賭けようとする行為の方が、この〈組織〉では粋狂《すいきょう》なのだ。組織の連中は、彼らの『偉大なる指導者』のためには命を惜しまないが、この自分とは『日本民族に対する憎しみ』だけで結びついているに過ぎない。もしリリースにしくじってこの機体を海面にぶつけても、多分、上にいるあいつは基地へ帰還して「〈牙〉のやつが自分で海へ突っ込んだ」と報告するだけだろう。

海面が迫って来る。

気圧高度計は指示を減らしていく。もう二〇〇〇フィートを切った。速度はまだ一二四ノット。最小失速速度に一一ノット足りない。

「もういい。切り離せ」

　降下率は毎分一五〇〇フィート。海面まで一分三十秒もない。ぐずぐずしているとエンジンを点火した後、推力を上げる時間がなくなる。

『で、では、リリースする。偉大なる首領様のため、働いて来い！』

　ふん、家柄だけで将校になった臆病者め。忠誠心だけは一人前か……そう一瞬思うのと同時に、ガスンッ、と衝撃があり、スホーイのコクピットは急激に沈み込んだ。体がふわりと浮き上がりショルダー・ハーネスが肩に食い込み、胃の内容物が食道に向かってせり上がって来た。後ろ向きに上がり切ったブランコがおち始める瞬間のような、みぞおちの辺りがスウッと冷えるマイナスGの感覚だ。

　ワイヤーがリリースされ、機体が宙空へ放り出されたのだ。失速速度未満なので主翼は揚力を生み出さない。機体はただおちていく。まるで底なしの穴へおちていくようだ。こらえても胃の中の空気が口から吹き出す。ヘルメットの中で髪の毛が逆立つ。頭の全ての毛穴がチクチクし、血液が脳に向かって吸い上げられていくのが分かる。男は不快感にも表情を変えないが、女は横で唇を噛みしめ「ウクッ」と息をこらえた。

　ざぁあああっ――激しい風切り音が前面風防を叩く。無動力で落下し始めたスホーイ24は、重心位置が前方にあるため自然に機首が下がり、コクピットから見える視界はグレーの海面だけになった。眼を上げても水平線が目に入って来ない。文字通りの真っ逆さまだ。機首姿勢はマイナス三〇度、降下角はヘッドアップ・ディスプレーのパス・インディケータによればマイナス・八度を示している。降下率は毎分二〇〇〇フィート超だ。海面まで約五十秒……！

ずざぁあああっ

激しい風切り音の中で、だが男の左手の指は的確に動いていた。インフライト・スタート手順。N2回転計二十五パーセントをチェック。ウインドミリング・スタート方式を試みる。ラム圧による回転力を、スターターとして利用するのだ。左エンジンのスロットル・レバーをアイドル位置へ進め、燃焼室内に燃料が噴出するようにしてから、点火イグニッション・スイッチのAチャンネルをバッテリー・モードへ。

カチリ

かからない。

よくあることだ。ロシア製に腹を立てても始まらない。焦らずに点火イグニッション・スイッチをBチャンネルに持ち替え、バッテリー・モードへ入れる。

カチッ

橙色《だいだい》のランプが点灯する。

今度は作動した。

ドンッ、と鈍い着火ショックを伴い、左エンジンが点火する。排気温度計の針がピクリと起き上がり、タービンの回転が上がり始める。

キィィィィ——

だがエンジンの回転加速は鈍い。

インインインイ——

空気取入口のラム圧が不十分なのか——？　男は微《かす》かに眉をひそめる。やはり切り離しの速度が低かったか。不完全始動《ハングスタート》になるかも知れない……。

（速度が——わずかに不足だったか……!?）

回転計の針は、じわじわ増加する。三十八パーセント、四十パーセント、四十一パーセント……なかなか上がらない。排気温度計は——こちらは急激に上がり続ける。三八〇、三九〇、四〇〇℃を超えていく。良くない現象だ。タービンの回転が上がらず燃焼室内に高温の燃焼ガスが閉じ込められれば、ある時点で爆発的な燃焼に転じる危険がある。そんなことになれば、この機体は海面に突っ込むよりも早く、爆発を起こし吹っ飛んでしまう。

まずい。

男の手が、一瞬止まる。揺れるコクピットで、右席の女が男の顔をのぞき見る。ジェット・エンジンの知識はあるらしい。女は計器の状態と男の横顔、そして迫り来る鉛色の海面をさっと見比べ、『どうするんだ』という表情をした。

男は操縦舵面を駆動する油圧システムの圧力計と、ヘッドアップ・ディスプレーの高度表示を同時に見た。油圧系統は左エンジン回転軸の駆動で、わずかだがプレッシャーを得ている。高度計は八〇〇フィートを切るところだ。三秒間で一〇〇フィートずつおちている。この機体は、まだ航空機とは呼べない。海面目がけて石ころのようにおちていく。激突まであと二十秒もない。

「――――」

男の手が瞬時に反応した。躊躇《ちゅうちょ》なく操縦桿をつかみ、前方へ押した。アイドリング以下の回転数では満足な油圧が確保されている保証はない。しかし方法はこれしかなかった。

「な――何をするっ」

右席で女が小さく叫んだ。

操縦桿の反応は、駆動油圧が小さく、対気速度が失速速度以下に低いためスカスカだった。

男は、「何をする〈牙〉!?」という女の声にも構わず、操縦桿を一杯に前へ押し込んだ。

機体の後尾で昇降舵が少しだけ動いた。機体の姿勢に変化が現れ、風を切る機首がさらに下がった。

前面風防が、迫り来る海面で一杯になる。もう鉛色の波以外に何も見えない。スホーイ24は降下角をさらに深め、海面へと突っ込んで行く。

グォオオオッ

降下率、毎分四〇〇〇。海面が迫る。激突まで十秒あるか……！

「――〈牙〉っ！」

しかし次の瞬間、機首下げで増加した対気速度が、エンジン空気取入口のラム圧を急激に上昇させていた。コンプレッサーの回転数が、突き動かされたように上がる。

ドンッ

爆発ではない。ストールがクリアされ、滞留していた燃焼ガスが抜けた音だ。

キィイイインッ

息を吹き返すように、左エンジンがジェットの排気音を上げ始めた。燃焼室内の高温高圧ガスは吐き出され、タービンのチタン・ブレードをぶん回しながらノズルを抜けてゆき、大気中へ推力となって噴出していく。

「クッ――」

男の手足が反射的に動き、スタートに成功した左エンジンのスロットルを前方へ押しながら、今度は操縦桿をなめらかに引いた。

大丈夫だ。油圧は上がって来た。タービン回転軸が力強くポンプを回している。油圧システムの警告灯を見るまでもない。操縦桿をさらに引くと、昇降舵のしっかりした手ごたえがあり、同時に失速速度を超えた主翼も揚力を発生し始める。機体が真っ逆さまの姿勢から浮揚し始めた。

だが油断してはいけない。迫り来る海面に恐怖して、操縦桿を少しでも引き過ぎればすぐにまた失速するだろう。速度の余裕はまだ十分ではない。

「ク……」

男の指が、主翼上面に生じた小さな揚力を撫で遊ぶように、微妙な操作でゆっくりと操縦桿を引きつけていく。機首が、ゆっくりと上がり始める。ヘッドアップ・ディスプレーで地表衝突警報《GPWS》の赤い表示が点滅する。高度表示が減って行く。一九〇、一七〇、一五〇……波立つ海面が猛烈な勢いで迫って来る。

Gをかけるな……！　二G以上かけたら失速する。引き起こしは、一・九Gだ。それで海面をクリアできれば今は死なずに済むだろう。もし一・九Gでも海面へ突っ込んでしまったら……その時は〈復讐〉をあきらめて中断し、あの世へ行けばいい。

「そのほうが――かえって楽か……」

つぶやきながら、男は精密機械のように滑らかな操作で操縦桿を引いていく。

機首を引き起こしながらも、電子戦偵察機は急角度で海面へ突っ込んで行くように見えた。

主翼を広げたフェンサーの機体は、一瞬海面に爆発のようなしぶきを上げ、その中に見えなくなった。だがそれは機体の腹の下で圧縮された空気が起こした膨張拡散現象で、次の瞬間には灰色の猛禽は水中爆発のような水膜をくぐり抜け、水面上に姿を現した。海面の地面効果をクッションのように利用し、超低空二〇フィートを二〇〇ノットの速度で飛び抜け、上昇に転じた。

「怖いか」

男は、速力を得た機体を五〇フィートの低空にレベルオフさせ、もう片方の右側エンジンを手早く始動させた。水平飛行でも、今度は十分なラム圧がある。キィイインッ、ともう一つの排気音が重なり、スホーイ24は完全に金属の猛禽としての活力を取り戻した。男の前のコンソールで、残っていた十個ばかりの警告灯が消灯する。電力、油圧、高圧空気、航法システム――全て異常なし……。男は機体システムの正常作動を確認すると、一六度に開いていた可変翼をレバー操作で三五度まで後退させる。油圧駆動で翼がたたまれていく。スウッと機体の抵抗が減り、波に乗ったようにさらに速度が上がる。

鉛色の海面に曳き波の筋を引いて、フェンサーは高速低空巡航に入った。つい三十秒前まで失速寸前でもがいていたのが、嘘のようだった。

「怖かったか」

「誰に向かって言っている」

「お前だ。玲蜂」

「わたしは怖くなどない」

「強がらなくていい」

男は、間一髪の危険のさなかにも、表情を変えることがなかった。

「生きようという気があるなら、死は怖い。誰でもそういうものだ。恥ずかしいことではない」

「貴様は、怖くないのか。〈牙〉」

「怖くはない」

男は、何でもないことのようにくり返した。

「死は、怖くない。むしろ死んだほうが楽だ」

「……楽？」

けげんな視線を投げて来る女に構わず、〈牙〉と呼ばれる男は黒いサングラスを前方へ向ける。高度五〇フィート。猛烈な勢いで、鉛色の海面がコクピットの足元へ流れ込んで来る。サーキットを全力走行するF１マシンからの眺めがこのようであろうか。

男は、右手の指で機を自動操縦に入れ、操縦桿から手を離す。スホーイ24のPNS24航法／爆撃システムが地形追随レーダーを起動させ、ミリ波のビームで前方をスイープし、精確に海面上五〇フィートの水平飛行を保つ。航法電子席のTFRスコープに、前方二〇マイルまでの地表コンディションが映し出される。今のところ、滑らかな海面以外には何も映らない。航法モードのスイッチを『機首方位保持《ヘディング・ホールド》』から『プリセット・ラテラルナビゲーション』に。機は微かに頭を振り、あらかじめ入力された緯度／経度のウェイ・ポイントをたどるコースに乗る。速力は四〇〇ノット。〈標的〉までの予想所要時間が、画面の隅に表示される——五十六分四十秒だ。

「——待っていろ」

つぶやいた男は、風防ガラスに吹きつけて来る、白いしぶきの向こうに視線を向けたままだ。

誰に向けてつぶやいた言葉なのか、男以外の者に知る術《すべ》もなかった。

「待っていろ……。もうすぐ行く」

灰色の猛禽は、水平線の向こうの何かに向けて、寡黙《かもく》な進撃を開始した。

尖閣諸島・魚釣島

『——ここは日本国の領海である。ただちに不法行為をやめ退去しなさい！　くり返す。ここは日本国の領海である！』

船外スピーカーが、最大音量で鳴っている。あらかじめ録音された警告メッセージを、日本語と中国語でくり返している。

「船長」

白い巡視船の船橋の横に張り出したウイング・ブリッジで双眼鏡を眼に当てている船長の許《もと》へ、半袖の夏用制服を着た通信長が駆け寄って来て報告する。

「船長、やつらは言うことを聞きません」

第十一管区・那覇海上保安本部所属の一〇〇〇t級巡視船〈くだか〉。船首に20ミリ多砲身機関砲塔、後部にヘリコプター飛行甲板を持つ、海上保安庁でも新鋭の中型巡視船である。

付近の海域を定時哨戒《しょうかい》中だったところを、緊急指令を受け、この断崖ばかりの岩山のような無人島に到着したのが一時間前だ。現在午前八時十分。外洋の波が直接打ち寄せる岩壁が、左舷の横三〇〇メートルに迫っている。

「船長。〈奮闘九号〉は、無線による警告に従いません！　応答すらせず、まるで無視です」

通信長は怒鳴るように報告した。通信室は船橋の奥まったＯＩＣ（警備救難統制室）と呼ばれる一角にあるため、通信士官は巡視船の責任者である船長に報告事項がある時は、いちいち走らなくてはならなかった。三十代初めの通信長は、額に汗を光らせている。

「そうか……」

真新しい金筋四本の階級章を肩に着けた長身の船長は、双眼鏡を眼につけたまま顔をしかめる。この船長も新任でまだ三十六歳。昨年昇格し、この新造船〈くだか〉を任されて半年にならない。

「無視か」

「はい」

「船長。音声と発光信号による警告にも、まったく反応の様子はありません」

熱風が吹きつけるウイング・ブリッジには、船長の横に信号長が立って、目の前の不法行為に対する警告作業の直接指揮を取っている。その横に副長、航海長が並ぶ。みなまだ三十代の中頃か、前半だ。船橋の幹部士官《ブリッジ・オフィサー》が三十代の若手ばかりなのは、偶然ではなかった。沖縄の第十一管区が所帯持ちに嫌われ、新人や単身者ばかりに赴任が押しつけられるためであった。十一管区は遠いだけでなく、尖閣の警備もやらされるので危険も多い。わずかな遠隔地手当てくらいでは見合わないのだ。五人の士官の中で一番後輩らしい通信長が「やつらは、上陸を強行しているのですか」と訊くと、信号長が下げていた双眼鏡を貸し与え、顎《あご》で左舷の向こうを示した。

「見てみろ」

沖縄・尖閣諸島の魚釣島で『中国のものと見られる調査船』が上陸作業を敢行中、という通報が入ったのは今朝未明のことであった。報告して来たのは、海上自衛隊のＰ３Ｃ哨戒機だ。

自衛隊は、発見して通報する以上のことは出来ない。〈海上警備行動〉が発令されていないからだ。洋上からの領土侵犯に対し、現在最初の対応を取ることにされているのは海上保安庁だった。巡視船〈くだか〉に那覇の第十一管区保安本部が与えた指令は、『中国調査船に警告を与え、日本領土から退去させよ』であった。

しかし、

「こりゃ――まずいですね」

通信長は双眼鏡を覗くなり、声を上げた。

巡視船の目の前で行われている不法行為――それは日本領土の島に対する、外国海洋調査船による上陸施設造営工事だった。

双眼鏡の視野では、積雲の塊がいくつも浮かぶ蒼空から朝の陽光がカーテンのように降り注ぎ、魚釣島東海岸の絶壁を照らしていた。その下に焦げ茶色に汚れた船体が、全長九〇メートルの横腹をこちらに晒《さら》して停泊している。甲板にクレーンが二本見える。中国の大型海洋調査船〈奮闘九号〉一九五〇tである。

魚釣島は尖閣諸島で最大の島だが、無人島だ。東シナ海の水面に突き出す、長さ三キロ半の細長い岩の山である。島自体に自然資源というものは特になく、降り積もった海鳥の糞が肥料として利用出来る程度だ。昭和初期に建てられたカツオブシ工場も、閉鎖されて久しい。付近の大陸棚に海底石油資源の埋蔵が確認されるまでは、この島の領有権に誰も関心など示さなかったのだ。実際こうして眺めても、荒波の上に屏風のような黒い巨大な岩壁が突き出ているようにしか見えない。樹木の緑は、陽の当る山の上部にしかなく、人間が定住する気持ちになれない場所であるのは一瞥《いちべつ》して分かる。

だが、この岩山の島を初めとする大小五つの群島の領有が、東シナ海大陸棚の海底資源の専有に繋《つな》がることは、今や誰もが知っている。群島は日本領土であり、日本の実効支配下にはあるが、常駐の警備隊などはない。現在台湾を始め、韓国、それに中国がこの群島の領有権を主張している。特に中国は、数年前〈領海およびその隣接区法〉という法律を施行して尖閣諸島を『中国領土だ』と宣言するなど、姿勢に強硬さが目立っている。

「あっ、資材の陸揚げを始めたぞ」

通信長が、また声を上げた。

赤茶色に錆《さ》びた〈奮闘九号〉の甲板で、物量陸揚げ用クレーンが動き出していた。鉄骨らしい資材を積み込んだ小型工作船が海洋調査船の船腹を離れ、波の砕ける岩壁にしがみつくように接岸する。作業員らしき人影が、わらわらと上陸して行く。

岩壁にはたちまち、足場のような物が築かれていく。その横の岩場では、作業員の一部のグループが手に手に斧を振り上げ、日本の政治団体が立てたという無人の小型灯台をぶち壊している。

「どうします、船長」

「船長」

信号長、副長、航海長らが、先頭に立つ船長の背中に問いかけた。士官たちは、みな海上保安大学校の先輩・後輩で、十年来のつき合いだった。昨年船長に昇格したばかりのこの先輩が、ふだんから『領土の警備なんか海保の仕事じゃない』と、不満を漏らしていたのも知っていた。

「通信長」

しばらく何も言わずに島の様子を見ていた船長は、双眼鏡を下ろすと、眼をしばたきながら横顔で命じた。

「通信長。やむを得ん、管区本部に緊急連絡だ」

「は」

「中国船に対し、警告射撃実施の許可を乞《こ》え」

東京・霞が関

「審議官」

霞が関に立つ、内閣府ビルの六階。

内閣安全保障室のオフィスに、当直の内閣審議官が出勤すると、ちょうど横浜の海上保安本部からの電話を秘書が取ったところだった。

「審議官。海上保安庁から問い合わせです。『不法上陸の中国船に対し、警告射撃を行ってもよいか』と訊いて来ています」

「海保――？　分かった。回してくれ」

審議官はまだ三十四歳で、防衛省からの出向キャリアだった。

内閣安全保障室に勤務する、室長を初めとする五名の審議官は、うち四名までが警察庁からの出向者で占められている。いずれもキャリアである。国の安全保障を担当する部署なのだから防衛省出身者が多いだろうと普通の人は思うが、数年前までここは、警察官僚だけの占有部署だった。省庁再編により、内閣安全保障・危機管理室として拡充され、防衛省の役人が一人もいないのは不自然だろうと、やっと昨年審議官のポストを一つ増やし、防衛官僚が一名だけ加わることになった。

「俺が当直の日で良かった――」

防衛省内局へ戻れば課長になる予定の若手の審議官は、つぶやきながらコートを急いで掛けると自分のデスクの電話を取った。

「内閣審議官です。情況を教えてください」

電話をかけて来たのは、横浜の海上保安本部の警備救難部長だった。本来なら、不法入国や麻薬密輸を取り締まる部署である。しかし海保には、領土を警備する部署というものがない。

『先程、尖閣諸島の魚釣島で、中国海洋調査船が勝手に上陸工事を開始しました。退去せよとの我が方の警告に従いません。現場の巡視船船長から、「警告射撃をしてもよいか」と許可を申請して来ているのですが――』

「それでしたら、安全保障室へわざわざ問い合わせる必要などありません。他国の艦船が我が国の領土において不法行為をしているのです。警告射撃は、必要に応じて許可されて当然でしょう」

審議官は、音を消した五台のＴＶを見やりながら答えた。民放は朝のワイドショーが始まっていたが、画面はすべて芸能人の結婚ネタのようだ。映像素材がまだ入らないのか、尖閣諸島のニュースはどの局にも映っていない。あるいは領土が侵犯《しんぱん》された報《し》らせよりも、芸能界のニュースのほうが視聴率を獲れるのか……。

「巡視船の武器の使用は、現場の船長の判断だけで出来るはずではないのですか?」

『それが、監督官庁の国土交通省から「慎重に行動せよ」との事前指示がありまして……。尖閣における外国船に対する機関砲の使用は、管区本部長の許可を受けて行えとの通達が出ているのです。ところが今朝の事態では管区本部長も判断がつかず、横浜の本部まで問い合わせて来たのですが、こちらでもやっていいものかどうか判断がつかず——』

「だから、やっていいに決まっているでしょう」

『いえ、でもですね、相手は正体不明の不審船や密輸船ではありません。れっきとした中国政府の船なわけです。国交省の外局である海上保安庁の判断だけで撃つというのは、ちょっと——』

要するに、後で国際問題に発展した場合、責任を取らされるのは嫌だと言うことだった。だが、仕方ないかも知れない——中国や韓国との摩擦を恐れ、尖閣の領土警備を海保に押しつけてやらせているのは、他ならぬ内閣なのだ。審議官は「分かりました」と電話に答える。

「では総理に判断を仰ぎ、官邸から指示を出してもらいます。それでいいですね」

国土交通大臣の端廻《はしまわり》巧三郎は、鰻谷派だったな……。こういう事態のためのマニュアルを、作らせていなかったのか。電話を切って舌打ちすると、審議官はオフィスを見回して「室長はいないのか」と訊いた。

「申し訳ありません。昨夜から連絡が――」

「例によって所在不明の、隠密行動か？」

「は、はい」

審議官はため息をついた。安全保障室長の姿が見えない。また防衛省出身の俺だけ仲間外れにして、何か陰で動き回っているのだろうか……？　仕方がない。首相官邸へは、自分が直接話をしよう。

「分かった。官邸へつないでくれ。総理に緊急連絡だ」

永田町・首相官邸

ざわざわざわざわ
ごった返す人々の群れは、イスタンブールの朝市ではない。午前八時半の首相官邸前庭である。昨夜からここには、通称〈テント村〉と呼ばれる報道マスコミの溜《たま》り場が設営され、撮影用ライトに照らされて不夜城のにぎわいを見せていた。
『――韓国大使が、今朝八時過ぎ緊急の会談のため首相官邸に入りました。韓国政府は昨夜から、撃墜事件の責任はすべて日本政府と自衛隊にあると主張しており――』
つい数分前、この場所で撮ったばかりの揺れ動く映像が、折りたたみテーブルの小型モニターから流れている。画面では、十数名のSPが壁を造る向こうを、黒塗りのリムジンが車寄せに入って行く。赤ら顔の恰幅のいい男が降りる。韓国大使だ。こちらを振り向く。怒った牛のような顔。カメラは迫っていこうとする。SPが防ぐ。近寄れない。

「――っくしょう」

パイプ椅子にもたれた男は、唇を噛んだ。

「八巻《やまき》さん」

大八洲TVの仮設テントだ。報道ディレクター・八巻貴司が眠い眼をこすって自分で撮った映像のオンエアを見ていると、サブチーフ・ディレクターが黒い鮨桶《すしおけ》を七つ抱え、割箸をくわえて戻って来た。

「出ました、出ました。恒例の〈官邸弁当〉です。今朝のは凄いですよ」

それを聞くなり、若い報道部スタッフたちがワッと立ち上がって、重ねられた鮨桶に群がった。「鮨だ」「おう鮨だ」「凄え」「醤油、醤油」先程、韓国大使が乗り込んで来た際に、SPの壁に阻《はば》まれ何もコメントが取れなかった沈滞ムードが、沸き返ったようににぎやかになった。

だが、

「――――」

テーブルに置かれた鮨桶に、三十歳のチーフ報道ディレクターは手をつけようとしない。

「どうしたんすか、八巻さん?」

　ムッとしたような八巻の顔を、サブを務める若いディレクターは不思議そうに覗き込む。インカムを頭から外し、ADの一人にお茶の準備を命じながら「腹具合でも悪いんすか」と訊《き》く。

「食えるかよ、こんなもの」

　黒いタートルネックを着た八巻は、クールな二枚目を気取っていると陰口をきかれる端正な横顔を、あっちのほうへ向ける。

「何が、〈官邸弁当〉だ」

「だって八巻さん。〈テント村〉が前庭で徹夜した時には、官邸が弁当を出して報道陣の労をねぎらうというのが、ここのしきたりじゃないですか」

　八巻の二年後輩になるサブチーフは、箸をくわえて割りながら「いったいどうしたんすか、今朝は」と首をかしげる。

「この鮨、官房機密費だろう」

　八巻は、テントの外の前庭を顎で指す。

　人垣の向こうに行列が見える。韓国大使が到着した時の殺気はすでに消え、官邸とマスコミが敵対する雰囲気もどこへ行ったのか、なごやかだ。やぁ、ご苦労さんご苦労さんと先頭で手を上げているスダレ頭の眼の鋭い男は、孕石《はらみいし》官房長官である。その後ろから秘書官や事務官など、官邸のスタッフたちが総出で積み重ねた鮨桶と缶ビールを配って廻っている。周囲からTV・新聞・通信社その他のメディアの記者やスタッフたちがわっと群がり、鮨桶を奪い取って行く。五つも十も重ねて持っていく若いスタッフもいる。格好をつけて自分で取りに行かないディレクターやプロデューサー、報道記者、レポーター役の女子アナの分であろう。

「何の疑いもなしに、俺たちはこんなもの食っていていいのか？　国民の税金じゃねえか。官邸がマスコミを懐柔《かいじゅう》するために、テント村が出来る度に税金で鮨を三百人前も出前させて振る舞っているなんて、一般の国民は知ってるのか」

「知りませんよ。どこの社も報道しないもん」

サブチーフは、何の疑いもない顔でウニをつまみ上げると、醤油をつけて口に入れた。

「うん、うまいうまい」

八巻は顔をしかめ、もう一度テントの外に目をやった。すぐ目の前を官房長官が練り歩いても、マイクを向ける記者はいない。〈官邸弁当〉の時間だけは各社取材をしないことに、記者クラブの協定で決まっている。どこか一社が抜け駆けしてコメントを取りに走ると、みんながおちついて食べられないからである。

笑顔の官房長官を先頭に、官邸スタッフの行列はテント村を泳いで行く。その中に、わけが分からないという硬い表情でつき従っているスーツ姿の男もいた。真ん中で分けた髪と、銀縁の眼鏡。年の頃は八巻と同じくらい、おそらくどこかの中央省庁から出向して来たばかりの、若手の新任秘書官だろう。首相官邸がどんな世界なのか、初めて眼にして面食らっている顔だ。

でもあいつも、すぐに慣れるんだろうか……？　この特異な世界に——八巻は思った。

見ていると、官房長官の行列は「やぁご苦労さん」と八巻たち大八洲ＴＶのすぐ隣のテントを訪問する。天幕に染めぬかれた赤いマーク。中央新聞の記者たちが詰める仮設テントだ。昨夜から『撃墜事件は自衛隊が悪い』『自衛隊のせいだ』とさかんに報道している中央新聞のことだから、鮨の振る舞いなど拒絶するかと思えば、くたびれたコートを着た新聞記者たちは鮨桶を二つも三つも受けとって、中から大トロと中トロだけ選んで食べ始める。笑顔を絶やさない孕石に、記者たちが大声でモゴモゴと主張するのが聞こえて来る。「アジアの平和のため徹夜で詰めている我々に、弁当くらい出すのは当然だっ」「そうだっ。しかし鮨なんか出したって、ペンは曲げないぞ」記者の口から飯粒が飛ぶのが見えた。

八巻はため息をつく。

「やっぱり俺は食えねえよ、こんなもの。返して来い」

「そう言わないで、食べてくださいよ、八巻さん」

サブチーフが、拝み倒すように言った。

「うち一社だけが既得権を放棄したりしたら、官邸記者クラブから村八分にされちゃいますよ。取材出来なくなりますよ。食べてくださいよ、お願いしますよ」

中央新聞のテントには、昨夜の会見で「自衛隊が悪いのよ」と唾《つば》を飛ばしていた女性記者の姿は見えなかった。ワイドショーにでも呼ばれて行ったのだろうか。空自のパイロットが石川県警に拘束されて以来、民放各社のワイドショーは『自衛隊の悪口をいかに面白く言うか』を競い始めたような感じがする。報道ポリシーも何もなかった。その向こうの富士桜TVのテントでは、キャンプ用デッキチェアに寝そべった女子アナが、缶ビールを運んで来た官邸の書生に「あたしTVに映るのにビール呑めるわけないいじゃない、気がきかないわね、ほらつっ立ってないで足揉みなさいよ、徹夜で疲れてるのよぉ」と言いつけている。

「くそっ。改革がまず必要なのは、俺たちマスコミのほうじゃないか――!」

八巻は、テントの背後の首相官邸を見上げた。今あの首相執務室の窓の中では、昨夜の事件の抗議に訪れた韓国大使と、鰻谷総理大臣との会談が行われている。予定では――あと十五分もすれば会談は終わる。おそらく何か要求されているのだろう。官房長官がわざわざテント村まで降りて来て、マスコミに愛想を振りまいておかなければならないくらい、日本政府の立場は逼迫《ひっぱく》しているのだ。

韓国は、いったいどんな要求をして来ているんだ――? 八巻は眉をひそめながら、割箸で大トロの一つを口に入れ、もそもそと噛んだ。

「くそっ——」

思わずつぶやいていた。

「は？　何か言いましたか、八巻さん」

「うまいじゃねえか、畜生……。こいつは〈赤坂鮨政〉の超特上だ。一人前八千円はするぞ」

首相執務室

内閣安全保障室からの緊急連絡が入った時、鰻谷総理大臣は、韓国大使の抗議を受けている真っ最中であった。

「あぁ、ちょっとですね。待ってください。さっきから申している通りですね——」

首の太い政治家は、両手を上げて喉《のど》をゴフッと鳴らした。

内閣総理大臣・鰻谷大道《だいどう》は、その名のごとく日本のどんな山間部にも鰻がくねるように道路や橋を通し、ダムを建設し堤防を造る、建設族の親玉代議士であった。またの名を政界のジャバ・ザ・ハットとも呼ばれ、金集めの手腕にも定評があった。だが自由資本党の最大派閥をここ五年間牛耳《ぎゅうじ》って来た大物政治家にも、『外交だけは苦手』という弱点があった。総理になるためには普通、外務・大蔵・通産の三大臣を少なくとも一回ずつは経験しなくてはならないと言われるが、鰻谷には利権が薄いと言われる外務大臣の経験がない。代わりに建設大臣を四回もやっている。

「――見殺し見殺しと言われましても、ご存じの通りわたくしども日本には、集団的自衛権を行使できない〈平和憲法〉がありましてね」

「言い訳はよしてくれ」

赤ら顔の韓国大使は、興奮した雄牛が吠《ほ》えるみたいに怒鳴り返した。

「あんたら日本人というやつは、いつもそれだ。

半世紀も昔にマッカーサーが、憲法などろくに知らないGHQ民生局の学者にわずか六日で作らせた〈平和憲法〉とやらを盾に取って、あんたら日本人は世界中の紛争の解決に一切手を貸さないつもりだろうっ。何て汚いやつらだ、自分たちの商売さえしていればそれでいいのかっ」

「いや。そんなことは――」

「あんたらは恥ずかしくないのかっ」

韓国大使は、鰻谷の茶色い顔を指さした。

「あんたらはアメリカ人に憲法まで作ってもらって、恥ずかしくないのかっ。日本人には民族の誇りがないのか。金さえ稼げば、それでいいのかっ」

「いや、そんなことはなくてですね――」

「そんな性根の腐った情けない民族だから、目の前で韓国の旅客機が撃墜されようとしていても、平気でいられるのだ。謝罪しろ謝罪しろ。韓国旅客機を見殺しにしたことを、謝罪しろ」

「いや、あの、でもですね――」

「謝罪しろ謝罪しろ。撃墜事件の責任を認めて謝罪しろ。日帝三十六年の植民地支配を謝罪しろ。従軍慰安婦にも謝罪しろ」

「じ、従軍慰安婦問題は、十五年前日本政府として正式に謝ったじゃないですか」

「一度謝っただけで済ますつもりかっ、お前たちには誠意がない。日本人はだからずるいんだ！　もっと謝れ。ずっと謝れ」

「な、何だと貴様――」

だが、会談用の椅子から乗り出そうとした鰻谷を、蠟山《ろうやま》首席秘書官が腕をつかんで止めた。

「こらえてください、総理」

「う、うぐぐ」

「挑発に乗るおつもりですかっ」

首席秘書官は、その名を別名〈政策秘書官〉と呼ばれる。中央省庁から出向という形で派遣されて来る他の四名の役人の事務秘書官とは違い、『政治家鰻谷大道』と長年苦楽を共にして来た右腕の個人秘書で、ブレーンであった。

「総理。いいですか」

今年五十五歳になる蠟山尚は、十数回の選挙戦を勝ち抜いて来たストレスのせいか、カマキリのように痩せ細っていたが、眼光だけは鋭かった。

「やつは総理を怒らせて、怒鳴らせるつもりです。おそらくどこかに録音機を隠し持っています。怒鳴ったら負けです」

蠟山は囁《ささや》くように忠言した。

「韓国大使を罵《ののし》っている場面を、マスコミに売られたら二か月後の参院選はどうなりますかっ」

「うぐ、ぐぐ」

六十六歳の総理大臣は、太い喉まで出かかっていたものを、汗を滴らせて呑み込んだ。代わりに常人離れした忍耐力を発揮し、赤ら顔の男に向かって頭を下げた。右腕の秘書に諭されたからではなく、外交を全く勉強せずにここまで来てしまったこの政治家には、対外交渉の場で窮地に追い込まれると、その場をしのぐために取りあえず謝ってしまうクセがついていた。

「す――すみませんでした」

「謝ったな？　よぉし謝ったな。では今回の事件の被害者補償は、全部日本政府にやってもらう。それから韓国国民の精神を傷つけた詫びとして、第二ソウル空港の建設事業費を全額無償円借款《しゃっかん》で出してもらおうっ」

「なっ、何だと？」

「大したことはない。このくらいあれば足りる」

赤ら顔の男は、両手の指を全部開いた。

「ふ、ふざ――」

「おや。今謝ったくせに、手のひら返すのか？」

「うぐぐ――」

首の血管が浮き出しかけた鰻谷を、また蠟山が引き止め「総理」と耳元で囁く。

「総理。駄目です。噂によると中央新聞と野党の平和世界党が結託し、参院の保革逆転を狙っている節があります。来年には衆院も総選挙です。怒鳴り返したら、我が党は政権を失う危険性が――」

「し、しかし、あの金額だぞ」

「そんなの赤字国債出しゃいいんです。我が党が政権を失うことに比べれば、そのくらいの借金が何ですかっ」

首席秘書官に囁かれ、茶色い顔の両生類に似た政治家は「うぐぐ」とうなずいた。

「うう、うぐぐ。分かった。前向きに検討する」

韓国大使が「ひひひ」と笑いながら帰って行くと、待ちかねたように電話のメモを持った事務秘書官が歩み寄って来た。

「総理。尖閣諸島で中国船に張り付いている巡視船から、警告射撃の許可要請です」

「何だと」

「中国の調査船が、ヘリポートの工事を始めているそうです。内閣安全保障室から、警告射撃の実施を総理みずから決断していただけないかと――」

だが秘書が差し出すメモを、鰻谷が老眼鏡をかけて読もうとした時「総理、大変です」ともう一人の秘書官がコードレス電話を手に駆け込んで来た。

「総理。平和世界党の千畳敷《せんじようじき》かた子党首からお電話です。昨夜の事件につき、北朝鮮から要求されているコメ一〇〇万トンについてだそうです」

「千畳敷――？」

鰻谷の手が止まった。

「あのばばぁ、何と言って来ている？」

「は。それが、『北朝鮮が名誉を傷つけられた代償として要求している一〇〇万トンのコメ支援に応じなければ、大神川河口堰《かこうぜき》建設予定地で、反対派市民団体に住民投票運動を起こさせる』と――」

「くそっ。寄越せ」

鰻谷はゴフッと喉を鳴らし、メモを脇へ押しやると、コードレスの受話器を嫌そうに取った。

魚釣島

「管区本部からの返答は来たか」

巡視船〈くだか〉の船橋後部・ＯＩＣの通信コンソールに、船長がやって来て訊いた。

だがコンソールについた二名の通信士、後ろで監督している通信長も頭を振る。

「まだです、船長。『現状を維持して待て』と言って来たきり、何もありません」

「そうか――ま、そんなところだろう」

二等海上保安監の階級章をつけた船長は、額の汗を拭くと、「ちょっと貸してくれないか」と後輩の通信長をＯＩＣの椅子に招き、煙草を取り出した。若手の通信責任者が「何でしょうか」とさし向かいになると、実はな――と小声で話を続ける。

「実を言うと俺もな、警告射撃の指示なんか来るわけはないと思っているし、自分でも撃つ気などさらさらないんだ」

「さっき警告射撃の許可なんかリクエストしたのは、上への当てつけさ。許可が出せるものなら出してみろっていうことだ」

「は――？」

「ど、どういうことです？　船長」

この通信長も、主任から昇格して一つの部署を任されたのは、〈くだか〉が初めてだった。

けげんな顔を保安大の六年先輩に向けると、船長は胸ポケットからライターを取り出しながら、

「通信長。君は先月まで、第三管区の〈やしま〉で主任通信士だったそうだな。沖縄の海は初めてだろう。ここへ着任して、どう思った」

「どうって――初めて巡視船の通信長を任されたので、業務をこなすので精一杯ですが」

「そうか。まぁ吸え」

船長は通信長にも一本勧め、煙草をつけた。

二人の三十代の士官は、薄荷《はっか》入りの煙草を呑んだ。ＯＩＣの強力な換気システムが、紫煙を天井へと吸い上げていく。

「……プルトニウムな」

船長は、ふと思い出すように言った。

「は？」

「十何年か前の、フランスからのプルトニウム海上輸送だよ――あれの護衛、海保が行っただろう」

「はい。僕のいた第三管区の〈しきしま〉です」

「初めは海上自衛隊が護衛艦を出す話だったのに、結局海保がやらされることになった」

「はい」

「そして今度は、尖閣の島の領土警備だ。これも俺たちがやらされている。だが本来、海上保安庁の任務は『海上における不法行為の防止および鎮圧』であって、プルトニウムも領土も関係ない。領土警備を担当する部署というのも、海保にはない」

「おっしゃることは分かります。僕も、本当ならプルトニウムも尖閣も、警備するのは海上自衛隊の仕事じゃないかと思っていました。巡視船には対潜装備も対空装備もないんですから、もし潜水艦や航空機に狙われたら手も足も出ません」

「だが実際は、俺たちがやらされている」

「はい」

「本来は、海上自衛隊の仕事なのに」

船長は煙を吐くと、うざったそうに帽子を置いた。「海上自衛隊――佐世保の第二護衛隊群には強力な八八艦隊があって、イージス艦も配備している。しかし現在、海自が中国船の不法上陸を目撃しても、出来るのは通報することだけだ。あいつらが中国船に警告を与え、武力で威嚇《いかく》するには〈海上警備行動〉が発令されていなければならないからだ。その発令がない状態では、目の前で上陸されても護衛艦は武器を向けることすら出来ない。しかし〈海上警備行動〉が発令されるには、総理大臣が〈内閣安全保障会議〉を招集し、自衛隊の出動を閣議決定しなければならない。するとマスコミが必ず『戦争準備だ』とか騒ぐから、やりたがる政治家などいない。結局、自衛隊は訓練ばかりで、実質最前線に立たされるのは俺たち海保だ。しかも俺たちの所属は国土交通省だから、外国政府の船を撃つためのマニュアルなんかありはしない。ああして目の前で上陸されても、やつらが音声による警告に従わなければ、どうしようもない」

「しかし船長」

通信長は窓のないOICから島のほうを見やって、悔しそうに言う。

「我々の仕事でないことは確かですが、我々がここで何とか頑張ってやつらを退去させなくては、島は獲られてしまいます。南沙《なんさ》諸島の〈ミスチーフ礁事件〉の二の舞ですよ。漁船の避難所だとか名目をつけて、実効支配の既成事実をつくられてしまうでしょう」

「君は——撃ったほうがいいと思うか？」

「半分くらいは、そんな気持ちです」

「撃ったってな、どうせ当てないんだぞ」

「撃たないで何もしないよりは、僕は増しだと思います。ああして目の前で領土が……。僕に戦闘の経験はありませんが――」

「クルーのみんなも、同じ気持ちかな」

船長は、ＯＩＣの暗がりを見回した。通信のほかにも、レーダーを受け持つ乗員たちがいる。

「個人個人は、分かりませんが」

「そうか……」

船長はまた煙を吐いて、暗いＯＩＣの天井を見上げた。通信コンソールへの入電は、今のところ無いようだ。ヘッドセットを着けた二名の若い通信士は、黙って機械に向かっている。

船長は、ふと、

「通信長。君、生まれはＣ県だったな。着任前に経歴書を見せてもらった」

自分たちの任務とは別の話をした。

「はい。東京に近いベッドタウンです」

通信長がうなずくと、

「俺もだ。隣町だよ」

「船長もですか」

「そうだ」

船長は緊張に疲れた表情をわずかにほぐし、小さく笑顔を見せた。

「生まれてから、高校を出るまでずっとだ。俺は札幌オリンピックの年の生まれなんだ。君はさしずめ、あのサラエボでオリンピックをやった年か？」

「いいえ。沖縄海洋博の年です。小学生の頃が円高不況で……」

「そうか――」

船長はため息をついた。煙草を灰皿に押しつけて消し、神妙な顔の後輩に向かって続ける。

「なぁ。君には同郷のよしみで話すんだが……。俺には実は、武器を使って戦うということに、何というか、生理的な拒否感があってな。特に相手が中国だとなると、武器を向けることすらためらう」

「はぁ」

「それなら、なぜ海保に入ったのかといえば――船に乗るなら公務員として乗るのが、安定していて良いと思ったからだ。だから、商船大より海上保安大を選んだ。それだけの話なんだ。生まれた時は戦争なんかとっくに終わっていたし、育った家はサラリーマン家庭だし、国家間の紛争など、学校の社会科の教科書でしか見たことがない。武器や戦闘など自分には縁が無いことだと思っていた。実際こうして巡視船に乗るようになってからも、射撃訓練の場でしか発砲した経験は無い」

でも船長、それなら誰でも……と言いかける通信長を、船長は「まあ聞けよ」とさえぎる。中国にどうして引け目を感じるのか話そう、と続ける。

「小学校の頃な——地元の公立だったんだが——俺に社会科を教えた教師がいてね」

「はぁ」

「若い男の教師だったが、こいつが今考えるととんでもないやつだった。毎回の授業で、理由も無く俺たち生徒を怒る。『日本は悪いんだ。とにかく悪いんだ。昔戦争で、アジアの国々にたくさん悪いことをした。だから日本人は、中国や韓国や北朝鮮の人々に謝らないといけないいんだ！』きんきん突き抜けるような声で——今でも時々、頭に浮かぶ。そいつは俺たち小学三年生を相手に、唾を飛ばしてわめき散らした……。『日本人はみんな悪いんだ。戦争をした。中国の人や朝鮮の人をたくさん殺した。戦争が終わってからも、安い賃金でこき使っている。お前たち小学児童も罪を免れることはできない。お前たちはアジアの人々を犠牲にしながら暮らしている。お前たちは中国や韓国や北朝鮮の人たちに、謝罪しなければいけないんだ！』毎回の授業が、そんな調子だった」

「それは——凄まじいですね」

「社会科の授業は、何となく恐ろしくてね。わけも分からず泣き出す女の子の同級生もいた。その男性教師は、後に組合活動に熱心になり過ぎて、授業もろくにしなくなってしまったのだが……。子供の頃は、先生の言うことは何でも正しいと、思いこむじゃないか」

「そうですね」

「俺は、自分の国・日本が、昔そんなに悪かったとは、今は思ってはいない。中国が烏龍茶のＣＭみたいに純朴で真面目で好い人ばかりの国、とも思っていない。でも何となく……中国船が相手となると、気は引ける」

「はい」

「自分は何か刷り込まれているんじゃないか——そうは思っても、生理的な不快感は消せない。船橋で副長や航海長や信号長が、どうしましょうどうしましょう、と言って来る。撃ちますか、どうしますかと訊いて来る。あいつらも確信が無くて迷っているんだろうが、訊かれる俺も辛い」

「はあ……」

　通信長が生返事をすると、船長は疲れた顔で「いや、すまない」と苦笑した。

「君が同郷と知ってな、少し弱音を吐いてみたくなった。忘れてくれ」

「いえ——分かるような、気がします」

「いいよ」

　すまなかった、と船長は帽子を取ると立ち上がった。「君も船長になるまでは、この立場の辛さは分からないよ」

「はあ」

三十六歳の船長は仕事の顔に戻り、海図の上にレーダー画像が重なるＯＩＣの情況表示スクリーンと、通信コンソールを見渡した。

「応援の巡視船は、こちらへ向かっているのか」

「はい、〈さつま〉と〈おおすみ〉が、那覇から急行中です。〈おおすみ〉が一番近くて、一五〇マイル東にいます」

「一五〇マイル――全速で六時間か」

「はい」

「尖閣は遠いな。すぐそこが台湾だからな」

船長は、通信長の肩をたたいた。

「あと六時間、俺たちは一隻で孤立無援というわけだ。しっかり頑張ろうや」

「はい」

だがその時、

「通信長！」

コンソールに向かった通信士の一人が、振り向いて叫んだ。

「中国船から――〈奮闘九号〉から入電です！」

霞が関・内閣安全保障室

「会談中でも、何とか返答をいただけないですか。無理……？　仕方ないな。それじゃ――」

内閣審議官は、官邸の秘書との電話を切ると、椅子にもたれて息をついた。

首相官邸への直通電話はすぐ繋がったが、鰻谷総理は韓国大使との会談が始まっており、出られないと言う。仕方なく秘書官の一人に用件を託したが、会談終了まで十五分くらいかかると言う。催促の電話を入れ直しても、返答は同じだった。「総理のご決断を、極力急いで頼みます」と念を押して電話を切った審議官は、眼を上げて安全保障室の壁にしつらえた世界時計を見やった。

各国の主要都市の現在時刻が、世界地図の上にデジタルでずらりと並んでいる。尖閣諸島にほど近い台湾と中国は、東京とは一時間の時差がある。巡視船が今苦境に陥っている海域を見ると、沖縄本島よりも遥かに台湾と中国大陸に近いのが分かる。

東京に眼を戻すと、午前八時三十二分。

審議官はデスクで指をトントンと鳴らすと、机上の受話器をまた取り上げた。

待ち時間を無駄にしたくはない。最新の情報を収集しよう。尖閣の情況が知りたい。本省情況なら内閣安全保障室の危機管理センターより、古巣の防衛省が詳しいだろう。本省の内局には、各部署に後輩がいる。

「よし、あいつだ」

うなずくと、審議官は秘書に頼まず、自分で番号をプッシュした。こういう時は組織を通さず、後輩の口から直接聞くのが早い。あいつがいいだろう。防衛参事補佐官をしている夏威《なつい》総一郎……東大剣道部の五年後輩でもある。

市ヶ谷・防衛省

「夏威」

中央会議室に茶を出して戻って来た統幕議長秘書が、控え室のソファでぐったりしている夏威総一郎に歩み寄って小声で訊いた。

「雑上掛参事官、今朝はいったいどうした？　えらく不機嫌じゃないか」

「あの人の不機嫌は、今に始まったことじゃないですよ」

夏威は、眠気に眼をしばたきながら上体を起こす。昨夜の事件以来、首相官邸、自由資本党主流派との会合で料亭、そしてここと、参事官の鞄持ちで引き回され、ろくに寝ていない。激務は今に始まったことではないが、剣道四段で鍛えているつもりの夏威にも、徹夜はこたえる。

「でも何か、いつもと違うぞ。あの怒り方」

自衛隊制服組の最高指揮官である統幕議長は、武官でも統合幕僚会議議長という文官の仕事を兼ねているから、内局キャリアの秘書がつく。機密会議に茶を出すのは議長秘書の仕事である。顔色を変えて近づいて来たこの秘書は、防衛省で夏威の三年先輩になる。

「やっぱり分かりますか？　実は――」

言っていいものかどうか、と夏威は一瞬迷ったが、昨夜からの雑上掛参事官の言動や行動には愛想が尽きかけている。それに警察とマスコミの動き次第では、雑上掛はもうすぐ失脚するかも知れない。夏威は『もう知るか』という気持ちで、秘書に口を開いた。

「今朝、小松基地のパイロットが石川県警に拘束されたでしょう？　さっき公用車の中でそのニュースを聞いてから、物凄くふさぎ込んで、会議が始まったら今度は急にあです」

夏威は壁のほうに顎をしゃくった。「駄目だ駄目だ駄目だ」という怒鳴り声が、会議室の壁を通しても聞こえて来る。「護衛艦を島に近づけるなど、絶対にやってはならん！駄目だ駄目だっ」ここ三年というもの、散々聞かされ耳についた、雑上掛参事官の即身仏ミイラのような叫び声だ。即身仏が叫ぶとするならばだが……。

「今朝のニュース……ああ、旅客機を襲った謎のスホーイに対処した、空自パイロットの件か。命がけで任務に臨んだのに、業務上過失致死傷とは石川県警もむごいことをする」

「――――」

夏威は相槌《あいづち》を打つのもためらう。昨夜、風谷三尉というパイロットに『武器を使用せずに万難を排し撃墜を阻止せよ』という防衛大臣命令を伝えたのは、成り行きとはいえ夏威自身だった。撃墜された上に警察に捕まったのでは、本人もやりきれないだろう。収容された病院へ見舞いに行きたいと思ったが、そんな時間が取れるはずもない。全く、雑上掛も雑上掛だが、あの大臣の責任回避もひどい――

「長縄《ながなわ》大臣は来ないんですか？　尖閣への対処も検討する、重要な会議でしょう」

夏威は秘書に問うた。

「さぁな。どこにいるんだか、あの人……。まぁ、いてもいなくても関係ないんだが」

「それもそうですが……」

夏威がため息をついた時、内ポケットで電話が鳴った。ソファでうたた寝をしたせいか、上着のポケットに手を入れようとすると、肩と背中の筋が痛んだ。顔をしかめながら〈着信〉にする。

「――はい」

『夏威か――？　俺だ、衛藤《えとう》だ。起きてるか』

「あ。先輩ですか……」

コールして来たのは、同じ防衛省キャリアの、東大剣道部の先輩だ。夏威は左の手のひらで、顔を洗うようにこすった。「はい、今目が覚めました」と答える。

『尖閣の情況はどうだ。聞かせてくれないか』


「駄目だ駄目だ駄目だ！」

中央会議室の中では、統幕議長を頭とする陸・海・空の各自衛隊幕僚長と制服組幹部、それに対する内局文官キャリアたちとの間で、未明に突発的に起こった尖閣諸島中国船問題について議論が交わされていた。防衛省自衛隊として、どう対処すべきかというスタンスを決める会議である。

内局キャリアの先頭に立っているのは、現在の時点で次期防衛事務次官との呼び声が高い雑上掛参事官だったが、雑上掛の意志は「何もするな」で一貫していた。

「駄目だ駄目だっ。〈海上警備行動〉も発令されていないのに、護衛艦を魚釣島に接近させるなど言語も道断、横断歩道だ！」

「では、〈海上警備行動〉を発令していただけるよう、その前提である〈内閣安全保障会議〉を招集していただけるよう、参事官から首相官邸に進言していただけませんか」

海上幕僚長も兼ねている統幕議長が、我慢強く言うと、遺跡から包帯を解いて出て来たばかりのミイラみたいな雑上掛は、眼から殺人光線でも出しかねない勢いで睨《にら》み返した。

「馬鹿者！　そんなことを、防衛省サイドから進言出来るか。また自衛隊が戦争準備をしたとか、戦争をしたがっているとか、マスコミが騒ぐぞ。叩かれるぞ。下手をすれば政権に影響するぞ」

「参事官。我々自衛隊は、日本の安全のためにあるのであり、今の政権とは――」

統幕議長の後ろの席から、海上幕僚監部の一佐が思わず口を出すと、

「うるさいっ」

雑上掛は叩き付けるように怒鳴った。

「わしに口答えをするかっ。貴様はここにおらんでいい。奥尻島のレーダーサイトへ行けえ！」

「参事官。こちらの一佐は海上自衛隊幹部であり、奥尻島は関係ありません」

統幕議長がとりなそうとするが、

「では硫黄島《いおう》だ。硫黄島分遣隊勤務を命ずる！　ただちにこの会議室から出ていけっ」

「そんな無茶な」

「うるさい。貴様ら一佐以上の制服幹部の人事権は、すべてわしが握っているのを忘れるなっ」

薄暗い会議室の前面スクリーンには、尖閣諸島周辺の海域図と、沖縄の空・海自衛隊の

勢力図が拡大投影されている。注目すべきは、魚釣島南方二〇キロの位置にぽつんと一つ止まっている、護衛艦のシンボルであった。

「参事官。先程からも申し上げている通り、たまたま訓練から帰投中の護衛艦〈きりしま〉が、魚釣島のすぐ近くにいるのです。〈海上警備行動〉が発令されたらすぐ島へアクセスできるよう、もっと近づけておいてはいかがでしょうと申しておるのです」

「〈海上警備行動〉？　そんなもの絶対に発令されんから、そんな配慮は無用だっ」

雑上掛は、制服の武官たちを怒鳴りつける。

「我々防衛省自衛隊は、平和憲法の精神の下、絶対に軽はずみな行動を取ってはならないのだ」

「衛藤先輩。頼みがあります」

電話をかけて来た衛藤という東大の先輩が、内閣安全保障室審議官として内閣府に出向中であることを思い出すと、夏威の両目が急速に鋭い光を取り戻した。

『何だ？』

「雑上掛参事官が、問題なんです。大きな声では言えませんが――」夏威は鋭い眼でちらっと控え室を見渡す。自分と統幕議長秘書しかいないことを確かめながら、小声で「昨夜の事件をネタに、石川県警が防衛省に嫌がらせを仕掛けて来ています。スクランブルのパイロットを逮捕して、業務上過失致死傷に仕立てようとしている。立件は無理と思いますが、マスコミが面白がって食いついているから、このまま行くと『撃墜事件は自衛隊が悪い』という世評は固まってしまいます。そうなれば雑上掛参事官の次期次官は白紙です」

『失脚ということか』

「そうです。参事官は失脚寸前です。ですから自分が助かるため、おそらくこれ以上マスコミに叩かれるような真似は一切しないでしょう。自衛隊は、動けば動くほどマスコミに叩かれる。だから今尖閣で何が起ころうと、内局上層部は〈内閣安全保障会議〉の招集など進言しません。ただひたすらおとなしく、じっとしているつもりです。自衛隊は動けない。これでは中国の思うつぼだ」

そこまで話して、夏威はふと頭の奥に引っかかるものを感じた。しかしそれが何なのか、確かめている余裕はなかった。先輩からの電話を天の助けと、たたみかけるように頼み込んだ。

「衛藤先輩。先輩の安全保障室から、〈内閣安全保障会議〉を招集するよう首相官邸に進言していただけませんか？」

『安全保障会議を――？』

「そうです。そして空・海自衛隊に〈海上警備行動〉を発令させてください。今の状態では、自衛隊はみずから動けない。指をくわえている間に、島を獲られてしまいます」

尖閣諸島近海

『――たった今、首相官邸を出た韓国大使が、TV中央の独占緊急インタビューに応じました』

護衛艦〈きりしま〉の士官食堂のTVに、〈緊急報道特別番組〉が流れている。艦が停まっているせいで、受信状態は悪くない。衛星多チャンネル化によって、NHK以外の民放も洋上で見られる時代だ。

画面に『日本政府、韓国に謝罪』という大きな文字が躍ると、朝食をもそもそと食べていた白い制服の士官たちは、一様に箸を止めて注目した。

『――韓国大使は、先程、TV中央の独占インタビューに応え、鰻谷総理が会談で、昨夜の撃墜事件の責任がすべて日本政府と自衛隊にあることを認め、全面的に謝罪したと伝えました』

テーブルで顔を見合わせる士官たち。艦内は通常配置のままなので、艦橋とCIC勤務以外の幹部士官たちは、ほぼ全員がここに集まっていた。

『さらに鰻谷総理は、自衛隊が韓国国民に多大な迷惑をかけたお詫びとして、韓国が仁川沖に建設中の第二ソウル空港の建設事業費を、すべて無償円借款で援助することを正式に申し出たとのことです。中央新聞社会部の、塩河原清美記者のインタビューでお送りします』

画面がパッと切り替わり、永田町の首相官邸正門から出て来る黒塗り高級車のノーズが映った。カメラは一〇〇メートルほど手前の歩道からそれを捉えている。黒塗りの車は、まるで打ち合わせていたかのように方向指示器を点滅させながら近づいて来ると、目の前で停止してドアを開いた。ざんぎり頭の痩せた女性記者の後頭部が待ちかねたように、カメラを従えてぴょんぴょん跳ねるように走り、開かれた後部座席へ突入して行く。

画面がまた替わる。人物のバスト・ショットだ。リムジンの後部シートにおさまった、赤ら顔の牛のような中年男。ざんぎり頭の女性記者が、男にマイクを差し向ける。その腕に〈中央新聞社〉の赤い腕章。カメフは助手席から振り返るアングルで、少しブレながら〈独占インタビュー〉を収録している。後部座席のウインドーの向こうで、街路の景色が動き始める。

『では大使にお訊きしますっ。鰻谷総理は会談で、日本の間違いを認めたのでしょうかっ!?』

『うぅむ』

牛のような男は、不満そうに唸りながら、

『一応は、謝っては見せたが——今回の事態は日本軍が悪いのだから、当然である。しかし日本政府はいつも、金さえ出せばそれでいいと思っている。この程度の謝罪ではとても間に合うものではないが、韓国政府は引き続き、間違った日本と日本軍の責任を、厳しく追及して行く』

『昨夜のような事態を引き起こす自衛隊は、解散した方がいいとお思いですかっ』

『もちろんである。諸外国に迷惑をかける日本の間違った悪い軍隊は、即刻解散すべきである』

大使の弁に、ざんぎり頭の女性記者は大きく『そうですね、そうですね！』とうなずく。

『では大使は、自衛隊なんかがあるから、今回のような事態が起きたとお思いですかっ!?』

『もちろん、その通りである』

赤ら顔の角ばった顔が、ぐっとアップになる。

『韓国旅客機を見殺しにするような人でなしの日本軍は即刻解散し、日本国民は全員で韓国に謝罪すべきである！』

画面がスタジオに戻る。

低い声の女性キャスターがカメラに向かい、『鰻谷総理が正式に謝ったことで、自衛隊の過失と日本政府の責任は、確定したものとなったようです』と告げる。その横には、ゲスト・コメンテーターだろうか、朝のワイドショーにも出ていた中央新聞の五十代の編集主幹が座っている。

『鬼座輪さん、いかがでしょう』

格好をつけて伸ばしたような不精髭の五十男は、鋭い眼でカメラを睨む。

『全く大使に同感です。憲法違反の自衛隊なんかがあるから、いけないのです。自衛隊が全部悪いのです。政府はただちに全自衛隊を解散し、アジアの人々にひれ伏して謝るべきです』

『それでは、今回問題となった自衛隊の行動につき、街の声を拾ってみましょう』

画面がまたパッと替わる。

街頭の映像。

新宿らしい高層ビルを背景に、出勤途中の会社員にマイクが向けられる。三十代のサラリーマンはぼさぼさの頭をかきながら、

『結局、あれでしょ？　誰も責任取りたくなくて、見殺しにしたわけでしょ？』

画面が切り替わる。銀座らしい街路と歩道。疲れた顔の中年サラリーマンが、

『だいたい日本は軍隊持ってないはずなのに、自衛隊や戦闘機があるなんておかしいよねえ』

続いて渋谷とおぼしき交差点。横断歩道を背景に、登校途中らしい女子高生の三人組、

『えっ、自衛隊？　だっさーい』

『やだぁ』

『相手にしたくなーい』

さらに丸の内の出勤風景。コート姿の若いＯＬが、歩道の周囲の人波を気にしながら、

『自衛隊……さぁ、あまり関心ありませんので……。どう思うかって――自衛隊の人をですか？　少なくとも恋愛の対象にはなりませんね。だってださいですし、つき合ったら世間から変な眼で見られますでしょう？　えっ、結婚。冗談でしょう』

「おい」

士官食堂の一番後ろの、若い者ばかりが集まったテーブルで、一人の砲術科士官が同僚の機関科士官の肘をつついた。

「おい。どうして本艦は戦闘態勢を取らないんだ？　すぐそこの尖閣で、中国船が上陸しているんだろう。俺はてっきり今朝はヘルメットに救命胴衣で缶メシかと思っていたのに、どうしてここで普通の朝メシなんかのんびり食っているんだ」

「ああ。確かに艦が停止したのも、尖閣の事態にいつでも対処出来るよう、待機する命令が出たからだって聞いていたんだが――」

その隣の航海科士官もうなずいて、

「そうだな。停まったはいいが、いっこうに総員配置命令がないなんて、おかしいよな」

若い士官たちは顔を見合わせ、何となく窓の外を見やった。〈きりしま〉の上部構造で、艦橋以外に窓があるのは貴賓室と、ここ士官食堂だけだった。しかし戦闘態勢に入れば光が漏れないよう引かれるカーテンも、全開にされたままだ。朝の東シナ海の紺青の海面が、穏やかに見渡せる。

「あの水平線に見えているの、魚釣島だろう」

「どうして何もしないで停まっているんだ」

「時間を無駄にしないで、島にもっと近づいたらいいじゃないか」

囁き声は、次第に高くなった。

「どうも艦長の指示らしいぞ。本艦が、戦闘態勢をわざと取らないでいるのは――」

「どうしてだ？」

「俺に訊くなよ」

「だいたい想像出来るがな」

ため息をつく士官もいた。

「うちの、あの艦長のことだからな……」

海上自衛隊・第二護衛隊群所属のイージス護衛艦〈きりしま〉は、一時間前から尖閣諸島魚釣島の南方沖合一二マイルの海面上に、停止していた。

　単艦訓練航海のため、佐世保を出たのが三週間前。以後洋上において、U36A訓練支援機を相手とする防空ミサイル演習も含む各種戦闘訓練を順調に消化し、昨夜からは母港へ帰港するため一路北上中であった。訓練を終えた艦内にホッとした空気が流れたのも束の間、〈きりしま〉の乗員たちは、急な事態に再び緊張していた。

　だが、投錨《とうびょう》こそしていなかったが、基準排水量七二〇〇ｔの最新鋭イージス艦は吃水《きっすい》を波に洗わせたまま、静かに停船していた。メインマスト両脇の赤い速力信号票も一番下まで下ろされ、〈きりしま〉が現在推進力を停止中であることが分かる。

「艦長」

　八角形のフェーズドアレイ・レーダーが張り付いた、威容を誇る〈きりしま〉の艦橋では、副長の二佐が艦長に食ってかかっていた。

「艦長、なぜ総員配置を指示されないのですか」

　艦橋では、通常の航海当直の人員のみが、平服のままで位置についていた。

　艦内の配置状況を、〈きりしま〉のシルエット上のランプで表す戦闘態勢表示盤も、ほとんどが白色表示だ。対水上レーダー、ＳＰＹ１Ｄイージス・システム、垂直発射器《ＶＬＳ》、各砲塔、発射管、チャフ、対艦ミサイル、四基のエンジンに三基の発電機……。ランプは白が通常状態、緑が『戦闘配置完了』を示すが、盤上に緑は一つも点灯していない。四基あるメインエンジンも、発電のために二基をアイドリング運転しているだけで、残りの二基はランプ自体が点灯していない。

しかし、

「どうして総員配置など取らねばならんのかね」

艦橋の左舷定位置で、赤いカバーのかかった展望シートに座る艦長は、逆に訊き返した。

「ど、どうしてって――」

副長は絶句する。

だがその顔に、すぐそこの島で起きている事態など他人《ひと》ごとのように「いいかね副長」と艦長は続ける。一佐の階級章を肩につけたこの艦長は、まだ四十代の前半だった。艦隊防空の基幹をなすイージス艦の責任者にしては若く見えるが、海自の保有する四隻のイージス艦の指揮官は全て四十代であった。いずれも最高の昇進スピードで上がって来たエリート自衛官が抜擢されている。〈きりしま〉艦長もその一人で、洋上勤務のために日には灼《や》けているが、黒ぶち眼鏡を掛けたかっちりした容貌は、海の男というより秀才の文官官僚のように見えた。

「いいかね副長。本艦はこの位置に停まって待機するよう命じられたが、まだ群司令部からは〈海上警備行動〉も何も発令されていない。総員戦闘配置を取るなんて、全く規定上の根拠がない」

規定上の根拠がない、というのがこの艦長の口癖らしく、スポーツマンタイプの副長は

『またかよ』という嫌そうな顔をした。

「し、しかしですね、艦長――」

「しかし、何だね」


　海上自衛隊の護衛艦の艦長は、通常二佐クラスだったが、艦隊の旗艦とイージス艦の艦長には、一佐が就《つ》くことになっていた。海自には横須賀・佐世保・舞鶴・呉と護衛隊群が全国に四つあり、それぞれにヘリコプター搭載大型護衛艦を旗艦とする八八艦隊（護衛艦八隻・対潜ヘリ八機からなる主力艦隊）が配備されている。四つの八八艦隊を束ねたものを〈自衛艦隊〉と総称し、これが大戦中の連合艦隊に相当する。自衛艦隊司令部は横須賀にあり、自衛艦隊司令官が昔の連合艦隊司令長官に相当している。また、その下の各護衛隊群にも群司令官がいる。

　佐世保を母港とする第二護衛隊群では、旗艦が〈くらま〉、二番艦が〈きりしま〉であり、任務によっては〈くらま〉に代わって〈きりしま〉に群司令が座乗し、旗艦となることも少なくない。そのため旗艦とイージス艦の艦長には、内局の指示で一佐が充てられ、群司令官に次ぐ地位となっている。群司令官の海将補にもしものことがあった場合、その職責を引き継ぐためである。

「いいか副長」

この〈きりしま〉艦長も、四十三歳で一佐になったエリートであり、米月に定年退官する予定の第二護衛隊群司令官の後継候補として、早くも名前の上がっている一人であった。

「〈海上警備行動〉も発令されていないのに、尖閣の一二マイル沖合でイージス艦が戦闘態勢など取ったりしたら、いったい中国はどう思うのだ？」

「しかし」

「副長。いつも言っていることをくり返させるな。我々幹部自衛官は、あくまで専守防衛の精神のもと、絶対に軽はずみな行動を取ってはならないのだ」

「では艦長。せめて〈訓練〉という名目で、総員配置を取らせてはいかがでしょうか」

三十代後半の副長は食い下がった。防大文系出身の艦長とは違い、副長は現場での腕を見込まれてこの艦に配属された、プロの船乗りだった。〈きりしま〉は洋上訓練を終えて帰投する途中だ。〈対水上艦戦闘訓練〉もこなしてあるから、乗員たちは指示さえ下されればスムーズに配置につけるはずだった。

しかし、

「分かってないな、君も」

艦長は、にべもなく頭を振る。

「今回の訓練航海のプログラムは、昨日までに全て消化し終えている。今また訓練を発令すれば、〈訓練航海手当て〉と〈戦闘配置手当て〉を全員に一日分余計に支給しなくてはならないから、第二護衛隊群の人件費が増加する」

「し、しかし。あの尖閣では今――」

副長は、水平線に見えている黒く細長い島影を指さそうとするが、

「ちっちっ、駄目だ副長。この行革の時代に、費用の効率化を考えない自衛隊幹部は、国民の負託に応えられないぞ。もっと勉強したまえ」

そりゃ国民の負託じゃなくて、内局幹部たちの受けじゃないのか――と副長が思った時、

『艦長。ＣＩＣより報告』

艦橋後部のＣＩＣから、当直管制士官が艦内インターフォンで呼んで来た。艦長がうざったそうに「何だ」とボタンを押すと、興奮した声が報告した。

『ただ今中国船からの無線発信を傍受しました。〈奮闘九号〉は巡視船〈くだか〉に対し、「中国領海から退去しないと攻撃する」と言っています』

魚釣島

「ふ、〈奮闘九号〉より、入電です！」

「何」

「何っ？」

巡視船〈くだか〉のOIC。喫煙コーナーで話していた船長と通信長は、通信士の叫びに急いで煙草を消すと、コンソールに駆け戻った。

上陸作業を強行中の中国船から入電――⁉　今まで何度呼びかけても無視されていたのに。

船長は、通信士の肩ごしにパネルを睨んだ。

「訳せるか？」

「はい船長。入電読みます。『こちらは、中国海洋開発局〈奮闘九号〉。不法侵入の日本巡視船に告ぐ。ここは中国の領海である。ただちに不法行為をやめ退去せよ』――です」

「なっ――」

絶句する通信長。

「ここが中国の領海で、俺たちが不法侵入――？　そんな無茶な言い方があるかっ」

「むう。無茶苦茶な言い方だな」

船長はため息をつくが、通信士はヘッドセットを押さえ、興奮して振り返る。

「船長。〈奮闘九号〉はくり返し通告しています。『これ以上上陸作業の妨害をするならば、中国領海法違反につき、武力で排除する』――」

「ぶ、武力？」

驚く通信長が、船長を見た。

「馬鹿なことを……」

船長は頭を振った。

「そんなこと、できるわけが……」

だがその時、船内スピーカーが急を告げた。

『ブ、ブリッジより船長。緊急事態！』

船長がいまいましげに壁のマイクを取り「何ごとだ？」と訊くと、船橋を任せてきた副長が『船長、大変です』とわめく。

「どうしたんだ」

『中国船の甲板に、兵員らしき人影が多数見えます。こちらに可搬式のロケットランチャーらしきものを向けています！』

黒い岩壁のような島を背に、錆《さ》び付いた海洋調査船は荷下ろしを続けている。

白い最新鋭の巡視船は、居座った中国船と三〇〇メートルの間隔を開けて並行に停船し、警告と監視を続けていたが、双眼鏡を握る信号員たちの視界には新たな事態が展開し始めていた。

焦げ茶色の調査船の甲板に、ばらばらっと駆け散る黒いものが見える。配置につく迷彩服の人影が多数――手に手に、黒光りする長い物体を携行している。その光景は古い

007の映画で、悪の秘密結社の要塞《ようさい》が戦闘態勢に入る場面のようだった。

「兵員？　ロケットランチャー？」

『そうです。あれはどう見てもロケット砲です』

船長は副長の報告に、眉をひそめた。

「しかし〈奮闘九号〉は、海洋調査船ではなかったのか――？」

「船長。戦闘員を乗せていたんですよ。強行上陸するのに、軍艦を連れて来ると武力侵攻に見えてしまう。だから調査船の内部に、警備要員として兵士を載せて来たんだ」

通信長が胸の前で拳を握った。

「やつらは、本気かも知れません」

「だ、だが……」

船長は、船内通話のマイク、通信長の顔、それにこちらを振り向いた二名の通信士たちを順ぐりに見ながら声を詰まらせた。

「本当に、撃つとは思えん……。脅かしだろう」

「船長。〈奮闘九号〉より。『警告する。中国領海からただちに退去しない場合、攻撃する』」

ヘッドセットを手で押さえた通信士が、興奮して「どうされますか!?」と船長を見た。

「馬鹿な」

船長は頭を振った。

「通信士、返電しろ。魚釣島は日本の領土である。貴船こそただちに上陸作業をやめ退去せよ」

「いいのですか?」

通信長が振り向くが、

「構わん。向こうだって、どうせ脅かしだ。警告射撃なんて、どうせ当てないんだ。返電しろ」

だが、通信士が船長の返答を無線のマイクに言い終わらないうち、OICの天井の上をヒュルヒュルヒュルヒュルッ――――! と何かが飛び越す気配がした。そして次の瞬間、
ズシィンンッ
〈くだか〉の右舷側の海面を、何か強大な爆発力が打撃した。インパクトの爆発音と共に、一〇〇〇t級巡視船の船体をローリングさせる衝撃が、足元から突き上げて来た。

「う」

「うあわ」

「うわっ」

OICの全員が、暴れ馬の背中にでも乗せられたようにバランスを崩し、壁のパイプに

つかまれなかった者は鉄製の床に転がされた。

「ブ、ブリッジ！　何が起きたっ」

『ロ、ロケットランチャーです、船長！　本船の頭上を一発通過、右舷側に飛び越して海面で爆発しましたっ』

「くそっ。すぐそっちへ行く！」

調査船から発射されたのは、ＲＰＧ７対戦車ロケット弾の威力増強型だった。

二基のクレーンを持つ〈奮闘九号〉の甲板には、十数名の迷彩服の兵士が姿を現し、指揮官の号令にしたがって肩に担いだ可搬式ロケットランチャーを操作していた。兵士たちは人民解放軍の階級章をつけ、野戦用ヘルメットを被っていた。甲板に寝そべる姿勢で大型の野戦用機関銃を準備している兵士もいる。弾帯のベルトが、切れ切れに降り注ぐ朝陽にキラキラと光っている。その横で組み立て終わったランチャーを担いだ射手の兵士が、縮尺のついた照星を睨みながら漏斗《じょうご》型の弾頭を空に向ける。その弾頭の向こうに、〈くだか〉が白い横腹を見せている。

船長がブリッジへの通路を駆け戻ろうとすると、後について来ていた通信長が急に向きを変え、前甲板へのフッタルを駆け降り始めた。「おい、どこへ行くんだ」と問うと、「甲板要員を連れ、船首機関砲のカバーを外しに行きます」と答える。

「待て。勝手な行動を取るな、通信長」

「船長。たとえ応戦の許可が出ても、固定チェーンと防水カバーを外しておかなければ、すぐには撃てません！」

「機関砲は、君の担当じゃないぞ」

「そんなこと言っている場合ですかっ。無防備では、この〈くだか〉を護れませんよ！」

「お、おい」

「僕が行きます。失礼しますっ」

通信長は宣言し、身をひるがえした。ラッタルを駆け降りる音が、カンカンと響く。

その足音に重なって、二発目のヒュルヒュルッという飛翔音が船橋の頭上を飛び越した。

ズシィイインッ
船首の右側、さっきよりも近い水面に中国兵のロケット弾は着弾した。

船長がブリッジへ駆け込んだ時、ちょうど窓の右半分を埋めるような水柱が立ち、大地震のような動揺が当直の士官たちを床へなぎ倒すところだった。船長は慌ててハッチにつかまったが、足を滑らせ防水ハンドルに顔を打ちつけた。まぶたの裏で火花が散った。

「ぐっ。だ、大丈夫かみんな――!?」

言い終わらぬうちに、津波のような大瀑布《だいばくふ》が頭上から降って来て、船橋の窓を何も見えなくした。爆発の水柱をかぶったのだ。どしゃあああっ、と凄まじい水音。

ロケット砲というのは、これほど威力があるものなのか――？　いったいどんな武器だ？　震える手で双眼鏡をつかみ、左舷の窓から中国船の甲板を見ようとするが、かぶった海水で窓はびしょ濡れになり、視界が全く利《き》かなかった。

「く、くそっ」

目をこすると、手のひらに血がついた。頭のどこかを切ったのか。

「船長」

「せ、船長っ」

船橋の後輩たちが、すがるような顔でそばに寄って来る。みんなロケット弾が至近距離で炸裂《さくれつ》するなんて、初めての体験なのだ。

（お、俺だってぶったまげてるんだ。爆発の衝撃が、こんなに凄いなんて……！）

しかし船長は指揮官である以上、腰を抜かすわけにはいかなかった。無理に目を見開いて、後輩の士官たち一人一人を睨みつけるようにした。

「み、みんなおちつけ。これは連中の警告射撃だ。どうせ当てってこない。俺たちだって警告射撃をする時は、ちゃんとわざと外すじゃないか」

そこへ天井スピーカーが怒鳴る。

『船長、こちらＯＩＣ。〈奮闘九号〉は、我々が動かなければ今度は当てると言っています！』

「はったりだ。そんなのはったり――」

だが言い終わらぬうち、今度はヒュヒュヒュヒュヒュッ！　と鋭い飛翔音が耳をつんざき、
ドッカーンンンッ！

横なぐりの衝撃が、ブリッジの全員を再び床になぎ倒した。頭をぶんなぐられたような衝撃に、立っていられた者は一人もいなかった。壁と床が激しく震動し、掛けてあった海図や額縁が弾け飛び、窓ガラスに端から猛烈な疾《はや》さで亀裂が走った。

海上保安庁の巡視船は、外形は似ているが軍艦ではない。船体構造は一般商船と変わらないし、オペレーションのマニュアルも違う。不法行為をする船に警告する時にも、船内にいる乗員はヘルメットも救命胴衣も着けることはない。水密区画のハッチを全て閉鎖することもしない。基本的に自分たちよりも強力な武装勢力と対決する、という思想がないからだ。密輸船の取り締まりくらいしか想定していないのだから、当然と言えば当然であった。射撃の訓練はするが、撃たれて防御する訓練もしていない。だから三度目のロケット攻撃が上部構造を直撃した時、衝撃で投げ出され、頭をぶつけて立てなくなった乗員が全体の半数に上っても、仕方のないことであった。

「どっ、どこを――」

責任感が苦痛をオーバーライドして、ようやく立ち上がった船長は、キーンと耳鳴りが

する頭を抱えて怒鳴った。怒鳴ったつもりだが、声が出ているかどうか確かめようがなかった。

「――どこをやられたっ」

うめきながら立ち上がる数人の士官を見回し、損害の確認をさせようとしたが、

「ううう、せ、船長……」

ウイング・ブリッジのハッチを開いて、ずぶ濡れで血まみれの信号長が転がり込んで来ると、せっかく立ち上がった航海科員の一人が悲鳴を上げて腰を抜かした。

「信号長っ。大丈夫かっ」

「せ、船長。外部スピーカーに直撃した……。ごほごほ、タービン・エンジンの吸気口もやられたかも知れない……」

「信号長っ。しっかりしろ！　おい誰か、救護班を」呼べ、と言い終わらないうちに、またヒュヒュヒュヒュヒュヒュッ！　と鋭い飛翔音が迫って来た。

尖閣諸島近海

「戦闘が始まった模様です」

護衛艦〈きりしま〉のＣＩＣ。

薄暗い中央戦闘指揮所の空間には、黒にオレンジ色で描かれる〈リンク17〉戦術指揮表示スクリーンや、陸地をピンク、海面をブルーで区別した情況表示スクリーンなどが十数面並んでいるが、コンソールの管制席には空席が目立っていた。通常の航海配置のままなので、最小限の当直要員しか着席していないのだ。ミサイル管制士官席の、射撃誘導イルミネーターのメインスイッチも、キーが抜かれて〈OFF〉位置に下げられたままだ。イージス艦〈きりしま〉の誇るSPY1Dフェーズドアレイ・レーダーシステムが空中目標を捉えたとしても、迎撃ミサイルは発射出来ない状態にされていた。

「〈くだか〉は、ロケット砲による攻撃を受けている模様。被害が出ているようです」

当直管制士官は、応援の人員がいないので、〈くだか〉の無線の悲鳴を聞き取りながら艦橋への報告も同時にやらなくてはならなかった。

「無線で応援を求めています」

管制士官は、これで艦橋からただちに『総員配置』の指示が出され、さかりのついた雄のトドが集団で吠えるようなサイレンが艦内に鳴り響くのだろうと思った。戦闘人員がCICにそろえば、仕事はずっとスムーズに行く。

しかしインターフォンの向こうで、艦長は『そうか』と言っただけだった。

『そうか。司令部に報告だけは入れておけ』

「あ、あの——いいえ、はい」

当直管制士官は、もう少しで「それだけですか」と言い返しそうになって、口をつぐんだ。あの艦長にもし、マニュアルで規定された以外の質問など返したら、後でどんな勤務評価をされるか分かったものではない。

「りょ、了解。群司令部に事態を報告します」

永田町路上

「くそ、赤信号か」

若手の内閣審議官は、名を衛藤俊康といった。

衛藤は公用車の後部座席から、官邸前交差点の信号を睨み上げた。内閣安全保障室のある内閣府ビルから、永田町二丁目の首相官邸までは、車で数分の距離だ。交差点を左折すれば、やがて左手にガラス張りの低層建築が見えて来る。

海上保安庁の巡視船に警告射撃をさせるべきかどうか、という問いに何分待っても返答がなく、再度電話をかけ直してみれば先程の秘書官ばかりか、官邸スタッフが誰もつかまらない。交換手に文句を言うと、『ただいま全スタッフが手を離せません』と言う。しびれを切らした衛藤は、みずから首相官邸に乗り込むことにした。幸い、内閣府共用のアルファードが一台空いていた。

「しかし、伝言を頼んだ秘書官だけでなく、事務官も参事官も誰も手を離せず電話に出られないなんて、いったいどんな状況なんだ――?」

官房長官命令により、手のあいた職員は総出で鮨を配っていたなど、官邸に勤務したことのない衛藤には想像もつかなかった。信号待ちの数十秒も無駄にしたくなくて、ポケットから愛用の携帯情報端末を取り出すと、何か最新ニュースは入っていないか? と素早く情報の検索をした。平静でいるつもりが、やはり興奮しているのか、画面のタッチ操作を間違えて舌打ちした。

「くそっ」

思わず、今朝の悔しい出来事が頭をよぎった。

衛藤は、三十四歳だ。小学生時代から剣道をやっているので、一八〇センチの長身はがっしりしていて胸板が厚い。出身は山口県だ。東大在学中から日本の安全保障には関心を持ち、国家公務員I種採用試験で一度は厚生省に内定していながら、考えた末に防衛庁に志望替えをした。それが十二年前。

入庁したての湾岸危機では、連絡係しかしていなかったのが、いつの間にかこうしてみずからが危機に対処する立場に立っている。湾岸の当時は独身で、友人と酒を呑みながら日本の行く末について議論ばかりしていた衛藤も、現在は家庭を持ち一児の父親だ。月日の経つのは速い。

今朝も尖閣の第一報をニュースで聞き、もっと早く出勤したかったのだが、五歳の息子を保育園に送らねばならなかった。厚生労働省に勤務する妻が、風邪で寝込んでいたためだ。尖閣の情況が気になったが、衛藤は父親でもある。仕方がない。そんな忙しい父に向かって、息子は「お弁当はおにぎりがいい」とかだだをこねる。なだめて保母に預け、飛び乗った電車の中で携帯端末を取り出し最新ニュースをチェックしようとすると、どこかのおばさんが目ざとく見とがめ「あなたね、そんなものを電車の中で使って、いいと思ってるの。心臓にペースメーカーを入れた人が倒れたらどうするの、常識ないわね！」とか詰問《きつもん》する。太った中年のおばさんで、頭だけは良さそうだが、生まれてから一度も男に口《く》説《ど》かれたことなんかないんじゃないかと思えるような容貌だった。衛藤は瞬間的に小学校時代の担任教師を思い出していた。融通の利かない太った教師に似たおばさんは、欲求不満の塊のような眼で、吊り革を握った衛藤を睨み上げていた。その顔は〈落ち度のある他人〉を見つけた興奮で勝ち誇り、上気していた。まるで腹を空《す》かせた豚が餌にありついたみたいに、鼻を鳴らしていた。ついでに言えば、心臓にペースメーカーを入れた人を本気で心配しているようにも見えなかった。ただ、『言ってやったあたし』に酔っている顔だった。衛藤は「この国家の一大事に、邪魔をするな、このクソばばあ」と怒鳴りつけたいのを必死でこらえ、すみませんねと謝った。客観的に向こうが正しいのは仕方がない。だが、社会正義で欲求不満を晴らそうとするおばさんのせいで、情況の把握は遅れてしまった。その間に尖閣諸島では、巡視船が警告射撃を考慮するほど事態が逼迫していたのだ。

「ええい、おばさんも中国も、厚かましいやつらは大嫌いだ」

つぶやく衛藤の胸で、携帯電話が振動した。

「はい。衛藤――」

〈着信〉にするなり声は飛び込んだ。

『先輩、大変です』

衛藤は「夏威か」と背もたれから身を起こす。コールして来たのは、市ヶ谷の防衛省に詰めているはずの夏威総一郎だった。

『先輩。たった今入った情報です。魚釣島で中国調査船が、巡視船を攻撃し始めました』

「な、何だと?」

携帯端末を操作する指が止まった。

『近海で待機中の護衛艦〈きりしま〉が、緊急通信を傍受しました。それによると、巡視船〈くだか〉はロケット砲による攻撃を受け、現在火災を発生しています』

「何だと」

『中国船は、兵員を隠し乗せていた模様です。おそらく東海艦隊所属の海軍陸戦隊でしょう』

ううむ――と唸る衛藤に、夏威はたたみかけた。

『先輩。お願いします。巡視船被弾の報を聞いても、雑上掛参事官は護衛艦を救援に向けようとしません。「自衛隊法上、正当防衛以外には戦闘出来ない」と言い張っています。内閣からトップダウンで〈海上警備行動〉を発令しなくては――このままでは海保の乗員がやられてしまいます』

「分かった。今官邸に向かっているところだ。〈内閣安全保障会議〉をただちに招集してもらうよう、俺から総理にじかに進言しよう」

信号が青になった。電話を切ると、衛藤は運転手の背に「急いでくれ」と頼んだ。

永田町

首相官邸執務室。

「ですがね千畳敷さん、今ここでコメを出したりしたら、我々日本政府が『昨夜の国籍不明機は北朝鮮のものではなかった』と認めて、謝ったことになるじゃないですかっ」

巡視船被弾の第一報が官邸に入ったその時、鰻谷総理は電話で平和世界党の千畳敷かた子党首と口論の真っ最中だった。

「えっ、じゃあ北朝鮮の戦闘機だったと断定するのかって――？　いや、そうも言ってませんよ。言ってませんが、しかしね――え？　謝れ？　北朝鮮にはとにかく謝れ？　あんたね、あんたはいったい日本と朝鮮とどっちの――あ、いや、河口堰の件とこれとは別だろう――何？　住民投票で事業を潰してやる？　そんなこと言ったって――何だと？　脅かすつもりか、この」このババァ、と言いかけた鰻谷の肘を、蠟山首席秘書官が慌ててつかむ。

「総理、こらえて下さい。今河口堰の公共事業を潰されたら、ゼネコンからのキックバックが全部パーです。再来月の参院選の選挙資金が――」

ううっ、とうなる鰻谷。

「くそ、わ、分かった。コメを出せばいいんだな」畜生、あのババァはあれでも日本の政治家かっ、と悪態をつきながら電話を切ると、そこへ待ちかねたように秘書官の一人が連絡メモを差し出した。

「総理、緊急情報です。中国調査船が尖閣諸島で自国領海を主張し、海上保安庁の巡視船に退去を命じています。未確認ですが、巡視船に対し発砲したとの情報もあります」

「何だと？」

鰻谷は露骨に嫌な顔をする。

「中国かっ。わしゃ中国は苦手だ」

「どういたしましょう？　いつものように外務省を通じて抗議しますか」

蠟山秘書官が問うと、

「そうしろ。文書で抗議だ」

鰻谷のうなずきを受けて、蠟山は事務秘書官の一人に、外務省への指示を命じる。

「しかし――あの中国が、外務省の抗議なんかまともに聞いた試しはありませんが……」

「仕方ないだろう蠟山。〈内閣安全保障会議〉でも招集しろというのか。こんな時期にそんなもの開いてみろ、また新聞やTVに『戦争準備だ』とか叩かれて、選挙戦が不利になるぞ」

「総理」

そこへ、〈テント村〉への鮨配りが一段落したのか、ようやく上がって来た事務秘書官の一人が顔を出して報告した。

「内閣安全保障室の衛藤審議官が来られました。総理に緊急に面会を求めています」

「安全保障室？」

鰻谷は、面倒臭そうに喉をゴフッと鳴らした。

「えっ、安全保障会議は招集しない？」

衛藤が首相執務室へ通されるなり、状況説明もさせてもらえぬうちに宣告されたのは『安全保障会議は招集しない』という鰻谷の言葉であった。

「そうだ審議官。〈内閣安全保障会議〉など、時期尚早だよ」

「しかし総理」

衛藤は、執務室の窓際でおしぼりで顔を拭いている、茶色い顔の政治家に詰め寄った。

「今回の尖閣における事態は、我が国の領土に対する侵攻に当る行為です!」

「侵攻に当るかどうかは分からんがね、外務省を通じて中国大使館へは抗議するようにした」

「では、巡視船への警告射撃の許可は?」

「巡視船か……。う〜む」

「総理。本来の任務範囲を越えて領土警備をさせられている海保と国土交通省は、自分たちだけでは射撃してよいのかどうか判断がつかないと言って来ています。ある意味、当然です」

「う〜む」

鰻谷は、太い首をひねる。

「巡視船が撃つというのも、好ましくないなぁ」

「しかし、外務省を通じた抗議だけでは――」

霞が関・外務省

「あー、ええと……」

　外務省の組織は、この時点で、全く何もしていないわけではなかった。今朝の尖閣における事態の第一報が舞い込んですぐ、アジア局は説明を求めるため、中国大使に呼び出しをかけていた。

　霞が関の外務省ビル三階にある地域局特別応接室では、ちょうど到着したばかりの中国大使を相手に、『鰻谷総理の緊急指示による日本政府の抗議文』が読み上げられようとしていた。

「あー、ごほん」

　だだっ広い特別応接室のこちら側で、賞状のような紙を両手に持ち、直立不動で汗をかいているのはノンキャリアの若いアジア局員だった。

「早く読め」

　神経質な秀才中学生がそのまま大人になったような高天神アジア局長が、後ろから足で蹴ってうながすと、若い局員はカチカチになりながら抗議文を読み上げ始めた。

「に、日本政府は――」

中国に対する『文書による抗議』は頻繁に行われているので、抗議文の作成は、あらかじめ準備された草稿の空いているマス目に単語を入れるだけでただちに出来るようになっていた。

「――に、日本政府は、今回の貴国の日本領海内での不法行為に対し、つ、強く、こっ、抗議するものでありますっ」

特別応接室の一方の端で、細い眼を吊り上がらせた白髪の老人が、ソファで葉巻をくゆらせながらそっぽを向いて聞いている。日本側のアジア局長と局員たちがが入室して来ても、立ち上がろうともしない。中国共産党・東アジア政治副局長を兼務する、中華人民共和国大使である。

「ど、どうぞっ」

読み上げた抗議文を、局員が歩み寄って差し出すが、大使はそっぽを向いて受け取らない。

「ど、どうぞっ！」

「――――」

無視する中国大使。プハーッ、と煙を吐き、頬杖をついて窓の外をだるそうに眺める。

若い局員は、後ろで見ている高天神のところへ戻って来ると「局長、大使が受け取ってくれません。どうしましょう」と訊く。

「ばか、もう一度行って来い」

「は、はい」

若い局員は、泣きそうになりながら抗議文を持って応接室の向こうへ行き、平身低頭して抗議文を差し出した。

「どっ、どうぞっ！」

だが、眼の細い中国大使はそっぽを向いて無視した。細い眼をさらに眠そうに細め、葉巻の煙を吐き出しながら「けひひひ」と小さい声で笑った。

尖閣諸島近海

応援のため魚釣島へ急行中の第十一管区巡視船〈おおすみ〉の船橋に、〈くだか〉が砲撃を受けたとの急報が入った。

「船長、〈くだか〉直近に着弾の模様！」

「何だと!?」

「至近距離にロケット砲が撃ち込まれましたっ」

〈くだか〉にロケット弾が直撃命中したという事実は、爆発の衝撃で〈くだか〉ＯＩＣの通信士が椅子から放り出されてしまったため発信されず、まだ把握されていなかった。この時点で海保の組織が知り得ている情況は、『中国船から砲撃が開始されたらしい』のみであった。

「中央からの指示は、『説得せよ』だけかっ?」

まるで自分で船を引っ張って行きたいかのように、船橋の真ん中で立ちっぱなしで双眼鏡を握る髭の船長は、振り向いて通信士官を怒鳴りつけた。

「はい船長。管区本部からの指令は、『現状を維持し、説得により中国船を退去させよ』です」

「〈くだか〉が砲撃を受けた情況については、管区本部にも伝わっているんだろうっ?」

「はい。しかし何も新しい指示はありません」

「船長。こりゃ管区本部も横浜の保安本部も、どうしたらいいのか分からなくて、思考がマヒしているのではないでしょうか」

若い副長が横から言う。

「我々海保の規定には、外国政府の艦船から攻撃を受けた場合に、どのように対処あるいは反撃したらよいかなど、どこにも書いてありません」

「くそ。これは俺たちの仕事じゃない。領土を侵略から護るのは、自衛隊の仕事に決まっとる」

船長は吐き捨てた。

「海自は、救援に来てくれるのでしょうか」

「あてになるものか。あいつらは、まず〈内閣安全保障会議〉が招集され、〈海上警備行動〉が閣議決定されなければ、外国勢力に対して機銃の弾一発撃つことは出来ないんだ。しかも二か月後には参院選が控えてる。この時期に安全保障会議など、招集される訳がない」

「まさか――」

「何だ副長」

「船長。もしかしたら中国は、日本の国政で参院選が近いというこの時期を、わざと狙って来たのでしょうか……?」

「ばか。推理なんかしている暇があったら、前甲板へ行って機銃の固定チェーンを外して来い」

船長は、全速力の船首が海面を叩いて跳ね上げる波濤《はとう》を、顎で指した。

「仲間がやられているんだ。俺たちに今出来ることは、現場に急行することだけだ」

「船長。尖閣に着いたら、撃つのですか?」

「間に合えばな」

だが、どんなに急いでも魚釣島まで五時間半以上かかるという事実は、〈おおすみ〉の乗組員の誰もが知っていた。

魚釣島

数秒間動けなかった。

四発目のロケット弾は、至近距離で爆発していた。〈くだか〉船橋の全員がなぎ倒され、
海図台につかまるようにして身を起こした船長は、船内マイクをつかんで怒鳴った。

「OIC！　聞こえているか」

『き、聞こえます。生きています！』

「よし、管区本部に緊急連絡だ。本船が直撃を受けたことを報告しろ。それから――」

『応戦の許可申請ですかっ』

「違う。本船は、いったんここを離れる。魚釣島を離脱するむね、通報しろ」

マイクを切ると、副長が床を這って「船長！」と近づいて来た。

「船長、信号長は重傷です。船内の設備では、手術が出来ないと救護班が……！」

「待っていろ。今ここを離脱する。やつらの射程距離外へ出たら、ヘリを飛ばそう。負傷者全員をヘリで――」言いかけたところへ、ヒュルルルッ、と神経を逆なでにする飛翔音がまた響き、
ドグァーンンッ！

横殴りの衝撃。

うわぁーっ、と悲鳴を上げながら船橋の士官たちは片側へ吹き飛ばされた。壁にぶつかり、丸太のように転がされた。その頭上から砕け散った窓ガラスがしぶきのように降り注ぎ、素通しになった窓から爆発の熱風が吹き込んで倒れた者たちの呼吸を困難にした。

『報告、報告。後部飛行甲板に被弾しました！　ヘリが、ヘリが炎上していますっ』

船長は、歯を食いしばって立ち上がった。

「ごほっ。だ、誰か立てる者はいるか。操舵出来る者はいるかっ。誰でもいい、船を動かせ！」

頬に血を流した航海科員に肩を貸し、引きずり起こして舵輪につけようとすると、ガラスのなくなった窓をなぎ払うようにドドドドドッ！　と凄まじい霰《あられ》か雹《ひょう》のようなものが横殴りに襲って来た。間一髪伏せると、船橋の壁一面に円い大穴がバシバシバシッと列をなして空く。機銃掃射だ、と気づくまでに数秒かかった。

「船長、一三ミリです。野戦用の重機関銃です！」副長が叫んだ。「甲板からこちらを狙っている。無差別射撃だ」

「くそっ」

自分たちも取り扱ったことのある一三ミリ機銃が、撃たれる身になるとこんなに凄いとは、船長も今日まで知らなかった。二〇〇メートルも離れているというのに……。これがもし二〇ミリ多砲身機関砲だったら、威力はどんなに凄まじいのだろう——そう思いかけて、ガラスのなくなった窓から前甲板を見やると、通信長がヘルメットと救命胴衣を着けた甲板要員二名を引き連れ、船首機関砲塔のカバーに取り付くところだった。

「つ、通信長。気をつけろ！」

だが船長の叫びはむなしく、中国船の重機関銃はこちらの砲塔の動きを目ざとく見とがめ、連射の火線を伸ばして来た。パパパパパッ、と甲板上を着弾の煙が走って行く。

「通信長ーっ！」

通信長と二名の甲板要員が、弾かれたようにバルカン砲の機関部から弾き飛ばされた。あっけなく仰向けに倒れ、甲板に転がってしまう。

「く、くそっ」

船長はマイクを拾い上げると、怒鳴った。

「機関室！　聞こえているか。ただちに機関全速、出力全開でこの船を動かせっ」

『駄目です、船長！』

天井のスピーカーが答えた。

『こちら機関室。タービン・エンジンの吸気口を直撃され、ダクトに異物が詰まりました。回せば爆発します！』

「何だとっ」

『補助のディーゼルも、飛行甲板直撃の際に損傷、発電も間もなく止まります。火災が激しくて修復出来ません。ダクトの修理が出来るまで、エンジンは全部駄目です！』

「な――」

船長は絶句した。

航行不能だというのか――!?　馬鹿な。

『船長、ＯＩＣです。〈奮闘九号〉は、「退去しないなら撃沈する」と言って来ています』

「エンジンをやられて、航行不能だと伝えろ！　この馬鹿な攻撃を、やめさせるんだっ」

『りょ、了解』

『船長、こちらヘリコプター格納庫！　火災が発生、消火出来ません。応援を！』

「みんな聞いたか。手のあいている者は後部へ行って消火を手伝え！　怪我人は前部へ移せ」

船長は船橋内部を振り向くと、「みんな頑張れ、もうすぐ攻撃は止む！」と叱咤《しった》した。

だが、

『船長、こちらＯＩＣ！　〈奮闘九号〉に航行不能を伝えましたが、「日本人は嘘つきだから信用しない」と言っています。退去しなければこのまま撃沈すると――』

「じょ、冗談じゃないっ」

唸る船長の頭上に、ヒュヒュヒュヒュヒュヒュヒュッ！　と鋭い飛翔音が迫って来た。

永田町

「外務省を通じた抗議だけでは駄目です！　だいたい中国が外務省の抗議なんか、相手にした試しがあるのですかっ」

　首相官邸執務室では、衛藤が鰻谷の背中に食い下がっていた。

「よろしいですか総理。巡視船が発砲され、攻撃を受けました。ここは形だけでも〈内閣安全保障会議〉を招集しなければ、わが国は『領土に対する不法行為に対して何も抵抗しない』と諸外国から完全になめられます！」

「ううむ――それは、まずいけどな……」

　鰻谷は、韓国大使との会談でかいた汗をふき取ったおしぼりをパンパンとはたき、寄って来た秘書官の一人に手渡すと、衛藤を振り返った。

「衛藤審議官――と言ったか？」

「は」

「情況は、今にも中国軍全体が尖閣諸島を占領するため、動き出すような態勢なのかね」

「いえ。中国軍全体にそのような動きはなく、今回は我々日本政府の出方を試すのが目的の挑発行為という可能性が高いです。全軍に動きがあるなら、まず数日前に米軍が気づきます」

「今すぐ侵攻を受ける心配がないのなら、安全保障会議など――」

「ですが総理。我が国の自衛隊は、総理が招集される安全保障会議によって〈防衛出動〉もしくは〈海上警備行動〉が決定され、かつ国会の承認が受けられなければ、侵略行為に対して武力を使うことが出来ません。防衛力を行使する大前提である〈内閣安全保障会議〉を招集することを日本がためらうところを見せれば、今後、諸外国の日本に対する不法行為は、ますます増長するものと思われます。このままでは尖閣諸島は、竹島の二の舞になりかねません！」

「う、ううむ……」

そこへ孕石官房長官が、鮨屋の湯飲み茶碗を片手に入室して来た。自分も朝食として一人前食べたらしい。爪楊枝を口にくわえ、蠟山首席秘書官が面白くなさそうな顔をする前を横切って、「総理失礼します」と鰻谷に近づく。

「総理。情況はあちらの別室で、弁当をつかいながら聞かせてもらっておりました。この際ぜひですな、〈内閣安全保障会議〉を招集しましょう」

「な、何を言うのだ、官房長官？」

組織力に長《た》け、自由資本党の名脇役とも呼ばれる孕石哲二は、鰻谷の協力者ではあったが、子分ではなかった。時には総理総裁に対して、反対意見も辞さないことがあった。

「俺は総理の椅子なんか狙わない、党と国のために言うのだ」といつも口にしているので、周囲には本気でそれを信じ込んでいる者もいた。

「よろしいか総理」

孕石は気配りの政治家と呼ばれるだけあって、車で駆けつけた衛藤の肩を「ご苦労さん」と叩くと、衛藤と鰻谷の間に割り込んで来て主張した。

「総理。確かに今〈内閣安全保障会議〉を招集すれば、野党の平和世界党や戦後民主主義系の中央新聞などが『政府が戦争準備をした』と騒いで我が党の支持率低下を狙うでしょうが、最近の我が政府の領土問題への弱腰姿勢に不満を抱いている国民が多いことも事実であります。ここは形だけでも〈内閣安全保障会議〉を招集され、鰻谷内閣は『領土への不法行為に対しては毅然たる態度を取るぞ』と、内外に示されてはどうでしょうか」

「う、ううむ」

「今の時点で〈防衛出動〉は現実的でないにしても、空・海自衛隊に〈海上警備行動〉を発令できれば、F15やイージス艦で中国船を包囲し威圧出来ます。オンボロ調査船の一隻なんか、屁でもないでしょう」

「しかしなぁ……」

「庭先に他人が入り込んで、勝手に穴を掘っているのです。『出て行け』と威嚇して何が悪いのです。昨夜の国籍不明機エアバス撃墜事件で、国民の批判が自衛隊に集中しております。〈海上警備行動〉で、我がイージス艦が中国船を追い出すところを国民に見せれば、『自衛隊良くやった』と国民は喜び、世間の自衛隊批判も一気に解消出来ます」

それを横で聞いて、蠟山首席秘書官が青筋を立てた。総理大臣を助ける側近といっても、孕石と蠟山では立場がまるで違う。蠟山は政治家・鰻谷大道と一蓮托生《いちれんたくしょう》だが、孕石の場合は鰻谷が失態を演じて失脚すれば、次の総理総裁候補ナンバー1は自分なのである。

「お、お待ちください、官房長官。それはあまりにも過激なご意見ではないでしょうか」

「秘書官は黙っていたまえ」

「し、しかし――」

蠟山は、必死に何か言いたそうにしたが、執務室の場では官房長官のほうが遥かに格上なので、秘書官の身ではそれ以上遮ることが出来ない。

「ううむ……。しかし、本当に武力衝突になったらどうするのだ」

「総理。嫌がらせや挑発に対して毅然とした態度を取れなくては、我が国は国際社会で、ますます馬鹿にされてしまいます。総理、あなたはこれ以上、外国の要人にぺこぺこしたいのですか」

「痛いとこ突くなぁ、お前」

「総理とは二十年来の党友ではありませんか」

孕石は、巨大な両生類が背広を着ているような鰻谷の分厚い背中を、ポンポンと叩いた。

尖閣諸島近海

尖閣諸島から東へ五〇マイルの洋上。

海上自衛隊那覇基地第五航空群・第九航空隊所属の哨戒機《しょうかいき》P3Cは、二〇〇〇フィートの低空でまっしぐらに西を目指していたが、魚釣島が前方の水平線に見え始めたところで急に機首をめぐらせ、待機旋回に入った。司令部から指示が入ったのだ。

「どうしてここで待たなきゃいけないんだ！」

コクピットの左側操縦席で、機長が怒鳴る。

「〈きりしま〉からの報告では、巡視船は砲撃されているんだろう」

「仕方ありません、機長。指令は『これ以上島へ接近せず、別命あるまで待機せよ』です」

「くそっ、中央は何をしているんだ。このままでは巡視船が沈められるぞ！」

沖縄・那覇基地

航空自衛隊那覇基地。

第八四飛行隊のアラートハンガーからトラクターで引き出された二機のF15Jが、滑走路のすぐ手前のアーミング・エリア（訓練飛行の時にミサイルの安全ピンを抜くための場所。スクランブル機の待機にも使われる）でエンジンをアイドリングに回したまま、三十分前から待機している。

『アイドリングったって、燃料食うんですがね。いつまで待たせるんですか、司令部は』

無線で文句を言っているのは、二番機だ。

『時間があるんなら、爆装したらどうですか』

『うるさい、菅野三尉』

一番機にたしなめられると、黒い酸素マスクにバイザーを下ろした二番機のパイロットは、風防ガラスの内側で『やってられねえや』と言うような身ぶりをして、射出座席に沈み込んだ。

『ドラゴリー・フライト、こちらタワー』

ザッ、とノイズが空を切って那覇管制塔の声がかぶさった。

『タワー、スクランブルか!?』

『残念ながら違う。那覇基地はバトル・ステーションをターミネイトする。これよりアラート態勢をコクピット・スタンバイにダウン・グレード。ただちにハンガーへ戻り給油を受けよ』

『どういうことだ？』

「はっ。しかし――」

那覇基地の管制塔の真下にある南西航空混成団司令部では、団司令の埋堀《うめぼり》空将補が市ヶ谷の雑上掛参事官から電話で怒鳴られていた。

『しかしもくそもあるかっ。勝手にバトル・ステーション態勢など取りおって！　この微妙な時期に空自の那覇基地が戦闘態勢など取ったりしたら、中国がどう思うのだ⁉　戦争準備だと糾弾《きゅうだん》されるぞ、マスコミが騒ぐぞ、政権に影響するぞっ』

「は、参事官。ですから申し上げている通りですね、たった今バトル・ステーションは解除いたしまして、アラートの戦闘機もハンガーに戻し、コクピット・スタンバイ態勢に戻すところでして」

『コクピット・スタンバイだと？　貴様、わしの言うところが全然分かっていないではないかっ』

「あっ。いえ、その、参事官申し訳ありません。言い間違えました。コクピット・スタンバイではなく、パイロットは機から降ろし、全く通常のアラート待機態勢に戻しますです」

せめて定年は本土で迎えたいと、日頃の口癖にしていた埋堀空将補は、三月というのにもう梅雨のような蒸し暑さの団司令室で、汗の光る禿げ頭を受話器に下げ続けた。

「ま、まことに、申し訳ありませんでしたっ！」

『よし、埋堀団司令。今後二度と軽はずみな行動を取るな。君の基地は、現在日本の最前線なのだ。今日一日――いや今回の事態が終焉《しゅうえん》するまでだ。中央の許可なしには何もしてはいかん。もし何か間違いをやったら、来年の君のM重工顧問就任の件は、無かったものと思え。分かったなっ？』

今年一杯で定年する予定の団司令に、雑上掛はかさにかかった威圧をした。十九で防大に入校して以来四十年間、真面目に務めて自衛隊の外にコネなど何も無い空将補は、ただただ平伏した。

「はっ、ははーっ」

魚釣島

水柱に包まれる〈くだか〉。

動力の停止した白い一〇〇〇ｔ級巡視船は、潮流の淀《よど》んだ島陰の海面で、ただ中国兵のロケット砲の射的のマトとなっていた。

〈奮闘九号〉からシュルッ、シュルルッと発射され続けるＲＰＧ７は、調査船の甲板が波で上下するために弾体自体に不良品が多いため、半数以上が白い噴射煙を途中から変にねじくれさせて照準を外れ、〈くだか〉の手前と向こう側で派手に水柱を上げた。それでも三発に一発は確実に巡視船の船体を直撃し、上部構造に次々火災を発生させていた。野戦用一三ミリ重機関銃も巡視船の左舷デッキを嘗《な》め回し、すでに全部の舷窓を叩き割ってただの穴に変えていた。

『――警告する。これ以上中国領海に留まるならば、撃沈する！　退去せよ。退去せよ！』

　中国船の警告は、船舶用国際緊急周波数の二一八二キロヘルツでくり返し発せられていたが、数分前から〈くだか〉のＯＩＣでは尊大なその声も受信出来なくなっていた。発電機が停止し、乗員が倒れて電力節減措置を誰も取らなかったために、〈くだか〉の主機蓄電池は四基ともたちまち干上がってしまったのだ。ついにはＯＩＣの非常灯も消え、通信員やレーダー員たちは、ズシンズシンと地震のように揺れる真っ暗な通路を手探りで、外部デッキへ脱出しなくてはならなかった。

「左舷のデッキへ出るな！　狙い撃ちされるぞっ。くり返す、こちら船長――くそっ」

　士官たちがほとんど倒れた船橋で、操舵輪にしがみつくようにしてマイクを握る船長は、電力が切れて船内放送が通じなくなったことに気づくと、歯噛みしてマイクを床に叩き付けた。

「副長、航海長っ。誰かまだ立てる者はいないのかっ」

見回すが、丸太のように転がった士官たちは、うめいている者もいれば、息をしているのか分からない者も見える。血まみれの信号長の体が目に入ると、船長は思わずウッと目を逸らした。

（総員退船を命じるべきだったか――しかし船はまだ浮いている。ロケット砲ごときで、簡単に沈むわけではない。エンジンの修理さえ出来れば……。そうだ、あの甲板の歩兵の攻撃さえ止めることが出来れば、自力で脱出が出来るはずだ……）

そう考えた瞬間、
ドッカーンンッ！

また直撃を食った。中央部の横腹だ。〈くだか〉は何度日かのズシィーンッという激震に見舞われ、上下左右にシェーカーのように揺さぶられた。

「うぐわっ、くそ」

船長は舵輪にしがみつく。体が宙に浮き上がる。船橋がビックリハウスの箱のようだ、一瞬どちらが床か天井か分からない。歯を食いしばってしがみつく。壁に叩き付けられたらどこを打つか分からない。振り飛ばされるのをかろうじてこらえ、何とか着地する。バキメキバキッ、と船体のどこかで何かが折れるような音がする。それでも震動がおさまると、船が傾く嫌な感じはない。浸水はまだ始まってはいない。

「はぁっ、はぁっ、くそっ」

『――ブ、ブリッジ。聞こえますか』

ふいに天井スピーカーが、小さな声で息を吹き返した。船長は反射的にマイクを拾い上げた。

「ブリッジだ。船長だ」

『機関室です。バッテリーを直列に繋ぎ直して、ここの照明と船内通話だけは復帰させました』

「機関長かっ。よくやった」

『機関長は重傷です。私は当直主任です』

「そ、そうか……。それでエンジンは直るのか？　ここを脱出出来るか」

『今、ガスタービンの吸気ダクトを見て来ました。三十分あれば、異物を取り除いて低出力運転が可能になると思われます』

「よし分かった。やってくれ」

『総員退船は、しないのですか？』

機関主任の問いが、胸に刺さる気がした。

「――ああ、しない」肩で呼吸を整えた。どこかやられて骨折したかも知れない……。上体を起こすと右肩がひどく痛む。「本船はまだ、浮いていられる。やつらの攻撃も、何とかして防ぐ」

船長は、ガラスの残らずなくなった前方窓から船首をちらりと見やった。白い防水カバーの外されかかった、二〇ミリ機関砲が眼に飛び込む。

黒光りするその砲身を、顔をしかめて睨む。

「君らは、安心して修理に専念しろ」

『は、はい』

「いいか」

たたみかけるように、船長は機関士任に告げる。

「いいか主任。修理が済んだら、ブリッジの指示なしで構わん。ただちに推進器を回せ。船を出来る限りの速力で前進させろ」

『いいのですか』

「かまわん」

『分かりました』

永田町

首相官邸執務室。

「総理、これが本格的な武力紛争に発展する可能性はありません。先程、安全保障室審議官が説明した通り、中国軍に今すぐ島を占領する準備はないでしょう。これはただの嫌がらせです。しかし我が国がここで毅然とした態度を見せなければ、かえって将来の情況を悪化させせます」

孕石官房長官は、焚《た》き付けるように進言した。

「ううむ――」

考え込む鰻谷。

「総理、〈内閣安全保障会議〉招集のご決断を」

先程の官邸前庭で、中央新聞の記者たちには特に愛想よくサービスしていた孕石は、鰻谷のくぼんだ両目を睨み上げるようにして詰め寄った。

「あぁ、うう」

だが顔を上げた鰻谷は、孕石のまといつく視線をヌルリとくぐり抜けた。

「うー、わしの一存では簡単には決められんなぁ……。おい、内閣情報調査室長はおるか」

すると、

「はは総理。これに」

執務室の秘書官たちの後ろで、目立たずに控えていた痩せたダークスーツが歩み出た。

ポマードで黒光りする頭を七三に分け、眼鏡の奥の目玉を上目遣いにギョロリと向けて来る。

「韮山《にらやま》情報調査室長。今の話、聞いておったか」

「は。総理」

ダークスーツは応えた。


そのダークスーツの横顔を、衛藤はどこかで見たな――と感じていた。

思い出した。衛藤が学生の頃、東大の本郷キャンパスで、〈異常犯罪研究会〉だか〈犯罪心理研究会〉だか、かなり趣味的なサークルを主宰していた人物だ。当時から異色の学生作家として知られていた。ミステリーの新人賞にノミネートされた作品が、実際の通り魔事件の犯人究明に役立ったとかで、一時期犯人扱いされて話題になっていた。学内で活動しているのを覚えているわけだから、衛藤より歳上だとしても、まだ三十代だろう。内閣情報調査室長ということは、警察庁のキャリア官僚になっていたわけだが、この歳《とし》で大した出世だ。

衛藤が感心していると、鰻谷は続けた。

「韮山室長。では訊くが――〈内閣安全保障会議〉を招集した場合、これを『戦争準備だ』と嫌って我が内閣を支持しなくなる国民と、日頃から我が政府の領土問題への姿勢に不満を持っておって〈内閣安全保障会議〉を良くやったと支持してくれる国民は、どちらが多いか分析出来るか？」

え――!? 感心したのも束の間、総理大臣の言に衛藤は自分の耳を疑った。

しかし、執務室はシンとしていて、総理を囲む中に変な表情を見せる者はいなかった。

当の韮山情報調査室長も、表情を変えることなくオクスフォードの眼鏡をついと持ち上げ、

「そうでございますね。総理の肝入りで設置させていただいた〈内閣情報調査室演算センター〉には、過去数年間の全国のあらゆる世論調査、国民意識調査のデータが集積されております。ご指示があれば、ただちに分析してご覧に入れますが」

「うむ。計算出来るか」

「は。私のスタッフにお任せくだされば、自由資本党が現在議席を持っている全ての選挙区において、〈内閣安全保障会議〉を『招集した場合』と『しなかった場合』で内閣支持率がどのように変動するか、詳細な予測値を算出出来ます」

「小難しいことは要らん。いいか、今回の事態について〈内閣安全保障会議〉を『招集した場合』と『しなかった場合』で、内閣支持率は上がるのか下がるのか、それだけ計算しろ。出来るか」

「少々お時間をいただければ――」

「ただちに計算しろ」

「御意」

ダークスーツの官僚は低い声でうなずくと、足音も立てずにスルスルッと執務室を出て行く。

「よし。計算の結果が出るまでは、現状維持だ。海保にも自衛隊にも、軽はずみな行動は一切させぬよう命じろ」

鰻谷が号令すると、秘書官らが「はっ」「はっ」と関係各部局へ指示するため散って行く。

（――――）

衛藤は、執務室を出て行くダークスーツの背中を驚いた眼で追っていた。衛藤の後ろで、新任の事務秘書官らしい三十歳くらいの若い官僚も、目を丸くしている。驚いているのは衛藤とその秘書官だけのようだ。ああもう一人、俺と同じ普通の神経のやつがいたか――と衛藤は少し慰められたが、しかし衛藤がわざわざ内閣府ビルから押しかけて来た目的は、まだ一つも片づけられていない。

（――畜生。〈内閣情報調査室演算センター〉の計算というのは、いったい何分かかるんだ!?）

衛藤は、執務室の隅で腕時計を睨んだ。

尖閣諸島近海

魚釣島の東五〇マイル上空。旋回を続けるP3C哨戒機。

左側操縦席で機長が「せめて島の上空まで行って、監視出来ないのかっ」と怒鳴る。

「駄目です、機長。許可が出ません！」

後部キャビンから戦術航空士が叫び返す。

「何度訊いても『現状を維持せよ』です」

「くそっ、〈海上警備行動〉の発令はまだかっ。今にも〈くだか〉はやられてしまうぞ！」

魚釣島沖

護衛艦〈きりしま〉。

『艦長、〈くだか〉からの送信が途絶えました』

ＣＩＣからの報告に、艦橋の士官たちは、思わず左舷定位置に座る艦長へ視線を集中した。

だが、

「そうか」

艦長はうなずいただけで、動かない。

「か、艦長――」

副長はたまりかねたように歩み寄る。

「艦長。せめて、我々が姿を見せてやるだけでも、出来ないのですかっ」


海上自衛隊は、四つの八八艦隊に一隻ずつ、計四隻のイージス艦を保有している。〈こんごう〉を筆頭に〈きりしま〉、〈みょうこう〉、〈ちょうかい〉である。だがこれらイージス艦の艦長が四人とも、防大文系の出身であることは、あまり知られていない。〈きりしま〉の艦長は四十四歳。防衛大学校では国際法を専攻し、卒論は『自衛隊法と国際法との関係論』であった。

空自のパイロットに文系出身者が少なくないように、海自の航海士にも文系出身者は存在する。機関科技術士官は百パーセント理系だが、航海士は三角関数の基礎が理解出来れば資格は取れる。航海科は艦長になるコースだから、艦内の組織をまとめたり、むしろ文系の素養を求められることもある。したがって少なからぬ数の〈文系艦長〉が海自には存在するが、イージス艦の艦長が四人とも文系、というのは全体に見る文系出身者の比率から見ると、明らかに偏っている。これは防衛省内局が、わざとそうしているのである。

なぜだろうか。

イージス艦――イージス・システム搭載型ミサイル護衛艦――は、導入の時に能力を査定した大蔵省の予算監査幹部から『ただ一隻で韓国海軍を全滅させられる』と評価された、世界でも最強の水上戦闘艦である。このハイテク・ミサイル艦を配備する時に、内局キャリアたちが最も恐れたことがある。それは、万一有事に近い情況となった時に現場の艦長が血気に逸《はや》り、規定を逸脱した行動に走りはしないかということだった。個艦戦力が並外れて強大なだけに、もし艦長個人が目の前で味方がやられるのを見たりして我慢出来なくなり、〈海上警備行動〉も〈防衛出動〉も発令されていないのに外国勢力を攻撃したりすれば、大変な問題になってしまう。おそらくそうなったら、内局で要職についているキャリアたちは全員責任を問われて失脚であろう。

そこで一佐以上の人事権を全て握っている防衛省内局では、考えた末、四隻のイージス艦の艦長に戦闘のプロでもミサイルのエキスパートでもない、『法律や規定の専門家』を据えたのである。イージス艦の指揮官が自衛隊法の専門家ならば、内局キャリアの出世に響くような問題は起こさないだろうと踏んだのだ。一方の抜擢された優秀な〈文系艦長〉たちも、そういった上の狙いをよく承知していた。

この〈きりしま〉艦長も、他の護衛艦の副長で二佐だった頃は、後輩と一緒になって酒を呑みながら組織の上の悪口を言ったりしていたのが、防大同期のトップを切って一佐に昇進し、〈きりしま〉を艦長として任され、さらに群司令の椅子まで目の前に見えて来ると、次第に副長とも個人的な会話は交わさなくなり、規定からこぼれるようなことも一切許さなくなってしまった。例えば訓練航海中に艦を停めての海水浴は駄目、『F作業』と呼ばれる魚釣りなどもってのほか、おかげで艦隊の他の艦では刺身が出るのに、〈きりしま〉の食堂では魚といえば冷凍の鯖《さば》しか出なくなり、イージス・システムに影響するからと休み時間でもプレステなどのゲーム機は一切使用禁止、航海中に娯楽室で掛ける映画も〈日本海大海戦〉と〈青島爆撃指令〉と〈二百三高地〉は良いが、〈BEST GUY〉と〈ガメラ2〉は自衛隊の内部規定に照らして間違っているところがあるので上映不可と、がんじがらめの「規則、規則」で航海が長びくほど乗組員の不満は溜まるばかりであった。

「だめだ」

艦長は、赤い専用シートの中で頭を振った。

「だめだ副長。今ここを動くわけにはいかない」

「艦長。もう少し島へ近づいて、我々の姿を見せてやるだけでも駄目なのですかっ。イージス艦を目にすれば、中国船のやつらはびびります。巡視船への砲撃を、止められるかも知れません！」

「だめだ。中国に対する示威《じい》行動と取られる。それこそ政府中枢の意思決定がなされなければ、出来ない行動だ」

「しかし艦長、〈くだか〉は無線が沈黙しました。やられているのかも知れない。我々はここで、どうすればいいというのですかっ」

「仕方ない」

「は？」

「仕方がない。本艦に出来ることは、現在法的に何もない。ここにこうしているしかない」

「し、しかし……」

副長は拳を握りしめた。

そこへウイング・ブリッジに出ていた信号長が、艦橋に戻って来て「艦長！」と報告した。

「魚釣島方向から、爆発音を多数確認！」

「か、艦長」

「――」

魚釣島

何度目かの直撃弾が船体を激しく揺さぶった後、船長は船橋の床に手をつき、頭を振りながら身を起こした。ついさっきは、RPG7の弾体の一発が船橋の前方窓をかすめ、左舷から右舷方向へ走り抜けて行くのを見た。明らかに船橋を狙ったのだ。いつまでここで舵にしがみついていても、無駄死にになるだけかも知れない。行動しなくては——船を救うために。自分は船長だ。曲がりなりにも、最高責任者だ。

「よし」

痛む右の肩を、消火ホースの応急包帯で固定した。膝に力を入れる。何とか立ち上がれる。走れるかは——やってみないと分からない。

船長は消火ホースの包帯の上から救命胴衣とヘルメットを身につけた。ないほうが身が軽いかと思ったが、重機関銃の掃射で跳ね飛ばされた通信長のやられかたが眼に浮かぶと、ないより増しかと思い直した。一度撃たれて倒れるより、二度撃たれて倒れるまでもってくれれば、上等だ。

「——行こう」

船橋の兵装管制コンソールに片手をつき、もう一方の手をシャツの襟に入れて、機関砲のシステム起動キーをつまみ出す。管制盤に差し込んで、右へ回す。船の動力はおちていても、独立したバッテリー駆動による油圧システムが船首の下で動き出し、駆動圧を上昇させる。遠隔安全装置を解除。緑のランプが点灯する。これで機関砲は作動するはずだ。

この俺が――武器を取って戦うことになるとは……。心の中でつぶやきながら、右舷側のデッキに下るラッタルを早足で降りる。

ズドォンッ！　という衝撃音に振り向くと、自分が今いたブリッジが、入れ違いに直撃弾を受け爆砕されてしまった。「うっ！」と腕で顔をかばう暇もなく、爆風に頭上から突きおとされ、ラッタルを投げ出されて転がった。体を何か所か打った。しかし大丈夫だ、一階層下へ降りられた。爆発は頭上を真横へ噴き抜けてくれた。

「ううっ。くそ――」

頭を振り、立ち上がる。

下は真っ暗な通路だった。非常灯も消えてしまっている。眼をしばたいて暗順応させる。壁に通信ステーションらしきものが浮かぶ。よろけながら近寄り、手探りでマイクを取った。

「――機関室。聞こえていたら返事をしてくれ。修理は、あとどれくらいだ」

『船長、十分というところです――しかし、こう揺さぶられるのでは、工具が使えません』

「よし、待っていろ」

待っていろ——今、静かにしてやる。

船長はマイクを置くと、前甲板へ出る防水ハッチを目指して、通路を前方へ急いだ。ヒュルルルッ、ヒュルルルッと二発頭上を通過するのが分かった。通路の空気が背中から熱くなって来た。直撃を受け、上部構造のどこかが火災を起こしている。早く船を移動させなくては……！　熱気をかき分けるようにして、暗闇を進む。

前甲板へ出るハッチは、通信長が開けて出た時のまま、半開きで放置されていた。隙間から外の光が差し込んで来る。ドグォオーンンッ、と右舷で水柱が上がり、大量のしぶきがハッチに叩き付けるように降り注いで来た。船長は避けられず、ずぶ濡れになった。構わずハッチに取りつき、両腕に力を込め、外側へ押し開く。ぎぎっ、ときしみながら白ペンキを塗られたスチール製のドアは開け放たれる。新鮮な空気が流れ込む。思わずせき込む。眩《まぶ》しい視界が開ける。斜めに揺れる甲板が前方へ伸び、遥か遠くに船首。そして一段高くなった砲台の上、刈り取られた畑に立つ案山子《かかし》のように、頭をうなだれた黒い二〇ミリ機関砲が見える。

「くそっ——遠いな……」

船長はまぶしそうに眼をすがめ、ハッチ内側の壁面に肩をもたせ掛け、呼吸を整えながら唇を噛む。

魚釣島沖

護衛艦〈きりしま〉。

「艦長、島の付近から黒煙が立ち上っています」

艦橋の中央で双眼鏡を握る航海長が、「爆煙の模様です」と思わず報告した。

すかさず艦長が、

「それは君の報告対象事項ではない、航海長。君の任務は本艦の現在位置維持の監視だ」

不機嫌そうにたしなめた。

「はっ、はい……」

航海長は何か言いたそうにしたが、黙った。

その代わりに、また副長が進言した。

「艦長。それでは、〈海上警備行動〉が発令されるよう、我々から自衛艦隊司令部へ進言してはいかがでしょうかっ」

「何を言うか副長」

艦長は「何を馬鹿なことを口にする」という顔で、そばに立つ副長を横目で睨んだ。

「いいか。自衛隊は、高度なシビリアン・コントロールの下に置かれている。『戦う・戦わない』は〈内閣安全保障会議〉の高度な政治的議論によって総合的に判断され、決定される。現場の護衛艦から『戦わせてくれ』などと言い出すとは言語道断、それこそ『軍国主義の復活だ』とマスコミに叩かれ、自衛隊の地位をますます危うくする」

「し、しかし――」

「いいか副長」

艦長は黒ぶちの眼鏡をクイと持ち上げると、何も知らないスポーツマンタイプの船乗りに講釈してやる、とでも言いたげに、

「たとえ〈海上警備行動〉が発令されたとしても、本艦があそこで出来ることはほとんどない」

「えっ。どういうことです」

〈海上警備行動〉さえ命ぜられれば、島へ駆けつけて巡視船を助けられると考えていた副長以下艦橋の士官たちは、艦長の言葉に視線を集中させた。

「いいか。たとえ〈海上警備行動〉が発令されても、本艦は中国船に攻撃をやめるよう勧告することは出来るが、警察官職務執行法第七条の規定する以上の武器の使用は出来ない。すなわち、威嚇目的以外の武器の使用は、相手からの攻撃を受けた場合にのみ許される。それも、相手から受けた以上の武力で反撃しては違法となる。例を言えば機銃で撃たれたのに大砲で撃ち返してはいけないわけだ。よって本艦に装備する兵装で、あそこの中国調

査船に乗っている海兵に対して使用出来るものはない」

「そっ、そんな――では、CIWSならどうですか。二〇ミリバルカン砲なら……」

「向こうが七ミリや一三ミリの機銃で撃って来たところに、二〇ミリ多砲身機関砲を撃ち返したりしたら、過剰反撃に問われる可能性が大きい。使用には大いに疑問がある」

「ぶ、武器が駄目と言われるなら――」

日に灼けた副長は、頬を紅くした。

「ならば艦長、本艦の艦体をもって、やつらと巡視船の間に割って入ってはどうでしょうかっ」

「それも駄目だ。中国政府に対する敵対行動と取られる。それを理由に宣戦布告されても文句が言えない」

艦長は頭を振る。

魚釣島

機関砲までは三〇メートルだ。甲板を走り、砲台への階段を五段か六段、駆け登らなくてはならない。途中に遮蔽物《しゃへいぶつ》は、ないに等しい。さらに問題は、中国船の甲板のほうが高いということだ。向こうからは〈くだか〉の前甲板が見下ろせる。途中で伏せても、丸見えだ。背中を撃たれる。

「考えても――仕方がない」

船長は呼吸を整え、一気に走ることにした。ハッチの開口部から、錆びついた中国船をちらりと見上げた。自分の動きを監視されているような気が、凄くした。日本は悪いんだ、悪いんだ、という小学生時代の社会科教師の声が、何故か耳に蘇《よみがえ》った。

「ええい。うるさい」

頭の中の声を振り切るように、船長はハッチを飛び出し、駆けた。

永田町

首相官邸の前庭。

「八巻さん、尖閣での続報です」

サブチーフが、プリントアウトを持って取材テントに飛び込んで来た。「どうやら中国船が、海保の巡視船を撃ったらしいです」興奮して差し出す。

「ネタの出所は？　海保か」

「いえ、海保も防衛省も、まだリリースしていません。海保の無線を傍受していた民間の無線マニアが、インターネットに流しているんです」

「出所が確認出来ないんじゃ、使えねえよ」

八巻は、テーブルに脚を載せながら卓上モニターを見ている。リモコンを使う。TV中央だけが、韓国大使のインタビューのくり返しだ。肝心の官邸側の会談に関する記者会見は、いつ開かれるのか予定もまだ明らかにされていない。

「――っくしょう。好き勝手やりやがって……」

そこへ、正門を見張っていたADが「車が入ります！」と叫んで報告して来た。

「八巻さん、三台です――いえ四台来ます！」

カメラマンと音声が機材を持ってダッと走って行く。八巻もパイプ椅子を蹴倒してテントを走り出る。各社いっせいに正門へ殺到する。警備員たちが列を作って押し止める。黒塗りの高級車が、表の虎ノ門外堀通りから、タイヤを軋《きし》ませ次々に入構して来る。三台、四台、五台とマスコミの人垣の前を通過する。すべて申し合わせたように、後部座席に白いカーテンを引いている。

それでも、「経産大臣だ」と誰かが叫んだ。「経済担当特命大臣だ」「外務大臣だ」「日団連の会頭もいるぞ」カーテンの隙間から車の中を覗くのはさすがに本職だ。「財界のトップも来てる」とカメラマンを従えた記者が叫ぶ。

「おい」

急に来訪した顔ぶれを確認した八巻は、サブチーフを呼びつけた。「局に連絡して、使える素材映像を今のうちに集めさせろ」

「何の素材ですか？」

「尖閣で、戦闘が始まったと言ったな」

「ええ。未確認ですが――」

「今の顔ぶれ、〈内閣安全保障会議〉のメンバーにも一致する。戦闘は本当かも知れん」

「しかし、財界まで……？」

「財界に協力を求めるため、ついでに呼び出すことも十分考えられる。もっとも、まだ安全保障会議と決まったわけじゃない。肝心の防衛大臣の姿が見えない。しかし可能性は高い」

「じゃ、八巻さん。自衛隊が――」

「尖閣に出動する可能性もある。あらゆる事態を想定して、特番を組めるように準備しとけ！」

サブチーフが中継車に素っ飛んで行くと、八巻は胸ポケットから電話を取り出して、メモリーボタンを押した。

「姉御……。大変だぜ、これは――」

霞が関・財務省

財務省証券局。

「今までのに加えて、また赤字国債を出すぅ!?　やめてよ、いい加減にしてよ、もうっ」

今朝からの円相場に神経をとがらせていたところに、韓国の新空港建設を日本政府がまるごと援助するらしいとの報道が舞い込んで、課長補佐の四条真砂《しじょうまさ》はヒステリー寸前だった。トレードマークの真っ赤なミニスカートの脚をデスクの下で激しく組み替えたので、パンプスが脱げて飛びそうになった。

「おまけに一ドル一四八円……！　あぁ頭が――」割れそうよもう、とデスクに肘をついて三十三歳の女性キャリアはうめく。

「大丈夫ですか。課長補佐」

部下の井出事務官が、デスクにつっ伏した上司のボブヘアを心配そうに覗き込む。

「うー、昨夜の事件の余波が、こんなにきついなんてね……。円安が止まりゃしない」

「仕方ありません、課長補佐。これが真実です」

「真実ぅ？」

「日本は、貿易立国です。製品を取り引きするにはどうしても海を渡らなければならないのに、日本に出入りする航空路がテロにより危険となれば、輸出入の取り引きにリスクが生じます。結果的に『日本売り』になるのは避けられません」

四条真砂と共に証券局のオフィスで徹夜をした井出は、ワイシャツの襟を緩めながら言う。

「今までの日本の経済発展は、『あの国は米軍が護っているから取り引きしても大丈夫だろう』とアメリカの安全保障の信用で成り立っていたのです。我々日本人は、そんな事実に気づこうともせず、自分たちの能力だけで大経済発展を成し遂げたかのように思い込んでいる。これは危険です。いい加減、大いなる勘違いに気づくべき時ですよ」

「論評はいいけど――この円安を何とかしないと、輸出企業が軒並みやられるわ。大事な決算期だというのに――！」

真砂は顔を上げ、市況のモニター画面を睨みながら電話を取る。省内の内線をプッシュする。

「資金運用部――？　私。今すぐ緊急資金を発動して！　ドルよ、ドル。一四〇円台で食い止めないと大変なことになる。えっ？　年度末で運用資金があと一兆円しかない？　最後の一発を撃つには局長の決済が必要？　何を馬鹿なこと言ってるの!?　今円を買い支えないと、大変なことになるわっ」

財務省の資金運用部は、円相場の安定策や株式市場の平均株価安定策のために、国の特別会計から今年度分だけで一九兆三八六〇億という運用資金を預かり、必要に応じて発動させて来た。しかし今年度は不況のため、そのほとんどを使い切ってしまっていた。足りないからといって、どこかから借りて来るわけにもいかなかった。

「ちくしょう……！」

真砂は受話器を叩き付けて、髪をかきむしる。

「課長補佐、一ドル一四九円でかろうじて踏みとどまっていますが――まずいですよ。もしもあと一発、日本の安全保障の屋台骨を直撃するような事態が襲えば……」井出が横目でTVのニュース画面を見やると、ちょうど総理官邸に黒塗りの車が次々に乗り入れて来る映像が入った。

「……おや、何だろう」

同時に、真砂の机上の電話が点滅する。

何か感じ取ったように、赤いスーツの女は受話器をサッとひっつかむ。カンの鋭い真砂は、電話のランプの点滅具合で掛けて来た相手を当てることがよくあるのだ。

「はい、あたし。八巻君ね――？」

電話の向こうの人物は、驚いたようだ。真砂は「あなたのような気がしたのよ」と笑う。

「大丈夫かって？　大丈夫なわけないでしょう。昨夜の事件が尾を引いてるところへ持って来て、あのウナギじじいがまた赤字国債よ。いい加減にして欲しいわ。これじゃ十年物国債の利回り上昇に引きずられて貸出金利も上昇必至、景気がますます悪くなるわ。決算期が目の前なのに……！」

歳下の男を相手に、溜まったものを出し切るように一気にしゃべった真砂は、一息つくと「ところでいい話？　悪い話？」と声を低めて訊いた。

相手が話し出すと、美女は「え……」と眉根にしわを寄せ、流れ込んで来た単語を反芻《はんすう》した。

「――尖閣諸島……中国……戦闘!?　〈内閣安全保障会議〉!?　ううん。不確かでもいい。ありがとう、寒気がして来た。対策を遅らせたら、一分単位で傷口が広がる。ありがと。すぐ動くわ」

証券局には、この瞬間にも世界中の市況の動きが八方から押し寄せて来ている。ざわざわと騒音の絶えないオフィスの局員たちは、しかしいつしか手を止めて、窓際の美貌の課長補佐のひそめられた眉に全員が注目していた。

真砂が机上の受話器をバシッと叩き付けるように置き、「井出君、ここお願い」と上着を羽織って駆け出すと、全員が「課長補佐」「課長補佐？」と声をかける。

「あぁ、みんな」

肩に紅い上着を引っかけた真砂は、出口のドアで振り向くと、部下たちの興奮を抑えるように両手を上げた。

「私はちょっと、ボスのところへ行って来る。直談判で波動砲を撃ってもらうわ。急がないと間に合わない。みんなは引き続き仕事。いいわね」言い残すと、身をひるがえし、真砂は証券局と銀行局の入ったフロアの廊下へ飛び出して行く。

自分の影が映る、磨き込まれた石造りの床を、ハイヒールを鳴らしながら局長室へと急ぐ。

「昨夜の、あのテロ機――」

歩きながらつぶやく真砂。

「――あのスホーイは……私たちの持ち玉が底をつくこの年度末を、わざわざ狙って飛来したとでも言うの？　だとしたら、日本はこれから……」

那覇基地

南西航空混成団・地下要撃管制室。

〈海上警備行動〉の発令に備え、那覇基地はいったんはバトル・ステーション態勢を取ったものの、何故か埋堀団司令の急な心変わりとも取れる命令で戦闘態勢は解除され、通常のアラート態勢に戻された。しかし要撃管制官たちの緊張は、少しも緩みはしなかった。

久米島と宮古島のレーダーサイトが、沖縄本島から遥か西、尖閣諸島までの広大な空域をスイープし続けている。『中国船が海保の巡視船を撃ったらしい』という未確認の情報は、この要撃管制室にも伝わって来ていた。

「先任、報告！」

戦術情況スクリーンを見上げていた先任指令官に、要撃管制官の一人が振り向いて報告した。

「先任。セクター2――久米島北方一〇〇マイルの空域に、国籍不明機《アンノン》を探知！」

「なにっ」

ふいに情況スクリーンに、オレンジ色の三角形が出現した。レーダーがそこに、民間機のフライトプランに合致せず、敵味方識別装置《IFF》にも反応しない未確認飛行物体を探知したのだ。

「こ、こいつは――いつ現れた!?」

「たった今です！　今そこに」

「今までどこにいたというんだ――!?　あそこは海の真ん中だぞ」信じられん、と先任指令官はつぶやく。久米島の真北の海上に忽然《こつぜん》と現れた国籍不明機のシンボルは、画面上を左下の方向――すなわち南西の方角へと進み始める。

「飛行諸元はっ？」

「高度、超低空。速度、四〇〇ノット！」

「スクランブルを上げろ」

先任指令官は、躊躇なく命じた。

「府中には事後報告でいい。すぐに上げろ！」

先任指令官は、オレンジ色の三角形から不吉なものでも感じ取ったように、早口で命じた。

だが、

「ちょっと待て。先任指令官」

背後に一段高くなった席から、監督していた団司令部の監理部長が口をはさむ。その声に、赤い電話機を取り上げようとした要撃管制官の手も止まった。十数名の管制スタッフたちが、振り向いて注目する。

中年の監理部長は立ち上がると、

「先任指令官、待つのだ。つい先程、団司令から『アラート態勢を通常に戻し、かつ通常と違うことを一切やるな』というご指示が出されている。君も聞いていなかったわけではないだろう？」

「は、はい――それはそうですが」

「それはそうですが、ではない」

もうすぐ埋堀空将補が定年退官すると、航空団副司令になれるかも知れない一佐の監理部長は、「君は規定を無視するつもりかね」と先任指令官の一尉を指さしてなじった。

「は、はっ——し、しかし」

若手の先任指令官は、戦術情況スクリーン上を南西へと進む、オレンジ色の三角形の対地速度表示を気にしながら反論しようとするが、

「しかしもくそもない。こういう時は、通常どうするのだ？　まず府中の航空総隊司令部中央指揮所に通報し、確認を受けた上で、アラートハンガーのスクランブル機を出すのだろう？」

監理部長はテーブルの上に〈要撃管制実施要領〉の分厚いマニュアルをどかっと広げ、スクランブル機に発進を指示するところの項目を開くと、先任指令官に突き出して見せた。

「そっ、それはそうですが……」

「じゃあその通りにしたまえ。何が『そうですが』だ。全く最近の幹部教育は、なっておらん」

ジリリリリリリッ

国籍不明機がレーダーに探知されてから三分もかかって、ようやくスクランブルのベルが鳴り響いた時、菅野一朗はアラートハンガーに付属するパイロットスタンバイルームで、

飛行服をもろ肌脱いで団扇《うちわ》を使い、ポカリスエットをラッパ呑みしているところだった。

ジリリリリリッ

「あぶっ、なっ——何だ!?」

菅野は吹き出し、信じられぬように天井を見上げた。『ゼロワン・スクランブル！』コントロールルームの当直士官がマイクで叫ぶ。『スクランブル、スクランブル！』横を「菅野、急げっ！」と怒鳴りながら編隊長の南部一尉が駆け抜けて行く。

「く、くそっ」

菅野はポカリの一・五リットル瓶を放り出すと、上半身裸のままで隣接したハンガーへと走った。

すでにハンガーへの耐爆ドアは蹴り開けられ、カマボコ型の空間に飛び込むと、耳が痛いほどのベルの音だ。長身の南部一尉の背中が、一番機のラダーを駆け登って行く。その背中にも汗染みが出来ている。菅野も二番機のラダーに取り付く。足を掛けて登る。全く、バトル・ステーションを解除したと思ったら、今度はいきなりホット・スクランブルだって——？ ありかよ、こんな無茶苦茶って……！ 菅野は濃い眉を吊り上げて、心で悪態をつく。暑くてもろ肌脱いだ飛行服はそのままだ。「ええい、乗ってから袖を通せばいい！」つぶやきながら駆け登ると、コクピットへの着席を手伝ってくれるベテランの機付き整備員が「三尉。まだだ！ まだリフューエル中でエンジン始動出来ない！」と叫ぶ。

「何だって？」

燃料補給の真っ最中なので、エンジンスタートが出来ないというのだ。

「急がせるっ。三尉は一人で着装してくれ」大声で告げると、機付き整備員は菅野と入れ替わりにラダーを飛び降りて行く。「――早くしろ！　給油ホースを外せっ」下の整備員に、大声で指図する声が聞こえる。「何やってる、ホットなんだぞ！」

その怒鳴り声を聞きながら、菅野は飛行服のジッパーを引き上げ、座席ベルトとショルダー・ハーネスで体を固定した。射出座席の下に手を伸ばし、Ｇスーツのホースを機体の高圧空気吹出口に繋ぐ。いつもは整備員が手伝ってくれるのだが――コネクターが合わせづらい。

（くそっ、汗で手が滑る……！）

石鹼で手を洗いたかった。我慢して手袋をする。ヘルメットを被る。マスクを吸ってチェック。シュッとエアが出て酸素系統のゲージが動く。圧力はノーマル。ここまでやって、やっと操縦席の計器パネルのセットアップに移れる。右手で慣性航法装置《ＩＮＳ》にプレゼント・ポジション（現在位置）を打ち込みながら、左手は記憶し切った動作でスロットル・レバーから兵装管制パネル、ＩＦＦマスターコントロール、ヘッドアップ・ディスプレーと各スイッチのポジションを確認して行く。

ふとＩＮＳを打ち込み終わった右の手で、ジェット燃料スターターのレバーを引きそうになり、菅野は「あっ」と気づいて手を止めた。

（い、いかん。まだ機体の下で整備員が、給油ホースを外している。スターターなんか回したら、インテークに吸い込んでしまう……！）

　菅野は焦る自分を叱咤する。おちつけ菅野一朗。お前は航空学生を卒業して、イーグル・ドライバーになって、もう三年だ。編隊長としてスクランブルに上がった経験だってあるんだ。こんな状況であわてれば、思わぬミスをして発進をさらに遅らせることになるぞ……！　菅野がそう思った瞬間、機体の下の見えないところで誰かが「うわぁっ」と悲鳴を上げた。同時に高圧給油ホースが左主翼付け根前部のシングル圧力給油口から吹っ飛ぶように外れ、空中を蛇のようにのたくってジェット燃料を周囲に撒き散らし始めた。

「馬鹿野郎っ」

「止めろ、止めろっ！」

　二機のＦ15Ｊの始動準備をしていた整備員が全員駆け集まり、シャワーのように噴き出す青黒い燃料のコックを急いで止めたが、アラートハンガーの床面に広がった燃料は、すでに二機の戦闘機の足元をべったりと黒く濡らしていた。さらに飛び散る燃料を避けようとして、機体下面でＡＩＭ９Ｌサイドワインダーの安全ピン抜き取り作業をしていた整備員がパイロンに頭をぶつけ、もう一人が足を滑らせて燃料の池の中へ派手に転んだ。

「うわぁあっ」

「うわっ」

「おちつけ、馬鹿野郎！」

年かさの整備員たちが倒れた後輩の手足をつかみ、機体の下から引きずり出していく。

ジリリリリリッ

だが鳴り続けるベルは、整備員たちの背中を押し続けた。日頃から責任感の塊のような初老の機付き整備長が、鬼のように声を嗄《か》らして怒鳴った。「ハンガー・ドアを開けっ！　何をぐずぐずしている、トラクターを持って来い！　機体を曳き出すんだっ」それを聞いた若い整備員たちが、体をぶつけ合いながら駆け散って行く。給油ホースの取り外しでミスをした若い整備員は、呆然と菅野の機の空気取入口《インテーク》の前で立ち尽くしている。「そんなところに立つんじゃねぇ、この馬鹿野郎っ」整備長は、自失した整備員を蹴って脇へどける。その向こうで二重のハンガー・ドアが、油圧モーターで左右にゴロゴロと開き始める。

「機体を外に曳き出して始動だ！　誰も電気火花を絶対出すんじゃねえぞ、引火したらハンガーごと吹っ飛ぶぞっ！」

菅野は、気圧《けお》されるように騒動を見ていたが、ハッと我に返ると整備員たちに叫んだ。

「あ、ＩＮＳが、まだ自立していない！　まだ機体を曳かないでくれ、三〇秒待ってくれっ」

「いったい、地上の飛行隊はどうしたんだ？」

いつまでも要撃機の離陸表示が出ない戦術情況スクリーンを、先任指令官はいらいらと見上げていた。

「あっ、先任。今ハンガーを出ましたっ」

担当要撃管制官が卓上の表示を見て言うのと同時に、管制室の天井スピーカーにドラゴリー編隊一番機・南部一尉の声がザッと入った。那覇管制塔に離陸許可を求める交信だ。

『タワー。ドラゴリー・フライト、スクランブル。リクスト・イミーディエイト・テイクオフ』

『ラジャー。ホールド・ショート・オブ・ランウェイ36（滑走路36手前でいったん待機）。ウィ・ハヴ・ワン・ディパーチャー（先に離陸する飛行機がある）』管制塔が応える。

「よし、早く出ろ」先任指令官はうなずくと、「アンノンの針路は判明したか？」と訊く。

「はい先任。国籍不明機の針路、判明しました」

「どこへ向かっている？」

「やはり――あそこです」

担当要撃管制官が、興奮して情況スクリーンの左手のほうを指さす。

「何……」

先任は息を呑んだ。

「……アンノンは、尖閣へ向かっているのか!?」

那覇管制塔。

タワーの飛行場管制室から見渡す沖縄の空は、本島の北方を寒冷前線が通過したばかりで、晴天ではあるがちぎれ雲が多かった。切れ切れに降り注ぐ朝の陽光の中を、太平洋航空の白とブルーの中型旅客機・ＹＸ２２１が滑走路《ランウェイ》36へ進入して行く。

「主任。スクランブルが上がります。民航出発機を、いったん滑走路からどけますか？」

飛行場管制業務のマイクを取っている管制官が、背後で監督している主任管制官を振り返った。那覇空港管制塔は、国交省航空局でなく、航空自衛隊が管制業務を受け持っている。那覇は、元々自衛隊の飛行場だったところに民間エアラインが乗り入れて来た、軍民共用空港だ。一本の滑走路を空自と民間航空で共同で『仲良く』使用している。通常、スクランブルが上がるからといって、一度滑走路に入った民航出発機を離陸中止させてまで脇へどかすようなことは、よほど緊急の場合でなければやらない。管制官は、先程までバトル・ステーション態勢だったことを踏まえて訊いたのである。

しかし、

「うん――あ、いや駄目だ」

主任管制官は頭を振る。

「先程団司令から、『通常と違うことは一切やるな』と指示があったばかりだ。通常の通り、パシフィックの東京行きを出してからスクランブル編隊を上げろ」

「了解」

ところが離陸の許可を受けた双発のＹＸ２２１は、長さ九八〇〇フィートの滑走路36を半分ほど走ったところで急にエンジンを絞り、幅一五〇フィートの路面の真ん中で停止してしまった。

「パシフィック48、どうしたっ？」

双眼鏡を眼に当てながら管制官が叫ぶ。

『タワー。こちらパシフィック48。油圧系統にトラブル発生、離陸を中断した』

「分かった。ただちに滑走路を空けよ。Ｅ６タクシーウェイ経由で、スポットへ引き返せ」

『あー、タワー。出来ない。パシフィック48は自力タクシー不可能。ステアリング系統の油圧が全部抜けてしまった。脚部からリークしたらしい。トーイング・トラクターを呼んで欲しい』

旅客機のパイロットは、すまなそうに言った。

「なっ、何だと？」

『それから滑走路上に、リークした油圧作動油を撒き散らした恐れがある。誠に申し訳ないが、機体を曳き出した後、路面をチェックして欲しい』

「そっ、そんな――」

絶句する管制官。

「いったいどうなってるんだ、これじゃ出られないじゃないか！」

滑走路36手前の誘導路で、二番機の待機位置に自分のイーグルを止めながら、菅野は飛行服の膝を拳で叩いた。

やっとエンジンを始動して、ハンガー前から出て来たのに――！　遅れを取り戻そうと離陸前チェックリストを素早く終え、一番機に続いて滑走路へ進入しようとした矢先に、これだ。

立ち往生した中型旅客機のブルーの垂直尾翼は、滑走路の真ん中辺りに停止し、全く動く気配もない。空自の戦闘機は民間航空とは無線の使用周波数が違うので、菅野にはＹＸ２２１のパイロットがレポートした油圧系統リークの状況が聞こえていなかった。

「畜生、いったい何やってるんだあの旅客機は！　俺たちはスクランブルなんだぞ」

『おちつけ菅野三尉。無線の周波数で怒鳴るんじゃない』

府中・航空総隊司令部中央指揮所

「那覇空港、民航出発機が油圧漏れで滑走路に立ち往生。同時に作動油が路面に撒き散らされたため、中和剤を散布するまで滑走路は使用不能です」

南西セクターの監視を担当する要撃管制官が報告すると、中央指揮所は騒然となった。

「再開の見通しはっ?」

和響二佐が問うと、

「どんなに急いでも二十分は駄目です」

「二十分!?」

すでに総隊司令部の前面ホリゾント・スクリーンにも、沖縄・久米島北方に忽然と出現し、南西方向へと急速に進むオレンジ色の三角形がくっきり表示されていた。和響が思わずトップダイアスを振り仰ぐと、江守空将補が和響の視線に応え、『仕方がないな』と言うように頭を振った。那覇以外に、南西諸島方面へ要撃戦闘機を発進させられる空自の基地は無い。民間と共用のたった一本の滑走路が、日本の西端の護りの生命線だったのだ。

「軍民共用空港か……!」和響は自分のコンソールを、拳で叩いた。「くそっ。いつかはこんな事態が起きるのではと、心配していたんだ」

「先任指令官」

江守が呼んだ。

「はっ」

和響は再び振り向く。

「あのアンノンは、低空を高速で尖閣へ向かっているようだが、二十分遅れても那覇のF《エフ》は追いつくことが出来るか？」

「お待ちください。計算させます」

和響が担当要撃管制官に指示を出し始めると、航空総隊運用課長がトップダイアスの後方から指揮所に入室してきて、中央の席の江守に忍び寄り「司令」と耳打ちした。

「今、米軍極東司令部が、見解を発表しました。やはり今回の尖閣の紛争においては、米軍当局は『どの国の立場も支持しない』と明言しています」

江守は、息を吸い、吐いた。

「分かった……。運用課長、ご苦労」

「――全く、何のための安保条約でしょうか」

「しっ。若い者たちが動揺する。大声を出すな」

「はぁっ、はぁっ」

前甲板通風筒――〈くだか〉の船首の下に空気を送り込む、一辺一メートル半の白い立方体――それだけが、機関砲塔へたどり着く三〇メートルの距離の中で唯一の遮蔽物だった。

ここまでは走って来れた。

しかし船長が通風筒の陰に飛び込んだ途端、ガガガガンッ、と熱い甲板をハンマーでぶっ叩くようにして機銃の着弾は追いすがって来た。

「はぁっ、はぁっ」

見つかった。

通風筒の陰にへたりこんだ船長の背中で、ガガッ、ガンッ、ガンッ、ガンッ、と重機関銃の着弾は白ペンキの立方体を叩いた。ブンッと頭上をすり抜けて行く銃弾もあった。ここに自分が隠れたことは、やつらに知れてしまった。やつらは狙い続けるだろう。どうすればいいんだ――!?

船長は両手で耳を塞《ふさ》いで顔をしかめた。背中を叩き続ける着弾の衝撃は、耳元でドラを鳴らされるような、聴力がなくなるほどの凄まじさだ。鋼板を組み合わせて溶接しただけの通風筒は、もつのだろうか――？　高校生の頃、喫茶店でよくやったスペース・インベーダーが頭に浮かんだ。あのゲームの画面でインベーダーに爆撃されるシェルターのように、自分が背中をつけているこの通風筒も、削れてなくなってしまうのではないか……。舌打ちして体をずらし、船首方向を覗くと、機関砲塔へ上がる階段は二〇メートルも向こうに見えた。無限とも感じられる距離だった。

「はぁっ、はぁっ、くそっ。進めない――！」

魚釣島沖

「島の方角から、さらに黒煙が上がっています。激しい火災を起こしている模様ですっ」

〈きりしま〉の艦橋に、信号長がまた駆け込んで来て、大声で報告した。

「艦長！」

副長がたまりかねて、赤いシートで動こうとしない艦長にグイと詰め寄った。

「艦長。巡視船がやられて、燃えているのです！　我々は、緊急避難として、助けに行くべきではないのですかっ」

しかし、

「――何も分かっとらんな、君は」

艦長はため息をつき、頭を振る。

「本艦がここを動ける法的根拠は、何もない」

「水平線の煙を見てください、艦長っ。あれは明らかに、〈くだか〉がやられているのです！　このままでは乗組員の生命が危ない。助けに行くのは、緊急避難ではないのですかっ」

「聞きたまえ、副長。いいかね。確かに我々自衛隊は、正当防衛・緊急避難を理由に武器を使用することが認められている。しかし緊急避難というのは、それをしないと自分自身の命が危ない時の、やむを得ない行動のことを言うのだ。例えば八百屋の店先の商品を盗んで食べなければ飢え死にしてしまうという時に、盗んで食べた行為は罪に問われない。緊急避難とは、そういうことなのであって、他人を助けるための緊急避難など法的に聞いたこともない」

「しっ、しかし――！　ああして巡視船がやられているのに、同じ船乗りとして、日本人として、ほうってはおけませんっ」

顔を真っ赤にして副長は進言する。すると副長の大柄な背中を応援するように、艦橋の士官たちの視線も艦長に集中する。

「艦長」

「艦長」

「艦長っ」

「艦長、ほうっておけません。お願いしますっ」

「ふん……」

副長と士官たちの真剣な視線に、艦長は肩をすくめた。黒ぶち眼鏡の官僚のような艦長は「仕方がないな……」とつぶやきながら椅子を立ち上がり、両手を後ろで組むと、艦橋左舷の窓から水平線の島影を見やった。

「副長」

「は」

「我々としても、まぁ黙って見過ごすわけにもいかないだろう」

「はっ」

「手のすいている乗組員を左舷に集めよ」

「は？」

「あそこの彼ら――巡視船の海上保安官たちも、国家公務員となった時から国のために死ぬ覚悟は出来ているはずだ。せめて我々がここで、静かに最期を見取ってやろう。全員で黙禱《もくとう》の用意」

「そっ――」

副長は膝から力が抜けたようにその場でつまずき掛けると、「そ、そうじゃないでしょう、艦長」と抗議した。

「艦長、艦長は巡視船の乗組員を見殺しになさるつもりですかっ！」

「見殺しではない。自衛隊法と、その依《よ》って立つ日本国憲法を護っているのだ。世界で一番素晴らしい平和憲法を護ることは、我々自衛官の崇高なる義務だ」

「しかし」

「目の前で巡視船が攻撃されているからといって、自衛隊の護衛艦が内閣総理大臣の命令もないのに割り込んだりしたら、自衛隊法違反、すなわち憲法違反だ。憲法違反は絶対してはいかん」

「巡視船を見殺しにすることが、憲法を護ることなんですかっ」

「結果的にそうなっても、仕方がない。平和を護るための平和憲法は、曲げるわけにはいかん」

「ですが我々海上自衛隊には、海上における海賊行為を取り締まる〈警察権〉が国際法で認められているはずです！　総理大臣の命令なんかなくたって、助けに行けるはずじゃないんですかっ」

「あそこのあの中国船は、れっきとした中国政府の船だ。ありゃ海賊じゃないよ」

「そうです。あれは海賊ではない、侵略です！」

航海長が、たまりかねたように発言した。

「あれは、侵略です。侵略を退けるために戦うのが、我々自衛隊の使命なのではないですかっ」

「そうだ」

「そうですっ」

「艦長、戦いましょう」

だが、口々に進言する艦橋の士官たちに、艦長は『何を馬鹿なことを言う』という顔をする。

「ちっ、ちっ。これだから君たちには国防の最前線は任せられないのだ。いいかね、あれが侵略かそうでないかを決めるのは君たちでも私でもない、〈内閣安全保障会議〉だ。総理大臣の招集する〈内閣安全保障会議〉以外に、我が国に向けてなされた行為を『侵略である』と認定出来る機関は法律上存在しない。分かったかね」

「しかし」

「そんな」

「いいか。たとえ目の前で島が占領されようと巡視船が沈められようと、〈内閣安全保障会議〉が認定するまでは、あれは侵略ではないのだ」

艦長は、赤いシートに再びどっかり座り込むと、腕組みをして「ま、安全保障会議が招集されて〈海上警備行動〉が発令されれば、島へ乗り込んで中国船に出て行くよう警告することは出来る。中央からの指令を、我々は待つしかないな」

永田町

首相官邸。

ついに〈内閣情報調査室演算センター〉から、計算結果がメールで届いた。

「総理、計算結果が出ました」

韮山情報調査室長は、執務室にスルスルッと入って来ると、オクスフォードの眼鏡をツイと上げながらプリントアウトを読み上げた。

鰻谷総理を始め、孕石官房長官、蠟山首席秘書官ら執務室に集まった全員の視線が集中する。衛藤もその中の一人だ。

「ええ、結果は次の通りです。〈内閣安全保障会議〉を『招集した場合』と『しなかった場合』では、『招集した場合』に内閣支持率が上昇する確率は五〇・四九パーセント。『しなかった場合』に内閣支持率が上昇する確率四九・五一パーセントを、わずかですが上回っております」

「む。つまり、安全保障会議を招集したほうが、支持率は上がるということなのか？」

孕石が訊き返した。

「はい官房長官。現在の国民の意識調査では、総合的に考えてそのようになると思われます」

「それには、マスコミが大衆を扇動する要素も入っているのか？　中央新聞一派の影響力は？」

蠟山が訊いた。

「いえ秘書官。残念ながら、〈内閣安全保障会議〉を招集した場合、悪意に満ちたマスコミ報道がどれだけなされるかは、パフメーターの変数領域が広すぎて、予測出来ませんでした。しかし」

ずれて来た眼鏡をまたツイと上げ、韮山は、

「確かに、中央新聞の現在の編集主幹——鬼座輪教介という男ですが、これは若い頃に東南アジアの支局員も経験した筋金入りの言論人で、自由資本党政権には強い敵意を抱いておるようです。平和世界党と組んで政権引き下ろしを狙っているとの見方もある。確かに脅威ではありますが、反面世間ではインターネットの普及により、個人の情報収集力や社会的発言力が急速に高まりつつあるのも事実です。戦後民主主義系と呼ばれる新聞やＴＶが、いくら扇動しようと、自分の意見を言う人は言うし、国を憂うる意識ある国民の眼は、マスコミの洗脳などで最早ごまかし切れるものではなくなっているのではないでしょう

か」

　韮山の報告に、孕石はうなずいて、

「総理。今の情報調査室長の報告は、なかなか聞くべきところがございます。何より、〈内閣安全保障会議〉を招集して毅然たるところを見せれば支持率が上がる、というデータは心強い。総理、もう懸念する必要はございません。今まさにわが領土を蹂躪《じゅうりん》しようとしている傍若無人な勢力があるのです。我が政府は、こやつらに眼にものを見せてやろうではありませんか！」

「――――」

　鰻谷は、窓に向き直ると、一人で外を見た。

　執務室がシンとして、全員の視線が、歳を経た両生類のような政治家の茶色い横顔に集中した。蠟山秘書官が痩せた喉をヒクッと鳴らした。これから先の決断は、総理大臣一人のものだ。取り巻きたちは意見を言うだけ言ったら、後は任せるしかない。

　衛藤は、執務室の隅で秘書官や官邸スタッフに混じって立ちながら、自分の進言で自衛隊が出動出来る第一のステップが踏まれるのを見守った。

（総理、早く決断してくれ……！　魚釣島の巡視船がやられてしまう。手遅れにならないうちに、早く決めてくれ！）

魚釣島

ドガガガッ、ガガッ
ガガンッ、ガンッ、ガンッ
〈くだか〉前甲板の通風筒を狙って集中される機銃弾は、鋼板の箱である高さ一メートル半の立方体を、確実にひしゃげさせていた。おそらくあと数分持たないだろう。いや、ここをロケット砲で狙われたら数分どころか、一瞬にして甲板に大穴が開き、自分はこの世から消し飛ぶだろう。
（――ここにいても、どうせやられる……。進んでやられるか、待ってやられるかだ……！）
船長は肩を上下させながら、必死で呼吸を整えた。走るのだ。走るしかない……。そして反撃をする。〈くだか〉が生き残る道は、それだけだ。
頭の中で、機関砲塔の階段を駆け登った後の操作手順を反芻した。別の巡視船で航海長をしていた去年まで、機関砲の射撃の指揮は自分の役目だった。射手として触ってはいないが、発射の手順はそばで見て覚えている。ずいぶん昔だが、自分で撃ったことも一度だけある。

「よし。考えている暇はない」

船長はうなずきながら、横目で甲板の先を見た。あと二〇メートルか……。力を溜めるように大きく呼吸した。と、息を吸い込むのを牽制《けんせい》するように、船橋の後ろのほうにロケット弾が着弾し、船体が震えるような轟音《ごうおん》と共に黒煙を立ち上らせた。

「うっ、くそ」

顔をしかめ、甲板を震わせる衝撃をこらえた。

「――い、行こう!」

船長は膝に力を込め、身を起こした。息を止め、スタートダッシュを蹴った。再び甲板に飛び出しながら、ふと『結婚しておくんだったな……』と思った。

永田町

「よし――」

鰻谷は、喉をゴフッと鳴らした。

「――安全保障会議を招集しよう。蠍山秘書官」

「は。はっ」

「ただちに持ち回り閣議で、〈内閣安全保障会議〉を開催する。そのうえで空・海自衛隊に尖閣諸島の中国勢力に対する〈海上警備行動〉を――」

だが鰻谷がそこまで言いかけた時、どかどかどかっ、と執務室の入口に複数の足音が響き、ＳＰが慌ただしくドアを開いた。

「総理、お待ちください。お待ちください」

「待ってください、待ってください」

一団の恰幅のいい初老の男たちが、靴を鳴らしながら執務室へ乱入して来た。

衛藤は、隅のほうでその顔ぶれを見て驚いた。

（経産大臣――？）

先頭は、鰻谷派の中堅、寒河柄《さむがえ》経産大臣だった。蟹《かに》のようなエラの張った顔は、一度目にすれば忘れない。入口のＳＰが無条件で通すわけだ。五十四歳の寒河柄は、建設族で産業を知らない鰻谷を助け、主にメーカーや商社などの業界に太いパイプを作って資金集めに貢献していると聞く。

続いて走り込んで来たのは、顔の黒い耳の大きな恵比須顔の男と、銀髪をポマードで撫でつけた四角い眼鏡の男だった。

「総理、総理」

「待ってください、待ってください」

息を切らしながら駆け込んで来た二人を見て、衛藤はさらに驚いた。

（大黒《おおぐろ》外務大臣……？　的外《まとそと》経済担当特命大臣も）

〈内閣安全保障会議〉のメンバーは、総理大臣を議長とし、ほかに財務大臣、外務大臣、経産大臣、内閣官房長官、防衛大臣、経済担当特命大臣、国家公安委員長、それに総理が特に必要と認めた国務大臣などである。さらに統幕議長など自衛隊制服組幹部が、オブザーバーという資格で加わることになっている。実際には、これらに加えて財界幹部も、迅速な民生協力を求めるため会議室の外へ呼ばれるだろうと言われている。

寒河柄経産大臣、大黒外務大臣、的外経済担当特命大臣は、〈内閣安全保障会議〉のメンバーだった。しかもその後には、

「総理、総理」

「失礼します失礼します」

驚いたことにTVや新聞で見覚えのある、有力経済団体を牛耳っている財界の長老たちが続いているではないか。

（日団連の折屏風《おれびょうぶ》会頭……!?）

先頭で杖を突いている、痩せた鶴のようなひょろっとした老人は、まさしく日団連の会頭、折屏風光一郎だ。衛藤は、少し手回しが良過ぎるな――と感じた。ひょっとしたら安全保障会議招集に前向きだった孕石官房長官が、鰻谷の決断が出たらすぐ会議を始められるよう、これらのメンバーをあらかじめ呼んでおいたのかとも思った。

しかし——それにしては、肝心の防衛大臣がいない。制服組の姿もないし、国家公安委員長の姿も見えない。

孕石の顔をちらりと見やると、同じように驚いた表情をしている。いくら政界の古狐とはいっても、その顔は演技ではないようだ。

いったい何なのだろう、この人たちの急な乱入は——と衛藤がいぶかっていると、

「お、お待ちください総理。〈内閣安全保障会議〉の招集は、待ってください！」

呉服屋の丁稚奉公《でっちぼうこう》から始めて、今や大手繊維メーカー、化学メーカー、製薬会社など一大企業グループを手中にする八十五歳の伝説の経済人・折屏風光一郎は、執務室の絨緞《じゅうたん》に杖を置くと、驚いて見ている鰻谷の面前でがばっと土下座した。

「あぁっ、会頭」

「会頭にそんなことをさせるなんて——！」

後からついて来た財界の長老たち——いずれも国内大手企業の会長クラスだ——も先頭の折屏風にならっていっせいに膝をつき、執務室の絨緞に頭をこすりつけて土下座を始めた。

「そっ、総理！」

「お願いでございます、お願いでございます！」

い、いったい何が始まったんだ……!?

衛藤が、土下座する経済人たちとその向こうの鰻谷を交互に見ていると、切迫した場の雰囲気に反応したのか、ベテラン秘書官の一人が内閣の部外者である衛藤のそばにつかつかと寄り、「審議官、総理の執務にさしつかえます。執務室を出てください」と言った。

「えっ、でも――」

「執務にさしつかえます。どうぞ出てください」

四十代の秘書官は、慇懃《いんぎん》な口調で衛藤の胸をぐいと押し、有無を言わさず首相執務室から隣の秘書官室へ追い出してしまった。

「な、何をするんだ」

衛藤は不意の扱いに抗議をした。

「何か都合の悪いことが起きそうになったから、部外者の私を追い出すんですかっ？」

「さぁ。これ以上審議官が在室されるのは総理の執務にさしつかえる、と秘書官として判断させていただいただけでございます」

「ちょっと待ってくれ。あなただって中央省庁から官邸に派遣された、国家に仕える官僚だろう。どうして一政治家の肩を持つのだ」

「さぁ。私は今は、鰻谷総理の秘書官ですから」

それだけ言うと、秘書官は執務室のドアを、ばたんと閉めてしまった。二人のSPが、素早くドアの前に立ちはだかる。

「く、くそっ……」

執務室の床では、財界人たち十数名が鰻谷を前にアラーの礼拝のように土下座をし、

「お願いいたします、お願いいたします」と懇願を続けていた。

衛藤を隣室へ追い出したベテラン秘書官は、すすっと戻って来ると、今度は土下座する老人たちをあっけにとられて眺めている新任の若い秘書官の隣に並び、横から足を踏んづけた。

「こら六塔《りくとう》秘書官、そんな顔をするんじゃない」

「え、え――?」

踏んづけられた新任秘書官は、三一歳くらいであろうが、さらさらの髪を真ん中で分けて銀縁眼鏡をかけた、まだ大学院生と言っても通るような風貌だ。六塔と呼ばれたその若い秘書官は、わけが分からないという顔で先輩の横顔を見返した。

「先輩。いったいこれは、何が始まったのです」

「俺にもまだ分からん」

ベテラン秘書官は、囁き返した。

「だがこのくらいで驚いた顔をしていたら、官邸のスタッフなんか務まるものか。当たり前のような顔をするんだ、当たり前のような顔を」

衛藤がドアの外で「畜生」と腐っていると、その肩を後ろから誰かが叩いた。

「――？」

振り向くと、

「安全保障室の審議官というのは、君か」

そこに立っていたのは、四十代後半の官僚だった。顔色が悪く、鋭い眼に独特の暗さがあった。警察庁キャリアか――？

「おっと、初めて会うな。私は内閣広報官室長の叩戸《たたきど》だ。君も知っての通り、警察庁から出向して来ている」

四十代の男は、ポケットに手を入れたままで会釈した。男の言う通り、内閣安全保障室長、内閣情報調査室長、内閣広報官室長、これら全ては警察庁が押さえている出向ポストだ。実際、要職を警察が固めた官邸では、防衛省の発言力なんか無いに等しい。

「当坊《あてぼう》さんが来ているのかと思って、顔を見に来たんだが……。君は新人だな。元気がいい」

叩戸と名乗った男は薄い唇で笑い、衛藤の上司である安全保障室長の名を出した。

「うちの当坊室長は、昨夜から連絡が取れません。仕方なく、私が事態を知らせに参じました」

衛藤が答えると、

「ふうん、そうか」

叩戸広報官室長は、ほかに人気《ひとけ》の無い秘書官室の窓際で、煙草をつけた。

「ふん。それじゃ当坊さんは、ここの事態は君でも対処出来ると踏んで、もっと重要な何かを追っているわけだな」

「もっと『重要』な何か……？」

衛藤は、自分の仕事が軽んじられたような気がして、広報官室長を睨み返した。そんな視線を気にもせずに、警察庁から来た男は煙を吐き出しながらつぶやいた。

「ふうむ。ま、せっかく君が、進言に来てくれたわけだが……。今回の〈内閣安全保障会議〉な、こりゃ流れるかも知れん」

「ど、どういうことです⁉」


「総理、お願いでございます」

「お願いでございます」

執務室の絨緞の上で、折屏風口団連会頭と共に先頭で土下座しているのは、国内大手自動車メーカーと大手機械工業メーカー、それに大手家電メーカーの会長三人だった。

「いったいどういうことだ、寒河柄経産大臣？　君も安全保障会議のメンバーだろう」

土下座する会長たちの勢いに「うっ」と気圧されたような鰻谷は、財界人たちにつき添って来た形の経産大臣に訊く。

するとと、蟹のような顔の経産大臣は進言した。

「総理。今、中国に対して〈海上警備行動〉など行ってはまずいです。どうかやめてください」

「何?」

わけが分からない顔の鰻谷に対し、床の財界長老の会長たちも口々に「やめてください」「どうかおやめください」「お願いいたします!」と平身低頭する。

「い、いったい、どういうことなのだ? 説明しろ経産大臣」

鰻谷が命じると、寒河柄経産大臣は「はっ」と説明を始めた。「総理。実は、ここにいるT自動車とK精鋼とM電機、三社の中国国内工場が、中国国営企業との合弁の形で、まさに本日稼働を開始しようとしているところなのです」

「なっ、何だと?」驚く鰻谷。「三社とも、申し合わせたように今日が操業開始なのか?」

「は」

「ははっ」

ひれ伏して答える会長三人。

「どうかお願いです、総理。私どもの会社をお救いください!」

「お救いください！」

「どうか、お助けを――！」

「しかし、それが安全保障会議と、どう関係があるのだ。経産大臣？」

寒河柄が「ははっ」と説明を続ける。

「総理、会長たちはお互いに知らなかった模様です。今朝、中国の不穏な動きが表面化してから初めて分かったのですが、各社の中国政府との合弁事業の契約内容を突き合わせて見ると、三社とも『もし日本側に不法かつ不誠実な行為が見られた場合は工場の操業認可を取り消し、資産を全て没収する』とはっきり書かれているのです」

「なっ、何だと？」

「中国側に、図られたとしか思えません。

しかし中国が九二年に〈領海およびその隣接区法〉を制定し、勝手に尖閣諸島を『中国領土だ』と決めつけている以上、尖閣諸島でもしトラブルが起きれば、『日本政府がこの大事な日に不法かつ不誠実な行為をした』と言いがかりをつけられ、合弁事業の認可を取り消された上に、三社とも工場の設備を全て没収されてしまうでしょう。そうなったら三社の経営は破綻《はたん》するばかりか、立ち直りの兆しが見えない日本経済にもさらに重大な悪影響を及ぼしてしまいます」

「なっ、何と言うことだ――」

「ですから、今〈内閣安全保障会議〉を開いて自衛隊に〈海上警備行動〉を発令するなんて、とんでもない。中国政府の心証を逆なでにするような行為は、一切やめてください」

「し、しかし尖閣諸島は日本の領土だぞ」

「そんなことより、T自動車とK精鋼とM電機がもし三社とも潰れたら、取引先や関連会社も含めて、連鎖倒産による悪影響は計り知れません」

「三社だけではございません、総理」

土下座の先頭で、折屏風会頭が言った。

「中国本土に工場を進出させている日本企業は、今や大手メーカーだけで百四十八社、中小メーカーも入れると膨大な数に上ります。それらは全て、中国との合弁事業となっておりますが、進出時の契約書には例外なく、今申し上げたのと同じ条項が明記されているのでございます」

「なっ、何だと――!?」

鰻谷は、喉を鳴らすのも忘れて絶句した。

「では、中国国内の日本企業の資産は……」

「中国政府が強権を発動すれば全て没収です。日本経済は、息の根を止められてしまいます」

「そ、そんな馬鹿な……」

その足元に、「お願いです、総理。助けてください」「お願いです」「お願いです」と会長たちは這うように近づいて懇願した。

「し、しかしあんたら、どうしてそんな不利な契約を――？」

建設族なので合弁事業の実態に疎《うと》く、あきれる鰻谷に的外経済担当特命大臣が耳打ちする。

「それだけ人件費が安いのです、総理。日本企業と、中国始めアジア諸国の政府関係者は、搾取《さくしゅ》のし合いっこです」

「総理。二十年も前から国内企業の間には『中国に進出出来ないと、二十一世紀に生き残れない』というような強迫観念がありまして、経営者たちはろくに内容も検討せずに、合弁事業の契約書にサインしまくった模様です。まぁ当時は〈領海およびその隣接区法〉もなかったのですが……」

大黒外務大臣も、困ったように説明した。

「そ、そんなことは、知らなかったぞ……」

公共事業を仕切らせたら国内に敵なし、と言われたさしもの大物政治家も、不意をつかれたようにため息を漏らした。その足元で、

「お願いです、総理。我が社は合弁事業の契約にこぎ着けるまでに、中国の中央委員会の党幹部たちに合計十億円の賄――じゃなかった御礼を払っているのです。それでやっとこ

こまで来たのです」

会長たちは、涙を流しながら口々に訴えた。

「我が社は最高級車種のエクセルを百五十台も党幹部に配ったのです。それだけでも十億円の出費です」

「うちもです。でもたとえ御礼を十億取られても、人件費の安い中国に生産拠点を築き、将来の中国市場に活路を見出すことが経営再建の絶対条件なのです。工場を没収されたらおしまいです。どうか助けてくださいっ」

「う、ううむ……」

唸る鰻谷。

「総理。無理なお願いは承知の上でして——」

会長たちは後ろに控えた幹部社員に「おい、あれを！」「早くしないか！」と命じると、持参した段ボール箱を次々に開けさせた。

「総理への御札は、これこの通り」

「この通りでございます」

「ば、馬鹿者！」

鰻谷より先に、蠟山秘書官が思わず怒鳴った。

「官邸にそんなものを持ち込むやつがあるかっ。外にマスコミがいるんだぞ、見られたらどうするつもりだっ!?」

「ははっ」

「ははぁっ」

ひれ伏す会長、幹部社員たち。

それを見ながら、孕石が「ふうむ」と感心したようにうなずいた。「なるほど。平時から仮想敵の人質を取っておく、か――まさに中国の兵法の初歩ですな。これはやられた」

「感心している場合ではないぞ、官房長官。我が内閣は、どう対処すればいいのだ」

「そうですなぁ。困りましたな」

ところが陳情は、それだけで終わらなかった。

さらにどかどかどかっ、と靴を鳴らし、財界人らしい高級スーツの老人たちが部下を引き連れてなだれ込んできた。執務室へ入れてもらうなり「総理」「お願いでございます、総理」と口々に汗を拭きながら訴え始めた。

「お願いでございます」

「お願いでございます」

「どうかお願いでございます！　総理」

「重工メーカーとゼネコンの会長たちが――揃いも揃ってどうしたのだ？」

孕石が驚いて見回す。

新たになだれ込んできたのは、日本を代表する重工メーカー三社と、ゼネコン五社のトップ経営者たち数十名であった。いずれも齢《よわい》七十を超える会長を先頭に、役員たちが顔を揃えている。新参の経営者たちも鰻谷の足元にひれ伏すと、自動車メーカーや家電メーカーの会長たちと同じように土下座を始めた。

「そっ、総理！　じ、実を申しますと現在北京では、北京―上海間の高速幹線鉄道建設の受注を巡り、新幹線方式を提案する日本の企業グループと、TGV方式を提案する欧州企業グループとの間で、激烈な接待合戦が繰り広げられている真っ最中なのでございます」

重工メーカー会長が、泣きながら訴えた。

「し、しかし万一今日、中国を対象に〈内閣安全保障会議〉などが招集されますれば、せっかくこちらへなびいて来た中国政府要人の神経を、逆なでにしてしまいます。今までの血のにじむような努力と投資が、全部無駄になってしまうのでございます！」

「な、何だと――？」

鰻谷の専門はダムと堤防と橋と道路なので、中国に新幹線を売る計画については、経産大臣に一任して面倒を見させていた。どうせキックバックは半分上納させるからと、安心していたのだ。

「ううむ――受注合戦が山場に近づいているとは、報告を受けていたが……」

「それだけではございません、総理。中国では今後二十年を掛けて、中国大陸全土に総延長一万キロにもおよぶ高速幹線鉄道網の建設を予定しております。我が国の新幹線網の実に五倍強というビッグ・プロジェクトでございます。北京—上海間は、その最初の路線となるのです。北京—上海間を新幹線方式で受注することが出来れば、それが中国の標準規格となり、一万キロの路線の全てを日本企業でやらせてもらうのも夢ではございません」

う、ううむと鰻谷は唸った。

「一万キロ、全部か」

「はっ」

「ははっ」

「ははぁっ」

「総理。ここは一つどうか——尖閣諸島の件につきましては、冷静かつ忍耐強い対応を……！」

「何を言うか。総理は最初から忍耐強いお方だぞ。今回も冷静に対処されるに決まっておる。我々はそれを応援するために参ったのだ。失礼なことを言うな」

「あ、ああそうか。そうだったな。総理、まことに失礼を——申し訳ございませんっ」

会長・役員たちは互いに小突き合いながら、執務室の床一面に足の踏み場もないほどひしめいて、アラーの礼拝のようにいっせいに土下座し始めた。

「総理」

「どうか総理」

「総理お願いいたします」

「お願いいたします」

「どうか、どうか」

「〈内閣安全保障会議〉招集は、待ってください」

鰻谷は土下座の集団を見渡しながら、ゴフッと喉を鳴らして困ったように孕石を見た。

「仕方がありません、総理」

孕石は、湯飲み茶碗を手にしたまま頭を振った。

「ここは選択肢は、一つしかないでしょう。参院選前の大事な時期ですからな」

尖閣諸島近海

待機旋回中のＰ３Ｃ哨戒機。

「機長、航空隊司令部より入電です。『ただちに引き返せ』と――帰還命令です！」

後部キャビンから戦術航空士が叫んだ。

「そ、そんな馬鹿なことがあるかっ」

機長は、コクピットのサイドウインドーから水平線の島を見やって歯がみした。

「もう一度確認しろ！」

「やはり帰還命令です。〈海上警備行動〉は、発令されません」

魚釣島沖

護衛艦〈きりしま〉。

護衛隊群司令部からの指示をいらいらと待っている艦橋に、ついに入電があった。

「艦長、司令部より入電です！」

全員の注目を浴びながら、通信士官が大声で電文を読み上げた。

「発、第二護衛隊群司令部。宛、護衛艦〈きりしま〉艦長。『今回の〈海上警備行動〉発令は見送られた。くり返す。〈海上警備行動〉は発令されない。第二護衛隊群〈きりしま〉は、ただちに針路反転帰途につけ』以上であります！」

「な、何だとっ」

驚く士官たち。

〈きりしま〉の士官食堂では、総員戦闘配置が命じられないために部署につけない士官たちが、仕方なくTVの画面を囲んで茶を飲んでいた。

『たった今、ニュースが入りました』

今のところ報道特番を流しているのは、TV中央だけだった。自衛隊と憲法の問題をパネリストが討論する場面がふいに途切れ、ざわざわとした報道部オフィスらしき場所に切り替わった。

『——ただ今入ったニュースです。沖縄県の尖閣諸島において、中国の調査船が海上保安庁の巡視船に退去を求めている事態について、内閣の方針が出されました。緊急会見した孕石官房長官によると、日本政府はあくまで話し合いによる平和的解決を目指し、いったん巡視船を退去させた上で中国政府に対し領土問題に関する協議を申し入れるとのことです。永田町の首相官邸前から中継でお伝えします』

士官たちは「おい」「どういうことだ?」と顔を見合わせ小突き合った。「島では戦闘が起きているんだろう」「巡視船はどうなるんだ?」

那覇基地・防空指揮所

「アンノンがレーダーから消えましたっ」

担当要撃管制官が、振り向いて叫んだ。

「何っ」

宮古島の北方を通過し、西南西へ亜音速で移動中だったオレンジ色の三角形が、フッと消えた。後を追う緑色の三角形二つは、まだ沖縄本島を出たところだ。

「消えた――？」

総隊司令部

中央指揮所。

「消えたとは、どういうことだ」

江守の問いに、

「は、司令。宮古島レーダーサイトの、水平線外へ逃れた模様です」

和響が振り向いて報告する。

「五〇フィートの超低空では、地上レーダーサイトに捉えていられるのはわずかな間だけです」

残念ながら、付近にＥ２Ｃは一機もいなかった。ホークアイが見張っていれば、国籍不明機をロストしないばかりか、不明機の発する電波の特性を解析して、機種まで特定出来るのだが……。

ううむ——司令官席で江守は腕を組む。

その両横で、

「ひょっとしたらわざと尖閣へ向かうよう、見せかけたのかも知れない」

「レーダー圏外で針路を変える可能性はあるな」

「あるいは、スクランブル機に『ついて来るなら来てみろ』と言っているのか……」

「そんな挑発など——」

「いや。もしも昨夜と同じスホーイなら、あり得るかも知れん」

幕僚たちが囁き合う。

「アンノンはこちらの呼びかけに答えず。所属不明、機種不明。計算ではあと七分で、尖閣諸島の領空に入ります」

「那覇のFは？」

江守は訊く。

「たった今離陸しました。マッハ二で、尖閣まで十三分です」

「全速で追尾、不明機の正体を目視確認させよ」

「はっ」

東シナ海上空

『ドラゴリー1、了解。レーダーを使用する』

ようやく発進した南部一尉と菅野三尉の二機のF15は、超音速に加速して地上レーダーから消えた国籍不明機を追った。しかし速度は、マッハ一・四までしか出すことが出来ない。機体中心線下に増槽を付けた状態では、マッハ一・五が強度上のリミットだからだ。増槽を捨てれば三〇〇〇〇フィートでマッハ二が可能だが、早々と増槽を投棄したら那覇へ帰れなくなってしまう。

二機は、宮古島北方、国籍不明機が消えたポイントまで那覇基地に誘導してもらうと、後は機上搭載レーダーを最大レンジにしながら尖閣諸島へ直進するコースを取った。F15JのAPG63レーダーの探知範囲は一六〇マイルだが、飛行目標を自動探知出来る最大距離は一〇〇マイルだ。しかもテイル・オン（遠ざかる方向へ飛ぶ）の目標はパルスドップラー・レーダーにとって見つけにくい存在だ。

ちぎれ雲が下の方に散在する洋上を、二機のイーグルは燃料を呑み込みながら突進する。アフターバーナーを点火しっ放しの機体は、ビリビリと震動する。高度三〇〇〇〇フィート。上層のジェット気流に入り、機体がさらに揺れ始める。強い西風――向かい風だ。

（くそっ。対地速度がおちる――）

二番機の位置で、菅野は歯嚙みした。額から滴る汗を拭きたいのをこらえつつ、レーダー画面を睨む。これまでのスクランブルでは、常に国籍不明機は地上レーダーに捉えられていて、菅野たちは目視で相手が見えるところまで誘導してもらえたものだ。しかし今回は勝手が違う。相手の捜索まで自分たちでやらねばならないのでは、レーダー操作に注ぐ注意力が、いつもの数倍必要だ。

と、画面の上方ぎりぎりに、白い菱形のターゲット・シンボルがフッと浮かび上がった。

『50ｆｔ、400ｋｔ、1Ｇ』と測定された目標諸元が表示される。超低空の高速移動目標……。間違いないだろう、防空指揮所が捉えた国籍不明機だ。

「――見つけたぞ！　畜生、こいつはどこから来たんだ……!?」

菅野はマスクの中でつぶやく。

菱形のターゲット・シンボルは一機。亜音速でまっすぐに尖閣諸島へ向かっている。レーダーサイトに探知された時と、針路は変わっていない。

五〇フィートの超低空を亜音速で飛べる航空機というものは、地球上にそう多くの種類が存在しない。もちろん軍用機でしかありえない。ロシア製スホーイ24フェンサーはその一つだ。

こいつはひょっとしたら、昨夜風谷修が遭遇した、あの国籍不明機なのだろうか……？

風谷を撃墜した犯人なのか？　菅野は眉をひそめる。

『アンノンをコンタクト（レーダーで捕捉）』

同時に前方を飛ぶ南部一尉が指揮所に告げる。

続いて一番機の南部が『燃料ビンゴ。バーナーを切り亜音速に戻る』と報告したのを、レーダー画面に気を取られていた菅野は、聞いていなかった。

三マイル前方にいた南部一尉の一番機が、急に手前に引き寄せられるように近づいて来た。アフターバーナーを切ったため速度がおちたのだ。危うく追い越しそうになり、菅野はハッと気づいて自分もアフターバーナーを切る。

「わっ、くそ」

『こら、聞いていたのか菅野』

すぐ前方に並ぶように浮いている一番機から、南部一尉が振り向いて叱る。ライトグレーのヘルメットが、こちらを向いているのが見える。

「す、すみません一尉。しかしもう少しバーナー焚けませんか？　帰りに宮古か下地《しもじ》へ給油に寄ればいいじゃないですかっ」

菅野は謝りつつも進言する。那覇までたどり着くことを考えず、帰りに途中の島で給油することにすれば、まだアフターバーナーは使えるはずだ。

しかし、

『駄目だ菅野。緊急時以外の民間離島空港への給油着陸は、禁止されている』

南部一尉は、ヘルメットの頭を振る。

「ですが、今は緊急事態では――」

『意図的に規則を破るのは良くない』

「し、しかし亜音速じゃ、やつが尖閣に到達するまでに追いつけませんよっ」

『今からでは県知事の許可を取るのが間に合わない。このままの速度で行く』

「しかし南部一尉」

『いいから下がって二番機の位置につけ、菅野』

三年前、沖縄県知事が革新に変わってから、自衛隊への規制はより厳しくなった。県内の民間の離島空港へは、生命にかかわるような緊急事態を除き、戦闘機の着陸が禁止されてしまったのだ。緊急以外にどうしても着陸が必要な時は、事前に知事の許可を得なくてはならないが、そのためには南西航空混成団の監理部長が県庁に出向いて必要書類を提出し知事に懇請しなくてはならない。米兵が少女に暴行した事件をきっかけに保守候補を倒して当選した平和世界党の女性知事は、『マドンナ議員最後の生き残り』と呼ばれ、融通がきかないので有名だった。

無理やり着陸してから事後承諾を得ても構わないじゃないか、と菅野は思うが、そうしたら団司令部はきっと知事から叱責を受けるだろう。マスコミが下手に騒いだりすれば、間もなく定年の団司令は予定した天下りが出来なくなるかも知れない。防人卒の南部一尉は、おそらくそこまで考えているのだろう。

（南部さんは、真面目な性格で後輩の面倒見もいいけれど、組織に気を遣い過ぎだよ――！）

菅野は心の中でぶつくさ言いながら、指示されたとおりにスロットルを絞った。

魚釣島沖

反転したイージス艦〈きりしま〉の艦橋では、副長が艦長に食ってかかっていた。

「艦長、このままおめおめと帰るのですかっ」

「仕方がない、命令だ」

そこへ、

『艦長、こちらＣＩＣ』

ミサイル管制士官が報告した。

「何だ」

『ＩＦＦ（敵味方識別装置）に反応しないレーダー・ターゲットが超低空で接近中。国籍不明機です。魚釣島へ直進中。このままでは三分で領空へ入ります』

　何？　何？　と顔を見合わせる士官たち。

　中国か――？

　まさか中国は、航空勢力による示威行動も行おうとしているのか――？

「艦長、中国空軍でしょうか」

「対空ミサイル《SAM》をロックオンして、脅かしてやりましょう」

　だが艦長は頭を振る。

「駄目だ。〈海上警備行動〉が発令されない以上、国籍不明機に対して戦闘態勢は取れない。ロックオンなどとんでもない。ＣＩＣはイルミネーター（対空目標を照準するレーダー）を働かせてはならない。ＯＦＦにしておけ。射撃指揮装置もＯＦＦだ。全艦、水密扉も全部開けておけ」

　あくまで規定通りの行動に固執する艦長に、副長はあきれた声を出した。

「あのう艦長、艦内水密扉も全部開けておくのですかっ？」

「そうだ。戦闘態勢を取ってはならない」

魚釣島

〈奮闘九号〉の甲板に展開した中国兵の陣営は、三十名の二個小隊だったが、別々の指揮官に統率される機銃班とロケット班とで、必ずしも連携が取れていないようだった。

これまで巡視船〈くだか〉の船首を飛び越して右舷側海面で爆発したRPGは、すべて前甲板の機関砲を狙ったもののようだった。しかし、平らな甲板にぽつんと細く突き出た機関砲にロケット弾を命中させることはかなわず、弾体のロスの大きさに嫌気がさしたらしいロケット班の指揮官は、当てやすい船体上部構造に的を変えさせていた。機銃班の指揮官が『もう一度前甲板を砲撃しろ』と指さしたが、二人の将校はふだんから仲が悪いらしく、ロケット班の指揮官はわざと無視した。

機銃班の指揮官は、顔を赤くして食ってかかった。ロケット班の指揮官はそっぽを向いて、何かつぶやいた。とたんに機銃班の指揮官は、激昂したように殴りかかった。どうやら出身地をばかにされたらしかった。将校同士がつかみ合いの喧嘩を始めたので、一時的に甲板上に展開する部隊の兵士たちは顔を見合わせ、攻撃は止んだ。

船長が決死の覚悟で通風塔の陰を飛び出したのと、射撃が止んだのは、奇跡的に同時だった。

「はぁっ、はぁっ」

船長は走った。

「はぁっ、はぁっ、はぁっ」

飛び出した船長の影を、〈奮闘九号〉の甲板で兵士の一人が指さした。機銃が再び火を噴いた。着弾の火花が、走る船長を背後から追いかけた。

ブンッ、とこん棒で殴られたような衝撃に、船長はもんどりうって転んだ。やられたか――!? いや。一三ミリ機銃弾が体に当っていれば、意識など残るわけがない。至近距離を通過した衝撃波に打たれただけだ。スリップして倒れた船長は、再び起き上がって走り出す。砲塔は、六メートル先だ。走るのだ。走るしか生き残る術はない。ガガガガンッ！と甲板を叩きながら着弾が追って来る。追いつかれる――!? もう駄目かっ。

「く――くそぉっ」

だがその時、中国船の甲板では、頭に来たらしい機銃班の指揮官がロケット班の兵士の一人からRPG7ランチャーを取り上げると、制止も聞かずに〈くだか〉前甲板目がけてぶっ放した。粗悪品のロケット砲の弾体は白い噴射煙を螺旋《らせん》状に曳き、今度は機関砲塔のはるか手前の海面に突き刺さるように着弾すると、派手に水柱を立てた。躍り上がった水膜で〈くだか〉前甲板が隠れた。機銃班は〈目標〉が見えなくなり、射撃を中断しなくてはならなくなった。

「こなくそっ」

船長は滝のように降って来る水幕の中を、ずぶ濡れになりながら突っ走った。足を滑らせながら機関砲塔にたどり着く。むせびながら階段を登る。黒いバルカン砲は、今の水と爆風で、都合よく防水カバーを吹き飛ばされていた。

ジャキンッ

中国兵たちが水柱のおさまった〈くだか〉の船首方向を見ると、一人の男がこちらへ二〇ミリバルカン砲の黒い束になった砲身を向け、シリンダー駆動用の油圧弁を解除するところだった。

わっ、うわっ、と兵士たちが伏せる。兵士たちは多砲身機関砲の威力というものを、人民解放軍の演習で攻撃ヘリから撃たれた時に体験済みだった。艦載型は航空機搭載型より発射速度は鈍るものの、回転する六本の砲身から毎秒五十発の二〇ミリ弾が撃ち放たれる。それは火線というより、砲弾の奔流《はんりゅう》とも呼ぶべきものだ。至近を通過しただけで人体は外形を留めない。

「くっ、食らえーっ」

ブヴァォオオオッ！

船長は発射握把《あくは》を握った。六本の砲身が回転しながら二〇ミリ砲弾を吐き出し、ほとんど同時に〈奮闘九号〉の船腹にズバババババッと弾痕《だんこん》の列が白煙を噴きながら横一文字に刻まれる。興奮した船長は、直接照準で甲板を狙ったので、全弾が下方にずれて着弾したのだ。

「くっ。もっと上かっ」

猛烈な発射の反動に驚きながら、肩を怒らせて船長はバルカン砲を上へ向ける。

「はぁっ、はぁっ。機関室、今のうちに船を動かしてくれよ――――！」

魚釣島沖

〈きりしま〉艦橋。

『艦長、こちらＣＩＣ。接近する国籍不明機の種別判明。アンノンはミリ波の地形探索レーダーを使用しています。レーダーの特性種別から当該機をスホーイ24と推定。〈くだか〉のいる魚釣島東海岸へ、直進突入して来ます！』

その報告に、

「艦長」

「艦長」

「昨夜の事件と同じ正体不明のスホーイが、巡視船へ直進しているというのですかっ」

士官たちは詰め寄るが、

「だからといって、今我々には法的に何も出来ん。国籍不明機が領空へ迫って来ようと、我々海上自衛隊に〈対領空侵犯措置〉は適用されないのだ。ＣＩＣ、引き続き監視を続けよ」

困ったように命じる艦長に、

「艦長、せめて不測の事態に備え、対空戦闘態勢を敷かれては――」

　食い下がる副長。

「ううむ……いや、やっぱりやめておこう」

「どうしてですかっ」

「昨夜の事件についての、マスコミの論評を見ただろう。『自衛隊機が過度に刺激したから国籍不明機はエアバスを撃った』と世間は騒いでいる。それが本当だとするなら、不明機を過度に刺激するような行動はするべきでない」

　艦長は進言を拒否した。

　今もし対空戦闘態勢を敷けば、射撃照準レーダーをも稼働させることになる。当然、国籍不明機の機上ではミサイル警戒警報が鳴り響くだろう。あの謎のスホーイが尖閣諸島で何をするつもりなのか分からないが、『護衛艦が射撃照準レーダーで狙ったから悪さをした』などと報道されたら、自衛隊への風当りはまた強くなり、数か月後の艦長の群司令昇格話は、確実にふいになってしまうのだ。

「では訓練という名目なら、どうですかっ」

「さっき言っただろう。それも駄目だ」

尖閣諸島近海上空

（いったいこいつは――）

レーダー上の国籍不明機を追尾しながら、菅野は画面の目標の飛行諸元に変化が見られないのをいぶかっていた。依然として五〇フィート、四〇〇ノット、針路直進……。電子戦装備を持つ軍用機ならば、こちらのレーダーに探知されたのが分かるはずだ。しかし画面上のターゲット・シンボルは、平然と直進している。ただの白い菱形なのに、菅野にはそれがまるで鋼《はがね》の神経を持っているような感じがしてならなかった。

『菅野。スプレッドだ。近づき過ぎるな』

前方を行く南部一尉が注意した。

「は、はい」

菅野はスロットルを絞り、下がろうとする。一番機の南部一尉からは〈スプレッド隊形〉を指示されている。二番機の菅野が編隊長機の左後方三マイル、上方五〇〇フィートの位置について、編隊長が国籍不明機に近づいて警告するのをバックアップする態勢だ。

しかし、

「く、くそっ――」

菅野はどうしても、一番機から三マイル離れることが出来なかった。三マイルと言えば、F15が小さな点になる距離だ。離れてしまうと見失いそうで、怖かったのだ。

編隊はすでに謎の低空目標をレーダー画面で五〇マイル前方に捉え、高度を下げながら再び音速を超えて追いすがっている。降下の位置エネルギーを速度に変換出来るので、アフターバーナーを点火しなくても一時的に音速を出せる。画面上の白い菱形との距離は、急速に縮まって来ている。だが海面に近い低空には、寒冷前線が通過した直後のちぎれ雲が一面に浮いていた。眼下は紺青と白のまだら模様だ。レーダー画面と前方の景色を交互に見ていると、追従すべき一番機の後ろ姿が雲に紛れて見えなくなりそうだ。

「――何でこんなに、見にくい天候なんだ！」

菅野は操縦の腕には自信を持っていた。イーグルに乗るようになってから三年。スクランブルで編隊長を務めた経験も数回ある。だが実際に、国籍不明機と渡り合ったことは無かった。幸か不幸か、これまでは緊急発進して上がっても、アンノンの正体はフライトプランを出し忘れた民間小型機だったりして、他国の軍用機に対してロシア語や中国語で警告をした経験は一度も無かった。

口では強がりを言っていても、菅野は操縦桿を握る右腕と右の肩が、緊張で固まって痛くなるのをどうすることも出来なかった。

（ち、畜生……。昨夜やられた風谷も、このくらい緊張したのか――）いや、あいつは編隊長としてスクランブルしたらしいから、緊張はこれ以上だったのだろう……。ふと菅野の脳裏に、航空学生の同期生である風谷修の優しげな目が浮かんだ。あいつ、輸送機に行けば良かったんだ。一緒にイーグルに乗ろうなんて、焚き付けるんじゃなかった。あんな気の優しいやつに、わけの分からないテロリストの攻撃機に立ち向かえなんて、考えてみれば無理な注文だ……。

だがそういう菅野も、どうしても南部の指示が守れず、一番機と一マイル半しか間隔を開けられない。右前方を行く一番機のシルエットが雲と海面を交互に背にするたび、見失いそうになる。

目の前に迫るアンノンは、昨夜の事件と同じスホーイ24である可能性も高い。〈謎の敵〉にこれから立ち向かうのだと思うと、なおさら『自分が援護すべき一番機を見失ってはならない』という気持ちが強くなり、菅野はどうしても後方へ下がることが出来なかった。

前方のちぎれ雲の中に一番機のテイルを視認し、『編隊長はあそこだな』と意識しながら、同時にレーダー画面をクロスチェックした。ふだんの倍の労力に、首の後ろの疲労が加速度的に溜まっていく。那覇で発進前に待機でじらされたり、ハンガーや滑走路でトラブルに遭ったりしたことも、首の痛さに効いて来ている。離陸して十五分足らずだと言うのに、もう五時間も飛んでいるような気がする。畜生！　航空学生の同期では一番神経が太いと言われたこの俺が、いざ実戦となると、この程度しか使い物にならないのか……!?

菅野は酸素マスクの中で唇を噛む。画面上の白い菱形の目標とは、一〇〇ノット以上の速度差で間隔が縮んで来る。追いついて行く。あと三五マイル。まだ機影の見える距離ではないが、一番機の南部一尉はまずロシア語で警告を開始する。

『尖閣諸島へ接近中の国籍不明機に告ぐ！　こちらは航空自衛隊だ』

尖閣諸島上空

『――貴機は日本領空へ接近している。ただちに針路を変え、退去せよ。くり返す――！』

超低空を飛翔する、灰色の猛禽のコクピット。

「――――」

男は、自動操縦で小刻みに動く操縦桿に軽く手を添え、リラックスした姿勢で射出座席にもたれていた。前面風防ではブォオオオッと猛烈な風切り音を立て、時速七二〇キロという疾さで海面が足下に吞み込まれ続けている。もしもオートパイロットに何らかのエラーが生じれば、この機体は一秒半で海面に激突して粉砕され、跡形も残らないだろう。しかし男は黒いグラスの表情をこわばらせることもせず、安楽椅子でモーツァルトでも聞いているかのように平然と前を見ている。

『――くり返す。貴機は日本領空へ接近している。ただちに針路を変え退去せよ！』

ヘルメット・イアフォンにうるさいほど響く警告の声に、男は「クク」と頬をひきつらせた。

「自衛隊のＦ15に追尾されているようだが……」

隣に座った、ほっそりした飛行服の女が言う。その体型は、ヘルメットのバイザーを上げて顔を見せていなければ、小柄な少年のようだった。

「ククク、構わん」

男はこともなげに言う。

「あいつらには何も出来ない」

「しかし、間もなく追いつかれる」

「心配はいらない。お前たちの指導者に約束した通り、期待に応えて差し上げよう。見ていろ」

果てしなく続くと思われた、猛烈な疾さの海面だけの視界……。その向こうの水平線に、黒いものが現れた。島影だ。猛禽の慣性航法装置が精確に、男と、隣に座る女をここへ導いたのだ。

「――着いたぞ」

男は、左手で主翼の後退角を制御するレバーを前方へ押した。

可変翼が前方へ開き、揚力を急激に増したフェンサーは、猛禽が風を捉えたようにふわりと海面から浮き上がった。高い位置から〈標的〉を確認するための、ホップアップと呼ばれる機動だ。

男はレーダーをグラウンド・ヴェロシティー・モードに切り替えると、水平線上に目指す獲物を目視で捉え、操縦桿で機首を下げ、爆撃照準装置にロックオンさせた。女の側の計器盤のビジュアル・イメージ・ディスプレーの画面の頂点に＋のマークが刻印され、次いでこちらへ引き寄せられるように近づき始める。男はそれを確認すると、再び機体を降下させる。

市ヶ谷・防衛省

市ヶ谷の防衛省の地下八階では、新設された最新鋭の統合防衛指揮所が、今朝から急きょ稼働を開始していた。

システムの最終調整は済んでいなかったのだが、雑上掛参事官からの強い指示で、つい先程、即日供用が決まったのである。前面統合スクリーンを前にした管制卓では、慣熟訓練を修了していない数十名のオペレーターが席につき、慣れない操作画面とキーボードに向かっていた。

その中央オペレーション・ルームのひな壇に、会議を終えたばかりの雑上掛参事官が、統幕議長を兼ねる海上幕僚長、航空幕僚長の白久呰空将、その配下の幕僚たちに補佐官の夏威らを引き連れて着席した。

「全員聞け！」

防衛事務次官になれるかなれないかの瀬戸際と言われる雑上掛は、文官であるにもかかわらず、制服組の指揮所スタッフを睨み渡して号令した。統幕議長以下の制服幕僚たちが両脇に家来のように控えているため、雑上掛の命令はあたかも幕僚長の命令であるかのような印象を与えた。実際には『参事官の指示に従うように』という命令は幕僚の誰からも出されていなかったが、中央オペレーション・ルームの空気は、何となく、法的根拠もなく責任の所在もはっきりしないまま、雑上掛が仕切る雰囲気になってしまった。わざわざ立ち上がって異を唱える士官はいなかった。雑上掛の両眼が、手負いのミイラ怪人みたいに怒りで血走っていたからだ。スタッフ全員が振り返って、トップダイアス中央の雑上掛に注目した。

「たった今総理からご指示があった。諸君も知っての通り、〈内閣安全保障会議〉は見送られた。尖閣諸島での問題は、日本側がいったん巡視船を下げることで話し合いの機会を作り、あくまで平和的に解決する。中国大使が間もなく首相官邸に見えられる予定である。よって空・海自衛隊は、話し合い解決の邪魔をせぬよう、これより特に自重し慎重に行動するように！」かっかする頭を冷やすように、懐から扇子を取り出した雑上掛は訓示を続けた。「いいかっ。防衛省自衛隊は、絶対に平和憲法に違反する行動を取ってはならない！　この新統合防衛指揮所は、陸・海・空自衛隊の全部隊が勝手な行動を取らないよう、特に監視機能を強化して設計されている。諸君はこの指揮所の機能を存分に発揮して——」

雑上掛が不機嫌そうに扇子をばたばたやりながら訓示する間にも、レーダー情報をリンクした前面統合スクリーンでは、オレンジ色の三角形が沖縄西方の島に肉薄して行くのが投影されていた。しかし雑上掛の話を注目して聞いていないと、後でどんな処分をされるか分からないので、担当オペレーターは国籍不明機の突入の瞬間を見逃してしまった。

魚釣島

「はぁっ、はぁっ」

船長が肩を怒らせながらバルカン砲の砲身を向け直すと、〈奮闘九号〉の舷側からこちらを窺《うかが》うように顔を見せていた中国兵士たちが、あわてて頭を引っ込めた。中国船からの攻撃が急に止んであたりが静かになり、船長は自分の耳がおかしくなったのかと疑った。ただ、今機関砲を一連射ぶっぱなした時の衝撃波と耳鳴りだけが、頭の中に真夏の蟬《せみ》のようにジワジワとうるさかった。

「くそっ。今度は、お前たちが思い知る番だ！」

二〇ミリ多砲身機関砲一門の攻撃力は、中国の海兵たちが持つ一三ミリ野戦用重機関銃三門のそれを軽く凌《しの》いでいた。ＲＰＧ７ロケットランチャー三丁に対しても、命中精度と攻撃持続力の点で遥かに優位にある。中国兵士たちと船長との力関係は、一瞬にして逆転したかのように見えた。

〈奮闘九号〉の錆びた舷側から、攻撃の指揮を取っていた将校と見える一人がおそるおそる立ち上がると、ハンドスピーカーを担いでこちらへ向けた。銃撃戦の中断した海上の空気を伝わって、キィインとマイクの雑音が響いて来た。

『や、やめるのだ。悪い日本人』

下手だが、日本語だった。

『日本人。強力な機関砲を使って、我々を脅すのはやめろ。我々中国軍は、君たちに中国の領海から出て行くよう、ただ警告をしているだけだ。戦争をする意志はない。無益な殺し合いは、やめようではないか』

「何だとっ。無益な殺戮《さつりく》をしたのはどっちだ、馬鹿野郎っ！」

船長は怒鳴り返すと、中国調査船の舷側の上目がけ、もう一連射ぶっぱなした。

ブヴォオオオッ

う、うわぁーっ、と悲鳴を上げて中国兵士が舷側から逃げ散る。大量の二〇ミリ砲弾が擦過した衝撃波を食らい、もんどりうって倒れる兵士もいる。

「よし。予定通りだ」

その甲板の様子を、調査船の船橋の下から数台の三六ミリカメラで撮影している別の一団があったことを、〈くだか〉の船長は知りようもなかった。巡視船からは死角で見えないが、〈奮闘九号〉の船橋の下の甲板にはカメラ三台にレフ板四枚、竹竿のようなマイクを手にした音声収録係も配置され、戦闘が始まった時からそこでカメラを準備し控えていたのである。まるで映画のロケでもするような本格的撮影装備の一団は、日本の巡視船の反撃が始まった瞬間から三台のカメラをフルに回し始めていた。彼らの正体は、中国人民解放軍・情報部教宣課特別撮影班——またの名を〈愛国特別撮影隊〉と密かに呼ばれていた。

「ようし2カメ、あの倒れた兵士をアップ」

撮影の指揮を取っているのは私服の情報部将校だった。階級章は見えないが、機銃やロケット砲を指揮していた海兵小隊の指揮官よりずっと上級だ。

「看護婦、行け」

監督用チェアに座った情報部将校が合図すると、甲板にひっくり返ってやられたふりをする兵士の許へ、カメラの横で出番を待っていた女優の看護婦が走り寄って行く。白衣姿に扮した中国情報部女性工作員は「しっかりして」と兵士を抱き起こすが、そこへ都合のいいことに巡視船のバルカン砲がもう一連射、頭上をかすめて通り過ぎた。ブヴォオオッ、と鉄の暴風のような衝撃波が空気を震わせ、古びた調査船の甲板から埃という埃を舞い立たせる。慌てて倒れ伏せる兵士たち。

巡視船の射撃は、三度とも中国の兵員を直接殺傷はしなかったが、撮影隊にとってそんなことはどうでも良かった。彼らの真の目的——本当の任務は、日本の巡視船に『本気で撃たせる』ことだった。巡視船が中国船を撃ったという『事実』さえあれば良かった。都合よく〈奮闘九号〉の船腹には、バルカン砲の威力を示す派手な弾痕も刻まれていた。

バルカン砲の衝撃波があたりの空気を叩くのに合わせ、中国電視台芸術公司から好条件でスカウトされた女性工作員は「きゃあっ」とタイミングよく悲鳴を上げて仰向けに倒れた。カメラの後ろに控える特殊効果班がすかさず有線スイッチを押し、看護婦の白衣の胸に仕掛けた血糊の袋を破裂させた。カメラは兵士をかばうようにこと切れた看護婦をアップにする。彼女の横では機銃班の指揮官がハンドマイクをもう一度掲げ、日本語で『やめてくれ、お願いだ日本人。ひどいことをするのはやめてくれ』と叫んだ。別のカメラが、必死に日本巡視船を説得しようとする指揮官の横顔をアップにする。監督の情報部将校が「ここには中国語と英語でテロップを入れよう」と指示をすると、助監督役の若い将校が

「はっ」と横でメモを取った。

『日本人。どうしてそんなに悪いことをするんだ。何もしていない中国人を、なぜ殺すのだ』

そのマイクの声に、〈くだか〉甲板の船長はぶち切れた。

「何もしていないとは、何だこの野郎っ！」

船長は、中国船の甲板で〈撮影〉が始まっていることなど知る由もなかった。さんざん攻撃しておいて、『何もしていない』とはどういう言いぐさだ！　調査船の舷側に、ハンドスピーカーをこちらへ向けて理不尽な台詞《せりふ》を吐く人影が見える。船長はそいつを直撃でぶっとばしてやろうと、腕に力を込めた。やられた部下たちの姿が、何人も何人もまぶたに浮かんだ。

「この野郎、あの世へ行けぇっ――――！」

しかし、

『悪い日本人。君たちも人間ならやめてくれ』

下手な日本語につられて、

――『悪い日本人』

なぜかその時、別の声が船長の脳裏に蘇った。
――『日本人は悪いんだ』
子供の頃こびりついた、あの教師の声だった。
「く、くそっ。俺に余計なことを言うな！」
――『昔戦争で中国の人々をたくさん殺した』
――『日本人は悪いんだ。悪いんだ。アジアの人々に謝らなくてはいけないんだ』
「う、うるさいっ、黙れ！」
船長は目をつぶり、発射握把を強く握った。
ブヴァォオオオッ
今度もバルカン砲の射線は、やや上方へ逸れた。しかし〈奮闘九号〉の甲板では、ハンドスピーカーを放り出した指揮官が大げさに悲鳴を上げると、仰向けにもんどりうって倒れた。

「や、やられた……！」

そこへ、先程この指揮官と喧嘩をしていたロケット班の指揮官が「大丈夫か！」と駆け寄ると、船橋下で撮影しているカメラに顔がよく見える角度に抱き起こし、介抱を始めた。

メインカメラが、二人をズームした。

「し、しっかりするんだ！」

「お、俺はもう駄目だ……」

音声を確実に拾うため、竹竿のような集音マイクが、カメラのフレームに入らないよう頭上から二人に覆いかぶさった。

「おい、しっかりしろ。しっかりするんだ。さっきはお前の出身地をばかにしたりして、すまなかった。本心じゃなかったんだ。任務に夢中になるあまり、つい言ってしまった。許してくれっ」

「い、いいんだ……」やられた下級将校の指揮官は、軍服のポケットから茶色の紙包みを取り出すと、震える手で戦友に手渡した。「お、俺が死んだら、こ、この薬を、国のおふくろに……。患《わずら》って寝込んでいるんだ。給料をためてやっと買ったんだ。こ、この戦いが済んだら、わ、渡してくれないか……」

「あ、ああ。いいとも」いいとも、いいともとロケット班の指揮官はうなずく。「しかし、お前が渡すのが一番いいんだぞ。しっかりするんだ！」

「お、俺はもうだめだ……。ぶ、部下のみんなを、た、頼む……。このままでは、悪い日本人に皆殺しにされてしまう――」

「も、もちろんだ。お前の部下のことは任せろ」

「あ、ありがとう……。お前のお陰で、た、楽しかったぜ……」

「おいっ。死ぬな。死ぬなっ」

だが機銃班の指揮官は、戦友の腕の中でこと切れてしまう。ロケット班の指揮官の下級将校は、甲板に転がったハンドスピーカーを拾い上げると、涙をあふれさせながら奮い立った。

「う、ううっ。よし、俺がお前の代わりに、命をかけて悪い日本人を説得してみせるからな!」

いつもは喧嘩していた戦友同士が、本当は仲が良くて、命をかけた死に際の願いに奮い立つ――いかにシナリオ通りとはいえ、撮影隊には感極まって「ううう」ともらい泣きするスタッフもいた。

『おおい日本人っ、ふりじんな殺戮は、やめるんだっ』立ち上がったロケット班指揮官は、ハンドスピーカーで怒鳴った。シナリオには『理不尽な殺戮』と書いてあったのだが、日本語の分からないこの指揮官は、広東語で表記された音読みだけを間違って暗記していた。

『やめろ、やめるんだ。この鬼、悪魔!』

その物言いに、船長は怒鳴り返した。

「どっちが鬼だ、この野郎っ！」

ブヴォォオオッ
だが今度の一連射も、〈奮闘九号〉の舷側を上方へ逸れた。しかしロケット班指揮官は「ぐわぁっ」と悲鳴を上げると、仰向けに倒れた。そのショットを、メインカメラがアップで追った。

「よおし、今のショットはスローモーションだ」

「はっ」

「大佐、エキストラ準備出来ました」

「看護婦B、準備出来ましたっ」

「よし、フレーム・バックしろ」

カメラがフレーム・バックしてロング・ショットに戻ると、今度は『戦友の介抱』を撮っていた間に素早くメーキャップを済ませた『やられた兵士たち』と、エキストラで動員した調査船の非戦闘員の乗組員たちが、甲板一杯に散らばって倒れ、血まみれになってうめき声を上げ始めた。

その真ん中で、白衣に返り血を浴びたもう一人の若い看護婦が、天を仰ぎながら「ああ、みんな悪い日本人に殺されてしまったわ！　どうして日本人は、罪もない中国の人民にこんな酷《ひど》いことをするのっ」と号泣した。

「よし」

監督チェアの情報部将校は、うなずいた。

「これに、船腹のバルカン砲の弾痕と、あらかじめ撮影しておいた『武力を使わずに巡視船に警告する真面目な中国兵士』の映像を繋げれば、立派な〈記録フィルム〉が出来上がるぞ」

「良かったですね、大佐」

「うむ。わざと機関砲を破壊しないでおいてやったのに、やつらがなかなか撃ち返して来ないから心配したがな」

ザッ
満足そうにほくそ笑む情報部将校の肩で、ストラップに取りつけた秘話回線付き小型UHF無線機が、ノイズを立てた。

『――こちら〈牙〉』

乾いた声が、簡潔に告げた。

『前線指揮官へ。〈標的〉にエンゲージした』

「おお、時間通りだな」

情報部将校は、腕時計を見てうなずいた。

「待っていたぞ〈空の牙〉。予定通りだ、『後始末』を頼む」尖閣諸島での最大の任務を果たし終えた情報部将校は、ホッとした顔で上空の声に依頼した。「景気よく、跡形もなくやってくれ」

『承知した』

「ううっ、畜生！」

黒いバルカン砲にしがみつくようにしながら、船長は涙と鼻水を流していた。

「お、俺には、やっぱり人殺しは出来ない！」

怒りに任せて反撃したつもりだったが、どうしても船長には、中国兵士たちに機関砲を命中させることが出来なかった。

キィイイイン――

その時

（何だ……？）

ふいに前方の水平線から聞こえて来た、ジェットノイズらしき爆音に、船長は顔を上げた。

グォオオオオオッ

ホップアップ機動で〈標的〉のロックオンを済ませ、再び超低空に舞い降りた時、灰色の猛禽の爆撃態勢は整っていた。

猛禽のコクピットで、男は〈標的〉となる日本の巡視船を肉眼に捉えていた。

「――――」

男は精密機械のようなマニュアル操縦で、可変翼を一杯に広げた猛禽を海面上五〇フィート、速度二九〇ノットの超低空爆撃機動に入れた。〈亜細亜のあけぼの〉所属のこの機体は、ノーマルの電子戦偵察タイプに爆撃装備を追加した、特別仕様だった。重量が重いのに加え、爆弾を満載した状態では運用出来る重心位置がごく狭い範囲に限られる。その影響で、爆弾をリリースすると一時的に機首上げ傾向が強くなり過ぎ、ピッチ・コントロール不能となる危険性を持っていた。

だが操縦桿を握る男の腕の動きは、そんな危険に対する不安など無いかのように滑らかだ。

「――行くぞ」

男はヘッドアップ・ディスプレーの向こうに黒いグラスの視線を上げる。

猛烈なスピードで足下へ呑み込まれる海面。前方の水平線に黒い切り立った島のシルエット。そのすぐ左横に〈標的〉の姿が現れ、みるみる近づいて来る。

「よし看護婦B、最後の台詞だ！」

情報将校が指示すると、倒れた兵士たちの真ん中で天を仰いだ若い看護婦は声を張り上げた。

「――あぁっ。私たちはここで皆殺しにされてしまうの⁉　誰か、残虐《ざんぎゃく》な悪い日本人を懲らしめてくれる人はいないのっ⁉」

そこへ台詞をかき消すように、タイミング良くキィイイインンッ、という鋭い爆音が背後から迫って来た。リューリカＡＬ21Ｈターボファン・ジェットエンジン、推力七・五トンの双発が、最大出力で回る爆音だ。

「あぁっ、あれは何――？」

看護婦は、舞台の上にいるような動作で振り向いた。北東の水平線上に黒い点のように現れ、たちまち大きくなって近づいて来るシルエット。看護婦は目を見開いた。ずんぐりしたグレーの胴体の横に鋭い翼を広げたそれは、今まさに爪を開いて獲物に襲いかかる、猛禽のようにも見えた。

「――あれは何なのっ？」

「あれは何だ……？」

船長は、船首方向の水平線に現れ、急速に近づいて来る鋭いシルエットに眉をひそめた。

次第に大きくなるグレーのシルエットは、こちらへまっすぐに迫って来る。グドドドドッというジェットの重い響き。

「う」

船長は、なぜか髪の毛が逆立つのを感じた。

「カット」

情報将校が、看護婦Bの演技を止めさせた。

「よし全員、衝撃に備えて伏せろ」

「――――」

男は、右腕で超低空水平飛行をキープしながら、左手の指で爆撃モードスイッチを〈AUTO〉位置にカチリと入れた。レーザー測距システムが作動を始め、ヘッドアップ・ディスプレーの真ん中に捉えられた白い巡視船の船体との、精確な距離を測定し始めた。ヘッドアップ・ディスプレーの巡視船の横に、デジタル五桁の距離表示が現れ、流れるように減り始める。スホーイ24のPSN24M・航法爆撃システムが、〈自動水平爆撃モード〉にセットされたしるしだ。デジタルコンピュータがエアデータ・センサーからの高度・速度・気圧・空気密度それに風向風速の値を連続的に読み取って、わずかな風による偏流も完全に補正した爆撃タイミングを決定する。爆弾は投弾ポイントでセットした数だけ自動的にリリースされ、計算された弾道を描いて〈標的〉へ向かうだろう。

ディスプレーの中で、巡視船の姿は急速に大きくなる。その姿に投弾線が重なり、ディスプレーの下からデス・ドットと呼ばれる二重円が現れて、投弾線の上をジリジリと昇って行く。デス・ドットと水平基準線とがディスプレー上で重なった瞬間が、投弾ポイントだ。

だが次の瞬間、右席から女が手を伸ばすと、センター・コンソールの爆撃システム主スイッチを切ってしまった。ディスプレーからデータが消える。

「何をする」

たいした驚きも見せず、〈牙〉は訊く。

「手動で当てて見せろ」

「これもテストなのか――？」

「そうだ」

フ、と男は笑った。

「いいだろう。そのほうが楽しい」

灰色のスホーイ24は、国籍マークを何も表示しない全長二四・五メートルの機体を朝の陽の光に晒《さら》しながら、日本人が魚釣島と呼んでいる岩山の無人島へ突入して行く。青黒い海面に白い曳き波が、一直線に印《しる》されて行く。

「奢《おご》れる日本人へ告げる。日本人よ聞け。我々は、人民の味方〈亜細亜のあけぼの〉だ」

男は、無線チャンネルを国際緊急周波数にセットし直すと、ヘルメット・マイクに告げた。これは追尾して来る空自の戦闘機に聞かせるためだった。

「他国の領土である島を、自分たちのものだと主張する強欲な日本人に対し、我々正義の使者〈亜細亜のあけぼの〉は、天誅《てんちゅう》を下す」

あらかじめ決められた作戦通りの台詞を、男は冷たく滑らかな日本語で言い放った。今回の空襲が中国空軍の仕業ではないことは、証拠として確実に残さなくてはならない。

〈標的〉が迫って来る。目測であと三マイル。

周囲の風は弱い。海面の動きを見ていれば体感で把握出来る。偏流修正は、このままでいい。

男は操縦桿を微動だにさせず、島の横に浮かぶ巡視船への突入コースをキープすると、左手の指で爆撃モードスイッチを〈ＭＡＮＵＡＬ〉に切り替え、操縦桿の投下ボタンに親指を載せた。

「クク」

楽しげな声が、薄い唇から漏れた。

白い日本の巡視船が、ヘッドアップ・ディスプレー一杯になり、次いで機首の下へ隠れて見えなくなった。その瞬間「クク、今この瞬間にドルを買ったやつは、大儲けだ」つぶやきながら、男は投下ボタンをそっと押した。

男の指の操作で、胴体下のラックから二五〇キロ爆弾十発がリリースされた。

切り離された黒い爆弾十発は最初、スホーイの機体と編隊を組んで浮いているように見えたが、やがて高度を下げて海面に紛れて行き、停止している〈標的〉の白い巡視船の船体に吸い込まれるように命中した。

爆弾には低空爆撃のため遅延信管がセットされていた。スホーイが頭上を擦過してきっかり二秒後、十発全弾を呑み込んだ巡視船の船体は、中央部から紙のように引き裂かれ、火柱を立てた。

ドッグァーンッ！

海面がささくれだち、衝撃波が同心円となって拡散し、中国調査船と島の岸壁をぶっ叩く。

第二次大戦では艦上爆撃機に一発ずつしか搭載できず、それでも命中すれば当時のエセックス級空母の装甲甲板に大穴を開けたという二五〇キロ爆弾――それが十発もまとめて直撃したのだ。

一〇〇〇t級巡視船は、ひとたまりもなかった。〈くだか〉は真ん中から真っ二つに折れると、海面に渦を巻きながらたちまち水没して行った。


「あ、ありがとう。謎の攻撃機、ありがとう！」

〈奮闘九号〉の甲板では、飛び去るスホーイ24の後ろ姿に看護婦が手を振り、それを再び三台のカメラがフルに回って撮影していた。

魚釣島沖

護衛艦〈きりしま〉。

国籍不明のスホーイ24が魚釣島に低空で侵入し、巡視船の停止している位置の真上で物量を投下したらしいことは、沖合いに浮かぶ〈きりしま〉CICでもモニターされていた。

イージス艦のSPY1Dフェーズドアレイ・レーダーシステムは、空中目標の微細な運動Gの変動から物量投下の瞬間を捉えることが可能だが、わずか一二マイルという近距離だったため、スホーイの機体下面を離れる小物体群そのものまでを探知することが出来た。

そして物量投下から数秒と置かず、水平線上に強烈な赤外線熱源反応が現れ、CICの管制席は大騒ぎになった。

「ＣＩＣより艦橋！　魚釣島東岸で強度8の熱源発生！　ア、アンノンが巡視船を爆撃――爆撃した模様っ」当直ミサイル管制士官は、艦橋に通じるインターフォンの赤い受話器に叫んだ。「巡視船の位置で爆発を確認。大きいですっ！」

艦橋では、もう我慢出来ないという表情の副長が、赤いシートの艦長につかみかからんばかりに詰め寄った。

「か、艦長！　ただちに救援に向かいましょう」

しかし艦長は嫌な顔をする。

「駄目だ。命令は『引き返せ』だ」

「そんなこと言っている場合ですかっ⁉」

副長は左舷の窓を指さした。巡視船の火柱は、〈きりしま〉艦橋からもよく見えていた。

ズズズズンッという轟《とどろ》きが、少し遅れて防弾窓ガラスを震わせ、続いて水平線の島影からこれまでとは比較にならない黒煙が立ち昇り始めた。たちまち北側の空半分が、黒くなっていく。

「あれを見てください。巡視船が空爆されて、やられたらしい！　あそこで燃えているんですっ」

「い、いやちょっと待て」

艦長は頭を振る。ズズズンッという轟音がくり返し窓を震わせると、心なしか、赤いシートの肘掛けをつかむ指が震え出す。それを隠すように、艦長は慌てて腕組みをする。

「あ、あれが中国軍の攻撃だとしたら、我々が魚釣島の周辺に近づけば攻撃される可能性がある。正当防衛として最小限の反撃は認められるだろうが、我が艦の武装は強力だから、下手をすると中国軍に甚大な被害を与えてしまう。〈防衛出動〉はおろか〈海上警備行動〉さえ発令されていない現状では、過剰な反撃などすれば正当防衛として認められない恐れがあるから、この場合──」

理屈を並べる艦長に、士官たちは業を煮やす。

「艦長」

「艦長っ」

「いったい、〈くだか〉を助けに行くんですか、行かないんですかっ!?」


「ククク──簡単なものだろう」

猛禽を上昇させながら、操縦桿を握る男は笑った。腹の下の爆弾をリリースした直後、瞬間的に機体は激しい機首上げ運動に陥ったが、男はどう操縦桿を操ったのか、一秒後にはおとなしい上昇姿勢にピタリと収めてしまった。

海面を下に見て、高度は上がって行く。男の操縦で猛禽は悠々と、魚釣島周辺の日本領空から離脱して行く。爆弾の三分の一を投下したため機体は軽くなり、高度はたちまち一〇〇〇〇フィートを超えて行く。しかし今度は女の側のコンソールのパッシブ電子戦システムに、『複数のレーダーに捕捉されている』という意味の警告表示が出る。

「だが自衛隊は追って来るぞ」

女は後方を振り向くが、スホーイ24に後方視界は無いに等しい。実際に後方を確認したければ、風防の枠のバックミラーを見なくてはならない。

『――巡視船を爆撃した国籍不明機に告ぐ！　ただちに当方の指示に従い、緊急着陸せよ。くり返す、巡視船を爆撃した国籍不明機！　こちらは貴機をロックオンしている』

先程からの警告の声が、ヘルメット・イアフォンに響いた。空自のスクランブル機は、巡視船に襲いかかる場面を後方から目撃したらしい。

オレンジ色の警告灯が点滅し始める。

『当方の指示に従え。貴機はロックオンされている。くり返す、当方に従え！』

だが男はピーピーと鳴り出したロックオン警報を、うるさげに切ってしまう。

「〈牙〉――！」

「心配はない」

男は前を向いたままで言う。

「まだ一〇マイル以上も後方だ。空自のスクランブル機は、中距離ミサイルを携行していない。していたとしても、連中には撃てない。三マイル後ろに食いつかれるまでは、放っておいていい」

「しかし航空自衛隊のF15に追尾されたままで、どうやって帰投する」

帰投出来ずにだ捕されるような事態になれば、自決を覚悟しなくてはならない――女の微かに震える唇は、少年のような飛行服の胸の奥に、いざとなれば命令通りに死ぬ決意があることを示していた。その時は〈牙〉と呼ばれるこの男も、確実に道連れにされなければならない。

しかし、

「まだ帰投はしない」

男はこともなげに言う。

「何」

「まだ序の口だ。『日本を締め上げるのに大規模な軍隊など必要ない』という真実を、これからゆっくりとお目にかけよう」

クク――と楽しげに笑う男に、

「何をする気だ」女は問う。「中国政府の依頼による今回の作戦は、これで遂行されたはずだ」

「対空兵装を持たない巡視船を沈める射的遊びなど、俺の〈本来の戦い〉ではない」

言いながら男は、機首をめぐらせて猛禽を魚釣島南方の海上へと向ける。複数のレーダー波の一つが、発信されて来る方向だ。強力な発信源だ。

「そら、あそこに二匹目のカモがいた」

「あれは——」

女は海面上のシルエットに、息を呑み込んだ。

「あれは、海上自衛隊のイージス艦ではないか」

「そうさ」男は、クッと頰をひきつらせた。笑ったのか興奮したのか、サングラスをかけたままの横顔では分からない。「まだ帰るつもりはない。爆弾がまだ、一十発も残っている」

「まずい！」

〈きりしま〉CICでは、人手の足りない迎撃管制席で、レーダー画面を睨んでいた当直ミサイル士官が独断で射撃指揮装置のマスタースイッチを〈ON〉に入れた。

とたんに管制卓で、スタンダードSM2ミサイルの発射管制パネルの表示が〈ARM〉、〈ARM〉、〈ARM〉と一列にずらりと赤く点灯した。艦首と艦尾甲板下の二つの垂直発射器《VLS》内部で、セルに収められた五十発ずつの対空ミサイルが目を覚ましたのだ。同時に艦橋の頂上に設置されたイルミネーターのパラボラアンテナが作動準備状態となり、

〈FCS#2〉と表示されたランプが緑に点灯する。

「ミサイル士、艦長の許可なしで良いのですか」

「あれを見ろ。アンノンは次はこちらへ来るぞ」

後輩の管制官たちが見上げると、情況表示スクリーンの自艦シンボルのすぐ上で、オレンジ色の三角形がゆっくりと向きを変え、尖った先をこちらへ向ける。急速に近づき始める。

「く、来る――!?」

「こっちへ来る」

「距離一一マイル? ふ、防ぐ暇がない!」

「どうするんですっ、ば、爆撃されたら? 本艦は戦闘配置についていません!」次席管制士官が悲鳴に近い声を上げ、艦橋へのインターフォンに飛びついた。「艦橋に報告します!」

「それより垂直発射器の安全ロックを解除しろ」当直士官が叫んだ。「そっちの方が先だ!」

「は、はいっ」

「アンノンにイルミネーターを照射。射撃諸元を至急出せ。艦橋の許可が取れ次第、迎撃する」

その艦橋の上では、「命令通りに帰投する」という艦長に、副長が食い下がっていた。

「艦長、これは緊急事態ですっ」

「緊急事態だからこそ、我々自衛隊幹部は法と規定を厳格に順守しなくてはならない。この場合はまず、第二護衛隊群司令部を通して中央の自衛艦隊司令部に上申し、しかるべき指示を――」

「そんなことしているうちに、手遅れになってしまう！　いいですか、今この時にも、負傷して死にかけている乗組員がいるかも知れないんですよ！　たった一二マイル先の、あそこにいるんだ。同じ船乗りとして、助けに行かないんですかっ」

「本艦が勝手な行動を取ったがために、中国と戦争になったらどうなる？　命令に反して島へ向かうなどという行為は――お、俺が断じて許さん！」

冷静を装い続けて来た艦長が、急に怒鳴った。

「許さんからな！　絶対だっ」

中央の命令に反して、勝手な行動など取ったらどうなるのだ――？　艦長の背筋は、寒くなっていた。防大を出てから二十二年、将官になることだけを日々夢見て、ひたすら努力して来たというのに……。ここで内局のキャリアたちの不興を買ったりしたら、全てがおしまいだ……！

艦長は顔を赤くして、「命令違反は絶対駄目だ駄目だっ」と副長に怒鳴り返した。

「しかし中央の命令と人命と、どちらが――」

「うるさい黙れ！」真面目そうな黒ぶち眼鏡の艦長は、うぐぐっと白い手袋の手を握り締めた。

畜生、畜生。どいつもこいつも、そろいもそろって頭悪いくせに、俺の出世を邪魔しようとしやがって――！　艦長は日頃抑えていたストレスが、マグマのように沸き上がって来るのを制御出来なくなりつつあった。同期や後輩と酒を飲んで憂さを晴らすことも、ここ数年全くやっていない。イージス艦の責任者に抜擢され出世コースを突っ走り始めてから、悩みやストレスを周囲の誰にも打ち明けられなくなっていた。悩みがあることなど周囲に知れれば、たちまち『あの人には群司令官など無理なんじゃないか』と噂されてしまう気がした。これまで冷静で強いふりを、必死でしつづけて来たのだ。〈きりしま〉艦内でも、話し相手は誰もいなかった。乗組員たちに釣りや海水浴を禁じたのも、仲間同士で目の前で楽しそうに騒がれるのが気に障ったからだ。そうさ。ふん、俺は友達のいない秀才さ。他人に好かれたことなんかないし、他人のことなんかどうでもいいんだ。海上保安庁――？　あいつらがどうしたっていうんだ。あいつらは『日本の沿岸を仕切るのは自分たちだ』と言わんばかりにわざと海自を無視しやがって、護衛艦と重なる同じ名前の巡視船艇を四十二隻も持ってやがるんだぞ――

「ううっ。俺は艦長だぞ！　貴様ら、規定も知らないくせに事あるごとに文句ばっかり言いやがって、俺の言うことを聞く気があるのかっ！」

「艦長」

「か、艦長。落ち着いてください」

そこへＣＩＣの先任士官がインターフォンで、『艦長、アンノンが接近しています。ＳＭ２発射準備完了。迎撃許可をお願いします！』と要求して来たからたまらない。

「な、なにぃっ」

振り向いて、艦橋の戦闘態勢表示盤が〈ＳＭ２〉と〈ＦＣＳ＃２〉の二つのランプを緑に点灯させているのを発見した艦長は、インターフォンのマイクに怒鳴り返した。「馬鹿者！　誰の命令で射撃指揮装置を稼働させたっ？　規定違反だぞ」怒鳴る間にも、戦闘態勢表示盤で〈ＴＨＲＥＡＴ　ＷＡＲＮＩＮＧ　ＡＩＲ〉というオレンジ色のランプが点滅し始める。ＳＰＹ１Ｄの脅威判定機能が、『空襲』を報らせて来たのだ。

「そんなこと言ってる場合ですか、艦長⁉　やつがこちらへ来るなら、我々も爆撃されるかも知れない」副長が抗議する。「やつは日本の巡視船を爆撃して沈めた。何をためらう必要があるのです。対空ミサイルで撃墜しましょう！」

「な、なぜですっ⁉」

「いや、駄目だ。我々には、あの国籍不明機を撃墜出来る法的権限がない！」

「考えても見ろ馬鹿者。殺人犯が目の前で人を殺したからといって、追いかける警察官がその犯人を殺していいのか？　いいわけがないだろうっ」

「は――？？」

あきれる士官たちに、艦長はまた講釈を始めた。オレンジ色の空襲警報も目に入っていない様子だ。まるで口を動かすことで精神の安定を保つかのように、憑《つ》かれたようにしゃべり続けた。

「いいか。さっきも言ったように、通常の訓練や哨戒任務についている我々に行使出来る権限は、警察官職務執行法の範囲内での不法行為防止のための警察権だけだ。この場合、警察官職務執行法七条に照らして、日本の領域内で不法な行為をした者を追跡し逮捕することは出来るが、もしも相手が逃走あるいは反抗しようとしても、武器の使用はそれを防止するための『事態に応じて合理的な範囲内』でしか認められない。つまり、撃墜していいなどとはどこにも書いていないのだ！」

艦長が講釈している間にも、〈亜細亜のあけぼの〉のスホーイは急接近して来る。

『艦長、こちらＣＩＣ。スホーイは左舷上方五マイル、急速接近中！　急降下爆撃態勢と思われます。撃墜許可を！』

急を知らせるＣＩＣからの声にも、

「駄目だ駄目だ！　我々にはこういう場合、正当防衛によるやむを得ぬ反撃しか許されていない。しかも、まず相手から攻撃が行われなければ、一発も発砲してはならないのだ！」

　講釈をくり返す艦長。

「しかも、相手から受けた攻撃を上回る反撃は、してはならない。さっきも言ったように、機銃を撃たれただけなのにミサイルを撃ち返してはいけないわけで――」

「イージス艦に攻撃をかけるのか？」

　女は、〈牙〉の横顔を見た。

「そうさ」

「相手は、海の要塞だぞ」

「そうさ、最強の護衛艦だ。だから指揮官は海上自衛隊でも『特に優秀な』士官だろう。優秀な自衛隊指揮官とは、規定を厳格に守るものだ」

「？」

「見ていろ」男はさらに、海面に浮かんだグレーの艦影めがけダイブをかける。先程は水平爆撃だったが、今度は急降下爆撃だ。「俺の急降下爆撃の技量を、これを見て評価し、報告しろ」

　機首が下がった。ずざぁあああっと風防ガラスが風を切り、目の前がべったりと蒼《あお》い海面だけになる。機首姿勢マイナス四〇度。急降下のGでヘルメットの中の髪が逆立ち、額のあたりが涼しくなる。可変翼を最前方に開いたままの機体は急増した対気速度にガガガッと揺れ始め、細かくぶれる視野の真ん中に、海面に張り付いて止まっているようなイージス艦のシルエットがある。

女は細かく振動する射出座席にショルダー・ハーネスで体を固定し、強靭《きょうじん》な意志で腹部の不快感をこらえ、苦痛が顔に出ないよう唇を噛み締めた。

「――――」

「いいな？　玲蜂」

「迎撃許可はまだですかっ」

ＣＩＣでは次席管制士官が悲鳴を上げた。

「くっ――」

当直士官は、発射コマンドキーに指を置いて、独断で押そうかと考えた。情況表示画面の謎のスホーイは、明らかにこちらへ突っ込んで来る。このままではやられてしまう。（しかし勝手に発射した場合、どんな影響があるだろうか……？）一瞬、そんなことを思った。

ひょっとしたら、やつはただ急降下して、頭上を通り過ぎるだけかも知れない……。ミサイルを勝手に発射して撃墜したら、どんな処分が……？

当直士官の指が、ためらって一瞬止まった。そのわずかな逡巡《しゅんじゅん》が、〈きりしま〉の運命を決めてしまった。いやためらうな、みんなの命がかかっている。あの艦長では発射命令など永久に出せるわけがない――――！　当直士官は決心し、「えい」とばかりに発射コマンドキーを押し込んだが、発射管制パネルの表示は〈ＡＲＭ〉のままで〈ＦＩＲＥ〉にならない。艦首垂直発射器からＳＭ２ミサイルが飛び出して行く轟音も聞こえない。

「ミ、ミサイルが出ない。どうしたっ」

「当直！　最小距離を割り込みましたっ」

「な、何だとっ」

一瞬の遅れが祟《たた》った。艦長の講釈を聞かされたり独断での発射を迷ったりしているうちにスホーイは艦の左舷直上方二マイルまで接近し、すでに対空ミサイルで迎撃出来る最小安全距離を割り込んで急降下しつつあった。

「ＣＩＷＳだ！　対空機関砲で撃てっ。急げ！」

それを聞いた兵装担当下士官が悲鳴を上げた。

「うわぁっ、機関砲の準備が出来ていません！」

「どうしてあの艦は、撃って来ない？」

「撃てないのさ」

〈牙〉は、笑うように頰をひきつらせた。

「食らえ」

男は操縦桿の発射ボタンを押し、爆弾をリリースした。今度も目視照準だった。

左右の主翼下を離れた烏《からす》の群れのような二十発の二五〇キロ爆弾は、初めは母機の腹の下をつき従うように一緒に飛び、やがて頭を下げると突き刺さるような放物弾道を描いてイージス艦へ突入して行く。

下方からは何の反撃もない。身軽になった猛禽は反転上昇に移る。そのまま爆弾は〈きりしま〉の上部構造へ飛び込んで行く。黒い爆弾の群れが、グレーの艦体に吸い込まれて見えなくなる。

「な──何も起きないぞ」

引き起こしのGに顔をしかめながら、女はバックミラーに眼を上げて言う。

「ちゃんと命中している。見ていろ」

猛禽はアフターバーナーに点火し高度を上げる。主翼を三五度まで後退させて加速し、標的から離れようとする。日本の護衛艦の堅固な装甲が、大爆発に巻き込まれるのを防いでくれていた。海面上の護衛艦では何事も起きないように見えたが、数秒置いてパッパッと閃光《せんこう》が走り、次いで上部数か所から小さな火柱を噴《ふ》いた。爆弾が装甲板を貫いて内部で爆発したため、さっきの巡視船と違って外からはあまり火が見えないのだ。さらに数秒後、艦体が一瞬膨張したように見えると、耐え切れなくなったように凄まじい爆発。黒煙がシルエットを覆い隠し、火球がふくれ上がった。

ズドドドォーンンッ！

「どうしてイージス艦は撃って来なかったのだ」

「日本国憲法があるかぎり、自衛隊など恐れるに足りない。俺たちは無敵なのさ」クックックー――と笑いを漏らし、男は無線のスイッチを入れる。

「見たか、航空自衛隊」後方から追尾して来る、二機のF15に対して言った。「我々は、〈亜細亜のあけぼの〉。正義と平和の使者、人民の味方、〈亜細亜のあけぼの〉だ」

女は後方を振り向き「イーグルが迫って来る。大丈夫か!?」と訊く。

「心配するな。お前には俺の利用価値を、もう少し分からせてやろう」

総隊司令部

『アンノンが巡視船に続いて護衛艦を爆撃！　ご、護衛艦は――炎上している！』

スクランブルの編隊長は興奮して呼吸が速くなっているのか、あるいは冷静になろうとして速く呼吸しているのか、声を聞いただけでは判別が出来ない。中央指揮所のスピーカーに響く報告は、どちらにしろ悲鳴のようにしか聞こえない。その臨場感に、呆然とスクリーンを見上げる管制官たち。

「護衛艦の被弾の報告を、横須賀の自衛艦隊司令部にも通報せよ」

トップダイアスから江守に指示され、スクリーンを見上げていた担当管制官は、ハッと気づいて「りょ、了解しました」とコンソールに向き直る。

「アンノンをレーダーで確認。高度が上がったため、宮古島のサイトに引っかかった模様です」

別の担当管制官が報告する。前面スクリーンに、オレンジ色の三角形が現れた。尖閣の魚釣島の南海上を、二つの緑の三角形に追尾される形で南東へ離れて行く。

「先任指令官。アンノンは島から離脱したか」

江守の問いに、

「はっ、司令。南東へ領空を離脱して行きます」

和響が振り向いて答えた。

「やつめ。我がスクランブル機の追尾に捉えられ、ついに超低空飛行が出来なくなりましたな」

江守の横で監理部長が汗を拭くが、

「いや」

江守は腕組みを崩さない。

「やつは島の周辺から離脱し、公海上へ出てみせたのかも知れない。それを我々に見せるため、わざとレーダーに姿を現したのか――」

定年間近い総隊司令官は、唇を嚙む。

「――だとしたら、相当な知能犯だ」

「司令、どういうことです」

東シナ海上空

『――我々は〈亜細亜のあけぼの〉だ』

国際緊急周波数のUHFチャンネルに聞こえて来る声は、明瞭《めいりょう》な日本語だった。菅野はそれにも驚いたが、言って来る内容にもっと驚いた。

『そちらの警告に従い、ただ今日本領空を離脱した。まだ何か用があるのか？』

「なっ、何言ってやがるんだ、こいつ――!?」

菅野は酸素マスクの中でつぶやきながら、一番機に続いて左へ旋回し、灰色の可変翼戦闘機の尾部のシルエットを視界に捉えた。ついに追いついた。あれは確かにスホーイ24――昨夜日本海の上空で、韓国籍のエアバスと風谷・川西の二機の空自機を撃墜した犯人のものと、同じ機体だ。

『なぜ我々を追尾して来るのか。航空自衛隊』

『当方の誘導に従い、那覇基地へ緊急着陸することを命ずる。我に従え!』

南部一尉の声がヘルメットに響き、一番機の後ろ姿がスホーイの右横へ近づいて行く。

菅野はそれを見失うまいと、一マイル強の間隔を保ちながらついて行く。はぐれたら絶対まずいが、近づき過ぎてもいけない。速度調整が難しい。左手でスロットルを細かく操作する。同時に、カメラはどこだ、どこに置いた――? とコクピットの足元を見回す。要撃対象機を撮影するのも二番機の大事な仕事だ。前方ばかりを見てもいられなかった。左右に細かく蛇行しながら、菅野の二番機は、やっと南部機の左後上方の定位置にたどり着く。

『自衛隊機、我々に強制着陸を命じるのか?』

ちぎれ雲と海面を背景に、ゆったりと浮かんでいるように見えるスホーイは、たった今二隻の艦艇を爆撃し炎上させた直後とは思えない、冷たい落ち着いた声で語りかけて来た。

『その通りだ。我に従え!』

『では強制着陸を命じる、法的根拠は何か?』

『――』

南部一尉が一瞬絶句する。

法的根拠――? 何を言い出す、この人殺しが……! 菅野は思わずカメラを置いて叫ぶ。

「南部さんっ、四の五の言わせないで、脅かして連れて帰りましょうっ」

『活きのいい二番機が、何か言っているようだが』二機のF15に後ろからホールドされているというのに、スホーイのパイロットにはこちらをからかうような余裕さえ感じられた。

『質問する。警告に従って領空外へ退去した国籍不明機を、なおも強制してそちらの指定する飛行場へ着陸させられるという法的根拠を、ただちに答えられたい。お前たち航空自衛隊に、それが出来るのか？』

これは、完全に日本人が話す日本語じゃないのか――菅野はいぶかった。いぶかりながら、左手を計器盤の兵装管制パネルに伸ばし、マスター・アームスイッチを〈ON〉にする。手をスロットルに戻し、レバー側面についた兵装モード・スイッチを親指で〈短距離ミサイル《SRM》〉にセット。

威嚇のため、これまでは編隊長が国籍不明機をロックオンして追尾してきたが、編隊長の一番機は警告のために相手機の真横に並んでしまった。菅野は、言われなくても、ここは自分がロックオンすべきだと思った。

ヘッドアップ・ディスプレーに『ミサイル残弾数：2』という表示と、FOVサークルの円がパッと現れた。五百円玉くらいの大きさのこの円が、熱線追尾ミサイル・AIM9Lサイドワインダーをロックオン出来る範囲だ。レーダーが自動的にSRMモードに切り替わる。菅野はレーダー画面で自分の正面にいる菱形をカーサーで挟み、クリックしてロックオンした。円に囲まれた相手機との距離が自動的に測定され、発射諸元がヘッドアップ・ディスプレーに表示される。

距離六四〇〇フィート、命中まで三・五秒と表示されるが、ヘッドアップ・ディスプレーの中でFOVサークルに囲まれている機影をもう一度見て、菅野は「し、しまった」とつぶやく。円の中に浮いているのはこともあろうにF15だった。南部一尉の一番機についていこう、ついて行こうと思う余り、兵装のスイッチ操作をやっている間に定位置を外れ、無意識に一番機の真後ろについていってしまっていたのだ。菅野は一番機をロックオンしていた。

『こらっ、菅野!』

南部一尉が怒鳴った。一番機のコクピットで、ロックオン警報が鳴ったらしい。

『何をやっているかっ』

「す、すみません!」

ふだんなら考えられないミスだ。菅野は慌てて操縦桿を左へ倒して機の位置を戻し、ロックオン操作をやり直そうとするが、『許可なく勝手なことをするな!』と怒鳴られた。

『クックック、新人か。大変なようだな』

スホーイが笑った。

『――貴様!』

南部一尉が、大きく酸素を吸うのが聞こえた。

『貴様は、何者だっ？』

『さあな』

総隊司令部

「司令、市ヶ谷から緊急回線です」

運用課長が、赤ランプの点灯した統合防衛指揮所との緊急回線電話を取ると、「航空幕僚長からです」と江守に差し出した。

「――やはり来たか」

江守は顔をしかめ、受話器を受け取った。

トップダイアスの幕僚たちが、左右から注目する中を、江守は「総隊司令です」と応える。

『総隊司令官か。こちらは統合防衛指揮所、航空幕僚長だ。ただ今をもって今回の〈対領空侵犯措置〉は終了とする。那覇のスクランブル機を帰投させよ』

「――承服しかねます」

『江守空将補。こちらでは情況を把握した上で、総合的な判断がすでに下されている。那覇基地のスクランブル機を発進させたのは、国籍不明機が尖閣諸島周辺の領空を侵犯するコースを取っていたためだ。しかし現在、警告に従って国籍不明機は領空外へ退去している。これ以上追尾する根拠がない』

「根拠がない、と申されますが」江守は、感情をぐっとこらえた低い声で反論した。「スクランブル機編隊長からの報告では、国籍不明機は海保の巡視船と海自の護衛艦とを爆撃、炎上させてかなりの被害を与えております。ここは当該国籍不明機を那覇へ誘導し強制着陸させ、搭乗員を確保するべきと考えます」

『駄目だ。我々航空自衛隊にはその権限がない』

「権限がない？　しかし我々には警察権が――」

『日本領海内にて不法行為を犯した船舶等を追跡し逮捕する警察権は、海上自衛隊には国際慣例上認められているが、航空自衛隊に対してもそれが認められるかどうかは、内閣法制局による慎重かつ厳正な検討を待たねばならない。現時点においては、航空自衛隊に公海上で警察権を行使することは、出来ないものと総合的判断が下っている』

総合的判断――？　また雑上掛参事官のさしがねか。くそっ、白久些の腰巾着め……！

「し、しかし」

『しかし、ではない江守空将補。国籍不明機をこれ以上下手に刺激し、昨夜と同様、民間の生命財産にさらなる被害を及ぼした場合、その責任は防衛省自衛隊に問われる可能性が高い。統合防衛指揮所はこれ以上の危険は冒せないとの最終決定を下した。ただちにスクランブル機を下げたまえ！」

東シナ海上空

『質問されて黙り込んでしまうところは、昔と変わらず真面目だな。優等生の南部二尉――いや、今は一尉か。クックックック』

『――き、貴様は誰だっ!?』

菅野の一マイル前方には国籍マークをつけていない灰色のスホーイ24、その右横に双尾翼のF15が並行して浮かんでいる。

（あいつは――南部さんを知っているのか？）

まさか、と菅野は思う。

しかし、

『あんたの真面目さは、可哀相なくらいだ』

声は言う。冷たく、しかし半分同情するような物言いは、まるで何かをあきらめているかのように、感情の起伏を全く見せない。

『あんたは今、自分を責めているだろう』フフ、声は笑う。『無駄だよそんなことは。あんたには防げなかった。たとえ爆撃前に追いついたとしてもな』

『き、貴様っ』

ヘルメット・イアフォンに響く南部一尉の声は、酸素を激しく吸う音で次第に聞きづらくなる。南部にも、〈亜細亜のあけぼの〉と名乗ったスホーイの搭乗者の正体は分からないらしい。

『誰だ!?　名を名乗れっ』

『俺は〈牙〉。〈亜細亜のあけぼの〉の一員だ』

『ふざけた名称を使うな！　貴様らは中国かっ』

『特定の国には属していない。アジアの人民を不当に搾取する日本を懲らしめ、滅ぼすための組織──言わば〈正義の秘密結社〉だ。クックックック』

ふざけるなっ、と南部が叫ぶのを聞いて、菅野は少し感情的になり過ぎだぞと思った。普段の南部は、生真面目な性格で感情を抑え込んでいるように見える。しかし今は、巡視船や護衛艦が次々に撃破される光景を目の前で見せられ、抑制が効かなくなっているようだった。確かに、自分たちがもっと早く追いついて、爆撃を止めることが出来れば、あの二隻は助かったかも知れない……。編隊長の南部は、責任感で自分自身を責めていたのかも知れない。あのスホーイの言う通りに。

「南部一尉、おちついてください」

口を出したのがいけなかった。

『後輩の二番機にそんなことを言われるようでは、編隊長失格だな。クックッ』

『黙れっ』


「何を話している。〈牙〉」

スホーイの右席で女が言った。

「――ちょっとした知り合いだ。昔のな……」

男は、サングラスの横顔の唇をキュッと結ぶ。

「〈牙〉。組織の大きな作戦はこれからだというのに、正体をばらすようなことは――」

「いい。どうせあいつには、死んでもらうんだ」

女の座る右席ごしに、男は猛禽の右横に並んだF15を見やった。日の丸をつけた流麗な機首が、黒のサングラスに映り込んだ。

「あんなものに、俺は昔……」

「〈牙〉――？」

男は頭を振り、前方へ視線を戻した。

「玲蜂、やるぞ。つかまっていろ」

『航空自衛隊。我々は帰投する。連行したければ実力を行使せよ』

〈亜細亜のあけぼの〉のスホーイは突然宣告すると、機首を下げて急降下に移った。降下開始はあまりに素早く、菅野にはまるで目の前からフッと姿が消えたように見えた。あっ、と思うと灰色の大柄な機体は中間位置の可変翼を最後方へたたみ込み、鳥が真っ逆さまに海面へ飛び込むように加速して逃げて行く。

『ま、待てっ』

南部一尉のF15が慌てたように機首を下げる。

その時、

『ドラゴリー・フライト、キャンセル・ミッション。リターン・トゥ・ベース（ドラゴリー編隊、任務を中止して帰投せよ）』

那覇防空指揮所からの声が無線に入ったが、南部の『待て、貴様！』という叫びと重なったために、よく聞こえなかった。

「あ――ちょっと南部一尉」

菅野は、指揮所に指示を聞き返すべきだと思ったが、一番機はスホーイを追って急降下に入ってしまった。わずかに迷ったが、自分も急いで操縦桿を押し、後を追った。一番機の後ろ姿と灰色のスホーイの機影はたちまち下方に小さくなり、海面上に散在するちぎれ雲に紛れてしまう。

「くっ、くそぉっ」

スホーイと一番機がどこにいるのか見えなくなってしまい、菅野はレーダーを捜索モードにして追った。画面に二つのターゲットが出る。ちょっと降下開始が遅れただけで、一番機は八マイルも先、スホーイには一〇マイルも離されている。冗談ではない。早く追いつかなければ、援護にも何にもならない。

菅野は操縦桿をさらに押して機首を下げ、スロットルを前方へ叩き込んでアフターバーナーに点火した。ドンッ、という衝撃と共に背中がシートに押しつけられ、イーグルは加速する。燃料のことがちらりと頭をかすめたが、一番近い飛行場まで帰るのに何ポンド必要だったか、考える余裕がない。とにかく追いつかなければ――！　速度計と昇降計の針が一瞬跳ね上がり、音速を超えたのが分かる。菅野は左の中指でスロットル・レバー前面の目標指示コントロールのノブを動かし、レーダー画面上でスホーイと思われるターゲットを挟み、クリックする。今度はロックオンした。ヘッドアップ・ディスプレーに目標追尾用ASEサークルと、ステアリング・ドットが現れる。スホーイは旋回しているようだ。ロックオンした目標の方位を指示するASEサークルが、左へ左へと動いて行く。

菅野は指示を追って操縦桿を左へ倒す。雲と海面がぐっと傾き、機体は旋回に入る。ところが、

「追いつけない――？　どういうことだ」

菅野は、旋回しても旋回しても、ＡＳＥサークルがディスプレーの正面に戻って来ないので焦った。早く追いつこうと音速を超えたので、自分の旋回半径が大きくなり過ぎ、経路が外側にふくらんでいっこうに目標に追いつけないのだ。

「く、くそっ」

菅野はスロットルを戻した。超音速の領域で下手に旋回Ｇをかけ過ぎたら、失速してしまう。

左の親指でスピードブレーキ・スイッチを後方へ引いた。ガクッという衝撃と共に、機体の背で減速抵抗板が立ち上がる。ガタガタガタッと激しく揺れるのをこらえ、速度が亜音速に下がるのを待ち構え、左へ思い切り旋回した。振り切れていたＡＳＥサークルが正面に戻って来る。四角い目標指示コンテナに囲われた小さな機影が、ディスプレーの左端に現れる。やっと視認出来た。親指のスイッチを戻してスピードブレーキをたたみ、またスロットルを前方へ叩き込んでアフターバーナーに点火、追いかける。今度は目標距離の表示が縮まる。七マイル。六マイル……。イーグルの加速は速い。

「畜生！　どんくさい電子戦偵察機ごときに、振り回されてたまるかっ」

菅野はマスクの中で歯ぎしりした。飛行性能は、イーグルのほうが遥かに優れているはずだ。

スホーイ24フェンサーが可変翼を持っているのは、米海軍のＦ14のような空戦用ではなく、低空高速侵攻を容易にするのが目的だ。フェンサーは偵察と爆撃が主任務であって、戦闘機同士の格闘戦などは用途の想定に入っていないはずだ。確かに可変翼を開いた時だけ旋回半径は小さくなるだろうが、主翼を開いて旋回すれば、速度をかなりロスしてしまう。エンジン推力も加速力も、イーグルとは比較にならない。常識では勝負になるはずがない。

しかし、菅野のヘッドアップ・ディスプレーの中で悠々と旋回し逃げ回るフェンサーは、まるでイーグル二機に対して格闘戦を誘いかけているかのようだ。

「わざわざ格闘戦に持ち込むのか。馬鹿なことをするな」

女はスホーイの右席で、真後ろについて来るF15が映るバックミラーを見上げた。

「高度も速度もかなり失った。無謀だぞ〈牙〉」

急降下して、高度計は現在一五〇〇〇フィート。速度計は三五〇ノットを指している。降下中に一時的に音速を超えたが、イーグルを振り切ろうとしてか男が旋回をくり返したため、せっかく得たスピードも捨ててしまっている。秘密基地の島へ帰投するには、アフターバーナーは使えない。燃料がギリギリに近い。

「心配するな。俺たちは有利だ」

「何だと」

女にも、戦闘機を操縦する技量はあるようだ。空中戦の常識を持ち出して、〈牙〉を責める。

「高度も速度も失い、相手がイーグルで、どこが有利なのだ!?」

「――――」

問いに答えず、男はさらに機体を旋回させる。

猛禽の可変翼は、最後方の六九度へたたみ込まれたままだ。翼を開いて爆装していた時とは、鋭角のシルエットの印象はまるで違う。しかし、その高速飛行形態は、爆撃した敵地から一目散に離脱逃走するためのものだ。

『待て！　無駄な機動はやめろっ』

バックミラーの中のＦ15が叫ぶ。

『貴様は逃げられない。おとなしく指示に従え』

「逃げているのではない」

男はつぶやく。スロットルをミリタリー（アフターバーナーなしの最大推力）に入れたまま、旋回を続ける。しかし可変翼を後方へたたんだままの旋回では、イーグルを振り切れない。

旋回は猛禽の速度エネルギーをロスする。爆弾を全て投棄した今でも、このスホーイ24の自重は二三トン。それを空に浮かせる双発エンジンの推力は、ミリタリー・パワーを入れたままでも合わせて一五トン。対するイーグルは、爆装しなければ二〇トンを切る機体に、自重を超える推力のエンジンを持っている。空力的にもイーグルは洗練され、武骨な猛禽よりも機体の空気抵抗は遥かに少ない。格闘機動をくり返せばくり返すほど両者のエネルギーの差は開いて行き、猛禽はのろのろと勢いを失った、疲れ切った獲物となってしまうはずだ。

しかし、

「もう少し引き回してやろう」

男は、それを承知のようだ。三三〇ノットまで減った速度をさらに失うのを構いもせず、機体を切り返し逆方向の旋回に入れる。バンクを八〇度まで取ったかと思うと、また逆方向へ切り返す。不規則に左右へのS字旋回をくり返す、シザーズと呼ばれる機動だ。

「くそっ」

菅野は、絡み合って旋回するスホーイと南部の一番機に　マイル半まで追いついたが、それ以上近づくことは出来なかった。南部から自分へは、何も指示がなかった。一番機は、謎のスホーイを追い回すのにかかり切りになっているようだった。南部さんは、俺の存在を忘れているんだろうか？　とさえ思った。いつもの訓練では有り得ないことだ。目の前で数百人の乗る艦艇二隻が爆撃され炎上し、それが『自分の責任だったかも知れない』など思えば、平常心が吹っ飛ぶのは仕方ないかも知れないが。

菅野は編隊長の指示がなくても、格闘戦に入ったのだから自分はファイティング・ポジションにつくべきだと判断した。一番機の後方一〇〇〇フィート、角度三〇度の広がりの円錐の中に入るようにして、編隊長の援護と、後方の監視を受け持つのだ。スホーイの仲間がどこかに潜んでいて、レーダーの死角からこちらを狙っている危険性だってないわけではない。しかしスホーイとそれを追う一番機が不規則な旋回をくり返すため、なかなか追いつくことが出来ない。

「くそっ。目茶苦茶な飛び方だ！」

混戦となった戦場では、まともな飛び方をすれば墜《お》とされる、と言う。しかし航空自衛隊の日頃の訓練では、きれいに編隊を組んで精確に機動を決められるパイロットが上手い、と評価される傾向があった。無茶苦茶な機動をして格闘戦の相手をはぐらかす、というのはあまり練習する機会がない。訓練時間も燃料も限られているからだ。

菅野は不規則に右へ左へ、時には斜め宙返りで反対方向へ飛ぶ二機を、スロットルを調整しながら必死に追った。やっとのことで、一番機の背中を半マイル――三〇〇〇フィート前方に見る位置まで追いつく。推力を出したり戻したりするから燃料消費が激しい。一番機を前下方に見る位置をキープし、同じ飛び方で追おうとするが、知らぬうちに高度が上がって一番機の姿が機首の下に隠れてしまう。自分の方が多く燃料を消費しているから機体重量が軽くなっていて、同じ飛び方では浮き上がってしまうのだ。その度に菅野は舌打ちしてスロットルを絞り、機首を下げ南部機が視野に入るようにするが、推力を絞っている瞬間に逆方向へ旋回されると、今度は旋回について行けない。

「畜生っ。二番機の位置をキープするだけで、こんなに苦労するなんて――！」

菅野は、航空学生の同期では自分が一番空戦機動《ACM》が上手いと思っていた。ところが実戦に出たらどうだ。『援護と後方の監視』どころではない、ついていくだけで精一杯ではないか。菅野はハァハァと息を切らしながら、雲の隙間でダンスを踊るような二機を追い続けた。くり返す旋回Gで、岩のように凝った首がさらに痛んだ。飛行服の中が自分の汗でサウナのようだ。しかしスホーイは振り回すような旋回をやめない。振り切られはしないが、押さえ込むことも出来ない。速度と高度と燃料と、パイロットの体力をいたずらに消費するばかりの機動だ。しまいには菅野は、酸素マスクのエアを吸い込むのさえ辛くなって来た。

もういい加減にしてくれ――！　と嫌になりかけた時、ふいにスホーイの旋回が止んだ。

『クク――南部一尉』

〈牙〉と名乗った声が笑った。菅野のヘッドアップ・ディスプレーの中には、一マイル向こうに可変翼を後方へたたみ込んだスホーイの機影。その手前、三〇〇フィート前方に南部一尉のＦ15が浮かび、もくもくした低層積雲に濃い影をおとしながら進んでいる。方角はいつの間にか、真南を向いている。スホーイの姿が逆光の中でシルエットになっている。高度はすでに一〇〇〇〇フィート、指示対気速度は三〇〇ノットまで下がっている。

『南部一尉、撃つのなら撃て』

眩しい。菅野はヘルメットのバイザーを下ろし、肩で息をしながらその声を聞いた。

『撃てるわけがないか――防空指揮所の許可がなければ、警告射撃すら出来ないお前たちに』

撃てるわけがないか、という声は、なぜだか半分落胆を含んでいるような感じだ。

『――き、貴様っ……』

南部が言い返そうとするが、ぜぇぜぇという呼吸音が激しく、言葉はなかなか出て来ない。菅野以上に、南部は消耗しているのだ。

『き、貴様は、凶悪なテロ行為の犯人だ！　逃走しようとした場合は、逃げるのを防ぐために発砲することが出来るっ』

『では、撃ってみろ』


「〈牙〉――!?」

女は、黒いサングラスの無表情な横顔を見た。

「撃てるわけはない……」男は言った。「しかしあいつがもしも撃ったら――お前はベイルアウトしろ。玲蜂」

「何だと」

「今、ちらりと思った——いっそのこと、俺はここで死ぬのもいい。殺してくれるのならば」

男は微かに、ため息のようなものをついた。

女は、三〇〇ノットを指している速度計を見て、

「〈牙〉、お前は自殺するためにこんな機動を」

「それは違う」

男はバックミラーに視線を上げる。三〇〇〇フィート真後ろに、F15が浮いている。

「死んだ方が楽だ——一瞬そう思っただけだ。これから死んで行くあいつが、羨ましい」

『——ドラゴリー・フライト、キャンセル・ミッション。リターン・トゥ・ベース』

菅野は、防空指揮所との通話に使うチャンネルが、さっきから帰還命令をくり返しているのに気づいた。目の前の格闘について行くので夢中になり、耳に入っているのに聞いていなかった。

「南部さん、帰還命令です。どう——」

だが菅野は言いかけて絶句した。

『撃たないなら、死んでもらう』

〈牙〉と名乗った声が、そう宣告したからだ。

菅野は、何を言っているんだ!? と思った。後方から二機のF15に押さえ込まれたスホーイが、反撃に転じることなど不可能だ……。どのように機動しようにも、すでに高度も速度も無い。

そう思った次の瞬間、菅野はバイザーの下の眼を「うっ!?」と見開いた。

（なっ、何――!?）

何が起きたのか、菅野には分からなかった。

突然、一マイル前方でスホーイのシルエットが上方へ跳躍したように見えた。まるで重力から解き放たれたようにフッと舞い上がって太陽の中に消えると、主翼を開いた姿はクルリと回転し、一秒とかからず南部機の後尾に舞い降りて止まった。

「ク、クイックロールだって――!? あれが!? まさかっ」

食いつかれた南部機は、反応しなかった。急にスホーイの姿が目の前からかき消えたようにしか見えなかったのだろう。あっけにとられたように動かない。

「な、南部さんっ」

『死ね』

菅野の目の前で、主翼を一杯に開いたスホーイの機首が、閃光を放った。二三ミリ機関砲の曳光弾がパパッと南部機の後姿に吸い込まれ、ひと息吸う間もなく南部のF15は後部からボンッ、と黒い爆煙を噴出した。

『――う、うわぁーっ!!』

何が起きたのか教えてくれ――！　と言うような悲鳴を残し、一番機の機体は右に傾いてクルリと仰向けになり、黒煙を噴きながら制御されない物体のようにクルクルと落下し、眼下の白い雲に吸い込まれた。あっけなく消えた。

「な――南部さんっ！」

「――――」

猛禽のコクピットは、ビリビリと震えていた。限界速度ギリギリで可変翼を開いたまま機動したことによる振動だった。

男のサングラスに、火を噴いておちて行くF15が映り込んでいた。男は表情を変えずに顔を上げると、バックミラーに視線を向けた。もう一機のF15が、黒いグラスの表面に映り込んだ。

「次はこいつだ」

男は、可変翼のコントロール・レバーに左手を掛けた。後方に引きながら、右手で操縦桿を前へ。振動がおさまり、コクピットの前面風防が海面と雲だけになる。

「ついて来い、活きのいい二番機」

「もう、高度がないぞ」

「心配はない」

男は右席の女に簡単に告げると、ヘッドアップ・ディスプレーの速度表示に視線を固定した。

猛禽は再び翼を後方へたたみながら、加速して急降下に入る。


「ま、待てっ！」

菅野は、急降下して逃げようとするスホーイを追って、機首を思い切り下げた。このまま追ってもいいものなのか――？　という疑問が一瞬わいたが、スホーイの機影が機首の下に隠れて見えなくなりかけると、とにかく見失ってはならないと操縦桿を押していた。

『ドラゴリー・フライト、ドゥ・ユー・リード（ドラゴリー編隊、聞こえるか）？』

「こ、こちらドラゴリー2。一番機が――南部一尉がやられた！　レーダーでこちらの位置を確認し、救難機を頼むっ」

防空指揮所へのチャンネルには、そう答えるのが精一杯だった。南部一尉がやられた……。後ろから至近距離で撃たれ、悲鳴を上げておちていった。ベイルアウトするところは見えなかった。すぐに雲に入ってしまった。しかし――菅野の呼吸は早くなった。しか

し　あの爆発の仕方では……。

「待てぇっ」

叫びながら、菅野の頭はカァッと熱くなっていた。自分が援護すべき一番機を、目の前でやられてしまった……！　俺は何をしていたんだ！

『ドラゴリー2、引き返せ』

「やつが逃げる」

『追尾を中止し、引き返せ』

「一番機がやられたんだから、正当防衛だ！　これよりアンノンを撃墜する」

『駄目だドラゴリー2。〈対領空侵犯措置〉は終了した。ただちに帰投せよ』

「リーダーをやられて、おめおめ帰れるかっ！」

『菅野三尉。聞いているか。監理部長だ。僚機がやられても正当防衛にはならない。自分が撃たれて命が危ない時でなければ、正当防衛は成立しない。君に撃つ権限はない。ただちに反転し、帰投したまえ！』

「うるせぇっ」

菅野は防空指揮所とのチャンネルを切った。オーディオ・コントロールパネルの〈UHF#1〉というスイッチをパチリと指で切ってしまってから、ひょっとして俺は、勢いでとんでもないことをしていないか――？　と指先がかすかに震えた。

俺は——どうすればいいんだ。操縦しながら菅野は唇を噛んだ。目の前で身をひるがえして逃げる謎のスホーイを、どうすればいいんだ。撃つのか。撃てるのか？　冷静に考えれば撃つ権限はない。だけど、もう追いかけ始めてしまった。こんな時、もしＲＯＥ（交戦規定）のしっかり整備された普通の国の空軍なら、迷いなく規定にしたがってやつを撃てただろうに……！

もし追いつめても、どうすればいいのか菅野には分からなかった。頭が熱くなって、考えることが出来なかった。目の前で僚機が撃たれて爆発した光景が、菅野の鼓動を速くしていた。これまでの訓練飛行で、こんな精神状態になったことは一度もなかった。手足は勝手に動き、口はマスクからマラソンランナーみたいに酸素を吸いながら、海面を背に降下するスホーイを追っていた。

「はぁっ、はぁっ。ま——待てこの野郎っ！」

「——————」

男は、速度表示を見ながら操縦桿を引き、静かに猛禽の機首を引き起こした。ヘッドアップ・ディスプレーの高度表示は六〇〇〇フィート、速度は三四〇ノット。指示対気速度と並列に表示されている指示マッハ数は〇・五五だ。ディスプレーの向こうには雲と水平線が見える。

「――よし」

男は、Ｆ15の二番機が追尾して来ていることを、バックミラーの中に確認した。

「玲蜂」

「何だ」

「俺が無謀でないことを――もう一度見せよう」

クク、と唇をかすかに微笑させ、男は可変翼のコントロール・レバーに手を掛けた。スホーイ24の主翼は、パイロットが速度と飛行形態に応じ、後退角をレバーで選択するシステムになっている。このシステムには制限速度を超えて可変翼を展張しないよう、リミッターが付いている。しかし男は駆動制御コンピュータからリミッター回路を取り外し、さらに駆動油圧モーターを強力なものに換装していた。

「行くぞ」

〈牙〉は可変翼駆動レバーを、一杯に前方へ押した。次の瞬間、グンッ！　と猛烈な機首上げ運動が起きた。猛禽は機首を振り上げると同時に、何かに引っ張り上げられるような物凄い力で急激に上昇した。男は操縦桿を軽く左へ倒した。コクピットの前面風防で天地が回転した。

「うわっ」

菅野は叫んでいた。ヘッドアップ・ディスプレーの中でスホーイの機影がふいに浮き上がったかと思うと、消えてしまったのだ。

「わっ、わっ——上かっ!?」

菅野は首を曲げて真上を仰いだ。さっき南部一尉がやられるところを、後方から見ていたのが救いになった。コクピットの曲面プラスチックの風防の上を、スホーイ24がきらきら輝きながら信じられない疾さでロールすると、吹っ飛ぶように後方へ消え去り、見えなくなった。

「なっ、何ぃっ——!?」

男は機体の動きの全てを、完全にコントロールしていた。この技を使うためには、機動開始速度がマッハ〇・六以下でなければならなかった。急激に最前方へ展張した主翼は、空力中心の前進による強い機首上げモーメントと凄まじい揚力増加をもたらすが、飛行マッハ数が〇・六以下でないと迎え角が一〇度に達したところでハイスピード・バフェット(高速翼流剝離《はくり》)に陥りフラッター現象を起こし、悪くすれば分解してしまう。また、前進させた主翼は低空低速用なので、空気密度の薄い一五〇〇〇フィート以上ではこの技は使えず、さらに機動中の最大荷重は四G未満に抑えないと、今度はGバフェット(Gによる翼流剝離)を起こして失速する危険があった。

「ククク――」

　しかし男は、全ての条件をクリアしながら猛禽を機動させていた。操縦桿を操る腕は機械のように滑らかに、針の穴を通すような機体コントロールを行っていた。コクピットの前面風防で天地が二度回転し、水平に戻った時には、真ん前にF15の双尾翼のテイルが無防備に浮かんでいた。

「う――!?」

　菅野は魔法を見せられた気がした。

　追尾されている機が急激に機首を上げ、後尾に食いついた相手の頭上で素早いエルロンロールをうって減速、相手機の後尾に舞い降りるようにして形勢を逆転させる技を、空戦ではクイックロールと呼ぶ。しかしあんなに素早いクイックロールは、F15同士の空戦訓練でも見たことがない。鈍重なはずの電子戦偵察機に、どうやってあんなことが……!?

　しかし後方を振り向くと、スホーイ24がこちらに機首をまっすぐ向けて浮いている。それは現実だった。菅野は背中がゾクッと震えた。計器盤でロックオン警報がピーピーと鳴り始めた。

「う――うわぁっ」

「あいつは、殺さない。我々の存在を伝える〈証人〉だからな。生かして返す」

「撃墜しないのか？　〈牙〉」

「いや。する」

男は、パイロットの悲鳴が聞こえて来るような急激な旋回で逃げて行こうとするイーグルを、悠々と追った。

「馬鹿なやつだ――直線で加速して逃げれば、まだ助かるものを」

女は、左急旋回で逃げて行こうとするF15の二番機と、空対空ミサイルを一発も装備していない自分たちの兵装管制パネルを見て言った。武装は、もう機関砲しかない。〈牙〉の操縦でせっかく後方に着けても、機関砲の射程外へ逃げられたら撃墜は出来なかった。

しかし、

「あいつは、直線では逃げられない」

男の言う通り、なぜだか目の前のイーグルは旋回をやめなかった。可変翼を最前方に開いたスホーイ24を旋回だけで振り切るのは、いかにイーグルでも無理だった。速く廻ろうとして、Gを掛ければ掛けるほど速度はつかず、逆に鈍速のはずのスホーイに軽々と六時方向をキープされた。

「真後ろを取られたパイロットは、怖くて直線では逃げられない。相手の姿が見たくて、ああして不毛な旋回に走るのだ。覚えておけ、玲蜂」

〈牙〉は、操縦桿のトリガーに人差し指を掛けた。

「うわっ、うわぁっ」

菅野は、背中がゾクゾクするのをどうすることも出来なかった。自分の真後ろに、とんでもない敵がいる……！　南部一尉を目の前で殺した敵だ！　自分も今にも後ろから撃たれるのか!?　と思うと心臓が早鐘《はやがね》のように鼓動した。冷や汗が全身から噴き出していた。

菅野はただ右手で操縦桿を力任せに左へ倒し、引きつけていた。Gを掛けて急旋回することしか出来なかった。相手の姿が見えなくて、怖くてたまらなかったのだ。

『クク、それまでだ。二番機』

冷たい口調を全く変えず、声は宣告した。

『墜ちろ』

次の瞬間、グァンッ！　と物凄い衝撃が菅野の背中を打った。巨大な金属ハンマーで後ろから殴られたようなショック。二三ミリ機関砲弾が、至近距離から機体を直撃したのだ。

「うわ――」

うわぁあぁっ、と悲鳴を上げながら脱出レバーを掴《つか》み、引いていた。菅野は射出座席が作動するGを全身に感じながら、その直後に意識を失った。

永田町

中華人民共和国大使が首相官邸にやって来たのは、尖閣諸島で巡視船とイージス艦が撃沈され、二機のF15が撃墜されてから、一時間が経過した午前十時過ぎだった。

動作がだるく、眼が細いので、ふだんは起きているのか寝ているのか分からないと言われる中国大使は、しかし首相執務室に入って来るなりしわがれた大声を張り上げた。

「謝罪しろ謝罪しろ謝罪しろ！」

この中国大使が日本政府関係者の前で大声を出すのは、初めてのことだった。いつもは何を言っているのか聞き取るのも大変なくらいの老人なのである。だがその声は、寝ていた龍が目覚めたかのような、妖気漂う怒鳴り声であった。びっくりした鰻谷は、思わず反射的に頭を下げていた。

「え？　あ——す、すみません」

言ってしまってから鰻谷はハッとする。し、しまった——！　またいつものクセで、つい謝ってしまったぞ……。

巡視船とイージス艦、それにスクランブルした二機のF15までが謎の国籍不明機にやられて全滅したと聞かされ、鰻谷は浮き足立っていた。下手をすれば内閣の責任問題である。

今回の問題を、どう円く収めたらよいのか——日本政府は以前から尖閣の領有問題は棚上げにしようと主張して来たが、今回はせめて中国側から『巡視船を撃ったのは間違いだった』という、形ばかりの謝罪でも引き出さないと、国民やマスコミに対して格好がつかない。今、内閣の支持率が急降下でもしたら、二か月後には参院選だし……。そんなふうに考えて天井ばかり見ていたところを、すかさず足払いされた形であった。

「あ、いや、その……」

あわてた鰻谷は取り繕おうとするが、

「謝ったな?」中国大使はすかさず、ついていたステッキを振り上げて鰻谷の顔を指した。「お前は今、謝ったな。ようし、今朝の〈尖閣諸島大虐殺事件〉で悪い日本軍が真面目な中国人をたくさん殺した責任を取り、謝罪すると言うのだなっ」

中国大使を官邸に呼んだのは、今回の尖閣諸島の事件で中国調査船に同乗していた人民解放軍兵士が巡視船を攻撃し、多数の死傷者を出したことに対する中国政府の釈明を求めるためであった。〈内閣安全保障会議〉の招集を見送って、話し合いで解決を図ることにしたわけであるが、日本側には甚大な被害が出ているのだから、いくら外交が不得手な自分でも会談は有利に運べるだろうと鰻谷は見ていた。

ところが、会うなり中国大使はとんでもないことを言い出す。

大虐殺事件――!?

鰻谷は、中国大使よりも遥かに体は大きかったが、まるでヴェロキラプトルに睨み上げられたブラキオサウルスのようにのけぞっていた。

「せ、〈尖閣諸島大虐殺事件〉って、何ですか」

「とぼけるな総理大臣。お前たちの国の巡視船は、あくまで平和的に『中国領海から出て行け』と警告する我が調査船に向かってこともあろうに機関砲をぶっ放し、調査船の護衛のために乗っていた人民解放軍兵士ばかりか、何の抵抗手段も持たない非戦闘員の乗組員までを多数虐殺したではないか!」

「え――えぇっ!?」

中国大使が、報告されている事実と全然逆のことを言うので、鰻谷はそばに控える蠟山首席秘書官と顔を見合わせ「蠟山、知ってるか?」「いえ総理、聞いてません」と囁き合った。

「お前たちは、しらを切る気か」

「で、ですが大使。一方的に攻撃して来たのは、そちら中国の調査船ではないのですか――?」

するとと中国大使は来客用のソファにどっかりと腰掛け、「違う違う」とうざったそうに頭を振った。

「違うぞ総理大臣。我が中国海洋調査船〈奮闘九号〉は、あくまで平和目的の漁船の避難所を設営するため、中国領土の島へ行ったに過ぎない。それを日本の巡視船が目ざとく見とがめ『ここは日本の領土だ』とか馬鹿な主張をし、出て行けとほざきおった。我が調査船が『そちらこそ中国領海から退去せよ』と警告したら、いきなり発砲して来て真面目な人民解放軍兵士や乗組員たちを虐殺したのだっ」

「そ、そんな馬鹿な。撃ったのはあなたがたの方だと、私は報告を受けているが……」

「では〈証拠〉はあるのか」

「は？」

「我が中国調査船がお前たちの巡視船を先に撃ったという〈証拠〉はあるのかと訊いている」

「そ、そういう報告が……」

「黙れ総理大臣！　これを見ろ」大使は、懐から一枚の大判の写真を取り出した。「これは先程現場から届いたものだ。調査船〈奮闘九号〉の船腹に、巡視船の機関砲掃射による痛々しい弾痕が、このようにはっきりと刻まれている」

老人は、鰻谷に電送写真をぐいと突き出した。

「だ、弾痕――？」

「さらにもう一枚あるぞ。これはお前たちの巡視船の甲板のアップだ。お前たちが海上保安庁と呼んでいる沿岸警備隊の隊員が、機関砲をこちらに向け撃ちまくっている。我が調査船の乗組員が、命がけで撮影したものだ」

ぎょっとする鰻谷に、老人はもう一枚の写真を突き出した。粒子の粗い望遠だが、見ると確かにヘルメットに救命胴衣をつけた海保の士官らしき人影が、何か大声で叫びながら黒い機関砲をこちらへ向けて撃ちまくっている。砲塔のアップなので、巡視船の船体全体がどのような状態にあるのかは、写真からは分からない。

「この悪鬼のような形相を見よ。これこそアジアの人民を搾取する、日本人の正体である！」

「こ、これは……!?」

官邸には、巡視船〈くだか〉が反撃をしたという報告は来ていなかった。

絶句する鰻谷に、中国の老人は詰め寄った。

「総理大臣。お前たちには、我が調査船が武器を発砲したという証拠があるのか？」

「に、日本政府としましては、中国船が撃って来たという報告を、受けておるわけですが――」

「それが嘘でないという証拠は？」

「は――？」

「お前たちの巡視船が、『中国船から先に撃って来た』という嘘の報告をして、我が調査船に向かって発砲したのに違いない。悪い日本軍が昔からよく使う手だ。我々はだまされないぞ」

「そ、そんな」

「では、物的証拠はあるのか？」

「ご、ご存じとは思いますが、大使。我が国の巡視船は、この写真の戦闘の最中に突如襲って来た謎の国籍不明機によって爆撃され、沈んでしまったのです。残骸を引き揚げてみなければ――」

「巡視船が謎の国籍不明機に爆撃され轟沈《ごうちん》したなら、船体の損傷が爆撃によるものか人民解放軍の攻撃によるものなのか、引き揚げたところで判別出来ないではないか」

「それは専門家が、詳しく調査をすれば――」

「では中国政府に領海に入る許可を取った上で、引き揚げてみろ」

「そ、それは」

　ううっ、と鰻谷は口ごもった。戦闘が終息してから現場に駆けつけたＰ３Ｃが詳しい情況報告をして来たが、〈くだか〉が沈没した魚釣島東岸沖三〇〇メートルの海底は、深海に向かって急斜面になっているらしい。船体の引き揚げは困難だろうという専門家の検討結果も届いていた。まさか中国が海底の地形まで考慮した上で上陸地点を決めていたとは、鰻谷には想像も出来なかった。

「いいか総理大臣。我が方には、武器を使用せずに必死に警告する人民解放軍兵士に向け、日本の巡視船が悪鬼のように機関砲を浴びせて虐殺している場面を写した〈記録フィルム〉まであるのだぞ。我が中国政府は、『尖閣諸島は日本領土だ』などとぬかすお前たちの間違った主張と、愚かなる暴挙を世界中に知らしめるため、次の国連総会本会議場でこの〈尖閣諸島大虐殺事件記録フィルム〉を上映する方針である！」

「ちょ、ちょっと待ってください」

鰻谷は慌ててハンカチで太い首を拭いた。

「だいたい大使、あのですね、『謎の国籍不明機』というのは何だったのです？　まさかあなたがた中国の攻撃機では……」

「何ぃっ」

中国大使は顔を真っ赤にして立ち上がると、ステッキを振り上げて怒鳴った。

「証拠もないのに人に言いがかりをつけるつもりかっ。恥知らずの悪い日本人め！　謝罪しろ謝罪しろ謝罪しろっ！」

その剣幕に鰻谷は思わずのけぞる。

「えっ、あ――す、すみません」

あぁしまった。ま、また謝ってしまった……！

しかし後悔する鰻谷をステッキで指しながら、眼の細い老人はまくしたてた。

「いいか。あの謎の攻撃機は〈亜細亜のあけぼの〉といって、アジアの人民を不当に搾取する悪い日本を懲らしめる、正義の秘密結社であるらしい。彼らは魚釣島の中国調査船が危ないと知り、悪い日本の巡視船を倒すため駆けつけてくれたのだ。それを、証拠もないのに我が誇り高き人民解放軍の仕業だとぬかすのかっ。恥を知れ恥を知れ！」

「え——あ」

思わずまた「すみません」と口にしかける鰻谷の脇腹を、横から蠟山秘書官がつついた。

「総理。のせられないでください。ここは領土問題を何とか円く収めないと——」

腹心の部下に小声でさとされ、やっと我に返った建設族の政治家は「そうだ、そうだった」とうなずき、中国の老人に向き直った。

「あぁ、ごほん。大使、あのですね、今回の尖閣における紛争は、誠に不幸でありますが——」

「紛争ではない。一方的な虐殺である」

「虐殺のような事実があったかどうかは、これから詳しい調査をして明らかにしようではありませんか。我が国は巡視船のほかに海上自衛隊のイージス艦まで沈められ、被害は甚大なのです」

「ふん。アメリカの武器なんか買うから、天罰が下ったのだ」

「大使。我が国の政府がこれまでにも申している通りですね。尖閣諸島の領有問題は、日中の平和的発展のため、棚上げにしようではありませんか」

「あれは中国の領土である。中国固有の領土について、なんでお前たちが口出しをする。巡視船など差し向けて工事を邪魔しおって。主権侵害、迷惑千万である。謝罪しろ謝罪しろ謝罪しろ！」

「え——あ」

思わずまた謝りそうになった鰻谷を、見かねた蠟山秘書官が執務室の隅に引っ張って行った。

「総理。冷静になってください」

「中国はどうも苦手なんだ」

「連中は、要するに今回の事態を利用して、追加の経済援助を引き出そうとしているのです。金を出すから円く収めてくれと頼めば、多分収めますよ」

「そうかなぁ……」

鰻谷が会談の席に戻り、緊急追加経済援助の可能性をほのめかすと、顔を真っ赤にして怒っていた中国共産党東アジア政治副局長を兼務する大使は、ふいに眠そうないつもの態度に戻った。これが『君子豹変す』とか言うやつか——鰻谷は思った。

「棚上げ——？　ふふん」

老人はソファに深くもたれると、独り言を言うように天井に向かってあくびをした。

「ふぁわ――そうだな。実は今度、北京と上海の間に高速幹線鉄道を敷くんだが……。これの建設資金が全額無償円借款で調達出来れば、あるいは党中央としても『ごく一時的な棚上げ』に、同意するかも知れんなぁ――」

鉄道一本全部――!?

鰻谷は「うぐっ」とのけぞった。

「て、鉄道一本全部って、それは……」

「大した金ではない。このくらいあれば足りる」

大使は、両手の指を全部広げて見せた。

「そ、それはいくらなんでも……」

「総理」

また蠟山秘書官が話を遮って、驚く鰻谷を部屋の隅に引っ張って行った。

「総理。向こうの条件を呑みましょう。ほかに円く収める手だてはありません」

「だけどお前、あの金額だぞ」

「また赤字国債出しゃいいんです」

「だが、子々孫々にこれ以上の借金は――」

「総理。この蠟山、三十年間総理の選挙事務所を切り盛りして参りました。総理が建設族だからといって、土建業界がほいほい喜んで金を出したとお思いになりますか。台所はいつも苦しかった。払えない借金を、踏み倒したこともあるのです。すべて国政の場で頂点を極めるためであります。総理の夢はこの蠟山の夢であります。こんなところで、政権の座を失うわけには参りません」

「それは、そうだが……」

「それにどうせ今借金したって、払うのは将来の子孫です。将来の子孫はまだ小さいから、選挙権がありません。今選挙権を持っていない連中のことなんか、どうでもいいではありませんか」

「う、うぅむ……それもそうだが」

「総理。この際円借款をたてに取って、中国の新幹線を日本企業に受注させましょう。そうすれば景気対策にもなりますし、キックバックも手に入ります」

「そ、そうか。うむ」

鰻谷は、建設族の親玉らしくうなずき、会談の席に戻った。

「大使、お願いします。どうか、その線で」

鰻谷が汗をかきながら揉み手をすると、中国の老人はうなずいた。

「そうか。謝罪のしるしとして、鉄道建設資金を出すか。お前たちの犯した罪からすれば、こんなものではとても足りないのだが、まぁわしが党中央に伝えれば『当面の謝罪』とみなして勘弁してもらえるかも知れんな」

「で、円借款を出せば、高速鉄道は日本の新幹線方式を採用してもらえるのでしょうね？」

鰻谷は念を押すが、

「そんなことは分からん。なんでお前たちが金を出したからといって、お前たちの国の企業に受注させてやらねばならんのだ？　それはそれ、これはこれである。日本企業グループが受注出来るかどうかは、今後の日本政府の反省の態度次第である」

「う――」

鰻谷は援助を切り出したものの、背筋が寒くなるのを抑えられなかった。金を出さされた上に受注を欧州勢にさらわれたら、いったい鰻谷内閣の面子《メンツ》はどうなるのだ――？

蒼くなる鰻谷を見て、中国大使は「けひひ」と笑った。

「では総理大臣。お前たち日本政府の謝罪の意向を、そのように党中央に伝えてやろう」

「よ、よろしくお願いいたします」

「伝えてやるから、そうだな。御礼はベンツがいいかな」大陸では党の高級幹部だという老人は、何のてらいもなく「寄越せ」というふうに手を出した。

「は――？」

「御礼はベンツにしてくれ」

「た、大使にですか?」

「そうだ」

大使は当然のようにうなずく。

「し、しかしそれは、賄賂《わいろ》では――」

「総理大臣。あんたはアメリカでレストランに入ったら、ウェイトレスにチップを払うだろう」

「は、はい」

「あれは、メニューの値段にも載っていないぞ。賄賂ではないのか」

「チ、チップは――あれはアメリカの社会の、慣習というやつで……」

「では、役人に便宜を図ってもらう時に御礼を払う中国社会の慣習は、賄賂だとか言って、無視するつもりか?」

「い、いや、チップと賄賂は――」

「どう違うのだ? アメリカ人のウェイトレスに皿を運んでもらった時は平気でチップを払うくせに、中国人に便宜を図ってもらった時は礼もせずに踏み倒すつもりか。お前たち日本人は、アメリカ人のやることはすぐ『文化の違いだ』とか言って文句も言わず従うくせに、中国人が同じことを要求すると途端に賄賂だとか言って拒否しようとする。チップと賄賂とどう違うのだ? 正確に説明してみろ!」

「い、いやそれは、そんなこと言われても」

「そらみろ、お前のその態度は、日本人による典型的なアジア人蔑視である！　謝罪しろ謝罪しろ謝罪しろっ」

「す、すみません」

ああっ、また謝ってしまった……。

「ではベンツのS600を二十台。本革張りシート仕様で日本製カーナビ付きだ。それに対人無制限の任意保険もつけろ。運転手の給料も向こう三年分、日本政府に払ってもらうぞ」

「に、二十台──!?」

両生類に似た総理大臣は、太い首をグッと詰まらせた。冗談ではない。言いなりにSクラスを二十台も贈ったりしたら、残り少ない官房機密費がぶっ飛んでしまう。

「ど、どうして二十台も──」

「馬鹿者っ」

大使は一喝した。

「北京において動いてもらう党幹部にも、御礼をするのが当たり前だ！　そんなことも分からないのか、だから日本は国際社会で馬鹿にされ、孤立するのだっ。我々中国の言うことを聞かないから駄目なのだ、この大たわけ者っ！」

「はっ、ははぁっ」

総隊司令部

中央指揮所の前面スクリーンでは、逃走しようとする謎のスホーイを追い続けていたが、未確認を示すオレンジ色の三角形は九州の北方海上へ出たところで画面から消えてしまった。

「アンノン、レーダーから消えました。超低空でレーダーサイトの死角に入った模様」

「E2Cは?」

「間に合いません」

くそっ、運のいいやつめ——!

和響はスクリーンを睨み上げた。

「南西セクター2、撃墜されたFのパイロットの救出は?」

「ただいま那覇の救難ヘリが現場海面に到達しました。一名は生存して漂流しているとのこと。もう一名は、まだ発見出来ません」

「捜索を続けさせろ」

「はっ」

和響は、自分の見ている前でスクリーンから緑の三角形が消える瞬間を思い出し、唇を噛んだ。パイロットの音声もモニターしていた。この司令部の地下でスクリーンだけ見ていると、将棋の駒を動かしているような錯覚に陥るが、「うわっ、うわぁーっ」という悲鳴はリアルだった。

「相手の音声も聞けたらな……」

二名のパイロットは、接触の間じゅうずっと日本語で〈敵〉と何か言い争っていた。スホーイのパイロットが日本語を話すらしいという噂は、どうやら本当らしかった。しかし国籍不明機の出す電波は弱くて、地上ではモニター出来なかった。

（葵――）

和響は、昨夜のエアバス撃墜事件を自分と同じ席で体験した、防大の同期生に話しかけていた。

（葵、やつらはいったい何者なんだ？　そして日本は、これからどうなるんだ……？）

東京上空

午前十時半。

入間《いるま》基地を飛び立った、輸送航空団の定期便C1輸送機は、東京コントロールの管制指示にしたがって上昇しつつ旋回し、機首を北へ向けるところだった。行き先は北海道の千歳基地である。

「流れ流れて一人旅、か——畜生め……」

葵一彦は、当分見納めになるかも知れない東京の景色を、カーゴベイの小さな円窓から見下ろしていた。

輸送機はがらんとしていた。

昨夜の事件で雑上掛参事官に逆らったため、総隊司令部中央指揮所の先任指令官を解かれ、奥尻島へ飛ばされることになった葵一彦は、身の回りの荷物をナップザックに詰めてこの千歳行き定期便に乗せられていた。ハンモック式の簡易シートが横向きに並ぶ輸送機の機内は、空いていた。今朝の乗客は葵一人のようだった。

葵は昨夜、要撃管制を預かる現場の責任者として、当然の対応をしたつもりだった。雑上掛参事官に口答えをしたのも、自衛隊幹部としての責任感からだ。しかしいきりたった即身仏のような雑上掛は、自分に逆らった者を許さなかった。江守空将補が弁護してくれたらしいのだが、葵の奥尻島レーダーサイト行きは、瞬《また》く間に決まってしまったのだった。

「仕方がない。ウニでも食いながら、詰め将棋をして暮らすか……」

いったい何年行かされることになるのか——これでまた結婚が遠のくなあ、と心の中でぼやいていると、急にエンジンの唸りが低くなった。C1は推力を絞ったらしい。同時にフワリとマイナスGの感覚がして、上昇姿勢だった機体が機首を下げるのが分かった。

「どうしたんだ、機長？」

葵は前部のコクピットへ行くと、防大の三期後輩である一尉の機長に尋ねた。

「あっ、葵さん。右のエンジンから火災警報が出ました。排気温度計は止常なので、誤警報だとは思いますが、一応引き返して点検します。管制から木更津《きさらづ》基地へ降りるように指示されました」

「木更津？　そりゃ陸自の基地じゃないか」

「はぁ、しかしそういう下からの指示なんで……。すみませんが、千歳行きは遅れます」

木更津基地

葵を乗せたC１は、十五分たらずで臨時着陸した。

木更津基地は、東京湾に面した陸上自衛隊のヘリ基地だが、習志野の空挺師団が空中降下訓練をする時にはここでC１に搭乗する。したがって、空自の輸送機パイロットたちにはなじみのない飛行場ではない。滑走路も一二〇〇メートルある。

しかし、滑走路はあっても、陸自の基地なんかで満足な整備が受けられるのか……？

葵がいぶかっていると、C１はエプロンに入って双発のエンジンを止めた。

（ん――？）

葵は変だなと思った。エンジントラブルで降りて来た割りには、整備員の姿が見えない。代わりに、迷彩色のＵＨ１ヘリが並ぶエプロンにはコート姿の二人の男がぽつんと立って、出迎えるように機体を見上げている。

私服の男――？　窓から見えた人影に、妙な違和感を感じていると、

「葵二佐、ここで降りるようにとのことです」

Ｃ１のロードマスターの一曹が告げに来た。

「降りろって――このＣ１、もう飛べないのか」

「いえ。エンジンに異常は無いようですが……下からの指示です」

「下から？」

葵は、エプロンでこちらを見上げている二つの人影を、もう一度小さな窓から見やった。背の高い、眼鏡をかけた三十代の男と、太った五十代らしき男。太った男のほうは、今時珍しいソフト帽を目深《まぶか》にかぶっている。

首をかしげながら降りて行くと、恰幅のいい五十男は帽子の下から鋭い目を葵に向けて来た。

「葵二佐かね」

「そ、そうですが……」

いきなり名を呼ばれ、葵は面食らった。どうして俺のことを知っているのだろう？　この二人には、全く面識がないのに。

「あなたは――？」

「君を待っていた。中で話そう。来たまえ」

「は？」

二人の男の背後には、黒塗りのセドリックがここまで乗り入れて、ドアを開いていた。ナンバーをちらりと見るが、自衛隊公用車の横長プレートではなく、普通の白ナンバーだ。

「――どういうことです？」

「とにかく車に入りましょう、葵二佐。ここは風が強くて寒い」

背の高い眼鏡が、寒そうに言った。見た通り、俺と同じくらいの歳だな――と葵は思った。

しかし、エンジントラブルで急きょ着陸したはずのこんな場所で、『待っていた』とはどういう意味だ……？

「私は当坊。内閣安全保障室長だ」

セドリックの後席に乗り込み、ドアを閉めるなり、五十男は隣から名刺を差し出した。

「内閣――？」

「こっちの若いのは小姿見《こすがたみ》。警察庁の警備局・公安外事課国際テロ対策室の、主任捜査官だ」

紹介されると、前の運転席に座った三十代の男は振り向いて「よろしく。名刺はないけど」とうなずいた。警察の人間と言われても、銀縁眼鏡の顔は線の細い秀才タイプで、いかつい感じは全くしない。

葵は、状況の展開がよく分からない。

「内閣安全保障室に、警察庁公安……?」

二人の私服の男を、葵は交互に見た。

「そういう人たちが、いったい私に何の用です」

東京・代官山

防衛大臣・長縄敏広が愛人のマンションで目を覚ましたのは、尖閣諸島の事件がすべて終息した午前十一時過ぎであった。それも、駆けつけた秘書に起こされたのである。

「イージス艦が撃沈された——!? 冗談だろう」

高級マンションが並ぶ街路を走り出した公用車の後部座席で、愛人の二十四歳の銀座ホステスに用意してもらったネクタイを締めながら、長縄は顔をしかめた。

「こちらの別宅にお越しの際は、休養の邪魔をせぬようにとのお言いつけでしたが、事が緊急でしたので。失礼いたしました」愛人の存在は公然だったので、一人ともバツの悪い顔はしない。それよりも防衛大臣が事態を知らないのでは恥をかくだろうと、小山崎秘書は急いで作って来た魚釣島爆撃事件のブリーフィング・ペーパーを長縄に手渡した。

「信じられない事態ですが、事実でございます」

「う、ううむ……」

昨夜、首の皮一枚で大臣辞任をまぬがれた長縄は、緊急閣議の後で銀座の行きつけの店になだれ込み、溜まったストレスを明け方までかかって吐き出していたのだ。当然、尖閣諸島の事件も寝ていて知らなかった。

「しかし、大臣官房からの呼び出しが鳴らなかったのは、どういうわけだ?」

「若。どうも若は内局のキャリアたちを敵に回してしまったようでございます。この小山崎、今朝から事務所に詰めておりましたが、『大臣はどこだ』という内局からの問い合わせは一件もありませんでした」

「何だと」

長縄は、ワイシャツのポケットから携帯を取り出して試すが、電池は切れていなかった。

防衛省内局のキャリアたちは、就任したての大臣が出て来ないのをかえって好都合と、自分たちの好きなように対処を進めていたため、信じられないことに長縄は秘書に起こされるまで放っておかれたのである。

「ううむ。くそっ、俺が足利大学出身で二世議員だからと、馬鹿にしたなっ」

長縄は、ぼさぼさの頭はそのままに、「バカヤロー」とつぶやきながらペーパーをめくった。

めくりながら、息を吞んだ。

「巡視船撃沈? 〈きりしま〉撃沈? F15二機撃墜? 中国か北朝鮮でも攻めて来たのか」

「いいえ若。そこにある通り、昨夜の事件と同一と思われる国籍不明機ただ一機の仕業です」

「し、信じられん……」

長縄の頰から、血の気が引いた。

おい、ちょっと待て冗談じゃないぞ――！　イージス艦が沈んで死傷者が多数出たとすれば、またマスコミに責任を追及されるではないか……。

防衛大臣辞任、という悪夢のような六文字の新聞見出しが脳裏にちらつき、四十一歳の二世議員は震える手でバサバサとペーパーをめくった。理解しがたい報告が続いていた。

いくら憲法の制約があるとは言え、どちらも能力では世界最強のはずのイージス艦とF15が、こうも簡単にやられてしまうとは……。

畜生——長縄は心中で悪態をついた。俺は就任してたったの三十日だぞ。もしも責任を追及され辞めさせられたら、〈辞任最短記録〉を更新しちまうじゃねぇか。入閣するために使った金の返済だって、まだ全然……。

そして最後の一枚をめくった時、

「お、おい小山崎！　何だこれはっ」

長縄は大声を上げた。

その一枚は、報告書の最後におまけのようにホチキスで留められていた。尖閣の事態を説明したブリーフィング・ペーパーではなく、ＦＡＸで送られて来たらしい一枚の紙であった。

「若、そこにある通りです。『ベンツ二十台分の請求書』でございます」小山崎秘書が助手席から振り向いて説明した。「つい先程、総理から事務所へ送りつけられて来ました」

「な、何だとっ!?」

さらに理解しかねる事態に直面した長縄は、ぺらぺらのＦＡＸ用紙を両手で持ち、ぶるぶると震えた。請求書の宛名はどういうわけか長縄自身で、とんでもない数のゼロが並んでいた。

「よ、四億——!?　なっ、何で俺がこんなものを払わなきゃいけねぇんだ、バカヤロー！」

「私にもわけが分かりません。先程、突然官邸からそれが廻されて来まして、有無を言わさず『払え』と言われました」

「総理からか?」

「さようでございます。何でも、S600二十台の代金に加え、向こう三年分の運転手の賃金と、二十台のうち十九台を北京まで航空便で送る運賃まで含まれているとかで……」

「四億だぞ、四億! 何で俺がこんな――ただでさえ今一三億八〇〇〇万の借金を抱えているんだぞ。防衛大臣として利権が使えるうちに返さないと、うちはおしまいなんだぞ! いくら派閥のボスの命令だって、この上さらに四億も借金を背負えるかっ」

「しかし若。鰻谷総理は、若がベンツ二十台分の支払いを肩代わりするなら、今朝の尖閣の事件の責任を取って辞任しなくても済むようにすると――」

「あのウナギ親父が、そんなことを言ったのか」

「は、はい」

噴き出した汗で二日酔いが吹っ飛んだ長縄の前で、自動車電話が鳴ったのはその時だった。

「若。北武新重工の魚水屋《うおみずや》会長でございます」

長縄が受話器を受け取ると、いつものように関西出身の老経営者が『毎度どうも先生、魚水屋でございます』と低姿勢に愛想を言った。

「あんたか……何の用だ」

長縄はため息をついた。だいたいの用件は想像出来るが、この老人はまるで、臨終の直後に病室へ押しかける葬儀屋みたいではないか。

『先生この度は、沖縄のほうでF15が二機撃墜され、おまけにイージス艦まで大破轟沈されたそうで、誠にお気の毒でございます』ひっひっひ、と笑うように老経営者は言った。

長縄の頭に、七十に手が届く日干しの秋刀魚《さんま》のような老人が揉み手をする様が嫌でも浮かんだ。

「被害のマスコミ発表は、まだのはずだが――あんたもう知っているのか。耳が早いな」

『私どもの業界は、情報の速さが命でございますゆえ』ひっひっ、と魚水屋は笑った。

『つきましては先生、朝からお仕事の話で恐縮でございますが、さっそく欠損追加補充の発注をされてはいかがでしょう？　F15二機と、今回はイージス艦のフェーズドアレイ・レーダーシステムも、私どもでやらせて頂けると嬉しいのですが』

「イージス艦のレーダーって――あんたのとこは航空機産業だろう？」

『いえいえ。レーダーは私どもの専門でございます。それにどうせ、イージスシステムの場合は、アメリカのメーカーから完成品をブラックボックスごと買って来て、船体にくっつけるだけでございます。この際、海上自衛隊の艦載レーダーの分野にも、進出させて頂ければと……』

「ううむ。どうしようかなぁ——F15はともかくとして、イージス艦をまた造るなんて言ったら、財務省が嫌がるだろうし……」

『そこはそれ、先生のお力でミサイル護衛艦の一隻くらい。海自は四つの護衛隊群に一隻ずつのイージス艦というのが、決まりではありませんか』老経営者はたたみかけて来た。

『先生、もしM重工系列のM電機さんに頼まれれば、レーダーだけで二〇〇億は取るところでございましょう。そこを私どもにお任せ頂ければ、ギリギリ出血の一九八億六〇〇〇万でやらせて頂きます。それにやられたF15二機の欠損補充と、合わせまして全部で三五八億六〇〇〇万の発注でございます。先生へのキックバックは、昨夜と同じで一・五パーセントでいかがでございましょう』

「う、ううむ……」

『どうかお願いでございます先生。私どもも新型旅客機の開発資金がなかなか回収出来ず、苦しい台所でございまして。春闘を間近に控え、大変なところなのでございます。この発注が頂ければ、何とか一息つけるというものでございます』

長縄は、大きくため息をついた。

一息つける、か……。

その顔を、小山崎秘書が「若——?」と心配そうに振り返った。

分かってるよ、と言うふうに顔をしかめ長縄はうなずく。目の前には、降って湧いたような四億円の請求書があるのだ。

「……いいだろう、魚水屋さん。その条件で発注させよう」

日本海・某所

東シナ海での空中戦から、九十分の後。

〈牙〉の操る猛禽は、帰りの飛行でも日本の自衛隊のレーダーには捕捉されず、秘密基地の島へ無傷で帰還していた。

岩山を穿った洞穴のような格納庫へ機体が納まると、装備を外した男はアルミ製のラダーを伝わり、床面に降りた。反対側からは女が降りて行く。

「〈幻の滑走路〉を使用した。潮をかぶった」

近寄って来た整備員に、機体の状況を記したログを手渡し、着陸時に海水をかぶった機体表面の洗浄を依頼した。人手はあるので水洗いはすぐに出来るだろうが、エンジン始動用のイグニッションAチャンネルは、パーツが手に入らなければ故障したままにされるだろう。次の出撃の時にもう片方のBチャンネルも故障したら、確実に自分はあの世行きだろう。

（そうなったら――その時の運命だな……）

心の中でつぶやき、男は機体を見上げる。

いや――男は思った。もしかすると、これに乗ることはもうないかも知れない。今日の作戦は成功を収めた。中国が約束を守るのなら、次の作戦にはもっと高性能の機体が用意されるはずだ。

うえっ、というくぐもった声に視線を向けると、反対側の岩壁でヘルメットを外した女がしゃがみこみ、長い髪を振り乱して吐いていた。

「――――」

男は黙って、その苦悶する小動物のような華奢な背中を見た。女は、吐くものが無いらしく胃液を口から絞り出していた。

「〈牙〉」

呼ばれて、男は振り向いた。

「ご苦労だった――と言いたいが、話がある」

紫色のマントをひるがえした眼帯の人物は、岩壁にカツッと踵を反響させて男の前に立った。

「何だ。大佐」

「来い」

低い声をわずかに苛立たせ、男が『大佐』と呼んだ若い高級将校は同行をうながした。

洞穴の格納庫の整備員全員が、いつの間にか壁際に整列し、直立不動で注目している。

「——貴様っ」

岩壁にしがみつくようにして女が吐いているのを目にすると、高級将校はふいにマントをバサッと鳴らして腰のベルトから鞭を取り、女の背中に向かって振り上げた。

「この程度の作戦に耐えられぬのか！　そんな有様で偉大なる首領様のお役に立てるかっ」

ビシッ、と長さ一メートル半の黒い鞭が女の背で弾け、玲蜂は「うぐっ」とうめいて地面に手をついた。壁際に並んだ黒子のような整備員たちの、無言の視線が集中する。

すると、

「よさないか」

男が右手を伸ばし、さらに打ち据えようとする高級将校の腕を止めた。瞬間、音もなく洞内がざわめくのが分かった。

制止された将校は、鋭い左の眼でキッと男を睨んだ。

「無礼だぞ。〈牙〉」

「なぜ打つ？」

「降りて来るなり部下たちの前で吐くとは、偉大なる首領様の軍隊の士官たる自覚が足りぬ！」

炎のような視線をぶつける将校に、しかし男は冷たく言い返す。

「乗せたあんたが悪い」

「何だと」

「生理の女を、戦闘機に乗せるものではない」

「何？」

「飛行中にも、何度も吐きそうにしていた。気づかなかったのか？　あんたの妹だろう」

男は、鋭い顎で嗚咽を上げる女を指した。

将校は、いまいましげに「離せ」と男の手を振りほどくと、ついて来るように命じた。


「〈牙〉。お前は今から五年前、我々の国へ単身渡って来た」

眼帯の人物は、この秘密基地の指揮官だった。

尖塔《せんとう》のように海面に突き出すこの島の、岩盤の内部を螺旋状にえぐり取った階段を上り切ると、秘密基地の最も奥まった一室へと辿り着く。

暗緑色の迷彩戦闘服に、緑の覆面をつけた戦闘員が両脇で固める鉄扉を、男が『大佐』と呼んだ眼帯の人物は暗証を使って開けた。二名の戦闘員は、眼帯の人物にだけ敬礼をした。戦闘員の覆面には、闘志を現すしるしなのか、口の左右に牙のような紋様が縫い込まれている。

男は、緑の覆面に一瞥をくれると、眼帯の人物に続いてその居室へ足を踏み入れた。

「〈牙〉。亡命を願い出たお前は、我々の上層部を長い時間かけて説得し、三年前電子戦偵察機を借り受けて沖縄本島の単機上空突破をやってのけた。撮影した情報にはそれほどの価値はなかったが、お前の成し遂げた行動は、国の上層部を動かした」

赤茶色の緞帳《どんちょう》で岩壁を隠した一室だった。柔らかい苔でも生えているかのような分厚い絨緞に覆われた床。奥行き一〇メートルもあるその空間は、ヨーロッパの貴族の館のような調度品で飾られている。まるで海賊の財宝を隠した秘密の部屋を見るようだったが、これが眼帯の人物が属する階級の、本国での当たり前の暮らしなのかも知れない。

男よりわずかに歳上の〈大佐〉は、奥まった自分の執務机のビロード張りの椅子におさまると、黒光りするブーツの長い脚を組んだ。その背中には、カーテンに隠されてさらにもう一つのスチール製ドアが存在したが、男はその一枚扉が開いているところを見たことはなかった。

〈大佐〉は、男を前に立たせたまま話した。

「それから三年の準備期間をかけ、憎むべき日本を勇敢なる捨て身の攻撃で滅ぼすことを目指した秘密部隊――この基地の創設が計画された。しかしさすがに思慮深い偉大なる首領様は、簡単にお認めにはならなかった。

首領様は亡命者であるお前を試すため、強制収容所における三年間の労働奉仕を命じられた。誰もが狂い死にを予想したが、普通の人間ならひと月ともたず廃人《はいじん》になるような過酷な労働をお前は黙々と耐え抜いた。その様子は、監視役の玲蜂から逐一報告されていた。そうしてまで『憎い日本を滅ぼしたい』という、お前の強固な意志をついに偉大なる首領様はお認めになり、三年かけて掘り抜いたこの洋上秘密基地の運用開始を許可された。こうして秘密結社〈亜細亜のあけぼの〉は、誕生した」

画期的なのは、と〈大佐〉は続けた。日本を憎む、我が国以外の勢力からも支持を得られたことだ……。そう話す眼帯の若い〈大佐〉を、男は黙って見ていた。

「だが今、あらためて思ったが――お前は『日本と日本人への憎しみ』で我々と結びついて戦ってはいるが、〈同志〉となるのは無理のようだ」

「なぜだ」

男は問うた。

「全ての日本人は、憎い親の仇だ」

「親の仇を討つために戦う？　ふん、お前は何と次元が低いのだ」やっていられない、というふうに眼帯の人物はため息をついた。「甘い。くだらぬ」

「――――」

「家族など、なぜ大事なのだ？　肉親が何だ」

〈大佐〉は頭を振った。長い髪が、数本ほつれて整った頬にかかった。

「親はただ産んだだけだ。兄妹はただ同じ場所で生まれたに過ぎない。人間としてここまで育ててくださったのは、ほかならぬ国家と、我が偉大なる首領様だ。われわれ首領様の臣民は、国家と偉大なる首領様のためにのみ命をかけるのだ。この崇高なる理想の精神に比べれば、肉親の情けなど、何と卑小なことか」

「――――」

「〈牙〉。あいつをかばうなどと、余計なことをするな。血の繋がりなど関係ない。俺はいつでもあいつに『死ね』と命令する。国家と偉大なる首領様のためならばだ。それが正しい人の道だ」

「――――」

無言で見返す男に、仕方がない、と〈大佐〉はため息をついた。

「いくら諭《さと》したところで、日本人の血が半分混じっているお前には、理解出来まい」

「それを言うな」

すると男は、急に気色《けしき》ばんだ。

「その言い方はよせ、〈大佐〉。俺は、自分を日本人だと思ったことは一度もない。あんたに〈同志〉にして欲しいとも思わない。俺は復讐のために生きているが、独裁者のために命を捧げて盲従する軍人ではない」

「――今の言葉、聞かなかったことにしてやる」

〈大佐〉は、卓上の銀のペーパーナイフを、カツンと机に突き立てた。

「いいか〈牙〉。我々は互いに必要とし合っている。目的は違うかも知れないが、今は折り合って共に戦おう。だが共闘するには、守ってもらわねばならない掟《おきて》がある。お前は有能だが、有能過ぎるのは危険だ」

「どういうことだ」

「イージス艦の撃沈は、余計だった。命令された以上の余計な手柄を上げ、能力を見せ過ぎるのは極めて危険なことだ。我々にとっても、お前にとってもな」

「――?」

「命令にないことはするな。命令されていなかったのに抜群の働きをすれば、我々の国では賞賛を受けるどころか、嫉妬《しっと》を買う。さらに有能過ぎる者は危険な者とみなされる。偉大なる首領様に、有能過ぎる者が歯向かったらどうなる」

「あんたたちの国が非効率なのは、そういうことが原因か」

「黙れ」〈大佐〉は、男の黒いサングラスを睨み上げた。「いいか。我々の組織が『反逆的』と認められれば、すぐさま島の地底に仕掛けられた〈粛清装置〉が作動することになっている。これは極秘事項だが、偉大なる首領様の猜疑心《さいぎしん》は、悪魔よりも深い。隊員たちの中にも偵察局さし回しの内通者がいる。愛国的でない行動は、ただちに報告されるだろう。それを忘れるな」

「あんたも偵察局の幹部だろう？」

「偵察局の内部でも、対立はある」

〈大佐〉は、それとなく部屋の内部を見回した。「二十四時間、愛国的に正しく行動するのだ。細かい言動にも気を配れ。我々の本来の戦い〈旭光作戦〉が、これから発動しようという大事な時期だ」

「言いたいことは分かった」

男はうなずいた。

「それで中国は、約束を守るんだろうな？　あの機体がなくては、作戦の遂行は難しい」

「先程報告が入った。今回のお前の働きで、中国は北京──上海間の高速鉄道を日本にただで造らせる確約をさせた。莫大な建設資金を手に入れたのだ。彼らは約束を守るだろう」

第三章　アンノンという名の悪夢

石川県・小松

Ｆ15課程の卒業試験が、もうすぐ終わる。

洋上訓練空域での編隊飛行試験、各種機動試験、ダート射撃試験を終え、今美砂生は帰投コースに乗り、新田原基地管制塔へ着陸パターン進入の要求をするところだ。

「新田原タワー、チェイン01・パッシング・イニシャルポイント。リクエスト・ランディング」

『チェイン01、クリア・フォー・ビジュアルアプローチ。リポート・ベースターン（チェイン一番機、目視進入を許可。最終降下旋回開始を報告せよ）』

「チェイン01、ラジャー。ブレーク・ナウ」

後方からついて来ている教官の二番機に合図を送り、基地の上空で編隊をブレークする。

滑走路を左下に見ていったん並行にやり過ごし、着陸のための一八〇度最終降下旋回へ。進入開始高度は一五〇〇フィート。日向灘《ひゅうがなだ》の海面へ注ぎ込む河口が、旋回開始の目印だ。ベースターンは無風なら二Gで回るとちょうどいい。

よし、回ろう。操縦桿を倒して、イーグルを左旋回に入れる。双尾翼の機体は美砂生の右手の指に反応し、地平線がくるっと傾斜して体がぐっと重くなる。血が下がるのをこらえながら左手の親指でスロットル・レバーについた無線マイクスイッチを押し、「チェイン01、スターティング・ベース・ナウ」とリポートする。

『チェイン01。クリア・トゥ・ランド、ランウェイ27。ウインド、ツーフォーゼロディグリーズ・アット・ワンファイブノッツ（チェイン一番機、滑走路27に着陸を許可。地上の風は二四〇度から一五ノット吹いている）』

「ラジャー。クリア・トゥ・ランド」

着陸の許可が出た。F15Jの卒業試験は、この着陸をもってすべて終了だ。

戦闘機は、天候の良い時には通常、滑走路を一方の長辺とする競馬場のレース・トラックに似たパターンを描きながら目視で進入して行く。最終進入の大部分は、旋回しながらの降下となる。

滑走路へ向かう最終降下旋回は、初めのうち高度を保って水平に回る。着陸のために降下を開始するポイントは、一八〇度ターンの三分の一を回ったところだ。そこまでは高度を維持する。操縦桿を手前に引き、右ラダーを当てて、旋回で減少した上向きの揚力を足してやる。

スロットルの開度はそのまま。旋回で機のスピードは徐々に減って行くが、それでいい。二三〇ノットの中間進入速度から、一四〇ノットの最終進入速度めがけて『減るに任せてやる』のだ。滑走路への降下開始ポイントにさしかかった時に、自然に減ってきた速度がジャスト一四〇ノットになるのが理想だ。後はそのまま機首を緩やかに下げ、降下して行けばいい。風を考え、よくプランして上手にやれば、一度もパワーの増減をせずに滑走路の端まで降下パスに乗って行けるはずだ。そこが腕の見せどころというやつだ。

風防の向こうを緑の大地が傾いて流れる。機体が六〇度のバンクを取っていると、自分は地平線に対して傾いているのに、重力は足の下へ向かってかかっているという、不思議な感覚になる。

着陸脚は〈DOWN〉、フラップは着陸位置。大丈夫だ、ランディング・チェックリストは完了している。あとはこの機体をコントロールして、滑走路へラインナップさせるだけだ。今日の風はどちらから吹いていた――？　南西か。旋回がふくらむ方向だ。もう少しGをかけよう。右手で操縦桿をさらに少し、手元に引きつける。ぐっ、と腕が重くなり血管の中の血がさらに下がるのが分かる。ヘルメットの下の額がスースーする。頭から血が引いて行く――あぁ気持ちいいわ、なんて言っている場合じゃない。ヘッドアップ・デイスプレーのG表示は——二・五G。これで機体の旋回半径は、何パーセントか小さくなっているはず。でも手足が重い。肩も重い。首が痛い。

こらえろ。こらえろ……よし、一八〇度の三分の一を回った。降下開始ポイントだ。スピード表示は一四三ノット——ちょうどいいぞ。

(降下開始……！)

引きつけた操縦桿を、美砂生はほんのわずかに前へ押す。いや押すんじゃない、『引く力を緩める』んだ。一五〇〇フィートのプラスマイナス五〇フィートくらいを、辛抱強く指して震えていたヘッドアップ・ディスプレーの高度表示が、ずりずりっと減り始める。機体が降り始めた。高度が減って行く。降下率を一定に、一定に——そうだ、最初に降ろし過ぎるんじゃない。高度の維持、降下率の維持は、『根性』だ。これまで死ぬ程教官に言われて来た。最終降下旋回の前半で高度を降ろし過ぎ、降下パスが低くなって、滑走路の手前でパワーを入れてもがくように上昇して修正するなんていうのは、一番格好の悪いミスだぞ——！

(根性、根性で毎分八〇〇フィートだ……！)

美砂生は頰に汗を一筋垂らしながら、操縦桿で機首姿勢を保つ。女子の訓練生だからと、教育飛行隊では一番ベテランの温厚な二佐の教官が、美砂生の担当についてくれた。でも、あまり怒鳴らない中年の教官でも、ベースターンでズルズル高度がおちると後ろから叱責された。着陸進入は、基地のみんなが見ている——いやそれよりも、適正な降下パスより下へ潜《もぐ》ってしまうのは、ただでさえ近い地面がさらに近くなり、エンジントラブルでも起きた場合は即座に命にかかわって来る。

それは分かってるけど——自分を女の子だからと特別扱いはやめて欲しい、と美砂生は思う。

二番機として後方からチェイスして来る担当教官に加え、基地のオペレーション・ルームでは窓際にたむろしている同期生や後輩たちが、みんな自分の着陸を見物しているはずだ。「あの女の子うまくやれるかなぁ」とかヘラヘラ笑っているやつだっているだろう。「あいつは〈広告塔〉だからちょっとくらい下手でも合格させるんじゃないか」なんてほざいているやつもいるだろう。冗談じゃない、一発決めてやれ美砂生……！　スロットルになんか一度も手を触れず、このイーグルを滑走路のタッチダウン・ポイントの真ん中へすとんと降ろしてやれ——！

（そうよ。あたしのことをもう〈自衛隊の広告塔〉だなんて、誰にも言わせないわっ……！）

景色が流れる。頭の上から目の前まで、視野の大部分が畑と田んぼだ。六〇度バンクで地平線がはるか頭上に隠れ、自分の姿勢が分からない。目の前一杯の流れる地面へ、頭から突っ込んで行くような錯覚に陥る。大丈夫だろうか——？　いや大丈夫だ。降下率は毎分八〇〇フィート。最終降下旋回の三分の二を回って、今対地高度は一〇〇〇フィート。降下パスはちょうどいいはず。

　畑の真ん中に、赤い屋根の家が見えて来る。よし、あの家の真上で五〇〇フィートだ。そして斜めに流れる地面の向こう、新田原基地の滑走路が小さく現れる。進入角指示灯の色は——赤・赤・白・白。

　もらった！　理想的な降下パスで降りている。横風によるオーバーシュートもない。この着陸さえうまく決められれば、卒業だ。自分は明日から航空自衛隊ファイター・パイロットの仲間入りだ。長かった訓練もおしまいだ。

「よぉし、いい子ね。しっかり降りるのよっ」

　美砂生は酸素マスクの中で小さく舌なめずりすると、F15Jの少し重たい操縦桿を右に倒して旋回の傾きを戻し、新田原基地・滑走路27の最終進入コース上へとラインナップする。これまでの四か月間の苦労の甲斐があって、イーグルの機体は美砂生の意志に忠実に反応するようになっていた。手足の一部、とまではいかないにしても、このライトグレーに塗られた双発エンジンの超音速戦闘機は、確かに美砂生に支配されるのを受け入れているように見えた。ヘルメットの下に汗を滴《したた》らせながら、美砂生は自分の指に反応し機首の姿勢を微妙に変えるF15Jイーグルを、『可愛い』と感じていた。

「さぁ、決めるぞっ」

だがその時だった。

ピピピピピッ
突如、鋭い警報音が美砂生の耳を打った。

ピピピ、ピピピピピッ
な、何だ、この警報はっ――!?

ピピピピピピピッ――ヘルメットに覆われているはずの美砂生の耳のすぐ横で、警報は神経を逆なでにするような電子音を響かせる。何の警報だろう？　この音は――シミュレーターの緊急事態対処訓練でも聞いたことがないぞ……!?　美砂生はいぶかるが、事態は待ってくれずどんどん深刻化する。さっきまで柔順だった機体が、突然コントロール出来なくなったのだ。操縦桿が効《き》かなくなった。引いてもスカスカだ。どうしたんだっ？　順調な進入を続けていた機体が、美砂生の意志に反して勝手に機首を下げて行く。

推力が、おちてる――!?

エンジン火災かっ――!?

いや、目覚まし時計だ。

緊急手順は？　こんな低高度で目覚ましが作動するなんて……！　目覚まし時計が作動した時の緊急操作手順と、チェックリストは!?

えっ、そんなのあったっけか？

ピピピピピピッ
早く。緊急手順をやるんだ。

そ、そんなこと言ったって……！

地面が迫るぞ、急げ。

美砂生の背筋がぞわっと波立った。

「え、ええと――緊急操作手順……ええと、駄目なほうのエンジンのスロットルをクローズして、燃料コントロールスイッチをカット――あぁこれはエンジン火災だわ、目覚ましが鳴った時の緊急操作手順は……あぁ駄目だ、出て来ない……！」

目の前に地面が迫って来る。美砂生のイーグルはアンコントロール状態のまま、滑走路の手前の土手めがけて突っ込んで行く。

機首を上げなければ！　駄目だ、操縦桿は効かない。姿勢が回復しない――！

「ア、アンコントロール⁉　畜生っ」

アンコントロール――操縦不能。戦闘機乗りにとって悪夢のような言葉。脱出できなければ命はない。脱出しよう。脱出レバーはどこだ。えっ、どこ？　駄目だ、地面が迫る。ぶつかる……‼

きゃ、きゃぁあっ——！　と叫んだ瞬間。

美砂生は、自分の悲鳴で目を覚ました。

「な——」

しいん、と静まった部屋。

目を開けると、ベッドの頭上の暗がりには、動かないコンクリートの天井があった。

「な、なによ……うっ」

美砂生は眼をこすり、軽い眩暈《めまい》をこらえると、支給されたばかりの真新しいシーツをはねのけて身を起こした。目の前に迫って来る地面が、凄くリアルだった。額に指をあて、呼吸を整えた。

（ゆ、夢か……）

ため息をつき、夢を見ていたのかと理解した。そう——ここは小松だ。先月までF15Jの操縦課程で訓練飛行をしていた、南九州の新田原の空ではない。あの卒業試験には、ちゃんと合格したんだ。ここは地面の上——自分が初めて配属された、ファイター・パイロットとしての第一歩を刻むべき場所。石川県の小松基地。その飛行場の外れの隅にある、独身幹部宿舎の一室だ……。

「参ったな……」

しかし、緊急事態の夢を見るなんて——疲れているしるしだろうか。これまでも三年間で幾度か見たけれど、決まって何か窮地《きゅうち》に陥っている時だった。

美砂生は手を伸ばして、ピピピピッとまた鳴り出したデジタルの目覚まし時計を止めた。

窮地か……。

小松基地

〈亜細亜のあけぼの〉による巡視船撃沈事件が起きてから、一週間が過ぎていた。

今朝の小松も、前線の接近で天候は良くない。どっしりした雲が頭上を覆い、薄暗い。

三月の日本海沿岸は、快晴になるのは十日に一度だという。

「はぁ。曇りかぁ」

重い装具を引きずって、美砂生はライトグレーのF15が機首を揃えて並ぶ飛行列線を歩いた。

昨日までの六日間は、かろうじて晴れ間が見えていたのに……。足が重い。訓練生時代からそうだったけれど、調子の良くない時というのは腰につけたGスーツが重く感じるし、見上げるF15Jの二枚の垂直尾翼が、何故か高く見えたものだ。

「やだぁ……凄く高く見えるよ」

——『俺は絶対認めねえ』

(何だかこの子に、乗るのを拒否されてるような気が……いや駄目だ、弱気になっちゃ——)

今日の乗機である928号機の垂直尾翼——サイドワインダーに乗って空中サーフィンする黒猫のエンブレムを見上げ、美砂生は唇を噛む。

思えば、証券会社時代は、もっとひどい人間関係のトラブルに耐えていたじゃないか。古手のパイロットに少しぐらいいじめられたからって、何だ。

(——しっかりしろ、漆沢美砂生……! あんたは戦闘機パイロットだろう)

しかし、

——『まがいものの〈広告塔〉パイロットなんか認めねえ』

あの毛むくじゃらの大男——鷲頭三佐の腹に響くような声は、美砂生の脳裏にこびりつき、嫌だと思ってもリフレインする。

——『俺が試してやる。まがいものか、本物か。まがいものならここに居る資格はねえ』

謎の国籍不明機に対処する〈特別飛行班〉に編入する、と突然宣告されてから一週間。

今日は、美砂生と黒羽の〈空中戦闘適性試験〉が行われる日だ。戦闘適性試験とは何をやるのかというと、本当に二人が格闘戦に強いのか、実際に空中で闘って試すというのだ。試験の相手となるのは、こともあろうにあの鷲頭三佐。洋上のG訓練空域で、一対一ずつの模擬空戦が予定されている。

（どうして、こんなことになっちゃったのかなぁ）

基地中の視線が、自分たちに集まっている気がする。エプロンの真ん中で、弱音を吐くわけにはいかない。唇を噛み締めて、泣きたい顔になるのを我慢した。その横を、装具をつけた鏡黒羽がカチャカチャと無表情に通り過ぎて行く。

「ちょっと」

「――――」

「ちょっと。鏡三尉」

「――何よ」

「元はと言えば、あなたのせいよ」

「ふん」

黒羽は美砂生の抗議を相手にもせず、隣の機体へ歩いて行くと、整備員にヘルメットを預けて整備ログにサインし、乗機の外部点検にかかる。

「もう。ごめんねくらい、言ったらどうなのよ」

美砂生は、機体の外周を点検して廻る黒羽のシルエットに文句を言うと、自分も乗機の外部点検にかかった。かがんで、前脚から順に見て廻る。

（まったく、何でこんな——）

美砂生は、こともあろうに着任早々、元飛行教導隊の副隊長と一対一での格闘戦対決をしなくてはならなくなったこと——そして負けたら戦闘機パイロットをやめて、基地を出て行かねばならなくなったという、このとんでもない窮地の発端——初出勤の日の出来事を思い出していた。

（——思えば、あれが最悪の日だったわ）


一週間前のあの日。時刻は午前八時ちょうど。まだ尖閣での大事件が起きる前だ。

小松基地の一番奥まった特別ブリーフィング・ルームに、真新しい飛行服姿の美砂生が恐る恐る入って行くと、ちょうど〈特別飛行班〉に対するモーニング・レポートが始まるところだった。

モーニング・レポートとは、一日の初めにパイロットに対して行われる情況説明のミーティングだ。まず基地の気象隊予報官がウェザー・ブリーフィング（気象状況の説明）を行い、続いて整備隊先任幹部が機材の整備状況について報告をする。F15Jは現在でも逐次改良が加えられていて、改修されたシステムについての説明は聞き逃すわけにいかない。それらの報告が済むと、飛行班長から当日の訓練飛行についての割り振りと説明が行われる。時には新人のパイロットが前に出され、F15の緊急操作手順から一つを選び、その内容や注意点について黒板で説明をさせられる。先輩から質問が飛び、ちゃんと答えられないと「お前は分かってない」と怒られたりする。その後で飛行隊長から訓示、曜日によっては格納庫に移動して、飛行隊全員で団司令の朝礼を受ける。それらが全て済むと、一日のフライトが始まるのだ。

「あ、あのう」

学校の教室くらいある特別ブリーフィング・ルームには、四十名分の革張りリクライニングシートが並んでいたが、その時着席していたオリーブグリーンの飛行服の背中は、五名だけだった。説明用のホワイトボードの横に長身サングラスの火浦が立ち、パイロットは美砂生を入れて計七名。そのほかに地上勤務の気象隊予報官が資料を演台に広げ、OHPを使ってウェザー・ブリーフィングを始めようとしていた。

「す、すみません。あのう——」

どきどきしながら声をかけると、火浦が気づいてくれて「おう漆沢か。座れ」と言った。

あの毛むくじゃらの大男——鷲頭の背中が見えないので、少しほっとしながら一番後ろに腰掛けようとすると「そこじゃない。新人は前だ」と言われる。左右から視線を感じつつ、嫌だなぁと思いながら美砂生は真ん中の通路を歩き、最前列に着席する。

横を見ると、通路を挟んで鏡黒羽も最前列に座り、面白くなさそうに腕を組んであっちを向いていた。美砂生が眼で会釈《えしゃく》しても、プイと無視する。

(何よ、あの子——)

すぐ予報官による気象状況の説明が始まったが、耳になんか入らなかった。美砂生はもじもじと座り続けるだけだった。後ろに先輩のパイロットたちがいる。メンバーは、月刀は知っているが、その朝の張り紙の辞令にあった人たち——別所、村雨、狩場、千銘、福士の五名とは顔を合わせたことがない。廊下ですれ違った基地のパイロットたちの冷たい視線を思い出すと、美砂生は同じ視線が背中に突き刺さって来る気がして、身がすくんだ。

続いて整備隊先任幹部が、機材報告をする。「最近、制限速度を超過して着陸脚を下ろし、脚を破損するという事例がありました。前脚・主脚は風圧に弱いので、くれぐれも——」しいんとした特別ブリーフィング・ルームに、先任幹部の声が響く。聞いている人数が少ないので、よけい静まり返った空気が漂う。あたしが入って来たから、先輩のみなさん、機嫌悪いのかなぁ……。

美砂生はますます、うなじの辺りが寒くなる。整備隊先任幹部の説明も、耳に入らない。

気象・整備の報告が済み、専任幹部が退出すると、火浦が集まった六名を相手に口を開いた。

「ああ、みんなおはよう。

突然の辞令に、驚いていると思うが――我々十名は、第六航空団の〈特別飛行班〉として編成され、本日よりただちに任務に就くこととなった。急なことなので、飛行教導隊研修で新田原へ出張中の別所と村雨は来週以降の合流となる。また鷲頭三佐は、急を要する調べものがあるということで、少し遅れるそうだ。ま、仕方がないからここにいる七名だけで、打ち合わせを始めよう」

火浦がそう言うと、後ろのほうで「隊長」と誰かが手を上げた。

「何だ。千銘二尉」

「〈特別飛行班〉というのは、つまりですね――要するに自衛隊が撃てないから、『体当りで敵を倒す特攻隊になれ』ということですか。見回せば、独り者ばっかりだ」

「そういう冗談はよせ、千銘」

月刀が言う。

するともう一人が、

「川西は殉職したし、風谷はあの通りです。風谷が昨夜、総隊司令部から受けた指令というのを私も聞きました。『武器を使用せずに万難を排して撃墜を阻止せよ』――つまりは体を張って盾《たて》になれってことでしょう。だから、どうせ死んでもいいようなメンバーばっかり……」

「それも違う、福士二尉。我々は、格闘戦の技量を買われて司令部のコンピュータに選抜された。君もドッグ・ファイトには自信があるだろう」

「しかし、十名中九名が航空学生出身で、ふだん上に文句ばっかり言っている跳ねっ返りばかり、キャリア組が新人の女性幹部一人だけというんじゃ、私たちが捨て駒だというのは明らかです」

遠慮なくものを言う先輩ばかりだけど――なんかひどい言われ方……。

すると、

「俺は捨て駒になる気はない」

黙っていたもう一人の男が、口を開いた。

「たとえ発砲は出来なくとも、〈敵〉と闘えるなら俺は本望だ。ダートや標的機はもう飽きた」

静かな語り口は、狩場一尉だろうか。戦技競技会で全国二位になったという――

「選ばれたみんなにも、戸惑いはあるだろう」火浦が言った。「確かに〈特別飛行班〉と言ったって、自衛隊法第八四条で定める〈対領空侵犯措置〉の規定が、緩和されるわけではない。国籍不明機に対して発砲が許されるのは、依然として正当防衛・緊急避難と、我が国に対する『急迫した直接的脅威』が認められた場合のみだ。昨夜のスホーイがまた襲って来たら、我々はアラート待機の連中に代わってただちに発進、格闘戦の押さえ技を使って何とかやつを押さえ込み、武器を使用せずにこの小松へ強制着陸させなくてはならない。相手に撃たれるまで撃てないのに、そんなことが可能なのかと疑いもするだろう。しかし君たちの空戦の技量を見込んで、司令部は選抜したのだ。せめて、名誉と思ってくれ」

「名誉はただですからね。所帯持ちがやられたら、遺族年金がかかって団司令が損する」

「千銘。やめろそういうジョークは」

振り向いてちらりと見ると、千銘と呼ばれた二尉のパイロットは、歳《とし》は美砂生と同じくらい。切れ長の眼をした色の白い男だ。眼が細いと言っても、あの日比野二佐とは違って個性的なハンサムに見える。アイドルグループの誰かに似ている。

「でも隊長。また謎のスホーイが襲って来て、我々が対処した時に、警察やマスコミから航空団は護ってくれるのですか？　風谷のことを報じるワイドショーは、見ていられません」

千銘の隣の、日に灼《や》けた温厚そうな顔は、福士二尉だろう。くりっとした目で、眉が濃い。格闘戦に強いようには見えないが、案外こういう人が、上空へ行くと手ごわいのかも知れない。

「う、ううむ」

火浦は腕組みをする。団司令があのだから、「心配するな」とは言えないのだろう。

すると、

「──やって来た〈敵〉と闘うだけだ。余計な心配は、しても無駄だ」

狩場一尉が、醒《さ》めた声で言った。一人離れて座る狩場は、千銘・福士よりも年長だ。リクライニングシートのサイドテーブルに肘を突き、目を伏せてぼそっと話す。彫りが深く、睫毛《まつげ》が長い。頬杖をつく指が白くて長い。パイロットというよりも、口数の少ないピアニストのようだ。

「みんな不満があるのは分かる。しかし俺たちは、国を護る使命を負った自衛官だ。与えられた任務は過酷と言えど、全力でこなさなければならない」

火浦はそう言うと「俺たちは互いに顔見知りだが、この中に新人もいる。紹介しておこう」と美砂生を立たせ、振り向かせた。

「漆沢美砂生三尉だ。新田原の課程を卒業し、今日付で配属された。正直言って、〈特別飛行班〉になぜ新人が──と思うだろう。俺も最初はそう思った。しかし団司令部のコンピュータが、潜在的な素質十分と評価して三尉を選んだらしい。俺はそれを、信じようと思う。しばらくはOR訓練でアラートにはつかないが、みんなよろしく指導を頼む」

「う、漆沢美砂生です。よろしくお願いします」

仕方なく、美砂生はぺこりとお辞儀する。普通なら、ここで拍手でもしてもらえるのだろうが、頭を下げて三秒待っても誰も手を叩いてくれない。ああやっぱり、無視されるのかなぁ——と哀しい気持ちで顔を上げると、驚いた。

(——え?)

次の瞬間、がたたっと椅子を鳴らして男たちが立ち上がると、美砂牛に敬礼したのだ。経験も階級も上の先輩たちが、なぜか美砂生に上官に向けるような敬礼をしたのだった。

「福士二尉です」

「千銘二尉です」

「狩場一尉です。よろしく三尉」

言葉づかいも丁寧だった。

美砂生は面食らって、「あ。ど、どうも」とぎこちなく答礼をする。これまで美砂生に対してこんなふうにビシッと敬礼してくれたのは、基地の門衛の下士官の男の子くらいだった。

「第六航空団へようこそ、三尉」

「歓迎いたします」

「は——はい、どうも。すいません」

恐縮しながら、美砂生は礼を返す。その横で座ったままの黒羽が、退屈そうにあくびをした。

団司令が臨時の朝礼をするという連絡が入り、全員で格納庫へ移動することになった。特別ブリーフィング・ルームを出て、中央通路をぞろぞろと格納庫へ移動するパイロットたちの流れに混じる。ああ、やっぱりもう少し髪を切ろう——と美砂生は思う。この人波の中では、女の子の自分は相当に目立つ。睨《にら》まれないようにするには、色気は徹底的に抜いたほうがいいのかも知れない。化粧なんて、もってのほかだろう。

「あ——月刀さん」

人波の中に月刀の長身の背がある。美砂生は追いついて「あ、あのう」と訊《き》く。

「何だ漆沢」

「あのう。どうしてみなさん、あんなに丁寧だったんですか？　何だか気味が悪いわ」

すると月刀は、サングラスを美砂生に向けて、

「あのさ、君は大卒の一般幹部候補生出身だろ」

「は、はい」

「なら、俺たちはそうするさ。同じ飛行班に配属されたらな」

「え？」

どういうことだ――美砂生にはわけが分からない。

「いいか漆沢。俺たち〈特別飛行班〉のメンバーは、さっき千銘が言った通り、みんな航空学生出身なんだ。高校を出てすぐに入隊し、若いうちに飛行訓練を受けたから腕前には自信を持っているが、組織での出世には縁が無い。ところが君は、今は俺たちより階級も下だが、いずれ昇進して俺たちを指揮する立場になる人だ。だから一応の敬意は払う。地上ではね」

地上では……。

「そんな。あたしはただの転職ＯＬで……」

「君は、組織というものを知らないな」月刀は頭を振る。「いいか。君は言わば、警視庁捜査一課の叩き上げ刑事の中に一人だけ入って来た、一流大卒の新米女キャリアなんだ。防大ではないが、早稲田を出ているんだろう？

おそらく君は、ＴＲからＯＲになればすぐ二尉に昇進する。そして四機編隊長資格を取れば、俺みたいに点数稼ぎのデスクワークなんかしなくたって、自動的に一尉だ。そしてＣＳ課程を受講してどこかの飛行隊の飛行班長をいくつか歴任し、三十五歳までには飛行隊長か、団司令部付きの防衛部長か監理部長になる。いずれは市ヶ谷の地下で幕僚にもなるかも知れない。俺たちの火浦隊長は、航空学生出身では出世頭だが、二佐で飛行隊長というのが俺たちのコースでは精一杯なんだ。いくら腕前があっても、大卒キャリアには逆立ちしてもかなわない。自衛隊の組織とは、そういうものだ」

「――――」

美砂生は、さっきの男たちの敬礼を思い出す。丁寧だが、お客を扱う時のようだった。地上では敬意、か……。〈仲間〉とは認めてくれていないのだ。

「あたし組織なんて、染まりたくないわ。自分の腕で、生きて行きたいんです。そのために戦闘機パイロットになったんだもの」

するとと横で、

「ま、染まらないよう頑張ることだ。いい心がけだがね」月刀は笑った。

「ふん、甘ちゃん」

いつの間にか横にいた黒羽が、鼻を鳴らす。

「な、何よ」

「あのね。あんたが地上の組織や階級でいくら偉くなっても勝手だけどね、空の上でバカな命令だけはしないでよね。それだけ」

スタスタと行ってしまう。

「な、何よ……」

美砂生は唇を噛む。

人波に紛れて行ってしまう背を、美砂生は睨んだ。黒羽は、後ろ姿が猫のようだ。野生の色気……とでもいうか——美砂生は腹を立てながらも、ちらりと感心してしまう。美砂生の化粧を咎《とが》めたけれど、黒羽の歩き方には『女であること』を隠そうとする意識は全くないような気がした。

（やっぱりあいつ、どこかで……）

しかし美砂生の小さな感心も、数分後には吹き飛んでしまうのだ。

小松基地の格納庫では、楽縁台空将補が居並ぶ隊員たちを前に、謎の国籍不明機に対抗するための特別選抜チーム〈特別飛行班〉の編成を発表した。

「班長・火浦二佐。副班長・鷲頭三佐。主任・月刀一尉。班員・別所一尉、村雨一尉、狩場一尉、千銘二尉、福士二尉、漆沢三尉、鏡三尉。選抜されたメンバーは以上だ」

二人の女性パイロットが選ばれたことに、あらためて『どうしてだ？』というような感情の波が走った。ざわざわとざわめく一同を押さえるように、

「メンバーの人選は、『格闘戦に強い』という条件を第一に司令部のコンピュータが選び出した。選ばれた者は、各自全力で任務に邁進するように」

司令の横で日比野が言う。すると、

「待ってください。女性パイロットを二人とも最前線に出すと言うのですかっ」

一人のベテラン・パイロットが反対した。

しかし、

「女性だから、という言い方はやめてくれ。我が第六航空団は男女差別をしない。空自の規約から『母体保護規定』が撤廃《てっぱい》され、今では我々は完全に男女平等だ。漆沢三尉と鏡三尉は、優れた空戦の潜在的素質をコンピュータに買われて選ばれた。空自パイロットなら誰でも、担う危険と責任は同じはず。本人たちも人選に文句はないはずだ」

日比野の言う理屈に、顔を見合わせるパイロットたち。しかし、なぜ新人の女の子二人が『格闘戦の腕前』で選ばれるのだ？　誰もが自信家なので、反発を隠し切れないパイロットも大勢いる。民間企業の労働組合みたいに声高に文句は言わないが、隣同士で不満そうな顔をする。

その中で、最前列に並ばされた美砂生はまたうなじが寒くなる。

（や、やだなぁ――）

隣で、プイと横を向いている黒羽。

「ふん……馬鹿ばかしい」

黒羽は声に出してつぶやく。後ろから先輩パイロットがジロッと睨むのが美砂生には見えたが、猫のような横顔は気にもしていない。

この子、よせばいいのに……。どうして人に睨まれるようなことばっかりするのかしら。

「では諸君。そういうことで、よろしく協力を頼む」壇上の楽縁台が、臨時朝礼を締めくくって降りようとすると、その時格納庫に乗り込んで来た大柄な人影が、静止するように怒鳴った。

「ちょっと待った！」

熊が吠《ほ》えるような声に全員が振り向く中、毛むくじゃらの腕をまくった飛行服の大男が、後方からのしのしと演壇に進んで行く。

「ちょっと待った司令！　俺には異議がある」

鷲頭三佐だった。全員が注目する中、腕に抱えていたファイルの束をどさりと脇へ置き、大男は楽縁台を見上げて抗議した。

「まがいものの〈広告塔〉なんかを、みんなの代表として前線に出すと言うのですかっ。俺はとても承服出来ねえ」

「鷲頭三佐――そうは言われてもねえ」

「〈広告塔〉は、防衛省のＣＭに出しゃいいんだ。前線に出すもんじゃあない。ましてや『腕前で選ばれた』なんて嘘くさい。あの二人のうち一人は飛行経験わずか一年、もう一人はまだＴＲじゃねえか。どう考えたっておかしいぜ、この人選は！」

ざわざわと格納庫がざわめき始めた。隣同士で、うなずき合うパイロットたちもいる。

日比野がまずそうに「静かにしてくれ」とマイクで言うが、ざわめきは増すばかりだ。

「そうは言っても鷲頭三佐。司令部のコンピュータがだねぇ……」

「司令。素質を認めたとか言いますが、適性検査の点数をカウントするだけのコンピュータに、空戦の経験の大切さなんて分かるのですかっ。この〈広告塔〉の二人が――」

鷲頭は最前列の美砂生と黒羽を、振り向いてぎろりと睨んだ。

（うぇ）

美砂生は寒けがした。

「――――」

黒羽はフンと無視。

「この〈広告塔〉の二人が、格闘戦でここにいる誰よりも強いなんて、有り得ると言うんですか。そんなこと俺は、とても信じられねえ！」

小さい声で、「そうだ」「そうだ」という同意が、列の中から聞こえ始めた。次第に場の全員が鷲頭の抗議に同調して行くのが分かった。

「う～む。そうは言ってもねぇ、鷲頭三佐……」

楽縁台は懐から扇子《せんす》を出すと、困った顔でぱたぱたやり始めた。少し芝居がかった動作だ。

「司令っ。ここにいるパイロット全員が、不適当だと感じているはずですよ！　俺たちは過酷な訓練を突破して、F15に乗るようになったイーグル・ドライバーだ。俺たちには自分の腕に対する誇りがある。訓練の点を甘くして卒業させてもらった〈広告塔〉なんかとは違う。だいたいコンピュータが評価したという〈潜在空中戦適性〉というのは、訓練部隊がわざと甘くつけた適性検査の点数を、元にしているんじゃないのかっ」

点数を甘くした？　冗談じゃないわと美砂生は思うが、鷲頭の指摘に「そうか」「そうかも知れないぞ」と先輩パイロットたちはうなずき合う。

ちょっと待ってよ——と美砂生が思った時、

「待ってくれ、鷲頭三佐」

横から月刀が進み出て、場を扇動するような大男を制した。「待ってくれ。俺はこの二人を知っているが——」と美砂生と黒羽を指さす。

「鏡は空域で訓練をして、十分な技量を確認している。F15の経験一年としては、水準を上回る能力だと思う。漆沢はまだ戦闘機に乗ったところを見ていないが、以前空中でたぐいまれなセンスを示したことがある」

「たぐいまれなセンス？　どんなセンスだ」

鷲頭は睨み返す。

月刀は退《ひ》かずに、

「とにかく、実戦に出してどうかは未知数かも知れないが、少なくともこの二人は、あなたの言う『まがいもの』ではないということです」

「ふん。バーで昔の女を〈広告塔〉呼ばわりされて、カッとなって人を殴ったようなやつの言うことが、信用出来るものか」

「な、なにっ」

月刀の腕に力がこもるのを眼にして、火浦が「おい、よせ」と間に入った。

「よすんだ二人とも。隊の朝礼の場だぞ」

「俺は隊のことを考えて言っているのさ」

「鷲頭三佐。この二人の適性の判定は――」

言いかける火浦を、大男は遮《さえぎ》る。

「火浦。お前も考えてみろ。百歩譲ってこいつら〈広告塔〉がまともな技量を持っていたとしても、女が警告して謎のスホーイのやつが言うことを聞くと思うかっ？」

「う――それは」

「俺はまがいものの〈広告塔〉パイロットなんて絶対認めねえ」鷲頭は、美砂生と黒羽を指さして怒鳴った。「漆沢！　鏡！　お前たちは目障りだ。出て行け！」


ど、どうしよう――

毛むくじゃらの大男に名指しで怒鳴られ、美砂生はすくみ上がった。いったいこの降って湧《わ》いたような災難は、何なのだ……？　美砂生は、巡り合わせを呪った。あたしが何か悪いことでもしたというのか？　そんなことはない。ただ、風谷修と同じイーグルで、同じ飛行隊で飛びたいと——それだけを願い、歯を食いしばって訓練を卒業し、赴任して来ただけじゃないか。何だってこんな窮地に、追い込まれなければならないんだ……!?

するとその時、黙って横を向いていた黒羽が、スッと音もなく進み出て大男の鼻先に立った。

「後ろからロックオンすれば、女も男もないわ」

猫のような女性パイロットは言った。

自分を見上げる静かな物言いに、大男は「何っ」と逆上した。「ロックオンするだと!? おい小娘、てめぇ出来るって言うのかっ。やつは飛行教導隊の——いや」

何か言いかけた鷲頭は、自分の激昂《げっこう》をいさめるように、舌打ちして頭を振った。

「とにかく、昨夜あのスホーイを飛ばしていたやつは、かなりの凄腕だ。この俺でさえ、後ろを取って押さえつけるのは難しいだろう。〈特別飛行班〉で任務に就くなら、格闘戦で俺に勝てるくらいの腕がなければ、話にならねえ」

鷲頭は、ヒグマとペルシャ猫くらいの体格差がある黒羽を、ぎらつく眼で睨み下ろした。

「おい小娘——俺と空戦して勝てるか」

「？」

「俺と勝負してみるか。ああん？」

「——」

黙って見返す黒羽。

鷲頭は何を言い出したのか——格納庫全体が、耳を疑うように一瞬しいんとなった。

「ふん。今、面白いことを思い付いた」鷲頭は鼻を鳴らした。「俺が試してやる。まがいものか、本物か。まがいものならここに居る資格はねえ」

「——」

「俺に勝つくらいの腕がなければ、あのスホーイの後ろを取ることは出来ねえ。どうだ、俺と一対一の格闘戦勝負をするか？　お前たちが勝てたら、〈特別飛行班〉入りを認めてやる」

「——いいわ」

黒羽はうなずいた。

「別に〈特別飛行班〉なんかどうでもいいけど——あんたなんか、叩きおとしてやる」

その声に、格納庫じゅうのパイロットたちは息を呑んで顔を見合わせた。「格闘戦？」「鷲頭三佐と勝負？」「あいつ正気か!?」と囁《ささや》く声がする。

「よしっ」大男は、熊が獲物を見て舌なめずりするようにうなずいた。「それではお前たち二人と俺とで、一人ずつ一対一の模擬格闘戦で勝負だ！　もし俺を負かすことが出来れば、実力を認めてやろう。その代わりお前たちが負ければ、この第六航空団に〈広告塔〉はいらねえ。戦闘機パイロットになろうなんて馬鹿な考えは捨てて、二人ともこの基地から出て行くんだ」

　鷲頭の宣言に、どよめきが起きた。

「いいか。鏡」

「構わないわ」

　ちょ、ちょっと待ってくれ――！　聞いていた美砂生は、心の中で叫んだ。今、何て言った？　お前たち二人――？　一対一の格闘戦の勝負――？　あの鷲頭三佐と――!?　そのうえ負けたら基地から出て行くだって……？

（じょ、冗談じゃないわっ――何でいつの間に、あたしまで巻き込まれてるのよ！）


　冗談ではなかった。

　月刀と火浦は当然「とんでもない」と反対したが、大男は「空で闘う資格のない者は、戦闘機に乗る資格はない」と大声で主張し、扇子をあおいでいる楽縁台に「この勝負を、あの二人の〈空中戦闘適性試験〉として認めてくれ」と詰め寄った。

　まさか許可されるはずはないと思ったら、巨顔の団司令は「ううむ。君たち航空団のパイロット全員の総意のようだなぁ」とうなずき、あろうことか「ま、いいだろ」と許可してしまった。

「では、本日これより、鏡三尉と漆沢三尉の〈空中戦闘適性試験〉を行うこととする」

日比野が引きとって、まるで予定されていた行事でも発表するように、会場に宣言した。

「う――嘘っ！」

それからの六日間は、大変だった。

美砂生は、鷲頭と無理やり対決させられることになってしまった。火浦が「鷲頭三佐、漆沢はまだ戦技を知らない」と助けてくれ、その日のうちに対戦する事態だけは避けてくれたが、しかし、

「じゃあ一週間やる。一週間で、俺の後ろを取ってみろ。フォックス・スリーを三秒間ロックオンできたら、勝ちにしてやる」

フォックス・スリーとは、機関砲による攻撃を意味する言葉だ。一週間の準備期間で空中格闘戦の技を身につけ、鷲頭の背中に機関砲をロックオンしてみせろと言うのだ。

仕方なく火浦が特別コーチに付き、美砂生と黒羽の戦技の特訓をすることとなった。

「漆沢。自信がないのは、どこだ」

「どこだって――全部ですけど」

「一対一で、相手の後方を取ってフォックス・スリーをロックオンする機動は？」

「ほとんどやっていません。新田原では基本機動だけで……」

「時間がない。とにかく、格闘戦で後ろを取ってフォックス・スリーを決める機動だけを、

集中して練習するぞ。まずはシミュレーターだ」

その日のうちから、二人の特訓は始まった。

まずGのかからないシミュレーターを使い、基本的な戦技機動の習熟からスタートした。黒羽は全ての戦技を覚えていて問題なかったが、美砂生は『相手のいる空戦』というものを経験したことがない。新田原の訓練基地では、F15の『飛ばし方』だけしか教えてくれない。『闘い方』は実戦部隊でだんだんに覚えて行くものだからだ。だから美砂生は空戦に関しては、素人に近かった。

ただちに、小松基地に二台あるF15Jのフル・フライト・シミュレーターに乗せられ、美砂生はマイクで怒鳴られながら立体映像の敵機を相手に、機動して後方を取る訓練を始めさせられた。

「軸線が甘い！　かわされて後ろにつかれるぞ」

「バランスが悪い！」

「もっとひねる」

「ベクトルを正確に！　滑ってたら当らん」

さんざん怒鳴られ、一時間でぐっしょり汗をかいてフラフラになると、黒羽に交代する。交互にそれが夜まで続き、次の日は早朝からフライトだった。シミュレーターで習った戦技を、実機でGをかけながら練習させられた。一時間機動をくり返し、へとへとになって降りて来ると、午後からはまたシミュレーター。次のステップの技を怒鳴られながら教わる。夜までぶっ通しでしごかれ、翌朝も一番でフライト。幸い洋上の訓練空域は晴れ間があって、空戦機動の練習に支障はなく、へろへろになるまで実機で機動をくり返させられた。そして降りて来るとまたシミュレーター。次のステップの技の使い方を、黒羽と交代で怒鳴られながら夜まで……。これが果てしなく続いた。

三日目の夕方。黒羽に交代した後、シミュレーターの横の机でへばっていると、隣のシミュレーターから定期訓練を終えた若いパイロットが降りて来て、美砂生のそばで「やぁ」と言った。

「漆沢三尉。調子はどうですか」

〈特別飛行班〉のメンバー、千銘二尉だった。初日に顔を合わせた時の、丁寧な物言いだ。

「お客さん扱いは、やめてください、千銘二尉」

美砂生はタオルで汗を拭きながら「あたしのほうが後輩なんですから」と頼む。

「それとも、どうせあたしはすぐに居なくなるから、お客さんでいいと思ってるんですか？」

千銘は切れ長の眼で「参ったな」と笑い、「成績表を見せて」と美砂生のクリップボードに手を出した。プリントアウトには、美砂生がシミュレーターで立体映像の敵機を追いかけた航跡が、絡み合う曲線のグラフで描かれている。どこで射撃をして、何発ヒットしたかも表示されている。

「あのう千銘二尉……。正直言って、あたし鷲頭三佐に勝てると思います？」

「う、う～ん」千銘は唸り、「これを見て」とたった今自分の撃った成績表を美砂生に見せた。

「――凄いわ。対向から四〇秒で敵機のシックスについて、ガンの命中率が七割五分……」

「僕も近接格闘戦には自信あるけれど、それでも模擬戦で鷲頭さんに勝ったことは一度もない」

「この成績で一度も、ですか？」

「あの人のフライトは技量も凄いけど、計算とか知略はもっと凄い。うまくは言えないけれど」

「そ、そうなの……」

「漆沢三尉。君はやっぱり、輸送機か連絡機にでも転向したほうがいいんじゃない？」千銘は美砂生のクリップボードを見ながら言う。「君はどうして、F15になんか乗っているのさ？」

「どうしてって――あたし、好きだから。F15」

ふうん、と千銘は鼻を鳴らした。

「好きって、ひょっとして男のせい？」

「えっ」

「釣り、バイク、コンピュータ。この三つを趣味にしている女はね、九十八パーセント〈男の影響〉なんだって。つき合った男とは長く続かなくても、一度嵌《は》まった趣味からは抜けられなくて、女一人になってからも男に教わった遊びを続けることになる。世の中には、そういう女が多いって」

「お、〈男の影響〉……」

「漆沢三尉。君は今、Ｆ15を好きだからと言ったけれど、イーグルに惚《ほ》れたきっかけって、男だったんじゃないか？　ひょっとして」

「あ、あたしは――」

美砂生は慌てて頭を振った。これ以上、基地の人たちに自分の弱みなど見せたくはなかった。

「あたしは――男の人の影響でパイロットになったとか、そんな情けないことはありません！」

シミュレーターの六軸モーションの油圧シャフトの下で、美砂生はむきになって否定した。

「お、男の影響で戦闘機に乗りたくなるとか、男のせいでイーグルが好きになっちゃうとか、なんか情けないじゃないですか。情けないわ、そんなの」

　その時、千銘に向かって「情けない」を連発する美砂生の肩を、誰かが後ろから小突いた。けっこう力が入っていて、美砂生は思わず「痛いわね、誰よっ？」と振り向く。

「ちょっと」

　いつの間にか黒羽がシミュレーターを降りて来ていて、ムッとした顔で美砂生を睨んでいた。

「交代。早く乗って」

　黒羽は顎《あご》で、ビジュアル・ドームを外されたシミュレーターのコクピットを指す。整備員が搭乗用のラダーのそばで待機している。もう交代の時間か――でも美砂生は、黒羽に抗議する。

「ぶつことないじゃない」

「うるさいわね。早く行って」

　その態度に、美砂生はかちんと来る。

「ちょっと待ってよ、鏡三尉。謝りなさいよ。人のことぶっといて――」

「うるさい」

「何よ。だいたい、こんな目に遭ってるのは誰のせいなのよ？　あなたのせいじゃない。勝手にあんな〈勝負〉なんて、決めて来ないでよ。迷惑よっ」

「あんなやつに、負ける気はない」

「あなたはよくても——あたしは、どうなるのよ？　あなた自分のことしか考えてないのっ」

「うるさい！」

小松基地

「どうしてそうなのよ」

美砂生はあの時、シミュレーターの下で黒羽に詰問《きつもん》した。

「あなたはどうして、いつもそうなの。あたしにはつっかかるし、人のことなんか考えないし。あたしたちは、パイロットでしょう？　空に上がって闘う時は、僚機と助け合わなければ生き残れないはずだわ」

だが黒羽は、フンと横を向くだけだった。

「実戦になったら、腕の悪いやつが死ぬだけさ」

あの時——美砂生は「男の影響なんかでパイロットになるなんて情けない」と言った自分を強く小突いた黒羽に、もっと話をしたかった。小松基地で、たった二人の女性ファイターなのだ。お互いの身の上も、考えていることも、まだ何も知らない。黒羽が自分につっかかって来るのも、ひょっとしたら何か誤解が――間違ったイメージで自分を見ているのかも知れない、と美砂生は思ったのだ。しかし黒羽が、それ以上美砂生と会話することはなかった。その日の訓練メニューをこなし終えた黒羽は、無表情に目をこすりながらさっさと宿舎に引き揚げてしまった。

そして六日間の特訓は、お互いの会話もないままあっと言う間に終わり、今朝の対決の本番を迎えてしまった。

（嫌だなぁ……）

美砂生が機体に掛けたラダーを登ろうとすると、

「おい漆沢、鏡。ちょっと待て」

ジープに乗った月刀が、後ろで停止し呼んだ。

「離陸は一時中止だ。洋上訓練空域の天候が悪い。少し待機して、様子を見ることになった」

「え？」

日本海上空の訓練空域――G空域の大候は、先行して状況偵察したT４の報告によれば『通過中の寒冷前線により視程《してい》不良、有視界飛行が困難な状況』だという。

天候の回復を期待し、待機することになった。

飛行隊のオペレーション・ルームに戻り、誰も声をかけてくれない広い部屋の隅っこで、美砂生は黒羽と空を眺めながら待った。

「ねえ鏡三尉、お茶でも飲む？」

「あたしは寝る」

「え」

そう言うが早いか、黒羽はガラス張りのオペレーション・ルームの隅で椅子を並べ、備えつけの毛布を被ると本当にスースーと寝息を立て始めた。

凄い神経だなぁ、この子――

美砂生は、何故かまた感心してしまう。

どこでも寝られるなんて、本当に猫みたい……。黒羽の寝顔を見やって、美砂生はため息をつく。飛行服の胸のジッパーの隙間に覗く、ロケット付きのペンダント。眠り込んで憎まれ口を利《き》かない二十三歳の横顔には、まだ少女のような雰囲気がある。人生を賭けた大勝負の前に寝ちゃえるなんて、羨ましい。あるいはあたしと世間話とかしたくないから、寝たふりでもしているのかな……。

そこへ、火浦がやって来て腰を下ろした。

「漆沢、君もリラックスしていればいい。気象隊の予報によると、空域は昼近くまで待たなければ訓練可能にならない。あと一時間くらいは待機だ」

「は、はい」

朝の一回目のフライトがキャンセルになり、オペレーション・ルームはがらんとしていた。

「寝ていてもいいぞ」

「ちょっと、そこまでは……」

黒羽を見ながら美砂生が言うと、火浦はサングラスのまま笑った。

「怖いか？　漆沢」

「少し……。でも、実戦ではありませんから」

「訓練で死ぬやつもいるぞ。俺は何人か知っているが……」火浦は、目をつぶっている黒羽の横顔をちらりと見て、言った。「腕のいいやつが、生き残るとは限らない。みんなに信頼されていたいいやつが、ある日突然訓練中に空中衝突して、この世から消えてしまう。残された仲間には、そいつの笑顔だけが焼きついて――そういうことが、一度ならずあった」

火浦はため息をつく。

「誰が生き残るのか――運のようなものもある。それがこの世界の、難しいところでな」

「はぁ……」

美砂生の眼にまた、夜の海面に漂う川西三尉の機体の残骸《ざんがい》が蘇《よみがえ》った。

スピーカーに響いた風谷の悲鳴。

包帯を巻いた顔――

そしてあの朝礼での騒動の後、沖縄の空では、さらに二機のイーグルが謎のスホーイによって撃墜されている。

「なぁ漆沢。一つだけ訊いていいか」

「何でしょうか」

「君はなぜ、イーグルに乗る？」

「え――」

火浦はサングラスの眼を美砂生に向けると、気持ちの中をのぞき込むように訊いた。

「漆沢。君はなぜ、イーグルに乗っている？」

西日本海ＴＶ

午前中の取材から沢渡有里香が局に戻ると、ちょうど四階のメインスタジオでは正午のニュースをオンエアしている最中だった。

東京のキー局からの全国ネットのニュースの前に、地元制作のローカル・ニュースを七分三十秒流す。スタジオの防音ガラスの中で、きらきらしたライトを浴びて、ウインドーにディスプレーされた人形のように浮かび上がっているのは昨年入社の女子アナウンサーだ。有里香と同い年だが、向こうは正社員の採用である。

「――――」

赤ランプの点灯したカメラに、前歯のしっかり覗く笑顔を向けている女子アナのスーツ姿をちらりと見ると、有里香はスタジオ前の見学通路を通り抜けて第二報道部のオフィスへ入った。

「よう、沢渡」

西日本海ＴＶには、第一・第二と二つの報道部があることになっているが、これは滞留した団塊《だんかい》世代のためのポスト造りの組織だった。部長ポストを二つ置くのが目的で、第一報道部と第二報道部で仕事の内容が変わるわけではない。オフィスも、窓のない一部屋を区切らずに使っている。

がらんとした報道部は、第二報道制作主任の鰐塚《わにづか》が一人でデスクに足を載《の》せ、煙草をふかしているだけだった。

「あ――主任。おはようございます」

部屋に入るなり有里香は一瞬足を止め、『他に誰か居てくれないかしら？』と周囲を横目で見回しながら会釈した。昔の女子大生時代の合コンで、とても合いそうにない男と面と向かって座らされた時のような感じがした。この主任は、あまり二人きりで居たくない相手だ。

だが、管理職ではないものの、同じ部署の先輩である三十男は有里香の表情など見もせずに、

「朝から取材だったのか。沢渡」

「は、はい」

「ご苦労だな――」

いつも通りの不精髭によれよれのシャツの鰐塚は、デスクに載せた足はそのままで、天井に煙を吐いた。

このなすびのような長い顔の男の他に、報道部員は誰も居なかった。夕方のローカル・ニュースの取材に出ているのか、県警記者クラブの定例の会合に行っているのか――壁のホワイトボードには、ぐちゃぐちゃと行き先が書きなぐってある。ただでさえ人員をまともに配属するつもりがない組織で、第二報道部に昨年補充された新人は有里香一人だった。

「沢渡、君は昨夜も遅くまで動いてただろ。何の取材だか知らねえけど――それに今朝も」

疲れた顔の主任は、ふうっと煙を吐いた。

「はい。でも、仕事好きですから」

珍しくねぎらってくれたのかと、照れ笑いを浮かべかけた有里香に、だが鰐塚はぶすっと言い返した。

「迷惑なんだよ」

「は？」

「働き過ぎなんだよ。困るんだよ、全く」

「え――」

有里香は絶句してしまう。

西日本海ＴＶの報道部員は、有里香のような契約社員も含めて、タイムカードというものを持っていない。これは『いつ出て来てもよい』という意味ではなく、『残業代は一切支払わない』という労務政策の現れだった。首都圏のまともな企業ならば大問題になりそうだが、地方のローカルＴＶ局はその地域を支配する財閥《ざいばつ》一族に経営されている場合が多く、労働争議は表面化しない。

有里香は入るまで知らなかったのだが、この局も典型的な地元財閥の副業だった。四十代の社長というのは、製薬会社と食品加工メーカーとバス会社を経営する地元名門一族の三男坊で、社員の半分以上がコネ入社だった。経営に対して文句を言える者はほとんどいない。会社の収益は、地元企業からの広告収入に頼っている。広告主の企業の経営者の親戚なども、社内によく見かける。

組織での昇進も、実力とは関係なく経営者一族とのコネで決まってしまうという。オンエアしている番組の大部分が、東京のキー局からのネット放送なので、自主的に番組を作ったり、報道でスクープを取ったりする実力は必要ないのだという。入ってからびっくりしたのだが、社内で二番目に威張っているのが週に三日しか出社しない社長、それ以上に威張っているのが朝のキー局のワイドショーで『北陸・金沢のお天気』を二十五秒間全国ネットでしゃべる三十五歳のチーフ・アナウンサーだった。どうしてあんな下手くそなしゃべりでチーフなのかと首をかしげていたら、今年八十歳になる会長が可愛がっている甥っ子で、社長の従兄弟《いとこ》なのだそうだ。

「君のような契約社員がね、勤務時間も無視して二十四時間働きまくったら、他の社内のみんなが迷惑するんだよ。やめてくれよ、全く」

鰐塚は、関西の国立大学を出たけれど、大手のマスコミには入れず、地元に戻ってこの局に入ったものの有力なコネなどないらしい。不精髭の顔には、精力的にジャーナリストを目指していたという若い頃の面影はない。「迷惑だ」という台詞《せりふ》で思い出したが、確か存在感の薄い労働組合の役員か、委員長をしていたはずだ。

「いいか。君は会社の人件費削減策にまんまと乗せられ、ただ同然の安い賃金で搾取《さくしゅ》されているんだぞ。そんなことにも気づかないのか」

─でも……わたし報道の使命っていうか、そういうものを感じるし……。この不況ですし、マスコミで仕事をしたかったら、あまり贅沢は──」

「かっ。これだからミーハー女は困るんだよ」

「──ミーハーって、わたし……」

「こんな田舎の家内制手工業のタコ部屋に、全国から大学生が受けに来る。立派な志望動機をニコニコ得意気に言う。ふん、アナウンサーとかキャスターなんてのが、そんなにいいのかよ？」

「────」

　有里香が言葉に詰まってしまうと、「それはないでしょう鰐塚さん」と背中から声がした。ジーンズの上下にＶＴＲカメラを担いだ、二十歳過ぎの長身の男がオフィスに入って来た。

「僕だって、一昨年東京の専門学校を出て、都内の制作会社が全部駄目でここへ来たんですよ」

　有里香と同じ契約社員の、報道カメラマンだ。さらさらした髪をバンダナで結んだジージャンの男は、二〇キロ以上ある業務用ベータ・カムを「よいこらしょ」と壁の棚に下ろす。

「好きでやってる仕事だから、薄給も文句言わないですけど──あーあ、ドラマ撮りてえなぁ」

汗を拭く。

「道振《みちふり》君……」

有里香は少しほっとするが、なすび顔の男はまた「ふん」と鼻を鳴らした。

「ふん。報道の使命――？　ドラマ？　どいつもこいつも、つまらない夢ばっかり見やがって」

「でも、鰐塚さんの言うこと、半分本当らしいよ。みんな沢渡さんの仕事ぶり、少し鼻につくって――あ、いや。悪く取ってもらったら困るんだけれど。やっかみもあるんだろうし――」

「小松基地に、取材許可を通したこと？」

「うん。まぁ。これまで相手にもされてなかったから、うちの局。あんな凄い取材ネタが、すぐ近くにあるのにさ……。ま、あの基地のことを今まで誰も熱心に取材しようなんて、思わなかったせいもあるけど。上のほうはみんな、やる気ないし……」

カメラマンの道振は、この局内でただ一人『沢渡さん』とさんづけで呼んでくれる仲間だった。仕事の経験は有里香より長いが、専門学校を出てすぐにこの業界へ入ったから、一つ年下だ。有里香が大手商社のＯＬだったと知ると、『キャリアウーマンですねぇ』と変に尊敬の眼で見られた。

　局の中二階のロビーの隅に、みんなが〈お茶室〉と呼んでいる自動販売機のコーナーがあって、局員たちが息ぬきに使っている。古いソファには座らず、壁にもたれて缶コーヒーを飲みながら、有里香は道振と話をした。

「でもさ、沢渡さん。小松基地を取材出来たのはいいけれど、自衛隊員を少しほめ過ぎだって、デスクが言ってたよ」

「ほめ過ぎ？」

「うん。あなたが取材で留守の時、ラッシュを見て言ってた。自衛隊員というのは、何か一つ間違った存在として描かなきゃいけないのが、業界のルールだって。ヒーローにしちゃいけないって」

「ねぇ道振君。それ、おかしいと思わない？」

　有里香は、缶を口から離して言う。

「おかしいって――う～ん」

　有里香は日頃の疑問を吐き出すように、年下の報道カメラマンに「ねぇ」と質問をぶつけた。

「ねえ。だって、日本の安全保障を担って、体を張っている人たちなのよ。なぜ自衛隊員たちを『何か一つ道を誤った人たち』として報道しなくちゃいけないの？　日本がどこからも邪魔されずに海外と取引して繁栄していられるのは、誰のお陰だと思っているの？　まさか周辺諸国が全部平和を愛する良い国ばかりだから、この国は戦争に巻き込まれずに済んでいる、とでも言うわけ？　自衛隊も安保も米軍も、騒音の元凶と税金の無駄遣いだから要らない、とでも言いたいわけ？」

「沢渡さん。まずいですよ」

長身の道振は、声をひそめ「そんなこと言っちゃ駄目ですよ」と有里香にかがんで言う。

「どうしてよ」

口をとがらせる有里香に、道振は小さな声で、

「いいですか。報道部員は、自衛隊をほめちゃ駄目です。米軍はもっとほめちゃ駄目です」

「どうしてよ」

「昔から、この業界ではそういうことになってるんです。いいですか、自衛隊をほめたり肯定したりすると、そこいらじゅうの市民団体とかＰＴＡとかが怒り出して、ニュース番組のスポンサーの商品を集団で買わなくなるんです」

「不買運動ってこと――？」

「そうです。報道の内容が原因で不買運動なんか起こされたら、民放のプロデューサーなんか、これもんですよ」

道振に、自分の喉を手で掻き切る振りをした。

「僕だって、苦労してようやくTVの仕事につくことが出来たのに、そうなりたくなんかないですよ」あなただってそうでしょう？　という顔で、道振は有里香を覗《のぞ》き込んだ。

「沢渡さんも、もう少しおとなしくしたほうがいいかも知れませんよ」

「じゃ、道振君――訊くけどさ。この間の日本海のエアバス撃墜事件で、捨て身で旅客機を護ろうとして、撃墜されたパイロットのこと、どう思う？」

「どうって……」

「彼、今――」口に出すと感情が高ぶるような気がして、有里香は思わずひと呼吸する。

「――彼は今、警察にあらぬ疑いを掛けられて、不当に拘束されているわ。命がけで人を助けようとしたのに、業務上過失致死傷だなんて、ひどいと思わない？」

「う〜ん……。でも、しょうがないんじゃ――」

「どうして」

「だって、自衛隊員に同情したら、この業界で干されちゃうかも知れないし――県警のやることを批判なんかしたら、記者クラブから追い出されて記事も取れなくなっちゃうだろうし……」

「――もういいわ」

有里香は鼻をすすると、コーヒーの缶をごみ箱にカランと放った。「仕事に戻る」と道振に背を向ける。

「あ、沢渡さん。一緒に昼飯食いませんか」

「食欲ないわ。仕事する」


報道部のオフィスに戻った有里香は、先日の事件で県警が風俗を業務上過失致死傷に問うのは法的に問題がないのか、法律の専門家にコメントを取ろうと業界別電話帳をひっくり返し始めた。

「――やっぱり、学者のほうがいいかな……」

午前中は、地元で法律事務所を開業して、主に交通事故の訴訟を手がけている弁護士のところへ押しかけてみた。しかし、目当てのコメントは取れなかった。初老の弁護士は、最初は有里香の来訪を喜んでいるふうだったのに、取材の主旨を説明すると急に「忙しい」と言い出したのだ。

「……そんなに県警を敵に回すのが、怖いのか。法律家のくせに――男のくせに。いくじなし」

県警本部の方針に盾突いたりすると、地元での商売に差し障るのかも知れない。

それなら、大学の教授はどうだ――？　と有里香は電話帳をめくる。地元の商売とは関係のない大学の法学部の教授なら、風俗の苦難について公平な立場でコメントをしてくれるかも知れない。東京の有名大学まで取材に行きたいのだが、暇は取れない。東京まで出られないとすれば——そうだ。有里香は思いつく。隣の新沢県に、国立の日本海大学がある。大きな法学部もあるはずだ。権威のある教授か——あるいはTVに出たがる野心家の若い助教授でも捕まえられれば、好都合だ。何人か当ってみよう。

夢中で調べていると、肩を叩かれた。

「おい沢渡、仕事だ」

いつの間にか、報道部デスクの三宅が戻っていた。記者クラブの会合が終わったらしい。

「仕事？」

「さっき県警から発表されたんだが、新沢市の浜高原発に核燃料を運ぶ輸送隊というのが、間もなく県内の国道を通るらしい。人手が足りないから、お前一人で行って素材撮って来い」

「え——核燃料って、聞いていませんが……？」

有里香は驚いて振り向く。

四十過ぎなのに、にきびだらけの河馬《かば》のような三宅は、巨体の足をデスクにどかっと載せて、

「テロ対策だそうでな、当日まで発表しなかったんだそうだ。何でもプルトニウム酸化物を混ぜ込んだ、ＭＯＸとかいう新しい燃料らしい。あちこちの市民団体が『危険だ』とか

猛反発している。国道沿いで抗議行動もするそうだ。画になるだろう」

「はぁ……」

それならついでに、隣の新沢県まで隊列について行けないか——と思ったが、無理だろう。夕方のニュースの〈お惣菜特集〉も、これから中心街の店まで撮りに行かねばならない。

「分かってるだろうが、なるべくデモ隊と機動隊が衝突しているような、派手な画を撮るんだぞ。でも夕方のニュースのスポンサーは電力会社だから、核燃料の危険性を強調するような偏った撮り方は駄目だ。うちの局は一応、原発には中立だが——分かっているとは思うが」

「は、はい」

有里香は立ち上がると、ジーンズの上に革ジャンを羽織った。忙しくなりそうだ。デモ隊を撮って惣菜の店に廻って素材を編集して夕方のニュースに間に合わせるには、急いで出なければ間に合わないだろう。これでは大学教授への取材申し込みは、今日中には出来そうにない。何本も付箋《ふせん》を貼った電話帳は、机に伏せたままにしておいた。

「じゃ、これから急いで出ます」

「うむ。それから、プルサーマル発電とＭＯＸ核燃料についても調べて、どんなものだか説明を書いといてくれ。新人の女子アナでもしゃべれるようにしておけ。いいな」

「はい――」

あいかわらず、人使いが荒い。

有里香は壁の棚から愛用のベータ・カムを腰を入れて担ぎ上げると、新しい生テープをショルダーバッグに突っ込み、報道部を出た。4WDのキーを取って、小走りに階段を降りる。

仕事は忙しい。目の前のものは、片づけなければならない。でも、自分は何とか全力を尽くし、風谷を不当な拘束から救い出してやろう……。

（風谷さん……頑張って。わたしが必ず、助け出してあげる――！）

日本海中央病院

「風谷修。お前のせいでなあ、エアバスが撃墜されて、数百人の人命が失われたんだぞっ。世間様に申し訳ないと思わねえのかっ。この人でなし！　人殺し！　人間のクズ！」

風谷の個室では、早朝から押しかけて来た県警の増沢刑事副部長と二人の部下が、もう四時間もぶっ続けで『事情聴取』という名目の詰問をくり返していた。

「僕は――」

風谷は、感情を抑制しながら答えをくり返す。

「――やつが撃ったのは、僕のせいでは……」

「お前のせいだぁっ」

増沢が怒鳴ると、それに合わせ二人の部下がガツンと壁を蹴り、ドシンと足を踏み鳴らした。

「――」

風谷は威嚇《いかく》に抵抗するように、唇をつぐむ。

「この野郎っ。さあ吐け、吐いちまえ！　全て私のせいです、私のせいであああなったんです、私が悪うございましたと吐いてしまえっ。この犯罪者！」

増沢刑事は、黙って答えない風谷の髪の毛をつかむと、悪役プロレスラーがやるみたいにシーツに顔をゴリゴリ押しつけた。

「吐けっ。吐けっ。自供しろっ」

そこへ、

「いい加減にしなさい」

白衣を翻《ひるがえ》した女医が入ってくると、診察用のカルテを挟んだボードで増沢刑事の手を打った。

「い、痛ぇ。何しやがる」

「診察の時間です。部屋を出てください」

「診察？　そんなもの許可した覚えはないっ。こいつの自白を取るのが先だ！」

「ここをどこだと思ってるんですかっ」

「うるさいっ。きさま県警刑事副部長のこの俺様に向かって、その口のきき方はなんだっ」

「お黙りなさい。令状もないのに病室を占拠して、入院患者を拘束して。あなたたちのやり方を、地方検察庁に告発しますよ」

山澄医師が一歩も退《ひ》かずにドアを指さすと、増沢と二名の部下はしぶしぶ出て行った。

女医は看護師にドアを閉めさせると、風谷の乱れた髪をチェックして、包帯を替え始めた。

「ひどいことするわ、あいつら」

「――すみません」

風谷は頭の包帯を巻き直してもらいながら、うなだれて応えた。

「後で、点滴を用意させるわ。食べ物が喉を通らないようだから」

「すみません」

「今日で一週間――全く、いつまで続けるつもりなのかしら。あいつら」

「ひょっとしたら……僕は本当に悪いのかも知れません……。僕が、もしあそこで――」

「そういうことを、言わない。言っちゃだめよ。個室に閉じ込められて、毎日あいつらに

『お前が悪いお前が悪い』って責められ続けたら、それは気がおかしくなるかも知れないけれど……。あなた戦闘機パイロットでしょ？　負けてはだめ」

「あの――山澄先生」

「ん」

「月夜野――いや、柴田瞳――さんの容態は？」

「まだ意識が回復しないわ」

「――そうですか……」

「顔を見たい？」

「えっ」

「彼女の寝顔、見たい？」

「――――」

うつむいてしまう風谷の背を、女医は「こら」とはたく。

「見たいんでしょう。はっきり言いなさい」

時間が――経ったんだな……。

無菌室のガラス越しに、シーツに包まれた瞳を見て、風谷は思った。

柴田瞳は、酸素吸入を外されて、一週間前に運び込まれた夜よりも横顔がはっきりと見える。

二十四歳。二年前に女の子を一人出産している。記憶の中の顔とは、違ってしまっている。

上目遣いに、少年の底を試すかのようなまっすぐな視線を向けて来た十七歳の少女とは違う。

そこに寝ている女性は、目が覚めて血色さえよければ、典型的なエリート商社マンの奥さんだ。もしこんな事件が無ければ、風谷と偶然出逢っても「懐かしいですね」とか一分の隙もなく、明るく慇懃《いんぎん》に、かつてつき合っていた時代があったことなど嘘のようにかわされてしまいそうだ。そんな大人の女の匂いが、目を閉じた横顔から漂って来る。

風谷は目を閉じ、夕暮れの岸壁に腰かける少女の長い髪を、頭に呼び起こした。『──風谷君』と自分を呼ぶ声。しかし記憶の中の少女は、どうしても目の前の女性とは重ならない。

(俺が好きだったのは、あの頃の瞳だ……。沢渡が言う通り──瞳は変わってしまった。信じられないくらい、残酷なくらい、変わってしまった)

──『風谷君、わたしを見て』

（俺が追いかけていた幻は、何だったんだ……）

瞳――

風谷は、心の中で瞳を呼んだ。記憶の中の十七歳の瞳を呼んだのか、目の前の昏睡《こんすい》状態の女性に呼びかけたのか、自分でも分からなくなっていた。

瞳……。僕たちの行く道は、もう遠く分かれてしまったのだろうか。

もう二度と近づくことは――一緒に歩くことは、出来ないのだろうか……。

「馬鹿ね」

ふいに耳元で声がした。

「え」

振り向くと、白衣の山澄玲子が腕組みをして立っている。眠り続ける瞳の横顔に目を奪われ、つき添ってもらっていたことさえ、忘れていた。

「そんな呆然とした顔、するもんじゃないわ」見ていられない、という顔で女医は頭を振った。

「いい？　風谷君。いったい何時のことを想い出してるのか知らないけど、女は変わって行くの。残酷なくらい、変わって行くのよ。変わらないのは、単純な男だけよ」

「ぼ、僕――そんなこと口にしましたか」

「見てりゃ分かるわよ。私も一応独身、三十三だもの。これまでに、色々あったもの」

「はぁ……」

「でも安心しなさい。あなただけじゃない。馬鹿な男は、この世にたくさんいるわ」

国道三一五号線

日本海の荒波が、ガードレールの向こうに見えている。

薄曇りの国道を、二台並んだパトカーに先導されてゆっくりと進んで来るのは、銀色の巨大なコンテナを背負った大型トレーラーだ。運転台の下のバンパーに、放射線管理区域のマーク。映画でしか見たことのない、ものものしい標識だ。それ以上に背負った円筒状コンテナのぴかぴかした金属の表面がオレンジの回転閃光灯《せんこう》を跳ね返し、生々しい空気を周囲に発散している。

有里香は、荒波を背景にカーブを曲がって来る、ゆっくりした隊列にカメラを向けながら、何か怪獣映画のワンシーンでも見ているような気がした。

「凄いな……。あの中に、遮蔽《しゃへい》されたMOX核燃料が入っているのか――」

通常の原子炉用核燃料の場合は、このような仰々《ぎょうぎょう》しい護衛の隊列など組まず、ごく普通の大型トラック数台に積み分けられ、高速道路を運ばれて行くという。その地域を管轄する警察の覆面パトカーが警護には付くが、普通のサービスエリアで休憩もするし、運転手がトイレに行く間は、民間警備会社の非武装のガードマン一人が見張りに付くだけだという。局を出る時、大急ぎで資料室に寄って持ち出して来た核燃料問題に関する本には、そのように書いてあった。国道のカーブを見下ろす撮影ポイントを決めた後、隊列がやって来るまでの三十分で、一応の予備知識を仕入れた。

プルトニウムを混入したＭＯＸ核燃料を使うプルサーマル発電についての問題も、何が危険なのか斜め読みだが頭に入れた。

専門家の本によると、通常のウラン核燃料は、万一テロリストが強奪してどこかへ持ち出しても原爆を造ることは出来ないという。『中身が薄過ぎる』のだそうだ。急激な核分裂反応を起こす爆弾を造るためには、プルトニウム２３９という核物質が必要だ。プルトニウムは自然界には存在せず、ウランを原子炉で燃焼させることで結果的に生じる物質だ。原爆の原理は簡単で、要するにある程度以上の量のプルトニウムを手に入れて一塊にまとめれば、自然に臨界に達して爆発するのだという。ならばプルトニウム自体は、危険な物質だと言えるだろう。そんな市民の心配を察したように、銀色のコンテナの横腹には『ＭＯＸは安全な燃料です』と白い横断幕が張ってある。

「でも、ＭＯＸでは爆弾は造れないって聞きましたけど、何が一番の問題なのでしょう?」

取材のつもりで、道路脇でデモの準備をしている市民団体の男に聞くと、「なにっ。君はＴＶ局の腕章なんかして取材に来ているのに、そんなことも知らないのか」と怒る。自分たちの抗議の対象が近づいて来て、興奮しているようだった。

「いいか教えてやる。ＭＯＸというのは、もともと悪名高き高速増殖炉の開発が失敗し、余ったプルトニウムのやり場所がなくなって、乱暴にも急きょ造られた核燃料なのだ。どのように乱暴なのかというと、本来は高速増殖炉でしか燃やせないはずだったプルトニウムを酸化物の形でウランに混ぜ、通常の原子炉で一緒に燃やしてしまおうというのだ！　当局は、プルトニウムは酸化して固定してあるから原爆などには転用出来ないとし、安全だと言い張っているが、もし事故が起きればどうなる？　飛び散る放射能は桁違《けたちが》いだし、もし燃料を盗まれてそこらにばらまかれたら、物凄い汚染に繋《つな》がる。極めて危険性の大きい核燃料なのだ。だから我々新沢県の市民団体は反対して、このように抗議行動を起こしている。君も我々の行動の主旨にぜひ賛同し、カンパをしたまえ」

男は息も継がずに講釈すると、有里香に「カンパをよこせ」と手を出して来た。

「え、あの。わたし――」

そこへ「運搬車が来たぞ！」という叫びが沸き起こり、有里香に講釈をした男もタオルを顔に巻き付けると、「反対だ反対だー」「危険な燃料を新沢県に入れるな！」「浜高原発のプルサーマル計画粉砕！」と叫びながら道路へ駆け出して行った。

有里香は緊張してカメラを担ぎ、構えた。市民団体のデモ隊が、輸送の隊列にばらばらっと殺到して行く。国道を塞《ふさ》いで、トレーラーを通さない作戦らしい。しかし待ち受けた県警の機動隊が、ピピーッ、ピピーッと笛を鳴らしながら排除にかかる。輸送隊列は停止し、片側二車線の国道は取っ組み合いの争乱状態になった。反対側の下り車線が、たちまち見物で渋滞になって行く。

有里香は、初めは土手の上から争乱を俯瞰《ふかん》して撮っていたが、次第に担いだカメラを回しながら斜面を下り、取っ組み合いのすぐそばまで近づいて行った。思わず引き寄せられるように近づいてしまったのは、機動隊の暴力が凄かったからだ。有里香は、警察がデモ隊を制圧する現場というのを生まれて初めて見た。他局のカメラが土手の上にとどまっているのは、見慣れているせいなのだろうか……。でも有里香には、この現場がこれまで目にしたどんな暴力よりも凄まじく映った。

機動隊員は、デモ隊の市民が押し寄せると、まず盾で防ぐ振りをして、下から蹴った。デモ隊の先頭が転ぶと、助け起こす振りをして引きずり上げ、殴ってまた蹴って、脇へ排除するのだった。まるで日頃のストレスを解消するかのように、青黒いワッペンと呼ばれる戦闘服を着た隊員たちはデモ隊の男女を腕ずくでなぶり続けた。その頭上では、水色と青の機動隊輸送車が前に進み出て、『ただちに退去しなさい！』とスピーカーでがなっている。

有里香は、夢中になって乱闘を撮影した。転ぶデモ隊のメンバーを追いかけ、撮りまくった。争乱の中に分け入って行った。ＶＴＲカメラと腕章のお陰で暴力に巻き込まれることはなかったが、ふと機動隊員の一人と視線が合うと、その隊員はヘルメットの下でおかしそうに一瞬笑った。有里香の一生懸命な姿勢を笑ったのか――いや、『こんな画を撮ったってどうせ放映出来ないいんだよ、分かってないな』と笑ったのかも知れない。確かに、警察がデモ隊とはいえ市民に暴力を振るっている映像を、有里香はＴＶで一度も見たことがない。県警には記者クラブがあって、マスコミ各社はそこで記事をもらっているという。他の局のカメラマンがここまで入って来ないのは、警察が市民を殴っている場面など撮ったって、放映出来ないと知っているせいかもしれない。

それでも、有里香は撮らずにいられなかった。興奮していたのかも知れない。風谷を不当に拘束している県警の巨大な組織に、気持ちとして立ち向かわずにいられなかったのかも知れない。

争乱が始まって一分も経過しただろうか、トレーラーの脇へ排除されたジーンズ姿の一人の女性が悲鳴を上げ、転んだ。その上に、機動隊員たちにまとめて排除されたデモ隊のメンバー五、六人が倒れて押しかぶさった。女性の姿が消えた。悲鳴が大きくなり、すぐにくぐもって消えた。

（い、いけない――！）

有里香はカメラを顔から外し、脇に抱えると走った。倒れた細身の若い女性は、重なり合ったデモ隊メンバーの下に見えなくなったままだ。総重量数百キロに、押し潰されていることになる。

「待って！　そこ、押し潰されてるっ」


争乱は、長く感じたが、実際は三分ほどで治まってしまった。

デモ隊のメンバーは五十人ほどもいたが、国道の車線の脇でうずくまり、立てる者は一人もいない状態だった。それでも血を流したり派手な外傷を負ったメンバーが見えないのは、機動隊の攻撃の加え方が巧妙だったからだろう。青黒い戦闘服の機動隊員たちは、トレーラーの進路に倒れたデモ隊メンバーを引きずり起こして立たせ、横へどかせ、輸送の隊列を再び進めようとしていた。

ところが、倒れて動かないデモ隊のメンバーが一人だけいた。折り重なって倒れた人の下敷きになった、細身の女性だ。

「しっかりしてっ」

有里香はカメラを路上に置き、仰向けのまま動かないその女性を介抱しようとした。ジーンズ姿の、三十歳くらいの細身の女性は、揺り動かしても目を開けない。

「いけない、息をしてないわっ」

青ざめた頬。化粧を全くしていない顔。少年のように瘦せた体。〈浜高原発プルサーマル反対〉と染めた鉢巻きを、細い指で握り締めている。普段はどんな暮らしをしているんだろう――ちらりと思いながら、有里香は顔を上げ、周囲に叫んだ。

「この人、息をしていません！　誰か、誰か人工呼吸出来る人は!?　助けて。早くっ」

だが、デモ隊の人々は道路の脇へ排除され、倒れてうめいている。振り向くと、すぐ背後に機動隊員たちがいる。輸送トレーラーを背に、壁を造るようにずらりと並んで立っている。

「助けてくださいっ。この人、息をしてないわ！」

呼びかけたが、壁を造る青黒い警察官たちは、一人として反応しない。

「聞こえないんですかっ」有里香は壁の一人一人をにらむようにして、呼びかけた。「助けて下さい！　この人死んじゃうわっ」

すると、一団の指揮官らしい戦闘服が寄って来て、道に膝をついた有里香を見下ろした。

「こんなところで何をしている。早くそいつを脇へどけろ。邪魔だ」

「見えないんですか？　この人、呼吸が止まっちゃってるのよ」

「うるさい、早くどけろ。交通の邪魔だ」

「見殺しにするって言うの？」

有里香はとっさに地面のカメラを担ぎ、機動隊の指揮官にレンズを向けた。

「重傷を負ったデモ隊の女性を見殺しにするそうですが、あなたのお名前と役職を――きやっ」

　有里香は悲鳴を上げた。機動隊の指揮官は、あろうことか有里香の担いだカメラを足で蹴り飛ばしたのだ。ガチャン、ガチャンとカメラがひっくり返る。

「ふざけた真似するんじゃない、この田舎ＴＶ」

「何するのよっ。この人、呼吸が止まっているわ。わたしは救急の知識もないし、あなたたち警官でしょう？　機動隊でしょう？　助けてくださいって、頼んでいるんじゃないですか！」

　有里香は立ち上がると、抗議した。

　だが、

「救急車なら、呼んでやる。さっさとそれを脇へどかせろ」青黒い戦闘服は、まるで物でも扱うように、倒れた女性を顎で指した。

「救急車なんか、間に合わないわっ。あなたたち暴力の専門家でしょ？　助ける方法だって、知ってるはずでしょう？」

　しかし指揮官は「だめだ」と頭を振る。

「どうして人工呼吸もしてくれないのよっ。この人が、デモ隊だからなのっ？」

「違う。我々機動隊には、救急の資格がない。資格のない者が下手に人工呼吸などして死なせた場合、責任問題にされる。だから出来ない」

「そっ、そんな――」

「我々が手を出した後に死なれたら、遺族から補償を要求される。だめだと言ったらだめだ」

「遺族って――この人、まだ生きてるのよっ」

「だめだ。補償を求められたり訴えられたりすれば、警察全体の威信にかかわる」

「ひどいわっ。報道してやる」

「出来るものか。お前たち田舎TVは県警記者クラブから追い出されても、商売が出来るのか？　やれるものならやって見ろ」

有里香は「ううっ」と唸った。華奢《きゃしゃ》な有里香は、まるで熊に立ち向かう栗鼠《りす》のようだった。機動隊指揮官は、かさにかかって命じて来た。

「さあ小うるさい世間知らずの田舎TVが！　さっさとその死にかけを、道路の脇へ――」

そう言いかけた時、その指揮官の肩を背後からポンと叩く、長身の影があった。

「おい、長谷川」

有里香は「えっ――？」と顔を上げる。

その声と顔に、覚えがあったのだ。

「おい長谷川隊長さんよ。いくらなんでも、こりゃひどいんじゃねえかい」

その声に、中年の指揮官はヘルメットの顔を「さ、坂田さん……」とのけぞらせる。指揮官の肩を叩いたのは、くたびれたコートを羽織った、あの胡麻塩頭の刑事だった。

「ど、どうしてここへ――」

「おう、呼吸が止まってる。早く処置しねえと、危ねえぞ」

坂田刑事は、機動隊指揮官の問いには答えず、倒れた女性のそばに膝をつくと、耳をつけて心音を聞いた。見ている有里香に「おい、そこの嬢ちゃん。足を持て。押さえろ」と指示する。

「は、はい」

有里香は急いで指示に従う。老刑事は、女性の痩せた胸に手を重ねて置き、強く押し始める。

「さ、坂田さん。余計なことは、やめてください」

頭上から指揮官が言うが、

「余計なことを、してるつもりはねえがな……。本部長に本業の刑事部を干されちまってな。することがねえんだ。仕方なくこうして県内を見回っているというわけだ。定年までの残り二か月間、警察官としての本分を尽くしたくてな」

「そいつは、デモ隊です。人工呼吸をしても死んでしまった場合、仲間や遺族から『警察がわざと死なせた』とか、言いがかりをつけて来るに決まっているんだ」

「たとえ犯罪者でも命は命、助けられるものは全力を挙げて助けろと、俺は教えたはずだがな」

「あ、う……」

「それにデモ隊は、犯罪者じゃない。国の方針に、ちょっとばかり反対しているだけだ。お前たち警備部には、目障りな連中なんだろうがな——そうだ嬢ちゃん、今度は背中の下に両腕入れてな、しっかり反《そ》らせるように持ち上げろ。そうだ」

有里香に手伝わせながら、刑事は手際よく救命処置を施《ほどこ》していく。土手の上で見ていた他局のカメラマンたちが様子に気づき、VTRを抱えて駆け降りて来る。それを指揮官が「こら来るな、あっちへ行け！」と追い返す。

強い人工呼吸を四十秒も続けただろうか、青ざめた女性は、「ぐふっ」と息を吹き返す。

「ようし。いいぞ」

坂田刑事は、コートの袖で汗を拭く。

「あ、あのう。先日はありがとうございました」

一命を取り止めた女性が救急車で運ばれて行くと、有里香は隣で見送っている刑事に、ぺこりとお辞儀をした。

「ん？」

「病院で――風谷さんの」

有里香が「あの時は助かりました」と頭を下げると、老刑事は「ああ」と笑った。

「どこかで見たと思ったが……。お嬢ちゃんは、西日本海ＴＶだったのか」

小松基地

「なぁ漆沢。

俺たちは、自衛官としての使命を背負って毎日飛んでいる。しかし正直言って『国を護りたくて戦闘機パイロットになった』というやつを俺は知らない」

ガラス張りのオペレーション・ルームの窓際で、待機する美砂生を前に、火浦は話した。

「みんな、それぞれがやむにやまれぬ気持ちを抱いてここへやって来る。空自のパイロットの連中は、たいていそうさ。夢や憧れで終わらせることが出来なくて、『どうしても戦闘機に乗りたい』という気持ちを捨て切れなくて、自衛隊なんかに入るのか？という周囲の白い目に足を引っ張られながら、採用試験を受けるんだ。そうして能力があって運の良かったやつだけが、試験と訓練を突破してイーグル・ドライバーになる」

「――――」

「だからこの飛行隊にいる連中――ベテランも新人もみんなだが、一人残らずそれぞれが自分の中に『空を飛ぶ理由』を持っている。鷲頭三佐が君たちをやり玉に上げたことだって、ただの意地悪だとは思えない。あの人の信念が、やむにやまれずそうさせているんだ。言ってみれば、胸の中の自分の声に逆らえない性懲《しょうこ》りもない人間の集まりが、空自の飛行隊なのかも知れないな」

「は、はい……」

六日間の特訓で怒鳴りまくっていた時とは違う、穏やかな声でサングラスの男は言った。

「俺は、女の子だからと言って、戦闘機に乗るなとは言わない。能力と適性があればいい。ただ、この仕事が生半可《なまはんか》な気持ちで務まらないということだけは、事実なんだ。俺は君が――」

火浦は黒羽の寝顔もちらりと見てから、

「――君たちが、生半可な気持ちでこの道に入ったのでないことを、指導する立場として確かめなくてはならない。ある意味で、鷲頭三佐と同じだ。

男が戦闘機に乗りたくてたまらない、というのは分かる。しかし君たちがなぜイーグルを目指したのか、男の俺にはちょっと想像がつかないんだ。だから本気であることを、確かめておきたい。そうでなければ自分の編隊の僚機に加えて、自分の命を預けられない、ということだ」

「は、はい――」

「君の場合は、着任初日からあの騒動だったから、話す機会もなかった。教えてくれないか」

「え――」

美砂生は、言葉に詰まってしまった。

まさか「風谷君を追いかけてここまで来ました」なんて口には出せない。どう言い繕《つくろ》おうかと、固まってしまった。

でも、きっかけがどうであれ、自分の『空を飛ぶ気持ち』は真剣なのだと美砂生は思う。しかしきっかけが恋であったことなど、男の火浦には話したって理解してもらえないだろう。ふざけるなと言われてしまうかも知れない。どうしよう……。

そこへ、

「火浦二佐。空域の天候が、予想よりも早く回復しそうです。二人を準備させてください」

気象隊の予報幹部が、走って知らせに来た。

「そうか――分かった。話はまたフライトの後だ。行って来い」火浦は美砂生の肩を叩いた。

「は、はい」

立ち上がった美砂生が、黒羽を起こそうかと振り向くと、浅黒い肌の女の子はまるで聞いていたかのようにパッと起き上がった。毛布をはねのけ、飛行ブーツを履いて手早く支度を始めた。かがんでブーツの紐を結ぶ首筋に、ペンダントの鎖が光っている。

「手順を確認しておくぞ」

再びF15がずらりと並んだ飛行列線。

搭乗前の鷲頭は、普段のふてくされたような態度とはまるで違っていた。美砂生と黒羽を前に立たせた大男は、背中からゆらゆら殺気が立ち昇っているようだ。山中で立ち上がったヒグマに出くわしたら、こんな感じだろうか。

「前に言った通りだ。俺は単機で先に上がる。お前たち二人は三分後に編隊離陸で基地を出発、G空域に向かえ。空域に入ったところで編隊を解き、待ち伏せている俺と一機ずつ対戦する。待機しているほうは見ていて構わない。俺が一回撃墜されるか、お前たちが三回撃墜されたらその時点で交代だ。質問はあるかっ――?」

「ないわ」

「ありません」

「よし、搭乗しろ。ぐずぐずするな、走れっ」

飛行服姿の二人がそれぞれの機体へ走って行くと、それを見届けたように、団司令部の将旗を立てた一台のジープが鷲頭の機体に近づいて来た。

　乗機の外部点検を始めた鷲頭の肩を、楽縁台空将補がポンと叩いた。

「鷲頭君、しっかり頼むよ」

　すると鷲頭は、ムッとしたように見返した。

「司令。誤解のないように、言っておきますが」

　周囲のF15のエンジン音のため、鷲頭と楽縁台の会話は他人には聞き取れなかった。

「私は、自分の信念のために闘うだけです。空で闘う資格のない者は、殺される前に降りたほうがいい。私の信念だ。闘う資格のある者のみが、イーグルで空へ上がれるのです」

　大男は、顔を上げて自分の機体を見上げた。抱えていたクリップボードの整備ログにサインして整備員に手渡し、「よし、乗るぞ」と号令した。

「鷲頭君――」

「失礼、搭乗しますので」

　殺気だった熊のようなパイロットがラダーを昇って行くのを、楽縁台は仏像のような顔の造作を心配そうに動かして見送った。「団司令」とジープから日比野が呼んだ。

「団司令、防空指揮所で観戦しましょう」

「しかしあいつ――約束通りにやってくれるんだろうな」ジープの後席に納まると、楽縁台はエンジンを始動する鷲頭のF15を見やってつぶやいた。

「機体のそばに来ると、急に真面目になりおった。パイロットという連中は、わけが分からん」

「大丈夫ですよ、司令。あの二人を追い出すことに成功すれば、飛行教導隊へ戻れるんです。何を置いても、鷲頭三佐は約束を果たしますよ」

日比野の運転するジープが行ってしまうと、入れ替わりに月刀が徒歩で機体に近づいて来た。

「鷲頭さん」

月刀はラダーに足を掛けると、機付き整備員の助けを借りて装具を着けている鷲頭に訊いた。

「一つ、教えてくれませんか」

「何だ」

「あなたはこの間、あのスホーイの正体を――見当がついているような言い方をしていた」

「ふん」鷲頭は月刀に目もくれず、前を向いたままヘルメットのストラップを留める。酸素マスクを手に取り、エアを吸って具合を確かめる。

「――そんなことを、言ったかな」

「鷲頭さん。何か知っているんなら、教えてくれませんか」

「別に調べて突き止めたわけじゃねえ。ただ、エントリー・ポイントを決めずに夜の日本アルプスの峡谷へ飛び込み、目視飛行で出て来られる男……。対向目標に一連射でガンを命中させられる男……。俺はそういうやつを、この世で一人しか知らねえ」

それだけだ、と告げると鷲頭は黒い酸素マスクを彫りの深い顔に着け、手で月刀と整備員に『機から離れろ』と合図した。

美砂生は、いつもより時間をかけて丁寧に外部点検を済ませた。それは自分を落ち着かせるための、儀式のつもりもあった。でも飛行服の胸がどきどきするのは、どうすることも出来なかった。

搭乗する928号機の前脚ストラットを「よろしくね」とさすると、ラダーに足を掛けた。

隣の927号機にも、黒羽が搭乗するところだ。美砂生はあたりの爆音の中で少し声を張り上げ「鏡さん」と呼びかけた。

「ねえ鏡さん。あたし、イーグルを降ろされたくないの。あなた、あたしのこと嫌いかも知れないけど――とにかく、今日はお互い協力して、死んでも頑張ろう」

するとラダーに足をかけた黒羽は、美砂生を見ずにフンと鼻を鳴らした。

「どうせあたしは、情けない女だよ」

浅黒い肌の女性パイロットは、ほそっとつぶやいた。美砂生が「え、何て言った？」と聞き返した時には、ほっそりしたシルエットは高いコクピットの中へひらりと消えてしまう。

何だ、あいつ——？

でも考えている暇はなかった。コクピットの横で機付き整備員が、美砂生のヘルメットを用意して待っててくれていた。

美砂生は整備員の助けを借り、イーグルのコクピットに着席した。体がようやく覚えて来た手順にしたがって、装備の着装と機能チェックを済ませる。射出座席のシートベルトとショルダー・ハーネスを締め、Gスーツの圧力ホースを床の吹出口にコネクトし、膨らみを確かめる。酸素マスクを口に当てて吸ってみる。百パーセント・モードのレギュレータがシュッと音を立て、冷たく乾いたエアが流れ込んだ。機体の酸素ボトルのエアは、系統を錆《さ》びつかせないため湿気を完全に抜かれている。この匂いを、これから一時間吸い続けるのか——そう思いながら美砂生はヘルメットのストラップを留め、マスクをきつめに着けた。少しきつ過ぎると感じるくらいにした。上空でGをかけて機動すると、マスクが緩む感じがして、どんどん締めたくなって来るのだ。軽く頭を動かして試してみる。大丈夫、顔と一体になってくれている。それから下へ手を伸ばし、座席の下のサバイバル・キットと、脱出の時に使うパラシュートの接続を確認した。

美砂生のショルダー・ハーネスの締め具合を確認した整備員が、すべてOKか？　とサインで訊く。美砂生が親指を立ててうなずくと、ベテランの整備員はコクピットの縁をポンと叩き、ラダーを降りて行った。美砂生に『しっかりやれ』と激励したのではなく、この928号機に『へたくそな女の子だが、よろしく頼むぞ』と言ったみたいだった。

コクピットの中で、美砂生は一人になった。

さっき垂直尾翼が高く見えたのと同じように、操縦席の空間は、美砂生には広く感じた。シュッとマスクを鳴らして息をつくと、自分の体の周囲をもう一度確認した。それから飛行手袋の手をコンソールに伸ばし、エンジンスタートの手順にかかった。あたしはこれから、この928号機の機体に体を護ってもらうのだ……。頼むわ、つたないパイロットで苦労掛けるかも知れないけど——美砂生は計器パネルのスイッチたちをセットアップしながら、心の中で機体に話しかけた。

『スノーホワイト、チェックイン』

黒羽の声が、ヘルメット・イアフォンに入る。

「ツー」

美砂生は短く応える。

今日は二機編隊長資格を持つ黒羽が、編隊のリードを取る。美砂生はG空域まで二番機として飛ぶ。空戦の試験は一機ずつの対戦だから、洋上空域の入口で編隊は解くことになるか。実を言うと美砂生は、二機固まって上がる編隊離陸はひさしぶりだ。

機体の鼻先で、定位置についた整備員が『エンジン始動ＯＫ』と手信号で告げて来る。

エンジンをスタートし、整備員に車輪止めを外してもらい、美砂生は一番機の黒羽に『タクシングＯＫ』のサインを出す。

『小松タワー、スノーホワイト・フライト、リクエスト・タクシー（スノーホワイト編隊、滑走路までの地上走行を要求する）』

無線に響く黒羽の声は、感情を押し殺したように低い。美砂生よりも歳上のように聞こえる。

『スノーホワイト・フライト、タクシー・トゥ・ランウェイ06（滑走路06へ地上走行せよ）』

管制塔が応答する。

黒羽の一番機が出る。美砂生も続いて、爪先でパーキング・ブレーキを外す。

スロットルに全く触らなくても、二基の強力なエンジンのアイドリング推力で機体はスルスルと前方へ動き始める。Ｆ一〇〇ターボファンエンジンのポテンシャルを想うと、二頭の暴れ馬が背中で鼻を鳴らしているような気がした。美砂生は止まれるかどうか不安になり、ブレーキを軽く踏んでチェックする。大丈夫だ、主輪ブレーキは効いてくれる。足をゆっくり離し、あとは機体が進むのに任せた。一番機が右へターンし、誘導路へ出て行く。美砂生も右足を踏んでステアリングし、後に続く。

五メートルの間隔を置いて、一番機の左斜め後ろをタクシングする。曇った空と海が目の前に広がって来るが、景色を眺めている余裕はない。美砂生は風防ガラスの右の枠の端に黒羽の左の垂直尾翼が重なるように注意し、機体を走らせた。誘導路の黄色いセンターラインは、黒羽機と自分の機のちょうど中間にある。一応、お手本通りの編隊走行だ。

『スノーホワイト・フライト、タクシー・イントゥ・ポジション（滑走路へ進入せよ）』

『スノーホワイト・ワン、イントゥ・ポジション（スノーホワイト一番機、進入する）』

「ツー（二番機、進入する）」

滑走路の上は、強い横風だった。

荒波の日本海から、潮まじりの風が防風林をなびかせ、吹きつけて来る。見渡すと空はグレー。曇天が厚みを増しているようだ。本当に洋上訓練空域は、目視飛行可能なのだろうか……。

黒羽の一番機に続いて滑走路06へ進入、路面の左半分に機体をラインナップさせながら、不安が美砂生の鼓動を速くした。いや、離陸直前に胸がどきどきするのはいつものことだわ――そう思おうとする。ブレーキを踏んで停止、いつものようにマックスパワー・チェック、スロットルを左右と片方ずつ前へ進め、エンジンの回転計と排気温度計の針が跳ね上がるのをチェックする。よし正常だ……。だけど自分の呼吸が速い。酸素マスクの呼吸音がシューッ、シューッ、とイアフォンにうるさい。

おちつけ。おちつけ。天候が悪いくらい何だ——そう言い聞かせながらも、自分の呼吸音で管制塔の声が聞こえなくなる気がして、美砂生はUHF無線のボリュームを少し上げる。

『スノーホワイト・フライト、クリア・フォー・テイクオフ。ウインド、スリースリーゼロ・ディグリーズ・アット・ツーファイブノッツ（離陸を許可する。風は三三〇度から二五ノット）』

管制塔から離陸許可だ。風は左真横から二五ノットも吹いている。滑走路の脇に立っている吹き流しが、ちぎれそうだ。美砂生は風にあおられないよう、停止したまま操縦桿を左へ取った。

『スノーホワイト・リン、テイクオフ』

黒羽の一番機が、アフターバーナーに点火した。二つのノズルが、マスクで呼吸する美砂生のすぐ右前方で口径を広げ、ピンクの火焔《かえん》を噴き出した。

ズドドドッ！

ブラストが噴きかかる。熱いジェット後流が、美砂生の機体をガクガクッと震わせた。

敏感な右の主翼がジェット後流を受けて浮き上がり、機体が左側へ傾きそうになる。操縦桿を左へ傾けていた美砂生は、ビクッとして舵を中立へ戻す。こんな横風は初めてだった。機体が傾き、右の主脚が路面から浮き上がりそうな感じだ。ひっくり返るはずはないと分かっていても、物凄く気持ちが悪い。嫌だ、嫌だ、黒羽早く行けと念じながら、ブレーキを踏んで揺れをこらえた。一番機のテイルは陽炎《かげろう》の向こうにたちまち小さくなって行く。

美砂生はストップウォッチを押そうとして、ハッと気づいた。

（あっ。そうだ、今日は編隊離陸だった……！）

十五秒の間をおく通常離陸ではない。指示されたのは、黒羽機と間隔を保ったまま一緒に上がる編隊離陸だった。慌ててブレーキを放し、自分も左手でスロットルを最前方へ押し込む。天候の悪さと横風に気を取られ、離陸開始が一瞬遅れてしまった。いけない、何をしている——

「——ツー、テイクオフ！」

プラット・アンド・ホイットニーF一〇〇エンジンが、美砂生の操作でアフターバーナーを点火。だが焦った美砂生は、ブレーキから離した両足の踵《かかと》を、床につけて踏ん張るのを忘れてしまった。

ズドドドドッ！

「ふぐっ——

し、しまった……！

加速Gが、相撲の喉輪のように襲って来た。両足を踏ん張っていなかった美砂生は容赦なくのけぞらされ、シートにドンと押し付けられた。顎が反って、一瞬滑走路のセンターラインから眼が離れた。慌てて顎を引いたが、その隙に走り出したイーグルの機体は風見効果でたちまち機首を左へ振り、風上側へ滑走路をはみ出して行こうとする。

「きゃ、きゃーっ」

美砂生はマスクの中で悲鳴を上げ、反射的に風下側の右ラダーを踏み、機首をセンターに戻そうとした。だが踏み過ぎた。し、しまった――！　イーグルは今度はセンターラインをまたぎ越し、滑走路の右半分へ入ってしまう。黒羽の一番機が通過した直後のジェット後流の中へ、もろに突っ込んだ。

「きゃっ、きゃっ、きゃーっ」

美砂生のイーグルは、黒羽機の後流を食ってガバガバガバッと跳ねるように躍った。ヘッドアップ・ディスプレーで速度表示が上下する。必死に操縦桿を前へ押し、前輪を路面に押しつけるようにして、美砂生は何とか機体を元の走行ラインへ戻す。

たちまち一二〇ノット。引き起こし速度だ。

「ロ、ローテーション……！」

美砂生は操縦桿を引き、イーグルの機首を空へ向けた。ふわっと何の抵抗もなく、左右の主車輪は地面を離れた。その途端、風見効果で機首は再び左を向き、機体は左側へロールしようとする。美砂生は咄嗟《とっさ》に操縦桿を右へ取って水平を保ち、機首を引き上げる。上昇姿勢へとさらに引き上げる。やっと機体の躍りがやむ。そうだ、おちつけ。大丈夫、空に上がればこっちのもんだ……！

眼を上げると、視界は全て空だった。

『スノーホワイト・フライト、ベクター・トゥ・トレーニングエリア。ヘディング・スリーゼロゼロ、クライム・トゥ・エンジェル・ワンファイブゼロ（訓練空域へ誘導する。機首方位三〇〇度、高度一五〇〇〇へ上昇せよ）』

『スノーホワイト・ワン、ラジャー』

「ツー」

酸素をむさぼるように吸いながら無線に応え、左バンクを取って海側へ旋回した。

前方にはグレーの雲を背景に、黒羽の一番機が見えている。管制官の指示に従い旋回して行く、二枚の垂直尾翼と双発のジェットノズル。美砂生はその後姿を眼で捉《とら》え、機体を追尾させて行く。黒羽がアフターバーナーを切ったらしい、一時的な不完全燃焼でノズル排気がパッと茶色くなる。その排気をかぶって目の前が一瞬茶色になるが、すぐに突き抜ける。黒羽機は一マイルも前方へ行ってしまっている。早く追いつかなくては……。雲に

入ったら、編隊が組めない

「あれ——おかしいな？」

しかし美砂生は、黒羽機のテイルから目を離さないようにしつつも、違和感に首をひねった。

何かおかしい。

「どうしたのかなぁ……追いつけないわ」

美砂生はつぶやいた。

加速が、鈍いように感じた。

アフターバーナーは全開のままだった。機体はビリビリと震えている。上昇姿勢は機首上げ三五度。加速して近づいて行けるはずだった。しかし黒羽機のテイルがいっこうに近づいて来ない。

一番機はアフターバーナーを切ったのだから、同じ上昇姿勢で追っている自分は、すぐに差を詰めて追いついて行けるはずなのに——おかしい。速度が上がらない。

「変だわ？　加速しない……」

上昇を続けながら、やっと二五〇ノットを超える。すると今度はガタガタガタッ、と急に機体が足元から揺さぶられ始めた。激しい震動だ。

ど、どうしたんだ。どこかに異常が——!?　エンジンは？　警告灯パネルは？　何らかの機体トラブルだろうか。今朝の夢は、正夢だったのか――?

（ど、どうしたの……!?）

美砂生は視線を下げて見回すが、分からなかった。火災警報灯もシステム警告灯も点《つ》いていないし、エンジン回転数、排気温度も正常。どうしたんだ――いったい何が起きているんだ!?

「お、追いつけない！　激しい震動、加速不良」

無線のマイクに言うと、

『まさかあんた、脚《ギア》は上げただろうね?』

黒羽が言う。

「――えっ!?」

美砂生は計器盤の左下を見た。うわっ、何だこれは――?　思わずのけぞった。言われた通り、ランディング・ギアのレバーが〈DOWN〉位置のままではないか。

「しっ、しまった！」

着陸脚を、上げ忘れていた。滑走路上を飛び跳ねる機体のコントロールに、夢中になっていたのだ。スピードが出ないわけだ。

何をやっているんだ。初級課程の訓練生じゃあるまいし――！　二五〇ノットを超えると、脚は風圧で壊れてしまう。美砂生は急いで左手を伸ばし、ギア・レバーを〈UP〉にする。たちまちに油圧モーターが働き前脚・主脚が格納される。イーグルは機体下面の抵抗がなくなってグンと浮き上がるように機首を上方へ振り、嘘のようにスムーズな加速を開始する。

たちまち黒羽機のテイルが、引き寄せられるようにこちらへ近づいて来た。美砂生はマスクの中で「はぁ、はぁ」と呼吸しながらアフターバーナーを切る。何てことだ。やばい。疲れた。もう疲れた……。

『ジョイン・ナップ』

「ラ、ラジャー」

美砂生は黒羽機の左後方、二〇フィートの密集編隊ポジションにつく。

(り、離陸だけでこんなに疲れるなんて……！　今日のフライトは、いったいどうなるのよ)

美砂生は、編隊ポジションをキープするためスロットルを調整しながら、ヘルメットのバイザーの目の前が真っ暗になる気がした。次の瞬間、本当に暗くなった。黒羽と編隊を組んだとたんに、雲に入ったのだ。

「離陸滑走で蛇行して、脚を上げ忘れましたよ」

編隊を組んだ直後に雲に入り、姿を隠した美砂生・黒羽の二機を見送って、福士が言った。

小松管制塔の、管制席の展望ガラスの後ろには火浦、月刀、千銘、福士の四人が陣取って、双眼鏡で離陸の様子を眺めていた。

「漆沢三尉って、あれで本当に『〈潜在空中戦適性〉特Aプラス』なんですか?」

千銘が振り向いて訊く。

「訊くな。俺に訊くな」

月刀が下を向いて唸る。

その横で、火浦がサングラスを天井に向けて腕組みしている。「とにかく、上空で闘わせてみるしかない」と唸る。

そこへ、

「やぁ。あの二人、離陸したようだな」いつの間にか管制塔へ上がって来ていた日比野が、後ろから火浦の肩を叩いた。「火浦二佐。まぁ下の防空指揮所で、ゆっくり観戦しようじゃないか」

「う、うう。はい」

「結果はだいたい見えているようだが——あぁ、あの二人の民間航空への就職斡旋《あっせん》ならな、僕に任せてくれたまえ」

日本海上空・G空域

『よし、編隊を解け。最初はどっちだ』

　一〇〇〇〇フィートで雲の上に出たが、さらに頭上には高層雲がもう一層あり、太陽は見えなかった。雲にサンドイッチされたような空間を、一五〇〇〇フィートでレベルオフ（水平移行）。黒羽の機を先頭に、G空域に入った。

　下を見ても、上を見ても、グレーの雲だ。もちろん海も見えない。洋上訓練空域は、雲頂一〇〇〇〇フィートの下層雲と雲底二五〇〇〇フィートの高層雲に上下を挟まれていた。雲の隙間の空間だけが、目視飛行可能な状態だ。昨日までの訓練飛行では晴れていて水平線も見えたのに、周囲が真っ白で雲の洞窟に入ったみたいで、美砂生は急に不安になって来た。

　しかし空域に入るなり、待ったなしで鷲頭から『どちらが先に対戦するか』と訊いて来た。三分前に離陸したはずの鷲頭機は、空域のどこに潜《ひそ》んでいるのか、全く姿は見えない。

『俺はどっちでもいいんだぞ。早く決めろ』

「あ、あたしがやります」

　黒羽が何か言う前に、美砂生は答えていた。反射的に手を上げたのは、疲れていたからだ。離陸してここまで来るだけで、美砂生は消耗していた。黒羽を先に闘わせたら、待っている間に神経が磨《す》り減ってもたなくなると思った。

『何だと』

一番機なのだから、黒羽は当然、自分が先に闘うつもりだったらしい。一瞬不服そうにしたが、鷲頭が『よし姉ちゃん、お前だ』とうなずいたので、美砂生の先手が決まってしまった。

「悪いけど先にやらせて。鏡三尉」

美砂生はバンクを取り、黒羽の二番機の位置からブレークすると、雲に上下を挟まれた訓練空域の空間へ進入した。黒羽機は仕方なさそうに、空域入口の待機位置で旋回に入った。

『いいか姉ちゃん、よく聞け』

空域のどこかから、鷲頭が言った。

『地上で言った通り、ハンデをくれてやる。俺に三回撃墜されるまでの間に、一度でもいいからフォックス・スリーに俺をロックオンしてみろ。三秒間ロック出来たら、お前の勝ちにしてやる』

無線の声はよく聞こえるが、どこにいるのか姿は見えなかった。山の中で物陰から野生の艶に狙われているような気がして、美砂生は上半身がぞくぞくした。

『何か質問はあるか』

「ないわ」

答えながら、レーダーを捜索モードにして前方をスイープする。どこだ。あの大男はどこに潜んでいるんだ。APG63はパルスドップラー・レーダーだから、雲は一切映らない。いた……！　何もない空間にポツンと、白い菱形が浮かび上がった。空域の真ん中だ。三〇マイルも向こうだ。

美砂生は相手の位置から、これは対向戦になるな――と見当をつけた。今ロックオンしても仕方がない。絡み合って機動したらどうせ外れる。今日の想定は、ガンを使った格闘戦だ。

間違って実弾が出ないよう、兵装コントロールのマスター・アームスイッチを〈OFF〉。続いてレーダーをACMモードにした。これで画面上でクリック操作をしなくても、近接格闘戦に入ったら機首方向の目標に対して自動的にロックオンしてくれる。もちろん、相手が視野の範囲から逃げてしまえばロックオンも外れてしまう。任せっきりに出来る訳ではないが、少なくとも手順は減らせる。

『よし姉ちゃん。一度でも勝てたら認めてやる。だが三回負けたら輸送機だ。分かっているな』

「そ、そう簡単に、負けないわ」

『口だけはいい根性だ。ではファイツ・オン！』


戦闘が開始された。

レーダー画面上を、白い菱形がこちらへ向かって進んで来る。

やはり対向戦を挑む気だ。距離二八、二六、二四マイル――近づいて来る。美砂生はヘッドアップ・ディスプレーの向こうへ視線を上げ、グレーの雲の洞窟のような空間の奥に、相手の機影を捉えようとした。

（駄目だ、見えないわ）

ベテランの戦闘機パイロットは、一五マイル離れた敵機を視認出来ると言うけれど――

美砂生はそんなに離れた遠くの飛行機を、見つけることは出来ない。これまでのつたない経験では、空中を飛ぶ戦闘機の小さなシルエットは、一〇マイル以内に入らないと視認することが出来なかった。

　視線を空中に走らせながら、美砂生は相手とすれ違った瞬間にこう機動する、という手順を頭の中で反芻《はんすう》した。相手がこう来たら自分はこう、ああ来たら……攻撃のパターンを思い描き、操縦操作のイメージを腕の神経に呼び覚まさせる。ハァッ、ハァッと酸素マスクの中の呼吸が速くなる。六日間の火浦の特訓で、美砂生は一通りの空戦機動《ACM》は出来るつもりになっている。火浦からも筋はいいと言われている。そうよ。あたしは、これでも訓練生時代には一度もピンクカードをもらったことないんだから……！　美砂生は前方を睨みながら、次第に肩を上下させる。

ところが、接近して来る鷲頭機のターゲットは、レーダー画面の上で一五マイルまで近づくと、意外な動きを見せた。向きを変えるとクルリと一八〇度旋回したのだ。こちらに背を見せ、逃げて行く。

(背を見せて逃げる……？)どういうこと――？　美砂生は眉をひそめた。接近戦に備えてテンションを高めたのに、肩すかしを食らったようだ。

とにかく追いつこう。美砂生はアフターバーナーに点火し、レーダーの菱形を追った。加速しながら、鷲頭機がいそうな方向の空間へ目を凝らした。

見えた。いた――！　鷲頭機は、空域のほぼ真ん中を、こちらに背を見せて飛んでいる。意外にも速度は遅い。レーダー画面上に表示されたターゲット速度は、四〇〇ノット。ゆっくりした水平直線飛行だ。美砂生は現時点で五〇〇ノットの速度を持ち、さらに加速している。高度もこちらが五〇〇〇フィート高い。みるみる近づき、相手の機体上面がはっきりと見えて来る。

何をしてるんだ。あんなふうに下のほうを背中さらして、ゆっくり飛ぶなんて――馬鹿にしてるわっ。まるでカモじゃないの！

美砂生はマスクの中で鼻息を漏らした。

どんどん追いついて行く。接近速度が速過ぎるようだ。アフターバーナーは必要なかった。スロットルを戻す。それでも相対速度が一〇〇ノット以上も速い。スピードブレーキを使っても減速出来るが、それでは相手にエネルギーで優位に立てない。

「よし、いったん高度を上げて減速、上方から押さえ込んでやる!」

美砂生はスロットルを絞り、操縦桿を引いて高度を上げ、速度エネルギーを位置エネルギーに変換しながら山なりのサインカーブを描いて鷲頭機の背中に後ろ上方から迫ろうとした。相手よりも自分の速度が大きい時に使う、ハイGヨーヨーと呼ばれる機動だ。こうすれば速度を減らしても、自分のエネルギーは高度として保存出来るから、優位を保つことが出来る。ようし、逆おとしに頭上から押さえつけ、ロックオンしてやるわっ……!

だが次の瞬間。

「きゃっ、目の前が——」

美砂生は悲鳴を上げた。目の前が急に真っ白になり、何も見えなくなった。

どうしたんだ……!? 美砂生は一瞬、何が起きたのか理解出来なかった。前が見えない。

何だ、この真っ白い視界は——?

美砂生は前下方の鷲頭機の背中に気を取られ、上を全然見ていなかった。層状の雲にサンドイッチされた空間であることが、頭から吹っ飛んでいたのだ。高度を上げた途端に、上方の雲に入ってしまったことが理解出来なかった。

しまった。何も見えない。雲に入ったのか⁉　このままでは相手をロストしてしまう――！

「くっ――」

慌てて操縦桿を押して機首を下げ、雲の下に出た。だが前方視界が開けた瞬間、

『スプラッシュ！』

後方から『お前を撃墜した』という意味の合図が聞こえた。いつの間にか鷲頭機が、美砂生の後尾を取っていた。

『お姉ちゃん、悪いなぁ。俺は何にも機動しねえで、一本取っちまったぜ』

鷲頭は本当に何もしないで、のんびり水平飛行していただけだった。美砂生が勝手に雲に突っ込んで、鷲頭を飛び越して前方へ降りてきたのだ。カモは美砂生のほうであった。

『一対ゼロだ。次は頑張りな』

鷲頭機は笑いながら反転すると、美砂生の後方へ急速に離れて行った。振り向いて捜すが、雲が多い。鷲頭機のテイルはすぐに見えなくなる。

「く、くそっ」

美砂生は周囲の環境を見ていなかった失敗に歯嚙みしながら、急いで機体を一八〇度旋

回させると、レーダーで相手を捜した。

どこだ？　どこへいった……!?

ほどなく、画面上にターゲットが表示された。

鷲頭は逃げ足が速い。もう三〇マイル離れている。美砂生はアフターバーナーを入れ、追った。前方に壁のような雲があり、やむを得ず突っ込んだ。一時的に雲中飛行となった。戦闘機のレーダーには積乱雲が映らないから注意しなければならないが、幸い通り道に危険な雲はなかった。

イーグルの機首が激しく雲を掻き分けたかと思うと、ふいに雲は切れた。周囲が眩《まぶ》しい青空になり、水平線が見えた。しめた、雲のない空域だ……！　寒冷前線を抜けたのだ。美砂生はバンクを取り、方向を修正してレーダー・ターゲットに機首を向ける。美砂生のイーグルは前線帯の雲の塊を背にして、洋上を進む。

鷲頭機はいったん左へ逃げると、前方で旋回してこちらへ向きを変え、同高度をまっすぐに接近して来た。今度こそ対向戦だ。美砂生もまっすぐに機首を向け直す。接近相対速度八〇〇ノット。レーダー・ターゲットが急に速くなって近づく。一二マイル、一〇マイル、八マイル。凄い接近速度だ。来るぞ、来る――！

「よしっ。反転して後ろについてやる！」

小さなグレーのシルエットが、左側をビュッと通過した。美砂生はすれ違いざま、操縦桿を引いて機首を上げた。宙返りの前半を利用し、上昇しながら一八〇度向きを変えて行く。インメルマン・ターンと呼ばれる機動だ。頭の上で地球が逆立ちして行く。これで相手機が左右どちらへ旋回しようと、上方から後尾に食らいつけるはずだ。美砂生は下向きGをこらえながら視線を上げ、向こう側の水平線が逆さまに見えて来るのを待つ。鷲頭機はどこだ。どこに――

ぶわっ

（――えっ？）

しかし、一瞬後にまたも美砂生のコクピットの前面風防は真っ白になり、同時に激しい乱気流が機体をグワワッと揺さぶった。

（えっ――何!?）

ど、どうして――いつの間に後ろに積乱雲が!?

上昇した美砂生は、逆立ちした状態で背後にあった積乱雲へ突っ込んでしまった。鷲頭機のレーダー上の位置にばかり集中していた。どうしてそこに積乱雲があったのか、分からなかった。

「きゃっ、前が見えない！」

おまけに姿勢が保てない。たちまち美砂生のイーグルは傾き、シェーカーのように揺さぶられ、次の瞬間変な背面姿勢のまま積乱雲から放り出された。再び視野は開けたが、何故か海面が頭上に見える……？　あたしは、どんなふうに飛んでいるんだ……!?　わけが分からない。おまけに風防の枠に白い氷が張り付いている。着氷現象だ——！　積乱雲は雪雲だったのだ。ピトー・プローブもスタティック・センサーもヒーティングが追いつかない。エアデータ・コンピュータが正しい動圧と静圧をもらえなくなり、ヘッドアップ・ディスプレーの速度／高度表示が目茶苦茶になる。

「どっ、どうなってるのよっ！」

美砂生はとりあえず目視で水平線を捜し、操縦桿を倒して機体をロールさせ水平に戻した。機首を上げ、降下を止める。怖いのは失速だ。スロットルはミリタリーに入ったままだ。速度は回復しているはずだが、対称物がなく目視だけでは分からない。息をつくように、三秒もかかってディスプレーの速度表示が回復する。センサー・ヒーターが着氷を除去し、正しいデータを送り始めたのだ。だがその時には、慌てる美砂生の六時方向に、どこからともなく鷲頭のＦ15がぴったりと張り付いていた。

「きゃあっ、いつの間に——!?」

『姉ちゃん、食ってやるぜ』

この間、鷲頭が行った機動と言えば、ただまっすぐにすれ違って飛んだだけだった。美砂生にはそんなことは分からない。美砂生がそうなるように、鷲頭はわざと積乱雲との位置関係を選んで誘い出したのだ。

「くそっ。ロックオンされてたまるかっ」

美砂生はスロットルを前方へ叩き込み、アフターバーナー全開。機を左急旋回に入れた。

簡単にやられてたまるか。こうなったら巴戦だ！

鷲頭機を振り切ろうと、美砂生は最大Gを掛けてイーグルを旋回させた。バンク七〇度。

操縦桿をさらに引きつける。五G。五・五G。六G――！

「くっ。離れろっ」

だが、鷲頭のF15は、するすると苦もなく美砂生のシックス・オクロックに食いついて来る。

いくらGを掛けても、振り切れない――！

しかも不思議なことに、美砂生機が七〇度もバンクを取って死に物狂いで廻っているのに、鷲頭機はせいぜい五〇度のバンクも取っていない。緩いGで、悠々と後ろについているのだ。

「離れろっ、離れろったら！」

『姉ちゃん、観念しな。逃げられないぜ』

鷲頭三郎は、見た目は荒くれ男だったが、陰に隠れて猛烈に勉強していた。極め尽くしたデータの集積が、このような機動となって現れるのだ。

普通のパイロットは、相手と巴戦に陥ると、相手の後尾につくため旋回半径をわずかでも小さくしようと焦り、ただがむしゃらにGを掛けまくる。だが実際は、高度いくら、機体重量いくら、何ノットでエントリーし何G掛ければ最小旋回半径となるか――は、データで決まっている。これを航空力学で〈コーナー速度〉と呼んでいる。F15はだいたいどの高度でも、コーナー速度は指示対気速度四〇〇ノットと言われているが、これは失速マージンを考慮した多めの値だ。鷲頭は高度・機体重量ごとの精確なコーナー速度を細かい一枚の表にして、それを飛行服の右腕に貼り付けているのだ。操縦しながらほんのわずか視線を下げて表を読み取り、速度が足りなければアフターバーナー、多ければスピードブレーキを瞬間的に使い、一ノットとたがわず、その時の最小旋回半径速度に機体をセットする。こうすることで無駄なGを掛けることなく、相手の後尾に廻り込めるのだ。焦ってGを掛けまくるパイロットから見ると、コーナー速度で後尾に食いつく鷲頭の動きが、魔法のように見えるのだった。


「同じ性能の機体なのに、どうしてあっちが後ろにつけるのよっ?」

後方が気になり、思わず後ろを見たまま、美砂生は切り返しの右旋回に入れてしまう。

その瞬間、

「きゃ、きゃーっ」

美砂生はまた悲鳴を上げた。

Gで……く、首が元にもどらない――――！

（――こ、これじゃ前が見えないわっ）

後ろを見たままGを掛けたので、首がその位置で動かなくなった。無理に首を前方へ戻すと、

「――ぐっ」

今度は突然激しい眩暈《めまい》が襲い、わけが分からなくなった。き、気持ちが悪い――！　何だ、いったいどうしたんだっ――!?

美砂生は地上教育で習ったはずだった。激しい機動をしながら首を無理に動かすと、三《さん》半規管《はんきかん》が余りのGで一時的に麻痺《まひ》してしまう。コリオリ・イリュージョンと呼ばれる現象だ。だがそれがどんなにひどい眩暈なのか、体験するまで分からなかった。まるで誰かに殴られ、後ろへ倒れていくような苦痛だ。

「ぐわっ、ぎゃっ」

美砂生のF15は、もんどりうって背面になったまま、どこへ機首を向けているのか分からない状態で、緩降下に入ってしまった。眩暈がひどい。気が遠くなる……。火浦隊長にしごかれた訓練飛行とは、何という違いだ……！　まともな戦闘など何も出来ない。あた

しは、何の役にも立たないじゃないか……！

『スプラッシュ！　――おい姉ちゃん、機首を立て直せ。海面に突っ込むぞ』

「はぁ、はぁ」

『どうする姉ちゃん。三本目やるか？　それとも、もう降参するか？』

「や、やりますっ」

『大丈夫か？　もう体がガタガタだろう。俺はまだ水平直線飛行と水平旋回しかしてないから、体力余ってるけどな』


黒羽は、その様子をG空域の入口で旋回しながら見ていた。

「何をやっているんだ……！」

浅黒い肌の女性パイロットは、猫科の野獣のような眼をむき出して、レーダー画面上でへろへろにスピードを失う美砂生機の動きを睨みつけた。

「あたしが勝負する！　どけっ」

黒羽機は九〇度バンクを取るとアフターバーナーを全開し、訓練空域に割り込んで行った。

『ほう、今度は鏡か』

「あたしは、そんなぶざまにやられはしない！」

『いいだろう、来い。容赦はしねえぜ』

府中・総隊司令部

「なんかなぁ……」

エレベーターの地下四階の出口から、葵一彦はざわざわとざわめく中央指揮所《CCP》の空間を見下ろしていた。

夢でも見ていたような気がした。一週間ぶりに、総隊司令部中央指揮所という現職に復帰したのだが、ここに立つと飛ばされ掛けたことが嘘のようだった。一度は奥尻島のレーダーサイト行きが決定していながら、参事官命令で出された辞令も全て取り消され、何もなかったように原隊への復帰を命じられたのだ。C1輸送機が東京上空で一八〇度ターンをしたあの時から、自分の運命はころころ転がっているような気がした。

ただで戻れたわけではない。以前と違って新しい仕事を一つ、課せられていた。それが地位回復の条件だった。

「なんだか違う場所みたいに見えるなぁ……」

葵は小さくつぶやいた。たった七日間で、ここが何か変わったはずはない——変わったのは俺の中身だ。外の世界に対する認識を、〈彼ら〉の手によって変えられてしまった……。

「おう、葵じゃないか。良かったな」

姿を見つけて、同期の和響が歩み寄って来た。

「雑上掛参事官が、島流しを取り消してくれたんだってな。あのとっつぁんも、いいところがあるじゃないか」

「あ、あぁ――」

葵は生返事でうなずくと「親父は?」と訊いた。江守空将補に、一刻も早く会いたかったのだ。話しておかなければならないことがあった。

「総隊司令なら、執務室だ」

「分かった。帰任の挨拶をして来る」

葵はエレベーターへきびすを返した。雑上掛参事官が翻意《ほんい》して、島流しを取り消しただって? 現場では、そのように思われているのか……。

「私が戻れた理由を、司令ならお分かりになると思いますが――」

総隊司令官執務室へ挨拶に入ると、江守空将補は付属の給湯室でコーヒーを沸かしていた。

「まぁ座れ」とソファを勧められたが、司令官にコーヒーなんか入れてもらって気持ちが良いはずもない。立ったまま、葵は江守の背中に話しかけた。

「それで、お耳に入れなくてはならないことが」

「飲んでからにしよう。新しく豆を挽《ひ》いたんだ」

香ばしい匂いがする。江守は、二人分のマグカップを小脇に、ポットを持って戻って来た。

「司令は、いつもご自分でなさるのですか――？」

「他人にかしずかれる、というのが苦手でな。飲み物は自分でするし、食事も弁当だ。カップ・アンド・ソーサーなんて気取った物も置いてない。よそから偉い人が来た時にだけ、出前を取る」

「はぁ……」

「座れよ」

「は、はい。失礼します」

「クリームと砂糖が欲しければ、自分で入れろ」

テーブルの上に黄色いクリープの徳用瓶を置くと、五十九歳の空将補はどかりとソファに腰を下ろす。ネクタイを緩め、入れたてのモカを旨《うま》そうにすすった。

「司令、お宅にお帰りになっていないのですか」

葵は、給湯室の流しの上にシャツが干されているのを見て、驚いて訊いた。

「ああ。ここ一週間、色々と大変でな。ここに泊まり込みだ」

フウとため息をつくと、江守は指で両目をマッサージした。あまり寝ていないような印象だ。

「そうですか……」

「帰っても独りだ。大した変わりはないんだ」

退役間近の空の男は、徽章《きしょう》のたくさんついた制服の上着をうざったそうに脱ぐと、ソファの背に掛けた。給湯室の干されたシャツの下には、アイロンの台が置かれたままだ。

江守空将補が独身を通しているらしい、という噂は本当だったのか？　と葵は思った。

「司令。ご家族は……」

「うん――？　まぁな」江守はコーヒーのカップを置いて、苦笑した。「三十年、自衛隊で戦闘機乗りをしていた。寝ても覚めても飛行機ばかりの視野の狭い人生でもな、それなりに色々あった」

「はぁ」

「忙しくしていたら、あっと言う間にこの歳だ」

葵は、悪いことを訊いたかな、と思った。

「す、すみません。司令、あのう……」

葵はカップを置き、この七日間に自分に起きたことを、順に思い起こしながら説明し始めた。
何から話すべきか——と考えた時まず頭に浮かんだのは、あのC1輸送機が故障という理由をつけて臨時着陸した、木更津基地での会話だった。

「君も知っての通り——」

あの時——当坊八十八郎《やそはちろう》という、内閣安全保障室長を名乗った五十代の男は、鋭い眼で葵を見据えながら告げた。

「——防衛省は、内閣の支配下にある。したがって、防衛省内局参事官が一度決定した人事であっても、それ相応の必要があれば、内閣からの上位権限で変更が出来るというわけだ」

「？」

葵は意味が分からず、見返した。自分を乗せたC1は故障で千歳行きを中止し、降りて来たのだと、その時はまだ信じていたのだ。だが、

「つけ加えて言うなら、『故障を理由に臨時着陸させよ』と輸送隊指揮官に要請するのも、我々の権限をもってすれば可能なことなのです。葵二佐」

小姿見という、三十代前半の銀行の融資部エリートみたいな風貌の警察庁公安捜査官が

言うと、葵はようやく自分が狙われているらしいと気づいた。

「ど、どういうことです……？」

「〈亜細亜のあけぼの〉と実戦をした経験者を干すのは、国のためにならない。君にはもっと、役に立ってもらいたい――ということさ」

「と、いうことです。葵二佐」

「……亜細亜の――あけぼの……？」

「来てくれ。二佐」

上位権限を持っている、とうそぶいたのは誇張ではないらしく、当坊という太った男は陸上自衛隊の基地施設を自由に使えるらしかった。

その足で、木更津基地内の窓のない一室へ葵は案内された。というか、連れ込まれた。公安警察捜査官が眼鏡を光らせて「ご同行ください」と言う。どうせ逃げ出したって、協力させられるのだろう……。葵は素直に従った。命まで取られるような危険は、なさそうだ。

「しかし、内閣安全保障室と警察庁公安は、いつから組むようになったのです？」

「警察庁警備局は、私の古巣――というか本来の居場所でね。こっちは私の教え子だ」

当坊が言う横で、小姿見は防音視聴覚室のテーブルに録音用MDをセットした。「葵二佐。これは昨夜の交信を録音したものです。隠岐島の〈象の檻〉が傍受しました」説明しなから、再生スイッチを押した。「この〈声〉を聞いてください」

　ジジジ……という雑音に続き、低くくぐもった声がスピーカーに出た。閉め切った薄暗い室内に流れる、クックッという喉を鳴らすような音――これは笑いだろうか……？

『クックッ――我々は〈亜細亜のあけぼの〉だ』

「――これは？」

「スホーイのパイロットの声です」

「この〈声〉に聞き覚えはないかね？」

「さぁ――」

　これが昨夜の国籍不明機の声――？　日本語じゃないか。葵は思わずスピーカーに見入った。

「葵二佐、あなたは長年要撃管制官として、全国の空自パイロットと交信した経験がおありでしょう？　特徴ある声なら、覚えておられると思うが」

「葵君。空自の基地管制塔では、全ての交信テープを三年間保存しているが、それ以前のものについては廃棄してしまう。残念ながら我々の〈照合作業〉は、不発に終わってしまった」

「あなたたちは――何を言いたいのです？」

葵は顔を上げて訊いたが、それには直接答えず、当坊安全保障室長は窓に立ち上がるとブラインドを開けた。カシャッ、と格子縞の光が室内に差し込んだ。東京湾の空は、穏やかな薄曇りだ。

「葵君。〈戦争〉が始まっているんだ」

「戦争……?」

葵は、窓際に立つ五十男の横顔を見た。

「どこの国とですか」

「仕掛けて来たのは、今聞かせたやつらだ」

「やつらって――この、亜細亜の……?」

葵は机上の録音機を見た。

あのスホーイの搭乗者は、奇妙な名称を名乗った。いったいどこの国の、何者なのだ

――?

「やつらの正体はまだ摑めない。しかし日本は今、これまで経験したことのない〈戦争〉を仕掛けられている。これは確かなのだ」

「…………」

「やつらが何をたくらんでいるのか、真の狙いもまだ見当もつかない。だが〈戦争〉――『姿なき戦争』は、すでに始められている。これも事実だ」

「し、しかし……」

話が呑み込めない、という顔の葵に、当坊は話を続けた。

「葵君。私もこの通り戦後の生まれでな、本物の戦争など見たことはない。七〇年安保で安田講堂に立てこもり、機動隊と戦ったのが経験した唯一の『実戦』だ。それも私はまだ東大の二年生で、指揮をとっていたのはセクトの先輩、私はただその下っ端で火炎ビンを投げていたに過ぎない。こっちの小姿見などは、君と同年代。デモの乱闘すら知らない。物心ついて初めて眼にした戦争は、CNNのフォークランド紛争だと言いおる。今の日本人は、みんながこんなものだ。米軍の保護の下、平和に慣れ切って戦争などTVやフィクションの世界のものだと思い込んでいるお坊ちゃんばっかりだ。現在でも現実に戦争状態にある韓国と北朝鮮、中国と台湾――そんな連中から見れば、我々なんて平和ボケしたちょろいカモに見えるだろう。戦争のプロのような連中が足をすくおうとたくらめば、我々はたやすく転んでしまう……。そうは思わないか？」

「は、はぁ……」

「これは私からの依頼――要請なのだが」当坊は、葵の前に腰を下ろすと、テーブルに肘を突いて取調室の刑事みたいに顔をのぞき込んだ。「葵二佐、君は内閣安全保障室の秘密エージェントとなって、航空総隊司令部での仕事を続けながら私に情報を流してくれないか」

「ぼ、僕に――スパイになれと？」

葵はのけぞった。いきなり人をこんなところへ連れ込んで、何を言い出すんだ……!?

しかし、

「空襲の実態を、いち早く摑める仲間が必要なのだ。日本のためだ。引き受けてはくれぬか」

当坊は、冗談を言っているのではなかった。〈亜細亜のあけぼの〉と名乗るテロ組織の攻撃から日本を護るため、力を貸してくれと頼んだ。

「葵二佐。我々には君の協力が必要だ」

「必要です。お願いします、葵二佐」

「し、しかし警察の手先になるのですか――？　この僕が？」葵は、警察庁が防衛省に対してどのような態度を取っているか、知っていた。あの雑上掛だって古巣は警察だ。目の前にいる二人は、自衛隊を目の敵にする警察官僚そのものなのだ。

葵が断るつもりで何か言いかけると、当坊は制して言った。

「葵君。我々警察は、資本主義より社会主義のほうがいいと主張する政党でも、日本のやることは何でも悪いと決めつける政治団体や市民団体でもない。警察は防衛省と対立しているかも知れないが、『自衛隊がなくなったほうがいい』なんて、これまでに一言も言ってはいないよ」

「この日本には、自衛隊はいらないと言う人間たちがいる。役に立たないとね。だが軍備の第一の目的は、抑止だ。第二次大戦以降、この国に戦争がないのは、立派に自衛隊が役目を果たしている証拠だ」

「ならどうしてあなたがた警察は、自衛隊を目の敵にするのですか？」

「葵二佐。軍事と同じで、治安もまず『疑う』のが仕事です。クーデターを起こせるだけの戦力を持った集団が存在すれば、しかるべき監視は必要です。それは仕方ありませんよ」

「いいかね葵君。『軍縮の時代だ』なんて嘘っぱちだ。現在アジアで軍事費を削減しているのは、倒産寸前のロシアだけだ。他の国々は全て軍備を増強している。特に中国だ。スホーイ27を自国で造り始めた。あなどれない。日米安保などあってもあてにはならない。アメリカは民主主義国家を護ると言っているが、正確に言えば、あいつらが護るのはアメリカ製品を買わせる市場だ。日本国という国体ではない。

従来からの戦争のやり方も変わって来ている。テロだ。テロは国家間の戦争のやり方に従わないし、宣戦布告もしない。人道的な捕虜の扱いもない。中には『殺してやることが善だ』と言ってはばからない連中すらいる。某宗教団体が、某国から支援を受けていたらしいことは、君も知っているだろう。いくら設備を整えても、素人に毒ガスや自動小銃など製造出来るはずがない」

「――――」

「葵二佐。そういう〈戦争〉が、すでに始まっているのです」

「日本のこの先の道の危うさが、君になら分かるだろう？　雑上掛参事官を相手に、防衛論をぶったそうだからな」

　その日のうちに葵は、気が進まないまま警察庁の訓練施設へ密かに連れて行かれ、六日間にわたる研修を受けた。警察官の訓練用の制服を着せられ、身分は研修中の警察庁内勤官僚、ということにされた。内閣安全保障室の秘密エージェントとなるための、基礎教育だった。

　内閣安全保障室が警察庁と合同で極秘に設置している地下施設――とかいうものがあって、各省庁や民間組織などに潜入しているエージェントたちが多数訓練を受けている――とかいう光景は全然なくて、普通の訓練施設だった。葵の周囲で訓練を受けているのは、普通の警察官たちだった。身分を隠していることを除けば、葵が受けたのは通常の公安捜査官養成プログラムだった。情報提供者として防衛省の現場に潜《もぐ》るのも、これまでに先例はなく、後にも先にも葵一人だけだという。秘密エージェントになれとか言うから、もっと極秘の特務機関にでも入れられるのかと思えば、

—そんな大それたスパイ組織みたいなもの、あるわけないだろう。裏で密かに日本を護っている秘密機関なんて、存在しない。あったほうが余程ホッとするけどな。そんなものはないんだ。日本は俺たちで護るしかないんだよ。他には誰も、テロ組織の攻撃から国を護ろうとする者はいない」

そう言われると、やはり一応は協力しないといけないような気がして、断れなかった。

訓練施設では、現在までに判明している〈敵〉に関する情報——少なく、つたない内容で、三年前の沖縄領空侵犯事件についてなど、葵のほうが詳しく知っているくらいだった——についてのブリーフィングを受けた。そして公安警察が装備しているツールを使って、当坊と小姿見へ連絡する方法を教わり、万一のことも考えて射撃と若干の護身術についても訓練した。射撃や護身術等は、空自の幹部としてすでに身につけている技能だった。本当にそんなものが必要になるのかは、葵にも当の当坊たちにも、予測は出来なかった。

反抗はしなかったが、何となく、決心もつかないままなし崩しに訓練は修了した。

内閣安全保障室が葵に課した〈任務〉とは、今後〈亜細亜のあけぼの〉が出現した際は防衛省の上部組織を通さずに安全保障室へ迅速《じんそく》に連絡し、敵の組織の解明に役立つ資料を残して後日渡す、というものだった。別に国を裏切るようなことではない。葵は公務員だから、特にそれによって金銭的報酬が約束されることもなかった。出したくても予算はないという。連絡用として支給された携帯電話と情報端末の使用料は安全保障室の宴会予算から支払われ、接触に交通費や飲食費が要る時は、内閣官房機密費から支出されるという説明を受けた。もっとも、葵にとっては総隊司令部へ戻れれば十分で、金が欲しいなどとは最初から思わなかったが。

「——と、言うわけで……」

葵は、ソファにもたれた江守の疲れた顔に、一通りの説明を終えた。

「……司令。私は、内閣安全保障室の上位権限でこうして復帰して参りましたが、安全保障室と公安警察のヒモ付きにされてしまいました。これを司令に黙って、勤務につくことは出来ません」

「——」

江守は、腕組みをして天井を向いて目をつぶり、葵の話を聞いていた。

「司令。私を配転して頂いても、結構です。司令や仲間に嘘をついてまで、こそこそスパイなんかしたくはありません」

定年間近い総隊司令官は、黙ったまますぐに返事をしなかった。組織の責任者としての職責から言えば、当然、別組織の命令系統に組み込まれてしまった部下の士官を中央指揮所に置いておくことなど出来ないはずだ。

配転されれば、それはそれで気が楽だ、と葵は思っていた。閑職《かんしょく》に回されても、奥尻島ということはないだろう。

「気に[illegible]と思ったんだ、葵二佐」

しばらくして、江守は口を開いた。

「実は——自分でもどうしたものか、決心がつきません」葵は唇を嚙み、うつむいた。

「〈彼ら〉の言う通りに、日本をテロ組織から護るためここで働くのも意義がありますが、私だけが命をかけてそこまで滅私奉公するというのは、割りに合わない気もします。〈彼ら〉には協力を約束して出て来ましたが、いざ中央指揮所を眺めると、プレッシャーがきつくて……」

「プレッシャー、か」

「はい」

「日本人全員の命を、自分の背に負わされたような気がするか？」

「そこまで、大げさじゃないですけど……」

「そうか……ふう」

江守は伸びをすると、目をしばたいた。「すまん。寝ていなくてな」とつぶやいた。

「いいえ。お忙しいでしょうから……」

「そうではない」

「は？」

「あそこにな」

「は」

「中央指揮所のトップダイアスの、あそこに座っているとな――自分もいつか、君たちの言葉で言えばキレてしまうかも知れない……そういう畏《おそ》れを、いつもここに隠してこらえているんだ」

江守は、ネクタイを緩めた自分の制服のシャツの胸元を指さした。

「葵二佐。君があの夜キレた気持ちは、実はよく分かる。誰よりも分かるつもりだ。むしろああして内局キャリアを怒鳴りつけてくれて、嬉しかった」

「はぁ……」

「司令官というのは、辛い役目でな。感じている気持ちは、顔に出せない。『怖い』も『嬉しい』も出してはいけない。部下たちみんなの士気に影響してしまう」

それは、先任指令官席で後輩の管制官たちを指揮している葵にも、分かることだった。しかし江守の苦しさは、一セクションだけを任されている葵の比ではないようだった。

「感情を出せないだけではない。自分のせいで誰かが死んだりすることにならないか――そんな怯《おび》えが、常にある。座りながら、心のどこかで怯えているんだ。そして実際に空自の隊員から殉職者が出てしまうと、自分があの時もっと正しく判断すれば助けられたのではないか――と眠れずに悩むことになる。その上、こんな泣き言は誰にも言えない」

江守は、参ったように息をついた。こんな疲れた顔は、中央指揮所では見たことがなか

「戦争を知らないということは、幸せなことだが、この仕事についている身としては必ずしもそうではない。

生命を獲り合う実戦というのがどんなものか、どうしても知りたくてな。大戦中の海軍のパイロットだった人を訪ねて、話を聞いたりもした」

「――――」

「南方ラエ基地の撃墜王《エース》だった人で、生き残っている御仁がいてな。築城の飛行隊長時代に、よく訪ねた。撃墜スコアも凄いが、『たとえ自分が危なくても僚機は絶対に見捨てない』と有名だった人だ。一緒に戦う仲間の大切さを、教えられた。それで荒れていたのが、立ち直れたこともある。そういうおっかなびっくりの、自衛隊人生さ」

「司令……」

「葵二佐。この日本は海に囲まれているが、周囲からは何が襲って来るか分からない。

それなのに、世間では何の責任もなく騒いでいる連中がいる。俺たち自衛隊は必要ないから無くせ、と明言して憚《はばか》らない徒輩《やから》もいる。学があって、頭が良いはずの者に限ってそんなことを言う。いったい日本の教育はどうなっている？　自分の国の国旗を悪の象徴みたいに毛嫌いするなんて、民族としておかしいと思わないのか――かつて同胞のために命をかけて闘った先輩を見ていると、俺はそう言いたくなる」

「はい」

「葵二佐。君は――」

と、江守がそこまで言いかけた時だった。

ピィーッ！

執務机のインターフォンが、アラームを鳴らして赤ランプを点滅させた。

反射的に二人の士官は振り返った。

『総隊司令、当直先任より報告』

和響の声が、スピーカーから響いた。

『日本海中部に、国籍不明機《アンノン》出現。急速接近中』


「国籍不明機、針路一五〇、高度二五〇〇〇、速力五〇〇。北陸沿岸に接近します！」

中央指揮所の前面スクリーンに、突如としてオレンジ色の三角形が現れていた。

「やつかっ？」

「ＩＦＦに応答無し。民間フライトプランに該当無し。一週間前の出現パターンと同じです」

情況表示画面をチェックする担当管制官の額に、早くも汗が光り始める。

「くそっ。何であんなところに突然出現するんだ」和響はインターフォンの受話器を叩き付いたように聞くと、先任指令官席からスクリーンを睨み上げた。オレンジ色のターゲットは、日本海中部の防空識別圏の内側にいきなり出現すると、斜め下の南東を向いて動き始める。「畜生っ、E2Cさえ日本海に出ていれば、こんなに接近するまで探知出来ないなんてことはないのに——！」

「先任。スクランブルを上げますかっ」

「当然だ。小松のF《エフ》をただちに上げろ！」


江守と連れだってエレベーターを降りると、中央指揮所の空間は、大暴落に見舞われたウォール街の証券取引所みたいに騒然としていた。

「どうしてあんなに接近するまで、探知出来なかったのです？」指揮所の階段を降りながら、葵は江守の背中に訊いた。「E2Cが出ていれば、もっと早期にコンタクト出来たはずだし、発進地も突き止められたのでは？」

見上げるスクリーンで、オレンジ色の三角形は、北陸の沿岸へ驚くほどの近さに接近していた。このままでは数分で、新沢県の海岸線へ到達しそうだ。先任指令官席で和響が「Fを上げろ、早く上げろっ」と可哀相なくらいわめいている。

「E2Cは、政治判断で出せないのだ」

江守が苦りきった声を出す。

「政治判断――?」

「鰻谷総理が、先週韓国への追加経済援助を安請け合いした。ところがとても払えない額だから、外務省が現在事務レベルで値切り交渉を実施中だ。E2Cは、日本海へ出動すればば竹島までをレンジに収める。『韓国サイドを刺激するから出動させるな』と官邸から命令されてしまった」

「そ、それでは、早期警戒機を我々は使えないと言うのですかっ?」

「外交交渉がまとまるまで、当分の間はな」江守はトップダイアスに着席しながら、葵に向かって空いている管制席の一つを指さした。「葵二佐。君は、日本の役に立つ人間だ。能力は活かせ」

「は――」

ためらっていると、怒鳴られた。

「君の仕事をするんだ。いいか、私がバックアップしてやる。この国を護るために戦え!」

宮崎県・新田原

南九州は、早朝から快晴だった。

日向灘に面した台地の上に、東西に伸びる滑走路を持つ新田原基地は、T4課程を終えた訓練生がF15Jへ昇格するための訓練飛行場であるが、もう一つ、飛行教導隊のホームベースでもある。

日本でただ一つのアグレッサー・スコードロンとして、全国の飛行隊の仮想敵役を務めながら空戦技術を指導して廻る飛行教導隊は、文字通り空自の全戦闘機パイロットを教え導く、最高の技術を有した集団だ。

今、新田原基地の教導隊エプロンに、採用評価試験の最後のフライトを終えたF15DJが次々に帰投して来る。今日は、次年度の教導隊新メンバーを選抜するための、評価訓練の最終日だった。

キュッ、と機首をお辞儀させるように停止した迷彩塗装の複座イーグルがエンジンを切る。その隣にも、ぴったりと編隊走行して来たもう一機の迷彩イーグルが停止する。二機は、空中でもそうであったかのように、地上走行にもエンジンの切り方にさえも一糸乱れぬ連係のリズムがある。

先に停止した深緑とグレーのF15DJから、一人の長身の男が降りて来た。機体の大きさと比較しても背の高いのが分かる。胸板も厚い。逆三角形の、アメフト選手かプロレスラーを想わせる体型だ。整備員に機体の状況を短く告げると、ヘルメットを手に歩き出す。

隣の黒とグレーのF15DJからは、浅黒い顔をした鋭い眼の男が降りて来る。こちらも長身だが威圧するような筋肉はなく、固さのない動きは和服の着流しに刀でも差したら似合いそうだ。

二人の飛行服の男は、列線の前で合流すると鋭い眼を見交わし、試合に勝った選手がやるようにパシッと片手を叩き合わせた。

「やったな」

「ああ」

二人は、連れだってオペレーション・ルームへ歩いて行く。その後から、試験フライトを終えた複座のイーグルが次々にパーキングして来る。しかしキャノピーを開けた途端、汗だくで倒れそうになるパイロットも見える。座ったまま呆然として、降りられない者もいる。

全国のF15飛行隊から、技量優秀という推薦を受けて集まったパイロットたちが、二週間にわたって素質を試される飛行教導隊採用評価訓練。その全てのプログラムが、今修了したところだ。だが参集した候補者のうち、教導隊に採用されるのは三人に一人だ。空自パイロットにとって教導隊メンバーとなるのは最高の栄誉だが、採用試験はブルーインパルスに入るより難しかった。

「俺たちのペアが、トップだろう」

「当然だ——

逆三角形の男の胸には『別所』、浅黒い男の胸には『村雨』とネームが付いている。二人とも階級章は一尉。飛行服の肩に縫いつけられているのは、小松第三〇七飛行隊の黒猫エンブレムだ。

「だが採用が決まっても、辞退して帰らなければならん。聞いただろう、〈特別飛行班〉の話」

「構わん。採用試験で一位が取れれば、それでいい」浅黒い顔の男は、鋭い眼で言った。

「〈特別飛行班〉は、実戦が出来るんだ。たとえ撃てなくてもな。俺はそのほうがいい」

髑髏《どくろ》のエンブレムを飾った飛行教導隊オペレーション・ルームでは、ただちに採用評価試験の成績が発表された。採用されたパイロットはその場に残り、されなかった者はそのまま装具をまとめて帰らなければならなかった。汗で飛行服を黒くした三十名の戦闘機パイロットたちは、固唾《かたず》を飲んで担当官の手もとを注視した。涼しい顔で座っているのは、別所と村雨の二人だけだった。

「では名前を呼ぶ。呼ばれた者は残れ。まず第三〇七飛行隊所属、別所一尉。それに村雨一尉」

逆三角形の男と浅黒い男は、視線を合わせると不敵に笑い、そろって「はい」と応えた。

「担当官。俺たちが最初に呼ばれたということは、トップ合格ですか？」

「まぁそうだ。別所九八・九ポイント。村雨九八・九ポイント。お前たちが今年の同率首位だ」

　担当官が成績を読むと、オペレーション・ルームにざわめきが起きた。

「お前たちは、合格しても小松へ返さなければならないのだが——教導隊としては不本意だ」

「うぬぼれるつもりはないが、歴代でも首位でしょう」努力したのだから当然だ、という風情《ふぜい》で村雨が言う。航空学生の採用試験で、尊敬する人物は宮本武蔵と答えた村雨は、暇さえあれば空戦のイメージ・トレーニングを居合《いあい》抜きの修練みたいにくり返していた。別所も同様だった。

「いいや。残念ながらな、お前たちは歴代では首位ではない」

　担当官は頭を振った。

「もっと高得点の合格者がいたというのですか？」

「六年間、破られていないが——九九・八ポイントで最高記録をつけた者がいた。文字通りの天才というやつだな」

「そんなパイロットが、教導隊に——？」

「残念だな、教えを受けたかった」

「いや。お前たちが教わることは出来ない。彼はもう、この世にいないのだ」あそこの写真だ、と担当官が後ろのボードを指さすと、全員が振り向いて見上げた。そこには歴代の成績優秀者が、課目ごとに写真付きで張り出されていた。真ん中の一番高いところに、黒いサングラスの顔がある。

「F15に乗り始めてわずか一年で、最高記録を取った男だ。〈飛行教導隊幻のトップエース〉と呼ばれている。先任の教導隊パイロットたちが、誰も彼にはかなわなかった。末は隊長になるだろうと言われていたが、訓練中の空中接触で、日本海に沈んでしまった。五年も前のことだ」

記録と顔写真を見上げ、全員がしんとなった。

「別所、村雨。お前たちは存命中の空自パイロットでは、おそらくトップクフスだろう。たゆまずに腕を磨いているのは良く分かる。しかし、フライトでは決して気を緩めるな。彼のように原因不明のまま死んでしまっては、何にもならないぞ」

「…………」

「…………」

第三〇七飛行隊から来た二人の一尉は、唾を呑み込んで五年前のその男の写真を見つめた。

小松基地

小松基地の地下防空指揮所には、要撃管制室の隣のオブザベーション・ルームに、〈演習評価システム〉が設置されている。

レーダーとテレメーターをリンクさせた〈演習評価システム〉は、洋上G空域で空戦訓練をする戦闘機の位置をスクリーン上に表示する。三角形の各機のシンボルには、機上からリアルタイムで送られる速度・高度・運動Gなどの飛行諸元と、選択されているレーダー火器管制装置《FCS》のモードが重ねられて表示される。コクピットからの景色こそ見えないが、フライトを知っている人間が見れば、居ながらにして戦闘の情況がつかめる仕組みだ。

今、情況表示画面の真ん中では、鷲頭のF15を表す〈LIGER《ライガー》〉というTACネームを表示した三角形に、〈TINK《ティンク》〉というネームを付した三角形が激しいGを掛けながら絡みついていた。漆沢美砂生が二本取られて下がった後、空域に乱入して鷲頭に挑みかかった鏡黒羽の機体だった。

「あっ、後ろを取られたぞ」

しかし戦況の展開に、スクリーンを見上げる月刀は拳を握りしめる。画面の二つの三角形は旋回しながら一瞬重なり合ったが、いったいどう機動したのか鷲頭の三角形が位置を入れ替え、黒羽の後尾に食いついてしまった。ロールやピッチの姿勢まで表示してくれれば、もっと戦闘の経過が分かるのに――と月刀は歯噛みした。

「おそらく、鏡がオーバーシュートしたんだ」

　火浦が月刀の横で顔をしかめた。

「鷲頭三佐の旋回半径は、理論値ギリギリまで小さくなる。シックス・オクロックに食いついたつもりでも、一瞬の油断で自分が前に出てしまう。俺も何度かやられたが、あれはあなどれない」

「くそっ。鏡、頑張れ！」

　立ち上がって観戦する二人の後ろで、団司令用の一段高い席にコーヒーを運ばせた楽縁台が、扇子を使って大きな顔を扇いでいる。

「うむ。さすがは元飛行教導隊の副隊長だ」

　鷲頭がたちまち黒羽の後尾を取ったのを見て、楽縁台は大きくうなずいた。

「はい団司令。鷲頭三佐にドッグ・ファイトで勝とうだなんて、あの二人には百年早いです」日比野は楽縁台の隣の幕僚席で、二人の女性パイロットを民間エアラインに就職斡旋するための書類を清書しながら言った。すぐに要るかも知れない。輸送航空団へ売り飛ばしてもいいのだが、空自の輸送機も最近女性パイロットが増え過ぎて、嫌な顔をされそうだった。ボールペンを走らせながら、「こらそこの二人、団司令が見えないぞ」と火浦と月刀に文句を言った。

その時、
ジリリリリリッ
防空指揮所の壁をいきなり震わせ、スクランブルの発進ベルが鳴り響いた。

『――報告します！』

天井スピーカーが怒鳴った。

『日本海上に国籍不明機《アンノン》出現。針路一五〇で急速接近中。小松第六航空団スクランブル！』

「な、何っ――!?」

日本海上空

黒羽は、自分は雲に誘い込まれるような馬鹿なミスはしないと思った。開いている空間を瞬時に見極め、ハイGヨーヨーを小さめに使って鷲頭の後尾に食らいついた。しかし旋回して逃げる鷲頭を追い回すうち、いつの間にか自分がつんのめるように前に出てしまった。

「く、くそっ」

『口ほどにもないな、鏡。食ってやるぜ』

後方に食いついた鷲頭が、舌なめずりするように言った。

そうはさせるか――――！　黒羽は猫のような眼でバックミラーの鷲頭機を睨みつけた。

（見ていろ、クイックロールでオーバーシュートさせてやる……！）黒羽は、旋回をやめて機を直線飛行に戻すと、バックミラーで鷲頭が真後ろについていることをチラッと確認した。

（――よし！）

逆転のチャンスだ。次の瞬間、黒羽は左手でスロットルをクローズすると同時に操縦桿をキュッと引きつけた。

機首がフワリと上がる。すかさず左ラダーを踏み込み、「えいやっ」と操縦桿を左へ倒す。黒羽のイーグルは浮き上がりざま、クルリと回転しながら急激に減速した。クイックロールだ。

追って来る鷲頭機は、黒羽の腹の下をたちまち追い越して前方へ飛び出して行くはずだ。そこをすかさず背後上方からロックオンすれば……！

だが、
い、いない……!?

（どこだ――？）

黒羽は、息を呑んで周囲を見回した。前方へつんのめって行ったはずの、鷲頭機がいない。

『甘いな、鏡』

「えっ」

振り返って、黒羽は切れ長の眼を円《まる》くした。

鷲頭機がそこにいた。真後ろだ。

し、信じられない……！

まさか自分がスロットルを絞った瞬間、同時に鷲頭がスピードブレーキで減速していたとは、黒羽は気づかなかった。機動に集中していて、後ろへの注意が一瞬抜けてしまっていた。相手は自分の前方へ飛び出すはずだと、信じ込んでいたのだ。

『スプラッシュ！』

鷲頭が気持ちよさそうに叫んだ。クイックロールで速度のおちた黒羽機は、狙い易い空中の的でしかなかった。

『悪いなぁ、鏡。お前の企みなんてな、排気の色を見てれば分かるんだよ』

は、排気の色――？

鷲頭は、黒羽機のノズルの排気が一瞬茶色くなったのを見て、スロットルを絞ってクイックロールに入ろうとしたことを察知したのだ。

『へっへっ、まずは一本だ』

黒羽から一本目を取った鷲頭は、『追いかけて来い』と言わんばかりに、腹を見せてブレークして行く。

「くそっ。待て！」

再び追う立場となった黒羽は、上下左右に機動して逃げる鷲頭機の後尾に、食らいついた。だが機関砲にロックオンしようとすると、何故かその度に狙いが外れた。鷲頭のF15はヘッドアップ・ディスプレーの中をゆるりとロールして行く。つかもうとすると、ヌルッと逃げられる感じだ。

「シックスを取っているのに――――！」

黒羽は歯嚙みする。鷲頭は、エネルギーを大きく消費するような機動は一切しなかった。空域のあちこちへ、引き回すように飛び回る。ゆるゆるとした1Gの機動をくり返す。決して姿勢はひとところに止まらず、速度もおちない。その後姿は不思議なくらい、ロックオン出来ない。ロックしようとすると、射撃軸線から微妙にズレてしまう。黒羽は舌打ちしながらついて行く。

「畜生っ」

のらりくらり逃げながら、鷲頭はどこかで一瞬で逆転する隙を狙っているはずだ……。

ついて行きながら、黒羽は鷲頭機のノズルにも注意を払った。

（排気の色、排気の色だ――クイックロールなんかに、引っかかってたまるもんか……！）

だが夢中になって追って行くと、いきなり周囲が真っ白になった。雲に入ってしまったのだ。

「うっ、見えない……！」

鷲頭が、わざと自らのノズルへ注意を向けさせようと計ったことを、黒羽は察知出来なかった。近くのノズルばかり見てついて行ったため、鷲頭が前方の雲に入ろうとするのに気づかなかった。

「くっ――」

薄い雲だったが、二秒間、目の前は白くなり、何も見えなくなった。黒羽は舌打ちしたが、すぐにイーグルは層雲を突き抜けた。視界が戻る。すると前方から、鷲頭機のテイルが魔法のように消えていた。

鷲頭がいない。

「な――ど、どこへ消えたんだっ!?」

前方には、何もなかった。

黒羽は、雲に入った一瞬の間に、鷲頭機がスピードブレーキを開いて急減速したとは知らなかった。目の前が見えなくなった二秒の間に、黒羽は鷲頭を追い越していたのだ。雲を使った作戦に、黒羽も引っかかったのだ。

『スプラッシュ！　悪いなぁ、鏡。今日はお前の背中にネギが見えるぜ』

真後ろで、鷲頭が笑った。

G空域北方上空

『悪いなぁ、鏡。今日はお前の背中にネギが見えるぜ』

航空自衛隊の周波数に合わせたラジオから、弾んだ声が流れ込んで来る。

「――――」

男は、猛禽のコクピットの左側操縦席で操縦桿を握りながら、ク――と薄く笑った。

周囲を灰色の層雲が包み、亜音速で進む猛禽の姿を深い霧のように隠していた。しかし、日本の防空レーダーに探知されたことは、右席のパッシブ電子戦システムの警告灯が教えていた。

「何がおかしい。〈牙〉？」

「クク。懐かしい声だ」

小松基地

「国籍不明機だと!?　接近のパターンはっ」

書きかけの書類をひっくり返し、防衛部長の日比野が要撃管制室へ飛び込むと、その後を追ってオブザベーション・ルームで鷲頭と黒羽の戦況を見ていたメンバー全員がなだれ込んだ。

「あっ、防衛部長。団司令も」

当直要撃管制官は、いつもはほとんど地下に降りて来ない楽縁台までが顔を見せたので、驚いて敬礼しながら答えた。

「アンノンは日本海中部に突然出現し、現在北陸地方沿岸部へまっすぐに接近中です。このままでは三分で領空に入ります」

「三分だと？　スクランブルは上げたかっ」

「はっ。ブロッケン・ワンおよびツー、ただ今ハンガーを出ました」

「領空侵入に間に合いそうか」

「分かりません」

「分かりません、だと！」

後ろで楽縁台が声を荒らげた。

「そんな近くにやって来るまで、探知出来なかったのか！　どういうわけだ」楽縁台は、要撃管制室の情況表示スクリーンを斜め下へ進んで来るオレンジ色の三角形よりも、スクランブルの発進が間に合わなかった場合の第六航空団の評価を気にしているようだった。

「説明しろ当直管制官」

「は、団司令。アンノンは、つい先程、洋上の一点に突如出現したのです。島も何もない海の上です。どこからやって来たのか、見当もつきません」

「見当もつかないだとっ？　発見が遅れた責任を負う部署はどこだ。ただちに調べろ。スクランブルが間に合わなくてもうちの責任じゃぁないぞ」

「団司令。それよりもあのアンノンへの対処が先です」火浦が割り込んだ。

「この近づき方は、　週間前のスホーイと同じだ。〈特別飛行班〉を出します。月刀」

「はい。千銘と福士がオペレーション・ルームで待機中です。すぐに上げます」

月刀が構内電話に飛びついた。

「〈特別飛行班〉、だと――？」

「はい司令。出すべきだと思います」火浦は進言した。「スクランブルの連中の応援として発進させ、追いつき次第、対処を代わらせます」

「しかし、今から出ても、追いつくのには時間がかかろう」

「やむを得ません。別所と村雨は新田原、鷲頭三佐は空域に出ています。〈特別飛行班〉でアラートのローテーションを組める態勢になっていませんでした」

「団司令。〈特別飛行班〉は、団司令の肝《きも》いりで設置した特別チームです。少し遅れても発進させれば、きっと成果を上げるでしょう」

日比野も同意したようにうなずく。

「うぅ〜ん」

しかし楽縁台は、大きな顔の造作を機械仕掛けの人形のように動かし、耳をぴくぴくさせた。

「この楽縁台の肝いりで設置した以上なぁ——初出撃から現場到着が遅れるというのはなぁ……」

「は?」

「は?」

訊き返す火浦と日比野の頭越しに、来年は航空幕僚長へ昇進出来るかも知れないという第六航空団司令は、情況表示スクリーンの日本海をチラリと見やった。オレンジ色の三角形が迫るコースのすぐ下に、大きな長方形の洋上G訓練空域がある。

総隊司令部

「先任指令官。アンノンの正確な針路予想を」

「はっ」

「防衛省本省へ事態を通報。韓国旅客機事件、尖閣諸島事件と同一の国籍不明機である可能性を、内局へ一応知らせておけ」

江守が矢継ぎ早に指示を出すと、管制卓の一つに着席した葵が、「司令?」と振り返った。

「司令、内局へ知らせるのですか」

わざわざ足を引っ張られる要因を作るのですか、と言いたげな葵に、江守は、

「もしも本土に空襲、というような事態になれば、住民避難などの対処に警察や各省庁の協力が必要となる。官邸とはかって省庁間協力の調整が出来るのは、内局だけだ。仕方がない」それより、と江守は葵の席に顔を近づけた。「葵二佐。君は、あのアンノンの今回の目的を、どう見る」

「尖閣のような、空襲の可能性ですか」

「そうだ」

「爆撃は、無いのではないかと思います」

「どうしてだ」

「今迫って来るあれが、やつだった場合ですが——あらゆるデータから総合して見ると、やつは日本の自衛隊を、正面から挑発して来る傾向があります。自衛隊の規定も知り抜いているようです。尖閣のような無人島ならともかく、日本本土に爆弾を抱いて急接近するようなことをすれば、明らかな『急迫した直接的脅威』とみなされ、現行法の範囲内でも現場指揮官の判断で撃墜されます。スホーイ24などでF15スクランブル機を手玉に取れるのは、憲法と自衛隊法を逆手に取っているからです。現場指揮官の判断でも撃墜出来るような真似を、やつがして来るとは思えません」

「うむ」

「こちらがまともに発砲出来るような口実は、簡単には与えないでしょう」

「では——今度はやつは、何をしに来た？」

「……分かりません」

葵は残念そうに頭を振った。

「司令、アンノンの予測コースが算出できました。スクリーンに出します」

和響が報告すると、前面スクリーンのオレンジ色の三角形の尖端《せんたん》から、ピンクの点線が伸び始めた。予測コースは、本州北陸の海岸線とほぼ直交するように斜め下へ向かう。接線を描いて近づくロシア偵察機などの飛び方でなく、まっすぐ侵攻するようにやって来るこのパターンは、一週間前の謎のスホーイと同じだ。

「東京には交わりません。まっすぐどこまでも延長しても、箱根の山中です。針路上に大都市はありません」

「先任指令官。予測コース上に何か重要施設が存在しないか、解析してくれ」

「分かりました」

「司令」

各航空団との連絡を担当する幹部が、専用回線の受話器を持って振り向いた。

「スクランブルを出した第六航空団から通報ですが――〈特別飛行班〉のF15を三機、アラート機よりも早く現場へさし向けるとのことです」

「〈特別飛行班〉――例のチームか」

「はい。第六航空団司令部の説明によると『このような事態もあろうかと、〈特別飛行班〉の戦闘機を三機、戦闘空中哨戒を兼ねて訓練空域に飛ばしていた』とのことです」

日本海上空・G空域

「――えっ!?」

訓練空域の入口で、雲を避けながら待機旋回していた美砂生は、ヘルメット・イアフォンに入った指示に耳を疑った。

『くり返す。〈空中戦闘適性試験〉は中止。ライガー・リーダーおよびスノーホワイト・ワン、ツーはただちに誘導にしたがってアンノンに対処せよ』

国籍不明機《アンノン》――？

「ど――どういうこと？」

北陸・新沢県沖上空

男は、空自の指揮系統の無線をスピーカーに出しながら、手動操縦で猛禽を飛ばしていた。

「クク――」

霧のような層雲が切れ、薄曇りの水平線上に、本州の海岸線と内陸の山々が黒っぽい線となって姿を現した。猛禽は可変翼を最後方へたたみ込み、五〇〇ノットの亜音速で進撃して行く。爆装していないクリーンな機体は、一本の太い灰色のくさびのような、鋭いシルエットだ。

「日本の迎撃態勢は、前よりも活発になっている。大丈夫か、〈牙〉」

女の問いに
「自衛隊法が変わったわけではない」男は頭を振った。その唇は、笑いの形に歪《ゆが》んでいる。

「航空自衛隊など敵ではないことに、変わりはない」

「〈牙〉。生還出来ないと分かった時は——」

女は手の中で、チャッとナイフを閃《ひらめ》かせるが、

「心配するな。クク——」

男は喉を鳴らす。黒いサングラスのその横顔は、笑っているように見えた。

「——賑《にぎ》やかになって来た。楽しくなりそうだ」

小松基地

「無茶苦茶ですっ」火浦が、要撃管制室の管制卓を叩いて抗議した。「団司令。よろしいですか、訓練機に実弾を積ませているのは、実戦と同じ重量バランスで訓練したほうが効果的だからという理由であって、スクランブル機の代行をさせるためではありません！」

「どこが無茶苦茶なのかね」

千銘・福士のペアではなく、G空域に出ている鷲頭・鏡・漆沢の三名に国籍不明機を追わせろと命じた楽縁台は、暑そうに扇子を使った。

「〈特別飛行班〉メンバーは、こういう時のために技量を見込んで任命したのだ。いつ何《なん》時《どき》でも、役に立ってみせてくれるだろう」

「司令、鷲頭三佐はともかく、鏡と漆沢は――」

月刀が詰め寄るが、

「あの二人とて、〈空中戦闘適性試験〉を君たち航空団パイロットの総意として受けさせてはいるが、司令部のコンピュータに素質を認められた優秀なファイターなんだろう」

「お、俺たちの総意――!?」

「漆沢はまだＴＲです、団司令」

そこへ、

『こちらライガー・リーダー。教えてくれ、接近中のアンノンは例のやつなのか?』

上空の鷲頭が、無線で訊いて来た。

「そうだ。かなりの確率で、あのスホーイだ。鷲頭三佐」

日比野がマイクを取って答えた。

『分かった』

日本海上空

「やつか……」

鷲頭は、マスクの中で小さく息をついた。

『鷲頭三佐。現在の装備で、対処は可能か？』

火浦の声が割り込むように訊いて来た。

『装備や燃料に不安があったら、無理をするな。千銘と福士を準備させている』

「対処可能か、だと――？」

馬鹿野郎が――大男はつぶやいた。

「俺のほかに、あの〈悪魔〉にかなうやつがいるっていうのかよ……」つぶやきながら鷲頭は、ヘッドアップ・ディスプレーの中で踊る黒羽のF15に急に興味を失ったように、操縦桿を中立に戻すと旋回をやめた。残燃料と機関砲の装備弾数をチェックする。燃料は一四八〇〇ポンド、機体重量四二六〇〇ポンド。バルカン砲の弾数七二〇。ただし、ミサイルはない――計器パネルに眼を走らせ一瞥《いちべつ》で確認すると、顔を上げて言った。

「大丈夫だコントロール。ただちに誘導しろ」

同時に前方を旋回して逃げる黒羽を呼んだ。

「命拾いしたな鏡。試験は中止だ、ついて来い」

『ライガー・リーダーおよびスノーホワイト・ワン、任務可能了解。ボギーへベクターする。ライトターン・ヘディング〇三〇、エンジェル二五〇』

『それからスノーホワイト・ツーは帰投しろ』

誘導する管制官の声に続き、火浦が宣告した。


「えっ——!?」

美砂生は心の準備が出来ていないまま、それでも指示が来たら旋回しようと身構えていたが、ふいに『帰れ』と言われたので思わず小松の方角を振り返った。

G空域の入口付近にはほかに誰もおらず、白い雲に囲まれた空中には自分一人だった。

「帰れって——どういうことです?」

『漆沢、お前はまだTRだ。スクランブル出動する資格がない。戻るんだ』

言われてみれば、その通りだった。

自分は新人だ。所定の任用訓練を済ませ、司令部からOR（オペレーション・レディネス：実戦要員）資格の認定を受けなければ、アラート任務には就けないはずだ。

「し、しかし——」

黒羽と編隊で上がったのに、僚機だけを単独で〈敵〉に向かわせろと言うのだろうか

鷲頭が言う例のやつとは、一週間前風谷を撃墜した、あの謎のスホーイのことなのだろうか。

美砂生は、〈FAIRY《フェアリ》〉と自分のTACネームをペイントしたヘルメットを振り、鷲頭機と黒羽機がいるはずの方角を見やったが、雲に隠れて二機とも見えなかった。

『ティンクは、ライガーの二番機につけて組ませる。どちらにしろ君は員数外だ。すぐに戻れ』

月刀が割り込んで指示した。

「でも、あたしだって、行けば何かの役に――」

『立たねえな、姉ちゃん』

鷲頭が空域のどこかから口をはさんだ。

『足手まといになるだけだ。さっさと帰んな。行くぞ鏡、左から俺のアブレストに着け』

黒羽が『ラ、ラジャー』と応えるのが聞こえた。今から黒羽が鷲頭の一番機となるらしい。確かに空中での行動は、二機単位が基本だ。三機単位の空中戦など聞いたことがない。

でも美砂生は、

『スノーホワイト・ツー。帰投コースへベクターする。レフトターン・ヘディング一八〇。ディセンド〇五〇。スクランブルの連中が急行している。すれ違う時ぶつかるな』

「は、はい」

管制官の誘導に従い後方へ機首を回しながら、胸の中がモヤモヤするのを抑えられなかった。黒羽だけが認められて、自分は役立たずだと言われた気がした。気がした、と言うか、その通りだった。黒羽の方が経験では上だから、仕方がないけれど――

「なんか、面白くないなぁ……」

G空域を背中にし、降下のためスロットルを絞りながら、美砂生はつぶやいた。

「……あたしより、あの子のほうが使えるって言うのかしら」

すっきりしなかった。嫌な男だったが、鷲頭が黒羽の方を選んだというのが気に入らなかった。資格のことよりも、闘って試した結果、あっちを連れて行くことにしたという感じだった。

でも、自分が鷲頭に対して黒羽の半分も立ち向かえなかったのは事実だ。今の自分が謎のスホーイに対峙《たいじ》したとして、おそらく何の役にも立たないだろうことも確かだった。鷲頭の言った『足手まとい』は、悔しいけれど正しいんだ――美砂生は唇を嚙んで、そう思い直した。

ふと、

『あなたのイーグレで捕まえて来ればいいじゃないですか』

降下するヘッドアップ・ディスプレーの向こうに、沢渡有里香の顔が浮かんだ。頬を機材の油で汚し、挑戦するような眼で美砂生を見つめて来る。

――『美砂生さん、イーグルに乗れるんでしょう。あの国籍不明機がまた現れたら出動して、あなたのイーグルで捕まえて来ればいいじゃないですか』

「やめてよ」

美砂生は頭を振った。

「そんなのまだ無理だよ……有里香。あたしにはずっと無理かも知れないよ」

鷲頭との二度の対戦は、〈戦闘〉にすらならなかった……。美砂生は、つい数分前の自分の闘いを思い出して情けなくなった。三本目を取られるまで『負け』は確定ではないが、自分にはとても〈特別飛行班〉のメンバーとなる腕などありはしない。

おとなしく帰るしかないか――飛行服の胸の谷間で、美砂生は汗が冷え始めるのを感じた。

航空総隊・中央指揮所

「司令。小松の〈特別飛行班〉二機に、スホーイを発見次第撃墜するよう命じましょう」

G空域にいた二機のF15が北東へ機首を向け、ここ中央指揮所の指揮下に入ると、葵は立ち上がって進言した。前面スクリーンでは、二つの緑の三角形がオレンジの三角形を斜め後ろから追撃する形だ。

「撃墜——?」

「はい。発見次第撃墜です」

葵がうなずくと、トップダイアスの江守の両横に着席していた航空総隊監理部長と運用課長が、『とんでもない』『と、とんでもない』という顔で腰を浮かせた。

「葵二佐、法的に無理ではないのか?」

江守は訊き返すが、

「いいえ司令。可能だと考えます」

「根拠はあるのか」

「はい。アンノンの目的はまだ判明しなくとも、今北陸沿岸に接近しつつあるやつのこれまでの行状を考慮すれば、本土上空に入れた場合、確実に国民に被害が出ます。ここは、の事態を〈急迫した直接的脅威〉と拡大解釈し　ただちにアンノンの『発見次第撃墜』を命じるべきです」

「ううむ――」

江守は、腕を組んで目を閉じた。

考え込むその顔を「司令」「司令？」と両脇から幕僚たちが覗き込む。左右に居並ぶ出世コースの幕僚の中には、すでに額に汗をかいている者もいる。事態を〈急迫した直接的脅威〉と拡大解釈――？　現場が法規を勝手に拡大解釈などしたら、どうなるか。たとえ結果的に正しくとも内局キャリアたちが喜ぶはずはない。面倒なことを言い出しやがって、と葵を睨みつける幕僚もいた。

「無茶なことを言うな、葵二佐！　現場で出来ることではない。だいたい君は今日の当直でもないのに、なぜそこに立っているかっ」

一人の幕僚が怒鳴りつけると、

「私は、日本の国と国民のために立っています。一佐は誰のためにそこにお座りですかっ」

葵はひるまず、立ったまま言い返した。そうだ。俺がこうして立ち上がって進言しているのは、日本のためなのだ……。そう思うと、不思議に上役たちが怖くなかった。

「こ、この若造……！」

幕僚が睨むと、葵は睨み返した。負けてはいけないと思った。その葵を応援するように、

「司令！」

背後から和響が叫んだ。

「アンノンの予測コース上の、〈重要施設〉が判明しました。左のスクリーンに拡大します！」

中央の情況表示スクリーンの左の補助画面に、北陸の海岸線の地形図がアップになった。新沢県の辺りのようだ。さらにグッと拡大される。南西から北東へ斜めに走る海岸線。真ん中に見える海岸沿いの施設らしいもの——その真上を、国籍不明機の予想針路を表すピンクの点線がシャッと斜めに通過すると、中央指揮所の全員がおおうっ、とどよめいた。

「げ……」

葵を睨みつけていた幕僚が口を開け、手からボールペンを取りおとした。

「……げ、原発だと!?」

日本海上空

鷲頭のＦ15は、中央指揮所の誘導に従い、洋上二五〇〇〇フィートを超音速で新沢沖へ

に背中を押されてマッハ一・四で雲中を突進するのは、

目をつぶって全力疾走しているようで、この大男でも気持ちが良くなかった。

『ボギー、ワン・オクロック。レンジ三〇マイル、エンジェル二四〇。リポート・インサイト』

「誘導はもういらねえ。レーダーでコンタクトした。指示された高度一五〇〇〇では雲中だ。視界がきかねえ。降下して雲の下に出る！」

アフターバーナーの振動に負けぬよう大声で要撃管制官に告げると、鷲頭は操縦桿を押して機首を下げた。

「ついて来い、鏡！」

衝撃波の筋を曳《ひ》き、鷲頭のイーグルは薄い層状の雲から下へ抜け出る。下方視界が開けて海面が見えて来る。左二マイル後方から黒羽の機体が続く。

『レーダーを使うのか――？』

黒羽が訊いて来た。こちらの接近を知らせないため、スクランブル機はなるべくレーダー電波を出さずに忍び寄るのがセオリーだ。しかし、

「やつは、俺たちの会話を聞いている。追尾されていることは、とうに知ってるさ。そうだろ」

最後の『そうだろ』は、誰に向けての言葉なのか分からなかった。

鷲頭のコクピットのレーダー画面には、機首に対して一時半の方向、二九マイル前方に

白い菱形が浮き上がって動いている。高度二四〇〇〇。速力五〇〇ノット。上層雲のすぐ下だ。

「ここまで入れちまいやがって——もうすぐ領空じゃねえか、畜生……！」

総隊司令部

「先任指令官。予測コース下の原発についての詳しいデータを」

「はっ。検索した結果を右の画面に出します」

前面スクリーンの右の補助画面に、海岸に面した原子力発電所の図面と詳細が呼び出される。

「東洋原子力発電・浜高第一原発。最大電気出力三六〇万キロワット、熱出力一二〇〇万キロワットの加圧水型軽水炉を三基設置。一九九八年に稼働を開始した、世界最大級の原発とあります」

和響が、自分の画面に呼び出した原発に関するデータを読み上げる。さらに——と続ける。

「さらに、浜高一号炉においては、我が国初の〈プルサーマル発電実用試験〉として、MOX核燃料の装入作業が——今朝から始められ……って、ちょっとまずいんじゃないです

なこれ」

中央指揮所の薄暗い空間が、音もなくざわめいた。右の補助スクリーンに投影されているのは、巨大なフジツボのような排気塔を擁する最新鋭の原発のサイド・ビューだ。施設全体の大きさは横一キロ掛ける縦一キロの正方形、排気塔の高さは一一〇メートルと表示されている。それが三つ。三つの塔のすぐ横には、ドーム状の原子炉格納容器の屋根がこれも三つ並んでいる。コメどころと言われる新沢県の海岸線に出現した、それは巨大な宇宙要塞かイスラム寺院のようだった。

「し、資料の通りならば、あの原発は現在、プルトニウム核燃料を搬入作業中です！」

和響が叫ぶと、

「――！」

「――！」

トップダイアスの幕僚たちが、左右から息を呑んで江守の顔を見た。誰もが、急降下爆撃されて撃沈されるイージス艦の最期の様子を目の前の原発図面に重ねているようだった。

でも、年かさでも昭和三十年代生まれの高級幕僚たちの中で、「アンノンを撃墜しましょう」と口に出して進言出来る者はいなかった。万一言いだしっぺになって、それが記録に残れば、もし何もなかった場合、自分の出世街道はそこで終わってしまう。かと言って原発が爆撃されたら被害は計り知れない。幕僚たちはたがいに顔色を窺《うかが》いながら、誰でもいいから他のやつが言い出してくれ――！　と祈っているようだった。

「国籍不明機、あと一分で領空に入ります！」

前面スクリーンのオレンジ色の三角形は、ズリッ、ズリッと海岸線へ近づいて来る。先任指令官席から和響が待ち切れぬように立ち上がり、江守を振り仰いだ。それと同時に管制官たち全員が、トップダイアス中央席の江守に注目した。

「――よし。墜《お》とそう」

江守が目を開いてうなずくと、左右の幕僚たちの大部分はホッとしたように息をついた。汗を拭く者もいた。総隊司令官みずからが言い出してくれたのだ。これで責任の大半は回避できる。

だが、来月統合幕僚会議委員として市ヶ谷へ栄転出来る予定の監理部長は、中央指揮所のヴォイス・レコーダーにわざと残るよう駄目押しをした。

「司令。しかし現時点での撃墜命令は、自衛隊法第八四条〈対領空侵犯措置〉の拡大解釈であり、必ずしも適法でない可能性もあります」

「――私はあと一年で定年だ、監理部長。明日辞めるのも来年辞めるのも、大した違いはない。全ての責任は私が取る。君は腹痛で寝込んでいて、聞かなかったことにしてよい」

「はっ。ははっ――」

監理部長は一礼しかけて、のけぞった。撃墜命令の責任は取りたくないが、こんな大事な時に腹痛で寝込んでいたことにされるのも困るのだった。

しかし江守はもう横を見ず、立ち上がって指示を待っている葵と和響に大声で命じた。

「この事態を、〈急迫した直接的脅威〉と判断する。ただちに〈特別飛行班〉に命令、アンノンを韓国機撃墜事件のスホーイ24と明確に識別出来た場合は、これをただちに撃墜させよ！」

「はっ」

「はっ」

日本海上空

「聞いたか、鏡」

中央指揮所の『発見次第撃墜せよ』の命令を復唱した後、鷲頭はバックミラーに視線を上げて、後方にぴたりとついている黒羽のF15を見た。

「兵装コントロールのマスター・アームスイッチを〈ON〉にしろ。ここからは本当の実戦だ。俺たちには機関砲しかねえが、目視確認が前提なら遠距離からの攻撃はどのみち出来ねえ」

言いながら鷲頭は自分の計器パネルのマスター・アームスイッチを〈ON〉に入れる。

これで実弾が出るはずだ。左手の親指で、兵装選択は機関砲モード。レーダーはACMモードにする。

『マスター・アーム、〈ON〉にした。頭の上が雲だ。上方からのバックアップは出来ない』

黒羽が応える。飛行する二機の頭上が二五〇〇〇フィートの上層雲の雲底だった。頭の上に灰色の天井があるみたいだ。通常の手順に従い、二番機がバックアップの位置につくことは出来ない。雲に入って一番機を見失ってしまう。かと言ってアンノンの下側から追いついて行くのは、空戦の常識として不利だ。

「仕方がねえ。水平スプレッドでついて来い」

鷲頭は指示した。頭上を天井のように押さえる雲のせいで、相手の後ろ上方という有利な位置も取ることが出来ない。ミサイルを持っているならともかく、相手を視認した上での機関砲射撃では、前が見えなくては話にならない。

やつの策か――？　鷲頭は舌打ちをする。

「くそっ。雲を利用するのは、俺だけの専売特許じゃなかったな……」

つぶやきながらスロットルを戻し、アフターバーナーを切った。もう増槽の燃料はカラに近い。これ以上の超音速は無理だ。

「バーナーを切れ。間もなく追いつくぞ―

その二六マイル前方を、男の操る猛禽は雲を掻き分けて前進していた。周囲はまだら模様に白い靄《もや》だ。二四〇〇〇フィートでも断続的に雲に入る。陸地——今回の偵察目標に近づくにつれ、雲底高度が垂れ下がって来る。南方には積乱雲もあるようだ。

「——」

だが男にとって、さほど問題ではない。一〇〇〇〇フィートの雲頂高度で海面を覆っていた下層の雲は消えている。真下にはグレーの海面。水平線上には陸地が黒い帯となって見え始めている。下さえ見えるなら、今回の〈任務〉に全く支障はない。

男は操縦桿をそっと押し、雲の天井に頭を擦り付けながら雲底に沿って降下した。間もなく沿岸から一二マイルの領空境界線を突破する。

「たくさんのレーダーに狙われている」

右席で女が言った。

「——」

男は相手にしない。

後方からAPG63レーダーで探知されていることを、右席のパッシブ電子戦システムが警告している。複数の地上レーダーサイト、少なくとも四機分の機載レーダーにこの猛禽は全身を嘗《な》め回されている。自分を追尾しているのが、小松基地所属のF15Jの編隊であることも、空自の交信を傍受していて男は知っていた。

「撮影の準備をしておけ、玲蜂」

男は静かに命じた。

「今の自衛隊の〈撃墜命令〉を聞かなかったのか、〈牙〉?」

女が問うと、男は「クク」と喉を鳴らした。

小松基地

要撃管制室の情況表示スクリーンには、新沢県沖の洋上空域が拡大投影されていた。訓練用のテレメーターを設定したままなので、鷲頭・黒羽機の飛行諸元はそのまま画面上に表示されていた。緑の三角形二つが、密集編隊でオレンジの三角形に追いすがって行く。

「鷲頭三佐が、間もなく追いつくぞ」

「『発見次第撃墜』の命令ですからね。今度は眼に物見せてくれます」

スクリーンを見上げる火浦と月刀の後ろで、楽縁台がせわしなく扇子を使った。

「撃墜命令なんて、総隊司令部がよく出したな」

「アンノンの針路上には、原発が立ち並んでいます。その危険を考慮したのでしょう」

日比野がうなずく。すでに〈特別飛行班〉として中央指揮所に差し出した二機は、小松要撃管制室のコントロールを離れている。画面の下の方からは、遅れて国籍不明機を追うスクランブル編隊のブロッケン・ワンとツーが北上して行く。鷲頭・黒羽機に遅れること五〇マイル、ちょうど帰投中の漆沢美砂生のスノーホワイト・ツーと画面上ですれ違うところだ。

「だけどなぁ。法的に問題ありそうだし、内局に知れたらただでは済まんぞ。江守司令はもう定年だからいいかも知れんが、この〈撃墜命令〉でコケる幕僚は一人や二人じゃないだろう」

「はい団司令。全く我々の指揮下を離れてくれていて、ホッとしますね」

総隊司令部

「し、司令」

腹痛で寝ていたことにしていいと言われた監理部長は、しかし江守の横に立ち上がって食い下がった。いくら総隊司令官が全責任を負うと宣言しても、ここで『拡人解釈』を断行したことへの責任は、どう見ても監理部長にもかかって来るのだった。

「司令、我が専守防衛の自衛隊としては、警告もせずに見つけ次第すぐ撃墜というのは、いかがなものかと思われます。ここは〈特別飛行班〉に一度くらいは警告をさせ、それでアンノンが黙って引き返すなら、今回はそれでいいではありませんか」

「監理部長、時間的に余裕がありません。警告の反応を見ている間に爆撃されたら――」

葵が下から口をはさむが、

「君は黙っていたまえ！」

一佐の監理部長は一喝する。

「ですが、これで引き返しても、やつはまたいつかどこかで悪さを――」

「うるさい、勘違いするな葵二佐。我々自衛隊は警察でも正義の味方でもない。自衛隊の任務は、日本国憲法の平和の精神にのっとり自衛権を行使することであり、悪を退治することではない！　だいたいアンノンが原発を爆撃するかも知れないというのは、ただの推測だろう」

「しかし――」

「待て」

中央の席で、ロダンの〈考える人〉のようになった江守が、顔をしかめてうなずいた。

「監理部長の言うことも、考えてみればもっともだ。要撃機に一度は警告をさせよう」

「司令」

「司令、ありがとうございます」

日本海上空

美砂生は、スクランブル発進して上昇して行く二機のF15とすれ違うため、いったん洋上へ避けさせられてから、再び小松への帰投コースに乗った。間もなく巡航から降下へ移るところだ。

『――ラ、ライガー・リーダー。こちらCCP』

美砂生のヘルメットのイアフォンに、やや慌てた管制官の声が入った。戦況を知りたくて、二つのチャンネルの一方を中央指揮所《CCP》の周波数にしてある。声は、その中央指揮所の方だった。

（何だろう……？）

プロの要撃管制官が慌てるところを、美砂生は耳にしたことがない。思わず聞き耳を立てた。

『ライガー・リーダー。命令を訂正する。まず警告を行え。くり返す、アンノンにはまず警告し、従わない場合のみ撃墜せよ』

『な、何だとっ？　やつはもう領空へ入る。並走する時間はほとんどないぞっ』

『くり返す。命令は訂正された。復唱せよ』

何やってるのかしら……？

美砂生は降下のために絞ろうとしたスロットルから手を離し、背後の空を振り返った。

『スノーホワイト・ツー。どうした、降下せよ』

下で見ている小松の管制官から、注意された。

「あ、了解。降ります」

新沢県沖上空

空自の指揮無線を傍受していた男は、「クク」とまた笑った。予期していたことが的中した、と言いたげな唇の歪め方だった。

「玲蜂」

「何だ、〈牙〉」

「俺は——今日も死なない運命らしい」

男はつぶやきながら、操縦桿を押して機首をさらに押さえた。頭上の天井のような雲底が、さらに低く下がって来る。ヘッドアップ・ディスプレーの高度表示は二〇〇〇を切った。前方に見えて来た新沢県の海岸線上空は、雲底一八〇〇というところだ。地上では、雨が降る寸前の曇り空だろう。

女を警戒させた『発見次第撃墜』の命令は、取り消されたようだ。

ならば、そろそろ追尾して来るスクランブル機のパイロットから、お決まりの〈警告〉が入るはずだが……。

『おい、そこのスホーイ』

男のヘルメット・イアフォンに、いきなり野太い声が響いた。ロシア語でも中国語でもなく、日本語のままだ。投げやりな言い方で、野太い声は怒鳴った。

『そっから先は日本領空だ。いい加減にしろ、この野郎！』

「クク――」

男は、また唇を笑いの形に歪めた。

「どうした、〈牙〉？」

「品のない〈警告〉だ……クク」

市ヶ谷・防衛省

登庁した長縄敏宏が、大臣室で一服していると、机上の赤い緊急電話が鳴った。

『府中の航空総隊司令部から緊急連絡です。国籍不明機が出現しました。日本海より新沢県の海岸線に接近中です。尖閣の爆撃事件と同じものである可能性も大きいとのことです』

報告して来たのは、内局の防衛局運用課長だった。

「わ、分かった」

長縄は、自分の座っている革張りの椅子が、またグラリと揺らいだような気がした。

「総隊司令部には、慎重かつ冷静に対処するよう、命じてくれ」

『第六航空団所属の〈特別飛行班〉要撃機が追いついて、これより警告にかかります。国籍不明機の針路上に原発があるので、警告に従わない場合は、武器の使用も有り得るとのことですが、よろしいでしょうか』

「げ、原発——!?」

長縄はそれを聞いた途端、椅子ごと後ろへ倒れそうな気がした。

「国籍不明機は、爆撃の装備をしているのか」

『それはまだ分かりません。要撃機が警告する時に、確認する手はずです』

「警告した上での撃墜というが、それは法的に問題はないのか？」

『長官。先週の尖閣のイージス艦のように、原発が爆撃されたらかないません。ここは、国籍不明機が爆装しており、警告を聞かずに領土へ侵入する動きを見せた場合は撃墜だろうと、内局でも決しました。つきましては、長官のご裁可を頂きたいとご連絡した次第です』

「う、うむ。それはいいが、後で法的に問題は生じないのだろうな」

『いやぁ、それはもう全然』

「そうか。それ――」

それだったら、と言い掛けた長縄の受話器を、横から小山崎秘書が手を出して送話口を塞《ふさ》いだ。

「いけません若」

「何をするんだ小山崎」

「若、駄目です。裁可などしては駄目です」

「どうしてだ」

「後で問題にされます」

「離れ島のイージス艦じゃなくて原発となれば、撃墜も仕方ないだろう」

「それはそうです」

「法的にも問題はないと言った」

「そこが問題です」

「どこが？」

「運用課長は、『問題ない』と言いましたか？」

問われて、長縄は秘書の手で塞がれた受話器を見下ろした。緊急電話は、大臣のブレーンも一緒に聞けるよう、執務室内にもう一台モニター用受話器がある。小山崎秘書は注意深く会話の内容をチェックしていたのだ。

「今、運用課長は『いやぁ、それはもう全然』と言ったのです。『問題ない』とは一言も口にしていません」

「し、しかし――」

「この緊急電話の会話は、記録に残るのです、若」

「――?」

「よろしいですか、若。実はこの小山崎、先週以来このような事態を最も恐れておりました」

「このような事態って――?」

「若。今、謎の国籍不明機に原発の爆撃を許したりしたら、防衛省の出世コースの内局官僚たちは全員おしまいです。だからと言って、みだりに国籍不明機を撃墜したりすれば、後から法的処置をめぐって野党や戦後民主主義系のマスコミが叩きに叩く。重箱の隅をつついて『違法行為だった』とわめくでしょう。そうなった場合も出世コースの官僚たちは危ない。官僚たちはそうなった時、『大臣が撃墜を命じた』と若に全責任をおっかぶせ、〈防衛大臣辞任〉で乗り切るつもりです」

ぼ、防衛大臣辞任――!?　ま、またか……!　長縄の顔から血の気が引いた。

「とにかくすればいいんだ小山崎」

「若、官僚たちはみんな東大卒です。頭で勝とうとしても無理です。ここはひたすら、地道に対抗するしか方法はありません」

「地道って――どうやるんだ」

「よろしいですか、絶対に言質《げんち》を取られてはなりません。連中は録音しています。何を訊かれても言われても、『憲法と自衛隊法に厳正にのっとり、適切に処理してくれたまえ』これしか言っちゃあ駄目です」

「わ、分かった」

長縄は、こめかみから汗を一筋垂らしながら、再び受話器を耳に当てた。

「あ、ああ済まん。話は何だったかな運用課長」

『はい。ですから、国籍不明機に対する武器使用のご裁可をお願いします』

「あぁ運用課長。そこはだね、憲法と自衛隊法に厳正にのっとり、適切に処理してくれたまえ」

『大臣。内局では、国籍不明機が爆弾を抱えていた場合、領空侵入と同時に撃墜するか、原発に向けて急降下を開始した時点で撃墜すべきかで議論が分かれ、混乱しています。ここは大臣の武器使用のご裁可がぜひ必要です』

「あぁ運用課長。そこはだね、憲法と自衛隊法に厳正にのっとり、適切に処理してくれたまえ」

『いえですから大臣、現行自衛隊法では、国籍不明機が原発に向けて急降下を開始し爆弾をリリースするところまで確認しないと撃っては駄目だと解釈主張する向きもあり、ここはぜひ大臣が「対領空侵犯措置というのは法の精神に照らしてこう解釈するんだぞ」との見解を述べられたうえでご裁可くだされば、現場としても混乱せずに済むのですが。ぜひご裁可を』

「あぁ運用課長。そこはだね、憲法と自衛隊法に厳正にのっとり、適切に処理してくれたまえ」

『あのう大臣。ですから、自衛隊法の解釈についても内局や現場で意見が分かれておりますので、この緊急事態に臨んではぜひ大臣に指導力を発揮して頂き、組織をまとめて頂きたいということなのですが』

「あぁ運用課長。そこはだね、憲法と自衛隊法に厳正にのっとり、適切に処理してくれたまえ」

『大臣。私ども内局官僚五百名は、キャリアもノンキャリアも「今こそ大臣ご出馬の時だ」「自由資本党の新しいリーダー長縄大臣ならばきっと混迷の事態に強靭《きょうじん》な指導力で道を示してくださる」と期待し、待ち望んでいるのです。大臣、あなたは男だ！　どうか今こそ、力強いご裁可を！』

「あぁ運用課長、そこはだね、憲法と自衛隊法に厳正にのっとり、適切に処理してくれたまえ」

『……大臣。あなたは録音機ですか？』

「あぁ運用課長。憲法と自衛隊法に厳正にのっとって、とにかく適切に処理してくれたまえ」

　プツッ
　緊急電話は向こうから切られた。

　長縄は執務机に肘をつくと、うつむいて「ううぅっ」とうめいた。

「ば、馬鹿と思われた……。俺は今あいつに、馬鹿と思われたぞ。畜生っ」

新沢県沿岸上空

『ククク――相変わらず品のない警告だ』

　鷲頭が後方からその機影を目視で捉えたのと、無線にその声が入って来たのはほぼ同時だった。警告した鷲頭に、灰色のスホーイ24は日本語で応えたのだ。

「な、何者だっ。貴様！」

　鷲頭は雲の天井に沿って降下しながら、切れ切れの水蒸気の中を飛ぶスホーイの後姿を睨みつけた。雲底高度が低くなって行く。一八〇〇〇フィートから上は全て雲だ。

『我々は〈亜細亜のあけぼの〉——人民の味方、正義の使者だ』

クックッ、とスホーイの操縦者は喉を鳴らす。

「ふざけるんじゃねぇ、馬鹿野郎っ」

鷲頭は操縦桿の発射トリガーを、一段階引いた。ガン・カメラが作動し始め、ヘッドアップ・ディスプレーの真ん中に浮かぶ機影をVTRに録画する。トリガーをもう一段階引き絞れば、機関砲が作動する仕組みだ。

鷲頭の機は灰色のスホーイの真後ろ一マイル半に占位し、さらに近づいていた。ACMモードのレーダーはすでに眼前の機影にロックオンし、機関砲の射撃諸元のデータを表示している。ヘッドアップ・ディスプレーの中で、次第に大きくなる機影は四角いコンテナに囲まれ、その上に百円玉くらいの照準レティクルが重なっている。円環のレティクルには時計のような目盛がついていて、標的との測定距離を示している。今一〇時の位置を切ったから、後姿の機影まで一〇〇〇フィート弱だ。シルエットが次第にはっきりして来る。幅が狭い。可変翼を最後方へたたみ込んでいる。

確かに、電子戦偵察タイプのスホーイ24だ。

しかし、爆装はしていない……。鷲頭は機影の主翼と胴体下を素早く確認した。飛行教導隊の副隊長まで務めた鷲頭には、増槽と爆弾の区別くらいつく。灰色の機影は、爆弾は

抜いていない

　鋭いシルエットは雲底に沿って降下して行く。その遥か向こうに、新沢の海岸線が見えて来る。機影に眼の焦点を合わせているから、その向こうの景色は淡い水墨画のようだ。視界の左右一杯に黒い海岸線が浮かび上がって来る。

「〈亜細亜のあけぼの〉だと？　ふざけやがって！　貴様の目的は何だっ」

『原発の爆撃ではない。ただの偵察さ――鷲頭三佐。クク、今でも三佐なんだろうな』

総隊司令部

『き、貴様は誰だっ!?』

　警告に入った〈特別飛行班〉の編隊長機パイロット――ライガー・リーダーの怒鳴り声が、中央指揮所の天井に響き渡った。

『ククク――見当はついているんじゃないのか？　あんたのことだ』

『貴様……』

　日本語……？　確かに日本語だ。管制官たちが顔を見合わせる。〈亜細亜のあけぼの〉と名乗る国籍不明機が日本語でしゃべるのを、総隊司令部の幹部や隊員たちはこの時初めて耳にした。

「空自の指揮周波数だぞ。くそ、ふざけやがって」

和響はマイクを取ると、通信に割り込んだ。

「ライガー・リーダー。CCP先任指令官だ。アンノンに警告をせよ」

『貴様、貴様は……』

『クク――当ててみろ。飛行教導隊副隊長』

『何』

「勝手な会話をするな、ライガー・リーダー！　アンノンに警告し、状況を報告せよ」

小松沖上空

『き、貴様……。その、人をコケにしたような気色悪い笑い方は――』

ククク、と相手のパイロットが笑うのを、美砂生はヘルメット・イアフォンの中で聞いた。

『そうさ鷲頭三佐。ひさしぶりだ』

冷たいその〈声〉は、楽しげにうなずいた。

（何だ――この声は……？）

美少尉は、降下するイーグルのコクピットから、思わず左斜め後方を振り返った。一〇見えるはずもなかったか」鷲頭は〈声〉の主を灰色の空に捜し求めた。

次の瞬間、鷲頭が怒鳴った。

『や――やはり貴様かっ。見城《けんじょう》！』

小松基地

『やはり貴様かっ。見城！』

鷲頭の怒鳴り声がスピーカーに響いた。

『まさかと思ったが――貴様生きていたのか!?』

鷲頭に問われ、スホーイの操縦者は『ククク』と笑った。

その笑い声を見上げ「今何と言った？」「何と言いました？」と火浦と月刀が顔を見合わす。

新沢県沿岸上空

Ｆ15二機に追尾されながら、灰色のスホーイは海岸線へ迫って行く。

「き、貴様――どこに居やがった⁉　空中接触事故の後、五年もどこに隠れていたっ」

『ククク――さぁな』

「ようし。ふんづかまえて訊き出してやる。あの事故の原因もだ。さっさと着陸しろ！」

　鷲頭は吠えた。

『断る』

「ならば撃墜するぞ。警告に従わなければ撃墜する命令が出ている」

『出来るのかな』

「何だと」

『俺は、たった今領空へ侵入したが、爆装はしていない。これで〈急迫した直接的脅威〉と呼べるのか？　鷲頭三佐』

『ライガー・リーダー、ＣＣＰだ。状況を報告せよ。アンノンの識別は。爆装はしているのか』

「アンノンの機種はスホーイ24だ！　国籍マーク、識別標識は一切なし。爆装などしていないが、こいつは爆弾よりも危険だ！」

総隊司令部

「確認する。アンノンは爆装無しか？」

『爆弾もミサイルも持ってない。やつは偵察仕様のフェンサーＥだ。領空に侵入したが、強制着陸に応じない。警告に従わないのでこれより撃墜する』

爆弾もミサイルも無い──そう聞いた瞬間、トップダイアスがざわっと動いた。

「司令！」

監理部長が、江守の席にぶつかるように身を乗り出した。

「司令、まずいです。丸腰の偵察機の水平飛行では、〈急迫した直接的脅威〉になりません！」

「う、うむ……」

「すぐに撃墜命令の取り消しを！」

「監理部長、待ってください。爆弾・ミサイルがないからと言って、非武装とは限りません。本土上空をあのように飛ばして良いのですかっ」

「黙れ葵二佐」監理部長は進言する葵を睨みつけると、汗を拭くのも忘れて江守に食い下がった。

「司令、〈急迫した直接的脅威〉が生じる前に撃墜すれば、過剰防衛となり防衛省自衛隊は国民の非難にさらされます。ここは〈特別飛行班〉にアンノンを説得させ、強制着陸させるか、領空外へ追い出しましょう」

「う、うむ――」

「待ってください監理部長。やつは機関砲を持っているはずだ。やられた空自のF15四機は、全て機関砲で墜とされています。やつは百発百中です。極めて危険ですよ！」

「国民への〈直接的脅威〉が認められない限りは、警告して追い出すか着陸させるのが本当だ。撃つのが自衛隊の仕事ではない！」

「いいえ。やつが韓国旅客機撃墜事件と尖閣諸島爆撃事件の犯人だとすれば、懲役五年以上の凶悪テロ犯に相当します。スクランブル機にも適用される警察官職務執行法七条によれば、逃走を防止するために相当な範囲で武器が使えるはずです！」

「何を言うか、前の二つの事件と搭乗者が同じだという証明が出来るのかっ。駄目だ駄目だ！」

「じゃあどうすれば良いと言うのですかっ」

「原発爆撃がないのなら、いつものスクランブルと同じだ」

「アンノンが偵察型だということは、近い将来の原発爆撃に備えた偵察ミッションかも知れない。ならば立派に〈直接的脅威〉じゃないですかっ――

[illegible]マスコミにそう説明してみろっ、納得させてみろ」

「あなたが考えてるのは自衛隊の体面ですか、日本の安全ですかっ」

「黙れこの若造！」

「何ですかっ」

真ん中に江守を挟んで、監理部長と葵は怒鳴り合いを始めた。

「危険な国籍不明機が五〇〇ノットで侵入しているというのに、あなたはここでこんな議論をしているのが不毛で馬鹿馬鹿しいと思わないんですかっ」

「うるさい黙れっ。お前のような若造は内局へ上申して奥尻島へ飛ばしてやる！」

中央指揮所は全スタッフが二人の幹部の言い合いに注目し、一瞬、機能が停滞してしまう。

「し、司令」

和響が振り向いて叫んだ。

「撃墜命令は、いかがいたしますかっ」

新沢県沿岸上空

中央指揮所が混乱して何も指示出来なかった十数秒の間にも、灰色のスホーイ24は領空へ侵入して飛び続け、ついに海岸線の上空へ達した。

灰色の電子戦偵察機は、可変翼を最後方の六九度から中間位置の四五度へ開くと、速度を減じながらさらに降下して行った。

鏡黒羽は、黙ってついて行った。鷲頭の一番機がスホーイを追尾して降下するので、自分も編隊位置をキープしながら後に続いた。高度が下がったので頭上の雲から離れる。黒羽は降下しながらやや鷲頭よりも上方へ出て、基本通りのバックアップ・ポジションにつくことが出来た。

「この辺りは……?」

黒羽は、スホーイが撮影ミッションと思われる四〇〇ノットの水平飛行に入ったので、自分もコクピットの横から真下を覗いた。

(何だろう……発電所か)

スホーイの日本語をしゃべる操縦者が『原発の爆撃ではない』と口にしたのを思い出した。

『待ちやがれ、この野郎!』

鷲頭のF15が、わめきながらスホーイを追尾して行く。さっき、『見城』とか言ったか?　何のことだろう。まるで鷲頭とテロ機のパイロットは、知り合いみたいじゃないか

（あの[illegible]あんたに熱くなるのか――初めて見た……）

黒羽は操縦桿を握りながら、鷲頭がいつ撃墜命令を実行するのだろうかと身構えていた。

『クク、撃たないのか。早くしないと命令を取り消されるぞ』スホーイの操縦者が揶揄《やゆ》する。

『う、うるさいっ』鷲頭は怒鳴り返す。その声に、微妙な焦りが感じられた。何故だろうか。舌なめずりしながら女の子二人を空戦機動でねじ伏せた時の、あの迫力は消えている。追っているのは鷲頭の方なのに、逆に追いつめられているように見えた。

『鷲頭三佐。顔を知っている人間を殺すのは、常人には難しい。仕方がない。あんたは人殺しの兵士ではない』

『黙れっ』

『普通の自衛隊員に人殺しは出来ない。あんたに俺を墜とすのは無理だろう』

う――と鷲頭が詰まるのが聞こえた。

『俺には出来たがね……自衛隊にいた頃』

『――何だと？』

『五年前』

フッ、とため息をつくようにスホーイの操縦者は言った。

『五年前……。生沢は、俺と空中衝突したんじゃない。俺が墜としたのさ』

『何っ』

『亡命するのに、邪魔だったんでね。あの時』

『き──貴様っ！』

『さて原発の写真は、撮らせて頂いた。会えて嬉しかったよ、鷲頭さん。じゃあな』

　黒羽は、鷲頭機の前方に浮かんでいた可変翼機がまるで挨拶するように翼を振るのを見たが、

（──!?）

　次の瞬間、眼をこすった。

　シュッ、と可変翼機が目の前からかき消えたのだ。実際は、主翼を三五度に開きながら左九〇度バンクを取ったスホーイが、急激に旋回半径を縮めながら向きを変えたのだが、「あっ──！」と思って左を見た時には、鋭い影はすでに黒羽の真横をすれ違い、後方へ消えていた。

『ま、待ちやがれっ』

　鷲頭が機動した。機首を思い切り引き起こす。インメルマン・ターンをやる気だ。水平旋回ではタイミングの後れを取り戻せない。一八〇度向きを変えるならこの方が速い。黒羽も機首を上げ、スロットルをミリタリー・パワーに叩き込んで後を追う。

（格闘戦のロックオンが外れた）もう一度（ACMモード）黒羽は自分の風防の右側の枠の上に鷲頭のF15の左翼端を重ねるように宙返りしながら、レーダーのモードを入れ直す操作をする。

曇った天地が逆立ちする。さっきの訓練空域同様、水平線が分からない。周りじゅうがグレーのモヤッとした空間だ。薄明るいが、昼間じゃないみたいだ。宙返りの頂点。鷲頭が宙返りをやめ、背面からクルリと水平姿勢へ戻る。黒羽もワンテンポおいて水平に戻す。天地が元に戻る。

「どこだ……？」

いた。

前方、下──いや上昇しているのか。灰色のスホーイの背が見える。可変翼は中間位置に開いたままだ。主翼はたたみ込んでいない。何だ、加速して逃げる気が無いのか……？

鷲頭がたちまち追いつく。いや、追い越しかける。相手の速度が思いのほか遅い。鷲頭機の背中でスピードブレーキが立つ。黒羽も左親指をクリックしてブレーキを立てる。ガクンと減速するが──駄目だ追い越した。スホーイが右上方の後ろへ消える。なんて遅いやつだ！　首を回して後ろを見る。背後に回られる。気持ちが悪い。どうするんだ鷲頭──？

『くそっ。バーナー入れろ。いったん離脱だ！』

小松沖上空

『もう一度後方へ回り込んで再エンゲージだ!』

鷲頭の叫びが、美砂生のイアフォンに響いた。

『馬鹿野郎っ、ポジションを崩すな、鏡!』

「闘っている……!?」

美砂生は、後方の曇った空と、ヘッドアップ・ディスプレーの向こうに見えて来た小松基地の滑走路を見比べた。間もなく着陸のためのトラフィック・パターンに入る。

あのスホーイと――闘っているのか。鷲頭三佐と黒羽の二人が……。

『スノーホワイト・ツー。チェック・ギアダウン。クリア・フォー・ビジュアルアプローチ。民航のYX221が先に進入中だ。注意せよ』

「ラ、ラジャー」

新沢県沿岸上空

黒羽は鷲頭に続いて大きな円を描き、ふたたび水平飛行で逃げるスホーイの後尾に接近

（こいつは――本当に逃げているのか……？）

まるで追いつくのを待ってくれていたように、灰色のフェンサーは中間位置の主翼はそのままに雲底のすぐ下を飛んで行く。

（こいつ――）


「〈牙〉！」

猛禽の右席で、女が抗議した。

「なぜ全速で逃げない。今回の〈任務〉は原子力発電所の空中撮影だ。航空自衛隊と闘うことではない」

「闘うのではない」クク、と男は笑った。

「遊んでやるのさ。ただし、生きて帰す保証はしないが――」

男は黒いサングラスの視線を、バックミラーに上げた。後方から二機のＦ15が接近して来る。

「――ククク」

市ヶ谷・防衛省

「我慢するのです」

国籍不明機は爆装していないという報告が来て、今回は辞任に発展するような危機にはならないかも知れなかったが、内局官僚に馬鹿にされたと思った長縄敏宏は、自己嫌悪に陥っていた。

執務机で「畜生、俺は馬鹿みたいだ」とつぶやいているその長縄に、小山崎秘書は言った。

「我慢するのです、若。この先も若が大臣でいられるためには――」

「小山崎。大臣でいたければ役人や国民たちから『馬鹿だ馬鹿だ』と言われても思われても、我慢しろと言うのかっ」

「若――閣僚に就任なさって三十余日、そろそろ大臣というものの本質にお気づきになるべき時ではないでしょうか」

「本質だと……?」

「よろしいですか、若。日本政府の大臣というものは、誰がなっても務まります。そして、いつも数か月で辞めてしまいます。すぐ次の人に代わりますが、またすぐに辞めます。でミトスの行政は滞りなく動いているし、郵便は届くし電気はつくし石油は入って来るし、餓死者も出ません」

「何が言いたい？」

「つまり、日本政府の組織における大臣の役割というのはです、端的に言えば、政府を支える官僚たちが不始末を犯した時に『責任を取って辞めること』なのです。『辞めること』こそが、大臣の一番大事な仕事です。在任中に利権が使えて儲かるのは、その〈役目〉に対する報酬でしょう」

「小山崎。お前この国を動かしているのは官僚で、俺は辞めることが仕事の消耗品だと言うのかっ」

「残念ながら」

「ば、馬鹿にするのもいい加減にしろ！　俺は民主主義の選挙で選ばれた代議士だぞっ」

「代議士はいろんな方法で簡単になれる場合がありますが、キャリア官僚は東大か京大を出ないと絶対になれません。どちらが日本の役に立つのかと言えば、どっちかと言えばやっぱり――」

「お前は俺をコケにしたいのかっ？」

「いえ。そのようなことはありません」

先代から長縄家に仕えているという老練な秘書は、唇を結んで白髪頭を振った。

「私は、若にそんな苦境にも耐え抜いて、消耗品にしようとする官僚たちにも負けず、立派に大臣を務めて頂きたいのです。一日も長く――」

「……耐えろって言われてもなぁ……」

長縄がため息をついた時、机上の外線電話がリンと鳴った。

小山崎秘書は受話器を取ると、しょげかえる長縄に「若。北武新重工の魚水屋会長でございます」と差し出した。

こんな時に何だ、と二世議員は受け取る。

『毎度どうも大臣。魚水屋でございます』

電話の向こうでしわがれた声がお辞儀をした。

「あぁ。あんたか――今度は何だ」

『どうもこのたびは、新沢県の沿岸上空に国籍不明機が出現したそうで、ご大変でございます』

「あんた――何でそんなこと知ってるんだ？」

長縄はのけぞった。

『私どもの業界は、情報の速さが命でございます』

「命でございますって、今現在起きてることがどうして分かるんだ!?」

『それは企業秘密でございます』ひひひ、と老経営者は笑った。『つきましては大臣』

「な　何だ」

『今回のことにつきまして、ちょっとその、重要なご相談が――』

新沢県沿岸上空

黒羽は鷲頭のF15の後方一〇〇〇フィート、広がり三〇度の円錐に入るファイティング・ポジションをキープして、雲底の真下を飛ぶ灰色のスホーイに再度の接近を試みた。スホーイの後姿は可変翼を中間位置にして、ゆったりと前方を直線飛行して行く。まるで異国の領空へ不法侵入しているのを忘れているかのようだ。

(遅いな――いったい何ノットで飛んでいるんだ)黒羽は一番機のポジションで後方からスホーイに接近しながら、自分たちの速度ではまたオーバーシュートしてしまうと思った。再びロックオンするまで相手の速度は分からないが、かなり遅い……。ついさっき見せた、身をひるがえす機動の鋭さを考えると、こいつはわざと遅く飛んでいるとしか思えない。まるで領空から逃げて行く気がないみたいだ。偵察写真を撮るのが目的だとか言っていなかったか――？　なぜ逃げないんだ。

接近が速過ぎる。ここはエネルギーを優位に保つため、ハイGヨーヨーを掛けて上方からかぶさりたいところだが、すぐ頭上が雲だ。そんなことをすれば、さっき美砂生のバカが引っかかったのと同じ罠《わな》にはまってしまう。

「どうするんだ、鷲頭」

『うるせぇっ』

鷲頭も逡《しゅん》巡《じゅん》していたのか、黒羽に言われたのと同時にスピードブレーキを開いた。それを見た黒羽も同時にブレーキを立て、スロットルを絞って減速する。これで同高度、ほぼ同速度での真後ろからの接敵となる。エネルギーの優位は捨ててしまった。前方に見えるスホーイに対して、F15の編隊は、エンジン推力以外にアドバンテージがなくなった。

それにしてもやつは遅い。スロットルを絞ってスピードブレーキを引いても引いても、まだ前進の勢いが死なず追いついて行く。いかにイーグルの空力性能が良いのか、思い知らされる。ACMモードのレーダーが、あらためてスホーイをロックオンする。鷲頭の一番機が右前方すぐそこに浮かんでいる。気をつけないと鷲頭機をロックオンしそうな位置だ。黒羽は左の人差し指でスロットルについたIFF質問ボタンを押し、ロックしているのが鷲頭ではなくスホーイだと確認しなくてはならなかった。その間に、鷲頭は狙いをつけた灰色の電子戦偵察機に呼びかける。

『見城っ！　おとなしく強制着陸に応じろ』

『フ、断る』

『貴様こそ日本人の血が流れているんだろうっ。なぜ外国のテロ組織に味方をする』

『日本人――知らないな。嫌悪すべき血だ』

『こんなことをして何になる。どこの国に亡命したのか知らねえが、悪魔のような独裁者に奉仕するだけなんじゃねえのかっ。目を覚ませ！』

『何を言う。米軍の核兵器にただで護ってもらい、平和憲法だ戦争放棄だなどと馬鹿な嘘をつき、亜細亜の人民を搾取《さくしゅ》し続けるお前たちこそ悪鬼だ』

『黙れ。降りねえなら、撃つ！』

そこへ、

『ライガー・リーダー、ＣＣＰより命令変更。撃墜命令は解除。くり返す、撃墜は許可しない』

中央指揮所が割り込んだ。

『何だとっ』

『アンノンは爆装していない。これより本件は通常の〈対領空侵犯措置〉として対処する。当該機に警告し、領空外へ退去させよ』

『こいつは逃がしたら危険だ。撃墜させろっ』

『ライガー・リーダー、撃墜は不可。規定上出来ない』要撃管制官は苦しそうにくり返した。『撃墜は不可だ。規定上許可出来ない』

『馬鹿野郎っ、規定で日本を護るんじゃねえ！』

『クックック――』

スホーイの操縦者は笑った。

「クク――愚者の集団め。お前たちがどれほどの役立たずか、教えてやろう、航空自衛隊」

男は、バックミラーの中に浮かぶ二機に宣告すると、左手で可変翼制御レバーに手を掛けた。

「何をする!?〈牙〉」

「ハーネスをきつく締めておけ、玲蜂。行くぞ」

黒いサングラスの下の頬をククッと楽しげに歪めると、男は右手で操縦桿を右へ倒し、機体をロールに入れると同時に制御レバーを一杯に前へ押した。

天地がひっくり返った。コクピットが回転する。同時に凄まじいGで頭の上に海面がかぶさり、女は姿勢が理解出来ず「うぐっ」と悲鳴を上げた。

灰色の猛禽は、溜めていた力を解放するようにクルッと回転し背面になると、同時に最前方へ広げた可変翼の揚力増加に引っ張られ、下方へと『跳躍』した。

黒羽は何が起きたのか分からなかった。前方二〇〇〇フィートに浮いていた灰色の可変翼機が、急にひっくり返り腹を見せるとフッと目の前からかき消えたのだ。

（何っ――!?）

し、下かっ――？　やつは下方へ瞬間移動のように消えた。機首の下に隠れて見えなくなった。まずい。自分の腹の下は完全な死角だ――！　目の前で鷲頭機がロールして背面になった。下方へ消えたスホーイを捜すためだ。同じことを考えた黒羽も操縦桿を倒し機体をひっくり返し、頭の上となった海面方向を見ようとするが、その時すでにスホーイはクルクルとロールしながら急激に減速し、後方へ吹っ飛ぶように消えていた。

「――――」

男は、凄まじいGのくり返しの中で静かに微笑しながら、針の穴を通す精確さで猛禽の運動をコントロールしていた。男の手が操縦桿を戻す。連続するロールが止まり、天地の回転がやむと、目の前のやや上方に背面になろうとする二機のF15のテイルが嘘のような無防備さで浮いていた。東シナ海で一機のイーグルを撃墜した時のクイックロールを、男は今度は下向きに行ったのだ。

「ク――」

男のヘッドアップ・ディスプレーに、背面になってこちらを捜し始めたF15の機体の一つが浮かんでいる。男は無造作に操縦桿のトリガーを引いた。

ブヴォッ

猛禽の機首下面で、二三ミリ機関砲が唸った。

灼けた砲弾の束が前方へしなう鞭のように伸び、F15編隊の一番機のすぐ下を払った。

「今のはわざと外した、助かりたければ逃げろ」

黒羽が背面で頭の上を捜そうとした途端、後方から真っ赤に灼けたアイスキャンディーのようなものが列をなしてヴォッと横をすり抜けた。火線は鷲頭の一番機をかすめ、前方の空間へ抜けた。

(う、撃たれた——!?)

鷲頭が『うおぉっ』と声を上げ、反射的に背面のまま機首を下げスプリットSの機動に入った。黒羽も操縦桿を引いて続く。二機はそろって機首を海面に向け、離脱降下に入る。

「今のが、そばで見る砲弾なのか……!」

不意打ちを食らった……! あんなのんびりした飛び方から、とんでもない機動をして来た。

あなどれないやつだ。とにかく一度離脱しなくては……。やつから離れる必要がある。この態勢から逃げるのなら下方一八〇度旋回は確かにベストだ。鷲頭の咄嗟《とっさ》の判断は正しい。やつがこちらを追おうとすれば、いったん背面にならなくてはならない。その分こちらは離脱距離を稼げる。

　空戦のセオリー通りにいったん離れる。鷲頭機に続いて黒羽は逆おとしに降下する。先を行く鷲頭は、さっきからああしろともこうしろとも言わない。何も指示されなくても自分はついて行けるが、あの美砂生のバカは、駄目だろうな。こんな時は一発ではぐれるだろうな――後ろ向きに宙返りの後半のような軌跡を描きながら、黒羽はちらりと思う。あいつ……無事に基地へ帰ったかな……。

（あたしがもしも死んだら――あいつ一人で苛《いじ》められるのかな……。根性なさそうだし）

　黒羽は心の中でつぶやきながら、鷲頭機に続いて緩降下姿勢から水平へと機首を起こして行く。高度は海面上五〇〇〇フィート。ずいぶん低くなった。アフターバーナーに点火、とりあえず加速してエネルギーを確保する。

『――やつはどこだっ？』

「分からない。見えない――うっ!?」

　周囲を見回して、背後に目をやった時、黒羽は信じられずに目を見開いた。真後ろだ！編隊を組むような近さに、可変翼の機体がいた。

「あ、あたしのシックスにいる！」

　どうやって張り付いたんだ――!?

　ククク――と黒羽のヘルメット・イアフォンに含み笑いが入って来る。

『二番機のパイロット。こんな低高度では、主翼を広げたスホーイの方が遥かに旋回性能はいい。覚えておくことだ』

「くそっ」

だが加速力では問題にならない。二機はたちまち後方へとスホーイを引き離す。後ろから今にも撃たれる気がするが、砲弾は飛んで来ない。

『逃げるのか鷲頭三佐——？　クク、一度くらい俺に勝って見せる気はないのか』

代わりに揶揄された。

『——野郎！』

黒羽の右前方すぐのところで、鷲頭がアフターバーナーを切った。どうして加速をやめるんだ、と意外に思った黒羽はスロットルを絞るのが遅れ、一番機よりも前方へつんのめって出てしまう。こういう時は加速力を利して離脱し、遠くで態勢を立て直すのがセオリーなのに。

「何するんだ、鷲頭？」

『小娘はどいてろ』

鷲頭機は二番機を置いてきぼりにして右急旋回に入った。黒羽は遥か前方へ取り残される。

「鷲頭——!?」

小松基地

要撃管制室。

「鷲頭三佐がスホーイと巴戦に入るぞ！」

スクリーンを見上げて月刀が叫んだ。

「挑発に乗ったのか」

旋回する緑の三角形を見上げ、火浦が唇を嚙む。

「あんな低空低速域では、推力の差があまり出ない。イーグルといえど、優位には立てないぞ」

「しかしいくらなんでも、あの鷲頭三佐が電子戦偵察機なんかに格闘戦で負けませんよ」

「そうだといいんだが――」

新沢県沿岸上空

「待ちやがれ、この野郎！」

鷲頭機は灰色のスホーイと巴戦に入った。たがいに旋回しながら、相手の後尾を取ろうとする古来からの空中戦だ。先に後方から相手に機関砲を撃ち込んだ者が勝って、生き残る。

曇った海面上の低空を、二機の戦闘機はグルグルと回った。コーナー速度で旋回する鷲頭と、可変翼を開いたスホーイは旋回半径では互角だったが、F15の方が優速のために旋回角速度が大きく、次第に間合いを詰めてスホーイの後尾に食いついて行く。

『〈特別飛行班〉ライガー・リーダー。撃墜は許可されない。くり返す、発砲は出来ない』

レーダーで見ている中央指揮所は制止するが、

「俺はさっき撃たれた。自分が撃たれたんだから、この闘いは正当防衛だ！　文句言うな」

鷲頭は無線に吐き捨てる。大男は旋回のGに歯を食いしばり、ヘッドアップ・ディスプレーの中で照準レティクルに囲まれた可変翼機のテイルを睨みつける。

「仲間を撃ったと言ったな!?　貴様正気なのか、見城っ」

『日本人などいくら死んでも構わない。亜細亜ではお前たちのせいで毎日もっと死んでいる』

「貴様も日本を護るために自衛隊にいたはずだ」

『闘う能力《ちから》をつけるためだ。日本など護る気はなかった。国民がみんな自衛隊は要らないと言っている国をなぜ命がけで護る？　馬鹿馬鹿しくないか、鷲頭三佐』

「た、黙れっ」

機影にガン・クロスが重なり、シュート・キューが表示された。撃てば当たる……！

「さんざん俺たちをコケにしやがって。あの世へ行けぇっ、見城！」

大男は逡巡を断ち切り、指に力を込めた。

だが鷲頭が二段トリガーを引き絞るのと同時に、主翼を最前方に開いたスホーイは双発のテイル・ノズルから茶色い排気を吐いた。同時に機首をキュッと引き起こし上方へ浮き上がり、バルカン砲の射線を逃れる。またクイックロールか——？　しかし主翼をすでに最前方へ開いているスホーイは、最早主翼急展張の効果を使えない。ただスピードブレーキを開いてロールするのみだ。

「お見通しだっ」

鷲頭は機関砲を外したのを気にせず、すかさず自分もスピードブレーキを引くとスロットルを絞り機首を上げ、同じようにクイックロールの機動に入った。今度のスホーイの動きは平凡だ。同じように減速し同じ機動を取れば、鷲頭が後尾を押さえた位置関係は変わらないはずだ。

「そんな技で、俺のケツが取れるかっ」

『ククク——そうかな』

「何？」

次の瞬間。鷲頭は機体をロールさせながら理解出来ない現象を眼にしていた。同じようにアイドルパワーでスピードブレーキを使い横転しているのに、可変翼のスホーイは並んだ位置から次第に後方へ下がって行く。ついには鷲頭のF15の後尾についてしまう。

「な——」

いったいどうしたのだ。

『あんたのイーグルは、洗練され過ぎてるのさ』

「——何だとっ」

『〈減速性能〉では、こちらが上なんでね——悪いがあの世行きは、あんたの方だ』

「くっ」

鷲頭はすかさず、あの鏡黒羽を欺瞞《ぎまん》したつかみどころのないロール運動に入ろうとするが、

『無駄だ——俺の見越し射撃はごまかせない』

「わ、鷲頭——！」

黒羽が急いで戻った時には、鷲頭の機体は後方至近距離から直撃弾を受けていた。

『う、うぎゃぁああっ』

「鷲頭っ！」

小松上空

『――うぎゃあぁあぁあっ』

美砂生は、小松基地の滑走路へ向けて機体を降下旋回させながら、その悲鳴を聞いた。

やられた……!?

「この声は――鷲頭三佐？」

続いて
『――わっ、来るな。来るな！』

黒羽――？

この声は黒羽か？　美砂生は思わず、降下旋回中のイーグルの風防から北の方角を見やった。

小松基地

「鏡、逃げろ。早くそいつから逃げろ！」

月刀は管制卓からマイクをひっつかむと叫んだ。スクリーンでは鷲頭のF15のシンボルが消え、緑の三角形は黒羽の二番機だけだ。それもオレンジの三角形に後ろから襲われている。

鷲頭の脱出や生死を確かめることも出来ない。黒羽が追われている。

「救難ヘリを出せ、急げっ」

日比野が構内電話に金切り声で怒鳴る。

「鷲頭三佐は、やられたのか」

「分かりません。団司令」

火浦は腕組みして頭を振る。

「やつは至近距離から撃った可能性があります」

「鏡っ。早く逃げろ!」

月刀が叫ぶ。

その横で、当直要撃管制官がスクリーンの下の方を指さす。

「ただ今、後続のスクランブル編隊が現場に到達します! ブロッケン・ワンとツーです」

総隊司令部

鷲頭機が格闘戦の末に撃墜される模様は、総隊司令部でもモニターされていた。

「撃墜に、間違いないのか」

「はい司令。レーダーから機影が消えました」

く──と強く唇を噛んだ江守に、さらに管制官の声が追い討ちする。

「司令、スノーホワイト・ワンがアンノンに追われています。追い回されています！」

小松基地

「鏡っ、全力離脱だ。加速しろ、直線加速ではそいつはついて来られない！」

沿岸を離れ、洋上へ向けて逃げる黒羽の三角形に、月刀は怒鳴った。しかし黒羽の機を表すシンボルの横のデータは、いっこうにアフターバーナーの点火を表示しない。速度も四〇〇ノットから逆におちて行く。

「何してる、速度をおとすな。追いつかれる！」

「月刀一尉、駄目です。あれを──」

「なにっ」

当直管制官が指さす基地気象レーダーの画面を一瞥し、月刀は「な――」と絶句した。

画面が赤い。新沢県の沿岸沖合に、真っ赤な斜め帯状のエコーがべったりと横たわっている。午前中に小松沖を通過した、寒冷前線の積乱雲だ。

「ラ――ライン状積乱雲!?」

「追い回されながら洋上へ出て、沖合を北上中の寒冷前線に突っ込んだ模様です」

「くそっ、これでは速度を出せん！」

月刀は管制卓を叩いて唸る。

「鏡三尉は逃げられないのか？　火浦二佐」

「駄目です団司令。積乱雲の中は壮絶な乱気流です。アフターバーナーなど点火すれば機体が分解してしまいます」火浦が眉をひそめる。「速度をおとし、Gを掛けないようにして雲を脱出するしかありません」

「なんという場所へ迷い込みおったのだ」

「迷い込んだんじゃありません。あれは、巧妙に追い込まれたんです」

日本海上空

「くそっ――――！」

黒羽にはどうしようもなかった。

鷲頭を墜としたスホーイは、すかさず黒羽の機を次の獲物に選んだ。目の前でイーグルが撃墜される光景を眼にしてのけぞっている隙に、灰色の可変翼機はどこかへ消えていなくなり、あっと気がついた時には黒羽の六時方向に食らいついていた。

黒羽がどんな機動をしても、後方一〇〇〇フィートからぴったりと離れない。振りほどこうと機動すればするほど黒羽は速度を失い、逃れられなくなった。どこを飛んでいるのかも分からなくなり、後ろを気にして夢中で逃げ廻るうち、突然雲に入ってしまったのだ。

「くっ――駄目だ、加速出来ない」

ガクガクッ、ガクッと上下に揺さぶられ、黒羽はマスクの中で舌を嚙みそうになる。酸素マスクの乾いたエアで喉がカラカラに灼け、Gでショルダー・ハーネスが肩に食い込む。歯を食い縛らないとヘッドアップ・ディスプレーの数字が読み取れない。ひどい乱気流だ。姿勢が保てない。おまけに風防の窓枠に氷が張り付き始めた。黒羽はスロットルを絞る。ロックオン警報がピーピーと鳴って敵機に追尾されていると教えるが、積乱雲に突っ込んだら速度をおとすしかない。バーナーなんか点火したら機体が分解する。くそっ、やつはまだ追って来る。レーダーで黒羽の機体を捉えて追尾して来る。この乱気流が、やつは平気だというのか——!?

『ククク——反撃してみろ二番機。お前は俺に撃たれた。正当防衛が使える』

「うぅっ、くそ」

『どうした。それとも、飛ぶのがやっとなのか』

クク、と声は黒羽のヘルメット・イアフォンで笑った。

『ならば、殺してやろう。嬲《なぶ》りものにされ死んで行く気分を味わえ』

「〈牙〉——!」

女は激しく上下にがぶるコクピットの右席で、ショルダー・ハーネスにしがみつきながら男を怒鳴りつけた。

「無駄な戦闘だ。やめろ!」

うぐっ、と舌を噛みそうになる。女は声を振り絞る。

「この雲を隠れ簑《みの》に離脱しろ。帰投するんだっ」

「黙れ」

男は無表情に、前を向いたままだ。

「[illegible]」

男は無造作にトリガーを引く。

その右腕に、ハーネスを外した女が肘を打ち込んだ。ガチッと音がして女の飛行服の肘は操縦桿ごと男の腕を弾き上げた。男の手を離れた操縦桿が躍り、猛禽の機体は煽《あお》られたように機首を上げて乱気流に捉えられ、次の瞬間ロールしてひっくり返った。発射された数十発の機関砲弾の束はわずかに軸線が逸れたが、そのまま前方の雲の中へ吸い込まれた。

ズガガッ！

激しい硬質のショックが後方から襲いかかり、黒羽の右肩から背中を激しく打撃した。

黒羽は思わず右手を握りしめ「ぐぁあっ！」と悲鳴を上げた。無意識に押された操縦桿の送信ボタンが、悲鳴と衝撃音を電波に載せた。

小松基地

「鏡」

「鏡っ」

「鏡三尉」

月刀と火浦と日比野が同時に叫び、月刀が管制卓のマイクをひったくった。

「鏡！　大丈夫かっ」

「日比野二佐、月刀。ここを頼む。俺は上がる」

　火浦は言い残すと、だっと要撃管制室のドアを蹴破って階段へ走った。「くそ、今から上がっても無駄骨かも知れんが――」つぶやきながら地上へ駆け上がるとそのまま飛行装備室へ飛び込み、ヘルメットとGスーツを棚からひったくってまたドアを蹴破り、F15の機体が並ぶエプロンの列線へ出るため通路を突っ走った。ところが反対側から階段を駆け降りて走って来た管制隊の先任幹部に「あっ、火浦二佐。ちょうど良かった！」と止められた。

「ちょっと待ってください。火浦二佐！」

「止めるな、急いでるんだ」

「止《と》めてください、お願いです」

「緊急事態なんだっ」

「緊急事態なんです。何とか引き止めてください」

　先任管制幹部は大汗をかいて懇願した。

「お願いですから、止めてください」

「いったい何を言ってるんだ」

小松基地管制塔へ駆け上がると、ガラス張りの管制室の向こうに日本海の曇天が広がり、当直の若い管制幹部がマイクに呼びかけている。

「リターンバック・トゥ・ベース。アイ・セイ・アゲイン。リターンバック・トゥ・ベース！」

「何事だ？」

「あっ、火浦二佐。お願いします。『どうしても行く』ってきかないんです」

振り向いた管制幹部は、マイクを差し出した。

「きかないって、誰が——？」

管制塔のスタッフたちが、全員で展望ガラスの遥か向こうに小さくなる機影を指さした。

「スノーホワイト・ツーです」

「漆沢三尉です」

「着陸しないで、行っちゃいました」

総隊司令部

「スノーホワイト・ワン、スノーホワイト・ワン！　聞こえるか応答せよ。こちら中央指揮所」

担当管制官が、悲鳴を上げたF15のパイロットを必死にコールしている。緑色の三角形は、まだ空に浮いているようだが応答はない。

「監理部長！　あなたが『撃墜命令を取り消せ取り消せ』と強硬に主張したからこんなことに」

「何を言うかっ、あのF15がやられたのと撃墜命令の取り消しに、因果関係はない！」

トップダイアスの下と上とで、葵と監理部長が怒鳴り合う。

「いいか、〈特別飛行班〉の一番機は自分からつっかかって行ってやられたのだ。あのパイロット個人の責任だ。勝手な行動で戦闘機を一機駄目にしおって。重大なミスだ！」

「冗談じゃない。孤立無援で空に上がっているのに、『撃墜しろ』『いや警告してからだ』『いややっぱり撃墜するな』これじゃ現場のスクランブル機のパイロットはどうすればいいんですかっ。彼らは空中で目の前の敵機と戦ってるんだ。将棋の駒じゃないんだ、生きた人間なんですよ！」

「馬鹿者。自衛官ならばいついかなる時といえど、命令と規定に厳格に従うのが当たり前である。命令と規定を厳格に守らせ正しく実行させるのが監理部長の責務だっ。守れない者は厳しく指摘し処分しなければならない。あの一番機のパイロットは生きて帰ったら懲

「文句あるかっ」

「やめないか、二人とも」

江守が、頭痛を我慢するように額に指を当てながら言った。

「君たちに責任はない。総隊司令部のオペレーションにおける混乱の全ての責任は、私にある」

「司令」

「し、司令。しかし」

「先任指令官」江守は顔を上げて和響に訊いた。「小松からの後続スクランブル編隊は？」

「はっ。現場付近に到達しておりますが、積乱雲のためアンノンに接近出来ません」

前面スクリーンには、新たに二つの緑の三角形が現れ、オレンジの三角形を斜め後方から追尾する形になっている。小松のブロッケン・ワンと、ツーの二機だ。情況表示スクリーンは、気象に関するエコーは取り除いて表示するので、現場空域の雲の様子はここでは分からない。二つの緑がオレンジの六マイル後方より近づけないでいるのは、そこに積乱雲があるためだろう。

「アンノンと、追われているスノーホワイト・ワンは、現在雲中におり目視確認不可能。しかしレーダーでは位置を捉えており、追尾中とのことです」

「スクランブル機が装備しているミサイルは、サイドワインダーだけだったな？」

「はい司令。短距離ミサイルＡＩＭ９Ｌを二発です。熱線追尾方式で、射程は三マイルです」

言ってしまってから、和響は『しまった』という顔をした。要らぬ講釈だった。

「よし。ブロッケン編隊にこのまま追尾を続けさせ、積乱雲を出次第、短距離ミサイルによりアンノンを撃墜させせよ」

「は――はっ」

和響が一礼して先任指令官席に着きかけると、監理部長が「ちょっ、ちょっと待ってください！」と制止した。

「駄目です司令。出来ません」

「何がだ」

疲れた顔を我慢強く引き締めた江守が訊く。

「司令、後発のスクランブル機にアンノンを撃墜させることは出来ません。現在アンノンに向け発砲する資格を有しているのは、追われているあの緑だけです。後ろの緑二つは、攻撃出来ません」

「スノーホワイト・ワンは銃撃され、やられかけているのだ、監理部長。援護が必要だ」

「[illegible]が、[illegible]。〈対領空侵犯措置〉の規定では、この場合正当防衛で

[illegible]撃たれたら逃げている先頭の緑だけです。後ろからついて来る緑二つは、まだ撃たれも何もしていないのですから、オレンジを撃つことは出来ません。出来るのはせいぜい警告射撃ですが、それも規定の手順にしたがって音声警告を決められた回数行い、それでもアンノンが言うことを聞かなくて領空に入りそうな場合でなければ出来ません。見ればあそこの四つはすでに新沢沖の領空は脱し、洋上の訓練空域の方向へ向かっているではありませんか。したがって厳密に言えば警告射撃も駄目です。出来ません」

「しかしこのままでは、スノーホワイト・ワンは撃墜されてしまうぞ」

「それは分かりますが、仕方がありません。先頭の緑が助かるためには、自分で反撃してアンノンを倒すしかありません」

「反撃出来るのなら、とうにしているだろう」

「それはそうですが、やられているからといって援護は出来ません。これは防衛出動ではなく、個人の正当防衛しか認められない〈対領空侵犯措置〉です。したがって正当防衛以外でアンノンを攻撃していいのは、国民に対する〈急迫した直接的脅威〉が発生した場合のみです」

「監理部長！　やつは凶悪テロ犯ですよ。凶悪テロ犯が機関砲を乱射して人殺しをしようとしている時に、犯人を撃っちゃいけないのかっ」

葵が口をはさむが、

「駄目だ。規定では撃てない」

「規定、規定って――」

「待つんだ。二人とも」

江守は言い合いを制して、前面スクリーンを顎で指した。

「見ろ。あの四機の進行する遥か前方の洋上には、民間機の往来する国際航空路が走っている。このままでは我が国の民間旅客機にも被害が出る恐れがある。したがって目の前のこの事態を、私は〈急迫した直接的脅威〉に準じて取り扱うべきだと考える」

「航空路はだいぶ遠いです、司令。これも拡大解釈ではないのですか」

「我が国の民間機に被害が出たら、どうなる」

「そ、それはそうですが――」

監理部長は視線をさ迷わせた。

「全責任は私が取る」

江守は言い切ると、視線を上げ和響に命じた。

「先任指令官。撃墜命令だ」

号令を受けて全管制官が仕事にかかると、江守はコンソールに両肘をつき、脂まみれになった前髪をかき上げた。疲労の蓄積で、さしもの空の男も姿勢を保つのが難しくなって
まずい。このままではまずい――と自分に言い聞かせながら江守は前面スクリーンを

アンノンに追われながら緑の三角形が西へ逃げて行く。寒冷前線の積乱雲の帯は幅が狭い。じきに抜けるはずだ。

「間に合えば良いが……」

日本海上空

「何をする玲蜂っ」

木の葉のように揉まれた猛禽の機体は、男が操縦桿を握り直すと奇跡のようにぴたりと姿勢を取り戻した。しかし灰色の雲の中を上下に揺れ続けるのは収まらない。着氷警告灯も点き始めた。

「う――」

男に張り倒された女は、ヘルメットの脇から長い黒髪をはみ出させてうめいた。

「馬鹿な真似をするな、玲蜂」

「馬鹿な真似はお前だ〈牙〉！　大事な〈旭光作戦〉をふいにするつもりか」

「あいつらにやられるつもりはない」

「〈牙〉」

女は、唇の端から紅い筋を曳きながら、男を睨みつけ手の中にチャッとナイフを閃かせた。揺れるコクピットの中で、男の顔に向けて突きつける。

「自分が怪我をする。しまえ」

「帰投するんだ」

「目の前のあれを墜としたら帰る。心配するな」

「く、くそ――」

黒羽は、激痛の走る右腕で躍り上がる機体をコントロールしていたが、限界に近づいて来た。

腕に力が入らない。

出血はしていない。どこをどうやられた――？　分からない。機体はどうなっている？　さっき右側から激しい衝撃を受けた。被弾したのだろうか。まだ飛んでいられるのは、致命傷ではなかったからか。右エンジンに排気温度オーバーの警告灯が点いている。排気温度九六〇℃？　スロットルに反応しない。高圧タービンの冷却が出来ないのか。あるいは燃料コントロールユニットをやられたか。ブレードが溶ける前に止めなくてはならないが、片発止めたら確実にやつにやられる――くそ、この積乱雲はどこまで続くんだ。

あの警告していた、あいつの声は聞こえない。コックオンの警報も一時的にやんだ。

『スノーホワイト・ワン、スノーホワイト・ワン、聞こえるか』

「聞こえてるけど、送信ボタンが痛くて握れないよ」黒羽はつぶやく。顔をしかめ、左手で右の二の腕を押さえる。「骨は折れてない……」大丈夫。まだあたしは大丈夫だ。そうだ、苦痛がなんだ。神経が騒ぐだけじゃないか。これくらいで死にはしない。

浅黒い肌の女性パイロットは、歯を食いしばりながら灰色の空間の向こうを睨んだ。

ここを抜けるんだ。抜けなくては――

着氷で機能を半分失ったヘッドアップ・ディスプレーの向こうから、激しい水蒸気の濁《だく》流《りゅう》は容赦なく押し寄せ、小さなF15をガクガクッ、ガクッと跳ね上げるように翻弄《ほんろう》した。しかし左エンジンはまだ正常に回っている。電圧も油圧もおちてはいない。

「――あたしは」

痛む右腕から左手を離し、黒羽は飛行服の胸元の小さなロケットを握り締める。

「あたしは死なないわ――省吾さん……」

小さくつぶやきかけた時、機体がゆさゆさと上下に強く揺さぶられ、それを最後にパッと周囲に青空が広がった。帯状積乱雲を向こう側へ突き抜けたのだ。黒羽のイーグルはもくもくした固体のような雲の塊から吐き出されるように放り出され、空中を回転した。

「――くっ」

痛みをこらえ、黒羽は操縦桿を回転と逆方向へ取って機体のロールを止めた。と同時に、ヘルメット・イアフォンに『ククク』とあの笑いが響いた。

（やつかっ――？）

振り向く。いた。左後方、上だ！　可変翼機が同じように雲を突き抜け、青空に浮いている。陽の光を遮《さえぎ》り、かぶさるように浮いている。

『――無事だったか。褒めてやる。だがお前の命もあと三秒だ、二番機』

「黙れっ」

怒鳴り返しながら黒羽は操縦桿を押して機首を下げ、機体をダイブさせた。背後は雲だ。スプリットSもインメルマン・ターンも使えない。このまま飛べばやられる、まっすぐに降下させてバーティカル・シザーズで振り切るしかない――！

グォッ

機首が真っ逆さまに下を向く。

目の前が海面だけになる。Gがかかる。血液が下がる。腕が痛む。痛い。痛い――！

「くそーっ！」

『戻れ漆沢！』

「[illegible]取りに行きます」

美砂生のイーグルは、すでに小松のトラフィック・パターンを離れて洋上空域へ向け上昇していた。目の前はさっき飛んだばかりのG空域だ。

あたし——何故こんなことをしてるんだろう。

自分でも、美砂生は不思議だった。

黒羽の悲鳴と衝撃音がイアフォンに響いた時——滑走路を目の前に着陸寸前だった自分は、何故かスロットルを入れ直して機首を上げていた。下ろしていたギアのレバーを〈UP〉にしていた。イーグルの機体は美砂生の操縦にしたがって着陸をやめ、再上昇した。進入復行を目にした管制官から『どうした、何かトラブルか？』と訊かれた時は、一瞬どう応えていいのか迷った。

もう一度空域へ出ます、と返答したら『降りろ』と言われた。それはそうだ、追加の飛行訓練許可は取っていない。

でも構わずに昇った。訓練生時代から模範婦人自衛官として品行方正にやって来た自分が、何をしているのだろう——？　と思った。でも、何故かは知らないけれど、胸の中で何かが『行け』と囁《ささや》いたのだ。美砂生の中で眠っていた何かが、その時むくりと身を起こして勝手に手と脚を動かしたような感じがした。管制官には制止されたが、上昇を続けた。

『馬鹿を言うな漆沢。戻るんだ』

火浦は言った。

「でも」

『こら漆沢』

月刀の声も入った。地下の要撃管制室にも報告が入ったのだろうか。

『君が行ったところでどうにもなるかっ。やられるだけだぞ、戻れっ！』

「で、でも――」

美砂生は言い返す。

「――あたしだって、行けば何かの役に」

『立たない』

『立たない！』

ひどい言われ方――美砂生はムッとした。

『漆沢。さっきの試験で、実戦はまだ無理だと分かっただろう』

『鏡はまだやられていない。現在ブロッケン・ワンとツーが、アンノンにエンゲージしている。撃墜命令も出ている。救援は連中に任せろ。君は戻るんだ。邪魔になるだけだ』

市ヶ谷・防衛省

「な――何だと!?」

長縄は、執務室の外線の受話器を握り直して、兵器メーカーの会長に訊き返した。

「重要な相談って、何を言うかと思えば……。何を考えてるんだあんたは！」

『いえいえ。ですから大臣――』ひっひっひ、と三百年くらい山奥の古寺で生き永らえて来た妖怪みたいな声音を出し、老経営者はあくまで低姿勢を崩さずにくり返した。『――ちょっとそのう、何ですね。今スクランブルに出ているF15ですね。四機だそうですが、これ、出来れば全部撃墜されてくれますと助かるのですが――というお話です。出来れば、というお話でして』

「馬鹿なことを言うな」

『でも大臣。F15四機の追加発注が取れますと、私どもは今年度の苦しい春闘を乗り切れるのでございますが……ひとつ大臣のお力で何とか』

「何とかって――何をしろって言うんだ、俺に？」

長縄はあきれた声を出すが、

『いえ、大したことではございません』こともなげに老人は言った。『長官から「自衛隊機は何があっても絶対撃つな」と命じてさえいただければ、相手は例の謎のスホーイでございます。勝手に撃墜してくれるでございましょう』

「そ」

長縄は執務机でのけぞった。

「そっ——そんなことが出来るか！　あんた航空自衛隊のパイロットに、死ねと言うのかっ」

だが怒鳴られても、北武新重工の魚水屋会長は全く調子を変えなかった。

『商売の世界は、厳しゅうございます。生きるか死ぬか、殺すか殺されるかでございます。ご存じの通り、私どもの会社が潤えば、大臣の選挙区、お膝元でもある馬群《まぐん》県企業城下町三十万人の雇用と生活が安定するのでございます。三十万人の市民生活、暮らしの安定に比べれば、たかだか自衛隊員の二人や三人……』

ひっひっひ。

受話器の向こうの笑い声に、四十一歳の二世議員の喉はウグッと鳴った。

し、死の商人か……。

『それにどうせ自衛隊なんて、世間の嫌われものですし、死んだって誰も同情しません。マスコミだって叩きません。むしろ喜びます』

「う、うう……」

[illegible]先週と同じに一・五パーセントでいかがでございましょう』

受話器を耳につけたまま喉を詰める長縄の前に、小山崎秘書が一枚の紙を黙って置いた。やはり電話をモニターしていたらしい。一礼すると「若。政治の世界も、厳しゅうございます」老秘書はぼそっと言った。

目の前に置かれたのは、先週総理から押しつけられたベンツ二十台四億円の請求書であった。

「――じょ。冗談じゃない」

長縄は声を絞り出した。

「だ、駄目だそんなこと」

『はぁ、駄目でございますか』

「いや、違う。わざと撃墜されるよう仕向けるんだぞ。一・五パーセントで折り合うものか。そんな安さじゃ駄目だ。この際二パーセントよこせ」

『に、二パーセント!?　とんでもございません大臣、それでは私どもの儲けがなくなってしまいます』

「嫌ならやめておくんだな」

『は、はぁ……それでは、その条件で』

電話を切った長縄は、深くため息をついた。

「若」

「何も言うな。小山崎」

官僚たちが俺を消耗品扱いするなら、こちらも向こうを消耗品にしてやるだけだ……。

長縄は呼吸を整えながら暗算した。F15四機……。調達価格一機八〇億として、キックバック二パーセント掛ける四……六億四〇〇〇万か。総理に半分上納しないといけないから俺の取り分は——

計算しながら顔を曇らせる。これでもまだ、入閣を実現するためばらまいた借金は、残り一〇億を切らない。その上わけの分からないベンツの代金が、四億も上積みされている。

「それでも、ないより増しか……」

日本海上空

垂直に降下しながらロールしつつ旋回するという、大変な重労働で逃げて行くF15を海面の上に目で捉え、男は「クク」と笑った。

無駄だ——あの世へ行け。その忌《い》まわしい日の丸を俺に見せたことが、お前の運の尽きただ男がトリガーを絞ろうとした瞬間、後方からのミサイル・ロックを報じる警告音がコンソールでピーッと鳴った。後ろ上方からミサイル射撃用レーダーでロックオンされている……！

「――ちぃっ！」

新手《あらて》の航空自衛隊か――――！

男は、トリガーから指を離すと自分も機体をロールさせながら左の親指でチャフとフレアを放出した。天空が回転する。同時に今機体があったところを火を噴く矢のような物体がシュッ！　と通過した。サイドワインダーだ。白い噴射炎がでたらめな字のように螺旋《らせん》状に伸びて海面へ吸い込まれて行く。

「〈牙〉っ。ミサイルに狙われている！」

「うるさい」

警報が鳴りやむ。チャフでロックオンが外れた。男は、体勢を立て直すと、可変翼を開くトリックは使わず、主翼を最後方へたたんだままの姿勢で猛禽に前方のイーグルを追わせる。加速して逃げるＦ15を追撃するには、主翼を開くわけにはいかない。

『――まだ食いついてるぞ』

日本語の無線が耳に入る。

『もう一度フォックス・ツーお見舞いするか？』

『駄目だ、スノーホワイト・ワンに当たる』

『ティンクをブレークさせよう』

『よし』

追尾して来る二機のF15が交信している。それを耳にして男は「ク——」と笑う。

降下する黒羽のコクピットの真横を、サイドワインダーが白い尾を曳いて擦り抜けて行った。

救援が来た——！　機をロールさせながら、撃たれる寸前で助かったのだと黒羽は理解する。あれは自衛隊のミサイルだ。小松から発進して来たスクランブル機か……！

しかし、

『ティンク——鏡三尉聞こえるかっ。今助けてやる。合図をしたら左へブレークし引き起こせ』

「だめだっ」

黒羽はイアフォンに聞こえた声に言い返す。

「あいつは日本語が分かるんだ！　この周波数は聞かれてる、そんなこと話しちゃだめだっ」

だが黒羽は、くり返す急降下ロールのGで腕の感覚がなくなり、自分の右手の中指が送信ボタンを押せていないのに気づかなかった。

『——俺は左へついて行くやつの後尾に廻る。お前は左上方から頭を押さえろ。ガンを使う』

『了解だ』

「だめだったら、そんなことしゃべっちゃ！」

『いいか行くぞティンク。ワン、ツー、ナウ！』

総隊司令部

「——どういうことです!?」

『どうもこうもない、総隊司令』緊急電話を掛けて来た防衛省内局の防衛局長は、受話器の向こうで江守にいきまいた。『君はまた規定の拡大解釈をして、撃墜命令を出したそうだな？　ただちに取り下げたまえ』

「し、しかしアンノンをこのまま野放しにすると危険です」

『君のやり方のほうが危険だ。いいか〈防衛大臣命令〉が出た。これ以上当該国籍不明機を追い回し、過度に刺激することによって国民に不測の被害をもたらしてはならない。よって出動中の要撃機の発砲は一切禁止する』

「局長。すでに現場空域では、格闘戦が始まっております。発砲を禁止すればやられます」

受話器に抵抗する江守を、要撃管制官たちが振り向いて見上げる。前面スクリーンでは今にも小松の二機のF15が、スホーイに後ろからアタックするところだ。

しかし、

『自分が危ない時の正当防衛まですることは言わん。とにかく攻撃を一切やめさせ、要撃機を引き揚げさせろ。大臣は事態の悪化を大変心配しておられる』

日本海上空

黒羽は、指示されたのとは反対の右へ逃げるしかなかった。どのみち降下し切って目の前が海面だったから急降下ロールはやめなくてはならなかったが、後方のスクランブル機の言う通りに左へブレークしたら待ち構えた罠に嵌《は》まるようなものだ。その瞬間にやられてしまう。

「ぐわっ――――!」

引き起こしのGに悲鳴を上げながら、黒羽は右へ旋回する。海面が傾く。スレスレだ。

低い。

『そっちじゃないっ』

『うわっ』

後方の二機が混乱し、慌てて旋回方向を変えようとするのが分かった。

「そんなこと言ったたって……！」

バックミラーに目を上げると、わずかにタイミングをずらしたがスホーイは黒羽について来る。その後ろから、かなり遅れて二機のＦ15がこちらへ旋回し機首を向けて来る。

黒羽はスロットルを全開し、アフターバーナーに点火して逃げようとする。しかし点火しない。撃たれた時にどこか故障したか!?　おまけに右エンジンが過熱してついに火災警報を鳴らした。

「くそっ」

降り過ぎて超低空だ。エンジン推力を失ったら五〇〇ノットで海面に激突だ……！

クク――とあの含み笑いが聞こえる気がする。

右が推力を出してない。不安定だ、機動出来ない。傾ければ海面にぶつかる。バックミラーのスホーイが射撃ポジションに覆いかぶさる。

だめだ、撃たれる……！

『待て』

『こなくそ』

二機のイーグルが、アフターバーナー全開で追って来てくれる。機関砲の発射される閃光が、バックミラーにチカチカッと瞬いた。F15のバルカン砲だ。遠方からの無照準射撃だ。それでもスホーイは砲弾の雨を避けようとバンクを取る。黒羽のシックスから離れる。

『――うざったい蠅どもめ！』

鷲頭に『見城』と呼ばれた男の声が、ふいにイアフォンで叫んだ。出現した最初の頃に比べると感情が高ぶっているように聞こえた。黒羽のバックミラーの中で、灰色のスホーイはバンクを取ったまま可変翼を開くと、かき消えるようにフッと見えなくなった。

『日本語!?』

『何だ、こいつは』

二機のF15の驚く声にかぶさって、

『こちら総隊司令部。ブロッケン・ワンおよびツー、攻撃を中止せよ。くり返す、撃墜命令は取り消された。発砲はするな。くり返す、発砲はするな』

『あー、確認したい。撃墜は解除か？』

『こっちへ来るぞ』

『ちょっと待て、アンノンはエンゲージして来る。発砲は禁止なのか』

『こちら総隊司令部。ただちに攻撃はやめよ。防衛大臣命令が出た。攻撃はやめよ』

『そんなこと言っても』

『来るぞ』

『わっ、ブレークしろ！』

小松基地

う、うぎゃぁあーっ、という男たちの悲鳴が要撃管制室のスピーカーに響いた。それも重なって二つだ。同時に情況表示画面から緑の三角形が二つ消えた。スクリーンではよく分からない。いったいどうやって機動したのか、アンノンは編隊を組む二機のF15の後尾に一瞬で廻り込むと、二機を同時に叩きおとしたのだ。そうとしか思えなかった。

「ブロッケン・ワン、ブロッケン・ワン！　応答しろっ」

当直管制官が叫ぶが、悲鳴は途切れたきりだ。

「何てことだ……！」

月刀が唸った。

「やつは、血迷ったのか。月刀一尉」

扇子をあおぐのも忘れ、楽縁台がスクリーンを見上げる。そこにはもう、黒羽のF15と、オレンジ色の三角形しかない。

「まるで日の丸を親の仇とでも思ってるみたいじゃないか」

「分かりません」月刀は頭を振り、管制卓をがんと叩く。「畜生っ、撃墜しろだのするなだの、俺たちをさんざん振り回しやがって！」

たった一機の国籍不明機に、いったいどれだけ犠牲になっているんだ……！　月刀は歯嚙みするが、

「月刀一尉。大変ですっ。アンノンがスノーホワイト・ワンをまた追尾します！」

管制官の悲鳴に近い声で、月刀はハッと顔を上げる。機体にトラブルが出たのか、加速出来ずにまっすぐ飛ぶ黒羽のＦ15に、後方からオレンジの三角形が追いすがって行く。

「――まずいっ」

管制塔でも、情況表示画面のリピーターを見ていた火浦が、構内電話に飛びついていた。

「オペレーション・ルームを！　待機中の千銘と福士をすぐに上げさせろ。急げっ」

ところが、民間エアラインと共用の基地滑走路を指さして、先任管制幹部が叫んだ。

「大変です、火浦二佐。あれを」

「何だ」

「離陸中だった太平洋航空のＹＸ２２１が、油漏れで緊急停止です！」

「何だとっ？」

見ると、ブルーと白に塗りわけられた中型の双発旅客機が、滑走路の中程に停止してい

る。

『あー、こちらパシフィック78。誠に申し訳ない、油圧が抜けた。牽引車《けんいんしゃ》を頼む』

「鏡っ、逃げろ。全速で逃げろ」

月刀はマイクに怒鳴った。

「基地へ向かって全力で戻るんだ。そいつの燃料にも限りがある。帰還の限界まで消費してしまえば、あきらめるはずだ！」

スクリーンの上を、緑の三角形は画面の手前——基地の方角へと向きを変えて進み始める。

「鏡三尉は、聞こえているようですね」当直管制官がうなずく。「送信は出来ないようだが」

しかしオレンジ色の三角形は、手前へ逃げて来る緑にジリジリと後方から肉薄する。

「執拗《しつよう》じゃないか、やつは」楽縁台がそれを見て言う。「先週の夜も、沖縄でも、適当に暴れた後はさっさと引き揚げたじゃないか」

スホーイを示す三角形は、しかし帰ろうとする素振りは見せず、黒羽のF15へ迫って行く。

「くそっ。距離を詰められているぞ」

「テレメーターによれば、スノーホワイト・ワンは右エンジンに火災発生、消火処置を行いました。推力は半減の模様。速力は三〇〇ノットしか出ていません」

「向こうはどのくらい出ている?」

「推定ですが四〇〇ノット。差は一〇マイルしかありません、近づきます!」

「くそっ。早く応援を出さないと――」月刀は唸った。「千銘と福士はまだか!? 何をしてる」

「大変です!」もう一人の管制官が構内電話を置くと報告した。「上の滑走路は、民航の旅客機が油圧の故障で立ち往生し、一時閉鎖。応援のスクランブル機は出せません!」

「な、何だと――!?」

滑走路が閉鎖――? 要撃管制室の全員が、思わず画面の位置関係にもう一度注目した。

鏡黒羽のF15は、小松の沖合五〇マイルの洋上空域を、超低空で這うようにこちらへ逃げて来る。速度の表示は二九〇ノットまで下がっている。国籍不明のスホーイはその後方九マイル。速度差は一〇〇ノットを超す。これで応援のスクランブル機が出せないとなると……。

「畜生っ。来るな、来るな!」月刀はオレンジの三角形に向かって、しっしっと手を振った。「来るな馬鹿野郎!」

「ううむ。しかし基地からたった五〇マイル沖合いの敵に、手が出せないとはな」

「待ってください　やつは――」日比野が時計を見て訝った。「やつはさっきからもう、十八分も空戦をしている。もう燃料がないはずです」スホーイ24は長距離戦闘機だが、長居をし過ぎる……。ひょっとしたらやつらの基地は――と日比野がつぶやきかけた時。G空域方面を拡大しているスクリーンの下の方から、ふいに緑の三角形が一つ、ポツンと現れた。

「おい――あれは何だ？」

月刀が指さした。

「友軍機か」

「え？」管制官が見上げて「――F15みたいですね」それも単機です、と首をかしげる。

「何であんなところにF15が――？」

要撃管制室の全員が、それを見て「え」と声を上げた。

スクリーンの下の端から、現れたもう一つの緑の三角形は、北上して行く。しかし、応援は出せないはずではなかったか。

「あの表示は――スノーホワイト・ツーです。漆沢三尉です！」

日本海上空

『おい漆沢！　戻れと言ったはずだ』

美砂生のイーグルは、G空域へ向かっていた。

「滑走路が使えないんでしょう。タワーの周波数で聞いたわ」イアフォンに入った月刀の声に、美砂生は言い返す。「仕方ないじゃないですか。あたししか助けに行けないわ！」

言い返しながら、でも美砂生の両足はガクガクと震えていた。黒羽の悲鳴で咄嗟に着陸をやめたが、小松所属のF15二機が同時に墜とされる声を聞いて、脚のほうが勝手に震え始めていた。風谷が被弾してやられる時の声が、蘇《よみがえ》ったのだ。

撃墜されて夜の海面に漂う残骸《ざんがい》が、ちらりと頭をかすめた。

風谷をやったのも川西三尉を殺したのも、あの「ククク」と笑うスホーイなのか……？

――『う、うわぁああーっ！』

くっ、と頭を振った。それでも脚が震える。美砂生は無線の送信ボタンを離し、自分の膝を「この、この」と叩いた。おちつけ美砂生。マスクの中でハァッ、ハァッと酸素を吸

い画

「が、月刀一尉。あたしこのまま駆けつけても、空戦では勝負になりません」

『当たり前だ、戻れ』

『漆沢三尉、君までやられると第六航空団の犠牲が増える。気持ちは分かるが引き返してくれ』

うるさいわね。あたしだって戻ったほうがいいって知ってるけど、あたしのハートが『NO』と言ってるのよ……!

自分の中で何かが『行け』と言っている——だなんて、口にしたら本気にしてもらえない。

「あたしでも何とかできる方法を教えて」

『何だと?』

美砂生は、唇を噛んで言った。

「何だか知らないけど、見捨てられないですよ。あんなやつでもあたしの僚機なんだから!」

捜索モードにしたレーダー画面の上、三〇マイル前方に黒羽の機らしいターゲットがこちらへ向かって逃げて来る。それを追尾してもう一つ。夜道の痴漢のように菱形ターゲットは黒羽の背にぴたりとついて迫って来る。レーダーがスイープするごとに間隔は縮まる。

もう六マイルもない。

「お願い助けて！」

美砂生は、前方の空間を見据えながらマスクの中のマイクに叫んだ。G空域の辺りは前線が急速に北へ去って、晴れ間が見え始めている。下層の雲はもうない。

『分かった。漆沢』

管制塔にいるらしい火浦が応えた。

『残燃料は、いくらだ』

「――八五〇〇ポンド。二〇分は飛べます」

『甘いな。バーナー噴かして空戦すれば、一〇分ともたない。五分以内に片をつけろ』

「は、はい」でもどうやって――？

『いいか漆沢。作戦だ。アンノンを中距離ミサイルでロックオンしろ』

「でもあたし、ミサイルは持ってません。機関砲だけです」

美砂生の機の兵装モードは、さっきの戦闘試験の時に〈機関砲〉にセットしたままだ。残弾数がヘッドアップ・ディスプレーのどこかに表示されているはずだが――分からない。緊張で細かい表示まで目に入らないせいか。

「ミサイル攻撃なんて、出来ないわ」

『うつけ。いいか、やつも武装は機関砲しか持っていないらしい。ミサイルは撃ち返せ

ない

こちらの基地からミサイルを持った迎撃機が出て来たように振る舞うんだ。小松基地が滑走路閉鎖で発進不能だなんてやつは知らない。中距離ミサイルにロックオンされたと知れば、逃げて行く』

「は、はい」

『鏡がやつの機関砲射程に捉えられる前にやるんだ。時間はない。急げ！』

「はい」

美砂生はうなずいた。欺瞞作戦か……。ミサイルはないけれど、ロックオンして脅かすわけか。鷲頭といい火浦隊長といい、全く三十超えた男って、どうしてこうだまくらかすのが得意なのかしら――とマスクの中でつぶやきながらスロットルの横についた兵装選択スイッチを〈中距離ミサイル〉に切り替えようとすると、

『――バカッ！』

いきなりヘルメット・イアフォンに女の怒鳴り声が入った。

「え？」

『はぁっ、はぁっ、この周波数で、そんなことしゃべるんじゃない。バカ！』

黒羽だ。

「鏡三尉。あなた無線通じるの!?」

『指が痛くて送信出来ないんだ、あんまりしゃべらせるな』黒羽の声は辛そうに、美砂生を怒鳴りつけた。『あいつはこの周波数を聞いているんだ。日本語も分かるんだ。手の内全部ばれちゃったじゃないかっ』

「何ですって」

でもよかった。まだ元気そうだ。

『早く逃げろ。あんたもやられるぞ』

「そうはいかない」

『やられたら死ぬんだぞ。痛いぞ』

この会話も、黒羽の後方のアンノンに聞かれているのだろうか。欺瞞作戦は駄目か。小松が発進不能だということまで教えてしまったのだろうか……？　応援が来なくて、あたしたちが二人とも新米の女だと知れたら——

「鏡三尉。仕方がないわ。ベイルアウトして」美砂生はレーダー上で黒羽の位置を見て言った。黒羽機は美砂生の二〇マイル前方、すれ違うまで一分半……。スホーイはその三マイル後ろ。やはり一分半で機関砲射程に入ってしまう。「機体は捨てましょう。そんなしつこいやつ、相手にすることないわよ。脱出しなさい。救難隊に拾ってもらえばいいわ」

『脱出できるなら、とっくにやってる』

「え」

「何ですって」美砂生は思わず自分の座席の下を見た。ベイルアウト用の脱出レバーは射出座席の股の下にあって、両手で強く引かないと作動しない。

『早く逃げろ漆沢三尉。あんたまで殺されるぞ！』

黒羽の声はそう怒鳴ったきり、痛みをこらえるように沈黙した。


「く――」

黒羽は顔をしかめて痛みをこらえながら、機体を海面上一〇〇フィートの低空に維持して後方を振り向いた。薄黒い排気煙を曳いて、可変翼を中間位置に広げたシルエットが、覆いかぶさるように迫って来る。やつだ……。距離は目測で、もう一マイルちょっとしかない。

レーダー画面に目をやった。漆沢美砂生のイーグルは、一五マイル前方から七〇〇ノットの相対速度で急接近して来る。

「早く逃げろバカ、死にたいのかっ」

無線に怒鳴った。しかし、

『二機で闘う訓練はまだしてないけれど、この際仕方がないわ』

「何を言ってる！　〇・五マイルまで近づかれたらおしまいだ。あいつは百発百中なんだ」

「〈牙〉。帰投したらこの件は報告する。帰投出来ればの話だが――」

猛禽のコクピットで、女は銀色のナイフを男の頬に突きつけながらもう片方の右手で飛行服のジッパーを下ろした。胸の谷間から小型の手榴弾を取り出し、歯で安全ピンをガチッと引き抜く。

「あきれたやつだ――そんな物まで持っていたのか」刃を突きつけられた男の頬は、ククッとひきつるように笑う。「いいからつかまっていろ玲蜂。カモが向こうから、もう一羽やって来た」

「もうやめるんだ！」

「ククク――」

だが男は、楽しそうな笑いを止めない。眼前には四〇〇ノットの速度で、蒼黒い海面が足元へ流れ込んで来る。

水平線を映すヘッドアップ・ディスプレーの真ん中に、よたよたと低空飛行する片発のF15が、まるで瀕死《ひんし》の鳥のように入り込む。

「クク――日の丸をつけたカモを狩っていたら、つい楽しくなった。心配するな、あそこ

「このまま、ただでやられるか――！」

黒羽は、右腕に温存していた最後の力を込めた。バックミラーに眼を上げる。海面近くを這って来たのは、海面の地面効果で片発の機体を安定させ、右腕を休ませるためだった。美砂生のバカと話すために少し力を使ってしまったが、機動一回分くらいならやってみせる。

後方からスホーイが近づく。バックミラー一杯に接近して来る。こちらは海面に張り付いているから、機関砲を命中させたければ、射撃の一瞬前に機首を下げなければならないはずだ……。

黒羽は視線を上げたまま接近率を測った。一瞬だけ左手をスロットルから離し、胸元のロケットを短く握りしめたが、すぐスロットルに戻した。兵装選択は機関砲モード。マスター・アームスイッチも〈ON〉にしたままだ。ヘッドアップ・ディスプレーには七二〇という残弾数と照準レティクルが、何もない水平線の上に浮かんでいる。

スホーイが迫って来る。

黒羽は一瞬、目を閉じる。

（あたしは、死なない……死なない――！）

目を開ける。バックミラーに一杯に迫った猛禽のようなスホーイ24。その機首が次の瞬間、ほんのかすかに下へ振れた。

「――いやっ！」

黒羽は気合いを掛けると、右腕で操縦桿を一杯に引き上げ、左ラダーを思い切り踏み込んだ。

ぐわっ、と機首が天を向いて、同時に全ての景色が左へ回転した。

「ぐぁあっ」

痛みに耐えながら黒羽は機体を垂直バレル・ロールに入れた。


「クッ、こざかしい真似を！」

〈牙〉は舌打ちすると、機首を垂直に引き起こし横転しながら目の前に迫る機影を、鋭い右バンクで避けた。片側のエンジンから煙を噴いているF15は軸回りにロールしながら、猛禽の左側をすれ違って上方へ消えた。

「逃がすか」

後ろ上方へ逃れた手負いのイーグルを追って、猛禽は追従インメルマン・ターンに入る。


「くっ――！」

[illegible]からさらに上へ　機首を天に向けて上昇して行く。天空が回る。速度は激しく減少し二〇〇ノットを切ってしまう。しかし高度に置き換えられただけだからエネルギーは消耗していない。黒羽は失速寸前まで上昇させるとロールを止めて機を背面にし、視線を上げて海面の方向を見た。下方にいるはずのスホーイを捜す。反撃のチャンスは、この一度しかない。

だが、

いない……!?

この位置に背面でいられるのは、二秒もない。どこだ？　どこにいるんだ――――！

『その程度の戦法で、俺に勝つつもりか。クク』

「何っ――？」

黒羽は驚愕《きょうがく》した。

振り向く。シルエットが目に入る。真後ろにいる――――!?　どうしてだ！

「せいぜい六〇ポイントだな……死ね」

〈牙〉は、背面から仕方なくそのまま宙返りで降下して行こうとする速度の無いF15を照準に捉え、トリガーを引こうとした。だがその瞬間、

ピーッ

　ロックオン警報が鳴った。

「ちぃっ！」

　他の敵機から狙われたら、目の前の目標にかかずらわず、ただちに離脱――それはセオリーだった。だがこの男の唯一の欠点は、後ろからロックオンされるとプライドが許さず、狙って来た敵に反撃したくなることだった。

「鏡三尉――！　そのまま急降下で逃げてっ」

　美砂生は、自分の眼の前で急上昇し、高みでもつれ合うように格闘戦に入った二機を見て、どうすればいいのか分からなかった。分からなかったが、いつの間にか口が動いて黒羽に急降下を指示していた。何だか知らないが、そうしたほうがいいような気がしたのだ。

　黒羽の機体を後ろから撃とうとしたスホーイを、ＡＣＭモードの美砂生のレーダーは自動的にロックオンしていた。

「待てぇっ！」

　美砂生はスホーイの可変翼のテイルを追う。そうか、これが東側の機体か。変な格好だわ。しかし変な格好のスホーイ24は次の瞬間可変翼を開くと、上方へシュッ！　と跳躍するように見えなくなった。

「消えた……？」

黒羽の声と同時に、

『女の分際で俺を狙うとは』

あの〈声〉が間近でした。美砂生は背中がゾクッとして振り向いた。

「──ま、真後ろ!?　何でそんな」

可変翼を最前方へ展張したスホーイが、悪魔の魔法のようにそこに浮いていた。美砂生はスホーイが得意技のクイックロールを使ったことさえ分からなかった。

なんて相手だ、腕前が比較にならない。

（撃たれる……！）美砂生は全身が硬直し、思わず操縦桿を左へ倒して急旋回に入ろうとした。

「うざったい雌蝿め、あの世へうせろ」

こっちのF15の女パイロットは、見るからに新米だ。〈牙〉は、沖縄で墜とした新米と同じに、目の前のこいつも恐怖にかられて左急旋回に入るのだろうと、やや左へ射撃の見越し角を取った。

「死ね」

「うっ……⁉」

その時左へ操縦桿を取ろうとした美砂生を、何かが止めた。いけない。左へ行ってはいけない。

何かがそう言った。

何……？

美砂生の中で、それは言った。駄目だ、旋回してはいけない。

え？

恐ろしく短い一瞬の中で、美砂生の神経に不思議なものが走り抜けた。スローモーションのように、美砂生の眼にスロットル・レバーが映った。レバーをつかんだ左手の、親指の下にあるスピードブレーキのスイッチ。スピードブレーキ……？　そうだスピードブレーキだ。スピードブレーキを立てながら機首を下げろ。操縦桿を前へ――

えっ？

スピードブレーキを立てながら操縦桿を前へ！

「――――！」

美砂生の左手と右手が動いた。三年前の座間味《ざまみ》の海で、手足が自然に動いてアイランダーの錐揉《スピン》みを止めた――あの時の感じだ。何かが教えている。操縦桿を強く押せ。同時に[illegible]る。手が動く。機首が下がりかける。マイナスGで体がふわりと

淡く　背中で抵抗が立ち上がる……

　グワンッ
「ぎゃあっ」

「漆沢三尉！　どうしたっ」

　悲鳴を聞いて、低空へ逃れた黒羽は『あのバカが撃たれた』と思った。

　だが美砂生が悲鳴を上げたのは、イーグルの機体が突然壁にでもぶち当ったかのように機首を下げたからだった。美砂生はわけが分からぬままヘルメットを天井キャノピーにぶつけ、続いて額を計器パネルに打ち付けた。

「うわぁっ」

　だが美砂生のイーグルは、瞬間移動でもしたかのようにその位置から下方へ消え去った。その直後に機体のいた空間を機関砲弾が通過した。

「何――」

〈牙〉は黒いサングラスの顔を、信じられぬように前方へ向けた。

「俺のガンを――避けた!?」

どこをどう機動したのか分からなかった。気がついたら美砂生の頭の上を、スホーイが前へ出て行く。美砂生はスピードブレーキをたたんで操縦桿を引き、灰色の可変翼機のシックス・オクロックに上昇しながら食らいついた。

「わっ。うわっ、後ろに出ちゃった」

敵の真後ろだ。

だが、

『気をつけろ。やつはクイックロールをするぞ』黒羽がどこかで叫ぶ。『一緒にロールするな、やられるぞ』

「え——何!?」

訊き返しているうちに、目の前の双発の可変翼機は主翼を一番前へ出した格好のまま機首を上げてフリリと浮き、ロールし始めた。

クイックロールだ、オーバーシュートさせられる……！　美砂生は咄嗟に自分も操縦桿を引き同じ機動に機体を入れた。それしか対抗策を思い付かなかったのだ。

「くっ……！」

スロットルを絞り全閉、スピードブレーキ全開、操縦桿とラダーを一杯に左へ取った。

くと水平線がグルンッと傾いて頭の上が海面になり、さらに回転する。回転する。グルグル回る。

『バカ、やられるぞ！』

「そ、そんなこと言ったって……！」

『イーグルよりやつのほうが減速率はいいんだ、同じ機動でも後ろにつかれる！』

「そんなこと今頃――」

　天地が回転する。並んで減速しながら一杯に横転をくり返す二機。しかしスホーイは次第に、美砂生のイーグルの後方へ下がって行く。

『ククク……』

　横転しながら頭の上で〈声〉がする。美砂生はGをこらえながら眼を上げる。回転する天地を背景に、相手のコクピットが見える。あの中に誰が――？　だが遮光フィルムが張られていて外からでは見えない。

『……クク。女』並んだ位置から後方へ下がりながら、〈声〉は言う。『遊びで軍隊に入ったことを後悔しろ。お前は間もなく死ぬ』

　スホーイが後ろへ下がる。

　駄目だ。こちらの減速はこれで精一杯だ。これ以上、速度を減らすことは出来ない。これじゃ数秒とかからず後ろにつかれてしまう……！

「くっ。速度が――減らない！」

　減速しない。駄目だ……。

だが美砂生の中で、『何か』がまた言った。

下げろ。

えっ。何を

下げるんだ。

下、げ、るって、何を……!?

全身の神経を再び何かが走り抜けた。視界がスローモーションのようになって、美砂生の視界に一本のレバーが写った。

何だこれは。

〈LDG　GEAR　／　LIMIT　SPD　250KTS〉

ギアを下げろ!

グワッ、と横転しながら無理やり着陸脚を展張したF15は、オーバースピードの風圧でギアドアを吹っ飛ばされながらもロールを続け、後方へ抜けようとした可変翼機を捉えて抜き返した。猛烈な震動で機体表面のあちこちからインスペクション・パネルが剝がれて吹っ飛んだが、イーグルはスホーイに逆転を許さず、可変翼機の後尾にもう一度食らいついた。

「そ──そんな馬鹿なっ」

「〈牙〉っ、やられるぞ！」

玲蜂がバックミラーを見上げて叫んだ。

「はぁっ、はぁっ。小松基地に、着陸するんだ。言うこと聞かないと機関砲撃っちゃうぞ！」

美砂生は叫んだ。

だが目の前のスホーイは主翼をたたむと、アフターバーナーに点火して遁走《とんそう》し始めた。

『漆沢三尉、撃て！　やっつけろ』

黒羽が叫んだ。

「くっ」

美砂生は、照準レティクルの真ん中で逃げようともがく灰色の電子戦偵察機に向け、トリガーを引き絞った。

「フォックス・スリー！」

カチ

「フォックス・スリー！」

カチ

「……あれ」

『どうした』

「弾が出ない」

美砂生は、はぁはぁと呼吸しながら首をかしげた。

右の人差し指でトリガーを一杯に引いても、バルカン砲は作動しなかった。その隙に、スホーイはレティクルの環から逃れ、日本海の洋上を低空で飛び去って行く。たちまち見えなくなる。

『漆沢三尉まさかあんた、マスター・アームスイッチは〈ON〉にしただろうね』

「えっ――？」

黒羽に言われ、美砂生は計器パネルを見た。

何だ、これは。実戦の〈敵〉に向かおうとしたのに、さっきの〈空中戦闘適性試験〉の時のまま、美砂生の機の兵装管制パネルのマスター・アームスイッチは、〈OFF〉にしてあった。

「あ……し、しまった」

『あんた、マスター・アームが〈OFF〉のままで空戦してたわけ――？』

「う、うん。そうみたい」

[illegible]……。死ぬところだったかも知れない。美砂

と大きく息をついた

「やばかった……」

そんな美砂生に、黒羽は言った。

『――バカ』

（本作品はフィクションであり、実在の個人・団体などとは一切関係がありません）

この作品は2001年6月徳間書店より刊行された『僕はイーグル②』を改題しました。

徳間文庫をお楽しみいただけましたでしょうか。どうぞご意見・ご感想をお寄せ下さい。

㈱徳間書店「文庫読者係」です。

徳間文庫

スクランブル

要撃《ようげき》の妖精《フエアリ》

2008年11月15日 初刷

著者 夏《なつ》見《み》正《まさ》隆《たか》

発行者 岩渕徹

発行所 東京都港区芝大門二—二—二〒105—8055 株式会社徳間書店

電話 編集〇三(五四〇三)四三五〇 販売〇四八(四五一)五九六〇

振替 〇〇一四〇—〇—四四三九二

印刷 株式会社廣済堂

製本 ナショナル製本協同組合

ISBN978-4-19-892886-5 (乱丁、落丁本はお取りかえいたします)